o resgate do tigre

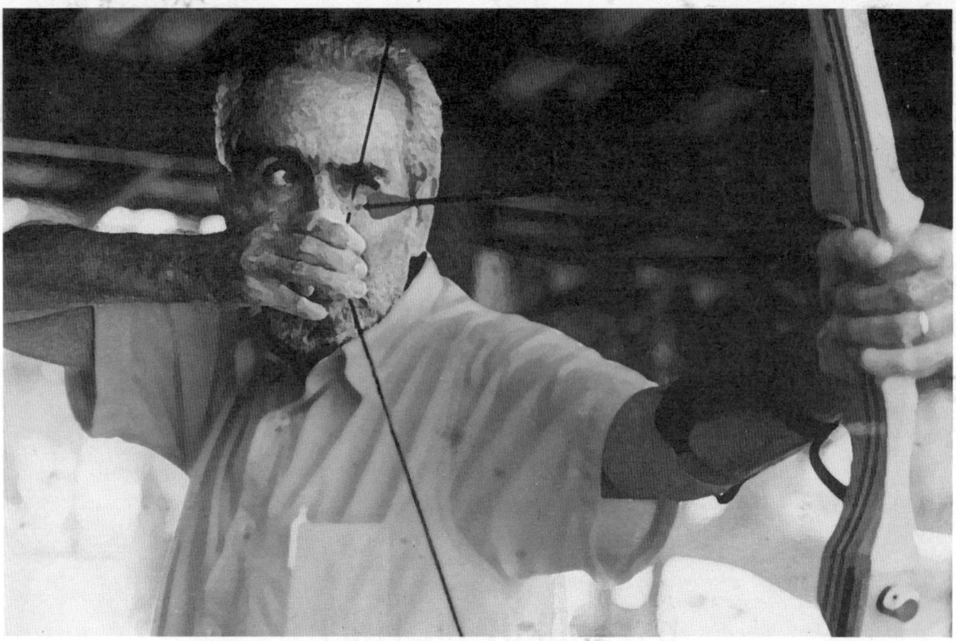

O Arqueiro

Geraldo Jordão Pereira (1938-2008) começou sua carreira aos 17 anos, quando foi trabalhar com seu pai, o célebre editor José Olympio, publicando obras marcantes como *O menino do dedo verde*, de Maurice Druon, e *Minha vida*, de Charles Chaplin.

Em 1976, fundou a Editora Salamandra com o propósito de formar uma nova geração de leitores e acabou criando um dos catálogos infantis mais premiados do Brasil. Em 1992, fugindo de sua linha editorial, lançou *Muitas vidas, muitos mestres*, de Brian Weiss, livro que deu origem à Editora Sextante.

Fã de histórias de suspense, Geraldo descobriu *O Código Da Vinci* antes mesmo de ele ser lançado nos Estados Unidos. A aposta em ficção, que não era o foco da Sextante, foi certeira: o título se transformou em um dos maiores fenômenos editoriais de todos os tempos.

Mas não foi só aos livros que se dedicou. Com seu desejo de ajudar o próximo, Geraldo desenvolveu diversos projetos sociais que se tornaram sua grande paixão.

Com a missão de publicar histórias empolgantes, tornar os livros cada vez mais acessíveis e despertar o amor pela leitura, a Editora Arqueiro é uma homenagem a esta figura extraordinária, capaz de enxergar mais além, mirar nas coisas verdadeiramente importantes e não perder o idealismo e a esperança diante dos desafios e contratempos da vida.

COLLEEN HOUCK

o resgate do tigre

ARQUEIRO

tradução: Raquel Zampil
preparo de originais: Melissa Lopes Leite
revisão: Natália Klussmann e Rafaella Lemos
projeto gráfico e diagramação: Ilustrarte Design e Produção Editorial
capa: Katrina Damkoehler
imagem de capa: Cliff Nielsen
adaptação de capa: Ana Paula Daudt Brandão
impressão e acabamento: Geográfica e Editora Ltda.

CIP-BRASIL. CATALOGAÇÃO-NA-FONTE
SINDICATO NACIONAL DOS EDITORES DE LIVROS, RJ

H831r

Houck, Colleen
O resgate do tigre / Colleen Houck [tradução Raquel Zampil]. – São Paulo: Arqueiro, 2012.
432p. : 16x23cm

Tradução de: Tiger's quest
ISBN 978-85-8041-061-7

1. Tigre – Ficção. 2. Ficção americana. I. Zampil, Raquel. II. Título.

12-1858 CDD: 813
CDU: 821.111-3

Editora Arqueiro Ltda.
Rua Funchal, 538 – conjuntos 52 e 54 – Vila Olímpia
04551-060 – São Paulo – SP
E-mail: atendimento@editoraarqueiro.com.br
www.editoraarqueiro.com.br

Para meu marido, Brad – prova de que de fato existem caras assim por aí.

SUMÁRIO

O tear do tempo

Autor desconhecido

A vida do homem é urdida no tear do tempo
Em um padrão que ele nem mesmo vê,
Enquanto os tecelões trabalham e as lançadeiras
Voam até a aurora da eternidade.

Algumas lançadeiras sustentam fios de prata
Enquanto em outras deslizam fios de ouro,
Embora muitas vezes os matizes mais escuros
Sejam tudo o que se possa ver.

Mas os tecelões observam com olho hábil
Cada lançadeira correr de cá para lá,
E veem o padrão surgir tão destramente
No movimento lento e certo do tear.

É Deus decerto quem planeja a trama:
Cada fio, o escuro e o claro,
É escolhido por Sua habilidade mestra
E colocado na urdidura com esmero.

Ele, que só lhes conhece a beleza,
Guia as lançadeiras em que passam
Tanto os fios menos atraentes
Como os do mais puro ouro.

Só quando cada tear houver silenciado
E a lançadeira deixar de deslizar,
Deus irá revelar a trama
E a cada um explicar o porquê

De os fios escuros serem necessários
Na hábil mão do tecelão
Tanto quanto os de ouro e prata
Para a trama que Ele planejou.

PRÓLOGO

De volta para casa

Agarrei-me ao assento de couro e senti o coração disparar enquanto o avião particular ganhava o céu, afastando-se da Índia. Tinha certeza de que, se soltasse o cinto de segurança, atravessaria o piso e mergulharia numa queda livre em direção às selvas lá embaixo. Somente assim eu me sentiria inteira novamente. Eu havia deixado meu coração na Índia e podia sentir sua ausência em meu peito. Tudo o que restava de mim era uma casca vazia, entorpecida e sem sentido.

A pior parte era que... *eu* tinha feito isso a mim mesma.

Como pude me apaixonar? E por alguém tão... complicado?

Os últimos meses tinham voado. Não sei como, de um trabalho no circo, eu partira numa viagem para a Índia com um tigre – que vinha a ser um príncipe indiano – e travara batalhas contra criaturas imortais, tentando juntar os pedaços de uma profecia perdida. Agora minha aventura havia chegado ao fim e eu estava sozinha.

Era difícil acreditar que apenas alguns minutos antes eu tinha dito adeus ao Sr. Kadam. Ele não falara muita coisa. Havia se limitado a dar tapinhas em minhas costas enquanto eu o abraçava com força, sem querer soltá-lo. Por fim, o Sr. Kadam se libertara dos meus braços, murmurara algumas palavras na tentativa de me tranquilizar e me entregara aos cuidados de sua tatatatatataraneta, Nilima.

Felizmente, no avião, Nilima me deixou sozinha. Eu não queria a companhia de ninguém. Ela me serviu o almoço, mas eu não conseguia nem pensar em comer. Sabia que estaria delicioso, porém tinha a sensação de estar andando perto de areia movediça. A qualquer segundo poderia ser sugada para um abismo de desespero. A última coisa que eu queria era comer. Sentia-me desgastada e inútil, como o embrulho amassado de um presente de Natal.

Nilima retirou a refeição e tentou me seduzir com minha bebida favorita – água bem gelada com limão –, mas eu a deixei na mesa. Fiquei olhando para o vidro sabe-se lá por quanto tempo, observando a água se condensar no exterior do copo, formando gotículas que escorriam lentamente e empoçavam em torno da base.

Tentei dormir, esquecer tudo por pelo menos algumas horas, mas aquela tranquilidade estava fora do meu alcance. Pensamentos sobre meu tigre branco e a maldição secular que o aprisionava disparavam em minha mente enquanto eu examinava o espaço ao redor. Eu fitava o assento do Sr. Kadam vazio à minha frente, olhava pela janela ou observava uma luz piscando na parede. De vez em quando me voltava para minha mão, traçando com o dedo o lugar onde o desenho de hena feito por Phet já não era mais visível.

Nilima voltou trazendo um MP3 player com milhares de músicas. Várias eram de artistas indianos, mas a maior parte era de americanos. Rolei a tela em busca das canções de amor mais tristes, pus os fones nos ouvidos e apertei o PLAY.

Abri o zíper da mochila para pegar a colcha de minha avó e só então lembrei que havia embrulhado Fanindra com ela. Puxando as pontas da colcha, espiei a cobra dourada, um presente da deusa Durga, e a coloquei ao meu lado no braço da poltrona. A joia encantada estava enroscada, descansando – ou pelo menos era o que eu supunha. Esfregando-lhe a cabeça dourada e lisa, sussurrei:

– Você é tudo que eu tenho agora.

Estendendo a colcha sobre minhas pernas, recostei-me na poltrona reclinada, olhei para o teto do avião e fiquei ouvindo uma canção chamada "One Last Cry". Mantendo o volume baixo, coloquei Fanindra no colo e acariciei os anéis reluzentes de seu corpo. O brilho verde dos olhos preciosos da cobra iluminava suavemente a cabine do avião e me consolava, enquanto a música preenchia o vazio em minha alma.

1

Estudos

Várias horas letárgicas mais tarde, o avião finalmente aterrissou no aeroporto de Portland, no Oregon. Quando meus pés tocaram o asfalto da pista, corri o olhar pelo terminal e pelo céu cinzento e nublado. Fechei os olhos e deixei a brisa fria soprar minha pele. Ela trazia o cheiro da mata. Um chuvisco suave molhou meus braços nus. Era bom estar em casa.

Respirando fundo, senti o Oregon me trazer de volta à realidade. Eu fazia parte daquela terra e ela fazia parte de mim. Meu lugar era ali – onde eu crescera e passara toda a minha vida. Minhas raízes estavam ali. Meus pais e minha avó estavam enterrados ali. O Oregon me recebeu como a uma filha amada, acolheu-me em seus braços frios, acalmou minha mente e, por meio de seus pinheiros sussurrantes, me prometeu paz.

Nilima desceu os degraus logo depois de mim e esperou em silêncio enquanto eu absorvia o ambiente familiar. Ouvi o zumbido de um motor veloz e um conversível azul-cobalto surgiu na esquina. O elegante carro esportivo era da mesma cor dos olhos *dele*.

O Sr. Kadam deve ter providenciado o carro. Revirei os olhos lembrando seu gosto por coisas caras. Ele planejava cada mínimo detalhe – e sempre com estilo. *Pelo menos o carro é alugado*, pensei.

Guardei minha bagagem no porta-malas e li na traseira: Porsche Boxster RS 60 Spyder. Balancei a cabeça e murmurei:

– Meu Deus, Sr. Kadam, eu me contentaria em pegar o ônibus para Salem.

– O quê? – perguntou Nilima, educadamente.

– Nada. Só estou feliz por chegar em casa.

Fechei o porta-malas e afundei no assento de couro em dois tons de azul e um de cinza. Partimos em silêncio. Nilima sabia exatamente aonde estava indo, portanto não me dei ao trabalho de lhe ensinar o caminho. Apenas recostei a cabeça e fiquei observando o céu e a paisagem verde pela janela.

Adolescentes passavam por nós, assoviando de seus carros, admirando a beleza exótica de Nilima, com seus longos cabelos escuros voando ao vento, ou o belo automóvel em que estávamos. Não sabia bem qual dos dois inspirava os assovios, só imaginava que não eram para mim. Eu usava minhas roupas de sempre: camiseta, calça jeans e tênis. Fios de cabelo castanho-dourado se emaranhavam em minha trança e açoitavam meus olhos castanho-avermelhados e meu rosto riscado pelas lágrimas. Homens mais velhos também passavam por nós devagar. Eles não assoviavam, mas certamente admiravam a visão. Nilima os ignorava e eu pensava: *Devo estar tão horrível por fora quanto me sinto por dentro.*

Quando chegamos ao centro de Salem, passamos direto pela ponte Marion Street, que teria nos levado ao outro lado do rio Willamette e à rodovia 22, na direção das fazendas de Monmouth e Dallas. Avisei a Nilima que ela havia perdido a saída, mas ela se limitou a dar de ombros e dizer que estávamos tomando um atalho.

– Tudo bem – retruquei com sarcasmo. – O que são mais alguns minutos numa viagem de dias?

Nilima jogou seu lindo cabelo para trás, sorriu para mim e continuou dirigindo, movendo-se em meio ao tráfego que seguia para South Salem. Eu nunca tinha ido para aqueles lados. Era definitivamente o caminho mais longo para Dallas.

Nilima seguiu em direção a um grande morro coberto pela mata. Lentamente, subimos vários quilômetros pela linda estrada sinuosa e margeada por árvores. Por entre elas, vi ruas de terra e casas que pontilhavam a floresta aqui e ali, mas a área era em grande parte intocada. Fiquei surpresa pelo fato de a cidade ainda não a ter anexado e começado a construir ali. Era um lugar encantador.

Reduzindo a velocidade, Nilima tomou uma estrada particular, subindo ainda mais a colina. Embora passássemos por caminhos secundários, eu não via construções. No fim da estrada paramos diante de uma casa geminada aninhada no meio da floresta de pinheiros.

Cada lado do prédio era a imagem espelhada do outro, com dois andares, garagem e um pequeno pátio compartilhado. Ambos tinham uma ampla janela na sacada que dava para as árvores. O revestimento de madeira era pintado de castanho e um tom escuro de verde, e o telhado era coberto com telhas verde-acinzentadas. Lembrava, de certa forma, um chalé de esqui.

Nilima entrou suavemente na garagem e desligou o carro.

– Chegamos em casa – anunciou.

– Em casa? Como assim? Não vamos para a casa dos meus pais adotivos? – perguntei, ainda mais confusa do que já estava.

Nilima sorriu, compreensiva.

– Não. Esta é a sua casa – disse ela delicadamente.

– Minha casa? Do que você está falando? Eu moro em Dallas. Quem mora aqui?

– Você. Venha, vamos entrar que eu explico.

Passamos por uma área de serviço e entramos na cozinha, que era pequena, com cortinas amarelas, eletrodomésticos de aço inoxidável novinhos em folha e paredes decoradas com motivos amarelo-limão. Nilima pegou duas garrafas de refrigerante diet na geladeira.

Larguei minha mochila no chão e falei:

– Ok, Nilima, agora me diga o que está acontecendo.

Ela ignorou meu pedido. Em vez disso, me ofereceu o refrigerante, que recusei, e então sugeriu que eu a seguisse.

Suspirando, tirei os tênis para não sujar o carpete felpudo da casa e a acompanhei até a pequena porém charmosa sala de estar. Ali nos sentamos num belo sofá de couro marrom. Uma estante alta, cheia de clássicos encadernados com capa dura que provavelmente custavam uma fortuna, me acenava convidativa do canto, enquanto uma janela ensolarada e uma grande televisão de tela plana sobre um rack de madeira polida também disputavam minha atenção.

Nilima começou a folhear os papéis deixados sobre a mesa de centro.

– Kelsey – começou ela –, esta casa é sua. É parte do pagamento pelo seu trabalho neste verão na Índia.

– Eu não estava trabalhando, Nilima.

– O que você fez foi o trabalho mais vital de todos. Você realizou muito mais do que qualquer um de nós sequer tinha esperança de conseguir. Temos uma grande dívida para com você e essa é uma pequena forma de recompensar seus esforços. Você superou obstáculos terríveis e quase perdeu a vida. Somos todos muito gratos.

Constrangida, brinquei:

– Bem, agora que você colocou a coisa dessa maneira... Ei, espere! Você disse que esta casa é *parte* do meu pagamento? Então tem mais?

Com um gesto afirmativo da cabeça, Nilima respondeu:

– Tem.

– Não. Eu não posso aceitar este presente. Uma casa já é um exagero... E ainda tem outras coisas? É bem mais do que combinamos. Eu só queria algum dinheiro para pagar os livros da faculdade. Ele não devia fazer isso.

– Kelsey, ele insistiu.

– Bem, então vai ter que *desinsistir.* Isso é um exagero, Nilima. É sério.

Ela suspirou ao olhar para o meu rosto, que exibia uma determinação férrea.

– Ele quer que você fique com a casa, Kelsey. Isso vai deixá-lo feliz.

– Mas não é nada prático! Estou no meio do nada. Agora que voltei para casa, pretendo me matricular na faculdade e não há linhas de ônibus que passem por aqui.

Nilima me dirigiu um olhar perplexo.

– Linhas de ônibus?! Se quiser mesmo ir de ônibus, poderá dirigir até o terminal.

– Dirigir até o terminal? Isso não faz o menor sentido.

– Bem, o que *você* está falando é que não faz o menor sentido. Por que você não quer ir de carro para a faculdade?

– De carro? Que carro?

– O que está na garagem, é claro.

– O que está na... *Ah, não.* Você só pode estar brincando!

– Não. Não estou brincando. O Porsche é seu.

– *Ah, não. Não é, não!* Você sabe quanto custa aquele carro? De jeito nenhum!

Peguei meu celular e procurei o número do Sr. Kadam. No instante em que ia pressionar o botão de chamada, ocorreu-me um pensamento que me deteve imediatamente.

– Tem mais alguma coisa que eu deva saber?

– Bom... – disse Nilima, hesitante. – Ele também tomou a liberdade de matricular você na Western Oregon University. O curso e o material didático já foram pagos. Seus livros estão na bancada, ao lado de sua lista de disciplinas, um moletom da Western Oregon e um mapa do campus.

– Ele me matriculou na Western Oregon? – perguntei, incrédula. – Eu estava planejando ir para a faculdade comunitária local e trabalhar... não entrar para a Western Oregon.

– Ele deve ter achado que você iria preferir uma universidade maior. Suas aulas começam na próxima semana. Quanto a trabalhar, você pode, se quiser, mas não será necessário. Ele também abriu uma conta bancária para você. O cartão está na bancada. Não se esqueça de assiná-lo no verso.

Engoli em seco.

– E... hã... exatamente quanto dinheiro tem nessa conta?

Nilima deu de ombros.

– Não faço a menor ideia, mas tenho certeza de que é o suficiente para seus gastos pessoais. Naturalmente, nenhuma das suas contas de consumo será enviada para cá. Tudo irá direto para um contador. A casa e o carro já estão quitados, assim como todas as suas despesas na universidade.

Ela deslizou um maço de papéis em minha direção e então se recostou e bebericou seu refrigerante.

Por um minuto fiquei sentada ali, imóvel, e então me lembrei de minha decisão de ligar para o Sr. Kadam. Peguei o telefone e procurei o número.

Nilima me interrompeu.

– Tem certeza de que quer devolver tudo, Kelsey? Estou certa de que ele faz questão de que você fique com essas coisas.

– O Sr. Kadam deveria saber que não preciso de sua caridade. Vou explicar que a faculdade comunitária é mais do que adequada e que realmente não me importo de morar no dormitório e andar de ônibus.

Nilima se inclinou para a frente.

– Mas, Kelsey, não foi o Sr. Kadam quem providenciou tudo isso.

– O quê? Se não foi o Sr. Kadam, então quem... *Ah!* – Desliguei o celular imediatamente. Não havia a menor chance de eu ligar para *ele*, qualquer que fosse o motivo. – Então *ele* faz questão disso, não é?

As sobrancelhas arqueadas de Nilima se juntaram, expressando sua confusão.

– É, eu diria que sim.

Deixá-lo havia quase dilacerado meu coração. Ele estava a mais de 11 mil quilômetros de distância, na Índia, e ainda assim arranjava um jeito de ter algum poder sobre mim.

– Muito bem – resmunguei. – Ele sempre consegue o que quer mesmo. Não tem sentido eu tentar devolver. Ele vai pensar em algum outro presente exorbitante, que só vai servir para complicar ainda mais nosso relacionamento.

Um carro buzinou lá fora, na entrada.

– Minha carona de volta ao aeroporto chegou – disse Nilima, levantando-se. – Ah! Eu quase esqueci. Isto aqui também é para você. – Ela pôs um celular novo na minha mão, ao mesmo tempo em que pegava o aparelho velho, e me abraçou rapidamente antes de se dirigir à porta da frente.

– Mas... espere! Nilima!

– Não se preocupe, Kelsey. Vai dar tudo certo. Os documentos de que precisa para a universidade estão na bancada da cozinha. Tem comida na geladeira e todos os seus pertences estão no segundo andar. Pode pegar o carro e visitar sua família adotiva ainda hoje, se quiser. Eles estão esperando seu telefonema.

Ela se virou, caminhou graciosamente para a porta e entrou no carro que a aguardava. Do banco do carona, acenou. Acenei de volta, tristonha, e fiquei olhando até o elegante sedã preto desaparecer de vista. De repente, eu estava só numa casa estranha, cercada pela mata silenciosa.

Após a partida de Nilima, resolvi explorar o lugar que eu agora chamaria de lar. Ao abrir a geladeira, vi que as prateleiras estavam bem abastecidas. Peguei um refrigerante e fui espiar o interior dos armários. Encontrei copos e pratos, assim como talheres, utensílios de cozinha e panelas. Voltei para conferir a gaveta de baixo da geladeira, seguindo um palpite, e lá estavam eles – vários limões. Evidentemente, isso tinha sido coisa do Sr. Kadam. Atencioso, ele sabia que beber água com limão me confortaria.

O toque do Sr. Kadam não terminava na cozinha. O lavabo no primeiro andar era decorado em tons de verde-acinzentado e amarelo-limão. Até o sabonete líquido tinha aroma de limão.

Coloquei meus tênis numa cesta de vime sobre o piso de cerâmica da área de serviço, ao lado de um conjunto novo de máquina de lavar e secadora, e segui para o pequeno escritório.

Meu velho computador encontrava-se no meio da mesa, mas ao seu lado havia um notebook novinho em folha. Uma cadeira de couro, um arquivo e uma prateleira com papel e outros suprimentos completavam o escritório.

Peguei a mochila e subi a escada para ver meu novo quarto. Uma linda cama *queen size* com um grosso edredom cor de marfim e almofadas com estampa de pêssegos ficava junto à parede, tendo aos pés um antigo baú de madeira. Poltronas aconchegantes cor de pêssego estavam arrumadas no canto, de frente para uma janela que dava para a floresta.

Sobre a cama, havia um bilhete que me deixou mais animada:

Oi, Kelsey!

Seja bem-vinda! Ligue para nós assim que possível — queremos saber tudo da viagem.

Todas as suas coisas estão guardadas nos devidos lugares. Adoramos sua casa nova!

Com amor,
Mike e Sarah

Ler o bilhete de Mike e Sarah – além do fato de estar no Oregon – me reequilibrou. A vida deles era normal. Minha vida com eles era normal e seria bom estar com uma família normal e agir como um ser humano normal, para variar. Dormir no chão da selva, falar com deusas indianas, me apaixonar por um... tigre – nada disso era normal. Nem de longe.

Abri o closet e vi que de fato minhas roupas e a coleção de fitas de cabelo tinham sido trazidas da casa de Mike e Sarah. Corri os dedos por alguns daqueles itens que eu não via fazia meses. Quando abri o outro lado do closet encontrei todas as roupas que haviam sido compradas para mim na Índia, assim como várias peças novas ainda em suas capas de proteção.

Como o Sr. Kadam conseguiu fazer essas coisas chegarem aqui antes de mim? Eu deixei tudo isso na Índia!

Fechei a porta, encerrando as roupas e as lembranças, determinada a não abri-la outra vez.

Seguindo para a cômoda, puxei a gaveta do alto. Sarah havia arrumado minhas meias do jeito que eu gostava. Os pares de meias pretas, brancas e de cores variadas estavam enrolados em bolas perfeitas, organizadas em fileiras. Ao abrir a gaveta seguinte, o sorriso desapareceu do meu rosto. Ali estava o pijama de seda que eu, de propósito, deixara na Índia.

Meu peito ardeu quando passei a mão pelo tecido macio. Então, resoluta, fechei a gaveta. Virando-me para deixar o quarto claro e arejado, me toquei de uma coisa e na mesma hora o sangue afluiu rapidamente para o meu rosto. As cores do quarto eram pêssego e creme.

Deve ter sido escolha dele, deduzi. *Uma vez ele disse que eu cheirava a pêssego com creme. Era de se imaginar que acharia uma forma de me fazer lembrar dele, mesmo a um oceano de distância. Como se eu pudesse esquecer...*

Joguei a mochila na cama e imediatamente me arrependi, lembrando que Fanindra ainda estava dentro dela. Depois de tirá-la com cuidado e me desculpar, acariciei-lhe a cabeça dourada e a coloquei sobre uma almofada. Peguei o celular novo no bolso da calça. Como tudo mais, o aparelho era caro e totalmente desnecessário, com design da grife Prada. Liguei o telefone e esperei que o número *dele* aparecesse primeiro, mas isso não aconteceu. Tampouco havia mensagens. Na verdade, os únicos números na memória eram o do Sr. Kadam e o dos meus pais adotivos.

Vários sentimentos tomaram conta de mim. A princípio fiquei aliviada. Depois, confusa. E em seguida, desapontada. Uma parte de mim ponderou: *Um telefonema teria sido gentil. Só para ver se cheguei bem.*

Irritada comigo mesma, liguei para meus pais adotivos. Disse a eles que estava em casa, cansada da viagem, e que iria jantar com eles na noite seguinte. Ao desligar, fiz uma careta, me perguntando que tipo de surpresa à base de tofu estaria à minha espera. Mas qualquer que fosse o cardápio natural e saudável, valeria a pena suportá-lo pela oportunidade de revê-los.

Então desci a escada, liguei o som, preparei um lanche com fatias de maçã e manteiga de amendoim, e comecei a folhear os papéis da universidade que estavam na bancada. O Sr. Kadam escolhera estudos internacionais como minha principal área de interesse, incluindo também história da arte.

Examinei o quadro de horários. Eu não sabia como, mas o Sr. Kadam conseguira colocar a mim, uma caloura, em turmas de nível mais avançado. Não só isso, como também já me inscrevera tanto no primeiro quanto no segundo trimestre, embora a matrícula do segundo ainda não estivesse aberta.

A Western Oregon provavelmente recebeu uma polpuda doação vinda da Índia, pensei, com um sorriso irônico. *Não me surpreenderia se visse um novo prédio ser erguido no campus este ano.*

KELSEY HAYES, MATRÍCULA: 69428LT
WESTERN OREGON UNIVERSITY

PRIMEIRO TRIMESTRE

Redação acadêmica 115 (4 créditos). Introdução à redação de trabalhos acadêmicos.
Latim 101 (4 créditos). Introdução ao latim.
Antropologia 476 D – Religião e ritual (4 créditos). Um estudo das práticas religiosas no mundo. Apoia-se na antropologia para analisar a religiosidade enquanto enfoca tópicos particulares, entre os quais: possessão espiritual, misticismo, bruxaria, animismo, feitiçaria, veneração ancestral e magia. Examina a mistura das principais religiões do mundo com crenças e tradições locais.
Geografia 315 – O subcontinente indiano (4 créditos). Uma análise do Sudeste Asiático e sua geografia, com ênfase na Índia. Avalia a relação econômica entre a Índia e outras nações; examina padrões, problemas e desafios especificamente relacionados à geografia; e explora, do ponto de vista histórico e moderno, a diversidade étnica, religiosa e linguística de seu povo.

SEGUNDO TRIMESTRE

História da arte 204 – Da Pré-história ao período românico (4 créditos). Um estudo de todas as formas de arte desse período com ênfase específica na relevância histórica e cultural.

História 470 – A mulher na sociedade indiana (4 créditos). Uma análise da mulher na Índia, seus sistemas de crenças, seu papel cultural na sociedade e a mitologia – passada e presente – associada.

Redação acadêmica II 135 (4 créditos). Redação avançada de documentos acadêmicos baseados em pesquisas.

Ciência política 203 D – Relações internacionais (3 créditos). Uma comparação de questões globais e políticas de grupos mundiais com interesses semelhantes e/ou contrários.

Era oficial. Agora eu era uma universitária. *Bem, universitária e encarregada de quebrar antigas maldições indianas em meio expediente*, pensei, lembrando-me de que o Sr. Kadam continuava com suas pesquisas. Ia ser difícil me concentrar nas aulas, nos professores e nos trabalhos depois de tudo o que havia acontecido na Índia. Era estranho saber que eu deveria voltar à minha antiga vida no Oregon. De certa forma, eu parecia não mais me ajustar a ela.

Para minha sorte, as aulas na Western Oregon seriam interessantes, em especial as de religião e magia. O Sr. Kadam tinha escolhido disciplinas que provavelmente eu mesma iria escolher – exceto latim. Franzi o nariz. Nunca fui muito boa em línguas. Pena que a universidade não oferecia nenhum curso de algum idioma indiano. Seria bom aprender híndi, principalmente se eu voltar à Índia algum dia e me dedicar às outras três tarefas indicadas na profecia de Durga para quebrar a maldição do tigre. Talvez...

Nesse instante, o rádio começou a tocar "I Told You So", de Carrie Underwood. Ouvir aquela letra me fez chorar. Enxugando uma lágrima, pensei que *ele* provavelmente encontraria outra pessoa muito em breve. Eu não me aceitaria de volta se estivesse em seu lugar. Pensar nele, mesmo por um minuto, era doloroso demais. Calei minhas lembranças, guardando-as numa minúscula fenda no meu coração. Então as cobri com um monte de pensamentos novos. Pensei na universidade, em minha família adotiva e no fato de estar de volta ao Oregon.

Vou ter que me manter ocupada, decidi. *Esta será a minha salvação. Vou estudar feito louca, visitar os conhecidos e... e ficar com outros caras. Isso! É o que vou fazer. Vou sair com outras pessoas e me manter ativa, assim estarei cansada demais para pensar nele. A vida vai seguir em frente. Tem que seguir.*

Quando fui para a cama já era tarde e eu estava exausta. Fiz um carinho em Fanindra, deslizei para debaixo dos lençóis e dormi.

No dia seguinte meu celular novo tocou. Era o Sr. Kadam, que parecia ao mesmo tempo animado e decepcionado.

– Olá, Srta. Kelsey – disse ele, alegremente. – Fico muito feliz em saber que chegou em casa em segurança. Está tudo em ordem e a seu contento?

– Eu não esperava nada disso – repliquei. – Acho que não mereço tanto. Me sinto mal...

– Nem pense nisso. Foi um prazer providenciar tudo para você.

Vencida pela curiosidade, perguntei:

– Como está indo com a profecia? O senhor já a desvendou?

– Estou tentando traduzir o restante do monólito que vocês encontraram. Mandei alguém até o templo de Durga para fotografar as outras colunas. Parece que cada uma delas representa um dos quatro elementos: terra, ar, água e fogo.

– Faz sentido – comentei, lembrando-me da profecia de Durga. – A coluna original que encontramos devia estar relacionada à terra, pois mostrava lavradores fazendo oferendas de frutas e grãos. Além disso, Kishkindha era subterrânea e o primeiro objeto que Durga nos pediu que encontrássemos foi o Fruto Dourado.

– Exato, mas acabamos descobrindo que existiu uma quinta coluna que foi destruída há muito tempo. Ela representava o elemento espaço, o que é comum na fé hindu.

– Bem, se existe alguém capaz de decifrar o que virá em seguida, esse alguém é o senhor. Obrigada por ligar para saber de mim – acrescentei.

Antes de desligar, prometemos voltar a nos falar em breve.

Peguei meus livros novos, estudei por cinco horas e depois fui até uma loja de brinquedos comprar tigres de pelúcia laranja com listras pretas para Rebecca e Sammy, já que eu tinha me esquecido completamente de trazer alguma coisa da Índia para eles. Agindo contra o bom senso, também acabei comprando um tigre de pelúcia branco, grande e caro.

De volta à casa, abracei o tigre e enterrei meu rosto em seu pelo. Era macio, mas o cheiro não combinava. O cheiro *dele* era maravilhoso, um misto de sândalo e cachoeira. O bicho de pelúcia era apenas uma réplica. Suas listras eram diferentes e os olhos eram vítreos – de um azul fosco, sem vida. Os olhos *dele* eram de um azul-cobalto vivo.

O que há de errado comigo? Eu não devia ter comprado isso. Assim vai ficar ainda mais difícil esquecê-lo.

Deixando de lado as emoções, separei umas roupas e me arrumei para visitar minha família adotiva.

Ao atravessar a cidade, peguei o caminho mais longo a fim de evitar o local em que o circo fora montado e trazer à tona mais lembranças dolorosas. Quando parei na frente da casa de Mike e Sarah, a porta se escancarou. Mike veio em minha direção... mas não pôde resistir a dar uma olhada mais de perto no Porsche e passou correndo por mim em direção ao carro.

– Kelsey! Posso? – perguntou ele, timidamente.

– Divirta-se – respondi, rindo.

O mesmo Mike de sempre, pensei e joguei-lhe as chaves para que ele desse umas voltas.

Sarah passou o braço por minha cintura e me conduziu para dentro de casa.

– Estamos tão felizes em ver você! Nós dois estamos! – gritou ela, franzindo a testa para Mike, que acenou alegremente antes de sair de ré da garagem. – Ficamos preocupados depois da sua partida para a Índia porque você não telefonava muito, mas o Sr. Kadam ligava regularmente explicando o que você estava fazendo e como andava ocupada.

– Ah, é? E o que ele dizia exatamente? – perguntei, curiosa para saber a história que ele tinha inventado.

– Ele falou sobre seu novo emprego e que a partir de agora você vai para lá nas férias de verão ajudá-lo em vários projetos. Eu não tinha a menor ideia de que você se interessava por estudos internacionais. Essa é uma área maravilhosa. Muito fascinante. Ele também disse que, quando você se formar, poderá trabalhar na empresa dele. É uma oportunidade fantástica!

Sorri para ela.

– É, o Sr. Kadam é ótimo. Eu não poderia querer um chefe melhor. Ele me trata mais como neta do que como funcionária, e me mima demais. Você viu a casa e o carro, e ainda tem a universidade...

– Ele falava de você com muito carinho ao telefone. Até admitiu que acabou se tornando dependente de você. É um homem muito simpático. Também declarou que você é... como foi mesmo que ele disse... "um investimento que trará uma grande recompensa no futuro".

Lancei um olhar inseguro a Sarah.

– Espero que ele esteja certo quanto a isso.

Ela riu e em seguida ficou séria.

– *Nós* sabemos que você é especial, Kelsey, e que merece coisas maravilhosas. Talvez esta seja a forma de o Universo compensar a perda dos seus pais. Embora eu saiba que nada irá substituí-los.

Fiz um gesto afirmativo com a cabeça. Ela estava feliz por mim. E saber que eu estaria respaldada financeiramente para viver com conforto por conta própria devia ser um grande alívio para minha família.

Sarah me abraçou e tirou do forno um prato que exalava um cheiro estranho. Ela o colocou em cima da mesa e disse:

– Agora vamos comer!

Fingindo entusiasmo, perguntei:

– Então... o que temos para o jantar?

– Lasanha integral orgânica de espinafre com tofu e semente de linhaça.

– Hum, mal posso esperar – falei, forçando um meio sorriso.

Pensei com carinho no mágico Fruto Dourado que eu tinha deixado na Índia – o objeto divino que podia fazer a comida mais deliciosa aparecer instantaneamente. Com ele nas mãos de Sarah, talvez até uma refeição saudável ficasse gostosa. Provei a lasanha com o dedo. *Pensando bem...*

Samuel, de 4 anos, e Rebecca, de 6, entraram correndo na cozinha, saltitando e querendo chamar minha atenção. Abracei os dois e os levei para a mesa. Então fui até a janela para ver se Mike já tinha voltado. Ele havia acabado de estacionar o Porsche e vinha andando de costas na direção da porta, olhando para o carro.

– Mike, hora do jantar – gritei da janela.

Ele respondeu por sobre o ombro, sem tirar os olhos do carro:

– Claro, claro. Já vou.

Sentei-me entre as crianças, servi um pouco de lasanha para cada uma e peguei uma fatia minúscula para mim. Sarah ergueu a sobrancelha e justifiquei minha pequena porção dizendo que comera muito no almoço. Mike enfim entrou e começou a tagarelar animadamente sobre o Porsche. Então perguntou se poderia pegar o carro emprestado para sair com Sarah numa sexta à noite.

– Claro. Eu posso vir e tomar conta das crianças.

Ele sorriu, radiante, enquanto Sarah revirava os olhos.

– Com quem você está planejando sair? Comigo ou com o carro? – perguntou.

– Com você, é claro, minha querida. O carro é só uma vitrine para a linda mulher sentada ao meu lado.

Sarah e eu nos entreolhamos, reprimindo o riso.

– Boa, Mike – zombei.

Depois do jantar fomos para a sala e dei os tigres de pelúcia laranja às crianças. Elas soltaram gritinhos de alegria e se puseram a correr ao nosso redor, rugindo uma para a outra. Sarah e Mike me fizeram todo tipo de pergunta sobre a Índia e eu falei sobre as ruínas de Hampi e a casa do Sr. Kadam. Tecnicamente, a casa não era dele, mas eles não precisavam saber disso. Então me perguntaram sobre como estava indo a adaptação do tigre do circo do Sr. Maurizio ao novo lar.

Fiquei paralisada por um instante, mas em seguida disse que ele estava indo bem e que parecia muito feliz lá. Por sorte, o Sr. Kadam havia explicado que ficávamos fora com frequência, explorando ruínas indianas e catalogando artefatos. Ele dissera que eu trabalhava como sua assistente, mantendo o registro de suas descobertas e fazendo anotações, o que não estava muito longe da verdade. Isso também explicava por que eu escolhera incluir história da arte em meus estudos.

Estar com eles era divertido, mas também me esgotava, pois eu precisava tomar cuidado para não me distrair e deixar escapar algo estranho demais. Eles nunca acreditariam em todas as coisas que haviam me acontecido. Às vezes eu mesma tinha dificuldade em acreditar.

Sabendo que dormiam cedo, peguei minhas coisas e me despedi. Dei um abraço em cada um e prometi que voltaria na semana seguinte.

Quando cheguei em casa passei algumas horas estudando e então tomei um banho quente. Enfiando-me na cama no quarto escuro, arquejei quando minha mão esbarrou em pelo. Então me lembrei da minha compra, empurrei o tigre de pelúcia para os pés da cama e enfiei a mão entre o rosto e o travesseiro.

Eu não conseguia parar de pensar *nele*. Perguntava-me o que estaria fazendo naquele momento e se pensava em mim ou sentia minha falta. Estaria andando pela selva úmida e abafada? Lutando com Kishan? Eu voltaria à Índia algum dia? Aliás, será que era isso mesmo que eu queria?

Todas as vezes que eu empurrava um pensamento para o fundo da mente, outro surgia no lugar. Eu não conseguia vencê-los; eles continuavam pipocando, vindos do meu subconsciente. Suspirando, estendi o braço, agarrei a perna do tigre de pelúcia e puxei-o de volta. Abraçando-o, enterrei o nariz em seu pelo e adormeci com a cabeça em suas patas.

2

Wushu

Os dias que se seguiram passaram depressa e sem acontecimentos memoráveis, até que começaram as aulas na universidade. Fiquei sabendo dos trabalhos que teria que fazer para cada disciplina e percebi que minhas experiências na Índia viriam a calhar. Poderia escrever sobre Hampi em minha pesquisa sobre uma metrópole indiana, discutir a importância da flor de lótus como símbolo religioso em antropologia e escolher como tema de meu trabalho final de religião algum aspecto de Durga. A única matéria que parecia excessivamente desafiadora era latim.

Não demorou para que eu estabelecesse uma rotina confortável. Visitava Sarah e Mike com frequência, assistia às aulas e falava com o Sr. Kadam toda sexta-feira. Na primeira semana ele me ajudou com um relatório que comparava os veículos utilitários e o indiano Nano, e, graças a seu vasto conhecimento sobre carros e minha descrição realista do que é dirigir na Índia, tirei a melhor nota da turma. Minha mente estava tão entretida com as tarefas acadêmicas que me sobrava pouco tempo para me preocupar com qualquer outra coisa – ou pensar em qualquer outra pessoa.

Numa dessas sextas-feiras o telefonema do Sr. Kadam me trouxe uma surpresa interessante. Depois de conversar sobre à universidade e meu último trabalho sobre os padrões climáticos no Himalaia, ele abordou um assunto novo.

– Eu a matriculei em outra aula – começou ele. – Acho que vai lhe agradar, mas consumirá mais do seu tempo. Se estiver ocupada demais, eu vou entender.

– Na verdade, uma aula a mais provavelmente seria uma boa ideia – repliquei, curiosa em saber o que ele havia planejado para mim.

– Maravilhoso! Você vai aprender *wushu* em Salem – explicou o Sr. Kadam. – As aulas são às segundas, quartas e sextas, de seis e meia às oito da noite.

– *Wushu*? O que é isso? Alguma língua indiana? – perguntei, torcendo para que não fosse.

O Sr. Kadam riu.

– Ah, como eu sinto falta de ter a senhorita por perto. Não, *wushu* é um tipo de arte marcial chinesa. Uma vez me disse que tinha vontade de aprender artes marciais, correto?

Deixei escapar um suspiro de alívio.

– É, parece divertido. Posso incluí-lo em minha agenda. Quando as aulas começam?

– Na próxima segunda. Prevendo que iria concordar, mandei um pacote para a sua casa com o material necessário. Deve chegar amanhã.

– Sr. Kadam, não precisa fazer tudo isso por mim. O senhor tem que parar de me encher de presentes ou eu nunca poderei quitar essa dívida.

– Srta. Kelsey, não há *nada* que eu possa fazer que chegue sequer perto de pagar o que lhe devo. Por favor, aceite essas coisinhas. Isso alegra muito o coração de um velho.

Eu ri.

– Está bem, Sr. Kadam. Não precisa ser tão dramático. Vou aceitar, se isso o deixa feliz. Mas o martelo ainda não foi batido em relação ao carro.

– Vamos cuidar disso depois. Aliás, decifrei uma pequena parte da segunda coluna. Talvez tenha algo a ver com o ar, mas ainda é cedo demais para tirar qualquer conclusão. Essa é uma das razões por que eu gostaria que você aprendesse *wushu*. Vai ajudá-la a desenvolver um melhor equilíbrio da mente e do corpo, o que pode ser proveitoso se sua próxima aventura se passar acima do chão.

– Com certeza eu não me importo de aprender a lutar e me defender também. O *wushu* teria sido útil contra os *kappa* – brinquei. – As traduções estão difíceis?

– Estão muito... desafiadoras. Os marcos geográficos que traduzi não se encontram em território indiano. Estou preocupado com a possibilidade de os outros três objetos que procuramos estarem em qualquer outro lugar do mundo. É isso ou meu cérebro está muito cansado.

– O senhor virou a noite outra vez? Precisa dormir. Faça um chá de camomila e vá descansar um pouco.

– Talvez tenha razão. Acho que vou tomar um chá enquanto leio algo leve sobre o Himalaia para o seu trabalho.

– Mas não deixe de descansar. Sinto saudade do senhor.

– Eu também, Srta. Kelsey. Até logo.

– Tchau.

Pela primeira vez desde que voltara para casa, senti uma onda de adrenalina percorrer o meu corpo. Mas assim que desliguei o telefone a depressão se instalou outra vez. Eu esperava ansiosa por nossos telefonemas semanais e sempre me entristecia quando chegavam ao fim. Era o mesmo sentimento que eu experimentava depois do Natal. A expectativa do feriado crescia durante todo o mês. Então, quando os presentes eram abertos, a ceia era saboreada e as pessoas partiam, cada uma seguindo o seu caminho, eu ficava com uma melancólica sensação de perda.

Lá no fundo eu sabia que a verdadeira razão da minha tristeza era porque só havia um presente que eu queria de verdade: que *ele* ligasse. No entanto, isso não acontecia. E cada semana que se passava sem que eu ouvisse sua voz destruía minhas esperanças. Eu tinha deixado a Índia para que ele pudesse começar a vida com outra pessoa, então deveria me sentir feliz por ele. Eu me sentia, de certa forma, mas ao mesmo tempo estava arrasada por mim mesma.

Experimentava aquela melancolia de quando as férias chegam ao fim e é hora de voltar à escola. Ele fora meu maior presente, meu milagre particular, e eu estraguei tudo. Abri mão dele. Era como ganhar um convite para o camarim do seu maior ídolo e doá-lo para a caridade. Não fazia o menor sentido.

No sábado meu misterioso pacote de artes marciais chegou. Era grande e pesado. Eu o empurrei até a sala e peguei a tesoura no escritório para cortar a fita adesiva da embalagem. Dentro encontrei calças de ginástica e camisetas pretas e vermelhas, todas exibindo a logomarca do Estúdio de Artes Marciais Shing, que mostrava um homem desferindo um soco no rosto e outro lançando o pé na direção do abdome de seu oponente.

Também encontrei dois pares de sapatos e um conjunto de casaco e calça de cetim vermelho. O casaco tinha botões pretos na frente e uma faixa também preta. Eu não tinha a menor ideia de quando ou como eu precisaria usar isso, mas achei bonito.

O que tornava a caixa pesada era a variedade de armas que encontrei dentro dela. Havia um par de espadas, alguns ganchos, correntes, um bastão de três seções e vários outros objetos que eu nunca tinha visto.

Se o Sr. Kadam está tentando me transformar numa guerreira ninja, vai ficar muito decepcionado, pensei, lembrando-me de que ficara paralisada durante o ataque da pantera. *Será que vou mesmo precisar dessas habilidades? Acho que viriam a calhar se eu voltasse à Índia e tivesse que lutar com o que surgisse em nosso caminho na busca do segundo presente de Durga.* Essa ideia fez o cabelo em minha nuca arrepiar.

Na segunda-feira cheguei cedo à aula de latim, e minha rotina feliz esbarrou num obstáculo quando Artie, o assistente do laboratório de idiomas, aproximou-se de minha carteira. Ele parou muito perto de mim. Perto demais. Ergui os olhos para ele, na esperança de que a conversa fosse rápida e ele saísse de meu espaço pessoal.

Artie era o único cara que eu conhecia com coragem suficiente para usar um pulôver de lã com gravata-borboleta. O triste era que o pulôver era pequeno demais. Ele tinha que ficar puxando-o para baixo, tentando cobrir a barriga saliente. Parecia o tipo de sujeito que combinava com uma faculdade antiga e bolorenta.

– Oi, Artie. Tudo bem? – perguntei, impaciente.

Ele empurrou os óculos de lentes grossas nariz acima com o dedo médio e abriu sua agenda. Foi direto ao ponto.

– Ei, você está livre na quarta às cinco?

Ele pairava sobre mim com o lápis no ar e o queixo duplo sobressaindo. Os olhos castanhos e lacrimosos cravaram-se nos meus enquanto ele aguardava, esperançoso, minha resposta.

– Hã... claro, eu acho. O professor quer falar comigo?

Artie estava ocupado escrevendo na agenda, mudando algumas coisas de lugar e apagando outras. Ele ignorou minha pergunta. Então, fechou a agenda, enfiou-a debaixo do braço e puxou o colete marrom até a fivela do cinto. Tentei não reparar quando o tecido foi subindo novamente.

Ele me dirigiu um sorriso débil.

– Não, não. Essa é a hora em que vou buscá-la para o nosso encontro.

Sem dizer outra palavra, Artie deu a volta em minha carteira e se dirigiu para a porta.

Será que ouvi bem? O que acabou de acontecer aqui?

– Artie, espere. O que foi que você disse?

A aula estava começando e o colete dobrou a esquina e se foi. Deixei-me afundar na cadeira, repassando, confusa, nossa conversa enigmática. *Talvez ele não esteja se referindo a um encontro de verdade*, pensei. *Talvez sua definição de encontro seja diferente da minha. Deve ser isso. Mas é melhor conferir para ter certeza.*

Tentei encontrar Artie no laboratório o dia todo sem sucesso. O esclarecimento sobre o encontro teria que esperar.

Naquela noite eu faria minha primeira aula de *wushu*. Vesti a calça preta, uma camiseta e as sapatilhas brancas. Deixei a capota do conversível abaixada enquanto atravessava a floresta em direção a Salem. Todo o meu corpo relaxou à medida que a brisa fresca do início da noite me envolvia. O sol, que se punha naquele instante, pintava as nuvens de púrpura, rosa e laranja.

O estúdio de artes marciais era grande e ocupava metade do prédio. Andei até o fundo da sala. Uma área ampla estava cercada por espelhos e grandes tatames azuis cobriam o chão. Já havia outras cinco pessoas lá. Três rapazes e uma garota em boa forma física estavam se aquecendo a um canto. Alongando-se no chão, em outro canto, estava uma mulher de meia-idade que me fez lembrar a minha mãe. Ela sorriu para mim e pude ver que estava um pouco assustada, mas também tinha um brilho determinado nos olhos. Sentei-me ao seu lado e inclinei o tronco sobre as pernas esticadas.

– Oi. Prazer. Eu sou Kelsey.

– Jennifer. – Ela soprou a franja, tirando o cabelo do rosto. – Muito prazer.

O professor entrou no estúdio acompanhado por um rapaz. O instrutor de cabelos brancos parecia velho, mas muito ágil e forte. Com sotaque carregado, ele se apresentou como Chu... alguma coisa, mas disse que devíamos chamá-lo de Chuck. O jovem que o acompanhava era seu neto, Li, uma versão jovem do avô. Seu cabelo era preto e bem curto, ele era alto e tinha o corpo musculoso, além de um sorriso bonito.

Chuck iniciou a aula com uma breve explicação:

– *Wushu* é uma arte marcial chinesa. Já ouviram falar dos monges *shaolin*? Eles praticam *wushu*. O nome do meu estúdio é *Shing*, que significa "vitória". Vocês todos terão a chance de experimentar a vitória quando dominarem o *wushu*. Conhecem o termo "kung fu"?

Todos assentimos.

– Kung fu significa "habilidade". O kung fu não é um estilo de arte marcial. O termo só quer dizer que você tem habilidade. Essa habilidade pode ser cavalgar ou nadar. O *wushu* é um estilo. O *wushu* são chutes, alongamento, ginástica e armas. Sabem de alguém famoso que usa o *wushu*?

Ninguém respondeu.

– Jet Li, Bruce Lee e Jackie Chan, todos usam *wushu*. Primeiro vou lhes ensinar as saudações. É assim que vocês cumprimentam o professor todas as aulas. Eu digo: "*Ni hao ma?*" e vocês respondem: "*Wo hen hao.*" Isso significa "Como vai você?" e "Eu vou bem".

– *Ni hao ma?*

Respondemos hesitantes:

– *Wo... hen... hao.*

Chuck sorriu para nós.

– Muito bom, turma! Agora vamos começar com um pouco de alongamento.

Ele nos orientou no alongamento de panturrilhas e braços e então pediu que nos sentássemos no chão e esticássemos as mãos até os dedos dos pés. Disse que queria que nos alongássemos várias vezes por dia para aumentarmos nossa flexibilidade. Então nos fez abrir espacate. Quatro dos meus colegas de turma estavam indo bem, mas eu me sentia mal por Jennifer. Ela já estava ofegante só com o alongamento e fazia um grande esforço para conseguir realizar os espacates.

Chuck sorria para todos nós, inclusive para sua aluna com dificuldades, encorajando-a. Em seguida pediu ao sobrinho que se pusesse diante da turma, a fim de demonstrar a primeira postura em que queria que trabalhássemos. Era chamada de postura do cavalo. Dali passamos para a postura do arco e flecha, que torturou os músculos das minhas panturrilhas, e a postura do gato. A postura de esquiva era a mais difícil. Os pés ficam paralelos, mas o corpo tem que tombar estranhamente para o lado. A última que aprendemos foi a postura do descanso (ou da fênix), que na realidade era bem cansativa.

Durante o restante da aula praticamos as cinco diferentes posturas. Li me ajudou com o posicionamento dos pés e ficou algum tempo demonstrando a postura de esquiva, mas ainda assim eu não conseguia fazê-la corretamente. Ele foi muito simpático, sorrindo para mim muitas vezes.

Jennifer estava com o rosto vermelho, mas parecia feliz quando a aula terminou. O tempo tinha voado. Era bom me exercitar e eu já aguardava ansiosa a aula seguinte – que seria na mesma noite de meu encontro com Artie.

Procurei Artie no laboratório de idiomas três vezes na terça-feira para esclarecer as coisas e, se tivesse sorte, cancelar o encontro. Quando por fim consegui falar com ele, Artie fez um estardalhaço em torno do adiamento de nosso encontro e seguiu virando as páginas de sua agenda até esgotarem-se as minhas desculpas. Comecei a me sentir culpada e concluí que não iria me matar sair com ele uma única vez. Ainda que eu não tivesse qualquer interesse romântico por Artie, ele poderia se tornar um amigo. Assim, aceitei o convite mais para o fim do mês.

As semanas seguintes transcorreram sem incidentes, mas logo me vi em outra situação incomum. Meu parceiro na aula de antropologia, Jason, me chamou para assistir a um jogo de futebol americano que comemorava o retorno dos atletas da universidade.

O convite me pegou de surpresa. Então caiu a ficha e percebi que eu não notara as várias pistas que ele vinha me dando. Minha mente estava tão voltada para os trabalhos acadêmicos que eu presumira que ele também só estivesse interessado nisso.

Jason parecia um cara legal, mas não chegava nem aos pés do homem que eu deixara para trás na Índia. Fiz rapidamente uma lista mental das qualidades de cada um deles, e o lado de Jason ficou muito menor. Eu sabia que não era justo comparar os dois. *Ninguém* poderia competir com *ele*. Jason não fazia com que eu me sentisse empolgada ou amedrontada, feliz ou nervosa. Meu coração não disparava de ansiedade. Eu não sabia nem dizer se tínhamos alguma química. Simplesmente me sentia entorpecida.

Preciso esquecê-lo. Tenho que seguir em frente e tentar namorar alguém, disse a mim mesma. Mordi o lábio. *Ele provavelmente acabou com minhas chances de ser feliz com outra pessoa. Como eu poderia gostar de outros homens quando não podiam sequer se comparar a ele?*

Irritada com meu raciocínio circular, disse a Jason que adoraria ir com ele ao jogo. Ele pareceu empolgado, mas temi que o garoto confundisse meu entusiasmo em esquecer o passado com algum interesse por ele.

Naquela noite, na aula de *wushu*, aprendemos chutes. Eram de vários tipos: o chute frontal, o lateral, o circular para dentro e o para fora, e o chute com o calcanhar acompanhado de um movimento com a palma da mão. Meu favorito foi o de ponta de pé com o punho fechado. Ele me fez sentir finalmente que eu poderia bater em alguma coisa.

Praticamos chutes a aula toda até Chuck começar a nomear ao acaso os diferentes tipos de chute para ver com que rapidez podíamos nos lembrar deles. Durante a última parte da aula formamos duplas e eu trabalhei com Jennifer. Li me pediu que demonstrasse os saltos e me ajudou a posicionar os braços corretamente, orientando-me com a postura antes de prosseguir. Logo depois anunciou o fim da aula. Agradeci a ele e pratiquei mais um pouco sozinha.

– Li gosta de você – sussurrou Jennifer em tom conspiratório quando acabei. – Não sei se ele vai ter coragem de fazer alguma coisa a respeito, mas está na cara. Ele fica observando você o tempo todo. O que acha dele?

– Não sinto nada por ele. É um cara legal, mas nunca pensei nele dessa maneira.

– *Ah*. Tem outro na jogada.

Franzi a testa.

– *Não*. Não mais.

– Ah, querida, você não pode simplesmente deixar a vida passar enquanto protege um coração partido. É preciso se arriscar e tentar de novo. A vida é curta demais para vivermos sem amor.

Eu sabia que ela tinha um casamento feliz de 15 anos. Seu marido era um homem doce, de cabelos já rareando e que obviamente a adorava. Todas as noites depois da aula ele lhe dizia que ela estava linda e que estava emagrecendo tanto que já não podia vê-la de lado. Então lhe beijava os cabelos castanhos encaracolados úmidos e abria a porta do carro para ela. Se alguém pudesse ser considerado um especialista em amor, esse alguém era Jennifer.

Pensei no que ela havia acabado de dizer. Sabia que estava certa. *Mas como se faz para mudar o coração?*

Jennifer sorriu, solidária, recolheu suas coisas e apertou meu ombro.

– Até a semana que vem, Kelsey.

Acenei enquanto se afastavam e fiquei olhando para a rua escura e vazia por alguns minutos, perdida em pensamentos. Quando me virei para pegar minhas coisas, percebi que todos já tinham ido embora. Li estava parado à porta da frente, esperando pacientemente que eu saísse para trancar o estúdio.

– Desculpe, Li. Acho que perdi a noção do tempo.

– Sem problema – disse ele, sorrindo.

Apanhei minha toalha, a chave do carro e a garrafa de água e me encaminhei para a porta.

Assim que entrei no carro, Li me chamou:

– Ei, Kelsey. Espere.

Ele correu até a minha janela, enquanto eu baixava o vidro.

– Eu queria convidar você para jogar. Um grupo de amigos meus vai se encontrar no Halloween para jogar Colonizadores de Catan. É um jogo de tabuleiro em que você deve construir seu império. Vai ter comida boa! Minha avó adora cozinhar. Você quer ir? Posso ensiná-la como se joga.

– Humm.

Eu não tinha planos para o Halloween. Sabia que nenhuma criança iria até a minha casa porque ficava muito longe da estrada. Passar na casa de Mike e Sarah tampouco parecia uma boa opção. Todas as crianças da vizinhança evitavam ir até lá porque eles davam doces sem açúcar e faziam um discurso para os pais sobre os males do excesso de guloseimas.

Li ainda estava ali esperando uma resposta, então falei:

– Claro. Parece divertido!

Ele sorriu.

– Beleza! Até mais!

Fui para casa me sentindo estranha. Quando entrei, joguei a bolsa no sofá e peguei uma garrafa de água na geladeira. Subi a escada, abri a porta da varanda do meu quarto e me sentei numa poltrona. Inclinando a cabeça para trás, fiquei olhando as estrelas.

Três encontros. Eu tinha três encontros em duas semanas – e não estava ansiosa por nenhum deles. Definitivamente havia algo errado comigo.

3

Encontros

ENCONTRO 1

Eu não podia acreditar que o dia do meu encontro com Artie tinha chegado tão rápido. Fui de carro até o campus, estacionei e fiquei sentada, enrolando. Eu não queria sair com Artie. Nem um pouco. Sua persistência tinha me vencido e eu suspeitava de que não era a primeira vez que ele usava aquela tática.

Resignada a me encontrar com ele naquela noite, me dirigi ao laboratório de idiomas. Artie estava lá, olhando para o relógio, com um pacote marrom embaixo do braço. Caminhei até ele e enfiei as mãos nos bolsos da calça.

– Oi, Kelsey. Vamos. Estamos atrasados – disse ele, seguindo bruscamente para o corredor. – Ainda tenho que enviar um pacote pelo correio para uma velha *amiga*.

Ele não era apenas gordo. Era alto e dava passadas bem maiores que as minhas. Eu precisava quase correr para acompanhá-lo. Artie atravessou o estacionamento, chegou à calçada e pôs-se a andar na direção da cidade.

– Não seria melhor irmos no seu carro? – perguntei. – O correio fica a quase três quilômetros daqui.

– Ah, não. Não tenho carro. São caros demais.

Ainda bem que vim de tênis, pensei.

Artie andava em silêncio e com passos rígidos. Concluí que provavelmente era tarefa minha fazer a conversa fluir.

– Então... para quem é esse pacote?

– É para a minha ex-namorada da escola. Ela frequenta outra faculdade e eu gosto de manter contato. Ela sai com muita gente, assim como eu – gabou-se Artie. – Você precisa ver minha agenda. Tenho encontros marcados para daqui a anos.

Foi a caminhada mais longa da minha vida. Tentei me imaginar andando na selva indiana, mas estava frio demais. O céu estava escuro e nublado, soprava um vento forte. Não era um clima adequado para uma caminhada. Eu tremia – mesmo de casaco – e passei o tempo ouvindo parcialmente o que Artie falava e admirando as casas decoradas para o Halloween.

Finalmente chegamos ao correio e Artie despachou seu pacote. Estávamos na Main Street e eu vi à nossa volta os vários restaurantes minúsculos localizados ali. Perguntei-me em qual deles jantaríamos. Estava faminta. Tinha me esquecido de almoçar de tão absorta nos estudos. O cheiro de comida chinesa que vinha de um lugar ali perto era de dar água na boca.

Quando Artie saiu à rua, eu estava gelada. Bati as palmas das mãos e esfreguei uma na outra para aquecê-las. Se soubesse que ficaríamos tanto tempo na rua, teria calçado luvas. Artie tinha um par de luvas de couro no bolso, mas ele mesmo as usou.

Meu cérebro, sempre ávido por punição, insistia que *ele* teria me dado suas luvas. Droga, *ele* teria tirado a camisa e me dado se achasse que eu poderia precisar dela.

– E agora? Para onde vamos? – perguntei.

Meus olhos dispararam, esperançosos, na direção do restaurante chinês.

– De volta ao campus. Tenho uma surpresa guardada para você.

Tentei colar um sorriso de entusiasmo no rosto.

– Que... ótimo.

No longo trajeto de volta ao campus Artie foi falando de si mesmo. Falou sobre sua infância e a família. Descreveu todos os prêmios que ganhou e mencionou que foi presidente de cinco clubes, inclusive o de xadrez. Não fez uma só pergunta sobre mim. Eu ficaria surpresa se ele soubesse meu sobrenome.

Minha mente divagou para uma conversa com um homem muito diferente. Ouvi *sua* voz cálida e hipnótica com muita clareza. De repente eu me encontrava debaixo de uma árvore. A árvore sob a qual eu dissera adeus. A árvore sob a qual eu olhara pela última vez seus olhos azul-cobalto. O vento frio e cortante do Oregon desapareceu e eu senti a balsâmica brisa do verão indiano soprar suavemente meus cabelos. A noite cinza e nublada não existia mais e eu olhava as estrelas cintilantes no céu noturno. Ele tocou o meu rosto e falou.

"Kelsey, o fato é que... estou apaixonado por você... já faz algum tempo. Não quero que você vá embora. Por favor. Por favor. Por favor. Diga que vai ficar comigo."

Ele era tão lindo, como um anjo guerreiro enviado do céu. Como pude lhe negar alguma coisa, especialmente quando eu era tudo o que ele queria?

"Quero lhe dar uma coisa. É uma tornozeleira. São muito populares aqui e escolhi esta para que nunca mais tenhamos que procurar um sino."

Meu tornozelo formigou quando me lembrei de seus dedos roçando-o.

"Kells, por favor. Preciso de você."

Como eu pude deixá-lo?

Minha mente voltou bruscamente ao presente e lutei para conter as intensas emoções que vinham à tona quando eu me permitia pensar *nele*. Enquanto Artie discorria de forma monótona sobre como vencera o campeonato de debates, eu me repreendia por permitir que meus pensamentos me levassem a um lugar tão perigoso. A verdade era que, mesmo que eu *estivesse* tendo dúvidas sobre minha decisão de partir, *ele* não havia telefonado. Isso provava que eu tinha tomado a decisão certa, não provava? Se ele me amasse tanto quanto dizia, teria tentado entrar em contato comigo. Teria me procurado. Teria vindo ao meu encontro. Ele precisava de espaço. Eu estava certa ao deixá-lo. Talvez agora eu pudesse começar a me curar e esquecê-lo.

Obriguei-me a voltar a atenção para Artie e me esforcei de verdade para ouvir sua conversa. Não havia a menor possibilidade de Artie ser o cara certo para mim – nem para qualquer garota, aliás –, mas isso não significava que eu estivesse sem opções. Eu ainda tinha um encontro com Jason no dia seguinte e outro com Li na próxima semana.

Quando Artie e eu chegamos de volta ao campus, meu estômago roncava tão alto que podia ser ouvido a três quarteirões de distância. Eu esperava seriamente que fôssemos logo comer na lanchonete da universidade.

Ele me levou para o centro de mídia da Biblioteca Hamersly, pediu dois fones de ouvido e entregou um papel à mulher que nos atendia. Então empurrou duas cadeiras de madeira diante de um minúsculo aparelho de TV em preto e branco que estava num canto.

– Não é uma ótima ideia? Podemos assistir a um filme e eu não preciso gastar nem um centavo! – Ele sorriu enquanto meu queixo caía. – Muito inteligente, você não acha?

Apertei os lábios.

– Ah, é, muito inteligente.

Calei-me rapidamente depois disso, engolindo um comentário sarcástico. Será que ele achava que as garotas gostavam de ser tratadas dessa forma? Não que um encontro tivesse que envolver coisas caras ou que fosse mesmo necessário gastar dinheiro. O que me aborrecia era que Artie era presunçoso em relação a tudo e não achava que suas acompanhantes fossem importantes o bastante para escutá-las. Eu estava indignada e com fome. Quando o filme começou, ele deslizou o fone cinzento gigantesco sobre os ouvidos e apontou para o meu.

Limpei a poeira do dispositivo com a blusa, pluguei o fio e coloquei com força os fones em cima dos ouvidos, irritadíssima por ficar ali sentada por *mais duas horas*. Os créditos iniciais de *A lenda dos beijos perdidos* disparavam na tela e eu enviava mensagens mentais para que Gene Kelly dançasse mais rápido.

Passada uma hora de filme, Artie fez um movimento. Ele ainda olhava diretamente para a tela minúscula quando colocou o pesado braço nas costas da minha cadeira.

Olhei-o pelo canto do olho. Ele tinha um sorriso afetado no rosto. Imaginei que estivesse mentalmente ticando uma lista de tarefas em sua agenda.

- Seduzir a garota falando de outras namoradas
- Impressioná-la com o número de prêmios que você recebeu
- Não gastar dinheiro no encontro
- Fazer a garota assistir a um filme cafona no centro de mídia
- Fazer comentários sobre a própria parcimônia
- Pôr o braço no ombro da garota na marca exata da metade do filme

Inclinei-me para a frente e fiquei numa posição desconfortável, na ponta da cadeira, durante toda a segunda metade do filme. Com a desculpa de que precisava ir ao banheiro, fiquei de pé. Ele fez o mesmo e foi até a mulher no balcão. Quando passava por eles, eu o ouvi pedindo que ela parasse o filme e o rebobinasse um pouquinho para que lembrássemos onde havíamos parado.

Sensacional! Isso soma mais cinco minutos a essa experiência maravilhosa! Eu me apressei, temendo que ele pudesse cismar de reiniciar o filme. Pensei na possibilidade de sair do prédio correndo feito louca, mas de onde estávamos sentados ele podia ver a porta do banheiro e isso seria uma grosseria. Eu estava determinada a sofrer ainda durante a última parte do filme e *depois* voar para casa.

Finalmente, *finalmente*, o filme terminou e eu me levantei de um salto, como se o alarme de incêndio tivesse acabado de ser acionado.

– Muito bem, Artie. Foi legal. Meu carro está estacionado aqui fora, então até segunda. Obrigada pelo filme.

Infelizmente ele não entendeu a deixa e fez questão de me acompanhar até o carro. Abri a porta e mais que depressa me enfiei atrás dela.

Ele pôs a mão na porta do carro e inclinou o corpo volumoso na minha direção. Sua gravata-borboleta estava a poucos centímetros do meu nariz. Ele forjou um sorriso artificial e desajeitado.

– Bem, eu me diverti muito e quero sair de novo com você na próxima semana – disse ele. – Que tal na sexta?

Melhor cortar isto logo pela raiz.

– Não posso. Já tenho outro encontro marcado.

Artie insistiu, sem se intimidar.

– Ah. – Ele nem sequer piscou. – E sábado?

Vasculhei meu cérebro freneticamente em busca de uma saída.

– Hã... Eu não trouxe minha agenda, então não sei o que já tenho marcado.

Ele assentiu, como se isso fizesse todo sentido.

– Olhe, estou com uma dor de cabeça terrível, Artie. Vejo você no laboratório semana que vem, está bem?

– Claro. Ligo para você mais tarde.

Entrei rapidamente no carro e fechei a porta. Sorrindo, pois sabia que nunca tinha lhe dado o número do meu telefone, atravessei as ruas silenciosas de Monmouth e subi a colina até a tranquilidade de minha casa.

ENCONTRO 2

No encontro seguinte eu estava mais bem preparada para o clima. Usava minha blusa de moletom vermelho da Western Oregon e também levara um casaco mais grosso, uma echarpe de caxemira vermelha e luvas que encontrara numa gaveta. Normalmente eu teria evitado qualquer coisa que *ele* tivesse comprado para mim, mas não tinha tempo para comprar luvas novas e, mesmo que tivesse, estaria usando o dinheiro dele de qualquer forma.

Encontrei Jason no estacionamento do estádio e imediatamente comecei a catalogar suas qualidades. Ele era bonito, um pouquinho mais magro e mais baixo que a média, mas não se vestia mal e era inteligente. Encostado em seu velho Corolla, ergueu as sobrancelhas, surpreso, quando me viu saltar do Porsche.

– Uau, Kelsey! Que carrão!

– Obrigada.

– Vamos?

– Vamos. Me mostre o caminho.

Então nos misturamos à multidão que seguia para o campo de futebol. A maioria usava camisas vermelhas ou da Western Oregon, mas havia também as cores branco e azul-marinho do adversário, a Western Washington University, espalhadas aqui e ali. Dois chapéus vikings se destacavam no meio da multidão. Jason me levou até uma caminhonete cercada por casais fazendo um churrasco na caçamba. Uma pequena grelha estava cheia de salsichas e hambúrgueres fumegantes.

– Ei, pessoal! Quero apresentar Kelsey a vocês. Nos conhecemos na aula de antropologia.

Vários rostos esticaram-se atrás dos vizinhos, tentando me ver. Acenei timidamente para eles.

– Oi.

Ouvi alguns "Oi, tudo bem?" e "Muito prazer", e então eles voltaram a suas conversas, esquecendo que estávamos ali.

Jason encheu um prato para mim e então abriu um cooler.

– Quer uma cerveja, Kelsey?

Sacudi a cabeça.

– Refrigerante, por favor. Diet, se tiver.

Ele me entregou um bem gelado, pegou uma cerveja para si mesmo e apontou para duas cadeiras dobráveis vazias.

Assim que se sentou, ele enfiou metade do cachorro-quente na boca, mastigando ruidosamente. Era quase tão ruim quanto ver um tigre comer – apenas um pouco menos sangrento.

Argh. O que há de errado comigo? Será que estou intencionalmente procurando coisas que me aborreçam? Eu preciso mesmo relaxar ou Jennifer terá razão: vou desperdiçar minha vida. Desviei os olhos e comecei a beliscar minha comida.

– Então você não é de beber, não é, Kelsey?

– É, acho que não. Para começar, não tenho idade suficiente. E o álcool perdeu toda a graça para mim quando meus pais foram mortos há alguns anos por um motorista embriagado.

– Ah. Foi mal.

Ele fez uma careta e tirou a cerveja do meu campo de visão, escondendo-a embaixo da cadeira.

Droga. O que estou fazendo? Imediatamente me desculpei.

– Está tudo bem, Jason. Lamento ter sido tão deprimente. Prometo que vou ser muito mais animada no jogo.

– Sem problema. Nem pense mais nisso.

Ele voltou a engolir a comida e a rir com os amigos.

O problema foi que eu continuei a pensar naquelas coisas. Sabia que a morte dos meus pais não era algo que eu normalmente mencionaria num primeiro encontro, mas... Eu sabia que *ele* teria reagido de forma bem diferente. Talvez porque fosse mais velho, mais de 300 anos mais velho. Ou porque não fosse americano. Talvez porque também tivesse perdido os pais. Ou porque fosse simplesmente... perfeito.

Tentei pôr fim a esses pensamentos, mas não pude evitá-los. Voltei ao dia em que acordei de um pesadelo envolvendo a morte dos meus pais e ele estava lá para me consolar. Eu ainda podia sentir sua mão enxugando minhas lágrimas enquanto ele me botava no colo.

"Shh, Kelsey. Eu estou aqui. Não vou deixá-la, priya. *Quietinha agora.* Mein aapka raksha karunga. *Não vou deixar nada acontecer com você,* priyatama." Ele havia acariciado meus cabelos e sussurrado palavras tranquilizadoras até eu sentir o sonho desaparecer.

Desde então eu tivera tempo de procurar o significado das palavras que não havia entendido na Índia. *Estou com você. Vou cuidar de você. Minha amada. Minha querida.* Se ele estivesse aqui comigo, teria me puxado para um abraço ou para o seu colo e teria compartilhado da minha tristeza. Teria afagado as minhas costas e compreendido meus sentimentos.

Eu me sacudi. *Não, não teria. Podia ter feito isso antes, mas agora ele havia mudado. Ele já era e o que teria feito ou como teria reagido não tem mais importância. Acabou.*

Jason estava enchendo outro prato e eu tentei parecer interessada e me envolver na conversa. Meia hora depois todos nos levantamos e nos dirigimos para o campo de futebol.

Era bom ficar ao ar livre no clima fresco do outono, mas os bancos estavam frios e meu nariz, congelado. O frio não parecia incomodar Jason e os amigos. Eles ficavam em pé e torciam muito. Tentei fazer o mesmo, mas não sabia por que estava aplaudindo: o jogo estava muito distante para que eu sequer enxergasse a bola. Eu nunca me interessara muito por futebol americano. Preferia de longe filmes e livros.

Olhei para o painel do placar. O primeiro tempo estava se esgotando. Dois minutos. Um minuto. Vinte segundos. *Ufa!* O timer soou e as duas equipes deixaram o campo correndo. O desfile de boas-vindas teve início e vários carros antigos percorreram o perímetro externo do campo. Garotas bonitas vestidas com chiffon e seda empoleiravam-se no encosto dos bancos traseiros, acenando para a multidão.

Jason se juntou aos outros caras que davam assovios estridentes, expressando admiração. O aroma de sândalo subiu pela arquibancada e uma voz aveludada sussurrou em meu ouvido: *"Você é mais bonita do que qualquer uma daquelas mulheres."*

Virei bruscamente a cabeça, mas *ele* não estava atrás de mim. Jason ainda se encontrava de pé, gritando junto aos amigos. Deixei-me cair no banco. *Ótimo. Agora estou tendo alucinações.* Pressionei os nós dos dedos contra a cabeça na esperança de que a pressão *o* empurrasse de volta aos recônditos da minha mente.

Quando o segundo tempo do jogo começou, parei de tentar fingir entusiasmo. Esse era o segundo encontro que me transformava em picolé. Meu corpo foi lentamente se congelando no banco e comecei a bater o queixo. Depois do jogo, Jason me acompanhou até o carro e pôs o braço desajeitadamente em meu ombro, massageando-o para tentar me aquecer, mas ele fez muita força e deixou meu ombro dolorido. Eu nem me dei ao trabalho de perguntar quem havia ganhado.

– Adorei conhecer você melhor esta noite, Kelsey.

Será que ele tinha mesmo me conhecido melhor?

– É, também achei legal.

– Então posso ligar para você outro dia?

Ponderei por um instante. Jason não era um cara *ruim*; era apenas um cara. Primeiros encontros costumavam mesmo ser constrangedores, então decidi lhe dar outra chance.

– Claro. Você sabe onde me encontrar.

Dirigi-lhe um sorriso morno.

– Certo. Vejo você na aula segunda-feira. Tchau.

– Tchau.

Ele voltou para seu grupo de amigos barulhentos e eu me perguntei se tínhamos alguma coisa em comum.

ENCONTRO 3

Antes de que eu me desse conta, chegou o Halloween – e, com ele, o encontro com Li.

Havia alguma coisa nele que fazia com que eu me sentisse muito à vontade. Ele era mais divertido que Jason e, a contragosto, admiti que era muito possível que eu me sentisse mais relaxada na presença de Li porque ele me lembrava um pouco o homem que eu estava tentando esquecer.

Relutante, puxei a porta do closet que jurei nunca abrir e encontrei uma blusa de mangas compridas laranja-escuro, enfeitada com botões de madeira e uma faixa na cintura. Para combinar, calça jeans escura com lycra. Ambas me serviram perfeitamente, como se tivessem sido feitas sob medida. Um par de botas escuras encontrava-se no fundo do armário e, após calçá-las, dei uma voltinha na frente do espelho. A roupa fazia com que eu parecesse alta, chique e... estilosa, o que não era o meu normal.

Deixei o cabelo solto, os cachos cascateando pelas costas, para mudar um pouco. Passei um brilho alaranjado nos lábios e segui para o estúdio, tomando o cuidado de dirigir mais devagar do que de hábito para evitar alguma criança desatenta correndo atrás de doces.

Li estava em seu carro ouvindo música e balançando a cabeça para cima e para baixo. Assim que me avistou, imediatamente desligou o rádio e saltou do carro.

Ele sorriu.

– Uau, Kelsey! Você está linda!

Eu ria fácil com ele.

– Obrigada, Li. É muita gentileza sua. Se estiver pronto, posso seguir você até a casa de sua avó.

Voltei para o meu carro, mas Li passou correndo por mim e abriu a porta.

– Puxa, quase que eu não consigo! – Ele sorriu para mim outra vez. – Meu avô me ensinou a sempre abrir a porta para as damas.

– Nossa, você é um perfeito cavalheiro.

Ele inclinou a cabeça ligeiramente, riu e então voltou para seu carro. Dirigiu devagar também, verificando com frequência no retrovisor se eu o acompanhava nos cruzamentos. Seguimos até um bairro mais antigo, muito agradável.

– Meus avós moram nesta casa – explicou Li quando entramos. – As noites de jogos são sempre aqui porque a mesa é maior. Além disso, minha avó cozinha muito bem.

Li pegou minha mão e me conduziu para uma cozinha muito bonita com um cheiro mais gostoso que qualquer restaurante chinês em que eu já estivera. Uma mulher pequenina de cabelos brancos espiava dentro de uma panela de arroz. Quando ergueu a cabeça, as lentes dos óculos estavam embaçadas.

– Kelsey, esta é Vó Zhi. Vó Zhi, *huó* Kelsey.

Ela sorriu, assentiu com a cabeça e segurou meus dedos nos dela.

– Olá. Muito prazer.

Retribuí o sorriso.

– Prazer em conhecê-la também.

Li enfiou o dedo numa panela borbulhante e sua avó pegou uma colher de madeira e bateu com ela levemente em sua mão. Então o repreendeu em mandarim.

Ele riu enquanto ela estalava a língua afetuosamente.

– Até mais tarde, vó.

Eu a flagrei sorrindo orgulhosa para ele quando deixávamos a cozinha.

Segui Li até a sala de jantar. Toda a mobília havia sido afastada para o lado a fim de abrir espaço para a grande mesa. Em torno dela encontrava-se um grupo de garotos asiáticos que discutiam acaloradamente a colocação das peças no tabuleiro do jogo. Li me levou até o grupo.

– Ei, pessoal. Esta é Kelsey. Ela vai jogar com a gente esta noite.

Um garoto ergueu as sobrancelhas.

– Muito bem, Li!

– Agora dá para entender por que ele demorou tanto.

– Está com sorte. Wen trouxe o kit de expansão.

Houve vários outros murmúrios e cadeiras foram arrastadas. Pensei ter ouvido um comentário abafado sobre trazer uma garota para o grupo, mas não sabia dizer quem teria falado. Depois de alguns instantes, todos se acomodaram para começar o jogo.

Li sentou-se ao meu lado e me explicou as regras do jogo. De início eu nunca sabia se era uma decisão sábia trocar trigo por tijolo ou minério por ovelhas, então podia pedir ajuda a ele. Depois de algumas rodadas, comecei a me sentir confiante o bastante para jogar por conta própria. Troquei duas de minhas aldeias por cidades e todos os garotos deram um gemido.

Perto do fim do jogo, estava óbvio que o desfecho seria uma disputa entre mim e um garoto chamado Shen. Ele se gabou, de leve, sobre como estava perto da vitória e que eu não tinha chance. Entreguei uma ovelha, um minério e um trigo e comprei uma carta de desenvolvimento. Era um bônus, o último do jogo.

– Ganhei!

Os garotos resmungaram, disseram que foi sorte de principiante e fizeram um estardalhaço, ameaçando recontar todos os meus pontos só para ter certeza de que minha conta estava certa. Fiquei surpresa ao saber que haviam se passado horas. Meu estômago roncou.

Li se levantou e se espreguiçou.

– Hora de comer.

A avó dele havia montado um delicioso bufê para nós. Os garotos fizeram uma montanha em seus pratos com arroz frito, bolinhos de legumes e de carne, tempura de legumes e verduras e miniaturas de rolinhos primavera de camarão. Li pegou refrigerante para nós dois e nos acomodamos na sala de estar.

Ele prendeu seus bolinhos de carne de porco habilmente com os hashis e disse:

– Então me fale sobre você, Kelsey. Alguma coisa além do *wushu*. O que você fez nas férias?

– Ah, isso. Eu, hã... trabalhei na Índia como estagiária.

– Uau! Isso é incrível! O que você fazia?

– Na maior parte do tempo catalogava e registrava ruínas, obras de arte e coisas históricas. E você? O que fez nas férias?

Voltei a pergunta para ele, ansiosa para desviar o foco da conversa.

– Basicamente trabalhei para o meu avô no estúdio. Estou tentando economizar para a faculdade de medicina. Eu me formei em biologia na Universidade de Portland.

Fiz os cálculos rapidamente, e as contas não pareciam fechar.

– Quantos anos você tem, Li?

Ele sorriu.

– Vinte e dois. Adiantei muitas disciplinas e também fiz cursos de verão. Na verdade todos os jogadores aqui são universitários. Meii está estudando química, Shen, engenharia da computação, Wen acabou de se formar e está fazendo mestrado em análise estatística e eu quero fazer medicina.

– Vocês realmente... sabem o que querem.

– E você? Está estudando o quê, Kelsey?

– Estudos internacionais e história da arte. Nesse momento estou focando a Índia – respondi, jogando outro bolinho na boca. – Mas talvez eu devesse mudar para *wushu* para me livrar de todas essas calorias.

Li riu e pegou meu prato. Voltamos para a sala de jogos e eu parei para olhar a foto de Li e do avô, Chuck. Cada um segurava três troféus.

– Caramba. O estúdio ganhou todos esses?

Li espiou a foto e enrubesceu.

– Não, são todos meus. Participei de um torneio de artes marciais.

Ergui as sobrancelhas, surpresa.

– Eu não sabia que você era assim *tão* bom. Isso é um feito e tanto.

– Tenho certeza de que meus avós vão lhe falar sobre isso – disse Li, me levando de volta à cozinha. – Não tem nada que eles gostem mais de fazer do que falar dos méritos de seus descendentes. Certo, Vó Zhi?

Li deu-lhe um beijo no rosto e ela agitou as mãos para enxotá-lo de sua lava-louças.

Os rapazes haviam definido um novo jogo que era muito mais fácil de aprender. Eu perdi, mas foi muito divertido. Quando o jogo chegou ao fim, já passava da meia-noite. Li me acompanhou até o carro na noite fria e estrelada.

– Valeu por ter vindo, Kelsey. Eu me diverti muito com você. Acha que ia gostar de repetir a dose? A gente se reúne a cada 15 dias.

– Claro. Parece divertido. E já que eu ganhei no primeiro jogo você vai pegar mais leve comigo na aula de *wushu*? – provoquei.

– Nada disso. Quando você ganha, eu pego ainda mais pesado.

Eu ri.

– Então me lembre de perder da próxima vez. E o que acontece quando *você* ganha?

Ele sorriu.

– Hum... vou pensar.

Ele recuou e ficou parado sob a luz da entrada da casa, observando enquanto eu me afastava.

Fui para a cama me arrastando de cansaço, pensando que, com o passar do tempo, eu poderia aprender a gostar de Li. Ele era divertido e gente boa. Eu não sentia nada por ele que não fosse amizade, mas talvez isso pudesse mudar no futuro. A vida normal estava começando a parecer... normal outra vez. Virei-me de lado, me enrolei na colcha da minha avó e acidentalmente derrubei meu tigre branco da cama.

Por alguns instantes considerei a possibilidade de deixá-lo no chão ou colocá-lo no armário. Fiquei deitada imóvel, olhando o teto, tentando reunir forças para fazer isso. Minha decisão durou apenas cinco minutos e eu me repreendi por minha fraqueza. Estiquei-me na cama, peguei o tigre de pelúcia e o aconcheguei junto ao peito, me desculpando pelo simples fato de ter tido tal pensamento.

4

Um presente de Natal

Passado o Halloween, concentrei minha atenção em estudar para as provas e evitar Artie. Ele conseguira o número do meu celular de alguma forma e me ligava exatamente às cinco horas todas as tardes. Às vezes me esperava depois da aula. O cara não se mancava.

Também dediquei algum tempo a esclarecer meus sentimentos por Jason. Saímos mais algumas vezes, mas eu sempre tinha a impressão de que não falávamos a mesma língua. Ele achava que Shakespeare, poesia e livros eram chatos, e eu não conseguia apreciar as sutis diferenças entre equipes esportivas universitárias e profissionais. Não creio que ele desse muita importância ao fato de não sermos compatíveis. No fundo eu sabia que meu relacionamento com Jason não estava indo a lugar algum, mas ele era uma distração mental e eu gostava de tê-lo como parceiro nas aulas.

Justo quando eu achava que já tinha dominado a questão dos encontros casuais, Li resolveu tornar a coisa ainda mais complicada. Estávamos conversando no estúdio quando de repente ele ficou calado, rolando a garrafa de água, nervosamente, para a frente e para trás entre as palmas das mãos.

– Kelsey... – finalmente falou. – Queria saber se você quer sair comigo. Só nós dois. Como num encontro de verdade.

Minha mente disparou com pensamentos confusos.

– Ah. É... claro – respondi devagar. – Gosto da sua companhia. Você é muito divertido e é fácil conversar com você.

Ele fez uma careta.

– Mas você *gosta mesmo* de mim ou simplesmente *gosta* de mim?

Pensei por um momento e em seguida disse:

– Bem, para ser sincera, acho que você é um cara incrível e gosto muito de você. Mas não sei se posso ter um relacionamento sério com alguém neste momento. Eu rompi com uma pessoa recentemente e ainda não me recuperei.

– Entendi. É difícil superar essas coisas. Mas ainda assim quero sair com você. Isso se achar que vai ser bom e se estiver pronta.

Levei um instante para responder:

– Está bem. Acho que vai ser legal.

– Que tal começarmos com um filme de artes marciais? Tem um lugar que exibe filmes antigos sextas, à meia-noite. Quer ir?

– Quero, mas só se você prometer que vai me ensinar um dos golpes do filme – acrescentei, feliz por termos resolvido a questão.

Resolvido mais ou menos, pensei enquanto nos despedíamos.

Li e eu começamos a nos ver fora da noite de jogos e das aulas. Ele era um cavalheiro e nossos encontros eram sempre divertidos e interessantes. Apesar de ter toda essa atenção, eu me sentia sozinha. Não era o tipo de solidão que se curava ficando na companhia de outras pessoas. Minha alma se sentia solitária. A noite era o pior momento, pois eu tinha a sensação de que *ele* estava perto de mim, mesmo estando de fato a um oceano de distância. Havia uma corda invisível amarrada em meu coração, nos conectando. Sua força implacável ficava tentando me puxar de volta. Talvez um dia essa corda se desgastasse e por fim se rompesse.

As aulas de *wushu* eram o escape perfeito para descarregar parte da frustração que eu sentia com a minha vida. Os movimentos eram precisos e não exigiam nenhuma emoção, o que era uma mudança bem-vinda. Além disso, eu estava começando a me aprimorar. Meus braços e pernas estavam mais definidos e eu também me sentia mais forte. Se alguém me atacasse, talvez eu pudesse mesmo me defender, o que era um pensamento encorajador. Quem precisava da proteção de um tigre? Eu simplesmente daria um chute na cara do inimigo.

Como alunos, não deveríamos nutrir pensamentos assim, mas a maioria das pessoas não tinha que encarar macacos *kappa* imortais querendo devorá-las, como era o meu caso. Assim, eu me permitia visualizar meus muitos possíveis oponentes e chutava com violência. Até Li comentou que meus chutes estavam ficando mais fortes.

Li cumpriu sua parte no acordo e me ensinou um golpe que vimos no filme. Ele me deixou praticar com ele, mas eu errava tudo e acabamos caindo embolados no tatame, rindo.

– Kelsey, você está bem? Machuquei você?

Eu não conseguia parar de rir.

– Não, estou bem. Grande golpe, hein?

Li estava debruçado sobre mim, o rosto perto do meu.

– Nada mau. Agora eu tenho você exatamente onde queria.

De repente a atmosfera leve e alegre se desfez e foi substituída por uma tensão densa e ansiosa. Ele aproximou um pouco mais o rosto do meu e hesitou, observando minha reação. Fiquei paralisada e senti uma onda de tristeza me cobrir. Afastando o rosto ligeiramente, fechei os olhos. Eu não podia beijá-lo. A ideia era agradável, mas não a ponto de dar aquele frio na barriga. Não parecia certo.

– Me desculpe, Li.

Ele me deu uma pancadinha de leve sob o queixo.

– Não se preocupe. Topa sair para tomar um milk-shake?

Seus olhos estavam um pouco tristes, mas ele parecia determinado a manter o clima descontraído entre nós e rapidamente desviou minha atenção para outras coisas.

Em meio ao meu festival de encontros, o Sr. Kadam me trouxe boas notícias. Ele havia decifrado uma parte importante da profecia de Durga e me pediu que o ajudasse com a pesquisa, o que eu estava mais do que disposta a fazer. Peguei um bloquinho e perguntei:

– O que o senhor tem para mim?

– As provas das quatro casas. O texto diz especificamente: uma casa de cabaças, uma casa de mulheres sedutoras e uma casa de algum tipo de criaturas aladas.

– Que tipo de criaturas aladas? – perguntei e engoli em seco.

– Ainda não sei.

– E a quarta casa?

– Parece que são duas casas com animais alados. Creio que um será uma espécie de pássaro, porém, mais para o fim da profecia, também se menciona metal ou ferro. O outro animal alado tem o símbolo de "grande" ao lado e o mesmo símbolo se repete mais para o fim da profecia. Quero que você pesquise todos os mitos que puder encontrar que incluam passar por casas ou uma prova de casas e me informe sobre o que descobrir.

– Pode deixar comigo.

– Ótimo.

A conversa então se voltou para coisas mundanas e, embora eu estivesse feliz por ele me incluir na pesquisa, meu estômago se revirava com a ideia de voltar à Índia. Eu estava pronta para o perigo, a magia e o sobrenatural, no entanto voltar também significava ter que encará-*lo* novamente. Eu estava me saindo bem em meu propósito de levar uma vida comum, mas, sob a superfície, onde podia esconder meus sentimentos mais íntimos, alguma coisa se agitava. Eu me sentia desconectada, fora de lugar. A Índia me chamava, às vezes baixinho, às vezes com um rugido, porém o chamado era constante e eu de vez em quando me perguntava se algum dia conseguiria me acomodar novamente numa vida normal.

O Dia de Ação de Graças chegou e Sarah e Mike me convidaram para seu banquete de tofu. Fiquei olhando para sua abundância de abóboras e morangas festivas durante a refeição, tentando descobrir como cabaças de aparência tão inofensiva poderiam vir a ser alguma coisa perigosa, e o tempo todo me perguntava como elas se encaixariam na busca seguinte. Era um dia frio e chuvoso, mas meus pais adotivos tinham a lareira acesa. Para minha surpresa, alguns dos pratos vegetarianos estavam de fato gostosos. Mas não consegui comer a torta sem açúcar e sem glúten.

– E aí? Quais são as novidades? Algum gatinho na faculdade? – provocou Sarah.

Ergui os olhos da torta de abóbora que eu espetava cautelosamente com um garfo.

– É... bem... estou saindo com alguém – admiti, tímida. – Tem um cara chamado Li e também tem o Jason. Não é nada sério. Saímos poucas vezes.

Sarah ficou eufórica e tanto ela quanto Mike me importunaram com um monte de perguntas que eu não tinha a menor vontade de responder.

Felizmente Jennifer também havia me convidado, assim como a Li, para o jantar de Ação de Graças e consegui escapar da casa dos meus pais a tempo de passar na de Jennifer. Ela morava numa bela casa em West Salem. Levei uma torta de limão com suspiro, a primeira que eu havia tentado fazer, e estava orgulhosa do resultado. Eu tinha deixado o suspiro dourar só um pouquinho a mais, porém, tirando isso, parecia boa.

Li ficou radiante quando me viu à porta. Ele me confessou que já havia se empanturrado no jantar de sua família, mas que guardara o espaço da sobremesa para a minha torta – e foi fiel à sua palavra. Li comeu metade dela sozinho.

Jennifer também fizera uma torta de abóbora, uma de amora e um cheesecake. Peguei um pedacinho de cada e me senti no céu. Li soltou um gemido e se queixou de que sua barriga estava tão cheia que ele teria que dormir ali mesmo. Os filhos de Jennifer pularam de alegria com a ideia, sacudindo seus chapéus de peregrinos, mas se acalmaram imediatamente quando ela colocou o DVD *Charlie Brown e o Dia de Ação de Graças*.

Eu estava ajudando Jennifer a arrumar a cozinha quando ela perguntou:

– Me conta! Como estão indo as coisas com – ela sussurrou – *Li*?

– Hum, está tudo bem.

– Vocês estão ficando?

– É complicado...

Ela deu de ombros e franziu a testa diante da lava-louça.

– O cara de quem você nunca fala ainda está empatando o meio de campo?

Interrompi na metade o gesto de secar com o pano de prato a travessa do peru.

– Me desculpe se fui grosseira. Para ser sincera, é difícil falar sobre ele. Mas o que você quer saber?

Ela pegou outro prato, esfregou com a bucha e o mergulhou na água de enxágue.

– Quem é ele? Onde está? Por que vocês não ficaram juntos?

– Ele está na Índia. E não ficamos juntos porque... – eu sussurrei – ...porque eu o deixei.

– Ele a tratou mal?

– Não, não. Não foi nada disso. Ele era... *perfeito*.

– Ele não queria que você voltasse?

– Não.

– Ele não quis vir com você?

O canto da minha boca se curvou num leve sorriso.

– Tive que implorar para que ele ficasse.

– Então eu não entendo. Por que você o deixou?

– Ele era... ele era... – Suspirei. – É complicado.

– Você o amava?

Pousei na mesa a travessa que estava secando fazia cinco minutos e torci a toalha nas mãos. Então respondi, baixinho:

– Amava.

– E agora?

– Agora... quando estou sozinha... às vezes tenho a sensação de que não consigo respirar.

Jennifer assentiu e lavou mais louça. Os talheres retiniam suavemente na água cheia de bolhas de sabão. Inclinando um pouco a cabeça, ela perguntou:

– Qual é o nome dele?

Olhei melancólica para a janela da cozinha. Estava escuro lá fora e eu podia ver meu reflexo, os ombros caídos e os olhos sem vida.

– Ren. O nome dele é Ren.

Dizer o nome dele machucava ainda mais meu coração partido. Senti uma lágrima escorrer pelo rosto e tornei a olhar para a janela, bem a tempo de vislumbrar o reflexo de Li, parado atrás de mim. Ele se virou e saiu da cozinha, mas não antes que eu visse sua expressão. Eu o havia magoado.

Jennifer estendeu a mão e apertou meu braço.

– Vá falar com ele. É melhor resolver as coisas logo.

Ela estava certa. Eu precisava conversar com Li.

Ele já deixara a casa. Enquanto eu pegava minhas coisas e agradecia, Jennifer saiu da cozinha e acenou para que eu fosse.

Saí e o encontrei encostado em seu carro com os braços cruzados diante do peito.

– Li?

– Oi.

– Lamento que você tenha ouvido aquilo.

Ele deixou escapar um suspiro profundo.

– Está tudo bem. Você me avisou antes de começarmos que seria difícil. Acho que só tenho uma pergunta.

– Pode fazer.

Ele se virou para me encarar e olhou fundo em meus olhos.

– Você ainda está apaixonada por ele?

– Eu... eu acho que sim.

Ele murchou visivelmente.

– Mas, Li, isso não tem importância. Ele ficou para trás. Está em outro continente. Se quisesse tanto assim estar comigo, teria vindo atrás de mim. Mas ele não está aqui. Na verdade, nem sequer telefonou. Eu só preciso... de tempo. Um pouco mais de tempo para... deixar esses sentimentos de lado. Eu quero poder fazer isso. – Estendi a mão e segurei a dele. – Não é justo com você, eu sei. Você merece namorar alguém que não tenha esse tipo de bagagem.

– Kelsey, todo mundo tem algum tipo de bagagem. – Ele chutou o pneu do carro. – Eu gosto de você e quero que goste de mim. Talvez dê certo, se formos devagar. Podemos aprender a ser amigos primeiro, por um tempo.

– Isso basta para você?

– Vai ter que bastar. Não tenho outra opção, a não ser parar de sair com você, e essa não é uma boa opção para mim.

– Então, vamos devagar.

Li sorriu e se inclinou para me beijar no rosto.

– Você vale a espera, Kelsey. E, só para registrar, o cara foi maluco de deixar você partir.

Embora eu houvesse pegado pilhas de livros emprestados na biblioteca e passado horas incontáveis na internet, ainda não encontrara qualquer informação útil sobre a prova das quatro casas. Eu esperava que as criaturas aladas nessa parte da busca fossem borboletas inofensivas, mas por algum motivo duvidava que seria assim tão fácil. *Pelo menos agora tínhamos uma pista sobre como o tema "ar" entraria na história,* pensei.

Com a cabeça enfiada nos livros quase o tempo todo, o Dia de Ação de Graças deu lugar rapidamente às festas do Natal. Podiam-se ver enfeites luminosos em todos os bairros e nas vitrines das lojas. Continuei a sair tanto com Li quanto com Jason e, em meados de dezembro, Li me levou ao casamento de um primo.

Nas últimas duas semanas eu vinha repetindo para mim mesma que eu queria de verdade que as coisas dessem certo com Li, que seria bom se eu lhe abrisse meu coração. Ele estava muito bonito quando foi me pegar, vestindo um terno escuro. Meu coração se agitou quando o vi. Talvez não com amor, mas pelo menos com alegria por estar com ele.

– Uau, Kelsey. Você está maravilhosa!

Eu havia vasculhado meu armário proibido e encontrado um vestido de princesa cor de pêssego, feito de cetim e organza. A parte de cima era um espartilho justo que se abria em uma saia de pétalas até o meio da canela.

O casamento foi celebrado num clube campestre. Quando a cerimônia chegou ao fim, surgiram dançarinos e músicos chineses e nós os seguimos, como num desfile, até a área da recepção. Um dos músicos tocava bandolim. Parecia o instrumento pendurado na parede da sala de música do Sr. Kadam.

Guarda-sóis vermelhos, leques dourados e sofisticados origamis decoravam o salão. Li explicou que tudo aquilo era tradicional em casamentos chineses. A noiva usava um vestido vermelho e, em lugar de caixas com presentes, os convidados davam ao casal envelopes vermelhos com dinheiro.

Li indicou um grupo de garotos usando terno preto e óculos de sol. Arregalei os olhos e tive que reprimir uma gargalhada quando percebi que era o nosso grupo de jogo. Eles sorriram e acenaram para mim. Um dos rapazes tinha uma grande valise presa ao pulso por uma algema.

– Por que estão vestidos assim? – perguntei. – E o que tem na valise?

Ele riu.

– Mil dólares em notas de um, novinhas em folha. Eles vão algemar a valise ao noivo. É uma brincadeira. Meu primo fazia parte do grupo de jogo até que o trabalho ocupou todo o tempo dele. Como é o primeiro a se casar, ele leva a valise.

Fomos avançando na fila dos cumprimentos e Li me apresentou ao primo e à noiva. Ela era baixinha, muito bonita e parecia tímida. Depois disso nos sentamos à mesa do jantar, onde logo fomos acompanhados por todos os amigos de Li, que implicavam com ele por não usar os óculos escuros também.

A noiva e o noivo celebraram uma cerimônia em que acendiam velas em honra aos ancestrais e então o jantar foi servido: peixe, simbolizando a abundância; uma lagosta inteira, representando a plenitude; pato à Pequim, para a alegria e a felicidade; sopa de barbatana de tubarão, para garantir a riqueza; talharim, para uma vida longa; e salada de pepino-do-mar, para a harmonia conjugal. Li tentou me fazer provar pãezinhos doces de semente de lótus, que simbolizavam a fertilidade.

– Ah... obrigada – falei, hesitante –, mas essa eu vou passar.

Depois dos votos de felicidades de ambos os lados da família, o casal dançou sua primeira música.

Li apertou minha mão e se levantou.

– Kelsey, me dá a honra?

– Claro.

Ele me girou pela pista de dança uma vez antes que seus amigos começassem a se intrometer entre nós. Não consegui dançar mais do que uma vez com Li. Algumas músicas depois, um bolo de três andares foi trazido ao salão. A parte interna era alaranjada e a externa era decorada com um glacê perolado com sabor de amêndoas e lindas orquídeas de açúcar.

Quando Li me deixou em casa naquela noite, eu estava feliz. Eu gostava de verdade de fazer parte do mundo dele. Eu o abracei e lhe dei um beijo de boa-noite no rosto, e ele sorriu como se tivesse acabado de ganhar um troféu de artes marciais.

Passei o dia de Natal com minha família adotiva. Bebericando chocolate quente, fiquei observando as crianças abrirem os presentes. Sarah e Mike me deram um conjunto de agasalho e calça de corrida. Eles estavam sempre tentando me convencer a correr com eles. As crianças me deram luvas e uma echarpe. Eu pretendia ficar com eles naquela manhã e então passar o restante do dia com Li, que me pegaria às duas da tarde para sairmos.

O presente dele, uma coleção de filmes de artes marciais, estava na mesinha de centro na minha sala de estar. Eu já tinha decidido que, se ele não tentasse me beijar até o fim daquele encontro, eu o beijaria. Tinha até pendurado um galho de visco na minha porta de entrada. Uma parte irracional da minha mente dizia que talvez beijá-lo fosse a chave para romper o elo que ainda sentia com o homem que eu abandonara. Eu sabia que provavelmente não seria assim tão fácil, mas aquele poderia ser o primeiro passo.

Fiquei pensando no encontro. As crianças brincavam com seus presentes e os adultos estavam sentados perto da árvore de Natal, ouvindo canções natalinas e conversando baixinho, quando a campainha soou.

– Está esperando alguém, Sarah? – perguntei ao me levantar para atender a porta.

– Deve ser um pacote do Sr. Kadam. Ele disse que você teria uma surpresa.

Girei a maçaneta e abri a porta.

Parado na entrada da casa estava o homem mais lindo do planeta. Meu coração parou e em seguida disparou num galope trovejante dentro do meu peito. Olhos azul-cobalto ansiosos exploraram cada detalhe do meu rosto. Rugas de tensão desapareceram de sua expressão e ele respirou fundo, como um homem que tivesse estado debaixo d'água por muito tempo.

Satisfeito, o anjo guerreiro sorriu suave e docemente e estendeu a mão vacilante para tocar meu rosto. Senti o elo que nos unia fechar os dedos em torno do meu coração e apertar, aproximando-nos. Envolvendo-me com os braços, hesitante a princípio, ele encostou a testa na minha e esmagou meu corpo de encontro ao seu. Então me embalou para a frente e para trás e acariciou delicadamente meu cabelo. Suspirando, ele sussurrou uma única palavra:

– *Kelsey*.

5

Retorno

Envolta em seus braços eu ouvia meus batimentos cardíacos. Quando Ren me tocou, todas as emoções que eu vinha contendo transbordaram e inundaram meu corpo, preenchendo lentamente o vazio em meu peito.

Eu me senti desabrochar e crescer com novo alento. Ren era o sol e a ternura que ele me dedicava era a água que proporcionava a vida. Uma parte dormente de mim explodiu, viva e pulsante, estendeu raízes profundas, abriu folhas verdes e espessas e disparou ramos anelados, unindo-nos ainda mais.

Sarah chamou da cozinha, lembrando-me de que existia um mundo além de nós dois.

– Kelsey? Kelsey? Quem é?

Voltando à realidade, eu me afastei. Ele me soltou, mas deslizou a mão pelo meu braço e entrelaçou os dedos nos meus. Eu estava muda. Minha boca se abriu para responder, mas não consegui falar uma palavra sequer.

Ren notou minha dificuldade e anunciou sua chegada.

– Com licença. Vocês são o Sr. e a Sra. Neilson?

Tanto Mike quanto Sarah pararam o que estavam fazendo ao vê-lo. Ren dirigiu-lhes seu sorriso arrasador e estendeu a mão.

– Olá. Sou o neto do Sr. Kadam, Ren.

Ele apertou calorosamente a mão de Mike e então a estendeu para Sarah. Quando Ren voltou seu sorriso para ela, Sarah enrubesceu, nervosa como uma adolescente. Saber que eu não era a única mulher a ficar abobada quando ele estava por perto fez com que eu me sentisse melhor. Ele exercia um efeito hipnótico sobre mulheres de todas as idades.

– Oi, Ren – disse Mike. – Que coincidência. Ei, Kelsey, aquele tigre não se...

Eu me adiantei.

– Ah, é. Engraçado, não? – Olhei para Ren e o apontei com o polegar. – Mas *Ren* na verdade é só o apelido dele. Seu nome mesmo é... Al. – Dei-lhe um soco no braço. – Não é mesmo, Al?

Ele franziu as sobrancelhas, confuso.

– É, sim, Kelsey. – Então voltou-se novamente para Mike e Sarah. – Na verdade, é Alagan, mas podem me chamar de Ren. Todos me chamam assim.

A essa altura Sarah já havia se recuperado.

– Ren, por favor, entre e conheça as crianças.

Ele sorriu para ela novamente e disse:

– Eu adoraria.

Sarah respondeu reprimindo uma risadinha infantil e ajeitando o cabelo. Ren se abaixou para pegar vários pacotes grandes que ele havia empilhado junto à porta, enquanto eu seguia direto para a sala.

Enquanto Mike ajudava Ren, Sarah veio até mim e sussurrou:

– *Kelsey*, quando vocês dois se conheceram? Por um instante, pensei que estivesse finalmente conhecendo Li. O que está acontecendo?

Fitei a árvore de Natal enquanto murmurava:

– É o que eu gostaria de saber.

Os homens entraram na sala, onde Ren tirou o sobretudo cor de carvão e o pendurou numa cadeira. Ele vestia calça jeans e uma camisa polo cinza de mangas compridas e zíper, que modelava seu peito e seus braços.

– Quem é Li? – perguntou Ren.

– Como você... – Fechei a boca rapidamente. Eu havia me esquecido de sua audição de tigre. – Li é... é... um cara... que eu conheço.

Sarah ergueu as sobrancelhas, mas não disse nada.

Ren me observou com atenção, esperou educadamente que eu me sentasse e então se acomodou no sofá ao meu lado. No instante seguinte as crianças estavam em cima dele.

– Eu trouxe presentes para vocês dois – disse, em tom conspiratório. – Vocês podem abri-los juntos?

As crianças fizeram que sim com a cabeça, sérias, e ele riu e entregou a elas uma caixa grande. Elas a abriram freneticamente e tiraram dali uma coleção de livros do Dr. Seuss. A princípio os livros me pareceram estranhos. Peguei um deles e descobri por quê.

– Você comprou exemplares raros, da primeira edição! – sussurrei para ele. – *Para crianças?* Devem valer milhares de dólares *cada um*!

Ele prendeu uma mecha de cabelo atrás da minha orelha e se inclinou.

– Tenho em casa uma coleção igualzinha para você – sussurrou. – Não seja ciumenta.

Meu rosto ficou vermelho vivo.

– Não foi isso que eu quis dizer.

Ele riu e pegou o presente seguinte. Mike olhava a todo instante pela janela o carro de Ren.

– Ren, estou vendo que você dirige um Hummer.

Ren ergueu os olhos para Mike.

– Isso mesmo.

– Acha que pode me levar para dar uma volta? Quer dizer... sabe, eu sempre quis andar num desses.

Ren esfregou o queixo.

– Claro, só não posso hoje. Tenho que me instalar em minha nova casa.

– Ah... você vai ficar aqui por um tempo?

– É o que pretendo fazer, pelo menos este semestre. Eu me matriculei em algumas disciplinas na Western Oregon University.

– Bem, isso é ótimo. Vai frequentar a mesma universidade de Kelsey.

Ren sorriu.

– É. Talvez a gente se esbarre por lá.

Mike voltou a atenção para o carro novamente com um grande sorriso no rosto. Sarah me observava atenta. Tentei manter uma expressão neutra, mas, por dentro, eu era um amontoado incoerente de perguntas.

O que ele está pensando? Vai ficar aqui? Onde? Vai para a faculdade comigo? O que eu vou fazer? Por que ele está aqui?

Ren deslizou uma grande caixa para Sarah e Mike.

– Este é para vocês dois.

Mike ajudou Sarah a abrir a embalagem e tiraram dali uma batedeira vermelha novinha em folha, com todo tipo de acessórios que se pode imaginar. Eu não ficaria surpresa se Sarah pudesse criar uma escultura de gelo com aquela coisa. Ela começou a falar cheia de entusiasmo sobre todas as coisas orgânicas e sem trigo que agora poderia fazer.

Ren pegou um pacote menor e o entregou a mim.

– Este é do Sr. Kadam.

Abri e encontrei exemplares encadernados em couro do *Mahābhārata*, da Índia, do *Romance dos três reinos*, da China, e de *O conto de Genji*, do Japão, todos traduzidos para o inglês. Também havia uma breve carta me desejando feliz Natal.

Corri a mão sobre as capas de couro e planejei ligar para ele mais tarde e lhe agradecer.

Ren me entregou outro presente.

– Este é de Kishan.

Sarah ergueu os olhos de sua batedeira e perguntou:

– Quem é Kishan?

– Kishan é meu irmão mais novo – respondeu Ren.

Sarah me lançou um olhar maternal de repreensão, ao qual reagi dando de ombros timidamente. Eu não havia falado nem de Ren nem de Kishan para ela, que devia estar se perguntando como eu poderia deixar de lembrar de alguém como ele.

Desfiz o embrulho e encontrei uma caixinha de joias da Tiffany's. Dentro havia um delicado colar de ouro branco. O cartão havia sido escrito à mão, com muito capricho:

Oi, Kells,
Estou com saudade.
Venha logo para casa.
Achei que você fosse gostar de algo mais
feminino para usar com meu amuleto.
Também tem um presente extra na caixa,
para o caso de você precisar.
Kishan

Deixei o cordão de lado e vasculhei a caixa. Encontrei um pequeno cilindro envolto em papel fino. Desenrolando-o, um frio recipiente de metal caiu na palma da minha mão. Era uma latinha de spray de pimenta. Nele, Kishan havia colado uma imagem de um tigre com um círculo cortado ao meio sobre o rosto. No alto, liam-se as palavras "Repelente Contra Tigres" em letras grandes e negras.

Eu ri e Ren o tomou de mim. Depois de ler o rótulo, ele franziu a testa e jogou a lata de volta na caixa. Abaixando-se, pegou mais um pacote.

– Este é meu.

Suas palavras me deixaram alerta. Olhei rapidamente para avaliar a expressão de Mike e de Sarah. Mike parecia contente, alheio à tensão que eu sentia, mas Sarah estava mais ligada e me observava com atenção. Fechei os olhos por um segundo, rezando para que o que quer que houvesse naquela caixa não motivasse um bilhão de perguntas.

Deslizei os dedos sob o elaborado papel de presente e desfiz o embrulho. Levando a mão ao interior da caixa, senti algo de madeira lisa e polida. Lá dentro havia um porta-joias entalhado à mão.

Ren se inclinou na minha direção.

– Pode abrir.

Corri a mão nervosamente pela tampa e a abri com cuidado. Havia fileiras de minúsculas gavetas, forradas com veludo, e dentro de cada gavetinha uma fita de cabelo enrolada.

– As partes são soltas, está vendo?

Ele ergueu a seção superior e a seguinte. Havia cinco seções, com cerca de 40 fitas por seção.

– Todas as fitas são diferentes. Não há nenhuma cor repetida e tem pelo menos uma de cada um dos principais países do mundo.

Atônita, eu disse:

– *Ren*... eu...

Levantei a cabeça. Mike não via nada de extraordinário na cena. Ele devia achar que uma coisa assim acontecia todos os dias. Sarah olhava para Ren com outros olhos. Suas expressões de suspeita e preocupação haviam desaparecido.

Com um pequeno sorriso de aprovação, ela disse:

– Parece que você conhece Kelsey muito bem, Ren. Ela adora fitas de cabelo.

De repente Sarah pigarreou, pôs-se de pé e nos pediu que olhássemos as crianças enquanto eles iam dar uma corridinha. Eles nos trouxeram duas canecas de chocolate fumegante e desapareceram escada acima, indo trocar de roupa. Embora eles se exercitassem sempre, em geral faziam uma pausa no Natal. *Será que ela estava tentando nos dar algum tempo a sós? Eu não sabia se devia abraçá-la ou implorar para que ficasse.*

A caixa ainda estava no meu colo e eu manuseava distraidamente uma fita quando os dois saíram correndo pela porta com um aceno.

Ren tocou minha mão.

– Você não gostou?

Olhei dentro de seus olhos azuis e disse, a voz rouca:

– É o *melhor* presente que já ganhei.

Ele sorriu, radiante, pegou minha mão e depositou um beijo em meus dedos.

Voltando-se para as crianças, perguntou:

– Quem quer ouvir uma história?

Rebecca e Sammy escolheram um livro e subiram no colo de Ren. Ele envolveu cada um deles com um braço e começou a ler. Só empacou numa palavra, mas as crianças o ajudaram, e a partir de então ele leu certinho. Eu estava impressionada. O Sr. Kadam deve tê-lo ensinado a ler inglês.

Ren convenceu Sammy a segurar o livro para ele e me agarrou com o braço livre. Ele me puxou contra seu corpo, de modo que minha cabeça descansasse em seu ombro. Então correu os dedos, provocante, para cima e para baixo em meu braço.

Quando Mike e Sarah voltaram, levantei de um salto e comecei a recolher minhas coisas numa louca correria. Nervosa, olhei para Ren e o peguei me observando com o olhar ligeiramente divertido. Mike e Sarah nos agradeceram e me ajudaram a levar as coisas para o carro. Ren também se despediu e ficou à minha espera do lado de fora.

Sarah me dirigiu um olhar que dizia: "Você tem explicações a dar, mocinha." Então fechou a porta e nos deixou no frio de dezembro. Estávamos finalmente sozinhos.

Ren tirou uma das luvas e traçou o contorno do meu rosto com os dedos cálidos.

– Vá para casa, Kells. Não me faça perguntas agora. Este não é o lugar apropriado. Vamos ter tempo suficiente mais tarde. Encontro você lá.

– Mas...

– Mais tarde, *rajkumari*.

Ele tornou a colocar a luva e se encaminhou para o Hummer.

Quando foi que ele aprendeu a dirigir? Fiz a volta com meu carro e fiquei observando o Hummer pelo retrovisor até eu virar numa rua secundária e ele desaparecer do meu campo de visão.

Milhares de indagações martelavam minha cabeça e percorri a lista na subida da colina. A estrada estava parcialmente coberta de gelo. Deixei de lado as perguntas urgentes para me concentrar na direção.

Quando dobrei a curva e vi minha casa, percebi que alguma coisa estava diferente. Levei um minuto para descobrir o que era: havia cortinas na janela da outra casa geminada. Alguém havia se mudado para lá.

Estacionei na garagem e andei até a porta de entrada da outra casa. Bati, mas ninguém respondeu. Girando a maçaneta, encontrei a porta destrancada. A casa estava mobiliada quase da mesma maneira que a minha, só que em cores mais escuras, mais masculinas. Quando vi o velho bandolim descansando no sofá de couro, minhas suspeitas foram confirmadas. Ren estava se mudando para aquela casa.

Fui até a cozinha, encontrei a despensa e a geladeira vazias e vi que na parte inferior da porta dos fundos havia sido adaptada uma portinhola grande demais.

Humm... isso não vai impedir a entrada de um ladrão. Ele pode rastejar e entrar. Mas acho que teria uma bela surpresa se tentasse roubar alguma coisa aqui.

Corri para minha casa, fechando a porta, sem me dar ao trabalho de olhar no segundo andar ou verificar o closet em busca das peças de grife que eu sabia que encontraria por lá. Não havia a menor dúvida de que Ren era meu novo vizinho.

Na verdade, eu tinha acabado de tirar os sapatos e o casaco quando ouvi o que só podia ser o Hummer entrando na outra garagem. Eu o observei pela janela. Ren era um bom motorista. De alguma forma conseguira manobrar o veículo imenso entre os galhos salientes que poderiam arranhar a pintura. Ouvi o ruído de seus passos no caminho congelado enquanto ele se dirigia à minha porta.

Deixando-a aberta para ele, fui para a sala de estar, sentei-me na poltrona reclinável com os pés dobrados sob o corpo e cruzei os braços diante do peito. Eu sabia que os especialistas em linguagem corporal diriam que essa era uma postura defensiva clássica, mas não me importava.

Eu o ouvi fechar a porta, tirar o casaco e pendurá-lo. Então finalmente entrou na sala. Ele estudou meu rosto por um breve momento e então correu a mão pelo cabelo, sentando-se diante de mim. Seu cabelo estava mais comprido do que na Índia. Fios negros e sedosos caíam-lhe na testa e ele os jogou para trás, irritado. Parecia maior, mais musculoso do que eu me lembrava. *Deve estar se alimentando melhor do que antes.*

Ficamos nos entreolhando em silêncio por vários segundos.

– Então... você é o meu novo vizinho – eu disse, por fim.

– Sim. – Ele suspirou suavemente. – Não consegui mais ficar longe de você.

– Eu não sabia que você estava tentando ficar longe.

– Foi o que você me pediu. Eu estava tentando respeitar seu desejo. Queria lhe dar tempo para pensar. Para clarear a mente. Para... ouvir seu coração.

Eu certamente tivera tempo para pensar. Infelizmente, meus pensamentos continuavam confusos. Eu não havia conseguido raciocinar desde que deixara a Índia. E não tinha dado ouvidos ao meu coração desde que acordara ao lado de Ren em Kishkindha. Fazia meses que eu me desligara do meu coração.

– Ah. Então seus sentimentos não... mudaram?

– Meus sentimentos estão mais fortes do que nunca.

Seus olhos azuis estudaram meu rosto. Ele afastou o cabelo dos olhos e se inclinou para a frente.

– Kelsey, cada dia que você ficou longe de mim foi uma agonia. Eu fiquei louco. Se o Sr. Kadam não tivesse me mantido ocupado cada minuto de cada dia, eu teria tomado um avião na semana seguinte. Eu ouvia pacientemente enquanto ele me instruía, mas só tenho seis horas como humano. Como tigre, abri um caminho no tapete do meu quarto de tanto andar de um lado para outro, hora após hora. Ele quase pegou um rifle de caça para me aplicar um tranquilizante. Nada me acalmava. Eu estava sempre inquieto, um animal selvagem sem... sem sua fêmea.

Remexi-me, nervosa, e mudei de posição na cadeira.

– Eu disse a Kishan que precisava treinar para trazer minhas habilidades de luta de volta ao padrão esperado. Lutávamos o tempo todo, tanto como homens quanto como feras. Treinávamos com armas, garras, dentes e com as mãos. Praticar com ele foi provavelmente a única coisa que me manteve são. Eu desabava no tapete todas as noites, ensanguentado, exausto, esgotado. Mas, ainda assim... podia sentir você.

Ele me fitou antes de prosseguir.

– Mesmo do outro lado do mundo eu muitas vezes acordava com o seu cheiro à minha volta. Eu ansiava por você, Kells. Por mais que Kishan me surrasse, a dor de perdê-la não diminuía. Eu sonhava com você e estendia a mão para tocá-la, mas você estava sempre fora do meu alcance. Kadam ficava me dizendo que era melhor assim e que eu tinha coisas a aprender antes de poder vir para o Oregon. Ele devia estar certo, mas não era o que eu queria ouvir.

– Mas, se você queria ficar comigo, então... por que não telefonou?

– Era o que eu *queria* fazer. Era uma tortura ouvir sua voz toda semana quando você ligava para Kadam. Eu ficava esperando ao lado dele todas as vezes, torcendo para que pedisse para falar comigo, mas você nunca pediu. Eu não queria pressioná-la. Queria respeitar seu desejo. Queria que a decisão fosse *sua*.

Que ironia. Tantas vezes eu quis perguntar por ele, mas não conseguia fazer isso.

– Você ouvia as nossas conversas ao telefone?

– Ouvia. Tenho ótima audição, lembra?

– Sim. Então o que... mudou? Por que vir aqui agora?

Ren riu sarcasticamente.

– Foi graças a Kishan. Um dia, durante uma de nossas lutas, ele estava acabando comigo, como sempre. A essa altura, eu nem me esforçava mais para competir com ele. Eu *queria* que ele me machucasse. De repente ele parou. Andou à minha volta e me olhou de cima a baixo. Fiquei lá, parado, esperando que retomasse a luta. Então ele fechou a mão e me deu o soco mais forte de que foi capaz.

– Meu Deus.

– Eu simplesmente recebi o golpe, sem nem me dar ao trabalho de me defender. Em seguida, ele me socou com toda força na barriga. Eu me recuperei e me levantei novamente diante dele, sem me importar. Ele rosnou e berrou na minha cara.

– O que foi que ele disse?

– Muitas coisas, a maioria das quais prefiro não repetir. O que disse de mais importante foi que eu precisava sair dessa e perguntou por que eu não me levantava e fazia alguma coisa, já que estava tão infeliz.

– Ah.

– Ele zombou de mim, dizendo que o poderoso Príncipe do Império Mujulaain, o Sumo Protetor do Povo, o campeão da Batalha dos Cem Cavalos, herdeiro do trono, fora abatido por uma garota. Gritou que não havia nada mais patético que um tigre covarde lambendo suas feridas. Mas a essa altura eu não estava nem aí para o que ele falava. Nada me perturbou até ele me dizer que nossos pais ficariam envergonhados, que eles haviam criado um covarde. Foi aí que tomei uma decisão.

– A decisão de vir aqui.

– Sim. Decidi que precisava ficar perto de você. Decidi que, mesmo que você só quisesse minha amizade, eu estaria mais feliz aqui do que na Índia sem você.

Ren se levantou, ajoelhou-se e pegou minha mão.

– Decidi encontrá-la, me atirar aos seus pés e implorar para que tenha misericórdia de mim. Vou aceitar o que você decidir. De verdade, Kelsey. Só não me peça que fique longe de você outra vez. Porque... eu *não posso*.

Como eu poderia resistir? As palavras de Ren penetraram as frágeis barreiras em torno do meu coração. Eu tivera a intenção de erguer uma cerca de arame farpado, mas o arame tinha pontas de marshmallow. Ele passou facilmente por minhas defesas. Ren pousou a testa em minha mão e meu coração de marshmallow se derreteu.

Passei os braços em torno de seu pescoço, abraçando-o, e sussurrei em seu ouvido:

– Um príncipe da Índia nunca deve se ajoelhar e implorar por nada. Está bem. Você pode ficar.

Ele suspirou e me apertou mais.

Eu sorri com ironia.

– Afinal, eu não ia querer que a sociedade protetora dos animais viesse atrás de mim por maus-tratos a um tigre.

Ele riu.

– Espere aqui – disse e saiu pela porta que conectava nossas casas.

Voltou com um pacote amarrado com uma fita vermelha.

A caixa era comprida, fina e negra. Eu a abri e encontrei uma pulseira. A corrente fina tinha um medalhão oval de ouro branco, dentro do qual havia duas fotografias: Ren, o príncipe, e Ren, o tigre.

Eu sorri.

– Você sabia que eu ia querer me lembrar do tigre também.

Ren prendeu a pulseira em meu pulso e suspirou.

– Sabia, embora eu tenha um pouco de ciúme dele. Ele passa muito mais tempo com você do que eu.

– Hum. Não tanto quanto antes. Sinto falta dele.

Ele fez uma careta.

– Acredite em mim, você o verá muito nas próximas semanas.

Seus dedos quentes roçaram meu braço e meu coração acelerou. Ele puxou meu braço até a altura de seus olhos, examinou o pingente e depositou um beijo no pulso.

Os olhos de Ren brilharam, maliciosos, enquanto ele perguntava:

– Então... gostou?

– Gostei. Obrigada. Mas... – Minha expressão mudou, mostrando tristeza. – Não comprei nada para você.

Ele me puxou e me abraçou pela cintura.

– Você me deu o melhor presente de todos: o dia de hoje. É o melhor presente que eu poderia ter desejado.

Eu ri e provoquei:

– Nesse caso, que porcaria de embrulho que eu fiz.

– É, tem razão. É melhor eu embrulhar você devidamente.

Ren pegou a colcha da minha avó no encosto da poltrona e me enrolou feito uma múmia. Eu me debati e gritei enquanto ele me pegava nos braços e me punha no colo.

– Vamos ler alguma coisa, Kells. Estou pronto para outra peça de Shakespeare. Tentei ler uma sozinho, mas tive muita dificuldade com a pronúncia das palavras.

Pigarreei dentro de meu casulo.

– Como pode ver, *meu captor*, meus braços estão presos.

Ren se inclinou para fazer um carinho com o nariz em minha orelha e de repente ficou rígido.

– Tem alguém aqui.

A campainha soou. Ren se levantou de um salto, me colocou em pé e me livrou da colcha antes que eu pudesse piscar. Fiquei ali parada por um instante, tonta e confusa. Então corei, constrangida.

– O que aconteceu com sua audição de tigre? – sibilei.

Ele sorriu para mim.

– Eu estava distraído, Kells. Você não pode me culpar. Está esperando alguém?

De repente me lembrei:

– Li!

– Li?

Fiz uma careta.

– Temos um... *um encontro*.

Os olhos de Ren escureceram e ele repetiu baixinho:

– Você tem um *encontro*?

– Tenho... – respondi, hesitante.

Em minha mente disparavam pensamentos sobre o homem à minha frente e o outro, diante da porta. *Ren está de volta, mas o que isso significa? E o que eu devo fazer agora?*

A campainha tornou a soar. No mínimo eu sabia que não podia deixar Li esperando.

Voltando-me para Ren, expliquei:

– Preciso ir agora. Por favor, fique aqui. Veja o que tem na geladeira e faça um sanduíche. Volto mais tarde. Por favor, tenha paciência. E *não... fique... zangado.*

Ren cruzou os braços diante do peito e estreitou os olhos.

– Se é isso que você *quer* que eu faça, é o que farei.

Suspirei com alívio.

– Obrigada. Estarei de volta assim que puder.

Calcei os sapatos e peguei o embrulho com a coleção de DVDs que havia comprado para Li. Com os lábios apertados, Ren me ajudou a vestir o casaco e foi para a cozinha. Ele se recostou na bancada com os braços cruzados e ergueu as sobrancelhas. Dirigi-lhe um sorriso débil e suplicante e segui para a porta da frente.

Senti uma pontada de culpa por ter um presente para Li e nenhum para Ren, mas rapidamente descartei essa sensação e abri a porta, agindo como se nada estranho estivesse acontecendo.

– Oi, Li.

– Feliz Natal, Kelsey – disse ele, completamente alheio ao fato de que tudo em minha vida havia mudado mais uma vez.

Meu encontro com Li não transcorreu como originalmente planejado. Deveríamos ver um filme de artes marciais e depois ir para o jantar de Natal na casa da Vó Zhi. Eu estava séria e meus pensamentos insistiam em me levar de volta a Ren. Era difícil me concentrar em Li – ou em qualquer outra coisa.

– O que foi, Kelsey? Você está muito quieta.

– Li, você se importa se pularmos o filme e anteciparmos o jantar? Preciso dar alguns telefonemas quando chegar em casa. Quero desejar feliz Natal a alguns amigos.

Li ficou decepcionado, mas replicou alegremente, como sempre.

– Ah. Claro. Isso não é problema.

Aquilo não era exatamente mentira. Eu pretendia ligar para o Sr. Kadam mais tarde. Porém isso não me fez sentir nem um pouco melhor por mudar nossos planos.

Na casa da Vó Zhi, os garotos estavam no meio de uma maratona de um dia inteiro de jogos. Participei de alguns, mas estava distraída e tomei decisões estratégicas ruins – tão ruins que até os rapazes comentaram.

– O que você tem, Kelsey? – perguntou Wen. – Nunca deixou que eu me safasse com uma jogada como essa.

Sorri para ele.

– Não sei. Melancolia de Natal, talvez.

Eu estava perdendo feio, então Li pegou minha mão e me levou para a sala a fim de trocarmos nossos presentes. Li e eu abrimos os pacotes ao mesmo tempo.

Rasgamos os papéis e rimos muito por muito tempo. Havíamos comprado exatamente o mesmo presente para o outro. Era uma sensação boa aliviar parte da tensão que havia se acumulado.

– Parece que nós dois gostamos de DVDs de artes marciais – disse ele, rindo.

– Desculpe, Li. Eu devia ter pensado mais.

Ele ainda estava rindo.

– Não se preocupe. É um bom sinal. Vó Zhi diria que é um sinal de boa sorte na cultura chinesa. Significa que somos compatíveis.

– É – eu disse, pensativa –, acho que sim.

Voltamos ao jogo depois de comer e joguei sem entusiasmo enquanto pensava no que ele tinha dito. Li estava certo em muitos aspectos. Nós *éramos* compatíveis e provavelmente combinávamos mais do que Ren e eu. Como Sarah e Mike, éramos pessoas normais. E Ren... não. Ele era imortal e maravilhoso. Era perfeito demais.

Eu podia facilmente visualizar uma vida com Li. Seria cômoda e segura. Ele seria médico e montaria um consultório num lugar tranquilo. Teríamos um casal de filhos e passaríamos as férias na Disney. As crianças fariam aulas de *wushu* e futebol. Comemoraríamos as datas festivas com os avós de Li e faríamos churrascos e convidaríamos todos os seus amigos e esposas.

Uma vida com Ren era mais difícil de imaginar. Não parecia que fôssemos feitos um para o outro. Era como combinar Ken com Moranguinho. Ele precisava da Barbie. *O que Ren faria no Oregon? Arranjaria um emprego? O que ele colocaria no currículo? Sumo Protetor e ex-Príncipe da Índia? Ficaríamos sócios de um parque temático de animais selvagens para que ele pudesse ser a principal atração nos fins de semana?* Nada disso fazia sentido. Mas eu não podia negar meus sentimentos por Ren – não mais.

Era dolorosamente óbvio que meu coração rebelde ansiava por ele. E, por mais que eu tentasse me convencer a me apaixonar por Li, a verdade era que eu era sempre atraída de volta a Ren. Eu gostava de Li. Talvez um dia pudesse até vir a amá-lo. Com certeza eu não queria magoá-lo. Não era justo.

O que eu vou fazer?

Depois de jogar mal por mais uma hora, Li me levou para casa. A noite caía quando ele parou na entrada da garagem. Olhei para as janelas em busca de uma sombra familiar, mas não vi nada. A casa estava escura. Li me acompanhou até a porta.

– Ei, meus olhos estão me enganando ou é um visco que está pendurado aí? – perguntou ele, apertando meu cotovelo.

Olhei para cima, para o visco, e me lembrei de minha decisão de beijar Li naquela noite. Isso parecia ter sido muito tempo atrás. Agora tudo tinha mudado. *Não tinha? E Ren? Podíamos mesmo ser só amigos? Eu deveria arriscar tudo e dar uma chance a Ren? Ou optar por algo seguro como Li? Como escolher?*

Eu ficara em silêncio por muito tempo e Li esperava pacientemente por minha resposta. Por fim, virei-me para ele e disse:

– É, sim.

Levei a mão ao seu rosto e beijei-o delicadamente nos lábios. Foi bom. Não o beijo apaixonado que eu havia planejado, mas ainda assim ele parecia feliz. Li tocou meu rosto e sorriu. Seu toque era agradável. Seguro. Mas não chegava nem perto do que eu sentia com Ren. O beijo de Li era uma partícula de poeira no Universo, uma gota perto de uma cachoeira.

Como viver com alguma coisa tão comum quando já se teve algo tão excepcional? Acho que só aprendendo a acalentar as lembranças.

Girei a chave na fechadura e abri a porta.

– Boa noite, Kelsey – gritou Li, feliz. – Até segunda.

Fiquei observando o carro se afastar e entrei em casa para encarar o príncipe indiano que me esperava lá dentro.

6

Escolhas

Entrei e fechei a porta, deixando que meus olhos se ajustassem à escuridão. Perguntei-me se Ren estaria na casa ao lado e ponderei se deveria ou não esclarecer as coisas com ele aquela noite.

Cheguei à sala e arquejei baixinho quando avistei a forma familiar do meu tigre branco de olhos azuis esparramado no sofá de couro. Ren ergueu a cabeça e olhou diretamente em minha alma.

Lágrimas vieram-me aos olhos. Eu não havia me dado conta de que sentira tanto a falta desse lado dele, o meu amigo. Ajoelhei-me diante do sofá, joguei os braços em torno de seu pescoço e deixei que grandes lágrimas jorrassem, escorrendo pelo meu rosto até seu pelo branco e macio. Acariciei sua cabeça e alisei suas costas. Ren estava ali. Finalmente estava comigo. Eu não estava mais sozinha. De repente percebi que ele devia ter se sentido assim também, ficando sem mim todos esses meses.

Reprimi um soluço.

– Ren, eu... eu *senti* tanta saudade. *Queria* falar com você. Você é meu melhor amigo. Eu só não queria limitar suas escolhas. Você consegue entender isso?

Meus braços ainda envolviam com força seu pescoço quando senti que ele se transformava. Seu corpo se metamorfoseou e logo seus braços estavam em torno do meu corpo e eu me encontrava sentada em seu colo. Sua camisa branca estava úmida das minhas lágrimas.

Abraçando-me com força, ele disse:

– Eu também senti saudade, *iadala*. Mais do que você imagina. E entendo suas razões para partir.

– Entende? – murmurei de encontro à sua camisa.

– Sim. Mas quero que você entenda uma coisa também, Kells. Você não limita minhas escolhas. Você *é* a minha escolha.

– Mas, Ren... – funguei.

Ele puxou minha cabeça de volta para seu ombro.

– Este homem, Li. Você o beijou?

Assenti silenciosamente contra seu peito. Não tinha sentido negar. Eu sabia que ele devia ter ouvido através da porta.

– Você o ama?

– Somos amigos e gosto muito dele, mas com certeza não estou apaixonada por ele.

– Então por que o beijou?

– Eu o beijei para... comparar, eu acho. Para analisar o que eu realmente sentia por ele.

Ren me pegou e me sentou no sofá ao lado dele. Ele estava se animando com o assunto e eu não conseguia entender por quê. Esperava que ele ficasse furioso, mas não estava nada zangado.

– Então é nesses *encontros* que vocês descobrem se gostam um do outro?

– É – respondi, hesitante.

– Você teve outros encontros ou esse é o primeiro?

– Com Li?

Ele ergueu uma sobrancelha.

– Houve outros?

– Sim.

Franzi a testa.

– Quantos? – quis saber ele.

– Três no total. Li, Jason e Artie. Se é que se pode contar Artie. Ren, por que todas essas perguntas? Aonde você quer chegar?

– Só estou curioso em relação a rituais de corte modernos. O que você fez nesses *encontros*?

– Fui ver alguns filmes, saí para jantar, fui a um casamento com Li e a um jogo de futebol com Jason.

– Você beijou todos esses homens?

– Não! Só beijei Li e essa foi a primeira vez.

– Então Li é o seu preferido. – Ren começou a murmurar consigo mesmo. Ficando de frente para mim, ele tomou minhas mãos nas dele. – Kelsey, acho que você deve continuar com esses encontros.

Meu queixo caiu.

– *O quê?*

– Estou falando sério. Fiquei pensando nisso enquanto você estava fora.

Você falou sobre me dar escolhas. Eu já fiz a minha, mas você ainda não fez a sua.

– Ren, isso é loucura! Do que você está falando?

– Saia com Li ou Jason ou com quem mais você quiser e prometo que não vou interferir. Mas também mereço uma chance. Quero que você saia *comigo* também.

– Você não entendeu como isso funciona, Ren. Não posso ficar saindo com três ou quatro homens para sempre. O objetivo desses encontros, ou melhor, do namoro, é a pessoa acabar ficando exclusivamente com alguém com quem se identifica.

Ele sacudiu a cabeça.

– Você *namora* para encontrar a pessoa que você *ama*, Kelsey.

– Então você acha que eu devo dizer a Li: "A propósito, Ren está de volta e ele achou que seria ótimo se eu saísse com vocês dois"? É isso? – explodi.

Ele deu de ombros.

– Se Li não consegue lidar com um pouco de competição honesta, é melhor você saber disso agora.

– Isso vai atrapalhar minhas aulas de *wushu*.

– Por quê?

– Ele é o meu professor.

Ren sorriu.

– Ótimo. Vou com você. Quero conhecê-lo. Aliás, um pouco de exercício vai me fazer bem.

– Ren, é uma turma de iniciantes. Não é apropriada para você e eu não quero você lutando com Li. Prefiro que não vá.

– Serei um perfeito cavalheiro. – Ele inclinou a cabeça, me observando. – Você tem medo de que eu seja a escolha óbvia?

– *Não* – respondi com irritação. – Estou mais preocupada que você vá esmagá-lo.

– Eu não faria isso, Kelsey. Mesmo que quisesse, essa não seria a maneira de conquistar o seu amor. Até *eu* sei disso. Então, vai sair comigo?

– Sair com você seria... *difícil*.

– Por que é mais fácil com outros homens do que comigo? E não me venha com a explicação do rabanete outra vez. Ela é ridícula.

– Porque – continuei baixinho –, se não desse certo com os outros homens, eu poderia sobreviver sem eles.

Beijando-me os dedos, Ren me olhou com intensidade e disse:

– *Iadala*, você *nunca* vai me perder. Eu sempre estarei perto de você. Me dê uma chance, Kells. Por favor.

Soltei um suspiro e fitei seu lindo rosto.

– Vamos tentar.

– Obrigado. – Ele se recostou no sofá, muito satisfeito consigo mesmo. – Então me trate como todos os outros caras.

Ah, sim. Sem problema. Basta tratar o homem mais perfeito e lindo na face da Terra, que por acaso é um antigo príncipe indiano que, por meio de uma maldição, se transformou em um tigre, como se ele fosse um cara comum. Nenhuma garota em seu juízo perfeito poderia sequer olhar para ele – mesmo sem saber tudo que eu sei – e pensar que ele era igual aos outros.

Ele se inclinou para me dar um beijo no rosto.

– Boa noite, *rajkumari*. Ligo para você amanhã.

Na manhã seguinte o telefone tocou muito cedo. Era Ren me convidando para jantar, nosso primeiro encontro oficial.

Eu bocejei, sonolenta.

– Onde você quer jantar?

– Não faço ideia. O que você sugere?

– Em geral o homem tem um lugar em mente quando telefona, mas vou lhe dar um desconto dessa vez, já que você é novo nessa coisa de sair, namorar e tudo mais. Eu sei aonde podemos ir. Use uma roupa casual e me pegue às cinco e meia. Mas você pode me fazer uma visita mais cedo se quiser.

– Vejo você às cinco e meia, Kells.

Andei à toa pela casa a maior parte do dia, vigiando nossa porta de comunicação, mas Ren permaneceu teimosamente do seu lado. Eu até fiz biscoitos com gotas de chocolate, esperando que o cheiro o atraísse mais cedo, mas não funcionou.

Às cinco e meia em ponto ele bateu na minha porta da frente. Quando a abri, ele me entregou uma rosa-chá e me ofereceu o braço. Estava ridiculamente bem-vestido para um encontro casual, com uma camisa listrada cinza-escuro de mangas compridas e um colete esportivo acolchoado de grife.

Lá fora, Ren abriu a porta do Hummer. O ar quente soprou das saídas do sistema de aquecimento do carro quando ele deslizou as mãos pela minha cintura e me levantou até o banco. Certificou-se de que o cinto estava devidamente preso e perguntou:

– Para onde?

– Vou apresentá-lo ao orgulho do Noroeste. Vou levá-lo a Burgerville.

No caminho Ren me falou sobre todas as coisas que aprendera nos últimos meses, entre as quais estava dirigir. Contou uma história engraçada de quando seu irmão bateu acidentalmente o Jeep no chafariz e depois o Sr. Kadam não quis deixar Kishan nem chegar perto do Rolls-Royce.

– Kadam me instrui em todos os temas imagináveis – continuou Ren. – Estou estudando política moderna, história mundial, economia e administração. Aparentemente, viver durante séculos, somado aos sábios investimentos feitos por Kadam, foi lucrativo. Somos muito ricos.

– Ricos?

– O suficiente para governar um país.

Fiquei boquiaberta.

Ren prosseguiu casualmente.

– Kadam estabeleceu contatos no mundo todo. São recursos bastante valiosos e você ficaria surpresa com o número de pessoas importantes que lhe devem favores.

– Pessoas importantes? Como quem?

– Generais, presidentes de grandes empresas, políticos dos principais países do mundo, a realeza e até líderes religiosos. Ele é *muito* bem relacionado. Mesmo que eu pudesse assumir a forma humana o dia inteiro e passasse todas as horas com ele, não conseguiria nem chegar perto de reunir todo o conhecimento que ele adquiriu ao longo dos anos. Ele já era um conselheiro brilhante para o meu pai. Agora, porém, não é nada menos que um gênio. Não existe recompensa na Terra que possa lhe pagar a lealdade que demonstrou para conosco. Eu só queria que houvesse uma forma de expressar nossa gratidão apropriadamente.

No estacionamento do restaurante, Ren me ofereceu o braço. Eu o aceitei e disse:

– Ser imortal tem seu preço. O Sr. Kadam parece muito solitário e isso é algo que vocês três têm em comum. Vocês formam uma família. Ninguém pode compreender o que você passou melhor do que Kishan e o Sr. Kadam. Acho que a melhor coisa que podem fazer como pagamento é oferecer a ele o mesmo nível de lealdade. Ele considera você e Kishan como filhos e a melhor maneira de um filho honrar o pai é ser o tipo de homem que o deixaria cheio de orgulho.

Ren parou, sorriu e inclinou-se para beijar meu rosto.

– Você é uma mulher muito sábia, *rajkumari*. Esse foi um excelente conselho.

Quando chegou nossa vez na fila do Burgerville, Ren me deixou escolher primeiro e em seguida pediu sete sanduíches enormes, três porções de batata frita, um refrigerante grande e um milk-shake grande de amora. Quando a atendente perguntou se era para viagem, ele sacudiu a cabeça negativamente, confuso, e lhe disse que comeríamos ali. Eu ri e disse à mulher que ele estava com *muita* fome.

Na máquina de refrigerante, Ren provou vários sabores. Observá-lo descobrindo novos sabores e novos alimentos era muito divertido.

Enquanto comíamos, conversamos sobre a faculdade e minha pesquisa inacabada para o Sr. Kadam sobre criaturas aladas e a prova das quatro casas. Também lhe contei sobre Jason e meu encontro horrível com Artie. Ren franziu a testa, sem entender por que alguém sairia com Artie por vontade própria.

– Ele praticamente engana as garotas, forçando-as a sair com ele – expliquei. – Mas é supercrítico e egocêntrico.

– Hum.

Ren desembrulhou seu último sanduíche e o olhou, refletindo.

Eu ri.

– Está cheio, Tigre? Seria uma pena dispensar seu milk-shake de amora. É o *melhor* do país.

Ele pegou outro canudo e o enfiou na tampa do copo de milk-shake.

– Aqui, divida comigo.

Dei um gole e Ren inclinou-se e sugou cerca de um terço de uma só vez.

Depois de comer fomos até um parque ali perto e resolvemos dar uma caminhada. Ren pegou um cobertor na mala do carro.

– Tenho permissão para segurar sua mão num primeiro encontro? – perguntou Ren.

– Você sempre segura minha mão.

– Não num encontro.

Revirei os olhos, mas estendi a mão. Andamos pelo parque por um tempo e ele me fez muitas perguntas sobre os Estados Unidos, sua história e sua cultura. A conversa fluía facilmente. Tudo era novo e fascinante para ele.

Paramos à beira de um lago. Ren se sentou, me puxou contra o seu peito e me envolveu com os braços.

– Só estou tentando aquecê-la – disse, na defensiva, quando lhe lancei um olhar significativo.

Ri com deboche.

– Esse é o truque mais velho do mundo.

Ren sorriu e roçou os lábios em minha orelha.

– Que outros truques eu deveria usar com você?

– Não sei por quê, mas acho que você vai descobri-los sozinho.

Apesar da minha brincadeira, ficar perto dele de fato me manteve aquecida e ficamos conversando e observando a água iluminada pela lua durante horas.

Ren queria saber tudo que eu tinha feito desde que saíra da Índia. Queria ver as cachoeiras do Parque Silver Falls, assistir ao Festival de Shakespeare, ir ao cinema e conhecer todos os restaurantes da cidade.

Depois que terminou de me interrogar sobre coisas a fazer e lugares a visitar no Oregon, a conversa mudou.

Ele me apertou mais forte e disse:

– Senti sua falta.

– Senti sua falta também.

– Nada foi igual depois que você partiu. A casa ficou sem vida. Todos notaram. Não fui o único que sentiu saudade. Até Kadam ficou abatido. Kishan dizia que o mundo moderno não tinha nada para lhe oferecer e várias vezes ameaçou ir embora. Mas eu o peguei em mais de uma ocasião escutando seus telefonemas também.

– Eu não queria tornar a vida de vocês mais difícil. Minha intenção era tornar as coisas mais fáceis, contribuir para que sua adaptação de volta ao mundo fosse um pouco menos complicada.

– Você não complica minha vida. Você a simplifica. Quando está perto, sei exatamente onde eu deveria estar: ao seu lado. Quando você se vai, apenas corro em círculos, confuso. Minha vida ficou desequilibrada. Fora de foco.

– Então eu sou a sua Ritalina, é?

– O que é isso?

– Um medicamento que ajuda as pessoas a ter mais concentração.

– É, acho que é isso. – Ele se pôs de pé, me levantou em seus braços e disse: – Não se esqueça: preciso de doses frequentes.

Eu ri e lhe dei um beijo no rosto. Ren me pôs no chão, dobrou o cobertor e voltamos para o Hummer com o braço dele em meu ombro.

Eu me sentia bem. Pela primeira vez em meses, sentia-me completa e feliz.

Quando me acompanhou até a porta de minha casa, ele disse:

– *Shubharatri*, Kells.

– O que isso quer dizer?

Ele me lançou um sorriso daquele tipo luminoso e de fazer tremer os joelhos e depositou um beijo demorado na palma da minha mão.

– Quer dizer "Boa noite".

Confusa e ligeiramente frustrada, fui para cama.

Sentir-me confusa e ligeiramente frustrada tornou-se uma constante nos encontros com Ren. Eu o queria por perto com uma frequência muito maior, mas ele estava determinado a passar pelo que chamava de *práticas de corte habituais*. Isso significava me deixar sozinha a menos que tivéssemos um encontro previamente marcado. Ele não me deixava nem vê-lo como tigre.

Todos os dias ligava para saber se eu estava livre. Então me convidava para o cinema, um jantar, um chocolate quente ou uma ida a uma livraria. Quando determinava que o encontro havia chegado ao fim, ia embora. Desaparecia completamente e pelo resto do dia eu não via nem de relance sua figura listrada. Ele também se recusava a me beijar dizendo que tinha muito o que pôr em dia. Mesmo estando do outro lado da parede, eu sentia saudade do meu tigre.

Começamos a ler *Otelo* juntos. Até Otelo ser enganado por Iago, Ren gostou do personagem.

– Foi Otelo quem destruiu o amor dele e de Desdêmona, da mesma maneira que Romeu. Isso não teve nada a ver com Iago – comentou Ren, pensativo. – Otelo não confiava na mulher. Se ele tivesse simplesmente perguntado a ela o que acontecera com seu lenço ou o que ela sentia por Cássio, teria descoberto a verdade.

– Otelo e Desdêmona não se conheciam há muito tempo – argumentei. – Talvez não estivessem de fato *apaixonados*. Vai ver que seu único vínculo verdadeiro eram as histórias que ele contava e suas aventuras empolgantes. Não muito diferente de você, devo dizer.

Ren estava deitado com a cabeça no meu colo. Ele brincou com meus dedos por um minuto, pensativo, e perguntou, hesitante:

– É por isso que você está *comigo*, Kelsey? Pela aventura? Está entediada sentada aqui, lendo, quando poderíamos estar andando pela Índia à procura de objetos mágicos e combatendo demônios?

Ponderei sobre a pergunta por um momento.

– Não. Eu gosto de *estar* com você, mesmo que a gente fique só comendo pipoca e lendo.

Ele beijou meus dedos.

– É bom saber.

Recomecei a ler, mas ele se levantou de um pulo e me arrastou para a cozinha com uma súbita urgência de aprender a fazer pipoca de micro-ondas.

Uma tarde eu estava tão desesperada para ver meu tigre que resolvi ir à procura dele sem ter um encontro oficialmente marcado. Bati na porta de comunicação e, não obtendo resposta, entrei na sala de estar de Ren. Alguns pacotes fechados estavam empilhados sobre a bancada. Fui ao andar de cima.

– Ren? – chamei, mas não obtive resposta.

Onde ele poderia estar?, pensei, enfiando a cabeça no escritório de Ren. O notebook estava ligado e a tela tinha três janelas abertas.

Acomodando-me em sua confortável cadeira de couro, vi que a primeira janela era do site de uma loja de roupas de grife e a segunda era de um link para uma página de rituais de corte através dos tempos.

A terceira janela exibia uma série de e-mails do Sr. Kadam. Eu me senti um pouco culpada lendo as mensagens de Ren, mas eram tão curtas que, antes que me desse conta, já havia lido tudo.

De: mestredearmas@rajaramcorp.com
Para: tgrbrc@rajaramcorp.com
Assunto: Documentos
Ren,
A questão dos documentos está resolvida.
Kadam

De: mestredearmas@rajaramcorp.com
Para: tgrbrc@rajaramcorp.com
Assunto: Relocação
Ren,
A seu pedido, anexei um arquivo em caso de emergência.

Documentos? Relocação? O que eles estão aprontando? Com o mouse, posicionei o cursor sobre o anexo. Com o dedo no botão, hesitei, ponderando até onde estava disposta a deixar a curiosidade me levar, quando uma voz me fez dar um pulo.

– É apropriado pedir permissão antes de bisbilhotar documentos de outras pessoas, você não acha? – perguntou Ren casualmente.

Minimizei a janela e me levantei. Ele parou no vão da porta, apoiando o ombro no portal e mantendo os braços cruzados.

– Eu... eu estava procurando você e acabei me distraindo – murmurei.

– Estou vendo. – Ele fechou o notebook com delicadeza e apoiou o quadril na mesa, me avaliando. – Eu diria que você encontrou mais do que estava procurando.

Fitei os cadarços dos meus tênis por alguns segundos, mas rapidamente encontrei uma centelha de irritação para amenizar a culpa e levantei a cabeça.

– Você está escondendo coisas de mim?

– Não.

– Bem, tem algo importante acontecendo que você não quer me contar?

– Não – repetiu ele.

– Jure – eu disse baixinho –, faça um juramento real.

Ele tomou minhas mãos nas suas, fitou-me nos olhos e disse:

– Como o príncipe do Império Mujulaain, juro que não há aqui nenhum motivo de preocupação. Se não acredita, pergunte a Kadam. – Ele aproximou a cabeça um pouquinho mais de mim. – Mas o que eu quero de verdade é a sua confiança. Não vou desmerecê-la, Kelsey.

– É melhor mesmo – enfatizei, cutucando-o no peito.

Ele levou meus dedos aos lábios, distraindo-me o bastante para que o assunto de repente perdesse a importância.

– Não vou – prometeu ele e me conduziu de volta para casa.

A vertigem romântica desapareceu logo depois que ele saiu e eu me vi furiosa com a facilidade com que ele me dobrava à sua vontade com um simples toque.

As aulas de *wushu* recomeçavam na segunda-feira após o Natal e eu não tinha a menor ideia do que diria a Li. Ren concordou em não ir no primeiro dia para que eu pudesse conversar com Li primeiro. Não consegui me concentrar durante toda a aula e fiz um esforço tímido para aprender as formas da mão. Não conseguia guardar os nomes. Os únicos de que eu me lembrava eram garra de águia e macaco.

Depois da aula chegou a hora de enfrentar o problema. *O que eu vou dizer? Ele vai me odiar.*

– Li, eu queria falar com você.

– Claro – disse ele, sorrindo.

Ele estava feliz e despreocupado. Eu me sentia justamente o oposto. Estava tão nervosa que precisei me sentar em cima das mãos para que elas parassem de tremer.

Li esticou as longas pernas no tapete e se apoiou na parede ao meu lado.

Depois de beber um grande gole de água, ele secou a boca e perguntou:

– E aí, Kelsey? O que foi?

– É... eu não sei bem como dizer isso, então acho que vou direto ao ponto: Ren voltou.

– Ah. Eu estava me perguntando quando ele apareceria. Achei que não fosse ficar longe de você para sempre. Então, você está rompendo comigo... – disse ele com naturalidade.

– Bem, não, não exatamente. Olhe, Ren quer que eu continue saindo com você, mas quer que eu saia com ele também.

– O quê? Que tipo de cara iria... espere... então você não está terminando comigo?

Apressei-me em explicar:

– Não, mas vou entender se você não quiser mais me ver. Ele acha que eu devo sair com vocês dois e então escolher.

– Bem, que atitude... esportiva da parte dele. E o que você acha disso?

Pus a mão em seu braço.

– Concordei em tentar, mas disse a ele que seria estranho e que você nunca concordaria.

– E o que ele disse?

Suspirei.

– Disse que, se você não conseguisse lidar com um pouco de competição honesta, era melhor eu saber agora.

Li cerrou os punhos.

– Se ele acha que eu vou desistir e deixar o caminho livre para ele, está enganado! Então vamos à competição honesta.

– Você está brincando? Está zombando de mim, não está?

– Meu avô me ensinou a estabelecer objetivos e então batalhar pelo que quero e de jeito nenhum vou perdê-la sem lutar. Um homem que não corre atrás da garota de que gosta e não luta por ela não a merece.

Fiquei pasma. Li e Ren eram farinha do mesmo saco, ainda que estivessem separados por séculos.

– Ele está aqui na cidade? – perguntou ele.

– Não exatamente – suspirei. – Ele é meu vizinho.

– Então ele já tem a vantagem da proximidade.

– Você fala como se estivessem planejando invadir um castelo – murmurei com ironia.

Ele ignorou meu comentário ou não o ouviu. Ajudou-me a levantar, distraído, e me acompanhou até o carro.

Quando Li se debruçou em minha porta aberta, acrescentei:

– Ah, e ele também quer vir a uma aula de *wushu*.

Li esfregou as mãos e riu.

– Excelente! Vamos ver do que esse cara é capaz. Ele pode vir amanhã! Diga que, como cortesia especial, não vou nem cobrar a taxa de matrícula.

– Mas, Li, ele não está no mesmo nível que eu.

– Melhor ainda! O iniciante vai aprender uma ou duas coisinhas!

– Não. Você entendeu mal. Ele...

Li me beijou com força na boca, o que efetivamente me calou. Ele sorriu e fechou a porta antes que eu pudesse concluir minha resposta. Acenando, desapareceu na escuridão do estúdio.

No dia seguinte encontrei um bilhete escrito com capricho colado na garrafa de suco de laranja na geladeira.

> *De todas as formas de cautela, a cautela no amor é talvez a mais fatal para a verdadeira felicidade.*
>
> *– Bertrand Russell*

Suspirei, descolei-o da garrafa de suco e colei-o em meu diário. Liguei para Ren, já que ele só queria me ver em encontros planejados, e informei que ele estava convidado para a aula de *wushu*. Então lhe disse com todas as letras o que achava daquela ideia. Ele fez pouco da minha reação e afirmou que Li seria um excelente rival e que estava ansioso para conhecê-lo.

Exasperada, desisti de tentar convencê-lo a esquecer aquela história e bati o telefone. Ele ligou várias vezes naquele dia, mas ignorei o telefone e tomei um demorado banho de banheira.

De noite, Ren tirou o Hummer da garagem e veio me pegar. Eu temia muito, muito, *muito* ficar no mesmo ambiente com Li e Ren e não pude deixar de sentir alívio por não estarmos avançados o bastante no *wushu* para usar armas.

O corpo dele ocupou o vão da porta.

– Está pronta? Mal posso esperar pela minha primeira aula.

Meu silêncio mal-humorado não pareceu perturbá-lo nem um pouco e ele falou sobre o começo das aulas na Western Oregon durante todo o trajeto.

Chegamos alguns minutos atrasados. A aula já havia começado e Jennifer estava fazendo o aquecimento em nosso canto. Ren caminhava confiante ao meu lado. Com a cabeça baixa, entrei rapidamente, larguei a bolsa no chão e tirei o casaco.

Olhei para Jennifer, que estava no chão alongando as pernas. Ela fez uma pausa no meio de um movimento para olhar Ren. Seus olhos praticamente saltavam das órbitas. O olhar de Li passou sobre minha cabeça fixando-se em Ren, que o sustentou com atrevimento, estudando Li como se o avaliasse em busca de fraquezas.

Ren tirou o casaco, o que provocou um gritinho de Jennifer, agora totalmente concentrada nos bíceps de bronze dourado de Ren. A camiseta justa exibia seus braços e peitoral bem desenvolvidos.

Sibilei para ele baixinho:

– *Pelo amor de Deus*, Ren! Você vai deixar as mulheres com taquicardia!

Ele levantou as sobrancelhas, confuso.

– Kells, do que você está falando?

– Você! Você é... – desisti, aborrecida. – Deixe para lá.

Pigarreei.

– Desculpe interromper a aula, Li. Ei, pessoal, este é o meu convidado, Ren. Ele é da Índia e está passando uns tempos aqui.

A boca de Jennifer se escancarou num grande e silencioso "*Oh!*".

Li me lançou um olhar interrogativo antes de voltar à aula. Ele nos fez praticar chutes e posturas e pareceu bastante irritado quando viu que Ren conhecia todos os movimentos. Li ordenou que formássemos duplas e decidiu que Ren faria par com Jennifer enquanto ele trabalharia comigo.

Ren voltou-se para Jennifer todo simpático e ela enrubesceu dos pés à raiz dos cabelos. Estávamos praticando movimentos para derrubar o oponente. Li demonstrou um em mim e então pediu que todos tentássemos repetir. Ren já estava à vontade conversando com Jennifer, gentilmente guiando-a pelo movimento, dando-lhe dicas e sugestões. De alguma forma ele já a deixara completamente à vontade. Ren era gentil e encantador. Quando ela tentou derrubá-lo, ele caiu de maneira dramática e esfregou o pescoço, fazendo-a explodir em risadinhas.

Sorri e pensei: *É, ele exerce esse efeito em mim também*. Fiquei feliz que ele estivesse sendo simpático com minha amiga. De repente me vi caída de costas, fitando as luzes fluorescentes. Enquanto eu olhava Ren e Jennifer, Li havia me derrubado com força. Eu não tinha me machucado, só fui pega de surpresa. A expressão determinada de Li imediatamente se transformou em arrependimento.

– Desculpe, Kelsey. Machuquei você? Eu não queria...

Antes que ele pudesse concluir seu pedido de desculpas, foi atirado no tatame a alguns metros dali. Ren se ajoelhou, debruçando-se sobre mim.

– Ele machucou você, Kells? Você está bem?

Zangada e constrangida, sibilei:

– Ren! Eu estou bem! Li não me machucou. Eu só não estava prestando atenção. Acontece.

– Ele devia ter tomado mais cuidado – rosnou Ren.

– Estou bem – sussurrei baixinho. – E *caramba*! Você precisava atirá-lo quase do outro lado da sala?

Ele resmungu e me ajudou a ficar de pé.

Li voltou correndo e ignorou Ren de propósito.

– Você está bem, Kelsey?

Pousei a mão em seu braço.

– Estou bem. Não se preocupe. Foi minha culpa. Eu me distraí.

– É. Você estava *distraída*. – Seus olhos correram para Ren brevemente. – Belo golpe, mas gostaria de vê-lo tentar *isso* outra vez.

Ren abriu um sorriso.

– Quando quiser.

Li sorriu de volta e estreitou os olhos.

– Mais tarde, então.

Fiquei ao lado de Jennifer, que tremia de emoção. Ela abriu a boca para fazer a primeira do que eu imaginava ser uma série de perguntas, mas ergui um dedo no ar.

– Agora não. Eu só quero terminar esta aula. Prometo que depois lhe conto o que está acontecendo.

– Promete? – ela articulou sem emitir som.

Assenti com a cabeça.

Jennifer passou o restante da aula observando-nos com atenção. Eu podia ver sua mente trabalhando, enquanto ela ouvia com cuidado cada comentário e avaliava cada olhar e toque casual. Li nos orientou a fazer formas simples com as mãos pelo restante da aula e então nos dispensou abruptamente.

Ele e Ren pareciam travar uma competição de olhares. Ambos tinham os braços cruzados, avaliando o outro com frieza. Acompanhei Jen até a porta.

Ela apertou meu braço.

– Seu Ren é maravilhoso. Um espetáculo. Agora entendo por que você teve tanta dificuldade em deixá-lo. Se eu fosse alguns anos mais jovem e não vivesse um casamento feliz, eu o trancaria comigo e engoliria a chave. O que você vai fazer?

– Ren quer que eu saia com os dois.

Jennifer ficou de queixo caído e eu me apressei a acrescentar:

– Mas ainda não vou tomar nenhuma decisão.

– Isso é tão emocionante! É melhor que minha novela favorita. Boa sorte, Kelsey. Até segunda.

No carro, a caminho de casa, perguntei a Ren:

– Você e Li conversaram?

– Não muito. Vou frequentar as aulas de *wushu*, mas tenho que pagar um preço especial, que Li estipulou achando que eu não poderia pagar.

– Não gosto nada disso. Eu me sinto como uma criança num processo litigioso de guarda compartilhada.

– Você pode sair com os dois ou romper com Li agora – replicou ele. – Mas, para ser justa, deveria dar a Li pelo menos uma semana.

– Rá! Está tão certo assim que eu escolheria você? Li também é um cara legal!

Ren esfregou o queixo e disse baixinho:

– É. Acho que sim.

Esse comentário me surpreendeu e fiquei em silêncio, pensando nisso a caminho de casa. Ren me ajudou a saltar do carro, me deixou na porta e desapareceu, como sempre.

Sair com Li, Ren e Jason ao mesmo tempo era ridículo. Era quase como se eu estivesse cercada por cavaleiros lutando pela preferência da donzela. Enquanto eles marchavam em suas armaduras de batalha, afiavam as lanças e se preparavam para montar seus cavalos, eu refletia sobre minhas opções. Tinha uma escolha, afinal de contas. Eu podia escolher o vencedor, o perdedor ou nenhum deles. O lado bom é que isso me faria ganhar algum tempo.

Eu podia compreender a ideia de uma rivalidade romântica do ponto de vista de Ren, pelo menos um pouco. No século em que ele nasceu os homens provavelmente lutavam pelas mulheres. Certamente seu instinto de tigre lhe dizia que afugentasse outros machos. O que me surpreendeu foi a reação de Li. *Quem iria imaginar que ele fosse chegar a esse ponto?*, pensei. *Se Li houvesse terminado comigo, teria facilitado muito meu papel nessa novela. Talvez os dois se matassem na disputa e todos morressem no fim, como em* Hamlet.

Quando chegamos para a aula de *wushu* na segunda, Li e Ren pareciam ter estabelecido um acordo tácito de não se olharem. A turma os observava com cautela, mas, vendo que nada acontecia, todos acabaram sossegando. Nem Li nem Ren fizeram par comigo.

Li se esforçava para me levar a restaurantes elegantes e planejar piqueniques elaborados. Ren se contentava em ir à minha casa para ler ou assistir a alguns filmes. Pipoca passou a ser seu lanche favorito. Víamos filmes antigos e depois ele fazia milhões de perguntas. Ele se divertiu com vários deles, especialmente *Star Wars*. Gostava de Luke e achava que Han Solo era *bad boy* demais.

– Ele não é digno da princesa Leia – disse Ren, o que me deu uma compreensão mais profunda sobre sua persona de "cavaleiro na armadura brilhante".

Na noite de sexta, Ren e eu estávamos prestes a começar a ver outro filme quando me lembrei de que havia marcado um encontro com Jason. Eu disse a Ren que ele podia assistir ao filme sem mim. Ele resmungou, pegou um pacote de pipoca e foi ligar o micro-ondas.

Quando desci com um vestido azul-escuro, sandálias de tiras e o cabelo liso, Ren levantou-se bruscamente e deixou cair a tigela de pipoca no chão.

– Por que está vestida assim? Aonde você vai?

– Jason vai me levar para ver uma peça em Portland. Mas pensei que você tivesse algum tipo de política de não interferência cavalheiresca em relação aos meus encontros.

– Quando você se veste assim, posso interferir quanto quiser.

A campainha soou e, quando abri a porta, Ren se aproximou pelas minhas costas e me ajudou a vestir o casaco. Jason se moveu para a frente e para trás pouco à vontade. Seus olhos fuzilaram Ren.

– Ah, Jason, este é meu amigo Ren. Ele é da Índia e vai passar uns tempos aqui.

Ren estendeu a mão e sorriu, destilando veneno.

– Tome conta direitinho da *minha garota*, Jason.

Havia decididamente um "senão" implícito no fim da frase. Jason engoliu em seco.

– Arrã. Pode deixar.

Empurrei Ren de volta para dentro de casa e fechei a porta em sua cara. Na verdade, era um alívio estar com Jason. Eu não sentia a pressão intensa que agora sentia com Li e Ren. Não que eles estivessem me pressionando. Ren, em particular, parecia ter uma paciência infinita. Acho que isso vinha de sua metade tigre.

Jason me levou para ver *O Rei Leão*. Os figurinos e adereços eram incríveis e eu me peguei desejando que Ren estivesse ali comigo em vez de Jason. Ren teria adorado ver como os animais eram representados.

Depois do espetáculo a multidão se espalhou pela calçada do teatro. As pessoas caminhavam devagar em todas as direções na rua, obrigando os carros a avançar em perigosos solavancos. Uma senhora idosa deixou cair seu programa da peça e estava se abaixando para pegá-lo quando um carro dobrou a esquina.

Sem pensar, corri na frente da mulher e fiz sinal para que o carro parasse. O motorista pisou no freio, mas não rápido o bastante. Minha sandália de tiras ficou presa numa fenda do calçamento quando tentei sair do caminho. O carro bateu em mim de raspão e eu caí.

Jason correu para me ajudar e o motorista saltou do carro. Eu não estava ferida com gravidade. Meu vestido e meu orgulho é que haviam sofrido danos, mas, fora isso, eu só tinha alguns arranhões e machucados. Um fotógrafo do teatro correu para bater algumas fotos. Jason posou comigo, com meu vestido rasgado e o rosto sujo, e forneceu meu nome, dizendo que eu era uma heroína e que salvara a mulher idosa.

Tirando com desgosto minha sandália com o salto quebrado, segui para o carro. Jason, animado, falava do acidente e dizia que era bem provável que minha foto saísse na revista do teatro.

Ele tagarelou sem parar durante todo o trajeto sobre o trimestre seguinte na faculdade e a última festa a que fora. Quando parou diante da minha casa, não abriu a porta para mim. Suspirei, pensando: *O cavalheirismo está quase extinto nesta geração.* Jason ficava olhando para meu vestido rasgado e para as janelas. Provavelmente estava apavorado pensando que Ren pudesse ir atrás dele por não ter tomado conta de mim. Virei-me no assento para encará-lo.

– Jason, precisamos conversar.

– Claro. O que foi?

Suspirei de leve e disse:

– Acho que devíamos parar de sair. Não temos muito em comum. Mas eu gostaria que a gente conservasse a amizade.

– Tem outra pessoa na jogada?

Os olhos dele dispararam para a porta da casa outra vez.

– Talvez sim.

– Arrã. Bem, se mudar de ideia, estarei por perto.

– Obrigada, Jason. Você é um cara muito legal.

Um pouco medroso, mas ainda assim legal.

Dei-lhe um beijo de boa-noite no rosto e ele se foi de bom humor.

Não foi tão ruim. Da próxima vez não será fácil assim.

Entrei em casa e encontrei outro bilhete na bancada da cozinha, ao lado de uma tigela cheia de pipoca.

Nunca se perde por amar.
Perde-se por se refrear.
– Barbara DeAngelis

Estou identificando um tema aqui. Peguei uma Coca diet, a pipoca e subi lentamente os degraus, carregando minha sandália quebrada.

Um a menos. Que venha o próximo.

7

Volta às aulas

Na manhã seguinte Ren ligou para ver se podíamos tomar o café da manhã juntos e assistir a um filme. Eu disse que sim e desliguei o telefone. Meu corpo estava um pouco dolorido da queda, então engoli umas aspirinas e tomei um banho quente.

O cheiro de panquecas queimadas flutuava escada acima. Encontrei Ren na cozinha. Fatias de bacon chiavam no fogão e ele batia ovos numa tigela grande. Meu avental de babados estava amarrado em sua cintura. Era uma visão e tanto.

– Por que não pediu minha ajuda, Ren? – perguntei, tirando a panqueca queimada da frigideira.

– Eu queria fazer uma surpresa para você.

– Isso com certeza é uma surpresa. – Eu ri e assumi o fogão. – Para que a manteiga de amendoim?

– Para fazer panqueca de banana com manteiga de amendoim, é claro.

Eu ri.

– É mesmo? Como foi que você conseguiu criar isso?

– Tentativa e erro.

– Muito bem. Mas você também tem que experimentar panquecas à minha moda, com gotas de chocolate.

– Combinado.

Quando eu tinha uma pilha de panquecas alta o suficiente para satisfazer Ren, nos sentamos para comer. Ele provou um grande pedaço.

– E então? O que acha?

– Excelente. Mas ficariam ainda melhores com manteiga de amendoim e banana.

Estendi a mão para pegar a calda, revelando um hematoma longo e arroxeado no braço. Ren notou imediatamente e tocou meu braço com cuidado.

– O que foi isso? O que aconteceu com você?

– O quê? Ah... isso. Tentei evitar que uma senhora fosse atropelada por um carro que se aproximava e ele bateu em mim. Eu caí.

Ren se levantou do banco de um pulo e me examinou e cutucou, apalpando meus ossos e movimentando minhas articulações com todo o cuidado.

– Onde dói?

– *Ren!* É sério, eu estou bem. São só alguns cortes e arranhões. Ai! Não aperte aí! – Dei um tapa nele. – Pare com isso! Você não é médico. São só algumas contusões bobas. Além do mais, Jason estava lá comigo.

– Ele também foi atingido pelo carro?

– Não.

– Então não estava lá com você. Da próxima vez que eu encontrar esse cara, ele vai ficar com umas contusões semelhantes para que possa saber o que você sentiu.

– Ren, pare de fazer ameaças. Isso não importa mais. Eu disse a Jason que não queria mais sair com ele.

Ren abriu um sorriso de satisfação.

– Ótimo. Mas o garoto ainda precisa aprender umas coisinhas.

– Ah, mas não é *você* que tem que ensinar a ele. Só por isso vou escolher o filme. E já vou avisando: pretendo pegar o filme mais mulherzinha que encontrar.

Ele grunhiu, resmungou alguma coisa sobre rivais, contusões e garotas e voltou para suas panquecas.

Depois do café da manhã, Ren me ajudou a arrumar a cozinha, mas o estressadinho ainda não estava livre de sua punição. Coloquei o filme, sentei-me ao lado dele com um sorrisão na cara e esperei que começasse a reclamar. O crescendo do tema de abertura de *A noviça rebelde* começou e dei uma risadinha, sabendo que ele iria sofrer pelas próximas horas. Só que... Ren adorou. Ele pôs o braço em meus ombros e ficou brincando com a fita na ponta da minha trança. E assoviou, acompanhando as canções.

Fez uma pausa no meio do filme, foi buscar o bandolim e começou a tirar a música. O bandolim tinha um som mais exótico que o violão no filme.

– É lindo! – exclamei. – Há quanto tempo você toca?

– Comecei depois que você partiu. Sempre tive bom ouvido para música e minha mãe costumava pedir que eu tocasse para ela.

– Mas você pegou "Edelweiss" muito rápido. Já tinha ouvido essa canção?

– Não. Mas eu sempre fui capaz de tocar as notas só de ouvi-las.

Ele começou a tocar "My Favorite Things" e então a música mudou, tornando-se uma melodia triste porém bonita. Fechei os olhos, recostei a cabeça no sofá e senti a música me transportar numa viagem. A canção começou sombria e solitária, mas depois ficou doce e cheia de esperança. Eu tinha a sensação de que meu coração batia no mesmo ritmo da música. As emoções tomaram conta de mim à medida que a canção contava sua história. O final era melancólico e triste. Tive a sensação de que meu coração se partia. E foi aí que ele parou.

Abri os olhos.

– O que foi isso? Nunca ouvi nada assim!

Ren suspirou e pousou o bandolim com cuidado na mesa.

– Eu a compus depois que você viajou.

– *Você* fez isso?

– Fiz. O nome é "Kelsey". É sobre você... sobre nós. É a nossa história juntos.

– Mas o final é triste.

Ele passou a mão nos cabelos.

– Foi assim que me senti quando você partiu.

– Ah. Mas nossa história ainda não chegou ao fim, não é?

Cheguei mais perto de Ren e envolvi seu pescoço com os braços.

Ele me apertou, pressionou o rosto em meu pescoço, sussurrou meu nome e disse:

– Não. *Certamente* ainda não acabou.

Tirei-lhe o cabelo da testa e disse baixinho:

– É linda, Ren.

Ele me abraçou bem apertado. Meu coração começou a bater mais rápido. Olhei seus olhos azuis intensos, em seguida os lábios perfeitamente esculpidos e quis que ele me beijasse. Ele aproximou ainda mais a cabeça, mas parou antes que seus lábios tocassem os meus. Estudou minha expressão, ergueu uma sobrancelha e se afastou.

– O que foi? – perguntei.

Ele suspirou e prendeu um cacho de cabelo atrás de minha orelha.

– Eu não vou beijá-la enquanto estivermos nesse processo de escolha. – Seus olhos examinavam meu rosto enquanto ele continuava: – Quero que você tenha a cabeça lúcida quando me escolher. Você fica toda vulnerável quando a toco, quanto mais quando a beijo. Eu me recuso a tirar vantagem disso. Uma promessa feita num momento de paixão não é duradoura e eu não quero que você tenha dúvidas ou arrependimentos em relação à sua escolha.

– Espere um instante – arquejei, incrédula. – Vamos ver se entendi: você não vai me beijar porque acha que seus beijos me deixam tonta demais para pensar com clareza? Que eu sou incapaz de tomar uma decisão consciente se estiver embriagada de paixão por você?

Ele assentiu com cautela.

– Isso tem a ver com seus estudos antiquados de métodos de corte? Porque muitas dessas sugestões estão desatualizadas...

– Sei disso, Kelsey. Eu só não quero pressioná-la de maneira alguma a me escolher.

Furiosa, pulei do sofá e comecei a andar em círculos.

– Essa é a coisa mais maluca que já ouvi!

Fui até a cozinha pegar um refrigerante e percebi que não estava apenas surpresa, estava com raiva, e parte da minha raiva vinha do fato de que ele não estava muito longe da verdade. Eu ficava, sim, completamente vulnerável sempre que ele me tocava.

De repente me senti como um peão num dos jogos de tabuleiro de Li. *Bem, as regras do jogo valiam para os dois.* Decidi retaliar. *Se ia haver uma guerra por mim, então por que eu também não podia lutar? As garotas têm um arsenal de armas inteiramente exclusivo,* ponderei, enquanto planejava minha estratégia de batalha. Daquele ponto em diante, decidi que testaria a resistência dele. Eu faria Ren *me* beijar.

Coloquei meu plano imediatamente em ação. Voltamos ao filme e deitei a cabeça em seu ombro, meus lábios a poucos centímetros dos dele, e comecei a descrever pequenos círculos nas costas de sua mão. Minha atitude deixou-o nervoso. Ele ficava se contorcendo e mudando de posição, mas não me soltou nem se afastou.

Depois do filme Ren anunciou subitamente que nosso encontro tinha chegado ao fim. *Gostei disso. O equilíbrio de poder mudou.* Corri os dedos por seu bíceps volumoso, então tracei coraçõezinhos em seu antebraço e fiz beicinho.

– Seu tempo como homem é tão curto. Não quer ficar comigo?

Ele tocou meu rosto.

– Mais do que quero respirar.

Não pude evitar. Colei meu corpo ao dele.

Ele me pegou e me sacudiu delicadamente.

– Eu não vou beijar você, Kelsey. Não quero que fique confusa em relação ao que deseja. No entanto, se você optar por *me* beijar, não irei me opor.

Afastando-me dele, rebati:

– Rá! Pode esperar deitado. – Pus as mãos nos quadris e sorri com ironia. – Essa notícia deve ser um choque para um homem que sempre consegue o que quer.

Ele deslizou as mãos pela minha cintura e me puxou para seu peito. Então levou os lábios a centímetros do meu.

– *Não... o que eu... mais quero.*

Ele hesitou por um instante, esperando que eu fizesse um movimento, mas não fiz. Estava determinada a levá-lo a me beijar primeiro. Assim, sorri e esperei. Estávamos presos numa silenciosa batalha de vontades.

Por fim, ele se afastou.

– Você é tentadora demais, Kelsey. O encontro terminou.

De repente nada no mundo era tão importante para mim quanto vencer essa guerrinha com Ren. Inclinando-me para ele, pisquei inocentemente e, com a voz mais sedutora, perguntei:

– Tem certeza *absoluta* de que precisa ir?

Senti os músculos de seu braço se retesarem e a pulsação disparar. Ele segurou meu rosto com uma das mãos. Querendo levá-lo ao limite, coloquei a mão sobre a dele e depositei um beijo cálido em sua palma. Acariciando sua palma com os lábios, eu o ouvi prender a respiração. *Eu não fazia a menor ideia de que ele reagia dessa forma a mim. Isso vai ser mais fácil do que pensei.*

Apertei seu braço levemente e me encaminhei para a escada, sentindo seus olhos em mim. Assumindo minha melhor personificação de Scarlett O'Hara, virei-me uma última vez e disse:

– Bem... *Tigre*, se mudar de ideia, sabe onde me encontrar.

Deslizei os dedos pelo corrimão e continuei a subir os degraus.

Infelizmente ele não me seguiu. Eu imaginara Ren fazendo o papel de Rhett Butler e, incapaz de se conter, me tomando nos braços e me carregando escada acima numa dramática demonstração de paixão. No entanto, Ren me lançou um olhar divertido e saiu, fechando a porta silenciosamente.

Droga! Ele tem mais autocontrole do que imaginei.

Não importava. Era apenas um pequeno contratempo. Passei o resto do dia tramando... *Como se pega um tigre muito velho e muito alerta de surpresa? Use as fraquezas dele: comida, artimanhas femininas, poesia e superproteção. O pobrezinho não tem a menor chance.*

Na manhã seguinte abri o lado do armário antes proibido, peguei um cardigã azul-marinho e uma saia estampada, um cinto fino e botas marrons de cano alto. Fiz escova no cabelo e caprichei na maquiagem, especialmente no *gloss* cor de pêssego nos lábios.

Em seguida, preparei um sanduíche gigante para Ren – e coloquei um bilhetinho de amor em cima dele. *Os dois podem jogar o jogo da poesia,* pensei, convencida.

A alma que pode falar através dos olhos
também pode beijar com o olhar.
– Gustavo Adolfo Becquer

Quando ele veio me buscar para a faculdade, me olhou de cima a baixo e disse:

– Você está linda, Kells, mas não vai funcionar. Já entendi qual é a sua.

Ele me ajudou a vestir o casaco e eu respondi inocentemente:

– Não sei do que você está falando. O que é que não vai funcionar?

– Você está tentando me fazer beijá-la.

Ergui o rosto para ele, sorrindo, e disse, acanhada:

– Uma garota não deve entregar *todos* os seus segredos, não é?

Ele se inclinou para mim, pressionou os lábios contra meu ouvido e sussurrou numa voz aveludada:

– Muito bem, Kells. Guarde seus segredos. Mas estou de olho em você. O que quer que esteja tentando fazer não vai funcionar. Eu ainda tenho algumas *cartas* na manga também.

Ren me deixou sozinha a tarde toda. Enfiei outro bilhete em sua mochila enquanto ele saía do carro para a aula de *wushu*.

As almas se encontram nos lábios dos enamorados.
– Percy Bysshe Shelley

Estava sentada no chão me alongando quando o vi puxar o bilhete da bolsa. Ele o leu algumas vezes e então ergueu os olhos e interceptou meu olhar. Dirigi a ele um sorriso inocente e acenei alegremente para Jennifer, que cruzava a sala.

De volta a casa, dentro da garagem, Ren abriu a porta do carro para mim. Mas, em vez de me ajudar a saltar, ele se inclinou e grunhiu suavemente.

Seus lábios roçaram a pele sensível sob minha orelha. Sua voz era sedutora, perigosa.

– Vou logo avisando, Kelsey. Sou um homem *extremamente* paciente. Fui treinado à exaustão a esperar o inimigo. Minha vida como tigre me ensinou que a persistência e a diligência sempre valem a pena. Considere-se advertida, *priyatama*. Eu estou numa caçada. Já farejei seu cheiro e nada vai me deter.

Ele se afastou e estendeu a mão para me ajudar a saltar. Eu a ignorei e me dirigi à porta com as costas rígidas e as pernas trêmulas. Ouvi uma risadinha na brisa enquanto ele desaparecia do seu lado da casa.

Ren estava me deixando maluca. Eu me sentia tentada a arrombar a porta e me atirar em cima dele, mas me recusava a ceder. *Eu* iria provocá-lo dessa vez. Faria com que ele pedisse clemência.

Logo descobri que a batalha de vontades entre mim e Ren havia empurrado Li para o canto mais afastado de minha mente. Sempre que estava com Li, meus pensamentos voavam para longe, ocupados em planejar maneiras de seduzir Ren. Era tão óbvio que Li percebeu.

– Câmbio. Planeta Terra chamando Kelsey. Você vai notar minha presença agora? – perguntou Li, tenso, uma noite, durante um de seus filmes de artes marciais favoritos.

– Como assim?

– Kelsey, você está totalmente ausente nessa última semana. Sua cabeça anda longe.

– Bem... é que voltei à faculdade agora e os trabalhos me distraem.

– Não são os trabalhos, Kelsey. É *ele*.

Senti remorso imediatamente. Li não havia feito nada de errado e o mínimo que eu podia fazer era lhe dar atenção.

– Desculpe, Li. Eu não tinha percebido que estava ignorando você. Tem toda razão. Agora estou aqui com você, 100 por cento. Me fale de novo por que esse filme é um clássico na categoria.

Li observou meu rosto por um momento e então começou a falar sobre *Punhos de serpente*, com Jackie Chan. Eu estava interessada de verdade e ele pareceu aliviado com isso.

O restante da noite correu tranquilamente, mas eu sentia culpa em relação a Li. Não estava lhe dando a atenção que ele merecia. O pior era que eu queria que Ren estivesse assistindo ao filme conosco.

Quando cheguei em casa aquela noite, já tarde, colei um bilhete no lado de Ren da porta de comunicação.

Certa vez ele sugou
Com um longo beijo, toda a minha alma através
Dos meus lábios, como a luz do sol bebe o orvalho.
— Alfred Lord Tennyson

Ren não havia me beijado em três semanas e eu achava que estava fraquejando mais do que ele. Eu tinha tentado de tudo e ainda não conseguira nem um selinho em meus lábios aflitos. Não tinha obtido nenhum resultado em semanas de esforço. Eu agora era dona de uma coleção completa de batons e brilhos labiais e já havia experimentado cada um deles, sem nenhum efeito.

Na aula de *wushu*, ele tirou outro bilhete da bolsa, leu e ergueu uma sobrancelha em minha direção. Esse era o mais ousado que eu lhe dera e intencionalmente eu o deixara para o fim. Era minha última tentativa.

Dá-me um beijo e depois mais vinte;
Em seguida soma mais cem a esses vinte;
E mil a esses cem: assim continua a me beijar,
Até esses mil a um milhão chegar;
Triplica esse milhão, e estando terminado,
Voltemos a nos beijar, como havíamos começado.
— Robert Herrick

Ren não disse nada, mas me olhou de forma intensa e ardente. Com audácia, sustentei seu olhar e senti uma centelha se acender entre nós, formando um elo e abrindo um buraco no meu corpo, embora estivéssemos em lados opostos da sala. Eu não conseguia tirar os olhos dele e ele aparentemente estava sofrendo do mesmo mal.

De repente Li anunciou que iríamos treinar movimentos para derrubar o oponente, o que ele havia evitado desde a primeira sessão com Ren. Dessa vez Li e Ren iriam demonstrar os movimentos para os outros. Li instruiu que todos nos sentássemos junto à parede. Com relutância, Ren rompeu o contato visual comigo e se posicionou de frente para seu adversário.

Os dois homens andavam em círculos. Li fez o primeiro movimento, um soco circular, para se exibir e se aproximar, mas Ren o bloqueou elegantemente. Li mudou o peso do corpo para uma perna, deu uma rasteira por trás dos joelhos e então desferiu um soco contra o peito de Ren. Este se deslocou para a direita, fazendo com que a rasteira de Li errasse o alvo, e usou a mão espalmada para bloquear o soco. Em seguida, Li realizou uma elaborada manobra, plantou a mão no chão e atacou com uma clássica tesoura. Ren agarrou o pé de Li e girou, derrubando-o com força de barriga para baixo. Li rolou no chão, afastando-se com raiva, e devolveu uma série de socos. Ren o bloqueou no alto, embaixo e até por trás, neutralizando com eficácia os ataques de Li.

Li percebeu que não progredia, então simulou um soco para agarrar o braço de Ren e o puxou com força a fim de desferir-lhe um chute contra o rosto, mas Ren o fez perder o equilíbrio e Li caiu novamente no tatame. Ele se levantou com um salto, tornou a ficar de frente para Ren e eles voltaram a se mover em círculos.

– Você quer mesmo continuar com isso? – perguntou Ren. – Já provou que é um bom lutador.

– Não estou tentando provar nada. – Ele sorriu. – Só queria impedir que você continuasse devorando minha garota com os olhos.

Ele disparou um soco duplo contra o peito de Ren, que simplesmente agarrou-lhe os pulsos e os girou para fora. Li uivou e se afastou, para voltar em seguida com um chute frontal no rosto de Ren.

Dessa vez Ren agarrou-lhe o calcanhar.

– Ela ainda não decidiu de quem ela é. – Ele ergueu os braços e empurrou Li, virando-o de cabeça para baixo. – Mas, se fosse para apostar, não consideraria suas chances muito boas.

Arquejei, ofendida e constrangida. Ren voltou-se para me olhar. Vendo-o distraído, Li agarrou-lhe os braços por trás e forçou-os para cima, um movimento que imobilizaria a maioria das pessoas. Sem sequer pestanejar, Ren subiu uma parede com Li ainda segurando seus braços e girou no ar.

Quando caiu, virou os pulsos, revertendo suas posições. Os cotovelos de Li agora se projetavam no ar enquanto Ren os forçava ligeiramente para baixo. Quando Li arfou de dor, Ren o soltou. Li rodou e tentou dar uma rasteira em Ren outra vez, mas Ren saltou sobre suas pernas, girou e imobilizou Li com facilidade.

Jennifer me olhou, nervosa, e segurou minha mão. Li estava descontrolado. Ele limpou a boca e rebateu:

– Deixe que eu me preocupe com as minhas chances.

Então ele rodou e chutou, atingindo o peito de Ren. O impacto lançou ambos alguns passos para trás. Li provocou:

– Pelo menos eu não desisti dela nem deixei que partisse.

Os movimentos agora eram rápidos demais para que eu pudesse distingui-los. Eu via socos, bloqueios de braço e de perna, giros com recuo, chutes laterais e passos elaborados.

A certa altura, Ren correu para Li e deu uma complicada cambalhota no ar, em posição encolhida, girou duas vezes e saltou por cima de Li. Quando estava descendo, pousou as mãos nas costas de Li e usou seu impulso para jogá-lo de cara no tapete. A turma começou a bater palmas e dar vivas.

Ren pressionou a mão nas costas de Li, mantendo-o imóvel, e grunhiu baixinho:

– Não. Mas é o que *vai* fazer. Ela é *minha*.

Ren deixou que ele se levantasse e depois disso, Li se transformou num touro enfurecido, partindo com tudo para cima de Ren. O suor escorria de seu rosto e sua respiração estava pesada. Ele atacou com ainda mais violência do que antes e Ren intensificou seu ritmo um pouco também. Li finalmente estava conseguindo acertar uns golpes. Eu me sentia mortificada por eles lutarem por *mim. Em público*. Ao mesmo tempo, não conseguia tirar os olhos dos dois.

Li era uma força a ser reconhecida. Era altamente habilidoso. No entanto, ainda havia um mundo de diferença entre ele e Ren. Era quase como se estivessem se movendo em duas velocidades diferentes.

Fiquei observando Ren lutar. Na verdade, teria sido impossível desviar os olhos. Cada movimento era uma pintura. Eu me vi hipnotizada pelo controle calculado e pelo poder que exibia. Era simplesmente magnífico. Um lutador digno do tigre que era na maior parte do tempo.

Eu estava furiosa com sua audácia de me declarar sua propriedade na frente de todos. No entanto, ao mesmo tempo, eu me sentia emocionada por vê-lo me desejar tão ferozmente. Ele era de fato um anjo guerreiro. *Meu anjo guerreiro*, pensei, possessiva.

Após cerca de 15 minutos de luta acirrada sem chegar a lugar algum, Li, ofegando intensamente, dispensou a turma.

Tentei falar com ele, mas ele fez um gesto com a mão, me dispensando também, e pegou uma toalha para cobrir a cabeça.

Li não ligou nem me chamou para sair na semana que se seguiu. Depois da aula de *wushu* na sexta, ele pediu para falar comigo e disse a Ren que me levaria para casa. Ren assentiu e foi embora em silêncio. Eles vinham se tratando de maneira estranhamente civilizada desde a luta.

Li se sentou e deu um tapinha no tatame, indicando que eu me sentasse ao lado dele.

– Kelsey, preciso perguntar uma coisa a você e quero que responda com sinceridade.

– Claro.

– Por que você deixou Ren?

Eu me remexi, desconfortável.

– Eu o deixei porque... não éramos feitos um para o outro.

– Como assim?

Fiquei em silêncio por um momento e então respondi:

– São várias razões. A principal é que... é difícil explicar. Em primeiro lugar, ele é lindo, e eu... não sou. Ele também é muito rico. Na verdade, ele vem da realeza. É de uma cultura e de uma origem diferentes e não namorou muito e...

– Mas, Kelsey, nós dois também somos de culturas e origens diferentes, e isso não a incomoda. A família dele não gosta de você?

– Não é isso. Os pais dele já morreram. O irmão gosta de mim. – Retorci as mãos no colo. – Acho que tudo se resume ao fato de eu pensar que ele vai acordar e descobrir que não sou uma princesa. Acredito que vai ficar decepcionado se me escolher. É só uma questão de tempo antes de perceber isso e me trocar por outra, por alguém melhor.

Li voltou-se para mim, incrédulo.

– Então você está me dizendo que o deixou porque achava que *ele* era bom demais para *você*?

– Basicamente, sim. Ele teria ficado preso a mim e vivido infeliz.

– Ele *age* como se estivesse infeliz perto de você?

– Não.

– Kelsey, por mais que me doa dizer isso – começou Li, em tom reflexivo –, Ren me parece uma pessoa muito cautelosa e ponderada. Durante nossa luta, usei cada habilidade e truque sujo à minha disposição e ele mal me acertava de volta. Ren estava em clara vantagem. A técnica dele está além de qualquer coisa que eu já tenha visto. É como se ele tivesse aprendido com todos os mestres antigos.

E provavelmente aprendeu.

– Mesmo assim, durante a luta, ele *recebia* os golpes de forma que eu não me machucasse. Isso mostra não só uma habilidade incrível, como uma antecipação impressionante.

Dei de ombros.

– Eu já sabia que ele lutava bem.

– Não, você não está me entendendo. Para alcançar uma habilidade assim, para lutar dessa forma, é preciso disciplina. Ele poderia ter me esmagado, mas não fez isso. – Li riu com ironia. – Na metade do tempo, ele não estava nem me olhando! Estava observando você, preocupado com sua reação. Não estava nem prestando atenção no cara seriamente empenhado em matá-lo.

– O que você está tentando me dizer, Li?

– Estou tentando dizer que o cara está desesperadamente apaixonado por você. Isso é óbvio para mim e para todo mundo. Se *você o* ama, precisa dizer isso a ele. Seus temores de ser abandonada não combinam com a personalidade dele. Como eu disse, ele é o tipo de homem que toma uma decisão e se mantém firme. Não tem nada nele que me faça pensar que não seja sincero.

– Mas…

Li tomou minhas mãos nas dele e me encarou.

– Kelsey. Ele só tem olhos para *você*.

Baixei o olhar para nossas mãos.

– E quanto a não ser boa o bastante para ele, é justamente o contrário. Ele é que não é bom o suficiente para você.

– Você está dizendo isso por dizer.

– Não. Não, não estou. Você é incrível, doce e linda e ele é um homem de sorte por ter você.

– Li, por que está fazendo isso?

– Porque… eu gosto do cara, para ser sincero. Eu o respeito. E porque dá para ver que o que você sente por ele é muito mais forte do que o que sente por mim. Você é mais feliz com ele.

– Sou feliz com você também.

– Sim, mas não é a mesma coisa. Volte para ele, Kelsey. Está óbvio que você o ama. Diga isso a ele. Dê-lhe uma chance. – Ele riu baixinho. – Mas não se esqueça de dizer que fui superior ao abrir caminho. – Ele se inclinou e me envolveu num abraço apertado. – Vou sentir saudade, Kelsey.

Foi como se alguma coisa em mim desse um clique e minha perspectiva de repente mudasse. Estava na hora de dispensar Li. Não era justo continuar a submetê-lo a essa situação. Meu coração nunca seria dele; bem no fundo, fazia algum tempo que eu sabia disso. Eu vinha usando-o como uma muleta emocional. Meu relacionamento com ele havia se tornado uma desculpa para que eu pudesse adiar o momento de encarar Ren. Ficando ou não com Ren, eu sabia que esse tinha que ser o fim para mim e Li.

Emocionada, retribuí o abraço.

– Vou sentir saudade também. Você foi muito legal comigo. Nunca vou me esquecer disso. Agradeça aos rapazes por me ensinarem a jogar.

– Claro. Vamos. – Ele se pôs de pé e me ajudou a levantar, me dando um beijo na bochecha. – Vou levá-la para casa. E, Kelsey… diga a Ren que, se um dia ele a deixar, eu vou atrás dele.

Eu ri, desolada.

– Desculpe por ter feito você passar por isso, Li.

Ele deu de ombros.

– Por você, valeu a pena. Acho que, se eu a houvesse pressionado quando ele apareceu, você o teria escolhido de qualquer forma. Pelo menos assim aproveitei sua companhia por mais um tempo.

– Não foi justo com você.

– Não dizem que no amor e na guerra vale tudo? Isso foi um pouco de amor misturado a um pouco de guerra. Eu não teria perdido por nada.

Tomei sua mão nas minhas e a apertei.

– Um dia você vai fazer uma mulher muito feliz, Li. E espero que esse dia chegue logo.

– Bem, se por acaso você tiver uma irmã gêmea por aí, vou querer conhecê-la.

Eu ri, mas estava com vontade de chorar.

Li me levou até em casa. Fomos ambos em silêncio. Eu refletia sobre o que ele tinha falado. Estava certo. Ren *era* uma pessoa cautelosa e ponderada. Ele tivera séculos para pensar no que queria. Por alguma razão, ele me queria. No fundo eu sabia que me amava e que nunca me abandonaria. Também sabia que, se eu *tivesse* escolhido outro, Ren estaria sempre por perto para cuidar de mim se eu precisasse dele.

Meus sentimentos por *ele* nunca estiveram em questão. Li tinha razão. Eu devia dizer isso a Ren. Dizer que tinha tomado minha decisão.

Eu vinha tentando seduzir o homem havia várias semanas e agora que eu ia finalmente ter o que queria, estava nervosa. Minha determinação vacilava. De repente me senti vulnerável, frágil. Meus pensamentos eram incoerentes. *O que eu deveria dizer?*

Quando o carro parou, Li me encorajou mais uma vez.

– Diga a ele, Kelsey.

Ele me abraçou rapidamente e se foi.

Fiquei parada diante da porta de Ren durante vários minutos, pensando no que iria dizer.

A porta se abriu e Ren saiu, parando ao meu lado. Seus pés estavam descalços e ele ainda usava a camiseta e a calça branca do *wushu*. Ele me dirigiu um olhar cheio de ansiedade e suspirou, infeliz.

– Me dizer o quê, Kells?

Num tom formal, perguntei:

– Você ouviu, né?

– Ouvi.

Seu rosto estava tenso, cauteloso. De repente percebi que ele achava que eu ia escolher *Li*.

Ele correu a mão pelos cabelos.

– O que você quer me dizer?

– Quero lhe contar que já fiz minha escolha.

– Foi o que imaginei.

Dei um passo à frente e passei os braços por seu pescoço, mas ele permaneceu rígido. Fiquei na ponta dos pés para me aproximar de seu rosto. Ele suspirou, me abraçou e me suspendeu. Aconchegou meu corpo de encontro ao seu peito sólido como pedra, enquanto meus pés pairavam vários centímetros acima do chão. Falei suavemente em seu ouvido:

– Eu escolho você.

Ele se imobilizou… então afastou a cabeça para olhar meu rosto.

– Então Li…

– Está fora da jogada.

Ele me lançou um sorriso radiante que iluminou a noite escura.

– Então nós…

– Podemos ficar juntos.

Puxei sua cabeça para mim e o beijei suavemente. Surpreso, ele se separou de mim para estudar meu rosto e então me apertou ainda mais e me beijou de volta. Seu beijo não era suave nem doce. Era ávido, quente, ardente.

Existem muitos tipos de beijos. Há o beijo apaixonado de adeus – como o que Rhett deu em Scarlett ao partir para a guerra. O beijo de "não posso ficar com você, mas quero ficar" – como o de Super-Homem e Lois Lane. Tem o primeiro beijo – delicado e hesitante, cálido e vulnerável. E tem também o beijo de posse – que era como Ren me beijava naquele momento.

Ia além da paixão, além do desejo. Seu beijo era cheio de ânsia, necessidade e amor, como todos os outros beijos. Mas também era cheio de promessas e juras, algumas doces e ternas, outras perigosas e excitantes. Ren estava tomando posse de mim. Reivindicando o que era seu.

Ele me agarrou audacioso como um tigre que captura sua presa. Não havia como escapar. E eu não *queria* escapar. Eu teria morrido feliz em suas garras. Eu era dele e ele se certificou de que eu soubesse disso. Meu coração explodia com a floração de mil lindos lírios-tigres. E eu soube, com uma certeza maior do que qualquer coisa que já havia sentido, que nosso lugar era um ao lado do outro.

Ele finalmente ergueu a cabeça e murmurou de encontro aos meus lábios:

– Até que enfim.

8

Ciúme

Ren tornou a me beijar e deslizou um braço sob meus joelhos. Ele conseguiu me levar para dentro de casa e fechar a porta com o pé sem desgrudar os lábios dos meus. Eu finalmente tinha meu momento Rhett Butler. Ele se acomodou na poltrona, me aconchegou em seu colo, agarrou minha colcha e me envolveu com ela.

E me beijou por toda parte – cabelos, pescoço, testa, bochechas… mas sempre voltava aos lábios, como se eles fossem o centro do Universo. Suspirei baixinho e desfrutei da avalanche de beijos de Ren – beijos sufocantes, beijos suaves, beijos sensuais, beijos que duravam um mero segundo e beijos que duravam uma eternidade. Era fácil acreditar que meu anjo guerreiro havia me capturado e me levado voando para o céu.

Um ronco profundo ecoou em seu peito.

Afastei a cabeça, rindo.

– Você está *rosnando* para mim?

Ele riu baixinho, girou a fita do meu cabelo entre os dedos e a puxou delicadamente, soltando minha trança. Mordendo de leve minha orelha, ele sussurrou uma ameaça:

– Você vem me deixando louco há *três semanas*. Tem sorte de eu apenas rosnar.

Ele traçou um lento caminho de beijos descendo pelo meu pescoço.

– E isso significa que você virá aqui com mais frequência? – eu quis saber.

Ele falou, movendo os lábios de encontro à minha pele.

– Cada minuto do dia.

– Ah. Então… você não estava apenas me evitando?

Ele colocou o dedo sob meu queixo e virou meu rosto para o dele.

– Eu nunca iria evitá-la de propósito, Kells.

Ele fez um carinho na lateral do meu pescoço e na clavícula com a ponta dos dedos, me distraindo.

– Mas fez isso.

– Porque foi lamentavelmente necessário. Eu não queria pressioná-la, então me mantive afastado, mas estava sempre por perto. Podia ouvi-la. – Ele afundou o rosto em meus cabelos soltos e suspirou. – E sentir seu cheiro de pêssego e creme, o que me deixava maluco. Só que eu não me permitia vê-la, a menos que você concordasse com um encontro. Quando você começou a me provocar, pensei que fosse enlouquecer.

– Arrá! Então você *ficou* tentado.

– Esse é o pior tipo de *pralobhana*, de tentação. Eu a teria dominado por um momento, mas então acabaria por perdê-la. Evitar você era tudo que eu podia fazer para não agarrá-la e sequestrá-la.

Era estranho. Agora que eu havia admitido em voz alta que queria estar com ele, não me sentia nem um pouco tímida ou hesitante. Sentia-me... liberada. Contente. Plantei dezenas de beijos em suas bochechas, em sua testa, em seu nariz e, por fim, em seus lábios perfeitamente esculpidos. Ele ficou imóvel enquanto eu percorria seu rosto com os dedos. Ficamos por um longo momento nos entreolhando, seus lindos olhos azul-cobalto presos aos meus, castanhos. Ren sorriu e meu coração deu um pulo, sabendo que ele, em toda a sua perfeição, era meu.

Deslizei as mãos de seus ombros para os cabelos, tirando-os da testa, e disse baixinho:

– Eu *amo* você, Ren. Sempre amei.

Seu sorriso se abriu. Ele me apertou ainda mais nos braços e sussurrou meu nome.

– Amo *você*, minha *kamana*. Se soubesse que você seria o prêmio que eu conquistaria depois de séculos de cativeiro, teria suportado tudo agradecido.

– O que quer dizer *kamana*?

– "O lindo desejo a que eu aspiro acima de todos os outros."

– Humm. – Pressionei os lábios de encontro ao pescoço dele e inspirei seu cheiro cálido de sândalo. – Ren?

– Sim?

Ele enroscou os dedos em meu cabelo.

– Desculpe por ter sido tão idiota. Foi tudo culpa minha. Desperdicei tanto tempo. Você me perdoa?

Seus dedos se aquietaram em meu cabelo.

– Não há nada para perdoar. Pressionei você cedo demais. Não a cortejei. Não disse as coisas certas.

– Não. Nada disso. Você disse todas as coisas certas. Acho só que não estava preparada para ouvi-las ou acreditar nelas.

– Eu devia saber que não deveria apressá-la. Não fui paciente e um tigre sem paciência fica sem jantar.

Eu ri.

– Você sabia que comecei a me sentir atraído por você antes mesmo de você saber que eu era humano? Lembra-se de quando fiquei correndo freneticamente de um lado para outro durante uma apresentação no circo?

– Lembro.

– Pensei que você tivesse ido embora. Ouvi Matt dizer ao pai que uma das garotas novas tinha partido. Achei que eles se referissem a você. Eu precisava saber se você ainda estava lá. Você não foi à minha jaula naquele dia e eu fiquei distraído, desanimado. Não pude sossegar até vê-la na plateia.

– Bem, estou aqui agora e não vou deixá-lo, Tigre.

Ele grunhiu, me apertou e provocou:

– Não, *não vai*. Não vou deixá-la sair de perto de mim outra vez. Agora, sobre todos aqueles poemas que você me deu… acho que alguns merecem ser estudados em profundidade.

– Concordo plenamente.

Ele tornou a me beijar. Foi um beijo prolongado e doce. Suas mãos seguravam o meu rosto e acho que meu coração chegou de fato a dar uma cambalhota no peito. Ren afastou o rosto, beijou os cantos da minha boca e suspirou profundamente. Ficamos agarradinhos até seu tempo se esgotar.

Na noite seguinte preparei um jantar especial para Ren. Quando os famosos *conchiglioni* recheados de minha mãe ficaram prontos, Ren serviu uma porção gigante em seu prato, espetou um deles e mastigou, feliz.

– Esta é uma das melhores coisas que já comi. Na verdade, só fica atrás de manteiga de amendoim, *chittaharini*.

– Fico feliz que goste da receita da minha mãe. Ei, você nunca me disse o que *chittaharini* significa.

Ele beijou meus dedos.

– Significa "a que cativa a minha mente".

– E *iadala*?

– Querida.

– Como se diz "eu te amo"?

– *Mujhe tumse pyarhai.*

– E "estou apaixonada"?

Ele riu.

– Você pode dizer *anurakta*, que significa que você "está se afeiçoando a" alguém. Ou pode dizer que é *kaamaart*, que significa que você é uma "jovem intoxicada com amor ou perdida de amor". Prefiro a segunda forma.

Sorri, de modo afetado.

– Sei, sei. Tenho certeza de que você gostaria de anunciar que estou bêbada de amor por você. Como se diz "meu namorado é bonito"?

– *Mera sakha sundara.*

Limpei os lábios com um guardanapo e perguntei se ele gostaria de me ajudar a fazer a sobremesa. Ren puxou a cadeira para que eu me levantasse e me seguiu até a cozinha. Eu estava superconsciente de sua proximidade, sobretudo porque a todo instante ele encontrava razões para me tocar. Ao guardar o açúcar, acariciou meu braço. Quando estendeu a mão para colocar a baunilha em cima da bancada, fez carinho com o nariz no meu pescoço. Chegamos ao ponto em que comecei a derrubar as coisas.

– *Ren*, você está me distraindo. Quero que me dê um pouco de espaço para que eu possa terminar de preparar a massa.

Ele obedeceu, mas se manteve perto o bastante para que eu roçasse nele ao guardar os ingredientes. Dei forma aos biscoitos, arrumei-os no tabuleiro e anunciei:

– Agora temos 15 minutos até ficarem prontos.

Ele agarrou meu braço e me puxou para ele. Quando dei por mim, o timer estava disparando e eu pulei de susto. Não sei como, mas eu tinha ido parar em cima da bancada da cozinha presa num abraço apaixonado. Uma de minhas mãos estava em seu cabelo, seus cachos sedosos enroscados em meus dedos, enquanto minha outra mão aparentemente agarrara sua camisa de grife e estava lentamente torcendo-a. A camisa recém-passada agora estava toda amassada. Envergonhada, relaxei a mão incontrolável e gaguejei:

– Sinto muito pela camisa.

Ele pegou minha mão, pousou um beijo na palma e sorriu, malicioso.

– Eu não.

Eu o empurrei e saltei para o chão. Pressionando os dedos contra seu peito, eu disse:

– Você é perigoso, rapaz.

Ele sorriu.

– Não é minha culpa que você esteja intoxicada por mim.

Fiz cara feia para ele, mas isso não o perturbou nem um pouco; ele estava muito satisfeito consigo mesmo. Tirei os biscoitos do forno e me virei para pegar o leite. Quando lhe entreguei o copo, Ren já havia devorado um biscoito superquente e estava no segundo.

– Deliciosos! São de quê?

– De chocolate, com gotas de chocolate e recheio de manteiga de amendoim.

– São a segunda melhor coisa que já provei.

Eu ri.

– Você disse a mesma coisa no jantar.

– Acabei de atualizar o ranking.

– Ah, é? Qual é o primeiro lugar agora? Ainda são as panquecas de manteiga de amendoim?

– Não... você. Mas o páreo é duro. – Seu sorriso se turvou. – É hora de eu me transformar, Kells.

Senti um leve tremor percorrer-lhe o braço. Ele me beijou docemente mais uma vez e se metamorfoseou em tigre. Então seguiu para a escada, subiu-a em dois saltos e se dirigiu para o meu quarto.

Ren se acomodou no tapete perto da minha cama enquanto eu vestia o pijama no banheiro. Depois de escovar os dentes, ajoelhei-me ao lado dele.

Abraçando-lhe o pescoço, sussurrei:

– *Mujhe tumse pyarhai*, Ren.

Ele começou a ronronar enquanto eu me cobria com o edredom. Eu não via sua metade tigre desde que ele aparecera no dia de Natal e estava com saudade. Abraçando-o, acariciei-lhe o pelo macio. Aconchegando-me ao seu lado, usei suas patas como travesseiro e adormeci, em paz pela primeira vez desde que deixara a Índia.

No sábado acordei em minha cama agarrada ao meu tigre branco de pelúcia. Ren estava sentado numa cadeira posicionada ao contrário, a cabeça descansando nos braços, me observando. Grunhi e cobri a cabeça com o edredom.

– Bom dia, dorminhoca. Sabe, se queria tanto dormir com um tigre, era só pedir. – Ele apanhou o tigre de brinquedo. – Quando comprou isto?

– Na semana que voltei.

Ele sorriu.

– Então sentiu a minha falta?

Suspirei e sorri.

– Como um peixe sente falta da água.

– É bom saber que sou tão necessário assim à sua sobrevivência. – Ele se ajoelhou ao lado da cama e tirou o cabelo do meu rosto. – Eu já lhe disse que você é a coisa mais linda de manhã?

Eu ri.

– Fala sério. Meu cabelo está todo desgrenhado e eu estou de pijama.

– Gosto de ver você acordar. Você suspira e começa a se remexer. Rola para um lado e para outro algumas vezes e em geral murmura alguma coisa sobre mim.

Ele sorriu.

– Então eu falo dormindo, é? – perguntei, apoiando-me no cotovelo. – Isso é constrangedor.

– Eu gosto. Depois você abre os olhos e sorri para mim, mesmo quando estou como tigre.

– Que garota não iria sorrir quando você é a primeira coisa que ela vê? É como acordar na manhã de Natal e encontrar o melhor presente que você já ganhou.

Ele riu e beijou minha bochecha.

– Quero conhecer Silver Falls hoje, portanto levante esse esqueleto preguiçoso da cama. Vou esperar você lá embaixo.

A caminho das cachoeiras, paramos em Salem para o café da manhã no White's, um pequeno restaurante que funcionava há décadas. Ren pediu a especialidade da casa: batatas tipo *roësti*, ovos, salsicha, bacon e molho, tudo misturado numa grande pilha. Eu nunca vira ninguém terminar um prato daqueles, mas Ren comeu tudo e ainda roubou uma torrada minha.

– Você está com um apetite e tanto – comentei. – Não tem comido direito?

Ele deu de ombros.

– O Sr. Kadam contratou um serviço de supermercado, mas eu só sei fazer pipoca e sanduíche.

– Por que não me contou? Eu teria cozinhado para você com mais frequência.

Ele pegou minha mão e a beijou.

– Eu queria mantê-la ocupada de outra forma.

A viagem foi linda. Quilômetros e quilômetros de fazendas de pinheiros de ambos os lados da estrada serpenteante que levava a uma região montanhosa e coberta de florestas.

Passamos o dia caminhando por South Falls, Winter Falls e Middle North Falls e seguíamos para outras três cachoeiras. Estava frio e eu havia esquecido minhas luvas. Ren imediatamente tirou um par de luvas do bolso do casaco e as calçou em minhas mãos. Eram grandes demais, mas forradas e quentes. O gesto me trouxe à lembrança o encontro horrível com Artie. Ren e Artie eram como o dia e a noite.

Estávamos discutindo as diferenças entre as florestas da Índia e as do Oregon quando um pensamento me ocorreu e interrompi o assunto:

– Ren, durante todo o tempo em que saí com Li, você não sentiu nem um pouco de ciúme?

– Senti muito ciúme. Fico enfurecido todas as vezes que alguém se aproxima de você.

– Você não demonstrava isso.

– Quase fiquei louco. Não conseguia pensar com clareza. Quando outro cara chega perto de você, tenho vontade de fazê-lo em pedaçinhos com minhas garras. Mesmo que eu goste dele... como é o caso de Li. E especialmente se não gosto... como Jason.

– Você não tem nenhum motivo para ter ciúme.

– Não tenho, *agora*. Jason recuou e eu tenho uma dívida de gratidão para com Li por finalmente fazê-la reconhecer seus sentimentos.

– É, isso você deve mesmo a ele. Por falar nisso, ele disse que, se um dia você me deixar, ele irá atrás de você.

Ren sorriu.

– Isso nunca vai acontecer.

Passando por uma clareira, percebi que ele erguia o nariz.

– O que você está farejando?

– Humm. Sinto cheiro de urso, onça-parda, cervo, vários cães, cavalos, peixes, muitos esquilos, água, plantas, árvores, flores e você.

– Não o incomoda sentir os cheiros tão intensamente?

– Não. Você aprende a desativar todos os outros e se concentrar no que quer sentir. É o mesmo com a audição. Se eu me concentrar, posso ouvir pequenas criaturas escavando o solo, mas eu simplesmente desativo esses sons.

Chegamos a Double Falls e ele me levou até uma pedra coberta de musgo que servia como ponto de observação. Estremeci, batendo o queixo, mesmo de casaco e luvas. Ren rapidamente tirou o próprio casaco e o enrolou em meu corpo. Então me puxou de encontro ao seu peito e me envolveu com os braços. Senti seu cabelo sedoso roçar minha pele quando ele baixou a cabeça até meu rosto.

– É quase tão lindo quanto você, *priya*. E muito melhor do que ter que nos preocupar com *kappa* nos perseguindo ou árvores de agulhas furando minha pele.

Virei a cabeça e beijei-lhe o rosto.

– Tem uma coisa de Kishkindha de que sinto falta.

– Verdade? O que é? Deixe-me adivinhar. Você sente falta das brigas.

– Brigar com você é divertido, mas fazer as pazes é melhor. Só que não é disso que sinto saudade. Sinto falta de tê-lo perto de mim como homem o tempo todo. Não me entenda mal, eu amo seu lado tigre, mas seria bom ter um relacionamento normal.

Ele suspirou e apertou minha cintura.

– Não sei se um dia teremos um relacionamento normal.

Ren ficou em silêncio por um minuto e então confessou:

– Por mais que eu goste de ser humano, tem uma parte de mim que anseia por correr livre na floresta.

Ri, envolta no calor de seu casaco.

– Posso até imaginar a expressão no rosto do guarda-florestal quando visitantes disserem que viram um tigre branco correndo em meio às árvores.

Ao longo das semanas seguintes estabelecemos uma rotina. Por decisão mútua resolvemos suspender as aulas de *wushu* e tive que passar meia hora ao telefone consolando Jennifer e encorajando-a a continuar sem mim.

Ren queria estar comigo o tempo todo, mesmo como tigre. Ele gostava de se esticar ao longo das minhas pernas enquanto eu estudava sentada no chão.

À noite ele tocava bandolim ou praticava no violão que tinha comprado. Às vezes cantava para mim. Sua voz era grave e profunda, com uma ressonância quente e melódica. Seu sotaque era mais acentuado quando ele cantava, o que eu achava hipnótico. Sua voz, por si só, já era bastante poderosa, mas, quando cantava, ela me levava a um transe. Ele sempre brincava com a imagem da fera acalmando a garota selvagem com música.

Às vezes eu não fazia nada, deixando-me apenas ficar sentada com sua cabeça de tigre no meu colo, observando-o dormir. Acariciava-lhe o pelo branco e sentia seu peito subir e descer. Ser tigre era parte dele e eu me sentia confortável com isso. Agora, porém, que eu finalmente aceitara que ele me amava, sentia-me dominada pelo desejo de estar com *ele*.

Era frustrante. Eu queria partilhar cada momento com ele. Queria ouvir sua voz, sentir sua mão na minha e pousar meu rosto em seu peito enquanto ele lia para mim. Estávamos juntos, mas não estávamos *juntos*. Ren passava a maior parte de suas horas como humano na faculdade, o que deixava pouco tempo para nosso relacionamento. Eu tinha fome dele. Podia falar com ele, mas ele não podia responder. Rapidamente tornei-me especialista em ler expressões de tigres.

Eu me aconchegava a ele no chão todas as noites e todas as noites ele me pegava no colo e me colocava na cama depois que eu adormecia. Fazíamos os trabalhos da faculdade juntos, assistíamos a filmes, líamos. Terminamos *Otelo* e passamos a *Hamlet*. Também mantínhamos contato constante com o Sr. Kadam. Quando eu atendia o telefone, ele conversava comigo sobre a faculdade e Nilima e me dizia que eu não me entristecesse com o fato de minha pesquisa sobre a prova das quatro casas ter se mostrado inútil. Era educado e me perguntava sobre minha família adotiva, e também sempre pedia para falar com Ren.

Eu não estava tentando bisbilhotar, mas era óbvio que alguma coisa estava acontecendo quando eles sussurravam e às vezes falavam em híndi. De vez em quando eu ouvia termos estranhos: Yggdrasil, pedra do umbigo e montanha de Noé. Depois que Ren desligava eu perguntava sobre o que estavam conversando, mas ele apenas sorria e me dizia que não me preocupasse, que estavam apenas discutindo negócios ou numa teleconferência com outras pessoas que só falavam híndi. Eu me lembrava do e-mail do Sr. Kadam sobre documentos e suspeitava que Ren estivesse escondendo alguma coisa, mas depois ele agia de forma tão natural e se mostrava tão genuinamente feliz por estar comigo que eu acabava esquecendo minhas preocupações, pelo menos até o telefonema seguinte.

Ren começou a escrever breves poemas e bilhetes e a colocá-los em minha bolsa para que eu os encontrasse durante as aulas. Alguns eram poemas famosos e outros eram de sua autoria. Eu os colava em meu diário e levava comigo o tempo todo uma cópia dos meus dois prediletos.

Você sabe que está apaixonado
quando vê o mundo nos olhos dela
e os olhos dela em todos os cantos do mundo.

– David Levesque

Se um rei tivesse uma pérola inestimável
Uma joia que amasse acima de tudo
Ele a guardaria num esconderijo
Tirando-a de vista
Temendo que outros a roubassem?
Ou a exibiria, orgulhoso,
Engastada num anel ou numa coroa
De modo que o mundo lhe admirasse a beleza
E visse a riqueza que ela trazia à sua vida?
Você é a minha pérola inestimável.

– Ren

Ler seus pensamentos e sentimentos mais íntimos quase compensava a limitação de nosso tempo juntos. Quase.

Um dia, depois da aula de história da arte, Ren me surpreendeu aparecendo por trás de mim.

– Como você sabia onde era a minha aula?

– Saí cedo hoje e segui seu rastro. Fácil como rastrear uma torta de pêssego com chantili, que você prometeu fazer para mim mais tarde.

– Não me esqueci disso.

Ri e seguimos na direção do laboratório de idiomas para devolver um vídeo.

Atrás da mesa no laboratório estava Artie.

– Oi, Artie. Quero devolver um vídeo.

Ele empurrou os óculos nariz acima.

– Ah, sim. Eu já tinha me perguntado por esse vídeo. Está muito atrasado, Kelsey.

– É. Eu peço desculpas.

Ele o deslizou para um espaço vago, que imaginei que ele vinha observando havia semanas, enquanto ia enlouquecendo aos poucos.

– Ainda bem que você teve a integridade de devolvê-lo afinal.

– Certo. Eu tenho muita integridade. Até mais, Artie.

– Espere, Kelsey. Você não retornou minhas ligações, então imagino que sua secretária eletrônica não esteja funcionando. Vai ser difícil encaixar você, mas acho que estou disponível na próxima quarta.

Ele apanhou o lápis e a agenda e já estava escrevendo meu nome. *Como ele podia ignorar o homem enorme atrás de mim?*

– Olhe, Artie, estou saindo com outra pessoa agora.

– Acho que não pensou nisso com clareza, Kelsey. Nosso encontro foi muito especial e senti uma conexão verdadeira com você. Tenho certeza de que, se reconsiderasse, veria que devia estar saindo era *comigo*. – Ele lançou um rápido olhar para Ren. – Eu sou *obviamente* a melhor opção.

– *Artie!* – exclamei, exasperada.

Ele empurrou os óculos novamente para cima e me olhou, tentando me convencer com os olhos a ceder.

Nesse momento, Ren se interpôs entre nós dois. Artie, relutante, afastou os olhos de mim e olhou para Ren com antipatia. Os dois homens formavam um contraste tão gritante que eu não podia deixar de compará-los. Enquanto Artie era flácido, cheio de papadas e barrigudo, Ren era esguio e com peito e braços musculosos. E, tendo visto Ren sem camisa, eu também podia garantir que ele tinha músculos abdominais fantasticamente esculpidos. Poderia esmagar Artie no chão sem qualquer esforço.

Artie era branco e pálido e tinha braços peludos, nariz vermelho e olhos lacrimosos. Ren era capaz de parar o trânsito. E tinha feito isso. *Literalmente*. Ele era um Adônis renascido em bronze dourado. Frequentemente eu via garotas tropeçarem na calçada e darem de cara com árvores quando ele passava. Nenhuma dessas qualidades intimidava Artie. Ele tinha uma autoconfiança extraordinária e se manteve firme, inabalado pela aparência impressionante de Ren.

– E quem seria você? – perguntou Artie, com sua voz anasalada.

– Sou o homem com quem Kelsey está saindo.

A expressão de Artie era de incredulidade. Ele me olhou por trás de Ren e disse com sarcasmo:

– Você prefere sair com esse *bárbaro* que comigo? Talvez eu tenha julgado mal o seu caráter. Está claro que você faz escolhas questionáveis baseadas puramente em impulsos lascivos. Pensei que fosse de um calibre moral mais alto, Kelsey.

– Escute aqui, Art... – comecei.

Ren aproximou o rosto do de Artie e ameaçou em voz baixa:

– Nunca mais a insulte. A garota deixou sua posição clara. Se algum dia eu souber que você voltou a persegui-la ou a alguma outra garota, voltarei e tornarei sua vida *muito* desconfortável.

Ele espetou o dedo na agenda de Artie.

– Talvez seja melhor você escrever isso para não esquecer. Faça uma anotação para si mesmo lembrando também que Kelsey nunca mais estará disponível. *Nunca mais*.

Eu jamais vira Ren dessa perspectiva. Ele podia ser letal. Se eu fosse Artie, estaria tremendo de medo. Mas, como sempre, Artie estava alheio a tudo que não fosse ele mesmo. E não viu o predador perigoso espreitando por trás dos olhos de Ren. As narinas de Ren pareciam dilatadas. Seus olhos estavam fixos no alvo e seus músculos, retesados. Ele estava prestes a atacar. A destroçar. A *matar*.

Pousei a mão em seu braço e a mudança foi instantânea. Ele deixou escapar um suspiro tenso, relaxou a postura e cobriu minha mão com a sua.

Apertei seus dedos.

– Venha. Vamos embora.

Ele abriu a porta do carro para mim e, depois de verificar que o cinto estava afivelado, inclinou-se e perguntou:

– Que tal um beijo?

– Não. Você não precisava ter sido tão ciumento. Não merece nenhum beijo depois disso.

– Ah, mas você merece.

Ele sorriu e me beijou até que eu mudasse de ideia.

Ren se manteve quieto durante o trajeto até em casa.

– O que você está pensando? – perguntei.

– Estou pensando que talvez eu devesse comprar uma gravata-borboleta e um pulôver de lã, já que você parece gostar tanto deles.

Eu ri e dei um soco em seu braço.

Mais tarde naquela semana vi Ren conversando com uma bonita garota indiana. Ele estava sério e parecia um pouco perturbado. Eu me perguntava quem seria aquela garota, quando senti alguém pôr a mão em meu ombro. Era Jason.

– Oi, Kelsey. – Ele se sentou ao meu lado no degrau e seguiu meu olhar. – Problemas no paraíso, hein?

Eu ri.

– Não. E aí? O que você tem feito?

– Pouca coisa – replicou ele, revirando a mochila e me entregando uma revista de teatro. – Fique com uma cópia daquele artigo. O que tem uma foto sua.

Na capa da revista havia uma foto de Jason comigo, de pé ao lado do carro. Minha mão estava no braço da senhora enquanto ela me agradecia. Eu estava horrível. *Como se tivesse sido atropelada.*

Jason se levantou de repente.

– É... pode ficar com ela, Kelsey. Falo com você mais tarde – disse ele por sobre o ombro quando Ren se aproximava.

Ren ficou olhando Jason se afastar.

– O que ele queria?

– Engraçado, eu ia lhe fazer a mesma pergunta. Quem é a garota?

Ele mudou de posição, pouco à vontade.

– Venha. Vamos conversar sobre isso no carro.

Depois que deixamos o estacionamento, cruzei os braços e perguntei:

– Quem é ela?

Ele se assustou com o meu tom.

– O nome dela é Amara.

Esperei, mas ele não acrescentou mais nada.

– *E*... o que ela queria?

– O número do telefone dos meus pais... para que os pais dela pudessem ligar para os meus.

– Para quê?

– Para combinar o casamento.

Meu queixo despencou.

– Você está falando sério?

Ren sorriu.

– Está com *ciúme*, Kelsey?

– É claro que estou. Você é *meu*!

Ele beijou meus dedos.

– Gosto que você tenha ciúme. Eu disse a ela que já estava comprometido, então não se preocupe, minha *prema*.

– Isso é muito esquisito, Ren. Como ela pode querer propor casamento se vocês nem sequer se conhecem?

– Ela não propôs casamento exatamente; propôs a ideia de casamento. Em geral são os pais que cuidam disso, mas, nos Estados Unidos, as coisas mudaram um pouco. Agora a situação é mais ou menos assim: os pais selecionam potenciais parceiros e os filhos fazem sua escolha.

– Bem, você já passou por isso. Foi prometido a Yesubai. Você *queria* se casar com ela? Seus pais a escolheram para você, certo?

Ele hesitou e falou com cuidado.

– Eu... *aceitei* o arranjo. Estava ansioso para ter uma esposa. Esperava ter um casamento feliz, como o dos meus pais.

– Mas você a teria escolhido para esposa?

– Não era uma escolha minha. – Ele sorriu, tentando me apaziguar. – Mas, se isso a faz se sentir melhor, eu escolhi você, embora não estivesse procurando ninguém.

Eu ainda não queria deixar o assunto de lado.

– Então você teria ido até o fim, embora não soubesse nada sobre ela?

Ele suspirou.

– O casamento era e ainda é diferente na cultura indiana. Quando você se casa, tenta deixar seus pais felizes com alguém que tenha a mesma formação cultural que você e que adote e mantenha as tradições e os costumes importantes para sua família. São muitos os fatores a se considerar, como educação, riqueza, casta, religião e local de origem.

– Então é como selecionar candidatos para a faculdade? Será que eu teria sido aprovada?

Ele riu.

– É difícil dizer. Alguns pais acreditam que namorar um estrangeiro desonra você para sempre.

– Quer dizer que o simples fato de *namorar* uma garota americana o desonra? O que seus pais teriam dito sobre nós?

– Meus pais viveram numa época muito diferente.

– Ainda assim... eles não aprovariam.

– O Sr. Kadam é como um pai, de certa forma, e *ele* aprova você.

Deixei escapar um gemido.

– Não é a mesma coisa.

– Kelsey, meu pai amava minha mãe e ela não era indiana. Eles vinham de culturas diferentes e tiveram que fundir tradições divergentes. Mesmo assim, foram felizes. Se havia alguém naquela época capaz de nos entender... eram eles. E os seus pais? Eles teriam gostado de *mim*?

– Minha mãe teria adorado você. Ela iria fazer biscoitos de chocolate e manteiga de amendoim toda semana para o genro querido e dar risadinhas todas as vezes que o visse, como Sarah faz. Meu pai nunca achou que homem algum seria bom o bastante para mim. Ele teria dificuldade em me deixar partir, mas também acabaria gostando de você.

Entramos na garagem e eu tive uma súbita visão de nós quatro sentados na biblioteca dos meus pais, conversando sobre nossos livros favoritos. Sim, eles teriam aprovado Ren com entusiasmo.

Sorri por um instante e então franzi a testa.

– Não me agrada a ideia de que haja outras garotas atrás de você.

– Agora você sabe como *eu* me senti. Por falar nisso, o que Jason queria com você?

– Ah. Ele me deu isto aqui.

Entreguei-lhe o artigo quando entrávamos em casa. Ren se sentou e o leu em silêncio enquanto eu preparava um lanche para nós. Depois apareceu na cozinha com uma expressão preocupada no rosto.

– Kelsey, quando essa foto foi tirada?

– Há cerca de um mês. Por quê? Algum problema?

– Talvez não. Preciso ligar para Kadam.

Ele pegou o telefone e começou a falar em híndi. Sentei-me no sofá, segurando sua mão. Ele falava rápido e parecia muito preocupado. A última coisa que disse antes de desligar foi algo a respeito de Kishan.

– Ren, me conte. O que está acontecendo?

– Seu nome e sua foto estão nesta revista. É uma publicação pouco importante, então talvez tenhamos sorte.

– Do que você está falando?

– Tememos que Lokesh possa rastreá-la até aqui.

– *Ah*. Mas isso não é difícil. Tenho matrícula na faculdade e carteira de motorista – respondi, confusa.

– Alteramos tudo. O Sr. Kadam tem seus contatos. Ele providenciou para que seus registros não combinem nome e foto. Você acha mesmo que ele podia providenciar um passaporte em uma semana para que você fosse para a Índia no verão passado?

– Não tinha pensado nisso. – Minha mente disparava com a nova informação e a visão que tivera na Índia do feiticeiro ávido por poder voltou à minha memória. De repente, preocupada, eu disse: – Mas, Ren, estou matriculada na faculdade com o meu nome e existem registros sobre mim no sistema de adoção que poderiam levar a Sarah e Mike. E se ele os encontrar?

– O Sr. Kadam alterou esses dados também. Os registros do estado oficialmente dizem que você foi emancipada aos 15 anos e todas as suas faturas vão para uma conta oculta. Até a minha carteira de motorista é falsa e estou registrado com um nome diferente. Kelsey Hayes oficialmente frequenta a Western Oregon, mas sua foto foi trocada de forma que ele não possa identificá-la. Não deixamos nenhum registro do seu nome ligado à sua foto. Esses eram os documentos mencionados no e-mail que você viu no meu computador.

– E quanto ao meu anuário da escola do ensino médio?

– Cuidamos disso também. Apagamos você dos registros oficiais. Se alguém entrasse em contato com um antigo colega seu com um anuário nas mãos poderia identificá-la, mas as probabilidades de isso acontecer são pequenas. Teriam que verificar cada escola do país, supondo-se que saibam em que país procurar.

– Então você acha que esse artigo significa...

– Que existe um registro pelo qual ele pode encontrá-la.

– Por que vocês dois não me contaram tudo isso antes?

– Não queríamos preocupá-la desnecessariamente. Nosso desejo era que levasse uma vida tão normal quanto possível.

– E agora? O que vamos fazer?

– Se tudo correr bem, vamos terminar o período, mas, por via das dúvidas, mandei buscar Kishan.

– Kishan está vindo para cá?

– Ele é um bom caçador e pode me ajudar a ficar de olho nas coisas. E também teria menos *distrações* que eu.

– Ah.

Ren me puxou para ele e massageou minhas costas.

– Não vou deixar que nada aconteça a você. Prometo.

– Mas e se alguma coisa acontecer a *você*? O que eu posso fazer para ajudar?

– Kishan vai me dar cobertura para que eu possa cuidar de você.

9

Kishan

Sem nenhuma notícia de Lokesh e, felizmente, sem nada de anormal acontecendo, relaxei o bastante para aproveitar o baile do dia dos namorados. A noite seria divertida e todo o lucro seria revertido para o Museu Ártico Jensen.

Ren pegou uma capa para roupa no meu armário e a pendurou na porta do banheiro.

– O que é isto, Tigre? Acha que agora pode escolher o que vou vestir, é?

– Gosto de você com qualquer roupa. – Ele me puxou para um abraço apertado. – Mas queria vê-la *neste* vestido. Vai usá-lo esta noite?

Bufei.

– Você provavelmente quer que eu o vista porque não o usei num encontro com ninguém. Agora não suporta o vestido pêssego porque diz que ele cheira a Li mesmo depois de ter sido lavado.

– O vestido pêssego fica lindo em você e eu o escolhi especialmente para você. Mas tem razão. Ele me faz lembrar Li e eu quero que esta noite seja apenas nossa. – Ele beijou meu rosto. – Venho buscá-la para jantar em duas horas. Não me faça esperar demais.

– Não farei.

Ele encostou a testa na minha e acrescentou com ternura:

– Odeio ficar longe de você.

Depois que saiu, tomei um banho quente, enrolei uma toalha na cabeça e vesti um roupão. Abrindo o zíper da capa para roupa, encontrei um vestido de chiffon cereja com saia tipo sereia e mangas tulipa. Numa caixa no chão encontrei sandálias altas de tiras no mesmo tom de vermelho.

Suspirei. *Que obsessão é essa que os homens têm com sandálias de tiras?*

Agora que eu tinha um bilhão de batons, encontrei facilmente um que combinasse com o vestido. Passei um tempão com o modelador enrolando o cabelo em cachos, que prendi no alto da cabeça com pentes engastados com pedras, deixando alguns cachos soltos na altura das minhas orelhas. Passei maquiagem e tive até tempo de pintar as unhas das mãos e dos pés com esmalte vermelho.

Ren tocou a campainha, tentando agir com formalidade. Eu a abri e arquejei baixinho. Meu anjo guerreiro usava uma camisa branca com colete cinza e gravata de cetim vermelho que combinava com meu vestido. O paletó de seu smoking preto estava jogado casualmente sobre o ombro e o cabelo lhe caía sugestivamente sobre o olho. Ele parecia um modelo que tinha acabado de sair das páginas de uma revista de moda.

De repente eu me senti, comparada a ele, uma menininha brincando de vestir as roupas da mãe. Podia imaginar todas as garotas do baile querendo estender a mão e tirar o cabelo de sua testa.

Ren sorriu e meu coração despencou até os pés, onde ficou se debatendo como um peixe fora da água. A mão que vinha às costas revelou um buquê de duas dúzias de rosas vermelhas. Ele entrou e as colocou num jarro com água que já havia preparado.

– *Ren!* Você não pode esperar que eu vá a um baile com você assim! Já é difícil o bastante quando se veste de maneira *normal.*

– Não tenho ideia do que você está falando, Kelsey. – Ele estendeu a mão e puxou levemente um dos meus cachos espiralados, prendendo-o atrás da orelha. – Ninguém vai nem me notar com você ao meu lado. Está absolutamente linda. Agora posso dar seu presente de dia dos namorados?

– Você não precisava me dar mais nada, Ren. Acredite, *você* já é um presente e tanto.

Ele então tirou uma caixinha de joias do bolso e a abriu. Havia um par de brincos pendentes com diamantes e rubis, engastados em estrelinhas de ouro.

– São lindos! – sussurrei.

Ele me ajudou a tirá-los da caixa. Gostei da sensação de tê-los pendendo de minhas orelhas e batendo no rosto quando eu virava a cabeça.

Fiquei na ponta dos pés e o beijei.

– Obrigada. Adorei.

– Por que razão estou vendo um "mas" em sua expressão?

– Esse "mas" é porque você não precisa comprar coisas caras para mim. Fico perfeitamente feliz com coisas normais, comuns, como... meias.

– *Meias* não seriam um presente romântico – zombou ele. – Esta é uma ocasião *especial*. Não estrague minha noite, Kells. Diga apenas que me ama e que adorou os brincos.

Envolvi-lhe o pescoço com os braços e sorri para ele.

– Eu te *amo*. *E*... adorei os brincos.

Seu rosto se iluminou num sorriso dolorosamente belo e meu coração mais uma vez deu um salto.

Peguei seu presente na mesa e entreguei a ele.

– É muito pobre, se comparado com os brincos e as rosas. Acontece que é difícil presentear tigres ricos.

Ele rasgou o papel e lá estava meu presente simplório, um livro.

– É *O conde de Monte Cristo* – expliquei. – Fala de um homem acusado injustamente e mandado para a prisão por muito tempo, até que escapa e busca a vingança contra seus delatores. É uma história muito boa que me fez pensar em você no cativeiro por centenas de anos. Pensei que podíamos dar uma pausa em Shakespeare e quem sabe lê-lo juntos.

– É um presente perfeito. Você não só está me oferecendo uma nova obra literária, o que sabe que aprecio, como também está me oferecendo horas e horas de leitura a seu lado, que é o melhor presente que poderia me dar.

Com uma tesoura, cortei um botão do buquê e o prendi em sua lapela. Então saímos para jantar. Ren havia reservado uma sala privada num restaurante.

Depois de acomodados à mesa e servidos por não menos que três garçons exclusivos, sussurrei:

– Um restaurante normal teria sido perfeitamente bom para mim.

– Um restaurante normal é para onde centenas de homens estão levando suas namoradas esta noite. Não é especial nem tem privacidade. Eu queria você só para mim.

Ren pegou minha mão e a beijou.

– É meu primeiro dia dos namorados com a garota que eu amo. Queria vê-la brilhar à luz de velas. Por falar nisso...

Ele tirou uma folha do bolso de seu paletó e a entregou a mim.

– O que é isso? – Desdobrei o papel e reconheci sua letra. – Você escreveu um poema para mim?

Ele sorriu.

– Escrevi.

– Pode ler para mim?

Ele assentiu e pegou a folha. Quando começou a ler, o timbre de sua voz me aqueceu.

Acendi uma vela e observei a chama.
Ela dançava e se retorcia
Livre e rebelde.
Cativou-me e cintilou em meus olhos.
Quando passei a mão sobre ela,
Agitou-se.
A chama elevou-se e ardeu, mais quente.
Quando afastei a mão, o calor diminuiu,
Tornou-se mais fraco e se extinguiu.
Estendi novamente a mão para desfrutar o calor.
Será que queimaria? Formaria bolhas e inflamaria?
Não! Formigava e aquecia,
Queimando lentamente, rubro,
Ateando-me fogo no corpo e na alma;
Era luzidio, luminoso, radiante,
O rubor do rosto dela.

– Ren

Ele baixou a cabeça, como se estivesse constrangido com as belas palavras. Eu me levantei e fui até o seu lado da mesa. Sentei-me em seu colo e passei os braços por seu pescoço.

– É lindo.

– *Você* é linda.

– Eu lhe daria um beijo agora, mas você ficaria todo sujo de batom e... o que a garçonete iria pensar?

– Ela pode pensar o que quiser.

– Estou travando uma batalha perdida, não estou?

– Está. Pretendo beijá-la... muito, antes que esta noite acabe.

– Sei. Então é melhor eu começar. Você não acha?

– Eu diria que sim.

Nós nos beijamos e eu fiquei tão alheia a tudo que não fosse Ren que não ouvi quando a garçonete voltou. Meu rosto enrubesceu.

Ren riu baixinho.

– Não se preocupe. Vou deixar uma boa gorjeta para ela.

A garçonete se aproximou de nossa mesa quando eu, constrangida, saía do colo de Ren. Para meu desespero, a parte inferior do rosto dele estava toda borrada de batom vermelho. Eu só podia imaginar como estava o *meu* rosto. Ren não estava nem aí.

Corri até o banheiro para me ajeitar e antes pedi a ele que fizesse o pedido do jantar. Quando voltei a comida já tinha chegado. Ren se levantou para puxar minha cadeira quando me sentei e se inclinou para encostar seu rosto no meu.

Brinquei, distraída, com meus brincos novos. Ren percebeu.

– Não gostou deles?

– São lindos, mas me sinto muito culpada por você gastar todo esse dinheiro comigo. Acho que devia devolvê-los amanhã. Talvez eles o deixem pagar apenas uma taxa de aluguel.

– Vamos falar sobre isso depois. Por ora, quero apenas aproveitar essa visão.

Depois do jantar fomos para o baile. Ren me conduziu pela pista, me girando de um lado para outro. Segurando-me bem perto dele, não tirava os olhos de mim enquanto me rodopiava ao ritmo da música. Sua beleza era tão cativante que eu tampouco conseguia tirar os olhos dele.

Ele assoviou, acompanhando uma canção chamada "My Confession".

Sorrindo, admiti:

– Essa música descreve como me sinto em relação a você. Levei muito tempo para reconhecer esse sentimento, mesmo para mim mesma.

Ele ouviu com mais atenção a letra da canção e então abriu um sorriso.

– Eu sabia quais eram seus sentimentos por mim desde aquele beijo antes de sairmos de Kishkindha. O que a deixou louca de raiva.

– Ah, o que você achou que fosse *esclarecedor*?

– Foi esclarecedor porque foi ali que eu soube. Soube que seus sentimentos por mim eram tão fortes quanto os meus por você. Não se pode beijar um homem daquela forma sem estar apaixonada por ele, Kells.

Ergui a mão para brincar com o cabelo em sua nuca.

– Então foi por isso que você ficou tão metido e seguro de si depois daquele dia.

– Sim. Mas toda aquela petulância desapareceu depois que você foi embora.

Sua expressão se tornou séria. Ele beijou meus dedos, pressionou minha mão contra seu peito e pediu com intensidade:

– Prometa que nunca mais vai me deixar, Kelsey.

Olhei em seus olhos azul-cobalto e disse:

– Prometo. Eu *nunca* mais vou deixar você.

Seus lábios roçaram levemente os meus. De repente ele me dirigiu um sorriso malicioso, afastou-me com um rodopio e me puxou de volta, me apertando de encontro ao seu peito. Então deslizou o braço pelas minhas costas e me baixou devagar. Levantando-me rapidamente, começamos a nos mover seguindo o tango e Ren me conduziu com suavidade no ritmo latino da canção.

Eu sabia que as pessoas deviam estar nos observando, mas, àquela altura, não ligava. Ele conseguia executar os passos com habilidade, embora eu não soubesse o que estava fazendo. A dança era ardente e apaixonada e eu fui rapidamente dominada por ele e pela cadência da melodia. Ele me envolveu numa onda de sensações físicas e mentais, orquestrando a perfeita sedução.

Quando a música chegou ao fim, Ren teve que me segurar, pois minhas pernas estavam bambas como gelatina. Ele riu e fez carinho em meu pescoço com o nariz, feliz com minha reação.

Depois de eu me recuperar o suficiente de seu torturante ataque aos meus sentidos, eu disse:

– Eu achava que esse tipo de dança só existisse nos filmes. Onde você aprendeu a dançar assim?

– Minha mãe me ensinou várias danças tradicionais e, desde então, aprendi muitos movimentos por meio da observação. O Sr. Kadam falou com Nilima e ela se tornou minha parceira de treino.

Franzi a testa.

– Não me agrada nem um pouco a ideia de você e Nilima dançando. Se quiser praticar, é só me ensinar.

– Nilima é como uma irmã para mim.

– Mesmo assim.

– Está bem. Prometo nunca mais dançar com outra mulher. – Ele sorriu. – Mas ainda gosto quando você fica ciumenta.

Voltamos a dançar uma música lenta e eu pus a cabeça em seu ombro, fechei os olhos e me permiti desfrutar a sensação de estar em seus braços. A música estava apenas na metade quando senti seu corpo enrijecer e o vi olhar para trás de mim.

– Ora... ora... ora – uma voz sedosa e familiar nos interrompeu. – Um dia da caça, outro do caçador. Creio que esta dança seja *minha*.

Dei meia-volta.

– Kishan! Como estou feliz de ver você!

E o abracei com entusiasmo.

O príncipe de olhos dourados me tomou nos braços, encostou o rosto no meu e disse:

– Também estou feliz em vê-la, *bilauta*.

10

Capangas

Kishan se afastou para dar uma boa olhada em mim.

– Senti saudade. Como meu irmão idiota está tratando você? – Em um sussurro fingido, ele perguntou: – Você precisou usar o repelente de tigres?

Eu ri.

– Ren está me tratando muito bem, apesar de eu ter dado a ele um presente de dia dos namorados muito mixuruca.

– Ah, ele não merece mesmo nenhum presente. O que foi que ele deu a você?

Ergui a mão para tocar um dos brincos.

– Estes. Mas são muito sofisticados para mim.

Kishan estendeu a mão e tocou levemente o brinco. Seu olhar lascivo de pirata raptor de mulheres se dissolveu num terno sorriso que ergueu o canto de sua boca.

– Mamãe teria aprovado – disse ele baixinho.

– Estes brincos foram da sua mãe? – perguntei a Ren, que assentiu. – Ren, por que você não me disse?

– Não queria que se sentisse pressionada a usá-los caso não gostasse deles – respondeu ele frivolamente. – Estão um pouco fora de moda.

– Você devia ter me contado que eram da sua mãe. – Deslizei os braços por seu pescoço e o beijei. – Obrigada por me dar algo tão precioso para você.

Ren me apertou mais e beijou meu rosto.

Ouvi um suspiro dramático às nossas costas.

– Argh, acho que o prefiro chorão e desesperado. Isso é tão meloso.

Ren grunhiu baixinho.

– Quem foi que o convidou?

– Você.

– Não para vir *aqui*. Como nos encontrou?

– Desembarcamos em Salem e encontrei o convite para o baile na casa. Pensei que, se havia uma festa, eu devia estar nela. Mas acho que todas as garotas bonitas já têm par. Talvez... eu possa pegar a *sua* emprestada.

Kishan estendeu a mão, mas Ren se interpôs à minha frente e ameaçou:

– Por cima do meu cadáver.

Kishan arregaçou as mangas do suéter.

– Quando quiser, irmão. Vamos ver como se sai, Sr. Romântico.

Hora de intervir. Em minha voz mais doce, eu disse:

– *Kishan*, estamos bem no meio de um encontro e, embora eu esteja *muito* feliz em vê-lo, será que você se importaria de ir para casa agora? Como pode ver, é mais uma coisa para casais do que uma festa. Não vamos demorar e lá em casa tem ingredientes para preparar sanduíches e uma bandeja gigante de biscoitos. Você se importa? *Por favor?*

– Muito bem. Eu vou. Mas só porque *você* está pedindo.

– E *você* está pedindo outra coisa – retrucou Ren.

Kishan deu um piparote na orelha de Ren e zombou:

– Isso mesmo. Vamos ver se você pode levar *essa coisa* para mim mais tarde. Tchau, Kelsey.

Tive a forte sensação de que minha mão em seu braço foi a única coisa que segurou Ren e o impediu de ir atrás do irmão. Ele ficou observando até Kishan desaparecer de seu campo de visão, mas, mesmo depois, pareceu não relaxar. Tentei trazer sua atenção de volta para mim.

– *Ren*.

– Ele é muito abusado. Talvez tenha sido um erro chamá-lo aqui.

– Você confia nele?

– Depende. Confio nele na maioria das situações. A não ser...

– A não ser?

– A não ser com *você*.

– Ah. Você não precisa confiar *nele* em relação a mim. Só tem que confiar em *mim*.

– *Kells...* – desdenhou ele.

– Estou falando sério. – Segurei-lhe o rosto entre as mãos de modo a forçá-lo a olhar para mim. – Quero que você compreenda uma coisa. Talvez Yesubai tenha escolhido Kishan, mas *eu* escolhi *você*. É você que eu quero. Não ele. – Suspirei. – Na verdade, eu tenho pena de Kishan. Ele perdeu a pessoa que amava. É por isso que devemos aproveitar ao máximo nosso tempo juntos. Nunca se sabe quando alguém que você ama vai ser tirado de você.

Ele me abraçou por um instante, o rosto colado ao meu, enquanto dançávamos uma música lenta, sabendo que eu não falava mais de Kishan.

– Isso não vai acontecer conosco. Eu não vou deixá-la. Sou imortal, lembra?

Sorri sem entusiasmo.

– Não é a isso que estou me referindo.

– Sei a que você está se referindo. – Ele provocou. – Mas precisei lutar contra três homens para conquistá-la e não quero ter que enfrentar meu irmão também.

Eu ri.

– Está exagerando, Tarzan. Você não precisou lutar contra ninguém. Bem... exceto contra Li. E, de qualquer forma, meu coração já era seu, e você provavelmente sabia disso.

– *Eu* saber e *você* saber são duas coisas bem diferentes. Fui um tigre solitário por tempo demais. Mereço ser feliz com a mulher que amo. E não vou deixar ninguém tirá-la de mim, muito menos Kishan.

Lancei-lhe um olhar severo. Ele suspirou e me girou.

– Vou tentar ser mais paciente com Kishan, mas ele sabe como me irritar. É difícil demais me controlar, principalmente quando ele flerta com você.

– Por favor, tente. Por mim.

– Por você, eu me submeteria a torturas excruciantes, mas não posso tolerar vê-lo flertando com você.

– É *você* que eu amo. Vou dizer a ele que pare com isso. Mas tentem não se matar enquanto ele estiver aqui, está bem? Nada de lutas de tigres. Não se esqueça de que precisa dele aqui.

– Certo, mas se ele continuar a se atirar aos seus pés, não respondo por mim.

Depois de um momento, eu disse baixinho:

– Você não disse... que me ama também.

– Kelsey, "sou firme como a Estrela do Norte, cuja essência constante e inabalável não encontra paralelo no vasto firmamento".

– César morreu, você sabe.

– Esperava que você não conhecesse essa.

– Conheço todas, Shakespeare.

– Então vou dizer simplesmente que te amo. Não há nada neste mundo mais importante para mim do que você. Só me sinto feliz quando você está por perto. Meu único propósito é ser o que você precisa que eu seja. Isso não é poesia, mas vem do meu coração. Serve?

Dei um sorriso torto.

– Acho que sim.

Não ficamos muito mais tempo no baile, pois o humor de Ren havia mudado, apesar de minhas brincadeiras, meus beijos e minhas declarações de amor. Ele dançava comigo, no entanto sua mente estava em outro lugar, e quando eu lhe disse que gostaria de ir para casa, ele não se opôs.

Quando subíamos o caminho que levava à entrada da garagem, percebi que as luzes estavam acesas na minha casa. Antes de entrarmos, Ren me envolveu num abraço delicado e me beijou com ternura.

Ele encostou a testa na minha e disse:

– Este não é exatamente o final que planejei para nosso encontro romântico.

– Ainda lhe resta uma hora. – Sorri e passei os braços em torno de seu pescoço. – O que tinha em mente?

Ele riu.

– Na verdade eu estava planejando improvisar o restante, mas isso não vai acontecer com Kishan por aqui.

Ren tornou a me beijar e ouvimos um comentário abafado, baixo demais para que eu pudesse entender. Ele afastou os lábios dos meus e grunhiu baixinho, resmungou alguma coisa em híndi e abriu a porta carrancudo.

Kishan estava assistindo à TV enquanto devorava uma quantidade inacreditável de petiscos. Seis pacotes diferentes de pretzels, pipoca, biscoitos, batatas chips e outras guloseimas variadas estavam espalhados sobre a mesinha de centro, todos comidos pela metade.

– É repugnante – queixou-se Kishan. – Vocês não podiam ter terminado de se beijar no baile para que eu não precisasse ouvir isso?

Ren me ajudou a tirar o casaco com um resmungo de irritação, antes que eu seguisse para o andar de cima. Ele disse que subiria assim que acomodasse Kishan. A parte do *acomodasse* me soou ameaçadora, mas assenti com a cabeça, na esperança de que pelo menos tentariam ser civilizados um com o outro.

Estava acabando de passar a blusa do pijama pela cabeça quando ouvi Ren gritar:

– Você comeu todos os meus biscoitos de manteiga de amendoim?

Sacudi a cabeça. *Dois tigres vivendo tão próximos vão me dar uma grande dor de cabeça.*

Sem ouvir a resposta de Kishan, decidi deixar que eles resolvessem a questão sozinhos. Aninhei cuidadosamente os brincos de rubi na caixa de fitas por segurança e pensei na mãe de Ren e Kishan. Tirei a maquiagem e os pentes com pedras do cabelo, deixando os cachos macios cascatearem pelas minhas costas.

Encontrei Ren descansando em minha cama, recostado na cabeceira. O paletó de seu smoking estava jogado sobre uma cadeira e a gravata, com o nó desfeito, pendia de seu pescoço.

Subi em seu colo e dei-lhe um beijo no rosto. Seus braços me envolveram, puxando-me para mais perto, mas os olhos se mantiveram fechados.

– Estou tentando lidar com Kishan, Kelsey, mas vai ser muito, muito difícil.

– Eu sei. Onde ele vai dormir?

– Na minha cama, na outra casa.

– E onde você vai dormir?

Ele abriu os olhos.

– Aqui. Com você. Como sempre faço.

– Humm, Ren, você não acha que Kishan vai tirar conclusões sobre... *você sabe*, nós estarmos juntos. *Juntos mesmo?*

– Não se preocupe com isso. Ele sabe que não estamos.

– *Ren*. Você está corando?

Eu ri.

– Não. Eu só não esperava falar sobre esse assunto.

– Você é realmente de outra época, Príncipe Encantado. Essa é uma conversa importante.

– E se eu ainda não estiver pronto para essa conversa?

– É mesmo? Depois de 350 anos você ainda não está pronto para essa conversa?

Ele grunhiu suavemente.

– Não me entenda mal, Kells. Estou mais do que *pronto* para ter essa conversa, mas *nós* não vamos tê-la. Pelo menos não até que a maldição tenha sido quebrada.

Meu queixo caiu.

– Você está dizendo o que acho que está dizendo? Que não poderemos ficar *juntos* até sermos perseguidos por macacos e demônios imortais por pelo menos mais três vezes, o que pode levar *anos*?

– Eu espero sinceramente que não leve todo esse tempo. Mas, sim. É isso que estou dizendo.

– E você não vai ceder, não é?

– Não.

– Que maravilha! Então eu vou virar uma velha solteirona que mora com dois gatos enormes!

– Você não vai virar uma velha.

– Quando você resolver ficar comigo já estarei velha, sim.

– Kelsey, você está dizendo que está pronta para tudo agora?

– Provavelmente não, mas e daqui a um ano? Ou dois? Vou acabar ficando maluca.

– Também não vai ser fácil para mim, Kells. O Sr. Kadam concorda que é perigoso demais. Seus descendentes vivem por um tempo excepcionalmente longo e ele acha que o amuleto é o responsável por isso. Foi uma conversa constrangedora, mas ele disse que é melhor não corrermos nenhum... risco desnecessário. Não sabemos como o amuleto ou a maldição funcionam e, até sermos homens outra vez, por completo, não posso me arriscar a que alguma coisa aconteça com você.

– O Sr. Kadam não matou a mulher, Ren – observei secamente.

– Não. Mas ele também não era um tigre.

– Está com medo de termos gatinhos? – provoquei.

– Nem brinque com isso – disse Ren, com uma expressão de pedra.

– Bem, então do que você tem medo? Quer fazer umas aulas?

Não pude evitar. O humor sarcástico de mamãe tomou conta de mim.

– *Não!* – disse ele revoltado. Eu ri. – Kelsey! Você não está levando isso a sério.

– Claro que estou. Só que estou conversando sobre algo que me deixa nervosa e em geral reajo ao nervosismo com humor e sarcasmo. Poxa, Ren, você está falando de *anos* quando estou quase a ponto de atacá-lo *agora*. – Suspirei. – Acha mesmo que seria perigoso?

– A verdade é que não sei. Não sei como a maldição irá nos afetar. E não vou colocá-la em risco. Portanto, podemos adiar essa conversa... pelo menos por enquanto?

– Podemos – resmunguei. – Mas é bom você saber que tenho... dificuldade em pensar com clareza perto de você.

– Humm – gemeu ele, pressionando os lábios em meu pescoço.

– E isso não ajuda em nada. – Suspirei. – Acho que vejo um monte de banhos frios à minha espera no futuro.

Ren murmurou de encontro à minha pele:

– Para você e para mim. Você tinha dificuldade em pensar com clareza perto dos seus outros namorados?

– Que namorados?

– Jason ou Li?

– Sinceramente, não penso em Jason senão como um amigo. Li era um bom amigo com potencial. Humm... isso é gostoso. Eles eram pessoas interessantes e que eu quis conhecer melhor. Mas nunca foram meus namorados. Eu não os amava como amo você e eles não faziam com que eu me sentisse assim. – Gemi baixinho. – Não chegavam nem perto.

Ele traçou com beijos a linha do meu maxilar.

– E antes deles?

– Não. Não houve ninguém. Você é o meu primeiro... em tudo.

Ele ergueu a cabeça e me dirigiu seu sorriso devastador.

– Eu me sinto delirantemente feliz em ouvi-la dizer isso. – Ele juntou meu cabelo sobre o ombro e depositou beijos ao longo da curva do meu pescoço. – Só para registrar, Kells, você também é a minha primeira em tudo.

Estremeci. Suspirando, ele me beijou docemente e me aconchegou de encontro ao seu peito.

Brinquei com os botões de sua camisa e falei baixinho:

– Sabe, minha mãe conversou comigo sobre isso pouco antes de morrer. Ela e papai torciam para que eu esperasse até o casamento, como eles fizeram.

– Para mim, isso estava subentendido. No meu tempo, em meu país, os relacionamentos casuais não existiam.

– Ah – provoquei –, então você acha que nosso relacionamento é casual?

– Não. Não para mim. – Ele inclinou a cabeça e observou minha expressão atentamente. – E para você?

– Para mim também não.

– É bom saber.

Ele estendeu a mão, agarrou meu edredom e o ajeitou à nossa volta.

– Ren, o que você diria se eu *quisesse* esperar, você sabe, até lá.

Um sorriso iluminou seu rosto bonito.

– Até... *o quê?*

Mordi o lábio, nervosa.

– Até... *você sabe.*

Seu sorriso se abriu ainda mais.

– Isso é uma proposta de casamento? Quer o número do telefone do Sr. Kadam para você pedir a permissão dele?

Bufei.

– Vá sonhando, Romeu! Mas, falando sério, Ren, se eu quisesse esperar, isso... *chatearia* você?

Ele segurou meu rosto entre as mãos, olhou-me nos olhos e disse simplesmente:

– Eu esperaria por você pela eternidade, Kelsey.

Suspirei.

– Você sempre diz a coisa certa.

Eu estava desfrutando o fato de estar ali agarradinha com ele quando um pensamento dormente acordou em minha cabeça e me fez sentar na cama.

– Espere um minuto! Sua primeira em tudo, hein? Isso não é *exatamente* verdade. O Sr. Kadam uma vez me disse que ele invadiu o Banho da Rainha em Hampi, o que era um rito de passagem para rapazes. Você não o acompanhou a Hampi em várias ocasiões?

Ren imobilizou-se.

– Bem, *tecnicamente falando*...

Eu sorri e ergui uma sobrancelha, debochada.

– Sim, Ren? Meu amor? Você estava dizendo...

– Eu estava dizendo que, tecnicamente falando, sim, Kadam, Kishan e eu invadimos o local. Mas só chegamos até a porta da frente e todas as mulheres estavam dormindo. Não vimos nada.

Espetei meu dedo em seu peito.

– Está me dizendo a verdade, Lancelote?

– Esta é, 100 por cento, a mais absoluta verdade.

– Então, se eu perguntar a Kishan amanhã, ele vai confirmar sua história?

– Claro que sim. – E então murmurou baixinho: – E, se não confirmar, dou um soco na cara dele.

– É melhor que você esteja me falando a verdade, Ren. E não, você não vai dar nenhum soco na cara de Kishan.

– Só estou provocando você, Kells. *Juro*. Eu nunca olhei para outra que não fosse você desde o primeiro dia em que leu para mim junto à jaula do circo. No que diz respeito a Kishan, de qualquer maneira, ele merece um soco por comer meus biscoitos.

– Amanhã faço mais para você. Não brigue com ele por causa disso, ciumento.

Ri até que ele me calasse com os lábios.

No dia seguinte, durante a terceira omelete de Ren e a quarta de Kishan, Ren anunciou que queria voltar a praticar *wushu*. Kishan bateu palmas, deixando claro que mal podia esperar para surrar o irmão.

Eles alugaram um pequeno estúdio onde teríamos total privacidade, de forma que ele e Ren pudessem me instruir. Não me ensinaram nenhum movimento ou posição elaborados, mas me deram um curso intensivo de Iniciação à Incapacitação de Seu Oponente. Nós todos achamos que era melhor eu aprender alguns movimentos defensivos com a possibilidade de Lokesh estar rondando por aí, assim como a de sabe-se lá o quê estar à nossa espreita na próxima missão. Então nos alongamos por alguns minutos e em seguida Ren começou sua aula, usando Kishan para demonstrar.

– Lição número um. Se seu atacante estiver correndo em sua direção, flexione os joelhos e espere até ele se aproximar. Então agarre-o pelo braço, gire ao redor dele e trave os braços em seu pescoço. Se o sujeito for grande, atinja-o no pescoço, sob a mandíbula.

Kishan correu para Ren e o atacou por trás. Então foi a minha vez. Ren correu em minha direção e eu agarrei seu braço e pulei em suas costas. Atirei os braços em torno de seu pescoço numa breve gravata, mas em seguida estalei um beijo em seu rosto antes de pular para o chão.

– Ótimo. Lição número dois. Se o atacante tem mais habilidade nas artes marciais que você, não lute com ele. Tente apenas incapacitá-lo. Mire o estômago ou a virilha e soque ou chute o mais forte que puder.

Kishan voltou a atacar e começou uma complicada investida empregando artes marciais. Reconheci um salto com chute no rosto, com o joelho flexionado e um soco circular, mas ele também fez muitos outros movimentos complicados que eu desconhecia. Ren apenas recuava, fugindo do alcance de Kishan, até que encontrou uma abertura e socou Kishan com força no estômago. Kishan levantou-se imediatamente e voltou ao ataque. Dessa vez, lutou com mais empenho e derrubou Ren, que então desferiu um soco para o alto, parando a poucos centímetros de incapacitar o irmão.

– Se tiver que escolher um ou outro, escolha a virilha. É muito mais eficaz. Lição número três. Procure os pontos principais: olhos, pomo de adão, ouvidos, têmporas e nariz. No caso dos olhos, ataque com dois dedos, assim. Nas orelhas, use ambas as mãos e dê um telefone, isto é, acerte ambos os ouvidos ao mesmo tempo, o mais forte que puder. Nos outros pontos, aplique um golpe forte, com a mão espalmada.

Ren demonstrou cada um dos golpes e então sugeriu que praticasse nele novamente. Pediu que eu o machucasse de fato, pois queria que a aula fosse realista. Mas eu não conseguia me forçar a fazer isso.

Kishan grunhiu e se levantou, empurrando Ren e tirando-o do caminho.

– Desse jeito, ela nunca vai aprender. Ela precisa de um ataque de verdade.

– Não, você é bruto demais. Vai machucá-la.

– O que você acha que *eles* vão fazer com ela?

Pus meu braço no de Ren.

– Ele têm razão. Está tudo bem. Deixe Kishan tentar.

Ren concordou, relutante, e ficou encostado à parede.

Fiquei parada, nervosa, com as costas voltadas para Kishan, à espera do ataque. Ele se aproximou de mim por trás, agarrou meu braço com força e me fez girar. Suas mãos envolveram meu pescoço. Ele estava me estrangulando. Ouvi um rugido feroz antes de Kishan ser lançado contra a parede mais distante. Ren ficou parado diante de mim tocando com carinho as marcas de dedos vermelhas em minha pele.

– Eu falei! – ele gritou com Kishan. – Você é bruto demais! Ela vai ficar com hematomas no pescoço!

– É necessário ser bruto para ser realista. Ela precisa estar pronta.

– Ren, eu estou bem. Deixe-o tentar outra vez. Tenho que me preparar para que possa pensar com clareza durante um ataque. Você pode precisar de mim para salvá-lo um dia.

Ele acariciou meu pescoço delicadamente e olhou para mim, indeciso. Por fim assentiu e saiu do caminho.

Kishan correu para a outra extremidade do estúdio e gritou para mim:

– Não pense. Apenas reaja.

Virei-me para o outro lado a fim de esperar o ataque. Kishan estava silencioso. Apurei os ouvidos tentando captar o som de seus passos, mas não ouvi nada. De repente, seus braços me envolviam com força por trás e ele me arrastava. Ele era forte demais. Estava me estrangulando. Eu me debati, lutei e pisei com força em seu pé, tudo inutilmente.

Desesperada, inspirei com força e bati a cabeça contra o seu queixo. Doeu. Muito. Mas ele reduziu a força dos braços o suficiente para que eu escapasse dele, caindo no chão. Então me levantei subitamente, bati meu ombro em sua virilha e soquei seu estômago com toda a minha força.

Kishan caiu no chão, rolando. Ren soltou uma gargalhada alta e bateu nas costas do irmão antes de ir até mim.

– Você pediu! *Não pense. Apenas reaja.* Pena que eu não tinha uma câmera!

Eu tremia por causa do esforço. Tinha conseguido, mas sinceramente não acreditava que pudesse lidar com mais do que um adversário. Como eu poderia proteger Ren se mal conseguia cuidar de mim?

– Kishan vai ficar bem?

– Ele vai se recuperar. Só precisa de um minuto.

Ren estava entusiasmado com minha pequena vitória. Kishan ficou de pé, fazendo careta.

– Essa foi boa, Kelsey. Se eu fosse um homem normal, ficaria no chão por pelo menos 20 minutos.

Eu me sentia um pouco tonta.

– Será que podemos parar por hoje? Minha cabeça está rodando. Acho que preciso de uma aspirina. Lembrem-se de que eu não me recupero tão rápido quanto vocês dois.

Ren ficou sério, apalpou minha cabeça e encontrou um grande galo se formando. Ele insistiu em me carregar até o carro, embora eu pudesse andar sem problemas. Quando chegamos em casa, ele me acomodou no sofá, socou com força a barriga de Kishan, só para deixar claro o que pensava, e foi para a cozinha pegar uma bolsa de gelo para a minha cabeça.

Ao longo das duas semanas seguintes, enquanto praticávamos, comecei a acreditar que poderia manter o autocontrole durante um ataque. Kishan e Ren passaram a se alternar em rondas em torno da casa à noite, certificando-se de que ninguém chegaria sorrateiramente e nos surpreenderia.

Coloquei uma mochila de emergência debaixo do banco dianteiro da picape GMC preta de Kishan, com roupas e outros itens de que precisaria no caso de partirmos com pressa. Guardei nela minha colcha, documentos de viagem, os brincos de rubi e Fanindra. Ren e Kishan a encheram com dinheiro de vários países e acrescentaram uma bolsa de roupas para eles também. Estacionaram a picape cerca de um quilômetro e meio adiante na estrada principal e a cobriram com galhos para camuflá-la.

Eu sempre usava meu amuleto e a pulseira com o medalhão de Ren, mas me preocupava com minha caixa de fitas. Se tivéssemos que deixar a cidade rapidamente, não queria que nada acontecesse com ela. Ren sugeriu que, por segurança, enviássemos um pacote pelo correio para o Sr. Kadam. Despachamos para a Índia minha caixa de fitas e vários outros itens pessoais insubstituíveis.

Manter o estado de ânimo descontraído era difícil, pois todos sentíamos que alguma coisa ruim estava para acontecer. Kishan agora se juntava a nós nas noites de filmes e na maioria das vezes comia toda a pipoca, o que irritava Ren. Ficávamos em casa quase todas as noites e eu cozinhava. Kishan comia facilmente o dobro do que Ren comia, que já era *muito*. O rapaz do mercado que fazia a entrega devia pensar que estávamos administrando uma pensão, a julgar pela quantidade de comida que pedíamos toda semana.

Num sábado de março, sugeri um passeio à Tillamook e à praia. A previsão era de um tempo atipicamente quente e ensolarado. A probabilidade de o dia estar de fato quente e assim se manter era mínima, mas as praias do Oregon eram lindas, mesmo com chuva. No minuto em que prometi sorvete de chocolate com manteiga de amendoim, Ren passou a apoiar a ideia.

Separamos biscoitos, chocolate e marshmallows para o lanche e colocamos uma muda de roupa na traseira do Hummer. Dirigi até Lincoln City e dobrei a direita, na rodovia 101, que corria ao longo do litoral do Oregon. Era uma bela viagem e os dois tigres empinaram o nariz para farejar o oceano quando abri um pouco as janelas. Mais tarde, parei no Centro de Visitantes da Queijaria Tillamook e estacionei na vaga mais distante do movimento.

– Encontro vocês lá dentro.

Vesti um casaco leve. Apesar da previsão de tempo bom, o céu estava um pouco nublado, com raios de sol espiando através das nuvens cinzentas apenas ocasionalmente. Ventava um pouco também, mas não parecia que fosse chover antes do anoitecer. Entrei na loja e examinei a variedade de queijos em exposição.

Ren entrelaçou os dedos nos meus. Usava um suéter azul-claro de capuz com uma estampa de alguma espécie de dragão asiático que ia de um ombro ao outro.

Levantei a mão para traçar as linhas do dragão.

– Onde você comprou isto?

Ele deu de ombros.

– Pela internet. Agora sou expert em compras on-line.

– Humm. Gostei.

Ele arqueou uma sobrancelha.

– Gostou?

– Sim. – Suspirei. – É melhor manter você longe do sorvete.

Ele pareceu ofendido.

– Posso saber por quê?

– Porque você é quente o bastante para derretê-lo. As atendentes já estão de olho em você.

– Bem, talvez você não tenha percebido o rapaz atrás do balcão. Ele ficou muito desapontado quando entrei aqui.

– Você está mentindo.

– Não... não estou.

Espiei o rapaz atrás da caixa registradora. Ele *estava* nos observando.

– Provavelmente ele só quer ter certeza de que não estamos provando amostras demais.

– Duvido.

Fomos até o balcão de sorvete onde senti o aroma de casquinhas de waffle recém-saídas do forno. Kishan pediu uma casquinha e três bolas com os sabores cheesecake de mirtilo, laranja com chocolate e *root beer*.

– Uma combinação interessante, Kishan.

Ele sorriu para mim acima de sua casquinha gigante e deu uma mordida imensa na bola de sorvete de cima. Ren era o próximo, mas parecia estar com problemas.

– Estou dividido.

– Entre o quê?

– Chocolate com manteiga de amendoim e pêssego com creme.

– Você adora chocolate com manteiga de amendoim. Deveria ser uma escolha fácil.

– Ah, é verdade. – Ele se inclinou para sussurrar: – Mas gosto mais de pêssego com creme.

Ele me deu um beijo no rosto e pediu uma casquinha com duas bolas de pêssego com creme.

Eu pedi uma casquinha com uma bola de chocolate com manteiga de amendoim por baixo e uma do meu favorito, o especial da casa, por cima, e prometi a Ren que ele poderia comer metade da minha casquinha. Acrescentei uma barra grande de chocolate com manteiga de amendoim ao pedido e paguei a conta.

Dali era uma viagem curta até a praia. Como estava nublado e ainda bastante frio, a praia encontrava-se deserta. Éramos apenas nós três, as gaivotas e o rugido do oceano gelado.

A água azul fria e cortante encapelava-se, derramando-se pela areia cinzenta e borrifando as grandes pedras negras. Era assim o oceano do noroeste: lindo, frio e escuro. Muito diferente das praias da Califórnia e da Flórida. À distância um barco de pesca passava lentamente.

Ren estendeu uma manta grande na areia e começou a fazer uma fogueira. Logo, logo uma labareda crepitava e ele se sentou ao meu lado no cobertor. Comemos, rimos e conversamos sobre vários estilos de artes marciais:

caratê, *wushu*, ninjútsu, kendo, aikido, *shaolin*, *muay thai*, tae kwon do e *kempo*.

Ren e Kishan discutiram sobre que estilo usar em cada situação. Por fim, se aquietaram e Ren me convidou para caminhar pela praia. Tiramos os sapatos, demos as mãos e deixamos a água fria lamber nossos pés descalços enquanto andávamos até as pedras negras, a cerca de um quilômetro dali.

– Você gosta do mar? – perguntou ele.

– Gosto de observá-lo ou navegá-lo, mas nadar nele me dá medo.

– Por quê? Pensei que você adorasse as histórias sobre o oceano.

– E adoro. Existem alguns livros excelentes sobre o mar: *Robinson Crusoé*, *Vinte mil léguas submarinas*, *A ilha do tesouro* e *Moby Dick*.

– Então por que você tem medo?

– Uma palavra: *tubarões*.

– Tubarões?

– É. Parece que tenho que apresentá-lo ao filme *Tubarão*. – Suspirei. – Eu sei, estatisticamente falando, que a maioria das pessoas que nadam em praias não é comida por um tubarão, mas o simples fato de eu não poder ver nada na água já me enche de pavor.

– Então não tem problema com as piscinas?

– Não. Adoro nadar, mas vi programas de mais sobre tubarões na TV e não me sinto tranquila no mar.

– Talvez você pudesse gostar de mergulhar.

– Talvez, mas duvido.

– Gostaria de experimentar um dia.

– Fique à vontade.

– Sabe, estatisticamente falando, *você* tem muito mais probabilidade de ser devorada por um tigre.

Ele tentou agarrar meus braços, mas corri, saindo de seu alcance.

– Não se o tigre não puder me pegar.

Saí correndo o mais rápido que pude e Ren riu e me perseguiu pela areia, tentando agarrar meus calcanhares.

Ele me deixou escapar por algum tempo, apesar de eu saber que poderia ter me dominado quando quisesse. Por fim, ele me pegou no colo e me jogou sobre o ombro.

Eu não parava de rir.

– Vamos voltar, Tigre. A maré está subindo e deixamos Kishan sozinho por muito tempo.

Ele me carregou de volta e me colocou sobre a manta.

Peguei os marshmallows para assá-los. Ren desafiou Kishan para uma corrida, indo da manta até as pedras e voltando.

– Vamos lá, Kishan. O primeiro a voltar ganha.

– Ganha o quê?

– Que tal um sanduíche de biscoito com marshmallow e chocolate? – sugeri.

Kishan sacudiu a cabeça.

– Que tal um beijo de Kelsey?

O rosto de Ren tornou-se sombrio.

Eu me aventurei:

– Ah, Kishan. Acho que essa não é uma ideia muito boa.

– É sim, Kelsey – insistiu Kishan. – Vai servir como motivação para ele se esforçar. *A menos* que ele ache que vai perder.

– Eu não vou perder – grunhiu Ren.

Kishan espetou o dedo no peito de Ren.

– No seu melhor dia você nem sequer veria minha cauda.

– Muito bem. Vamos lá.

– Rapazes, eu não acho...

– Já!

Ambos saíram correndo tão rápido que se transformaram quase num borrão sobre a areia. Deixando os marshmallows de lado, levantei-me para vê-los correr. Kishan parecia um relâmpago, mas Ren também era rápido, indo logo atrás. Quando alcançaram a pedra, Ren fez uma virada melhor e ganhou alguns centímetros de vantagem, que conseguiu manter na volta. Mais ou menos na metade, Kishan estendeu o braço, agarrou o capuz azul do suéter de Ren, puxou com força e o empurrou na areia.

Ren girou e caiu, porém se levantou rapidamente e avançou, correndo com fúria. Suas pernas se movimentavam mais rápido do que parecia possível. A areia voava vários metros atrás dele, à medida que diminuía a distância e emparelhava com Kishan. A corrida terminou com Kishan ganhando por meio metro.

Ren estava furioso. Kishan riu e cutucou Ren para que saísse da frente e o deixasse reivindicar seu prêmio.

Fiquei na ponta dos pés e dei um beijo no rosto de Kishan. Ren pareceu se acalmar e começou a relaxar. Ele pegou uma pedra e a atirou no oceano.

– Você só ganhou porque roubou – resmungou.

– Ganhei porque sei como ganhar – retrucou Kishan. – Roubar é irrelevante. Você precisa aprender a fazer o que for necessário para ganhar. Por falar nisso, *esse* não era o prêmio que eu tinha em mente.

Ele agarrou meu cotovelo, fazendo-me dar meia-volta, e me segurou pelas costas, inclinando-nos num beijo teatral. Era muito mais drama que substância, mas Ren ficou enlouquecido.

– *Solte-a. Agora.*

Depois de Kishan me colocar de pé, recuei um passo e Ren se lançou de encontro à barriga de Kishan, interrompendo sua gargalhada ao atirá-lo na areia. Eles rolaram pelo chão lutando e rosnando pelos 10 minutos seguintes. Achei melhor não intervir. Parecia que lutar contra o outro era um dos passatempos preferidos de ambos.

Quando finalmente encerraram a briga, nós comemos os biscoitos com marshmallow e chocolate. Tirando o cabelo de Ren de sua testa e alisando-o, eu disse:

– Você sabe que a única intenção dele era tentar irritá-lo.

– Ah, mas não era mesmo. Eu já disse: se ele continuar bancando o engraçadinho com você, a trégua estará cancelada. Ei, isso é muito bom. Humm, ficaria ainda melhor com...

– Manteiga de amendoim? – falamos os dois ao mesmo tempo.

Ele começou a plantar beijos melados por todo o meu rosto. Eu ri, empurrei-o do meu colo e corri. Ele se pôs de pé num salto para me pegar quando meu celular tocou. Era Jason.

– Oi, Jason. Tudo bom?

– Achei que você ia gostar de saber que uns caras estranhos apareceram no campus ontem perguntando por você. Disseram que representam um escritório de advocacia e que têm novidades sobre o testamento dos seus pais.

– Ah. E como eram eles?

– Eram altos e vestiam uns ternos caros. Pareciam falar a verdade, mas eu não disse nada a eles. Achei melhor consultar você primeiro.

– Muito obrigada por me avisar, Jason. Você fez bem em não dizer nada a eles.

– Você está com algum problema, Kelsey? Está tudo bem?

– Tudo bem. Não se preocupe.

– Beleza. Até mais.

– Até.

Encerrei a ligação e olhei para Ren. Ele me encarou. Ambos sabíamos:

Lokesh havia me encontrado. Ouvi Kishan falando baixinho, me virei e o vi em seu celular, provavelmente com o Sr. Kadam.

Começamos a arrumar tudo para voltar imediatamente. De repente a atmosfera na praia havia mudado. Agora era sombria, escura e sinistra, quando antes era amistosa e segura. O céu parecia agourento e ameaçador e estremeci com a brisa repentinamente fria.

Ren e Kishan concordaram que, se Jason não tinha dito nada aos homens, era improvável que eles já houvessem encontrado nossa casa. Resolvemos ir até lá, acertar umas últimas coisas e deixar o Oregon.

No caminho, liguei para Sarah e Mike e disse a eles que estava voltando para a Índia.

– O Sr. Kadam fez uma descoberta importante e precisa da minha ajuda. Ren irá comigo. Ligo assim que o avião pousar.

Telefonei para Jennifer e disse a mesma coisa. Ela ficou insinuando que, se eu estava fugindo com Ren, devia lhe confessar. Por fim acreditou na história e disse que passaria a informação a Li. Tomei o cuidado de não mencionar a cidade nem quanto tempo ficaria fora. Tentei ser o mais vaga possível.

Quando desliguei, Ren me assegurou que minha família estaria a salvo. Disse que o Sr. Kadam havia providenciado férias surpresa para Sarah, Mike e as crianças. Eles ganhariam uma viagem de três semanas com tudo pago para o Havaí, mas somente se partissem imediatamente. Seriam informados de que a viagem era um prêmio de sua marca favorita de tênis de corrida.

Fiquei olhando os retrovisores durante todo o trajeto até em casa, esperando que sedãs negros surgissem, vindo em disparada em nossa direção, com homens inescrupulosos atirando contra nós. Dizer que eu estava assustada era eufemismo. Eu havia enfrentado demônios e macacos imortais, mas, por alguma razão, era completamente diferente enfrentar bandidos do mundo moderno. Eu podia racionalizar que demônios não eram reais; portanto, ainda que estivessem me perseguindo, não chegavam a ser de fato uma ameaça. Mas homens de verdade, que queriam sequestrar, torturar e matar, pareciam muito mais apavorantes.

Quando chegamos em casa, estacionei na garagem e esperei no carro até os irmãos inspecionarem a casa. Voltando uns 10 minutos depois, Ren pôs os dedos nos lábios e, em silêncio, abriu minha porta. Ele havia vestido roupas escuras, botas pesadas e um casaco preto.

– O que está acontecendo? – meus lábios formaram as palavras sem pronunciá-las.

– Alguém entrou na casa. Na verdade, nas duas casas – sussurrou Ren em resposta. – O cheiro deles está por toda parte, mas nada foi levado. Não tem ninguém aqui agora, então suba e vista rapidamente uma roupa escura e tênis de corrida. Depois nos encontre aqui embaixo. Kishan está vigiando as portas. Vamos sair pelos fundos, pegar a picape de Kishan e seguir para o aeroporto.

Assenti, entrei depressa na casa e subi a escada correndo. Lavei o rosto, vesti uma calça jeans escura, um suéter preto de mangas compridas e tênis. Peguei o casaco e encontrei-os lá embaixo. Kishan ia na frente, enquanto atravessávamos furtivamente minha casa e entrávamos na de Ren.

Tanto Kishan quanto Ren haviam se munido de armas da minha caixa de *wushu*. O bastão tripartido tinha sido dobrado e estava preso no cinto de Kishan, nas costas, e Ren havia enfiado um par de facas no passador do cinto. Ren e eu continuamos a seguir Kishan, que nos conduziu para fora da casa, seguindo para o meio das árvores.

Ele parava com frequência para farejar o ar e examinar o solo. Precisávamos caminhar cerca de um quilômetro e meio até a picape. Cada ruído, cada estalo na floresta me assustava e eu girava o corpo com frequência, esperando um ataque. Sentia um formigamento nas costas, como se estivéssemos sendo observados.

Depois de cinco minutos, Kishan estancou. Indicou com gestos que nos abaixássemos e afundamos atrás de algumas samambaias. Havia alguém em meio às árvores, movendo-se em silêncio, seguindo nosso rastro. Até eu podia ouvi-lo, o que significava que estava perto.

– Precisamos sair daqui – murmurou Kishan. – Quando eu disser "agora", vocês vão. – Alguns segundos de tensão transcorreram. – Agora – sussurrou.

Ele nos guiou floresta adentro num ritmo mais veloz. Eu tentava me mover o mais silenciosamente possível, mas temia que quem quer que estivesse nos seguindo pudesse me ouvir. Meus pés pareciam não encontrar os pontos certos para pisar e várias vezes quebrei galhos e escorreguei em lugares molhados enquanto corria. Chegamos a uma clareira, onde Kishan se deteve e sibilou:

– Emboscada!

Demos meia-volta. O homem que nos seguia nos alcançou e bloqueou nossa passagem. Kishan correu em sua direção, diminuindo rapidamente a distância. Quando estava a poucos metros, Kishan puxou o bastão e o brandiu acima da cabeça, para ganhar impulso. Eu achava a arma pesada, mas nas mãos de Kishan ela girava como as hélices de um helicóptero. Com um estalo, ele acertou as pernas do homem e o derrubou, e então, dando um salto gigante, girou a arma e a acertou nas costas e na cabeça do homem caído. Com um movimento rápido do pulso, a arma dobrou-se, acomodando-se em sua palma, e ele tornou a enfiá-la no cinto. O homem não se levantou.

Ren agarrou minha mão e me puxou enquanto corria. Parando num pequeno bosque, ele me forçou a me esconder atrás de um tronco caído e ordenou que eu não me mexesse, então voltou correndo para juntar-se a Kishan, tomando posição não muito longe do irmão. Eu vi o lampejo das facas quando Ren as sacou e as rodopiou habilmente enquanto Kishan mais uma vez brandia o bastão. Os dois irmãos perscrutavam a floresta, à espera.

Os outros homens haviam nos alcançado. O que aconteceu em seguida não foi nada parecido com o que se vê nas aulas de artes marciais. Aquilo era batalha. *Guerra*. Ren e Kishan pareciam dois supersoldados. Seu rosto não demonstrava nenhuma emoção. Eles se moviam com agilidade e eficiência. Não desperdiçavam energia. Movimentavam-se em harmonia, como um par de dançarinos letais, Ren com as facas e Kishan com o bastão. Entre eles, derrubaram pelo menos uma dúzia de homens, no entanto outras dezenas surgiam em disparada do meio das árvores.

Ren golpeou um deles no pescoço com o cotovelo, provavelmente esmagando-lhe a traqueia. Quando o homem se dobrou, Ren saltou sobre suas costas, girou o corpo e chutou a cara do que vinha atrás dele. Kishan era brutal. Quebrou o braço de um homem enquanto simultaneamente chutava o joelho de outro. Pude ouvir o estalo repugnante e o grito quando os dois desabaram no chão. Era como estar no meio de um dos filmes de artes marciais de Li, só que ali o sangue e o perigo eram reais.

Quando nenhum dos homens conseguia ficar de pé, os irmãos voltaram correndo até mim.

– Há outros vindo para cá – disse Kishan, sem emoção.

Corremos. Ren me pegou e me jogou sobre o ombro. Mesmo com meu peso retardando-o, ele ainda avançava mais rápido do que eu conseguiria. Os irmãos corriam o mais rápido que podiam. Velozes, porém silenciosos. De algum modo, eles sabiam onde pisar para evitar fazer barulho. Kishan desacelerou e começou a correr atrás de nós, assumindo uma posição no flanco. Continuamos assim por pelo menos 10 minutos. Calculei que estivéssemos distantes dos homens, mas, de repente, ouvi silvos e estalos, à medida que alguma coisa atingia os troncos das árvores à nossa volta.

Imediatamente, Ren e Kishan duplicaram sua velocidade e saltaram atrás de um tronco caído, em busca de proteção.

– Eles estão atirando na gente? – sussurrei.

– Não – Kishan sussurrou de volta. – Pelo menos não com armas de fogo. O ruído é diferente.

Ficamos ali em silêncio. Eu respirava com mais intensidade do que eles, embora eles que tivessem corrido. Esperamos. Os dois irmãos tinham os ouvidos atentos. Eu estava prestes a fazer uma pergunta, mas Ren levou um dedo aos lábios, indicando que eu devia ficar calada. Eles usavam sinais com as mãos para se comunicar. Eu observava com atenção, mas não conseguia entender o que queriam dizer. Ren girou o dedo em círculo e Kishan lhe passou o bastão, metamorfoseou-se no tigre negro e se enfiou furtivamente entre as árvores.

Apontei na direção em que Kishan havia desaparecido. Ren pressionou a boca em meu ouvido e sussurrou numa voz que mal se podia ouvir:

– Ele está atraindo os homens.

Ren então me acomodou no oco da árvore e mudou de posição, de forma que seu corpo agora cobria o meu.

Fiquei ali, tensa, meu rosto pressionado contra o peito de Ren por um longo tempo. De repente ouvi um rugido terrível. Ren me envolveu com os braços e sussurrou:

– Eles o seguiram. Estão a quase um quilômetro daqui agora. Vamos.

Ele pegou minha mão e começou a me levar novamente na direção da picape escondida. Tentei ser o mais silenciosa possível. Vários minutos depois, uma forma escura saltou diante de nós. Era Kishan. Ele voltou à forma humana.

– Eles estão por toda parte. Levei-os o mais longe que pude, mas parece que todo um regimento foi mandado em nosso encalço.

Dez minutos depois, Kishan parou e farejou o ar. Ren fez o mesmo. Nesse momento, homens saltaram das árvores sobre nós; vários deles desceram de arneses e cordas. Dois sujeitos me agarraram, afastando-me de Ren, e me seguraram com força, enquanto cinco o atacavam. Ele rugiu de fúria e se transformou em tigre. Os homens não pareceram surpresos com isso. Kishan já havia assumido sua forma de tigre e abatera vários de seus agressores.

Ren ergueu-se nas patas traseiras, lançou as dianteiras nos ombros de um homem e rugiu em seu rosto. Então mordeu o pescoço e o ombro do homem, empurrou-o para o chão e usou seu corpo como ponto de apoio para se impulsionar e saltar no ar, as garras estendidas, e atacar dois homens, atingindo-os no peito. Suas orelhas estavam coladas à cabeça, o pelo eriçado, e de suas mandíbulas pingava sangue. A cauda subia e descia como uma alavanca imediatamente antes de ele se arremessar no ar outra vez, indo aterrissar nas costas de um sujeito que lutava com Kishan. O simples peso de seu corpo tirou o agressor de ação.

Eu lutava, mas não conseguia nem me mover, pois os homens me seguravam com força. Kishan rugiu. Um dos homens havia usado uma arma que tinha uma espécie de dispositivo de choque elétrico preso à extremidade. O tigre negro girou, derrubou a arma no chão com a pata e a partiu ao meio com o peso do corpo.

Rapidamente Kishan saltou sobre o homem que havia caído no chão e mordeu-lhe o ombro. Depois, erguendo-o do chão com as mandíbulas poderosas, sacudiu a cabeça com violência até o homem parar de se mexer. Kishan então arrastou o corpo inerte por vários metros e, com um movimento repentino da cabeça, arremessou-o nos arbustos. Em seguida, ergueu-se nas patas traseiras, como um urso, e atacou os outros homens que se aproximavam. O sangue gotejava de suas mandíbulas quando ele rosnou feroz.

Ren tentava o tempo todo chegar até mim, mas os homens sempre se interpunham entre nós. Aproveitei a distração temporária deles quando Ren largou um homem aos nossos pés para chutar um de meus agressores na virilha o mais forte que pude e dar uma cotovelada no estômago do outro. Este se dobrou, mas manteve o aperto em meu braço. Em seguida, ele me golpeou na têmpora e minha visão ficou embaçada.

Ouvi o rugido terrível de Ren. Continuei lutando, mas me sentia tonta. O homem me segurava à frente de seu corpo, como se eu fosse uma isca. Ele provocava os tigres tratando-me com brutalidade. Eu sabia que era para distrair os irmãos, o que infelizmente funcionou. Ren e Kishan continuaram tentando abrir caminho até onde eu estava e olhavam o tempo todo para mim, o que permitiu que uma quantidade maior de homens se reunisse atrás deles.

Outros homens chegaram. Aparentemente tinham chamado reforços e os recém-chegados portavam mais armas. Um deles sacou uma delas e disparou contra Ren. Um dardo atingiu-o no pescoço e ele cambaleou. Fui tomada de fúria e de repente minha visão clareou. Senti uma força queimando meus membros. Bati a parte posterior da cabeça no nariz do meu captor e tive a alegria de sentir a cartilagem quebrar. O homem gritou e afrouxou o aperto o suficiente para que eu escapasse. Corri para Ren. Ele assumiu a forma humana. Outro dardo o atingiu. Ele ainda estava de pé, mas seus movimentos eram muito mais lentos. Arranquei os dardos de seu corpo.

Ele tentou me empurrar para trás dele.

– Kelsey! Para trás! Agora!

Um terceiro dardo o acertou na coxa. Ele cambaleou um pouco mais e caiu apoiado num joelho. Vários homens o cercaram e, sabendo que eu estava perto, ele recomeçou a lutar para mantê-los afastados de mim. Kishan estava enfurecido, surrando um homem atrás do outro enquanto tentava chegar até nós, mas outros continuavam a surgir. Ele estava ocupado demais para me ajudar com Ren. Mal conseguia dar conta de se defender. Tentei puxar os homens, para afastá-los de Ren, mas eles eram grandes demais. Também eram lutadores profissionais, talvez militares, então praticamente me ignoravam e se concentravam nos dois alvos mais perigosos. Eu era apenas uma mosca irritante que eles afugentavam com a mão. *Se pelo menos eu tivesse uma arma.*

Eu estava desesperada. Tinha que haver alguma coisa que eu pudesse fazer para proteger Ren. Ele liquidou o último homem perto de nós e caiu de joelhos, arfando penosamente. Havia pilhas de corpos ao nosso redor. Alguns mortos, outros feridos. Mais homens, porém, estavam chegando. E eram muitos! Eu podia vê-los se aproximando sorrateiros, os olhos fixos no homem esgotado ao meu lado.

O temor pela vida de Ren reforçou minha determinação. Como uma mãe ursa protegendo o filhote, postei-me diante de Ren, decidida a impedi-los de continuar avançando ou pelo menos a lhes dar um alvo diferente contra o qual disparar. Havia mais de uma dúzia de homens vindo em nossa direção, a maior parte empunhando armas. Um fogo queimou em mim, uma necessidade de proteger o homem que eu amava.

Meu corpo tremeu com energia, com poder. Virei-me para o sujeito mais próximo e o encarei, ameaçadora. Ele ergueu a arma e eu levantei a mão como defesa. Meu corpo queimava e senti uma lava derretida subir pelo meu braço e alcançar a mão. As chamas se inflamaram e os símbolos que Phet desenhara em minha mão reapareceram, reluzindo em tom carmim. Um raio explodiu dessa mão até o corpo do meu agressor, elevando-o no ar e lançando-o contra uma árvore com força suficiente para sacudi-la. O homem caiu curvado em sua base.

Sem tempo para questionar ou entender o que havia acontecido, virei-me para enfrentar o agressor seguinte e o outro. Eu estava dominada pelo ódio. Uma fúria fervia em mim. Minha mente gritava que ninguém iria ferir aqueles que eu amava. Eufórica com meu poder, fui derrubando-os um após o outro.

De repente senti uma fisgada no braço e outra no ombro. Parecia a picada de uma abelha, mas, em lugar do fogo, era uma dormência que se espalhava. O fogo em minha mão crepitou e se apagou e eu desabei no chão diante de Ren. Ele repeliu um agressor, ainda lutando, embora tivesse sido atingido por dardos várias vezes. Minha visão estava escurecendo, meus olhos se fechando.

Ren me ergueu e eu o ouvi gritar:

– Kishan! Pegue-a!

– Não – murmurei incoerentemente.

O sussurro de seus lábios roçou meu rosto e então senti braços de ferro prenderem meu corpo.

– Vá! Agora! – gritou Ren.

Eu estava sendo carregada rapidamente por entre as árvores, mas Ren não nos seguia. Ele ainda lutava, enquanto os agressores fechavam o cerco em torno dele. Tornou a se transformar em tigre. Eu o ouvi rugir de fúria e dor e soube, em meio à névoa que tomava conta da minha mente, que não era o sofrimento físico que o fazia gritar. Não poderia ser, pois eu também o sentia. A dor horrível e dilacerante era porque eu tinha sido tirada dele. Sem conseguir manter os olhos abertos, estendi a mão e agarrei debilmente o ar.

– Ren! Não! – implorei, antes de despencar na escuridão.

11

Regresso à Índia

O ronco grave de um motor me acordou. Minha cabeça latejava e eu sentia um gosto estranho na boca. Parecia que algo estava muito errado; minha mente ainda estava confusa. Eu queria despertar, mas sabia que, do outro lado, um novo tipo de horror me aguardava, então me permiti afundar um pouco mais de volta à escuridão e me deixei ficar ali, covardemente. Eu precisava de alguma coisa em que me agarrar, uma muleta em que pudesse me amparar a fim de reunir força suficiente para encarar o que eu tinha pela frente.

Estava deitada numa cama. Senti os lençóis macios e estendi a mão, hesitante. Uma cabeça peluda se esfregou em meus dedos. Ren. Ele estava ali. *Ele* era a motivação de que eu precisava para me erguer da escuridão e entrar na luz.

Abri os olhos.

– Ren? Onde estou?

Todo o meu corpo doía.

Um rosto bonito me olhou de cima.

– Kelsey? Como está se sentindo?

– Nilima? Ah, estamos no avião.

Ela pressionou um pano molhado e frio em minha testa e eu murmurei:

– Escapamos. Estou tão feliz.

Acariciei a cabeça do tigre. Nilima olhou brevemente para o tigre ao meu lado e então assentiu.

– Vou buscar um pouco de água para você, Kelsey.

Ela saiu e tornei a fechar os olhos, pressionando a mão sobre minha testa latejante.

– Tive tanto medo de você não conseguir – sussurrei. – Acho que agora isso não tem importância. A sorte nos ajudou. Nunca mais vamos nos separar. Prefiro ser capturada com você do que sermos separados.

Deslizei os dedos por seu pelo. Nilima retornou trazendo água. Ela me ajudou a sentar e eu tomei um grande gole de água. Esfreguei a toalha molhada sobre os olhos e o rosto.

– Tome... também lhe trouxe aspirina – disse ela.

Engoli os comprimidos, agradecida, e tentei abrir os olhos mais uma vez. Fitei o rosto preocupado de Nilima e sorri.

– Obrigada. Já me sinto melhor. Pelo menos, todos conseguimos escapar. Isso é o que importa. Certo?

Olhei para o tigre. *Não! Não!* Comecei a arquejar, em busca de ar. Meus pulmões se fecharam.

– *Kishan?* – supliquei com a voz áspera. – Onde ele está? Diga-me que não o deixamos para trás! Ren? – gritei. – *Ren? Você está aqui? Ren? Ren?*

O tigre negro apenas me observava com olhos dourados e tristes. Agarrei a mão de Nilima.

– Nilima, me fale! Ele está aqui?

Ela sacudiu a cabeça, as lágrimas enchendo seus olhos. Minha visão tornou-se turva e percebi que eu também estava chorando.

Apertei sua mão, desesperada.

– Não! Precisamos voltar! Peça que deem meia-volta. Não podemos simplesmente deixá-lo lá! Não podemos!

Nilima não reagiu. Virei-me para o tigre.

– Kishan! Isso não está certo! Ele não deixaria você. Eles vão torturá-lo. Vão matá-lo! Precisamos fazer alguma coisa! Não podemos deixar que isso aconteça!

Kishan se transformou em homem e se sentou na beira da cama. Ele fez um gesto com a cabeça para Nilima e ela nos deixou a sós.

Ele pegou minha mão e falou baixinho:

– Kelsey, não havia escolha. Se tivéssemos ficado para trás, não conseguiríamos escapar.

Sacudi a cabeça, negando.

– *Não!* Poderíamos ter esperado por ele.

– Não, não poderíamos. Eles me aplicaram tranquilizantes também. Só fui atingido uma vez e mal consegui chegar ao avião, apesar da minha capacidade de recuperação. Acertaram-no pelo menos seis vezes. Fiquei impressionado que ele ainda conseguisse ficar de pé. Ren lutou bravamente e ganhou tempo para que pudéssemos escapar.

Agarrei-lhe a mão enquanto as lágrimas pingavam do meu queixo.

– Ele está...? – Solucei. – Eles o mataram?

– Acho que não. Eles não tinham outra arma além dos bastões com dispositivos de eletrochoque e dardos tranquilizantes. Aparentemente suas instruções eram para nos capturar vivos.

– Não podemos deixá-los fazer isso, Kishan. Precisamos ajudá-lo.

– Vamos fazer isso. O Sr. Kadam já está trabalhando em sua localização. Mas não vai ser fácil. Há séculos ele vem procurando Lokesh e o homem consegue se esconder muito bem. Só tem uma coisa em nosso favor. Ren não está com o amuleto, portanto Lokesh talvez esteja disposto a sugerir uma troca: o amuleto por Ren.

– Ótimo. Daremos a ele o amuleto se pudermos ter Ren de volta.

– Vamos nos preocupar com isso quando chegar a hora, Kelsey. Neste momento, você precisa descansar. Estaremos na Índia daqui a algumas horas.

– Fiquei desacordada tanto tempo assim?

– Você foi atingida duas vezes e ficou apagada por cerca de 15 horas.

– Eles o seguiram até o avião?

– Tentaram, mas o avião estava pronto para decolar. Jason provavelmente salvou nossas vidas.

Pensei em Ren cercado por inimigos enquanto nós fugíamos e engasguei com um soluço. Kishan se inclinou e me envolveu num abraço, dando tapinhas em minhas costas.

– Sinto muito, Kelsey. Queria que houvesse sido eu, não Ren. Queria ter tido força para tirar vocês dois de lá.

Minhas lágrimas caíram em sua camisa.

– Não foi culpa sua. Se você não estivesse lá, nós dois teríamos sido capturados.

Eu me empertiguei, fungando, e enxuguei os olhos na manga de minha blusa.

Ele abaixou a cabeça para fitar meus olhos lacrimejantes.

– Eu lhe prometo, Kelsey, que vou fazer tudo que estiver a meu alcance para salvá-lo. Ele ainda está vivo. Posso sentir isso. Vamos encontrar uma saída e derrotar Lokesh.

Queria ter tanta certeza quanto Kishan de que poderíamos salvar Ren. Assentindo com a cabeça, apertei sua mão e sussurrei que eu ficaria bem. Ele perguntou se eu queria comer alguma coisa e, embora sentisse nós retorcendo meu estômago, respondi que sim. Ele pareceu aliviado ao se levantar para chamar Nilima.

Perguntei-me se ele estaria certo. *Será que Ren ainda está vivo?* Desde o primeiro dia em que o vira no circo, formou-se uma estranha conexão entre nós. Hesitante e frágil a princípio, foi se tornando cada vez mais forte. Quando voltei para o Oregon, o elo se esticou e me puxava como uma tira de elástico.

Ele me arrastava e tentava me levar de volta para ele. E, nos últimos meses, à medida que nos tornávamos mais próximos, a conexão se solidificou e se estreitou, formando uma liga de aço. Éramos parte um do outro. Eu sentia sua ausência, mas o elo ainda existia. Ainda era forte. Ele estava vivo. Eu sabia. Meu coração ainda estava ligado ao seu. Isso me deu esperanças. Decidi que o encontraria a qualquer custo.

Nilima me chamou para comer alguma coisa. Ela serviu o jantar com um copo de água com limão, que beberiquei lentamente enquanto pensava no que poderia fazer para salvar Ren. Kishan havia voltado à sua forma de tigre e descansava a meus pés. Seus olhos dourados me observavam com tristeza e eu me inclinei para acariciar-lhe a cabeça, assegurando-lhe de que ficaria bem.

Quando aterrissamos eu ainda não tinha a menor ideia de como encontraria Ren, mas sabia que nunca mais me deixaria apanhar tão despreparada. Da próxima vez que algo assim acontecesse, eu lutaria. Agora que sabia que tinha esse... esse poder de raio dentro de mim, eu iria praticá-lo. Também pediria a Kishan que continuasse a me treinar nas artes marciais, quem sabe até usando armas. Talvez o Sr. Kadam me ensinasse também quando Kishan estivesse em sua forma de tigre. Eu nunca mais deixaria que alguém que eu amasse fosse capturado. Não enquanto eu ainda estivesse viva.

O Sr. Kadam nos recebeu no aeroporto particular.

– Srta. Kelsey, senti saudade – disse ele, me envolvendo num abraço.

– Também senti saudade do senhor.

Meus olhos queimavam com as lágrimas não derramadas, mas eu me recusava a deixá-las cair.

– Venha. Vamos para casa. Temos muito para conversar.

Quando chegamos em casa, Kishan levou minha bolsa para o andar de cima e me deixou sozinha com o Sr. Kadam na sala do pavão.

Os livros se acumulavam em pilhas altas na bela mesa de mogno; o tampo normalmente organizado e limpo estava coberto por papéis. Peguei alguns para examinar as anotações feitas na letra elegante do Sr. Kadam.

– O senhor conseguiu desvendar a segunda profecia?

– Estou perto. Na verdade, é graças à senhorita que estou assim tão perto.

Um ponto de referência que me confundiu inicialmente veio a ser a cordilheira do Himalaia. Todo esse tempo eu vinha procurando uma montanha, sem perceber que era uma cadeia de montanhas que eu precisava encontrar. Graças ao seu relatório sobre o Himalaia e seus padrões climáticos, pude abrir minha mente a essa possibilidade, o que me levou a novas descobertas.

– Fico feliz por ter ajudado. – Pousei os papéis na mesa e perguntei baixinho: – O que vamos fazer? Como vamos encontrar Ren?

– Vamos encontrá-lo, Srta. Kelsey. Não se preocupe. Existe até a chance de ele conseguir escapar sozinho e nos telefonar.

Um pensamento cruzou a minha mente.

– Ele vai conseguir se transformar em homem se for capturado?

– Não sei. Antes, não conseguia, mas agora a senhorita quebrou parte da maldição. Isso pode fazer alguma diferença.

Endireitei os ombros.

– Sr. Kadam, quero que me treine. Quero que me instrua no uso das armas e nas artes marciais. O senhor ensinou aos dois e quero que seja meu instrutor também.

Ele me olhou pensativo por um minuto.

– Está certo, Srta. Kelsey. Será preciso disciplina e muitas, muitas horas de prática para que se torne capacitada. Não espere conseguir fazer o mesmo que Ren e Kishan. Eles foram treinados a vida toda e o tigre que há neles os torna mais fortes.

– Tudo bem. Estou preparada para isso. Pretendo pedir a Kishan que continue trabalhando comigo. Posso aprender mais depressa se praticar com vocês dois.

Ele assentiu.

– Talvez seja o melhor. A senhorita irá aprender novas habilidades e isso também vai ajudá-la a se manter ocupada. Eu ainda preciso dedicar grande parte da minha atenção às pesquisas, mas vou reservar algum tempo para treiná-la todos os dias. Também posso preparar séries para que pratique sozinha e sugerir algumas coisas que pode aprender com Kishan.

– Obrigada. Gostaria de ajudar com suas pesquisas também. Posso fazer anotações. E ter um novo par de olhos ao seu dispor sempre é bom.

– Podemos começar hoje.

Assenti. Ele fez um gesto na direção das poltronas de couro e nos sentamos.

– Agora me fale sobre esse novo poder que parece ter. Kishan me explicou, mas quero ouvir o que aconteceu a partir do seu ponto de vista.

– Bem, eu precisava proteger Ren e estava tão furiosa que acho que até vi uma névoa vermelha à minha volta. Ele fora atingido com os dardos e cambaleava, enfraquecido. Eu sabia que ele não resistiria muito mais. Coloquei-me na frente dele para enfrentar os agressores. Estava desesperada, pois eram muitos vindo para cima de nós. Uma espécie de fogo começou a queimar em mim.

– Qual era a sensação?

– Parecia... um jorro de força no centro do meu corpo, semelhante à chama piloto de um aquecedor de água que se acende de repente. Meu estômago se contraiu, como se para empurrar o calor para o meu peito. Meu coração ardia e parecia que o sangue estava fervendo em minhas veias. Tive a sensação de algo borbulhante percorrendo meu braço. Quando chegou à mão, os símbolos que Phet pintou em hena reapareceram e começaram a brilhar, vermelhos. Ouvi um ruído de coisas se quebrando, estalos e estouros e então essa força se avolumou e transbordou de mim. Um raio disparou de minha mão, ergueu um homem no ar e o arremessou contra uma árvore.

– E esse poder funcionou várias vezes?

– Funcionou. Consegui abater diversos homens antes de ser atingida com o tranquilizante. Então o poder foi diminuindo.

– Os raios mataram os homens ou apenas os atordoaram?

– Espero que os tenham apenas atordoado. Não ficamos por lá tempo suficiente para descobrir. Meu primeiro alvo, o homem que se chocou contra a árvore, ficou bastante machucado, imagino. Eu estava desesperada.

– Estou curioso para saber se é capaz de reproduzir o fenômeno quando não está em perigo. Talvez possamos praticar. Também seria interessante ver se a senhorita pode ampliar o alcance para incluir mais de uma pessoa de uma vez e ver por quanto tempo consegue manter a descarga.

– Também quero aprender a controlar a intensidade. Prefiro não matar as pessoas – acrescentei.

– É claro.

– De onde o senhor acha que isso veio?

– Tenho uma... teoria. Uma das antigas histórias da Índia conta que, quando os deuses Brahma, Vishnu e Shiva enfrentaram o rei demônio, Mahishasur, não conseguiram derrotá-lo. Então juntaram suas energias, que assumiram a forma de luz, e a deusa Durga emergiu dessa luz. Ela nasceu para lutar contra ele.

– Então Durga é feita de luz. O senhor acha que é por isso que tenho esse poder?

– Sim. Existem também várias referências a um colar que ela usa e que faísca como relâmpagos. Talvez essa corrente de poder resida na senhorita.

– Isso é... Eu nem sei como me sinto em relação a isso.

– Imagino que deva ser desconcertante.

Fiz uma breve pausa e então confessei:

– Sr. Kadam, eu... estou preocupada com Ren. Não acho que eu seja capaz de partir numa nova busca sem ele.

– Vocês dois se tornaram mais próximos então? – especulou o Sr. Kadam.

– Sim. Ele... eu... nós... Bem, acho que posso resumir dizendo que o amo.

Ele sorriu.

– Sabe que ele a ama também, não sabe? Ele não pensava em outra coisa durante os meses em que ficaram separados.

– Ele sofreu?

– Desesperadamente. Kishan e eu não tivemos um só momento de paz até ele viajar.

– Sr. Kadam, posso lhe fazer uma pergunta?

– É claro.

– Uma garota indiana se interessou por Ren e queria que seus pais arranjassem um compromisso entre eles. Ren me disse que namorar alguém que não seja da mesma cultura é considerado impróprio.

– Ah. O que ele lhe disse está correto. Mesmo nos tempos modernos, esse costume ainda é seguido. Isso a incomoda?

– Um pouco. Não quero que o povo de Ren o renegue.

– Ele demonstrou preocupação quanto a isso?

– Não. Não pareceu dar importância. Disse que já tinha feito sua escolha.

O Sr. Kadam passou a mão pela barba curta.

– Srta. Kelsey, Ren dificilmente precisa da aprovação de alguém. Se ele escolher ficar com a senhorita, ninguém irá fazer objeção.

– Talvez não na frente dele, mas pode haver... implicações culturais que ainda não lhe ocorreram.

– Ren está bastante ciente de todas as implicações culturais. Lembre-se de que ele foi um príncipe muitíssimo bem treinado nos protocolos políticos.

– Mas e se o fato de ficar comigo tornar sua vida mais difícil?

Ele me repreendeu levemente.

– *Srta. Kelsey*, posso lhe garantir que ficar com a senhorita é a *única* coisa na longa vida de Ren a lhe trazer alento. A vida dele era cheia de dificuldades e eu me arriscaria a dizer que obter a aprovação de outras pessoas caiu muito em sua lista de prioridades.

– Ele me falou que os pais vinham de culturas diferentes. Por que *eles* tiveram permissão para se casar e ficar juntos?

– Humm, esta é uma história interessante. Para contá-la direito, eu teria que lhe falar sobre o avô de Ren e Kishan.

– Eu adoraria saber mais sobre a família dele.

Ele se recostou na poltrona de couro e juntou as mãos sob o queixo, formando um triângulo.

– O nome do avô de Ren era Tarak. Ele era um grande chefe militar que, nos seus últimos anos, quis viver em paz. Cansara-se das rivalidades entre os reinos. Embora seu império fosse o maior e seus exércitos, os mais notáveis, ele enviou uma mensagem para vários outros chefes militares que governavam territórios menores, convidando-os para uma reunião de cúpula. Ofereceu a cada um deles uma parte de suas terras se assinassem um pacto de não agressão e reduzissem seus exércitos. Eles concordaram, pois o contrato traria a cada um deles grande riqueza e muitas propriedades. O país exultou quando o rei chamou seus exércitos de volta para casa e preparou uma grande festa de celebração. Aquele dia foi feriado em todo o país.

– O que aconteceu depois?

– Cerca de um mês depois, um dos governantes que assinou o pacto incitou os outros, dizendo-lhes que aquela era a hora de atacar e que, juntos, eles poderiam governar toda a Índia. Seu plano era primeiro tomar as terras ancestrais de Tarak e, a partir dali, conquistar facilmente os outros reinos menores.

– Nossa! Que traição – comentei.

– De fato. Eles quebraram o juramento a Tarak e travaram uma batalha feroz, sitiando a cidade dele. Muitos soldados do rei haviam se aposentado e tinham recebido um pedaço de terra em troca de seus anos de serviço. Com o exército reduzido pela metade, não podiam derrotar as tropas unidas dos outros chefes militares. Felizmente Tarak conseguiu enviar mensageiros para buscar ajuda.

– Aonde eles foram buscar ajuda?

– Na China.

– Na China?

– Mais especificamente no Tibete. As fronteiras da Índia com a China naquela época não eram tão definidas como hoje e as trocas entre os dois países eram comuns. Tarak tinha um bom relacionamento com o Dalai-Lama da época.

– Espere aí. Ele pediu ajuda ao Dalai-Lama? Pensei que o Dalai-Lama fosse um líder religioso.

– Sim, o Dalai-Lama era e é um líder religioso, mas a religião e as forças militares tinham laços estreitos no Tibete, principalmente depois de ganhar a atenção da família Khan. Séculos atrás, Gêngis Khan invadiu a região, mas ficou satisfeito com o tributo que o Tibete lhe pagou, então o deixou em paz. Após a morte de Khan, porém, seu neto, Ögedei Khan, cobiçou aquelas riquezas e voltou para tomar posse do país.

Naquele momento Nilima entrou na biblioteca, trazendo-nos água com limão. Ele agradeceu e continuou:

– Trezentos anos depois da invasão, Altan Khan construiu um mosteiro e convidou monges budistas para ensinar o povo. A ideologia budista se disseminou e, no início do século XVII, praticamente todos os mongóis haviam se tornado budistas. Um homem chamado Batu Khan, outro descendente de Gêngis Khan, que estava no comando dos exércitos mongóis, foi enviado pelo Dalai-Lama para ajudar o avô de Ren quando ele pediu ajuda.

Beberiquei minha água com limão.

– E o que aconteceu? Eles venceram?

– Venceram. Os exércitos mongóis unidos aos do rei Tarak puderam derrotar os aproveitadores. Tarak e Batu Khan tinham a mesma idade. Ficaram amigos. Tarak, em gratidão, ofereceu-lhe joias e ouro para levar para o Tibete e Batu Khan ofereceu sua jovem filha para casar-se com o filho de Tarak quando chegasse a hora. O pai de Ren, Rajaram, devia ter uns 10 anos na época e a mãe tinha acabado de nascer.

– Então a mãe de Ren era descendente de Gêngis Khan?

– Não pesquisei a genealogia, mas supõe-se que haja algum parentesco.

Recostei-me na cadeira, admirada.

– Qual era o nome da mãe dele?

– Deschen.

– Como ela era fisicamente?

– Era muito parecida com Ren. Tinha os mesmos olhos azuis, cabelos compridos e pretos. Era muito bonita. Quando chegou a hora de celebrar o casamento, o próprio Batu Kahn levou a filha ao encontro de Tarak e ficou para supervisionar a cerimônia. Rajaram não teve permissão de ver a noiva antes do casamento.

– Eles tiveram um casamento indiano ou budista?

– Creio que foi uma combinação dos dois. Em um casamento indiano típico há uma cerimônia de compromisso, uma festa com presentes de joias ou roupas e então uma cerimônia em que o noivo dá à noiva uma *mangalsultra*, ou colar de casamento, que ela usa pelo resto da vida. O processo todo dura cerca de uma semana. Em comparação, um casamento budista é uma celebração pessoal, não religiosa. Poucas pessoas são convidadas. Velas e incensos são queimados e oferecem-se flores em um templo. Não há monges, sacerdotes ou votos de casamento. Imagino que Rajaram e Deschen provavelmente tenham seguido os costumes de um casamento indiano e talvez também tenham feito oferendas a Buda.

– Quanto tempo levou para que percebessem que se amavam?

– Essa é uma pergunta que não sou capaz de responder, embora possa lhe dizer que seu amor e seu respeito mútuos eram verdadeiramente únicos. Quando os conheci, estavam muito apaixonados e o rei Rajaram com frequência consultava a mulher sobre questões importantes do Estado, o que era muitíssimo incomum na época. Eles criaram os filhos para terem a mente aberta e serem receptivos a outras culturas e ideias. Eram pessoas boas e governantes muito sábios. Sinto saudade dos dois. Ren lhe falou sobre eles?

– Ele me contou que o senhor cuidou deles até a morte.

– É verdade. – Os olhos do Sr. Kadam ficaram úmidos e ele fixou o olhar em algo que eu não podia ver. – Amparei Deschen quando o rei Rajaram deixou este mundo e, mais tarde, segurei sua mão quando ela fechou os olhos para sempre. – Ele pigarreou. – Foi quando ela me confiou o cuidado de seus bens mais preciosos, os filhos.

– E o senhor vem fazendo mais por eles do que qualquer mãe poderia pedir. O senhor é um homem verdadeiramente maravilhoso. Um pai para eles. Ren me disse que nunca poderia retribuir tudo que o senhor fez por ele.

O Sr. Kadam mudou de posição, constrangido.

– Isso não vem ao caso. Ele não precisa retribuir o que lhe dei de boa vontade.

– E é exatamente isso que torna o senhor tão especial.

O Sr. Kadam sorriu e se pôs de pé para tornar a encher meu copo, provavelmente a fim de desviar a atenção de si mesmo. Mudei de assunto.

– Os pais de Ren e Kishan chegaram a saber que eles foram transformados em tigres?

– Como a senhorita sabe, eu era o conselheiro militar do rei. Como tal, era encarregado dos exércitos. Quando Ren e Kishan foram amaldiçoados, eles tentaram entrar furtivamente no palácio à noite como tigres. Mas não havia como eles entrarem para ver os pais porque Rajaram e Deschen eram muito bem guardados, e Ren e Kishan teriam sido mortos no ato. Nem mesmo tigres raros como eles poderiam entrar no terreno do palácio. Em vez disso, vieram até mim. Minha casa ficava perto do palácio, de modo que eu pudesse ser convocado a qualquer hora.

– O que o senhor fez quando os viu?

– Eles arranharam minha porta. Pode imaginar minha surpresa quando abri a porta e deparei com um tigre negro e um branco sentados, me fitando. A princípio, saquei a espada. O instinto militar é forte, porém eles não reagiram. Ergui a espada acima da cabeça para golpear, porém os dois ficaram lá calmamente sentados, observando, esperando. Por alguns momentos pensei que estivesse sonhando. Vários minutos se passaram. Abri mais a porta e recuei, mantendo a espada em punho. Eles entraram em minha casa e sentaram-se no tapete.

A história era fascinante e eu prestava atenção a todos os detalhes. Ele continuou:

– Ficamos nos olhando por horas. Quando fui chamado para comparecer ao treinamento, dei uma desculpa, dizendo ao criado que não estava me sentindo bem. Permaneci sentado na cadeira o dia todo, observando os tigres. Eles pareciam estar à espera de alguma coisa. Quando a noite chegou, preparei uma refeição e ofereci carne aos animais. Ambos comeram e se deitaram para dormir. Fiquei acordado a noite toda, vigiando-os. Eu havia condicionado meu corpo a suportar vários dias sem dormir, assim me mantive vigilante, embora eles dormissem inofensivos como gatinhos.

Bebi um gole da água com limão.

– O que aconteceu então?

– Pouco antes do amanhecer, algo mudou. O tigre branco se mexeu e se transformou no príncipe Dhiren; o negro seguiu-lhe o exemplo e tornou-se Kishan. Ren explicou rapidamente o que havia acontecido com eles e na mesma hora solicitei uma audiência com os pais deles. Expliquei que era imperativo que Rajaram e Deschen me acompanhassem até minha casa, sem os guardas. Foi preciso muito esforço para convencer sua guarda privada e somente a absoluta confiança do rei em mim o levou a atender meu pedido.

O Sr. Kadam fez uma pausa para retomar o fôlego. Mas logo prosseguiu.

– Eu os levei até minha casa. Abri a porta e Deschen soltou um grito quando viu os tigres. Rajaram postou-se diante da mulher para protegê-la. Estava muito aborrecido comigo. Implorei para que entrassem e lhes disse que os tigres não fariam nenhum mal a eles.

– Posso imaginar o susto.

– Depois de finalmente convencê-los a fechar a porta, os dois irmãos ergueram-se na forma humana diante dos pais. Restava-lhes muito pouco tempo, então eles se transformaram em tigres e me permitiram contar sua história. Nós cinco permanecemos o dia todo em deliberação em minha casa. Mensageiros vieram dizer que um vasto exército liderado por Lokesh estava se aproximando, já havia destruído vários vilarejos e se encontrava a caminho do palácio.

– O que vocês decidiram fazer?

– Rajaram queria destruir Lokesh, mas Deschen o conteve, lembrando que Lokesh talvez fosse o único meio de salvar os garotos. Deram-me uma incumbência especial: partir dali com os tigres. Deschen não suportava a ideia de se separar dos filhos, então foram tomadas providências para que ela seguisse comigo sob o pretexto de que iria visitar sua terra natal. Na realidade, fugimos para uma pequena casa de veraneio perto da cachoeira onde você conheceu Kishan. Apesar dos esforços de Rajaram, ele não conseguiu capturar Lokesh. Os exércitos foram rechaçados por algum tempo, porém Lokesh parecia ganhar força enquanto Rajaram a perdia. Alguns anos se passaram. Sem a mulher e os filhos, Rajaram já não tinha vontade de ser rei. Deschen também havia perdido o ânimo. Parecia não haver esperanças para seus filhos, e seu amado marido estava distante, cuidando do império.

Que história triste, eu pensava, sem querer interrompê-lo.

– Mandei uma carta para Rajaram, relatando que Deschen estava sofrendo. Com relutância, ele deixou o trono e entregou os negócios do reino a um grupo de consultores militares. Ele tinha contado ao povo a falsa história da morte de Ren e Kishan e explicara que a mulher fora para a China em busca de consolo. Disse que precisava se ausentar por um tempo para trazê-la de volta. Mas nunca retornou. Foi ao nosso encontro na selva, levando um pouco de sua riqueza e os objetos mais preciosos, para que os garotos pudessem conservar sua herança.

– Foi quando Deschen morreu? – perguntei.

– Não. Na verdade, Deschen e Rajaram viveram vários anos mais. Reunidos, viviam felizes, aproveitando cada minuto que tinham com os garotos. Logo tornou-se óbvio que Ren e Kishan não estavam envelhecendo. Eu passei a cuidar da família. Era o intermediário entre eles e o mundo lá fora. Os garotos caçavam e nos levavam comida e Deschen cultivava verduras e legumes. Com frequência eu me aventurava até a cidade para comprar mercadorias e ficar a par das notícias.

– É bom saber que eles tiveram esse período de felicidade.

– É, sim. Mas, depois de vários anos, o pai de Ren adoeceu com o que hoje suspeito ter sido uma doença renal. Sabíamos que Lokesh ainda estava lutando contra o exército, mas que o povo Mujulaain continuava resistindo. Grandes lendas estavam sendo contadas sobre a família real. Eles se transformaram em mito. A história que lhe contei quando a conheci no circo é a história como é contada hoje.

Ele bebeu um gole da água e limpou a garganta.

– Ren, por fim, me pediu que usasse seu amuleto. Na época, não imaginávamos que efeitos teria sobre mim. Sabíamos apenas que era poderoso e importante. Ele temia que, se um caçador o apanhasse, o amuleto estaria perdido para sempre. Talvez fosse uma premonição, pois logo depois ele foi capturado. – Ele parou para ver minha reação. Meus olhos estavam arregalados. – Kishan o rastreou e descobri que ele havia sido vendido para um colecionador em outra parte do país. Retornei abatido. A captura de Ren foi o golpe final para seu pai e ele morreu naquela mesma semana. Deschen entrou em profundo desespero e parou de comer. Apesar dos esforços de Kishan e dos meus, ela também morreu, menos de um mês após o marido.

– Quanta desgraça.

– Kishan ficou inconsolável com a morte da mãe e passou a permanecer mais tempo na floresta. Alguns meses mais tarde, eu lhe disse que já era hora de começar a procurar Ren. Ele me pediu que ficasse com o dinheiro e as joias. Que levasse o que fosse preciso para encontrá-lo. Levei uma parte, deixando os bens mais preciosos da família para que Kishan tomasse conta. E iniciei minha busca.

– Pobre Kishan, sozinho no mundo.

– Como sabe, não consegui resgatar Ren. Estudei tudo o que havia ao meu alcance a respeito de mitos e histórias sobre tigres e amuletos. Ao longo dos anos, investi o dinheiro deles, que se multiplicou. Comecei com o comércio de condimentos e então prossegui, comprando e vendendo empresas até os garotos ficarem ricos. Durante aqueles anos, casei-me e constituí família. Depois que deixei meus entes queridos, segui Ren de localidade em localidade e passei muitas horas fazendo pesquisas. Durante décadas procurei

Lokesh e uma forma de quebrar a maldição. Lokesh, após o fracasso de sua conquista do Império Mujulaain, desapareceu misteriosamente e nunca reapareceu, embora eu suspeitasse de que, como eu, ele ainda estivesse vivo. Isso nos leva à senhorita e ao restante da história, que já conhece.

– Então, se Ren e Kishan viveram na floresta com os pais, como podem não ter feito as pazes?

– Eles se toleravam por causa dos pais, mas evitavam assumir a forma humana ao mesmo tempo. Na verdade, eu nunca mais os tinha visto como homens juntos até você surgir. Foi um tremendo avanço conseguir que Kishan voltasse e fizesse parte da família outra vez.

– Bem, Ren não torna as coisas muito fáceis para ele. É estranho. Tenho a impressão de que eles se respeitam e até se amam, mas não conseguem deixar as velhas feridas sararem.

– Graças à senhorita, já percorremos um longo caminho na direção da cura de todos nós. Rajaram teria ficado encantado ao conhecê-la e Deschen teria chorado aos seus pés por devolver a vida a seus filhos. Não duvide nem por um só instante que esteja à altura desta família ou de Ren.

Meu coração destroçado bateu com um som oco no peito. Doía pensar nele, mas meus punhos cerraram em determinação.

– Então, por onde começamos? Pesquisa ou esgrima?

– Está pronta para inciar o treinamento físico?

– Estou.

– Muito bem. Guarde suas coisas e me encontre na academia de ginástica, lá embaixo, daqui a meia hora.

– Farei isso. Ah, Sr. Kadam? É bom estar em casa.

Ele sorriu para mim, piscou e então seguiu para o seu quarto.

Subi a escada e descobri que todas as coisas preciosas que eu havia enviado pelo correio encontravam-se ali, sãs e salvas. Minha caixa de fitas estava no banheiro. Meus livros e diários tinham sido colocados numa prateleira, ao lado de fotos recém-emolduradas de minha família e um vaso de lírios-tigre. A colcha de minha avó descansava ao pé da cama e meu tigre branco de pelúcia aninhava-se entre um monte de almofadas cor de ameixa.

Abri o zíper da bolsa e retirei Fanindra, desculpando-me por deixá-la fora da batalha na floresta. Estaríamos mais bem preparados da próxima vez. Coloquei-a na prateleira nova, sobre uma almofada redonda forrada de seda.

Vesti rapidamente minhas roupas do *wushu* e desci os degraus, indo ao encontro do Sr. Kadam. Kishan ouviu meus passos apressados e desceu atrás de mim. Ele se acomodou num canto da sala, sobre o tatame, pousou a cabeça nas patas e ficou observando, sonolento.

O Sr. Kadam já estava lá. Uma seção da parede estava aberta, exibindo sua coleção de espadas. Ele se aproximou com dois bastões de madeira.

– Estes são chamados *shinais* e são utilizados na prática do kendo, que é uma forma japonesa de esgrima. Use-os para praticar antes de passar às armas de aço. Segure-o com ambas as mãos. Estenda o braço como se fosse apertar a mão de alguém, então envolva a arma com os três dedos de baixo e deixe o polegar e o indicador livres.

Tentei seguir suas instruções e, antes que eu me desse conta, o Sr. Kadam já passava para o passo seguinte.

– Para avançar, pise com o calcanhar. Para recuar, pise com a ponta do pé. Dessa forma estará sempre pronta e não distribuirá o peso de forma errada.

– Assim?

– Isso. Muito bom, Srta. Kelsey. Agora, o ataque. Quando alguém atacá-la, jogue esta perna para trás, tire o corpo do caminho e erga a espada para se defender, assim. Se alguém vier pelo outro lado, recue desta forma.

Era complicado. Meus braços já estavam doendo e era difícil lembrar os movimentos dos pés.

– Mais tarde passaremos a espadas mais pesadas para fortalecer seus braços e ombros – continuou ele –, mas por ora são nos seus pés que quero me concentrar.

O Sr. Kadam me fez treinar o movimento dos pés por uma hora, o tempo todo me orientando. Eu começava a me mover seguindo um ritmo e cruzava a academia para frente e para trás, simulando ataques, avanços, recuos e movimentos de desvio. Enquanto eu praticava, o Sr. Kadam observava, corrigindo meus movimentos de vez em quando e citando instruções de esgrima, como:

"Saque a espada *antes* de travar combate com o oponente. Leva muito tempo para fazer isso no meio da luta. E certifique-se de que seus pés estejam sempre firmes e equilibrados."

"Não se estique demais! Mantenha os cotovelos dobrados e próximos ao corpo."

"Lute para vencer. Procure as fraquezas do adversário e explore cada uma delas. Não tenha medo de usar outras técnicas, se elas ajudarem, como o poder de raio, por exemplo."

"É melhor sair do caminho que bloquear alguém. O bloqueio mina sua força; sair do caminho consome menos energia."

"Saiba o comprimento de sua espada e calcule o da arma do oponente. Então, mantenha uma distância na qual ele não possa facilmente alcançá-la."

"Embora seja bom praticar com espadas grandes e pesadas, as mais leves podem causar o mesmo dano. As grandes cansam você mais rápido numa luta."

Quando chegamos ao fim, eu estava suada e dolorida. Eu mantivera o *shinai* erguido todo o tempo em que praticara o movimento dos pés. E, embora ele fosse leve, meus ombros estavam queimando.

O Sr. Kadam me encorajou a repetir o trabalho com os pés por uma hora diariamente e disse que no dia seguinte me ensinaria mais.

Kishan se transformou em homem depois que eu havia descansado o suficiente. Então praticou chutes e golpes de *wushu* comigo por mais duas horas. Quando subi a escada até meu quarto, estava exausta. O jantar tinha sido deixado ali sob uma redoma, mas resolvi tomar uma chuveirada primeiro.

De banho tomado e pronta para ir para cama, ergui a tampa e encontrei frango e legumes grelhados. Havia também um bilhete do Sr. Kadam me convidando para ajudar com a pesquisa na biblioteca na manhã seguinte. Terminei o jantar e andei até o quarto de Ren.

Estava tão diferente da primeira vez em que eu entrara ali... Um tapete espesso cobria o chão. Sobre a cômoda havia livros, inclusive alguns dos exemplares de primeira edição do Dr. Seuss que ele mencionara. Uma edição de *Romeu e Julieta* em híndi estava gasta e com orelhas nas pontas. Em um canto via-se um sofisticado CD player com vários CDs e, na escrivaninha, um notebook e material de escrita.

Encontrei seu presente de dia dos namorados, o exemplar de *O conde de Monte Cristo*, e o enfiei debaixo do braço. Ele devia tê-lo mandado no pacote com meus objetos especiais. Saber que ele o considerava importante me fez sorrir. Uma de minhas fitas de cabelo estava amarrada num pergaminho enrolado. Desfiz o laço e encontrei vários poemas escritos por Ren numa língua que eu não sabia ler. Tornando a enrolar as páginas e refazendo o laço, decidi tentar traduzi-los.

Abri o armário. Na última vez que eu estivera ali ele se encontrava vazio, mas agora estava cheio de roupas de grife. A maioria nunca fora usada. Encontrei um agasalho azul semelhante ao que ele usara na praia. Tinha o seu cheiro – cachoeiras e sândalo. Joguei-o sobre o braço.

Quando voltei ao meu quarto, coloquei o pergaminho em minha mesa e subi na cama. Eu tinha acabado de me acomodar debaixo do cobertor com o tigre branco de pelúcia e o agasalho quando ouvi uma batida na porta.

– Posso entrar, Kelsey? Sou eu, Kishan.

– Claro.

Kishan enfiou a cabeça pela porta.

– Eu só queria dizer boa-noite.

– Tudo bem. Boa noite.

Vendo meu tigre branco, ele se aproximou para inspecioná-lo. Dirigiu-me um sorriso torto e deu um piparote no nariz do tigre.

– *Ei!* Deixe o bicho em paz.

– Eu me pergunto o que *ele* achou disso.

– Se quer mesmo saber, ficou lisonjeado.

Ele sorriu por um momento e então ficou sério.

– Vamos encontrá-lo, Kells. Eu prometo.

Assenti.

– Bem, boa noite, *bilauta*.

Apoiei-me no cotovelo.

– O que significa isso, Kishan? Você nunca me disse.

– Significa "gatinha". Achei que, se somos os gatos, você tem que ser a gatinha.

– Ah. Mas não diga mais isso perto de Ren. Ele fica com raiva.

Ele sorriu.

– Por que você acha que eu digo? Até amanhã.

Ele apagou a luz e fechou a porta.

Naquela noite, sonhei com Ren.

12

De profecias e práticas

Era o mesmo sonho horrível que eu tivera antes. Estava escuro e eu procurava alguma coisa desesperadamente. Entrei num quarto e encontrei Ren amarrado num altar com um homem de túnica ametista debruçado sobre ele. Era Lokesh. Ele ergueu a faca e a cravou no coração de Ren. Saltei sobre Lokesh e tentei tirar-lhe a faca, mas era tarde demais. Ren estava morrendo.

– Kelsey, fuja! – Ren sussurrou para mim. – Saia daqui! Estou fazendo isso por você!

Mas eu não conseguia correr. Não podia fazer nada para salvá-lo. Simplesmente desabei encolhida no chão, sabendo que a vida sem Ren não tinha sentido.

Então o sonho mudou. Também no escuro, ele estava sentado dentro de uma jaula, como tigre. Lacerações ensanguentadas riscavam suas costas.

Eu me ajoelhei.

– Venha, Ren. Vamos tirar você daqui.

Ele se transformou em homem e tocou meu rosto.

– Não, Kelsey. Não posso ir. Se eu fizer isso, ele vai pegar você e eu não deixarei que isso aconteça. Você não pode ficar aqui. Por favor, vá.

E me deu um beijo rápido.

– Vá!

Ele me empurrou para longe e desapareceu.

Andando em círculos, eu o chamei:

– Ren? Ren!

Vi uma figura através da névoa. Era Ren. Ele estava saudável, forte e ileso. Ria enquanto conversava com alguém.

Eu toquei em seu braço.

– Ren?

Ele não me ouviu. Postei-me diante dele e acenei. Ele não podia me ver. Riu e passou o braço pelo ombro de uma linda garota. Agarrei sua gola e o sacudi, mas ele não sentia o meu toque.

– Ren!

Ele se afastou com a garota e me empurrou para o lado, como se eu fosse apenas um obstáculo inútil. Comecei a chorar.

Um pássaro cantando lá fora me acordou. Eu havia dormido profundamente, mas não me sentia descansada. Tinha sonhado a noite toda com Ren, capturado, prisioneiro. E, em todas as situações em que nos encontrávamos, ele sempre me afastava, fosse para me proteger ou para se livrar de mim.

Cinco semanas. Cinco breves e felizes semanas fora tudo que tivemos juntos. Mesmo que eu contasse o tempo em que ele estava lá, mas só me via nos encontros, nosso tempo no Oregon fora de apenas dois meses. Não era suficiente. Não quando se está apaixonada por alguém. Por alguma razão parecia que eu sempre perdia as pessoas que amava. *Como iria viver sem ele?*

E no entanto, ele estava junto a mim. Assim como meus pais. Eu os sentia tão perto que às vezes quase podia tocá-los. O mesmo acontecia com Ren, só que... mais forte. Tantas coisas estranhas haviam acontecido comigo. Eu tinha uma cobra de estimação que também era uma joia; quase fora comida por um macaco-cavalo-marinho-vampiro; tinha um namorado que era um tigre na maior parte do tempo; e aparentemente eu era capaz de disparar raios pela mão.

Eu estava tão arrasada pela captura de Ren que não conseguia nem começar a lidar com meu poder de Thor. *O que mais poderia acontecer comigo?* Eu não queria pensar nisso porque, independentemente do que eu imaginasse, a realidade seria muito pior.

Eu me vesti e desci para ajudar o Sr. Kadam. Ele estava ocupado, trabalhando no computador.

– Bom dia, Srta. Kelsey. Se estiver pronta, tenho alguns mapas que gostaria que verificasse para mim.

– Claro.

Ele abriu um mapa gigante da Índia e deslizou em minha direção um papel com a tradução da segunda profecia de Durga. Uma cabeça com pelo escuro bateu em minha perna e eu me inclinei para lhe fazer um carinho. Estava feliz por Kishan estar ali, mas não pude deixar de desejar que fosse um tigre branco sentado ao meu lado.

– Bom dia, Kishan. Já tomou o café da manhã? Mais tarde, se o Sr. Kadam tiver todos os ingredientes, vou fazer biscoitos para você.

Ele bufou e se acomodou aos nossos pés. Peguei a profecia e a li.

Procure suas oferendas antes de tudo
Pois as bênçãos de Durga os esperam outra vez.
Um lugar dos deuses dá início à sua busca
Sob a glacial montanha azul de Noé.
Deixe que o Mestre do Oceano unte seus olhos;
Desdobre os antigos e sagrados pergaminhos.
Ensine a sabedoria completa e aconselhe
Os portões do espírito ele controla.
O paraíso aguarda; mantenha-se firme
E encontre a pedra do umbigo
Que o levará ao coração de todos
Os tronos frondosos da história antiga.
No topo da árvore do mundo está o prêmio aéreo.
Pegue arco e flecha, atire com precisão.
Discos lançados e grandes disfarces
Podem deter aqueles que perseguem.
Quatro casas seu espírito irão testar
De pássaros, morcegos, cabaças e sereias.
E, por último, olhe para o céu,
Pois guardiões de ferro rodeiam seu voo.
O povo da Índia será vestido
E se erguerá, forte, por todo o globo.

– Humm – ponderei em voz alta. – Bem, as primeiras duas linhas são óbvias. Temos que ir novamente a um templo de Durga. Disso já sabíamos. Dessa vez, vamos levar as oferendas apropriadas.

– Sim. Compilei uma lista dos templos de Durga em toda a Índia, assim como alguns que ficam em países próximos.

– Kishan, lembre-me de usar minha tornozeleira de sino.

O Sr. Kadam assentiu e se debruçou sobre suas anotações. Mordi o lábio e pensei no dia em que Ren me dera a tornozeleira. Ele tinha me implorado que ficasse, mas eu fui embora.

Que desperdício. Podíamos ter passado todos aqueles meses juntos se eu não tivesse sido tão teimosa. Eu daria qualquer coisa para voltar no tempo. Agora Ren tinha sido levado prisioneiro e havia uma boa possibilidade de que eu nunca mais pusesse os olhos nele.

Tentando escapar de meus pensamentos tristes, tornei a me concentrar na profecia de Durga.

– Montanha de Noé? É a cordilheira do Himalaia? Como o senhor chegou a essa conclusão?

– Por causa da Arca de Noé.

– Mas Noé não desembarcou no monte Ararat?

– Você tem boa memória. Isso foi o que pensei a princípio também, mas o monte Ararat fica na Turquia, não na Índia. A localização da arca, no entanto, tem sido motivo de intenso debate.

– Está certo, mas o que o levou ao Himalaia?

– Duas coisas me conduziram a essa hipótese. Primeira: não acredito que o próximo item esteja oculto num lugar muito distante do continente indiano. A profecia menciona que o item ajudaria o povo da Índia, portanto não faria sentido estar tão longe. A segunda razão tem a ver com a história de Noé. A Bíblia não é a única que descreve um grande dilúvio. Na verdade, dezenas de culturas têm histórias de uma grande enchente que cobriu a Terra. Pesquisei e cruzei referências de todos os mitos de dilúvios. Tem Deucalião e Pirra da Grécia, a história do Dilúvio Épico de Gilgamesh, Tapi dos Astecas e assim por diante. Uma semelhança entre todos eles é que, quando as chuvas diminuíram, os povos foram levados para terra seca.

– Ah, eu não sabia.

– Na Índia existe o mito de que Manu salvou a vida de um peixe que, por sua vez, lhe disse que o dilúvio estava chegando. Ele construiu um barco e o peixe o arrastou até as montanhas. Muitos locais foram sugeridos como ponto de desembarque, mas excluí vários deles por não serem uma "glacial montanha azul". A montanha que faz mais sentido para mim é...

– O monte Everest.

– Exato. Se tomarmos o relato ao pé da letra e presumirmos que a Terra toda estava inundada, a superfície que primeiro apareceria seria a cordilheira do Himalaia. Como o Himalaia "toca o céu", poderíamos supor que a segunda busca em que embarcaremos esteja relacionada ao ar. Pássaros e outras criaturas voadoras também estão fortemente presentes na profecia e o objeto que estamos procurado é chamado de "prêmio aéreo".

– Monte Everest? O senhor não acha que Kishan e eu teríamos que...

– Não, não. Escalar o monte Everest é algo que somente um punhado de pessoas corajosas já realizou. Eu não pensaria em submetê-los a essa tentativa. O que estamos procurando é uma cidade no pé da montanha, uma cidade com um mestre sábio. Tenho esperanças de que você possa fazer uma lista das cidades possíveis e talvez pensar num lugar que ainda não tenha me ocorrido.

– Parece que o senhor já pensou bastante no assunto.

– Pensei. Mas, como você mencionou antes, às vezes um novo par de olhos pode ajudar.

O Sr. Kadam me entregou uma lista de cidades, que analisei uma a uma, verificando-as no mapa. De fato, ele já havia riscado todas as cidades dentro de um raio de várias centenas de quilômetros a partir do Everest. O único local do mapa ainda não riscado era o norte do Everest, onde os nomes estavam escritos em chinês.

– Sr. Kadam? Que cidade é esta? – perguntei, indicando um ponto.

– É Lhasa. Fica no Tibete, não na Índia.

– Bem, talvez o professor more lá, no outro lado do Himalaia, mas o item que estamos procurando ainda esteja escondido na Índia.

O Sr. Kadam imobilizou-se por um instante e então correu para pegar um livro sobre o Tibete.

– Espere só um instante... um lugar dos deuses. – Ele abriu o livro e consultou o índice. Passando as páginas rapidamente, começou a murmurar para si mesmo: – Mestre do Oceano... portões do espírito... isso... isso!

Fechou o livro bruscamente e me agarrou num breve abraço, os olhos faiscando.

– É isso! Você conseguiu, Srta. Kelsey!

– O que foi que eu fiz?

– Lhasa é a cidade "sob a montanha de Noé"! A tradução de seu nome é "cidade dos deuses"!

– E quanto ao mestre que deverá nos mostrar coisas?

– Essa é a melhor parte! O Mestre do Oceano é provavelmente um dos lamas. Possivelmente o próprio Dalai-Lama!

– O quê? Mas Lhasa não fica perto do oceano.

– Ah. Não se trata necessariamente de uma referência literal ao oceano. Pode significar que sua sabedoria é tão profunda quanto o oceano ou talvez que sua influência é tão vasta quanto o mar.

– Muito bem, então vamos para Lhasa e pedimos uma audiência com o Dalai-Lama. – Acariciei o ombro do tigre negro. – Parece moleza, certo, Kishan?

Ele bufou e ergueu a cabeça.

– É, isso pode ser um problema – murmurou o Sr. Kadam.

– O senhor por acaso tem um relacionamento próximo com o atual Dalai-Lama? Do tipo que o avô de Ren tinha?

– Não. E o atual Dalai-Lama não mora no Tibete. Ele está vivendo no exílio, na Índia. A profecia indica claramente que precisamos ir para a cidade "sob a montanha de Noé" e começar nossa busca a partir dali. Diz que o Mestre do Oceano irá untar seus olhos, desenrolar pergaminhos sagrados, passar-lhes sabedoria e possivelmente levá-los ao portão do espírito.

– O que são esses portões?

– Os portões do espírito marcam entradas de templos no Japão. Dizem que são portas entre o mundo secular e o mundo espiritual. Quando as pessoas passam por elas, purificam-se e se preparam para a jornada espiritual que irá acontecer adiante.

– Existem portões do espírito no Tibete?

– Não que eu saiba. Talvez eles tenham um significado diferente na profecia.

– Ok. E quanto a essa pedra do umbigo?

– Ah, essa eu sei o que é. Acredito que isso signifique que vocês estão procurando uma pedra ônfalo. Trata-se de pedras que representam o centro, ou o umbigo, do mundo e várias foram colocadas na região do Mediterrâneo, a mais famosa das quais está abrigada no oráculo de Delfos. Alguns estudiosos sugeriram que vapores gasosos eram direcionados para o alto através da abertura da pedra e, quando um vidente se punha sobre ela e inspirava o gás, ele teria uma visão. Supunha-se que era uma forma de a humanidade se comunicar com os deuses. Diz-se também que, quando uma pessoa segura a pedra, ela pode ver o futuro. Existe uma pedra na Tailândia, uma na Igreja do Santo Sepulcro em Jerusalém e outra é a pedra fundamental do templo judaico na Cúpula ou Domo da Rocha.

– Qual é a sua aparência?

– Seu formato é semelhante a um ovo de pé com um buraco no alto e desenhos entalhados na parte externa.

– Então encontramos essa pedra ônfalo e a seguramos ou aspiramos seus vapores e ela nos levará a uma árvore do mundo?

– Correto.

– E a árvore?

– A árvore do mundo é outro tema bastante comum em muitas culturas e mitos. Existe uma árvore que realiza desejos e que cuidou das necessidades do povo da Índia chamada Kalpavriksha. Ela floresceu quando as pessoas eram sábias e boas, mas, quando a natureza da humanidade mudou, a árvore tornou-se obscura.

– Humm.

– Em meus estudos sobre o Fruto Dourado, encontrei o registro de uma árvore especial no templo de Kamakshi, no sul da Índia. Trata-se de uma mangueira que produz quatro tipos de mangas, que se acredita representem os quatro Vedas ou as castas. Na mitologia nórdica, existe a história de uma árvore do mundo chamada Yggdrasil. Na mitologia eslava e na finlandesa, eles escolheram um carvalho para representar a árvore sagrada do mundo. Na cultura hindu, é uma figueira chamada Ashvastha. Pode-se vê-la como a Árvore da Vida. Existem árvores semelhantes mencionadas nas culturas da Coreia, da Mesoamérica, da Mongólia, da Lituânia, da Sibéria, da Hungria, da Grécia...

– Entendi. Então estamos procurando uma árvore especial. Pelo menos sabemos de que tipo?

– Não. Todas as histórias usam exemplos de árvores comuns em suas terras, mas a maior parte dos mitos se refere a uma espécie muito grande, com aves descansando em seus galhos. Essas provas que são mencionadas parecem se encaixar nesse tema.

– Resumindo, não comemos o fruto, certo?

Ele riu.

– Nem todos os mitos incluem frutos, mas você está absolutamente certa. Há uma prova associada à maioria deles. Alguns até mencionam uma serpente gigante em sua base. As folhas ligam a Terra ao céu e supõe-se que as raízes desçam até o submundo.

– Bem, quanto a essas... provas. O senhor acha que vou encontrar alguma coisa apavorante que tentará me devorar, como os *kappa*?

Ele ficou imediatamente sério.

– Espero que não, Srta. Kelsey. Na verdade, estou animado com a palavra paraíso. Torço para que essas provas sejam mais um exercício mental do que físico.

– Certo. Mas vou precisar ficar de olhos abertos para os guardiões de ferro. Pelo que diz aí, temos que ascender ao topo para encontrar o prêmio e passar por quatro provas. O que será que significa "o povo da Índia será vestido"? O senhor acha que isso se refere a roupas?

– Poderia ser um símbolo da realeza, suponho.

– Bem, parece que o senhor desvendou tudo ou pelo menos tudo o que lhe foi possível. O próximo passo deve ser voltar ao templo de Durga. Acha que vai dar certo sem Ren?

– Não custa tentar. Você disse que Ren precisou assumir a forma de tigre antes de Durga aceitar sua oferenda, correto?

– Sim. Ela mencionou especificamente o relacionamento entre mim e Ren.

– Então seria aconselhável ter um tigre em sua companhia. Vamos usar Kishan em vez de Ren, se você estiver disposto, é claro.

O tigre negro bufou em resposta, o que presumimos que significasse "sim". Olhei para baixo e acariciei-lhe a cabeça.

– Espero que ela goste de pelo preto.

– Enquanto isso, vou dar alguns telefonemas para ver se consigo arranjar uma audiência com alguém no Tibete ou talvez até mesmo com o Dalai-Lama aqui na Índia.

– Acha que isso vai funcionar? Que ele vai concordar em se encontrar conosco?

– Não tenho a menor ideia.

– Mas não seria melhor esperar por Ren? Não deveríamos encontrá-lo antes de sair à procura do próximo item?

– Srta. Kelsey, não creio que Ren acharia melhor esperarmos. Honestamente, não estou tendo sucesso em localizá-lo e minhas esperanças são de que quando vocês descobrirem o segundo item...

– Deparemos com uma visão outra vez.

– Exatamente.

– E que assim possamos descobrir onde Lokesh está, o que nos levaria até Ren.

– Sim. Eu sei que é um tiro no escuro, mas talvez seja nossa única pista.

– Está certo. Eu irei.

Kishan grunhiu e assumiu a forma humana.

– Eu irei com você.

– Não se sinta obrigado a me acompanhar, Kishan.

– É claro que me sinto obrigado – disse ele, contrariado. – Ren me incumbiu de tomar conta de você e é exatamente o que pretendo fazer. Não sou nenhum covarde.

Peguei a mão dele.

– Kishan, eu *nunca* o considerei um covarde. E obrigada. Vou me sentir muito mais segura com você por perto.

Seu rosto tenso relaxou e ele prosseguiu:

– Ótimo. Agora que isso está acertado, quer treinar por algumas horas?

– É uma boa ideia.

O Sr. Kadam nos dispensou.

– Vamos trabalhar juntos um pouco esta tarde, Srta. Kelsey, talvez depois do almoço.

– Fechado. Até mais tarde.

Encontrei Kishan no *dojo* depois de trocar de roupa. Ele treinou comigo a habilidade de derrubar alguém muito maior que eu. Tive que praticar nele várias vezes e então ele me submeteu a um circuito de alongamento e musculação. Quando finalmente decidiu que nossa sessão estava terminada, me deu um tapinha debaixo do queixo e disse que estava orgulhoso de mim.

Exatamente quando eu me preparava para subir e almoçar com o Sr. Kadam, Kishan se aproximou de mim correndo por trás e me jogou sobre seu ombro. Ele subiu os degraus de dois em dois enquanto eu socava suas costas. Ele ria.

– Se não está preparada para se livrar de seu atacante, terá que sofrer as consequências.

Ele me colocou na cadeira de frente para o Sr. Kadam e pegou alguma coisa para comer.

Eu estava cansada e dolorida.

– Não creio que tenha energia para outra sessão prática de esgrima, Sr. Kadam. Kishan testou meus limites hoje.

– Sem problema, Srta. Kelsey. Podemos praticar outra coisa. Vamos experimentar sua habilidade com os raios.

Fiz uma careta.

– E se foi apenas um acaso? Talvez tenha sido uma coisa isolada.

– Talvez a senhorita sempre tenha possuído esse poder, apenas nunca teve motivo para usá-lo – contrapôs.

– Está bem, vou tentar. Só espero não atingir o senhor por acidente.

– Sim. Tente evitar isso.

Terminamos o almoço e saímos da casa. Eu nunca havia pisado no terreno anexo à propriedade. Degraus levavam até uma área do tamanho de um campo de futebol americano cercada pela selva por todos os lados. O Sr. Kadam havia arrumado fardos de feno com placas de alvo a diferentes distâncias, como os que se veem em torneios de arco e flecha.

– Quero primeiro tentar alvos estáticos e, se tiver sucesso, também gostaria de tentar alvos móveis. Bem, você disse que estava furiosa e que precisava proteger Ren. Que um fogo pareceu começar em sua barriga e se mover até sua mão, correto? Quero que pense nisso e tente recuperar essa sensação.

Fechei os olhos e me imaginei diante de Ren, enquanto ele cambaleava atrás de mim. Deixei as emoções me dominarem novamente e visualizei seus captores se aproximando. Uma centelha negra queimou em minha barriga. Concentrei-me nela e a encorajei a se expandir.

Ela explodiu como uma bolha de lava, subindo, veloz, pelo meu corpo e disparou pela minha mão. Uma luz espessa, branca e pulsante lançou-se da minha palma na direção do primeiro alvo e o acertou. O alvo inteiro explodiu como uma bomba incendiária, deixando apenas fragmentos fumegantes de feno, que se consumiram, flutuando e enchendo o ar de fuligem. Tudo que restou do alvo foi uma marca negra no chão. Minúsculas espirais escuras de fumaça se ergueram, subindo para o céu, e foram lentamente se dissipando.

O Sr. Kadam coçou a barba.

– Uma arma muito eficaz.

– Sim, mas não quero fazer isso com alguém. Não pareceu assim tão destrutiva em pessoas.

– Não vamos nos preocupar com isso por enquanto. Primeiro, vamos trabalhar a distância. Passe para o próximo alvo e depois para o outro.

Explodi os dois alvos em sucessão sem nenhum declínio de intensidade.

– Kishan, você faria a gentileza de dispor mais alvos? Dessa vez, gostaria que ficassem mais distantes e lado a lado.

Kishan se dirigiu para a outra extremidade do campo e o Sr. Kadam explicou:

– Gostaria que você buscasse expandir seu alcance para englobar os três alvos. Tente imaginar algo grande, como um elefante ou dinossauro, e pense que precisa atingir toda a sua extensão.

– Ok, vou tentar.

Concentrei-me nos alvos na outra extremidade do campo enquanto esperava que Kishan saísse do caminho. Estreitando os olhos por causa do sol, disparei um raio e só atingi o alvo da extrema esquerda.

– Está tudo bem. Tente de novo, Srta. Kelsey.

Dessa vez, concentrei-me em sustentar a descarga por mais tempo e movi a mão em um arco, permitindo que o raio atingisse cada um dos alvos.

– Humm, adaptação interessante. Agora sabemos que pode mantê-lo.

Ele girou um dedo no ar, descrevendo um grande círculo, sinalizando a Kishan que dispusesse os alvos novamente.

– Tente outra vez. Mas agora concentre-se em ampliá-lo. Feche os olhos por um instante e visualize um leque. Enquanto o raio deixa sua mão, espalhe-o à sua frente, de modo que a descarga se expanda como as extremidades de um leque.

– Está bem, mas fique atrás de mim.

Ele assentiu e se moveu um pouco para trás. Estendi a mão à frente e deixei o fogo percorrer o meu braço. Imaginei-me segurando o leque e ergui a palma na direção dos alvos. A luz branca e espessa projetou-se mais lentamente dessa vez. À medida que disparava, abri os dedos, como se fosse um leque, impelindo o poder a se expandir. E funcionou... bem demais. Eu não só removera os alvos, como também as árvores de ambos os lados do campo. Kishan teve que se jogar no chão para não ser atingido.

O Sr. Kadam chamou Kishan e me disse:

– Muito bem! Com um pouco mais de prática, acho que a senhorita será capaz de acertar exatamente o que quiser quando precisar. Amanhã vamos praticar intensidade e ver se conseguimos reduzir a força do raio a fim de incapacitar em vez de... hã...

– Exterminar?

Ele riu.

– Sim. É tudo uma questão de controle. Aposto que em breve conseguirá ter esse domínio, Srta. Kelsey.

– Espero que esteja certo.

– Gostaria que praticasse um pouco mais com Kishan nos próximos dias. Pense apenas em acertar o alvo e ampliar seu alcance. Vou trabalhar com a senhorita amanhã a concentração de seus níveis de poder.

– Certo. Obrigada.

* * *

As semanas voaram. Antes de que eu me desse conta, um mês e meio havia se passado. Completei meu período na universidade à distância. Os professores ficaram fascinados com a explicação do Sr. Kadam de que havia encontrado um artefato raro e precisava da minha ajuda para catalogá-lo. Ele lhes prometeu que eu escreveria um ensaio sobre a peça.

Eu mal podia esperar para ouvir sobre o que escreveria. Fiz minhas provas finais, o que me deu algo em que me concentrar que não fosse Ren. O Sr. Kadam também deu uma desculpa junto à universidade por Ren, dizendo que houve uma emergência familiar e que ele precisara retornar à Índia. O reitor pareceu muito compreensivo e disposto a fazer o que pudesse para ajudar.

Depois de concluir os trabalhos da universidade, eu ajudava o Sr. Kadam com as anotações no início da manhã e então treinava com Kishan até a hora do almoço. A tarde era reservada para a prática com armas. Kishan me ensinava a cuidar das armas e quais escolher nos diferentes tipos de batalhas. Também me treinava no combate corpo a corpo e em várias formas de derrubar adversários mais fortes.

No incício da noite eu praticava com o Sr. Kadam o meu poder do raio. Agora eu já conseguia controlar a intensidade, de modo que não mais destruía os alvos. Podia abrir um buraco no centro do alvo, como uma seta. Ou podia atingir todos eles ao mesmo tempo e derrubá-los. Era capaz de destruir todos ou apenas o que eu escolhesse.

Isso me dava uma sensação de poder, mas também era muito assustador. Com esse tipo de força eu poderia fazer o papel de heroína ou de vilã, só que, na verdade, eu não queria ser nenhum dos dois. Tudo que eu queria era ajudar Ren e Kishan a quebrar a maldição... e ficar com Ren.

À noite, sozinha, eu lia ou escrevia em meu diário. A casa era diferente sem Ren. A todo instante eu esperava vê-lo de pé na varanda. Sonhava com ele todas as noites. Ele estava sempre aprisionado, amarrado a uma mesa ou numa gaiola. Todas as vezes que eu tentava soltá-lo ou resgatá-lo, ele me detinha e me mandava embora.

Uma noite acordei de um dos meus pesadelos com Ren e saí da cama. Peguei minha colcha e me dirigi para a varanda. Uma cabeça escura descansava no banco de balanço e, por um instante, meu coração parou de bater. Abri a porta de correr e saí. A cabeça se mexeu.

– Kelsey? O que está fazendo acordada?

Meu pobre coração voltou ao estado de dormência.

– Ah. Oi, Kishan. Tive um pesadelo. O que você está fazendo aqui fora?

– Durmo aqui fora com frequência. Gosto de ficar ao ar livre e é mais fácil ficar de olho em você.

– Acho que estou bastante segura aqui. Duvido que você precise ficar de olho em mim enquanto estivermos aqui.

Ele se moveu e me convidou para me sentar ao lado dele.

– Não vou deixar nada de mau se aproximar de você, Kelsey. É minha culpa o que aconteceu.

– Não é, não. Você não poderia ter impedido.

Ele recostou a cabeça na almofada, fechou os olhos com força e esfregou as têmporas.

– Deveria ter sido mais alerta. Ren pensou que eu estaria menos distraído que ele. A verdade é que eu provavelmente estava *mais* distraído. Teria sido melhor se eu nunca houvesse ido para os Estados Unidos.

Confusa, perguntei:

– Como assim? Por que está dizendo isso?

Ele olhou para mim. Olhos dourados penetraram os meus, como se procurando a resposta a uma pergunta que ele não fizera. Então afastou os olhos bruscamente, grunhiu e murmurou para si mesmo:

– Eu nunca aprendo.

Segurei sua mão.

– Qual é o problema?

Ele me encarou novamente, com relutância.

– Tudo o que aconteceu conosco foi culpa minha. Se eu não houvesse me aproximado de Yesubai, nada teria mudado. Ela teria sido a princesa de Ren e não haveria morrido. Você não estaria em perigo agora. Meus pais teriam levado vidas normais. Todos à minha volta sofreram porque não pude me controlar.

Pus a outra mão sobre a dele, aninhando-a entre as minhas. Ele virou a dele e agarrou os meus dedos.

– Kishan, você a amava, o que, segundo aprendi, era uma coisa muito rara naquele tempo. O amor nos leva a fazer coisas malucas. Yesubai queria ficar com você apesar de todas as implicações negativas. Aposto que, mesmo que ela soubesse que sua vida seria abreviada, provavelmente faria tudo de novo.

– Não estou certo disso. Tive muito tempo para pensar sobre tudo. Yesubai e eu mal nos conhecíamos. Nossos encontros secretos eram muito breves e eu seria desonesto se dissesse que nunca suspeitei que ela tenha agido como um peão no jogo do pai. Eu não sei se ela me amava de verdade. De certa forma, acho que, se tivesse essa certeza, então tudo teria valido a pena.

– Ela tentou salvar vocês dois, não foi?

Ele assentiu.

– Ela não teria ido contra o pai se não o amasse. Além disso, não vejo como ela poderia ter resistido. Você é tão bonito quanto seu irmão. É doce e encantador quando Ren não está por perto. Se ela não o amava, então era louca.

Como ele não falou nada, continuei.

– Também faz sentido porque, para mim, a única razão por que ela poderia ter recusado Ren era se amasse você. Além disso, minha vida teria sido muito mais triste sem Ren e você. – Apertei seus dedos. – Não é culpa sua que essas coisas tenham acontecido. Lokesh é o responsável, não você. Ele provavelmente teria ido atrás de seus amuletos mesmo que Yesubai não houvesse entrado na vida de vocês.

– Fiz um pacto com o demônio, Kelsey. Quando você faz isso, deve pagar um preço.

– Você tem razão. Quando fazemos escolhas erradas ou tomamos decisões ruins, precisamos sempre enfrentar as consequências. Mas se apaixonar não é uma escolha ruim.

Ele deu uma risada autodepreciativa.

– Para mim, é.

– *Não.* Concordar em agir pelas costas do seu irmão é que foi a escolha ruim, mas, no fim, você escolheu a sua família. Escolheu proteger e ficar ao lado de Ren e ajudá-lo a escapar.

– Ainda assim, foi um erro. Eu não deveria ter confiado em Lokesh.

Ficamos sentados, balançando em silêncio por um momento.

– Errar é o que nos torna humanos – sussurrei. – É assim que aprendemos. Minha mãe sempre dizia que cometer um erro não é ruim. Ruim é se recusar a aprender com ele a fim de não repeti-lo.

Ele se inclinou para a frente e colocou a cabeça entre as mãos. Falou baixinho, como se zombando de si mesmo.

– *Certo.* Era de se esperar que eu aprendesse. Para não repetir a história.

– Você está correndo o risco de repetir a história? – provoquei. – Andou batendo papo com Lokesh?

– Eu mataria Lokesh sem hesitar caso nossos caminhos se cruzassem novamente. Mas, se estou correndo o risco de repetir a história? Estou, sim.

– Você não vai trair seu irmão novamente.

– Pelo menos não da maneira que você está pensando.

Suspirei.

– Kishan, não quero que você passe todo o seu tempo livre tomando conta de mim. Você está claramente obcecado pelo passado. Deveria estar aproveitando sua nova vida. Saiu com alguém esses meses em que esteve em casa? Fez aulas fora?

Ele desviou os olhos.

– Não é pelo passado que estou obcecado. – Ele soltou um suspiro. – Estudar não me interessa muito. – Ele se pôs de pé e caminhou até o parapeito da varanda. Debruçou-se e ficou olhando a piscina iluminada lá embaixo. Suavemente, disse: – E parece que as únicas garotas por quem me interesso... sempre pertencem a Ren.

Fitei suas costas, surpresa. Ele se virou e apoiou um lado do quadril no parapeito. Ficou observando minha reação atentamente, a expressão vulnerável e solene.

– Você está falando sério? – gaguejei.

– Sim. Estou falando sério. Sou um cara bastante franco e direto. Não brinco com esse tipo de coisa.

– Mas eu não entendo. No caso de Yesubai, posso compreender, com seus olhos cor de violeta e os longos cabelos negros, mas certamente você...

– Kells, pare por aí. Não estou zombando de você nem fazendo joguinho. Levei muito tempo para decidir se devia dizer alguma coisa. Olhe, eu sei que você o ama e eu nunca pensaria em tentar tirá-la dele. Pelo menos não quando sei que não tenho absolutamente nenhuma chance. – Ele sorriu, sarcástico. – Não lido muito bem com a rejeição.

Cruzou os braços diante do peito.

– Mas, sim. Se Ren não estivesse com você, eu faria tudo que estivesse a meu alcance para tê-la em minha vida. Para conquistá-la.

Recostei-me no sofá, chocada.

– *Kishan*. Eu...

– Ouça, Kelsey. Você... me acalma. Você conserta o que está destruído e me dá a esperança de que eu posso voltar a ter uma vida. E, a despeito do que possa pensar, você é tão linda quanto Yesubai. Eu sinto... – Ele desviou os olhos, constrangido, e resmungou. – Que tipo de homem eu sou? Como isso pôde acontecer comigo? Duas vezes! Eu mereço. Dessa vez o vencedor é Ren. É justo. Agora fechamos o círculo. – Ele virou-se novamente para mim. – Por favor, me perdoe. Não era minha intenção preocupá-la com isso.

Kishan era diferente quando Ren não estava por perto. Ele deixava sua vulnerabilidade transparecer e não tentava encobri-la com a arrogância e a fanfarronice que sempre exibia para irritar o irmão. Eu sabia que ele estava sendo sincero. Suas palavras me afetaram profundamente. Elas me entristeceram. Eu sabia que ele precisava se curar do passado tanto quanto Ren. Decidi tentar tornar o clima mais leve.

Levantei-me e o abracei. Minha intenção era a de um abraço breve, mas ele me segurou como se eu fosse sua única âncora para a humanidade. Dei tapinhas em suas costas e me afastei. Então peguei sua mão e o puxei de volta até o banco. Adotei a abordagem prática de minha mãe diante de situações difíceis. Ela sempre dizia que a melhor coisa que se pode fazer para oferecer apoio a uma pessoa é ser amigo e sincero.

– Bem, Kishan, só para registrar, se Ren não existisse, eu namoraria você sem pensar duas vezes.

– Olhe, Kells, esqueça o que eu disse, está bem? – pediu Kishan. – De qualquer modo, é inútil.

– Sabe, eu nunca agradeci a você por ter socado Ren e feito com que ele fosse atrás de mim no Oregon. Eu nunca teria reunido coragem suficiente para voltar para ele.

– Não me faça parecer o herói, Kells.

– Mas você *foi* meu herói. Eu talvez nem estivesse com Ren se não fosse por você.

– Não me lembre disso. A verdade é que eu a queria de volta provavelmente tanto quanto ele. Se Ren não fosse, eu teria ido atrás de você para conquistá-la e talvez estivéssemos tendo uma conversa inteiramente diferente agora.

Por um minuto deixei-me imaginar o que teria acontecido se Kishan tivesse ido ao meu encontro no Natal, em vez de Ren. Dei-lhe um soco de leve no braço.

– Não se preocupe. Estou aqui agora. Provavelmente é só da minha comida que você gosta. Faço um biscoito com gotas de chocolate e manteiga de amendoim que é imbatível.

– Certo... comida – eu o ouvi murmurar.

– Podemos ser amigos?

– Eu sempre fui seu amigo.

– Ótimo. Tenho um amigo *e* herói. Boa noite, Kishan.

– Boa noite, *bilauta*.

Da porta, eu me virei.

– E não se preocupe. Seus sentimentos devem ser temporários. Tenho certeza de que quanto mais você me conhecer, mais irritante irei me tornar. Possuo um lado rabugento que você ainda não viu.

Ele se limitou a erguer a sobrancelha, sem dizer nada.

Apesar de minha insistência de que ficaria bem sem que ele tomasse conta de mim, era bom saber que havia um tigre dormindo na varanda. O sono por fim me venceu. Pelo menos naquela noite, não tive mais pesadelos.

13

O Templo de Vatsala Durga

Mantivemos nossa programação por mais duas semanas. Eu estava ficando mais forte e me sentia confiante de que poderia me sair bem numa luta. Não por causa de minha força física, mas pelo poder do raio. Acabei dominando essa habilidade facilmente. Eu era capaz de arrancar uma erva daninha do outro lado do campo sem danificar a grama ao seu redor.

O Sr. Kadam passava a maior parte do tempo tentando achar Ren. Desde que descobrimos que a cidade que procurávamos era Lhasa, o restante da profecia se encaixou. O Sr. Kadam tinha certeza de que, se começássemos nossa jornada ali, encontraríamos o que buscávamos. Antes de partir, porém, tínhamos que fazer outra visita a um templo de Durga.

Começaram a chegar caixas com diversos itens que usaríamos em nossa viagem. O Sr. Kadam comprara roupas novas para mim. Botas de montanhismo, 12 pares de meias de lã, suéteres de lã, casacos impermeáveis, luvas, camisetas de malha grossa e mangas compridas, botas para neve brancas e com isolamento térmico, calças impermeáveis e térmicas em vários modelos, diversos chapéus e gorros... Tudo isso logo preencheu todo um lado do meu closet.

Depois que chegou o último pacote, que incluía óculos de sol, protetor solar e outros vários artigos de toalete, segui para o andar de baixo.

– Sr. Kadam, parece que o senhor vai me fazer escalar o Everest, afinal. Quantas bolsas está querendo que eu leve?

Ele riu.

– Venha cá, Srta. Kelsey. Tenho algo interessante para lhe mostrar.

– O que é? Um casaco que vai me manter aquecida numa avalanche?

– Não, não. Aqui.

Ele me estendeu um livro.

– É *Horizonte perdido*, de James Hilton. Já leu? – perguntou.

– Não. Nunca ouvi falar.

– Alguma vez escutou o termo *Shangri-lá*?

– Sim. Como o nome daquelas boates de filmes antigos de Hollywood... Acho que existe um cassino em Las Vegas com esse nome.

– Bem, encontrei uma ligação entre este livro e nossa busca. Tem algum tempo agora para conversarmos sobre isso?

– Claro. Só me deixe chamar Kishan.

Quando voltei, instalei-me confortavelmente na cadeira e Kishan se ajeitou no chão à minha frente.

– *Horizonte perdido* é um livro escrito em 1933, que descreve uma sociedade utópica na qual os habitantes vivem por um tempo excepcionalmente longo em perfeita harmonia uns com os outros. A cidade se localizava na cordilheira de Kunlun, que é parte do Himalaia. No entanto, o fato realmente interessante é que James Hilton baseou sua história no antigo mito budista tibetano de Shambhala, cidade mística isolada do restante do mundo e que guarda muitos segredos. No mundo moderno, Shangri-lá passou a significar "um lugar de felicidade, uma utopia, um paraíso".

– Então vamos procurar Shangri-lá através do portão do espírito?

– Acredito que sim. Esse mito é fascinante. Vocês sabem que este livro se baseia em diversas cidades famosas e suas histórias? Há ligações com o Santo Graal, a Fonte da Juventude, o Eldorado, a Cidade de Enoch e a Hiperbórea dos gregos. Todas essas narrativas se assemelham à história de Shangri-lá. E em todas elas as pessoas procuram algo que vai lhes conceder a imortalidade ou uma terra que abriga uma sociedade perfeita. Até mesmo o Jardim do Éden tem muitos temas equivalentes – a árvore, a serpente, o paraíso, belos jardins. Muitos buscaram esses lugares, mas jamais os encontraram.

– Que maravilha. Quanto mais aprendo, mais difícil parece a tarefa. Talvez fosse melhor não saber tudo isso. Pode ser menos assustador.

– Preferia que eu não tivesse lhe contado?

Suspirei.

– Não, preciso saber. Ter uma referência é sempre útil. Então, ninguém chegou perto de encontrar Shangri-lá?

– Não. Não que as pessoas não tenham tentado. Encontrei uma informação interessante. Parece que Adolf Hitler acreditava que Shangri-lá detinha a chave para a perfeita raça mestra. Ele chegou a enviar um grupo liderado por um homem chamado Ernst Schäfer numa expedição ao Tibete em busca da cidade, em 1938.

– Ainda bem que não encontraram.

O Sr. Kadam me deu *Horizonte perdido* para ler e me avisou que provavelmente partiríamos no fim da semana. Mantivemos nossa rotina normal nos dias seguintes, só que eu estava nervosa. Havia passado por algumas experiências assustadoras da última vez, mas tivera sempre Ren comigo. Metade do tempo eu lutava ao lado dele e, na outra metade, eu o beijava, porém, apesar de toda a confusão emocional, o tempo todo me senti segura. Sabia que ele me protegeria contra os macacos malignos e os *kappa*.

Agora que uma nova aventura se apresentava diante de mim, desejava tão desesperadamente que Ren estivesse comigo que sentia um vazio doloroso. A única coisa que me fazia prosseguir era saber que estava fazendo aquilo por ele. Eu não me permitia pensar que Ren pudesse não sobreviver às próximas semanas. Ele precisava resistir. A vida sem ele não teria sentido.

No entanto, eu ainda iria até o fim por Kishan. Não podia abandoná-lo. Não era do meu feitio. Eu sabia que ele daria o melhor de si para me proteger e me sentia mais confiante em minhas próprias habilidades. Mas não seria a mesma coisa sem Ren.

As horas se passavam sem trazer nenhuma pista para encontrá-lo. Kishan já era melancólico o bastante por si só, portanto eu não conversava com ele sobre o assunto. Era estranho falar de Ren com ele desde que se declarara. E se eu falava com o Sr. Kadam sobre isso, ele se mostrava culpado, mergulhava na pesquisa e parava de dormir sempre que eu mencionava como era difícil ficar sem Ren.

Kishan e eu não tornamos a conversar sobre seus sentimentos em relação a mim. De início, nosso relacionamento ficou um pouco estranho, mas ambos ignoramos o assunto, até que as coisas se tornaram mais naturais. Ele continuou a praticar artes marciais comigo todos os dias.

Descobri que gostava cada vez mais dele. Havia semelhanças indiscutíveis entre os irmãos, no entanto, muitas diferenças também. Por exemplo, Kishan parecia mais cuidadoso do que Ren. Mostrava-se disposto a conversar sobre qualquer assunto, mas era sempre lento nas respostas. Suas opiniões eram sempre criteriosas. Também era severo consigo mesmo e sentia-se imensamente envergonhado e se recriminava por nossa situação.

No entanto, havia coisas que ele dizia, palavras que escolhia, que me lembravam Ren. Era fácil conversar com Kishan, assim como com o irmão. Até as vozes eram parecidas. Às vezes eu esquecia com quem estava falando e o chamava de Ren. Ele dizia que era um engano compreensível, mas eu sabia que isso o magoava.

A tensão pairou na casa durante toda a semana antes da viagem. Finalmente chegou o dia da partida. Nossas malas foram colocadas no Jeep. Com Kishan sentado no lugar de Ren, partimos. O Sr. Kadam tinha documentos de viagem para todos nós e explicou que atravessaríamos três países diferentes. Espiei dentro de uma bolsa e vi que meu passaporte e meus documentos agora estavam em nome de K. H. Khan e traziam uma fotografia minha mais antiga, da época do ensino médio.

Nosso destino era o Nepal, mais precisamente uma cidade chamada Bhaktapur. Levamos dois dias só para atravessar a Índia e entramos no Nepal pela fronteira Birganj-Raxaul. O Sr. Kadam teve que passar por um longo processo de apresentação de papéis na fronteira e disse que precisávamos mostrar o comprovante do *Carnet de Passage en Douane* – documento alfandegário que nos concedia permissão de entrar temporariamente com nosso veículo no Nepal.

Depois de nos instalarmos num hotel, deixamos Kishan tirando uma soneca enquanto o Sr. Kadam me levou num riquixá para ver a torre do relógio de Birganj.

Quando voltamos ao hotel, Kishan nos acompanhou no jantar num restaurante ali por perto. O Sr. Kadam pediu *chatamari* para mim, um tipo de pizza nepalesa com massa feita com farinha de arroz. Escolhi ingredientes que eu conhecia para a cobertura. Ele pediu *masu*, que era alguma carne ao curry com arroz. Sua escolha foi frango, mas também havia a opção com carneiro ou búfalo, que eu nem sabia que existiam no Nepal. Kishan comeu *pulao* de legumes, prato de arroz frito com cominho e cúrcuma, *masu* de carneiro e *thukpa*, uma sopa com macarrão.

No dia seguinte acordamos cedo para a viagem até Bhaktapur. Quando chegamos, o Sr. Kadam nos instalou no hotel e depois caminhamos até a praça principal. Passamos por um grande mercado que vendia dezenas de artigos de cerâmica. Muitos deles eram pintados com tintas coloridas sobre argila negra, o que parecia ser um material comum.

Outras bancas exibiam máscaras de animais, deuses, deusas e demônios. Legumes, frutas e barracas de comida nos atraíram mais. Compramos o famoso iogurte com mel, chamado *juju dhau*. Feito com leite de búfala, levava também nozes, passas e canela.

Deixamos a área do mercado e chegamos à praça principal, onde não eram permitidos riquixás nem táxis. O Sr. Kadam disse que isso mantinha a praça silenciosa, limpa e tranquila. Enquanto andávamos, ele explicou:

– Esta é a praça de Durbar. Ah, ali está o que procuramos: o Templo de Vatsala Durga.

Dois leões de pedra guardavam a entrada do templo. A construção era em formato de cone, como o Templo de Virupaksha, em Hampi, mas tinha um pátio de tijolos ao redor. Duas grandes pilastras sustentavam um sino gigantesco perto da construção.

– Sr. Kadam, eu não precisava usar minha tornozeleira de sino, afinal. Tem um sino gigante ali em cima.

– Sim. Chama-se Sino de Taleju. É feito de bronze e está apoiado sobre o pedestal do templo. Gostariam de conhecer a história do sino?

– Claro!

– Também é chamado de Sino que Late. Um dos antigos reis que viveram aqui teve um sonho. As histórias variam, mas, nesse sonho, na verdade um pesadelo, criaturas parecidas com cães atacavam as pessoas durante a noite.

– Criaturas parecidas com cães? Tipo lobisomens?

– É bem possível. Em seu sonho, o único jeito de afugentar as criaturas e salvar as pessoas era tocar um sino. O repicar do sino era tão alto e tão forte que as criaturas as deixavam em paz. Quando o rei acordou, imediatamente ordenou que um sino especial fosse feito. Esse foi o poder do seu sonho. O sino foi fabricado e usado para indicar o toque de recolher para os habitantes da cidade. Enquanto a população da cidade obedecesse ao sinal do sino, acreditava-se que estaria a salvo. Muitas pessoas ainda dizem que cães latem e uivam toda vez que o sino toca.

– É uma boa história. – Dei uma cotovelada em Kishan. – Imagino se funciona com tigres-homens.

Kishan segurou meu cotovelo, puxou-me mais para perto e provocou:

– Não aposte nisso. Se um tigre for atrás de você, um sino não conseguiria assustá-lo com facilidade. Os tigres são criaturas *muito* focadas.

Algo me dizia que ele não estava falando da mesma coisa que eu. Procurei desesperadamente mudar de assunto.

A maioria dos homens andando por ali usava chapéus altos. Perguntei sobre aquilo ao Sr. Kadam e ele se lançou numa longa e detalhada narrativa acerca da história da moda e das vestimentas religiosas.

– Sr. Kadam, o senhor é uma enciclopédia ambulante em qualquer assunto imaginável. É muito útil tê-lo por perto e gosto muito mais de ouvir o senhor do que ouvir qualquer outro professor que já tive.

Ele sorriu.

– Obrigada. Mas, por favor, fique à vontade para me repreender se eu me empolgar num tema específico. É uma de minhas fraquezas.

– Se *algum dia* me entediar – eu disse, com uma risada –, eu aviso.

Kishan sorriu e usou meu comentário como desculpa para passar o braço pelos meus ombros e acariciar minha pele.

– Posso garantir que eu também jamais vou entediá-la – provocou ele.

A sensação era gostosa, gostosa *demais*. Reagi com culpa, contorcendo-me sob seu braço pesado, para me livrar dele.

– Shh! Seu abusado! Nunca lhe ocorreu *consultar* a garota primeiro?

Kishan se inclinou e disse em voz baixa:

– Pode ir se acostumando.

Fechei a cara e tratei de me concentrar em nosso passeio.

Passamos a tarde toda nos familiarizando com a área e fizemos planos de voltar ao templo ao entardecer, no dia seguinte. O Sr. Kadam usara sua influência – ou sua carteira recheada – para conseguir que entrássemos sozinhos depois que o local fechasse.

Veios de cor riscavam o céu, que escurecia ao chegarmos ao templo. O Sr. Kadam nos acompanhou até os degraus na entrada e me deu uma mochila com vários itens para serem usados como oferenda. Ela estava repleta de diferentes objetos relacionados ao ar: diversos tipos de penas de pássaros, um leque, a cauda de uma pipa, um balão com gás hélio, uma flauta de madeira, um avião de plástico movido a elástico, um minúsculo barômetro, um barquinho a vela e um pequeno prisma que transformava a luz em arco-íris. Também incluímos alguns pedaços de frutas para dar sorte.

O Sr. Kadam me entregou Fanindra, que fiz deslizar no meu braço. Ela havia se torcido numa posição de braçadeira, para que eu pudesse usá-la, o que interpretei como um sinal de que queria ir comigo. Kishan e eu subimos os degraus de pedra que levavam ao centro do templo. Passamos entre os elefantes guardiões de pedra e depois pelos leões. A estátua de Durga podia ser vista da rua, numa alcova muito acima de nós. Eu temia que, se ela ganhasse vida como da última vez, alguém passando pelas ruas de pedras pudesse vê-la.

Silenciosamente, Kishan e eu andamos por trás do prédio, contornando o terraço de pedra cercado de pilares, e encontramos a escada circular que levava ao topo do templo. Ele procurou minha mão. Estava escuro e fresco do lado de dentro. As lâmpadas nos postes da praça iluminavam de maneira fantasmagórica o corredor que levava à estátua. Kishan andava a meu lado. Eu gostava muito dele, mas sentia falta da luz e do calor que sempre pareciam emanar de Ren.

Entramos numa sala pequena e nos vimos diante de uma parede de pedra. Eu sabia que a estátua de Durga se encontrava do outro lado, iluminada pelas luzes da rua mais abaixo. Ela estava a cerca de 60 centímetros da parede externa do templo e podíamos ficar de qualquer lado dela e continuar ocultos pelas sombras.

– Da última vez fizemos uma oferenda, tocamos o sino, pedimos sabedoria e orientação e então Ren se transformou em tigre. Foi o que pareceu funcionar.

– É só me dizer o que fazer.

Apresentamos nossas oferendas ligadas ao ar e as depositamos aos pés da estátua antes de voltarmos para as sombras. Ergui o tornozelo, passei os dedos da mão pelos sinos, fazendo-os tilintar, e sorri ao pensar em Ren.

Afastamo-nos da parede e Kishan pegou de novo minha mão. Senti-me grata por sua segurança. Apesar de já ter visto uma estátua de pedra ganhar vida uma vez, eu ainda me sentia nervosa.

– Vou falar primeiro e depois será sua vez.

Ele concordou com a cabeça e apertou minha mão.

– Grande deusa Durga, viemos pedir sua ajuda novamente. Peço sua bênção para irmos em busca do próximo prêmio que vai ajudar os dois príncipes. Receberemos seu auxílio e sua sabedoria?

Voltei-me para Kishan e lhe fiz um sinal com a cabeça.

Ele permaneceu em silêncio por um instante e depois disse:

– Eu... não mereço sua bênção. – Olhou para mim e suspirou, infeliz, antes de continuar. – O que aconteceu foi minha culpa, mas peço-lhe que ajude meu irmão. Zele por sua segurança... por *ela*. Ajude-me a protegê-la nessa viagem e a mantê-la longe dos perigos.

Ele olhou para mim em busca de aprovação. Fiquei na ponta dos pés, beijei-lhe o rosto e sussurrei:

– Obrigada.

– Por nada.

– Agora, transforme-se em tigre.

Ele assumiu sua forma de tigre, seu pelo escuro quase desaparecendo nas sombras. Um vento forte e gelado varreu o prédio e avançou pelas escadas. Minha camiseta de manga comprida inflou. Mergulhei a mão no pelo da nuca de Kishan e gritei acima do barulho do vento:

– Esta é a parte assustadora!

O vento levantou um turbilhão de pó e areia em torno de nós, enquanto anos de poeira eram levantados de rachaduras e do chão. Apertei os olhos e cobri a boca e o nariz com minha manga. Kishan me empurrou até um canto da sala, abrigando-me das poderosas rajadas de vento perto das janelas abertas do templo.

Eu estava encurralada entre ele e a parede, o que era bom, pois ele tinha que enfiar as garras no chão para se manter de pé. Kishan pressionou seu corpo contra o meu. Eu me ajoelhei e passei os braços ao redor do pescoço de Kishan, escondendo o rosto em seu pelo.

Entalhes antes ocultos por uma cobertura de pó começaram a aparecer. O vento e a areia poliram o chão até parecer mármore. Passei um braço em torno de uma pilastra para me ancorar e o outro ao redor de Kishan.

Algum tempo depois o vento cedeu e eu abri os olhos. A sala adquirira uma aparência drasticamente diferente. Despido de sujeira e anos de pó, o templo resplandecia. A lua nascente derramava sua luz dentro da sala, iluminando-a de tal modo que ela parecia etérea e onírica. Na parede dos fundos, atrás da estátua de Durga, surgira uma familiar marca de mão. Kishan se transformou em homem e ficou de pé atrás de mim.

– E agora, o que acontece? – ele perguntou.

– Venha ver.

Puxei-o, coloquei a mão sobre a marca e deixei que a energia descesse crepitando do meu braço para a parede. Um estrondo sacudiu a parede, fazendo com que recuássemos. A parede girou 180 graus. Estávamos agora de frente para a estátua de Durga.

Essa versão de Durga era semelhante à outra estátua que eu vira. Seus muitos braços estavam abertos em leque e o tigre jazia a seus pés. Não havia javali dessa vez. Ouvi o doce tilintar de sinos e então uma bela voz disse:

– Saudações, jovem. Suas oferendas foram aceitas.

Todos os itens que depositáramos a seus pés tremeluziram e depois desapareceram. A pedra cor de areia começou a se mover quando os braços de Durga balançaram no ar. Os lábios de pedra ficaram cor de rubi e sorriram para nós. O tigre rosnou e se sacudiu, livrando-se da pedra como pó. A criatura espirrou e sentou-se aos pés da deusa.

Kishan foi cativado pela deusa. Ela tremeu delicadamente e uma brisa suave percorreu o templo e soprou toda a poeira que havia sobre ela, revelando-a como uma joia luminosa enterrada na areia. A pele de Durga era macia, de um cor-de-rosa pálido, não de ouro como na primeira vez que a vi. Ela relaxou os braços e ergueu uma das mãos para tirar sua tiara dourada. Magníficos cabelos negros caíram sobre seus ombros e suas costas.

Com voz metálica, ela disse:

– Kelsey, minha filha, estou tão contente que você tenha tido sucesso na busca do Fruto Dourado.

Ela se virou e olhou para Kishan. Inclinou a cabeça e ergueu uma sobrancelha, parecendo conufusa.

Levantando um braço delicado e rosado, fez um gesto na direção de Kishan.

– Mas quem é este? Onde está seu tigre, Kelsey?

Corajosamente, Kishan deu um passo à frente e se curvou sobre a mão estendida da deusa.

– Senhora, também sou um tigre.

Ele se transformou em tigre negro e voltou ao normal. Durga riu, um som alegre que ecoou pelas paredes. Kishan sorriu para ela. Ela olhou de volta para mim e notou a cobra enrolada em meu braço.

– Ah, Fanindra, meu bichinho.

Ela gesticulou, convidando-me a me aproximar, então dei alguns passos à frente. A metade superior de Fanindra ganhou vida e ela estendeu o corpo até a mão da deusa. Durga acariciou afetuosamente a cabeça da cobra.

– Ainda há trabalho para você, minha querida. Preciso que fique com Kelsey um pouco mais.

A cobra sibilou de leve e depois relaxou em meu braço, voltando à sua forma inanimada, mas seus olhos verdes brilhavam suavemente como joias enquanto falávamos.

Durga voltou sua atenção para mim.

– Sinto você triste e perturbada, filha. Conte-me a causa de sua dor.

– Ren, o tigre branco, foi feito prisioneiro e não conseguimos encontrá-lo. Esperávamos que a senhora nos ajudasse a localizá-lo.

Ela me dirigiu um sorriso triste.

– Meu poder é... limitado. Posso aconselhá-la sobre como encontrar o próximo objeto, mas tenho pouco tempo para qualquer outra coisa.

Uma lágrima desceu pelo meu rosto.

– Mas, sem ele, encontrar os objetos não teria significado para mim.

Ela estendeu a mão macia até meu rosto e enxugou uma lágrima brilhante. Vi quando esta endureceu e se transformou num diamante cintilante na ponta de seu dedo. Ela o deu a Kishan, que ficou encantado com o presente.

– Você deve ter em mente, Kelsey, que a busca na qual eu a envio não ajuda apenas seus tigres. Também ajuda toda a Índia. É vital que você recupere os objetos sagrados.

Funguei e enxuguei os olhos na manga.

Ela sorriu para mim com doçura.

– Não se aflija, querida. Prometo que zelarei por seu tigre branco e o protegerei do perigo e... oh... eu vejo. – Ela piscou e olhou para a frente, como se visse algo que não víamos. – Sim... o caminho que você tomar agora vai ajudá-la a salvar seu tigre. Guarde bem o objeto e não deixe que ele ou o Fruto Dourado caiam em mãos erradas.

– O que devemos fazer com o Fruto Dourado?

– Por enquanto, ele deverá ajudá-la em sua jornada. Leve-o com você e use-o com sabedoria.

– O que é o prêmio aéreo que procuramos?

– Para responder a essa pergunta, aqui está alguém que eu quero que conheça.

Ela ergueu um dedo e apontou para o fundo da sala às nossas costas. Estalidos ritmados chamaram a nossa atenção.

No canto iluminado pelo luar, uma mulher velha e enrugada estava sentada num banco de madeira. Tufos de seu cabelo grisalho escapavam de um lenço vermelho desbotado. Ela usava um vestido simples marrom, de tecido rústico, com um avental branco. À sua frente havia um pequeno tear. Observei em silêncio enquanto ela tirava bonitos fios de um grande cesto trançado e os torcia ao redor da lançadeira. Esta puxava os fios para a frente e para trás no tear.

Após um momento, perguntei:

– Vovó, o que a senhora está tecendo?

Ela respondeu numa voz gentil, mas cansada:

– O mundo, minha jovem. Eu teço o mundo.

– Seus fios são lindos. Nunca vi cores como essas.

Ela deu uma risada estridente.

– Uso fios de teia de aranha para deixá-lo leve, asas de fada para fazê-lo cintilar, arco-íris para torná-lo iridescente e nuvens para torná-lo macio. Venha, sinta o tecido.

Segurei a mão de Kishan, puxando-o mais para perto, e então estiquei meus dedos para tocar o material. Ele vibrou e estalou.

– É poderoso!

– Sim, há um grande poder aqui, mas preciso ensiná-la duas coisas sobre a arte da tecelagem.

– E o que é, vovó?

– Estes fios longos e verticais são chamados de urdidura e os coloridos e horizontais são chamados de trama. Os fios da urdidura são grossos, fortes e normalmente simples, mas, sem eles, a trama não tem onde se agarrar. Seus tigres se agarram em você; precisam de você. Sem você, eles seriam levados pelos ventos do mundo.

Assenti com a cabeça, mostrando que entendera.

– O que mais a senhora precisa me ensinar?

Ela se inclinou para mais perto de mim e sussurrou com ar conspiratório:

– Tecer com maestria produz tecidos excepcionais e eu teci fios poderosos nesta peça. Um bom tecido deve ser versátil. Atender a muitos propósitos. Este aqui pode recolher, criar e proteger. Guarde-o bem.

– Muito obrigada, vovó.

– Mais uma coisa. Você deve aprender a dar um passo para trás e visualizar a peça como um todo. Se focaliza apenas o fio que lhe é dado, perde de vista o que ele pode vir a ser. Durga tem a capacidade de ver a peça do início ao fim. Confie nela.

Assenti com a cabeça e ela continuou:

– Não se deixe abater quando o fio não servir ou parecer feio. Espere e observe. Seja paciente e dedicada. À medida que os fios forem se torcendo e virando, vai começar a entender e verá o padrão por fim se materializar em todo o seu esplendor.

Soltei a mão de Kishan para poder me aproximar da velha mulher. Beijei-lhe a face suave e enrugada e lhe agradeci mais uma vez. Seus olhos brilharam e a lançadeira voltou a se movimentar. Os estalidos ritmados continuaram quando ela lentamente foi desaparecendo de vista. Logo ouvíamos apenas os sons do tear e depois mais nada.

Viramo-nos para Durga, que afagava a cabeça de seu tigre e sorria para nós.

– Vai confiar que cuidarei de seu tigre, Kelsey?

– Sim, vou.

Durga deu um sorriso radiante.

– Fabuloso! Agora, antes de me despedir de você, vou lhe conceder outro presente.

Ela começou a girar as armas em seus braços e deteve-se no arco e flecha. Levantou o arco e Kishan deu um passo à frente.

– Paciência, meu tigre de ébano. Tenho um presente para você também, mas este... é para minha filha.

Ela me entregou um arco dourado de tamanho médio com uma aljava de flechas de ponta dourada.

Fiz uma mesura.

– Muito obrigada, Deusa.

Ela voltou-se para Kishan e sorriu.

– Agora vou escolher algo para você.

Ele fez uma profunda reverência e sorriu sedutoramente para ela.

– Aceitarei com alegria *qualquer coisa* que me oferecer, minha linda deusa.

Revirei os olhos.

Ela balançou a cabeça ligeiramente em reconhecimento e não pude ter certeza, mas pensei ver uma covinha onde ela contraiu a boca num breve sorriso.

Olhei para Kishan, que estava sorrindo como um bobo, enfeitiçado por Durga. *Ele* era *lindo. Zeus não tinha romances com mortais? Hum, tenho que perguntar ao Sr. Kadam sobre isso quando voltarmos.*

Durga entregou a Kishan um disco dourado e ele pareceu encantado. Teve até mesmo a ousadia de dar um beijo afetuoso nas costas de sua mão. *Tem alguém aí mestre em passar dos limites?* Não fiquei com ciúme, mas chocada por ele agir daquela maneira com uma deusa.

Os dois se olhavam, então pigarreei.

– *Arrã*. Então, existe algo mais de que precisamos saber antes de partir? Estávamos pensando em Lhasa e no Himalaia. Procurar a Arca de Noé e Shangri-lá.

Durga piscou e voltou ao assunto. Sua voz metálica ecoou.

– Sim... – Sua voz começou a sumir e seus braços retornaram à posição anterior. – Cuidado com as quatro casas. Elas irão testá-la. Use o que aprendeu. Quando conseguir o objeto, ele vai ajudá-la a fugir e a encontrar quem você ama. Use-o para...

A deusa congelou. Sua pele macia enrijeceu-se, transformando-se em pedra.

– Droga! Tenho que fazer as perguntas a ela *primeiro* da próxima vez!

O vento varreu a sala, a estátua começou a se mover e logo estava novamente voltada para a rua.

– Alô? Terra chamando Kishan.

Ele ficou parado olhando até Durga desaparecer de vista.

– Ela é... excepcional!

Dei risada.

– É. Qual é o seu problema com mulheres inalcançáveis?

A luz se apagou dos seus olhos e ele visivelmente murchou. Fez uma careta.

– Tem razão, Kelsey. – Ele riu de si mesmo, com sarcasmo. – Talvez eu encontre um grupo de apoio.

Ri, mas em seguida fiquei triste.

– Desculpe, Kishan. Dizer isso não foi muito legal da minha parte.

Com um sorriso triste, ele estendeu a mão.

– Não se preocupe, Kells. Ainda tenho você. Lembre-se, você é minha urdidura e eu sou sua trama.

– Claro, claro. Vamos lá, *tigre de ébano* – provoquei. – Vamos encontrar o Sr. Kadam.

Ele sorriu.

– Você primeiro, meu encanto.

Revirei os olhos de novo e comecei a descer os degraus.

– Não flertou o bastante com a deusa? Pode ir parando. Isso não funciona comigo.

Ele riu e me seguiu escada abaixo.

– Então vou continuar tentando até encontrar algo que funcione.

– Não conte com isso, Casanova.

– Quem é Casanova?

– Deixe para lá.

A lua havia desaparecido por trás das nuvens e as paredes e o chão do templo estavam cobertos com a mesma fuligem e o mesmo pó de quando entramos. Kishan pegou de novo minha mão e saímos juntos para a noite escura.

14

A Estrada da Amizade

Encontramos o Sr. Kadam do lado de fora do templo. Quando perguntamos se tinha notado a estátua se movendo, ele respondeu que não. Tampouco sentira o vento. Eu lhe disse que ele deveria ir conosco da próxima vez. Ele sempre assumia a posição de vigia e afirmou que achava que Durga só apareceria para mim e os tigres e que sua presença poderia nos desviar de nossa trajetória.

– Evidentemente, se o senhor fosse conosco, cairia sob o encanto de Durga, como aconteceu com Kishan – provoquei. – E então eu teria que tirar *os dois* de sua letargia amorosa.

Kishan fez cara feia para mim, enquanto o rosto do Sr. Kadam se iluminou, encantado.

– Então a deusa é bonita?

– É *normal* – respondi.

Kishan começou a tagarelar.

– Sua beleza supera a de todas as outras mulheres. Os lábios de rubi, os braços macios e os longos cabelos negros bastariam para fazer qualquer homem perder o controle de suas faculdades.

– Ah, *por favor*! – desdenhei. – Que exagero! *Ren* nunca reagiu assim.

Kishan me encarou.

– Talvez Ren tivesse um *motivo* para olhar para outro lado.

O Sr. Kadam riu.

– Gostaria muito de conhecê-la, se fosse possível.

– Não custa nada tentar. O pior que pode acontecer é não acontecer nada. Nesse caso, o senhor iria embora e nós tentaríamos de novo.

Quando chegamos ao hotel, mostramos ao Sr. Kadam nossas novas armas. Kishan continuava falando que *a deusa isso* e *a deusa aquilo*, girando seu disco na luz para que o ouro cintilante refletisse nas paredes do quarto do hotel. Escutei por algum tempo e ouvi o Sr. Kadam explicar que o disco representava o sol, que era a fonte de toda vida, e que o círculo simbolizava o ciclo de vida, morte e renascimento. Então me desliguei, para não ouvir mais os constantes elogios de Kishan a Durga e suas feições adoráveis e femininas, o que me dava náuseas.

Encostei-me no batente da porta que ligava os quartos dos dois, revirei os olhos e, durante um intervalo no tributo de Kishan a Durga, ironizei:

– Você vai gritar como Xena quando lançar o disco? Não! Melhor que isso! Vamos comprar uma saia de couro para você.

Os olhos dourados de Kishan se voltaram para mim.

– Espero que suas flechas sejam tão afiadas quanto sua língua, Kelsey.

Ele veio na minha direção. Não me movi, bloqueando-lhe a passagem, mas ele simplesmente me segurou e me colocou de lado. Deixando as mãos em meus braços por um instante, ele se inclinou e sussurrou:

– *Talvez* você esteja com ciúme, *bilauta*.

Então fechou a porta de ligação entre os quartos, deixando-me sozinha com o Sr. Kadam.

Perturbada, joguei-me numa cadeira e resmunguei:

– Eu *não* estou com ciúme.

O Sr. Kadam me olhou, pensativo.

– Não, não está. Pelo menos não da maneira que ele poderia esperar.

Eu me endireitei na cadeira.

– O que o senhor quer dizer?

– A senhorita o protege.

Resfoleguei.

– De quê? De suas próprias ilusões?

Ele riu.

– Não. É evidente que a senhorita se importa com ele. Quer que ele encontre a felicidade. E, como Ren não está aqui, todo o seu instinto maternal está focado em Kishan.

– Não acho que o que sinto por Ren seja maternal.

– Bem, é em parte, pelo menos. Lembra-se do que a tecelã lhe disse sobre os diferentes fios?

– Sim. Ela disse que sou a urdidura.

– Exatamente. Os fios de Ren e Kishan se entrelaçam ao seu redor. Sem sua força, o tecido não ficaria completo.

– Hum.

– Srta. Kelsey, sabe algo a respeito de leões?

– Muito pouco.

– O leão não caça sozinho. Sem a leoa, ele morreria.

– Não sei se estou entendendo.

– Estou dizendo que, sem a leoa, o leão morre. Kishan precisa da senhorita. Talvez ainda mais do que Ren.

– Mas eu não posso ser tudo para os dois.

– Não estou pedindo que seja. Só estou dizendo que Kishan precisa de... esperança. Algo a que se agarrar.

– Posso ser amiga dele. Até posso *caçar* para ele. Mas amo Ren. Não vou desistir dele.

O Sr. Kadam bateu de leve na minha mão.

– Uma pessoa amiga, alguém que se importe com ele, que o ame e que não o deixe desistir de si mesmo, é disso que Kishan precisa.

– Mas não foi isso que o senhor fez por ele durante todos esses anos?

– Ah, sim. Claro. Mas um rapaz precisa de uma moça que acredite nele. Não de um velho rabugento.

Levantei e o abracei.

– Velho e rabugento são duas palavras que eu nunca usaria para descrevê-lo. Boa noite.

– Boa noite, Srta. Kelsey. Partiremos bem cedo amanhã, portanto descanse bem.

Naquela noite sonhei com os dois irmãos. Eles estavam diante de mim e Lokesh me ordenava que escolhesse qual deles viveria e qual morreria. Ren sorriu, triste, e acenou com a cabeça na direção de Kishan. O rosto de Kishan se contraiu e ele desviou o olhar de mim, sabendo que eu não o escolheria. Eu ainda ponderava minha escolha quando a ligação do serviço de despertador do hotel me acordou com um susto.

Arrumei minhas coisas e encontrei o Sr. Kadam e Kishan no saguão. Dirigimos em silêncio por cerca de 20 quilômetros até Katmandu, a maior cidade e capital do Nepal. Kishan e eu permanecemos no Jeep enquanto o Sr. Kadam entrou num prédio para pegar os últimos documentos de que precisávamos para a viagem pelo Himalaia.

– Kishan, eu queria pedir desculpas por ter agido como uma idiota ontem. Se você quer se apaixonar por uma deusa, vá em frente.

Ele bufou.

– Não estou me apaixonando por uma deusa, Kells. Não se preocupe comigo.

– Bem, ainda assim. Fui insensível.

Ele deu de ombros.

– As mulheres não gostam de ouvir os homens falarem sobre outras mulheres. Foi rude da minha parte agir daquele jeito. Confesso que só elogiei tanto a beleza dela para irritar *você*.

Eu me virei no banco.

– O quê? Por que você faria isso?

– *Queria* que você sentisse ciúme e, quando não sentiu, isso... me aborreceu.

– Ah, Kishan, você sabe que eu ainda...

– Eu sei. Eu sei. Não precisa me lembrar disso. Você ainda ama Ren.

– Amo. Mas isso não significa que não me importe com você. Sou *sua* urdidura também, lembra?

Seu rosto se iluminou.

– É verdade.

– Que bom. Não se esqueça disso. Vamos todos ter um final feliz, está bem?

Estendi minha mão para ele, que a segurou entre as dele e sorriu.

– Promete?

Retribuí o sorriso.

– Prometo.

– Vou cobrar. Talvez eu devesse registrar isso por escrito. Eu, *Kelsey*, prometo a *Kishan* que ele terá o final feliz que procura. Devo definir os termos para você agora?

– Ah, não. Prefiro deixar meio vago por enquanto.

– Tudo bem. Enquanto isso vou criar uma lista mental do que constitui um final feliz e depois informo a você.

– Faça isso.

Ele beijou meus dedos com atrevimento, segurando-os com força enquanto eu tentava livrar minha mão.

– Kishan!

Ele riu quando finalmente me soltou e então se transformou em tigre antes que eu pudesse repreendê-lo.

– Covarde – murmurei, virando-me para a frente no banco.

Eu o ouvi rosnar baixinho, mas o ignorei.

Durante os minutos seguintes quebrei a cabeça tentando encontrar um final feliz para Kishan. Àquela altura, meu próprio final feliz não estava garantido. O melhor que pude encontrar foi a realização das quatro tarefas, para que os irmãos não precisassem mais ser tigres. Esperava que, ao concluí-las, os finais felizes viessem por si mesmos.

O Sr. Kadam voltou e disse:

– Recebemos permissão para fazer o percurso da Estrada da Amizade até o Tibete. Isso foi praticamente um milagre.

– Uau! Como o senhor conseguiu?

– Um alto funcionário do governo chinês me deve um favor. Ainda assim, temos que respeitar as paradas turísticas e nos apresentar em todos os postos ao longo do caminho para que eles possam ficar de olho em nós. Partimos imediatamente. Nossa primeira parada é em Neyalam, que fica a cerca de 150 quilômetros daqui. Devemos levar umas cinco horas para chegar à fronteira da China com o Nepal.

– Cinco horas? Espere aí: 150 quilômetros? Isso dá aproximadamente 30 quilômetros por hora. Por que demora tanto?

O Sr. Kadam deu uma risadinha.

– Vai ver.

Ele me entregou o guia de viagem, o mapa e alguns folhetos para que eu pudesse acompanhar e ajudá-lo no percurso. Eu pensava que as montanhas Rochosas fossem imensas, mas, comparar o Himalaia às Rochosas era como comparar as Rochosas aos montes Apalaches, literalmente montanhas a montinhos de terra. Os picos estavam cobertos de neve, embora estivéssemos no início de maio.

Geleiras rochosas elevavam-se diante de nós e o Sr. Kadam me disse que a paisagem se transforma em tundra e depois em gelo permanente e neve um pouco mais acima. As árvores eram pequenas e esparsas. A maior parte do solo era coberta por gramíneas, arbustos anões e musgo. Ele disse que havia algumas florestas de coníferas em outras partes do Himalaia, mas passaríamos principalmente por pradarias.

Quando ele disse "Vai ver", não estava brincando. Estávamos subindo as montanhas a cerca de 15 quilômetros por hora. A estrada não se encontrava exatamente em boas condições e sacolejávamos e desviávamos de buracos e às vezes de rebanhos de iaques e ovelhas.

Para passar o tempo perguntei ao Sr. Kadam sobre a primeira empresa que ele adquiriu.

– Foi a Companhia de Comércio da Índia Oriental. A empresa foi fundada antes de eu nascer, no início do século XVII, mas se tornou um negócio muito grande em meados do século XVIII.

– Que tipo de coisas o senhor comercializava?

– Ah, uma porção delas. Tecidos... seda, principalmente... chá, índigo, especiarias, salitre e ópio.

– Sr. Kadam! O senhor era traficante de drogas? – brinquei.

Ele fez uma careta.

– Não na atual definição do termo. Lembre-se de que na época o ópio era considerado um produto medicinal. E no início eu de fato transportava a droga. Eu possuía diversos barcos e organizava grandes caravanas. Quando a China proibiu o comércio do ópio, desencadeando as Guerras do Ópio, parei de transportá-lo e concentrei a maior parte dos negócios no comércio de especiarias.

– Ah, então é por isso que o senhor gosta tanto de moer os condimentos que usa?

Ele sorriu.

– Sim, ainda gosto de procurar os produtos de melhor qualidade e usá-los quando cozinho.

– Então o senhor sempre esteve no negócio de cargas.

– Acho que sim. Nunca pensei nisso dessa maneira.

– Tenho duas perguntas. O senhor ainda tem barcos? Sei que conserva um avião daquela empresa, mas ficou também com algum barco? Seria interessante. A segunda pergunta é: o que é salitre?

– O salitre também é conhecido como nitrato de potássio. Era usado para fabricar pólvora e também é, ironicamente, um conservante de alimentos. E, em resposta à sua outra pergunta, os meninos têm um barco, mas não um dos meus barcos de transporte originais.

– Que tipo de barco?

– Um pequeno iate.

– Ah, eu deveria ter adivinhado.

Paramos perto da fronteira entre China e Nepal, numa cidade chamada Zhangmu, onde tivemos que preencher formulários novamente. Então, após um dia inteiro dirigindo e percorrendo apenas um total de 155 quilômetros, chegamos a Neyalam e nos hospedamos numa pequena pousada para pernoitar.

No dia seguinte subimos ainda mais. Um dos folhetos dizia que, ao fim do dia, estaríamos acima dos 4 mil metros. Nessa parte da viagem, vimos seis das mais importantes montanhas do Himalaia, incluindo o monte Everest, e paramos para admirar a visão magnífica do monte Xixapangma.

No terceiro dia comecei a me sentir um pouco enjoada e o Sr. Kadam disse que podia ser efeito da altitude. Ele explicou que isso era comum quando se viajava acima dos 3.500 metros.

– Deve passar. A maioria das pessoas melhora em algumas horas, mas para outras pode demorar vários dias até o organismo se acostumar com a alta altitude.

Suspirei e inclinei meu assento para trás, a fim de descansar a cabeça, pois me sentia tonta. O restante do dia passou num borrão. Fiquei decepcionada por não poder apreciar o cenário. Seguimos até Xigatse, onde o Sr. Kadam e Kishan visitaram o mosteiro de Tashilumpo enquanto eu permanecia no pequeno hotel em que nos hospedamos.

Quando eles voltaram trazendo meu jantar, virei para o outro lado e fiz sinal para que fossem embora. O Sr. Kadam foi, mas Kishan ficou.

– Não gosto de vê-la doente, Kells. O que posso fazer?

– Acho que nada.

Ele me deixou sozinha por um minuto, mas logo voltou, pressionando um pano úmido em minha testa.

– Olhe, trouxe um pouco de água com limão. O Sr. Kadam disse que ajuda a hidratar.

Kishan me obrigou a beber o copo inteiro e depois me serviu outro da garrafa de água que eles haviam comprado. Só me deixou parar depois do terceiro copo.

– Como está sentindo agora?

– Melhor, obrigada. Mas minha cabeça ainda está latejando. Tem aspirina?

Kishan encontrou um pequeno frasco. Engoli dois comprimidos, sentei--me e coloquei os cotovelos sobre os joelhos, massageando as têmporas com os dedos.

Ele me observou em silêncio por um instante e depois disse:

– Deixe-me ajudar.

Kishan me empurrou um pouco para a frente a fim de se posicionar atrás de mim. Pôs as mãos quentes nas laterais da minha cabeça e começou a massagear minhas têmporas. Depois de alguns minutos, passou para o couro cabeludo e para a nuca, eliminando com a massagem a rigidez resultante de três dias sentada imóvel num carro.

Quando ele chegou aos ombros, perguntei:

– Onde você e Ren aprenderam a fazer massagem? Os dois são muito bons nisso.

Ele se deteve por um momento e depois lentamente recomeçou, enquanto falava.

– Eu não sabia que Ren tinha feito massagem em você. Nossa mãe nos ensinou. Ela recebeu treinamento especializado.

– Ah. Bem, é maravilhoso. Suas mãos são tão quentes... Minha dor de cabeça quase desapareceu.

– Ótimo. Deite-se e relaxe. Vou massagear agora os braços e os pés.

– Não precisa. Estou melhor agora.

– Relaxe. Feche os olhos e deixe sua mente vagar. Nossa mãe nos ensinou que a massagem pode levar embora as dores do corpo e do espírito.

Ele começou a trabalhar no braço esquerdo e passou um bom tempo na mão.

– Kishan, como foi ser um tigre por todos esses anos?

Ele ficou em silêncio durante um bom tempo. Abri um dos olhos e o fitei. Ele tinha os olhos fixos no espaço entre meu polegar e o indicador. Seus olhos dourados piscaram e ele olhou para o meu rosto.

– Pare de espiar, Kells. Estou pensando.

Obediente, tornei a fechar os olhos e esperei pacientemente por sua resposta.

– É como se o tigre e o homem estivessem sempre lutando um contra o outro. Depois que meus pais morreram, Ren foi capturado e o Sr. Kadam partiu à sua procura. Não havia motivo nenhum para ser humano. Deixei o tigre assumir o controle. Foi quase como se eu o estivesse observando à distância. Sentia-me completamente alienado do meu ambiente. O animal dominava e eu não me importava.

Ele passou para os pés. No início senti cócegas, mas depois soltei um profundo suspiro enquanto ele massageava meus dedos.

– Você deve ter se sentido tão solitário...

– Eu corria, caçava... e fazia tudo por instinto. Até hoje fico surpreso por não ter perdido completamente minha natureza humana.

– Uma vez Ren me disse que estar longe de mim, estar sozinho, fazia com que se sentisse mais como um animal que como um homem.

– É verdade. O tigre é forte e acho extremamente difícil manter um equilíbrio, especialmente quando se é tigre a maior parte do dia.

– Hoje é diferente?

– É.

– Como?

– Estou recuperando minha natureza humana aos poucos. Ser tigre é fácil; ser homem é que é difícil. Preciso interagir com pessoas, aprender sobre o mundo e encontrar um modo de lidar com o passado.

– De certo modo, Ren teve mais sorte que você, embora você fosse livre.

Ele inclinou a cabeça e passou para meu outro pé.

– Por que você acha isso?

– Porque ele estava sempre com pessoas. Ele nunca se sentiu só como você. Quero dizer, ele foi aprisionado, foi ferido, teve que trabalhar no circo, mas ainda era uma parte da vida humana. Ainda teve a oportunidade de aprender, embora de maneira limitada.

Ele riu com ironia.

– Você se esquece, Kelsey, de que eu poderia ter posto fim à minha solidão a qualquer momento e escolhi não fazê-lo. Ele era prisioneiro, mas eu estava preso numa armadilha que eu mesmo preparei.

– Não entendo como pôde fazer isso consigo mesmo. Você tem tanto a oferecer ao mundo.

Ele suspirou.

– Eu mereci ser punido.

– Você não mereceu ser punido. Precisa parar de pensar assim. Quero que diga a si mesmo que é um homem bom e que merece ser feliz.

Ele sorriu.

– Tudo bem. Sou um homem bom e mereço ser feliz. Satisfeita?

– Por enquanto.

– Se isso a deixa feliz, vou tentar mudar minha postura.

– Muito obrigada.

– De nada.

Ele passou para o meu outro braço e começou a massagear a palma da mão.

– E o que mudou para você? Conseguir de volta seis horas como homem fez diferença suficiente para você desejar viver de novo?

– Não.

– Não?

– O que mudou minha perspectiva foi conhecer uma linda garota junto de uma cachoeira que disse que sabia quem eu era e o que eu era.

– Ah.

– Foi ela quem me resgatou da minha pele de tigre e me trouxe de volta à superfície. E, não importa o que aconteça... quero que ela saiba que serei eternamente grato por isso.

Ele levantou minha mão e beijou a palma. Sorriu de modo encantador e colocou meu braço de volta na cama.

Olhei em seus olhos dourados e sinceros e abri a boca para explicar novamente que eu amava Ren. Sua expressão mudou. Ele assumiu um ar de determinação e disse:

– *Shh.* Não fale. Sem palavras de protesto esta noite. Eu lhe prometo, Kelsey, que vou fazer tudo que puder para reunir vocês dois e tentar ser feliz por você, mas isso não significa que será fácil deixar de lado meus sentimentos.

– Tudo bem.

– Boa noite, Kells.

Ele me deu um beijo na testa, apagou a luz, saiu e fechou silenciosamente a porta de ligação entre os quartos.

No dia seguinte eu me sentia melhor, contente por ter me recuperado do enjoo. Paramos em Gyantse, que ficava a apenas duas horas de distância, mas, como estava no trajeto turístico, esperava-se que os turistas passassem o dia lá, então tivemos que fazê-lo também. O Sr. Kadam disse que já estivera ali antes, que aquela costumava ser uma cidade importante na rota de comércio de especiarias. Paramos para ver o *stupa* Kumbum, onde funcionava uma escola de budismo tibetano, e no almoço saboreamos pratos da culinária de Sichuan num restaurante local. A cidade era bonita e foi gostoso sair do carro e caminhar um pouco.

Passamos aquela noite em outro hotel, mas Kishan permaneceu a maior parte do tempo como tigre, enquanto o Sr. Kadam tentava me ensinar a jogar xadrez. Eu não conseguia absorver as regras do jogo. Depois que ele me derrotou pela terceira vez num piscar de olhos, eu disse:

– Desculpe, acho que não sou boa em planejar minhas jogadas pensando adiante. Um dia desses vou ensiná-lo a jogar Colonizadores de Catan.

Sorrindo, pensei em Li, em seus amigos e em Vó Zhi. Perguntei-me se Li teria tentado entrar em contato comigo. O Sr. Kadam desligara todos os nossos telefones e havia comprado celulares com números novos assim que chegamos à Índia. Disse que era mais seguro não contatar ninguém no Oregon.

A cada duas semanas, aproximadamente, eu escrevia para meus pais adotivos e lhes dizia que estávamos num lugar onde não havia sinal de telefone celular. O Sr. Kadam enviava as cartas de locais distantes, de modo que não havia como identificar de onde vinham. Nunca lhes dei um endereço para resposta, dizendo-lhes que estávamos sempre em trânsito.

Eles usavam uma caixa postal para responder às minhas cartas e Nilima pegava a correspondência e lia para mim ao telefone. O Sr. Kadam dizia o que seria adequado eu incluir nas cartas. Também tinha algumas pessoas vigiando discretamente minha família adotiva. Eles haviam retornado das férias no Havaí, bronzeados e com lindas lembranças, e encontraram a casa intacta. Felizmente, parecia que Lokesh não os achara.

No quinto dia de viagem na Estrada da Amizade, paramos para ver o lago Yamdrok. Seu apelido era lago turquesa, por razões óbvias. Ele cintilava como uma joia brilhante contra o pano de fundo das montanhas de picos cobertos de neve que o alimentavam.

O Sr. Kadam contou que o local era considerado sagrado pelo povo tibetano, que frequentemente fazia peregrinações ao lago. Eles acreditavam que aquele era o lar de divindades protetoras que cuidavam do lago e asseguravam que ele não secasse. Se secasse, significaria o fim do Tibete.

Kishan e eu esperamos enquanto o Sr. Kadam conversava animadamente com alguns pescadores locais que pareciam estar tentando lhe vender o produto do trabalho do dia.

Quando voltamos para o carro, perguntei:

– Sr. Kadam, quantas línguas exatamente o senhor fala?

– Hum... Não tenho certeza. Conheço as principais necessárias para o comércio com a Europa: espanhol, francês, português, inglês e alemão. Posso me comunicar bem na maior parte dos idiomas da Ásia. Sou um pouco fraco nas línguas da Rússia e nas escandinavas, não sei nada das línguas africanas e só conheço cerca de metade dos idiomas falados na Índia.

– Metade? – perguntei, confusa. – Quantas línguas existem na Índia?

– Literalmente centenas, modernas e clássicas. Embora apenas cerca de 30 sejam oficialmente reconhecidas pelo governo indiano.

Eu o olhava, espantada.

– Claro que só tenho um conhecimento superficial da maioria delas. Muitas são dialetos locais que aprendi ao longo dos anos. O idioma mais falado é o híndi.

Atravessamos mais dois desfiladeiros e finalmente começamos a descida em direção ao planalto tibetano. O Sr. Kadam falava para manter minha mente ocupada durante a descida pela montanha, pois eu estava me sentindo um pouco enjoada.

– O planalto tibetano é chamado às vezes de Teto do Mundo, por causa de sua imensa altitude. Tem, em média, 4.500 metros. É o terceiro local menos povoado no mundo, sendo o primeiro a Antártica e o norte da Groenlândia, o segundo. Abriga diversos lagos grandes de água salobra.

Suspirei e fechei os olhos, mas não ajudou.

Tentei me concentrar em outra coisa e perguntei:

– Sr. Kadam, o que é água salobra?

– A salinidade em massas de água vai de doce a salgada, passando por salobra. Um lago salobro como, por exemplo, o mar Cáspio, fica num ponto entre água salgada e água doce. Em geral, a água salobra é encontrada em estuários onde um mar de água salgada encontra um rio ou uma corrente de água doce.

Kishan rosnou baixinho e o Sr. Kadam interrompeu a aula.

– Veja, Srta. Kelsey. Estamos quase lá.

Ele estava certo e, após alguns minutos numa estrada normal, plana, apenas um pouco esburacada, me senti muito melhor. Viajamos por mais umas duas horas até a cidade de Lhasa.

15

Yin-yang

O Sr. Kadam conseguira marcar uma reunião com uma autoridade do gabinete tibetano do Dalai-Lama, pois um encontro pessoal era impossível. O Sr. Kadam tentou manter o motivo da visita vago para não revelar a funcionários mais detalhes do que o necessário. Não era o ideal, mas teria que bastar. Conseguimos um horário na segunda-feira, o que nos dava três dias de espera.

Para passar o tempo, o Sr. Kadam nos levou num passeio relâmpago pelo Tibete. Vimos o mosteiro de Rongphu, o Palácio de Potala, o Templo Jokhang, os mosteiros de Sera e Drepung e também fizemos compras no mercado de Barkhor.

Gostei de visitar as atrações turísticas e de estar com Kishan e o Sr. Kadam, no entanto, por dentro, a tristeza ainda me dominava. A dor melancólica da solidão me invadia no fim do dia. Ainda sonhava com Ren todas as noites. Embora confiasse que Durga cumpriria sua promessa e cuidaria dele por mim, queria poder eu mesma estar com ele.

No sábado o Sr. Kadam nos levou para fora dos limites da cidade a fim de treinarmos com as novas armas. Ele começou com Kishan e o disco. O disco era pesado demais para o Sr. Kadam, assim como fora a *gada*, mas parecia leve para Kishan e para mim.

Quando o Sr. Kadam voltou sua atenção para mim, eu estava pronta. Ele me ensinou primeiro como encordoar o arco.

– A força que você usa para esticar a corda é o que determina o poder do arco.

Ele tentou tensionar meu arco, mas descobriu que não conseguia. Kishan o fez com facilidade. O Sr. Kadam olhou para o arco por um minuto e pediu a Kishan que me ensinasse.

– Por que as flechas são tão pequenas? – perguntei.

– O comprimento das flechas é determinado pelo tamanho do arqueiro – respondeu Kishan. – É o comprimento da puxada e o seu é bem pequeno. Portanto, estas flechas devem lhe servir perfeitamente. O comprimento do arco também é determinado por sua altura. Um arqueiro não pode ter um arco que seja difícil de manejar.

Concordei com a cabeça.

Kishan continuou sua explicação das várias partes do arco, inclusive o encaixe da corda, o descanso de flecha – onde ela fica apoiada e é puxada para trás – e a corda. Por fim, chegou a hora de experimentá-lo.

– Assuma a posição de tiro colocando seu pé não dominante cerca de 13 a 25 centímetros à frente – disse Kishan. – Mantenha as pernas afastadas na direção dos ombros.

Segui suas instruções. Embora fosse mais difícil para mim do que para Kishan, consegui dar conta do recado.

– Muito bem. Encaixe sua flecha e apoie-a no seu polegar com a pena apontando para fora. Segure a corda com seus três primeiros dedos e passe a flecha entre os dedos indicador e médio. Agora trave o braço do arco e olhe para o alvo. Puxe até que seu dedo polegar toque sua orelha e a ponta do seu dedo toque o canto da boca. Solte a flecha.

Ele demonstrou o processo inteiro algumas vezes e acertou duas flechas numa árvore distante. Imitei seus movimentos. Quando cheguei à parte da puxada, minha mão tremeu um pouco. Ele se posicionou atrás de mim e guiou minha mão quando puxei a corda.

Quando eu estava na posição certa, ele disse:

– Ok, você está pronta. Agora mire e dispare.

Eu soltei e senti um estalo quando o arco disparou minha flecha com um som vibrante. A flecha mergulhou na terra macia ao pé da árvore.

O Sr. Kadam exclamou:

– Muito bom! Uma primeira tentativa maravilhosa, Srta. Kelsey!

Kishan me fez repetir muitas vezes. Rapidamente desenvolvi habilidade suficiente para atingir o tronco da árvore, como Kishan, embora não exatamente no centro. O Sr. Kadam mostrou-se espantado com meu progresso, que atribuiu ao meu treinamento com o poder do raio. Ele logo notou que as flechas nunca acabavam e que em algum momento desapareciam do alvo.

Kishan estava treinando com seu disco novamente quando fiz um intervalo. Bebi um pouco de água enquanto o observava.

Apontando-o com um gesto da cabeça, perguntei ao Sr. Kadam:

– Como ele está se saindo com esse disco?

O Sr. Kadam riu.

– Tecnicamente, Srta. Kelsey, não é um disco. O disco é usado nas Olimpíadas. O que Kishan está segurando é chamado de *chakram*. Tem a forma de um disco, mas, se olhar com cuidado, a borda externa é afiada como uma navalha. É uma arma de arremesso. Na verdade é a arma predileta do deus indiano Vishnu. É muito valiosa quando usada por alguém com habilidade e Kishan, felizmente, foi treinado para usá-la, embora não pratique há muito tempo.

A arma de Kishan era feita de ouro com diamantes incrustados no metal, semelhante à *gada*. Tinha uma alça de couro curvada, como um símbolo yin-yang. A borda metálica tinha cerca de cinco centímetros de largura e era afiada. Fiquei olhando-o praticar e ele jamais pegava na borda da lâmina. Ele agarrava o disco pela alça ou na parte interna do círculo.

– Eles normalmente voltam assim? Como um bumerangue?

– Não, Srta. Kelsey. – O Sr. Kadam alisou a barba, pensativo. – Observe. Está vendo? Mesmo que ele mire uma árvore, o disco abre um bom corte denteado no tronco e depois gira de volta para Kishan. Nunca vi isso antes. Em geral, pode ser manejando como uma espada numa luta corporal ou pode ser arremessado à distância para neutralizar um inimigo, mas permanece cravado no alvo até ser retirado.

– Parece que reduz a velocidade quando se aproxima dele.

Observamos mais alguns arremessos.

– Sim, creio que esteja correta. Ele desacelera na chegada para que Kishan o apanhe com mais facilidade. Uma arma e tanto.

Mais tarde naquela noite, quando voltamos ao hotel, Kishan colocou um jogo de tabuleiro sobre a mesa após o jantar. Eu ri.

– Vamos jogar ludo?

Kishan sorriu.

– Não exatamente. Este aqui se chama Pachisi, mas se joga da mesma forma.

Tiramos as peças e montamos o tabuleiro. Quando viu o jogo, o Sr. Kadam bateu palmas e seus olhos piscaram com um brilho competitivo.

– Ah, Kishan, meu jogo favorito. Lembra-se de quando jogávamos com seus pais?

– Como poderia me esquecer? Você derrotou meu pai, que suportou bem, mas, quando derrotou minha mãe no último lance de dados, achei que ela iria mandar decapitá-lo.

O Sr. Kadam alisou a barba.

– Realmente. Ela ficou bastante contrariada.

– Quer dizer que vocês jogavam isso naqueles tempos?

Kishan riu.

– Não assim. Jogamos a versão ao vivo. Em vez de peões, usávamos gente. Construímos um tabuleiro gigante e montamos uma base a que todos tinham que chegar. Era divertido. Os jogadores usavam nossas cores. Papai preferia azul e mamãe, verde. Acho que você foi vermelho naquele dia, Kadam, e eu, amarelo.

– E Ren, onde estava?

Kishan pegou uma peça e a girou, pensativo.

– Estava fora, numa viagem diplomática, e Kadam o substituiu.

O Sr. Kadam pigarreou.

– Isso mesmo. Se vocês não se importam, gostaria de ser vermelho de novo, pois essa cor me deu sorte da última vez que joguei.

Kishan girou o tabuleiro para que o vermelho ficasse de frente para o Sr. Kadam. Escolhi o amarelo e Kishan, o azul. Jogamos por uma hora. Nunca tinha visto Kishan tão animado. Parecia um garotinho, sem as preocupações do mundo sobre seus ombros. Podia facilmente visualizar aquele homem sério, bonito e orgulhoso como o menino feliz e despreocupado que cresceu para ficar à sombra do irmão mais velho, amando-o e admirando-o, mas ao mesmo tempo sentindo que de algum modo era menos importante, que de algum modo merecia menos. Ao fim do jogo, Kishan e eu tínhamos deixado o Sr. Kadam na poeira. Só restava um peão para cada um de nós e o meu estava mais perto da base.

No último lance, Kishan podia ter me eliminado para vencer o jogo. Ele olhou para o tabuleiro por um momento, estudando-o cuidadosamente.

Os dedos do Sr. Kadam tamborilavam no lábio superior, curvado num sorrisinho. Os olhos dourados de Kishan encontraram os meus rapidamente antes de ele apanhar seu peão e saltar sobre o meu, passando para uma zona de segurança.

– Kishan, o que está fazendo? Você poderia ter me eliminado e vencido o jogo. Não viu isso?

Ele se recostou na cadeira e deu de ombros.

– Acho que me passou despercebido. Sua vez, Kelsey.

– Impossível ter deixado passar isso – murmurei. – Então, azar o seu. – Tirei 12 nos dados e segui direto até a base. – Ah! Derrotei os dois grandes jogadores da versão viva!

O Sr. Kadam riu.

– Muito bem, Srta. Kelsey. Boa noite.

– Boa noite, Sr. Kadam.

Kishan me ajudou a guardar o jogo.

– Vamos lá, confesse – eu disse. – Por que entregou o jogo? Você não é bom de blefe, sabia? Pude ler sua expressão. Você viu que podia acabar comigo e deliberadamente me deixou passar. O que aconteceu com aquela história de fazer o que fosse preciso para ganhar?

– Ainda faço o que for preciso para ganhar. Talvez, ao perder o jogo, eu tenha ganhado algo melhor.

Eu ri.

– Ah, é? O que acha que ganhou?

Ele afastou o jogo para o lado da mesa e estendeu a mão para segurar a minha.

– O que ganhei foi ver você feliz, como *costumava ser*. Quero ver seu sorriso voltar. Você sorri e dá risada, mas isso não chega aos seus olhos. Não a vi feliz *de verdade* nesses últimos meses.

Apertei a mão dele.

– É difícil. Mas, se Kishan, o amante das competições, está disposto a entregar o jogo, então, por você, vou tentar.

– Ótimo.

Relutante, ele soltou minha mão e se levantou para se alongar.

Guardei o jogo na prateleira e disse:

– Kishan, continuo a ter pesadelos com Ren. Acho que Lokesh o está torturando.

– Também tenho sonhado com ele. Sonhei que me implorava para protegê-la. – Ele sorriu. – Também me avisou para me comportar.

– É a cara dele dizer isso. Acha que é um sonho ou uma visão?

Ele balançou a cabeça.

– Não sei.

Pressionei as mãos sobre o jogo.

– Todas as vezes que tento salvá-lo ou ajudá-lo a fugir, ele me afasta como se fosse eu quem estivesse em perigo. Parece real, mas como podemos saber?

Kishan passou os braços ao meu redor e me abraçou por trás.

– Não tenho certeza, mas sinto que ele ainda está vivo.

– Sinto o mesmo. – Ele se virou para sair. – Kishan?

– Sim?

Sorri.

– Obrigada por me deixar vencer. *E* por se comportar... *quase* sempre.

– Ah, mas não se esqueça: esta é só uma batalha. A guerra está longe de terminar e você vai descobrir que sou um adversário impiedoso. Em *qualquer* arena.

– Tudo bem – propus. – Então teremos uma revanche. Amanhã.

Ele se curvou ligeiramente.

– Mal posso esperar pelo desafio, *bilauta*. Boa noite.

– Boa noite, Kishan.

No dia seguinte, no café da manhã, pedi que o Sr. Kadam me falasse sobre Dalai-Lama, budismo, carma e reencarnação. Kishan escutou em silêncio, enroscando-se a meus pés na forma de tigre negro.

– Olhe, Srta. Kelsey, carma é a crença de que tudo o que você faz, tudo o que você diz, toda escolha sua, afeta seu presente ou seu futuro. Aqueles que acreditam em reencarnação vivem com a esperança de que, se fizerem boas escolhas e sacrifícios na vida hoje, terão um futuro mais feliz ou uma posição melhor na próxima vida. Já o darma diz respeito a manter a ordem no Universo e seguir as regras que governam toda a humanidade nos hábitos civis e religiosos.

– Então, se seguir seu darma, você terá um bom carma?

O Sr. Kadam riu.

– Suponho que essa seja uma afirmativa correta. *Moksha* é o estado do nirvana. Depois que se passa pelas provas que o mundo mortal oferece e se ascende a um estado de consciência mais elevada, atinge-se a iluminação ou *moksha*. Para essa pessoa, não há renascimento. Ela se torna um ser espiritual e as coisas mundanas e transitórias não têm mais importância. As paixões da carne perdem o sentido. A pessoa se funde ao eterno.

– O senhor é uma espécie de ser eterno *agora*. Já experimentou *moksha*? Acha que é possível atingi-lo enquanto se está vivo?

– É uma pergunta interessante. – Ele se recostou na cadeira e refletiu por um instante. – Apesar de meus muitos anos neste planeta, não, eu não experimentei a iluminação espiritual total. No entanto, tampouco a busquei.

Meu relacionamento com o divino talvez seja uma busca que ainda preciso empreender. Não é, porém, a que eu desejo abraçar neste momento. Em vez disso, que tal um passeio até o mercado?

Concordei com a cabeça, ansiosa para ver algo novo e me concentrar na busca mais imediata a meu alcance. O mercado estava cheio de produtos interessantes. Passamos por bancas vendendo estátuas de Buda, incensos, joias, roupas, livros, cartões-postais e *malas* – semelhantes em propósito aos rosários católicos. Outros itens interessantes que vimos à venda foram tigelas e sinos cantantes, utilizados para produzir sons que ajudavam a concentrar as energias e empregados também em certas cerimônias religiosas e durante a meditação. Vi bandeiras de oração e *thangkas* tecidas ou pintadas. O Sr. Kadam disse que os estandartes ensinavam mitos, mostravam importantes eventos históricos ou descreviam a vida de Buda.

Na hora marcada, Kishan, o Sr. Kadam e eu fomos encaminhados ao gabinete do Dalai-Lama. O fato de termos chegado tão longe era uma prova dos recursos do Sr. Kadam, pois, em geral, apenas dignitários eram recebidos em seu gabinete. Encontramos um homem austero, usando terno, que indicou que faria uma triagem inicial e que, se nosso caso demonstrasse urgência suficiente, ele nos recomendaria a um gabinete superior.

Ele nos convidou a sentar e fiquei contente por deixar o Sr. Kadam enfrentar a entrevista. O homem fez diversas perguntas sobre nosso propósito. O Sr. Kadam novamente respondeu de modo vago, dando a entender que as respostas às perguntas dele não se destinavam aos ouvidos de qualquer um. O homem ficou intrigado e o pressionou, querendo respostas. Mas o Sr. Kadam disse que as informações que precisávamos compartilhar deveriam ser ouvidas somente pelo Mestre do Oceano.

Diante dessas palavras, notei uma ligeira mudança no olhar do homem. A entrevista terminou e fomos conduzidos a outra sala, onde fomos recebidos por uma mulher, que prosseguiu na mesma linha de interrogatório. O Sr. Kadam repetiu as respostas anteriores, educadamente, sem dar muitas informações.

– Somos peregrinos que solicitam uma audiência sobre um assunto de grande importância para o povo indiano.

Ela deslizou a mão pelo ar.

– Explique, por favor. O que exatamente é de grande importância?

Ele sorriu e se inclinou para a frente.

– Estamos numa busca que nos trouxe ao grande país do Tibete. Somente dentro destas fronteiras podemos encontrar o que procuramos.

– Vocês estão atrás de riquezas? Não vão encontrar nenhuma aqui. Somos um povo humilde e nada temos de valor.

– Dinheiro? Tesouros? Nosso objetivo não é esse. Viemos em busca do conhecimento que apenas o Mestre do Oceano detém.

Novamente, quando o Sr. Kadam mencionou o Mestre do Oceano, nossa interlocutora fez uma pausa abrupta. Levantou-se e nos pediu que aguardássemos. Meia hora depois fomos guiados até um santuário. As acomodações eram mais humildes do que nas duas salas anteriores. Sentamo-nos em cadeiras de madeira antigas e bambas. Um monge de ar reservado e nariz pontudo, vestido com uma túnica vermelha, entrou. Olhou-nos com superioridade por um longo momento e depois se sentou.

– Pelo que entendi, vocês desejam falar com o Mestre do Oceano.

O Sr. Kadam inclinou a cabeça numa confirmação silenciosa.

– Vocês não informaram seus motivos aos outros. Revelariam a mim?

– As palavras que eu lhe diria seriam as mesmas que disse aos outros – respondeu o Sr. Kadam.

O monge assentiu bruscamente.

– Entendo. Então, lamento, mas o Mestre do Oceano não tem tempo para recebê-los, especialmente por terem sido tão reticentes em relação ao seu objetivo. Se o assunto que desejam discutir for considerado importante o suficiente, sua mensagem será transmitida.

– Mas é muito importante que falemos com ele – eu me manifestei. – Revelaríamos nossas intenções, mas é uma questão de confiar nas pessoas certas.

Pensativo, o monge olhou para cada um de nós.

– Talvez respondam a uma última pergunta.

O Sr. Kadam assentiu.

O monge tirou um medalhão que usava ao redor do pescoço, entregou-o ao Sr. Kadam e disse:

– O que vê?

O Sr. Kadam respondeu:

– Vejo um desenho semelhante em natureza ao símbolo yin-yang. O yin, ou lado escuro, representa a mulher e o yang, o lado claro, representa o homem. Os dois lados estão em perfeito equilíbrio e harmonia um com o outro.

O monge assentiu como se esperasse essa resposta e estendeu a mão. Sua expressão nada revelava. Eu sabia que ele ia nos mandar embora.

Apressei-me em intervir.

– Podemos ver o medalhão?

Sua mão deteve-se no ar antes de entregar o medalhão a Kishan.

Kishan virou o medalhão, frente e verso, por um momento e sussurrou:

– Vejo dois tigres, um negro e outro branco, um perseguindo a cauda do outro.

O monge apertou as mãos contra a mesa quando peguei o medalhão e balancei a cabeça com interesse. Olhei rapidamente para o Sr. Kadam e depois para o monge, que agora se inclinava para a frente, esperando que eu falasse.

O medalhão era semelhante ao símbolo yin-yang, mas uma linha dividia o objeto ao meio. O contorno do branco e do preto podia ser identificado como gatos, então entendi facilmente por que Kishan dissera que eram tigres, cada um com um ponto estrategicamente posicionado, como se fosse um olho. As caudas se enroscavam no centro e se retorciam, juntas, em torno da linha divisória.

Olhei para o monge.

– Vejo parte de uma *thangka*. Um fio longo e central, que é uma fêmea, serve como urdidura, e os tigres branco e negro são machos e se enrolam nela. Eles são a trama que completa o tecido.

O monge se inclinou um pouco mais.

– E como essa *thangka* é tecida?

– Com uma lançadeira divina.

– O que a *thangka* representa?

– A *thangka* é o mundo inteiro. O tecido é a história do mundo.

Ele se recostou na cadeira e passou a mão por sua calva. Devolvi-lhe o medalhão. Ele o apanhou, olhou-o atentamente por um momento e o pendurou no pescoço. Em seguida, se levantou.

– Vocês me dão licença por um instante?

O Sr. Kadam assentiu.

– Claro.

Não esperamos muito. A jovem que nos entrevistara mais cedo pediu que a acompanhássemos. Assim fizemos e fomos acomodados em quartos confortáveis. Nossas malas foram arrumadas no hotel e trazidas para nós.

Jantamos juntos, cedo, e depois o Sr. Kadam e Kishan se retiraram para seus quartos. Não tendo nada melhor para fazer, fui para o meu também.

Os monges me trouxeram chá de flor de laranjeira. Foi um sonífero eficaz, porque logo peguei no sono, mas novamente tive sonhos agitados com Ren. Neles, Ren começava a se desesperar.

Dessa vez ele se mostrou ainda mais protetor em relação a mim, exigindo que eu o deixasse imediatamente. Dizia que Lokesh estava se aproximando e que precisava que eu estivesse o mais distante dele possível. O sonho parecia tão real que acordei chorando. Não havia nada que eu pudesse fazer... Tentei me consolar com a promessa de Durga de cuidar dele.

Na manhã seguinte, Kishan se juntou a mim no bufê do café da manhã. Eu já estava no fim da fila, servindo-me de iogurte, quando o Sr. Kadam entrou, parou atrás de mim e perguntou se eu havia dormido bem.

Menti, dizendo que sim, mas ele estudou minhas olheiras e bateu de leve na minha mão, compreensivo. Sentindo-me culpada, afastei-me do escrutínio do Sr. Kadam e esperei que o monge à minha frente terminasse de colocar frutas em seu prato.

A mão do monge tremeu quando ele levantou uma fatia pequena e escorregadia de manga da tigela. Deixou-a cair no prato e começou o lento processo de pegar outra. Sem olhar para nós, o velho monge disse:

– Fui informado de que vocês desejam conversar comigo.

Imediatamente, o Sr. Kadam uniu as mãos, curvou-se e disse:

– Namastê, mestre.

Minha mão parou no ar, ainda segurando a colher de iogurte, e vagarosamente me virei para fitar o rosto sorridente do Mestre do Oceano.

16

O Mestre do Oceano

O velho monge sorriu para mim, enquanto eu o olhava boquiaberta. Felizmente o Sr. Kadam veio em meu socorro e, com delicadeza, me guiou até uma das mesas.

Kishan já estava comendo, sem se incomodar se eu tinha passado vergonha. *Era de se esperar. Os tigres só pensam em duas coisas: comida e garotas. Em geral, nessa ordem.*

O Sr. Kadam pousou minha tigela sobre a mesa e puxou uma cadeira para mim. Sentei-me e mexi meu iogurte, enquanto absorvava disfarçadamente o velho enrugado. Ele cantarolava baixinho, continuando a encher o prato item a item. Quando terminou, sentou-se à minha frente, sorriu e se pôs a comer ovos mexidos.

O Sr. Kadam comeu em silêncio. Kishan voltou ao bufê e tornou a encher o prato. Mantive-me em silêncio e tomei meu suco. Estava nervosa demais para comer e não sabia se era adequado falar ou fazer perguntas, então apenas imitei o Sr. Kadam.

Muito tempo depois de nós três terminarmos o café da manhã, ainda observávamos o Mestre do Oceano comer, levando à boca lentamente uma pequena porção de cada vez e mastigando de forma metódica. Quando por fim terminou, limpou a boca e disse:

– Sabem, minhas lembranças prediletas de minha mãe são de vê-la enrolando os fios para tecer, de ajudá-la a cuidar das ovelhas e a mexer o mingau do café da manhã. Sempre me lembro dela quando faço essa refeição.

O Sr. Kadam assentiu, prudentemente. O Mestre do Oceano olhou para mim e sorriu.

Torcendo para que não houvesse problema em falar, perguntei:

– Então o senhor cresceu numa fazenda? Pensei que os Lamas nascessem para ser Lamas.

Ele voltou a cabeça em minha direção e respondeu alegremente:

– Sim é a resposta a ambas as perguntas. Meus pais eram fazendeiros pobres que cultivavam alimentos para o próprio sustento e vendiam o pouco que sobrava no mercado. Minha mãe era uma tecelã que fazia lindos tecidos. Meus pais me deram o nome de Jigme Karpo. Na época não sabiam quem eu era. Tive que ser encontrado.

– Encontrado por quem?

– O regente está sempre procurando reencarnações de Lamas. Normalmente ele tem uma visão que lhe mostra onde encontrar a nova encarnação de certa pessoa e manda um grupo de busca. No meu caso, sabiam que deviam procurar um sítio localizado numa colina com uma roseira alta crescendo ao lado do poço. Depois de perguntar nos arredores, encontraram minha casa e souberam que aquele era o lugar certo. Itens de Lamas anteriores foram trazidos e apresentados a mim. Peguei um livro que pertenceu ao Mestre do Oceano anterior. O grupo de busca sentiu-se confiante, então, de que eu era a reencarnação daquele Lama. Eu tinha 2 anos.

– E o que aconteceu com o senhor depois?

O Sr. Kadam interrompeu e deu um tapinha na minha mão.

– Estou curioso também, Srta. Kelsey, mas talvez ele tenha pouco tempo para nós e devamos nos concentrar em outros assuntos.

– Ah, desculpe. Eu me deixei levar pela curiosidade.

O Mestre do Oceano se inclinou para a frente e agradeceu aos monges que limpavam a mesa.

– Tenho alguns minutos para responder à sua pergunta, minha jovem. Resumindo, fui levado da minha família e teve início minha formação com um velho e gentil monge. Minha mãe teceu o material para a minha primeira veste marrom. Então comecei a formação como um monge noviço e rasparam minha cabeça. Mudaram meu nome e recebi uma educação maravilhosa em todas as áreas, incluindo arte, medicina, cultura e filosofia. Todas essas experiências me transformaram no homem sentado à sua frente. Isso responde à sua pergunta ou minha explicação gerou várias outras perguntas?

Eu ri.

– Gerou várias outras.

– Ótimo! – Ele sorriu. – Uma mente com perguntas é uma mente aberta ao entendimento.

– Sua infância e sua formação são muito diferentes das minhas.

– Imagino que a sua seja igualmente interessante.

– O que o senhor faz?

– Formo os Dalai-Lamas.

Olhei-o espantada.

– Educa o mestre?

– Sim. Formei dois deles. Sou muito velho, mas não somos tão dessemelhantes. Tive a oportunidade de conhecer pessoas do mundo inteiro e acho que todos somos fundamentalmente iguais. Formamos uma única família humana. Talvez usemos roupas diferentes, a cor da nossa pele seja diferente ou falemos línguas diversas, mas isso é só na superfície. Todos temos sonhos e procuramos aquilo que nos trará a felicidade verdadeira. Para conhecer o mundo todo, só precisei aprender sobre mim mesmo.

Assenti com a cabeça.

O Sr. Kadam interveio.

– Como o senhor sabe, viemos em busca da sabedoria do Mestre do Oceano. Temos uma tarefa a executar e pedimos sua orientação.

O monge arregaçou as mangas de sua túnica e se levantou.

– Então, venham. Vamos para um lugar que nos ofereça mais privacidade.

Ele ficou de pé cautelosamente com o apoio de dois monges que se posicionaram para caminhar ao seu lado, mas o Mestre do Oceano, embora a passos lentos, caminhou sem ajuda.

– O senhor disse que formou dois Dalai-Lamas, então isso significa que deve ter...

– Tenho 115.

– O quê? – indaguei, quase me engasgando.

– Tenho 115 anos e me orgulho muito disso.

– Nunca conheci alguém que tivesse vivido tanto!

Logo me dei conta de que, na verdade, conhecia três homens que tinham vivido mais e olhei para o Sr. Kadam, que sorriu e piscou para mim.

O Mestre do Oceano não percebeu minha expressão estranha e prosseguiu:

– Se um homem deseja fazer algo e possui paixão suficiente para encontrar um meio de fazê-lo, ele consegue. Desejei viver uma vida longa.

O Sr. Kadam olhou pensativamente para o monge e disse:

– Também sou mais velho do que aparento. Sinto-me humilde diante do senhor.

O Mestre do Oceano se virou e segurou com força a mão do Sr. Kadam. Seus olhos brilharam com alegria.

– Estar nos mosteiros entre os monges tem esse efeito. Mantém-me humilde também.

Os dois riram. Então o seguimos por corredores cinzentos e sinuosos até um salão com piso de pedra lisa e uma grande mesa polida. Quando passamos a uma confortável área de descanso, ele indicou que deveríamos nos sentar. Afundamos em poltronas macias, enquanto o Mestre do Oceano puxava uma cadeira de madeira simples que estava oculta atrás de sua mesa e sentava-se nela para conversar conosco.

Quando perguntei se ele não preferia uma cadeira mais confortável, ele respondeu:

– Quanto mais desconfortável minha cadeira, mais provável que eu me levante e me mantenha ocupado fazendo o que é preciso.

O Sr. Kadam acenou com a cabeça e começou:

– Obrigado por concordar em nos receber.

O monge sorriu.

– Não perderia isso por nada neste mundo. – Ele chegou para a frente, com ar conspiratório. – Devo admitir que sempre tive curiosidade em saber se a busca do tigre aconteceria nesta existência. Pensando bem, nasci próximo à cidade de Taktser, que significa "tigre que ruge". Talvez estivesse em meu destino encontrar aqueles que devem fazer a jornada nessa busca.

O Sr. Kadam perguntou, empolgado:

– Sabe sobre nossa busca?

– Sei. Desde antes da época do primeiro Dalai-Lama, a história dos dois tigres vem sendo transmitida como uma tradição, em segredo. O estranho medalhão é a chave. Quando este jovem disse ter visto dois tigres, um negro e um branco, soubemos que provavelmente vocês eram as pessoas certas. Outros viram gatos e muitas vezes identificaram o tigre branco, mas ninguém identificou o gato negro como tigre e certamente ninguém falou da linha central como ligada à divina tecelã. Foi como soubemos que eram vocês.

– Então o senhor pode nos ajudar? – arrisquei.

– Sim, certamente, mas, primeiro, tenho um pedido a fazer.

O Sr. Kadam sorriu, mostrando-se à disposição.

– Claro. O que podemos fazer pelo senhor?

– Podem me contar sobre os tigres? Conheço o lugar que procuram e sei como aconselhá-los, mas... os tigres nunca foram explicados e o papel deles na busca foi mantido sob o mais profundo sigilo. O que sabem sobre isso?

Kishan, o Sr. Kadam e eu nos entreolhamos. Kishan levantou uma sobrancelha quando o Sr. Kadam assentiu de leve.

O Sr. Kadam perguntou:

– Esta sala é segura?

– Sim, claro.

O Sr. Kadam e eu nos viramos para Kishan. Ele encolheu os ombros fortes, levantou-se e se metamorfoseou em tigre. O tigre negro piscou os olhos dourados para o monge, deu um rugido baixo e sentou-se no chão ao meu lado. Inclinei-me para coçar-lhe as orelhas escuras.

Surpreso, o Mestre do Oceano se recostou na cadeira. Depois coçou a cabeça calva e riu, divertido.

– Obrigado por me confiarem esse presente impressionante!

Kishan retornou à forma humana e se sentou de novo na cadeira.

– Eu não chamaria isso de presente.

– Não? E do que chamaria?

– De tragédia.

– Existe um ditado no Tibete que diz: "A tragédia deve ser utilizada como fonte de força." – O monge levou um dedo à têmpora. – Em vez de se perguntar *por que* isso aconteceu, talvez você devesse pensar por que isso aconteceu com *você*. Lembre-se de que não conseguir o que se quer às vezes é um maravilhoso golpe de sorte.

Ele voltou sua atenção para mim.

– E onde está o tigre branco?

– O tigre branco é o irmão de Kishan, Ren, que foi capturado por um inimigo.

Ele inclinou a cabeça, refletindo.

– Muitas vezes o inimigo é o melhor professor de tolerância. E você, minha cara? Como você entra nessa busca?

Ergui minha mão, virei-me e deixei que a força borbulhasse dentro de mim. Ela fluiu pela minha mão e mirei a flor dentro de um vaso sobre a mesa. Minha mão cintilou e um minúsculo ponto de luz disparou na direção da flor, que brilhou por um instante antes de desaparecer numa suave lufada de cinzas, caindo levemente sobre a mesa de madeira.

– Sou a linha central do medalhão dos tigres, a urdidura. Meu papel é ajudar a libertar os dois. – Apontei para o homem silencioso à minha direita. – E o Sr. Kadam é nosso guia e mentor.

O Mestre do Oceano não pareceu surpreso com meu poder. Contente como um garotinho na manhã de Natal, ele aplaudiu.

– Muito bem! Maravilhoso! Agora deixe-me ajudá-los no que eu puder.

Ele ficou de pé, tirou o medalhão dos tigres do pescoço, onde havia estado oculto pelas vestes volumosas, e o inseriu numa abertura em sua estante. Um armário estreito se abriu e dali ele retirou um rolo de pergaminho antigo, preservado num vidro, e um frasco com uma substância verde e oleosa.

Ele fez sinal para que nos aproximássemos. Quando rodeamos a mesa, ele cuidadosamente virou o vidro contendo o pergaminho para mostrar o que havia dentro.

– Este pergaminho existe há séculos e lista os sinais associados ao medalhão dos tigres e aqueles que vêm reclamá-lo. Digam-me, o que sabem sobre sua busca?

O Sr. Kadam mostrou-lhe a tradução da profecia.

– Ah, sim. O início deste pergaminho contém a mesma coisa, com apenas algumas diferenças. Sua profecia diz que devo fazer três coisas por vocês e é o que farei. Devo desenrolar os pergaminhos da sabedoria, untar seus olhos e guiá-los ao portão do espírito. Este documento antigo que estão vendo é o pergaminho que, segundo se diz, contém a sabedoria do mundo.

– O que isso significa? – perguntei.

– Lenda, mito, histórias sobre a origem da humanidade: tudo isso se baseia em verdades eternas e algumas dessas verdades estão contidas aqui. Ao menos foi o que me contaram.

– O senhor não leu?

– Não, absolutamente. Na minha filosofia, não é necessário conhecer todas as verdades. Parte do processo de iluminação é descobrir a verdade por si mesmo através da introspecção. Nenhum dos Dalai-Lamas anteriores leu este pergaminho. Ele não se destina a nós. Foi mantido em segurança para ser entregue a vocês quando chegasse o momento certo.

– Se o pergaminho foi passado e mantido em segredo pelos Dalai-Lamas, então como chegou ao senhor? – perguntou o Sr. Kadam.

– O pergaminho e o segredo devem ser mantidos por dois homens. Como o Dalai-Lama não sabe quem será seu sucessor, ele os confia ao seu professor. Quando seu professor morre, ele os confia à reencarnação daquele professor. Quando o Dalai-Lama morre, o professor compartilha o segredo com o Dalai-Lama seguinte, para que o pergaminho nunca se perca. Com o atual Dalai-Lama no exílio, a tarefa cabe a mim.

– O senhor quer dizer que esse pergaminho foi guardado durante séculos para... *nós*? – perguntei.

– Isso. Temos transmitido o segredo, assim como as instruções, detalhando como encontraríamos aqueles a quem entregá-lo.

O Sr. Kadam se curvou para examinar o pergaminho no vidro.

– Espantoso! Não vejo a hora de examinar isto.

– O senhor não pode. Fui instruído de que o pergaminho não deve ser lido até que o quinto sacrifício seja completado. Existe inclusive a sugestão de que abri-lo antes causaria uma catástrofe gravíssima.

– Quinto sacrifício? – murmurei. – Mas, Sr. Kadam, nem sabemos ainda o que será. – Voltei-me para o Mestre do Oceano. – Tudo o que sabemos até agora é que são quatro sacrifícios e quatro presentes. Só conheceremos o quinto muito mais tarde. Tem certeza de que seremos bem-sucedidos em nossa busca sem ler o pergaminho?

O monge deu de ombros.

– Não cabe a mim saber. Meu dever é colocar isto sob seus cuidados e cumprir minhas duas outras obrigações. Venha, sente-se aqui, jovem, e deixe-me untar seus olhos.

Ele puxou uma cadeira para mim, aproximou-se com o frasco verde e disse:

– Diga-me, Sr. Kadam, em seus estudos já deparou com um povo chamado chewong?

O Sr. Kadam se sentou.

– Confesso que não.

Dei uma risadinha silenciosa. *O Sr. Kadam não sabe algo? Seria isso possível?*

– Os chewong são da Malásia... um povo fascinante. Existe uma imensa pressão sobre eles agora para que se convertam ao islã e se incorporem à sociedade malaia. No entanto, muitos lutam por seus direitos, a fim de manter sua língua e sua cultura. São um povo pacífico, não violento. Na verdade, eles nem têm palavras para designar guerra, corrupção, conflito ou punição em sua língua. Eles possuem muitas crenças interessantes. Um princípio digno de nota diz respeito à propriedade comum. Eles acreditam ser perigoso e errado comer sozinho, por isso, sempre compartilham suas refeições. Mas a crença que se aplica a vocês diz respeito aos olhos.

Ansiosa, passei a língua pelos lábios.

– O que exatamente eles fazem com os olhos? Servem no jantar?

Ele riu.

– Não, nada parecido. Dizem que seus xamãs ou líderes religiosos têm *olhos frios*, ao passo que a pessoa comum tem *olhos quentes*. Uma pessoa com olhos frios pode enxergar mundos diferentes e discernir coisas que estariam ocultas da visão comum.

O Sr. Kadam ficou intrigado e começou a fazer muitas perguntas, enquanto meus olhos buscavam o líquido verde e oleoso que o monge pingava sobre seus dedos de pele fina e ressecada.

– Devo avisar que não gosto de nada nos olhos. Meus pais precisavam me segurar para pingar colírio quando eu tinha conjuntivite.

– Não se preocupe – disse o Mestre do Oceano. – Vou untar suas pálpebras fechadas e compartilhar algumas palavras de sabedoria.

Relaxei consideravelmente e, obediente, fechei os olhos. Senti seus dedos quentes tocarem minhas pálpebras. Eu esperava que o líquido viscoso descesse pelo meu rosto, mas era espesso, mais como um creme, e tinha um cheiro forte de remédio. O cheiro provocou coceira em meu nariz e me lembrou da pomada que minha mãe friccionava em meu peito para que eu respirasse mais facilmente quando adoecia. Minhas pálpebras formigaram e ficaram geladas. Mantive-as fechadas enquanto ele falava em tom suave.

– Meu conselho para você, minha jovem, é que o verdadeiro propósito da vida é ser feliz. Em minha limitada experiência, descobri que, quando nos importamos com os outros, nosso sentimento de bem-estar é maior. Nossa mente fica em paz. Isso ajuda a eliminar qualquer medo ou insegurança que possamos ter e nos dá força para enfrentar os obstáculos que venhamos a encontrar. Além disso, quando precisar de orientação, medite. Muitas vezes encontro respostas através da meditação. Por último, lembre-se de que o antigo ditado "o amor tudo vence" é real. Quando damos amor, ele volta multiplicado.

Abri os olhos com cuidado. Não sentia dor nem desconforto, mas eles estavam ligeiramente sensíveis. Agora era a vez de Kishan. Trocamos de lugar e o monge molhou as pontas dos dedos mais uma vez. Kishan fechou os olhos e a substância foi espalhada sobre suas pálpebras fechadas.

– Agora você, tigre negro. Seu corpo é jovem, mas sua alma é velha. Lembre-se: por mais dificuldades que você tenha que enfrentar e por mais dolorosas que sejam suas experiências, jamais perca a esperança. Perder a fé é a única coisa capaz de destruí-lo. Os lamas dizem: "Vencer a si próprio e às suas fraquezas é um triunfo maior do que derrotar milhares numa batalha."

Kishan não se mexia, os olhos fechados.

– Sua responsabilidade é ajudar a guiar sua família na direção certa. Isso inclui tanto a família imediata quanto a família global. Boas intenções não bastam para criar um resultado positivo; é preciso agir. Quando você participar e se envolver ativamente, as respostas às suas perguntas surgirão. Por último, assim como um grande rochedo não se perturba com os golpes do vento, a mente do homem ponderado é firme. Ele existe como um pilar, um apoio inabalável. Outros podem se agarrar a ele, pois não vacilará.

O Mestre do Oceano recolocou a tampa no frasco e Kishan piscou, abrindo os olhos. A substância verde desaparecera de suas pálpebras. Ele se sentou ao meu lado e esticou a mão para tocar meu braço. O homem que era o Mestre do Oceano, um grande lama do Tibete, estendeu a mão para apertar a do Sr. Kadam, dizendo:

– Meu amigo. Sinto que seus olhos já foram abertos e que você já viu mais do que posso imaginar. Deixo este pergaminho em suas mãos e peço que venha me visitar de tempos em tempos. Gostaria de saber como essa jornada termina.

O Sr. Kadam curvou-se com respeito.

– Ficaria extremamente honrado, mestre.

– Muito bem. Agora, resta-me apenas uma tarefa, que é guiá-los ao portão do espírito. – Ele explicou. – Os portões do espírito marcam a fronteira entre o mundo físico e o espiritual. Quando os transpomos, livramo-nos de matérias terrenas pesadas e nos concentramos nos aspectos espirituais. Não toquem o portão até estarem prontos para entrar, pois isso é proibido. Os portões conhecidos estão na China e no Japão, mas há um no Tibete que foi mantido em segredo. Vou mostrá-lo a vocês no mapa.

Ele chamou um monge e pediu-lhe que trouxesse um mapa do Tibete.

– O portão que vocês procuram é simples e humilde. Vocês devem chegar até lá a pé e levar apenas provisões básicas, pois, para encontrar o portão, precisam provar que caminham por fé. Ele é marcado com as humildes bandeiras de oração dos nômades. A viagem não será fácil e apenas vocês dois poderão ter acesso a ele. Seu mentor deverá ficar.

Ele nos mostrou um caminho por onde poderíamos iniciar a subida. Engoli em seco ao reconhecer o local, apesar da minha incapacidade de decifrar a língua. *Monte Everest*. Felizmente, parecia que o portão do espírito não ficava no cume, mas a uma curta distância acima do limite das neves eternas. O Sr. Kadam e o Mestre do Oceano conversaram animadamente sobre o melhor percurso a fazer, enquanto Kishan escutava, atento.

Como vou fazer isso? Tenho que conseguir. Ren precisa de mim. Encontrar esse novo lugar e o objeto era o que me ajudaria a encontrar Ren, e nada iria me impedir, nem mesmo o enjoo da altitude ou uma montanha congelante.

O pergaminho foi entregue ao Sr. Kadam, assim como os mapas e uma explicação detalhada de como chegarmos ao portão do espírito. A mão quente de Kishan segurou a minha.

– Kelsey, você está bem?

– Estou. Só um pouco assustada com a viagem.

– Eu também. Mas lembre-se de que ele disse que é preciso ter fé.

– Você tem fé?

Kishan refletiu.

– Sim, acho que tenho. Pelo menos, mais do que tinha antes. E você?

– Tenho *esperança*. Isso é bom o bastante?

– Deve ser.

O Mestre do Oceano apertou nossas mãos calorosamente e se despediu, ladeado por seus acompanhantes. Um monge nos guiou até os quartos para que reuníssemos nossos pertences.

O Sr. Kadam passou o resto do dia envolvido nos preparativos da viagem. Kishan e eu arrumamos uma bagagem leve, recordando o aviso de levarmos poucas coisas. O Sr. Kadam determinou que não levássemos comida ou água, sabendo que o Fruto Dourado nos sustentaria. Ele me disse que testara as limitações do Fruto e que parecia funcionar a uma distância de até 30 metros e que, embora não produzisse água, podia nos prover com uma variedade de outras bebidas. Ele recomendou chás quentes de ervas e bebidas sem açúcar para permanecermos hidratados. Agradeci-lhe e embrulhei cuidadosamente o Fruto em minha colcha antes de colocá-lo na mochila.

Discutimos durante um bom tempo os prós e contras de uma barraca e decidimos levar, em seu lugar, um grande saco de dormir. Eles acharam que eu não conseguiria subir a montanha carregando uma barraca e que eu precisava de espaço na mochila para as roupas de Kishan, para Fanindra e todas as armas. Kishan teria que se transformar de tigre em homem várias vezes, então precisaria de roupas quentes.

No dia seguinte fomos de carro até o sopé da montanha. Lá, o Sr. Kadam caminhou conosco por algum tempo e depois nos abraçou brevemente.

Disse que montaria acampamento ali e aguardaria ansioso nosso regresso.

– Tenha muito cuidado, Srta. Kelsey. A viagem sem dúvida será difícil. Guardei todas as minhas anotações em sua mochila. Espero ter me lembrado de tudo.

– Tenho certeza de que se lembrou. Ficaremos bem. Não se preocupe. Com sorte, estaremos de volta antes que o senhor perceba. Talvez o tempo pare, como em Kishkindha. Cuide-se. E se, por algum motivo, não retornarmos, por favor, diga a Ren...

– Vocês *vão* voltar, Srta. Kelsey. Disso estou certo. É hora de partirem. Até breve.

Kishan se transformou no tigre negro e começamos a subir a montanha. Meia hora depois, voltei-me para olhar quanto já havíamos avançado. O terreno plano se estendia até onde os olhos alcançavam. Acenei para a pequena silhueta do Sr. Kadam, lá embaixo, e depois me virei, passei entre duas pedras e dei o primeiro passo na trilha à frente.

17

Portão do espírito

Estremeci e dei um puxão em minhas luvas, ajustando-as mais para cima nos pulsos. Passáramos a maior parte do primeiro dia subindo a montanha e montamos acampamento perto de algumas rochas que bloqueavam o vento. Quando paramos, foi com alívio que me livrei da mochila e me alonguei.

Dei uma busca na área, juntando lenha para acender uma fogueira. Após um jantar quente, graças ao Fruto Dourado, aconcheguei-me em meu saco de dormir *king size*, completamente vestida. Kishan enfiou a cabeça pela abertura e entrou em seguida. A princípio foi esquisito, mas depois de uma hora eu me sentia extremamente grata pela pelagem quente que me fez parar de tremer. Estava tão exausta que, apesar do barulho do vento, consegui dormir.

Na manhã seguinte, para o café da manhã, usei o Fruto Dourado para obter mingau de aveia quente com xarope de bordo e açúcar mascavo, além de chocolate quente. Kishan quis ficar como tigre para se manter aquecido, então lhe dei a opção de uma grande travessa cheia de bifes malpassados de carne de caça ou um prato gigantesco do mesmo mingau que eu comi e uma grande tigela de leite. Ele começou pela carne, mas comeu também o mingau e tomou o leite, engolindo rapidamente. Juntei nossos pertences e arrumei-os na mochila antes de partirmos de novo.

Nos quatro dias seguintes estabelecemos uma rotina. Kishan guiava o caminho, eu providenciava as refeições com a ajuda do Fruto Dourado e acendia a fogueira, depois dormíamos aconchegados, tigre e humana, no grande saco de dormir, enquanto o vento uivava ao nosso redor. A escalada era desafiadora. Se eu não viesse me exercitando com Kishan e o Sr. Kadam, não estaria fisicamente preparada.

A subida não era difícil a ponto de exigir equipamento de montanhismo, mas tampouco era um passeio no parque. Respirar ficava mais complicado à medida que subíamos, pois havia menos oxigênio, e por isso parávamos frequentemente para beber algo e descansar.

Chegamos ao limite das neves no quinto dia. Mesmo no verão havia neve no monte Everest. Era fácil avistar Kishan agora, mesmo à distância. Um animal negro na neve branca não passava despercebido. Ele tinha sorte de provavelmente ser uma das maiores criaturas ali. Se fosse menor, seria caçado por predadores.

Será que existem ursos polares por aqui? Não, ursos polares vivem nos polos. Hum, talvez existam outros ursos ou pumas. Pé Grande? O Abominável Homem das Neves? Melhor não pensar nisso.

Segui os rastros de Kishan e comecei a ficar atenta a pegadas. Quando avistava rastros de pequenos animais na neve, tentava adivinhar quais seriam. Alguns eram aves, evidentemente, mas outros eu não sabia se poderiam ser coelhos ou pequenos roedores. Sem ver nada maior e ficando entediada com esse jogo, relaxei e deixei a mente vagar enquanto seguia Kishan.

As árvores estavam ficando esparsas e o terreno, rochoso. A camada de neve era funda e respirar tornava-se cada vez mais difícil. Comecei a ficar nervosa. Eu não achava que demoraria tanto para chegar ao portão do espírito.

No sétimo dia, encontramos o urso.

Kishan afastara-se havia cerca de meia hora para procurar madeira e um bom local para acamparmos. Eu devia seguir seu rastro e ele retornaria e me encontraria pelo faro. Na verdade, ele estaria de volta muito em breve, pois nunca me deixava por mais de 30 minutos.

Eu caminhava lenta e penosamente, pisando em suas pegadas de tigre, quando ouvi um urro estrondoso atrás de mim. Imaginei que Kishan tivesse feito a volta e estivesse tentando chamar minha atenção. Virei-me e me detive bruscamente, arquejando, apavorada. Um enorme urso pardo vinha em minha direção, num galope de ataque. Suas orelhas redondas estavam para trás. A boca aberta revelava os dentes afiados e ele se aproximava, veloz. Era muito mais rápido que eu.

Gritei.

O urso parou a pouco mais de um metro de onde eu estava, ergueu-se nas patas traseiras e rugiu para mim de novo, golpeando o ar com as patas. Seu pelo desgrenhado estava molhado de neve. Os olhos pequenos e negros me encaravam sobre o focinho comprido, enquanto ele avaliava minha capacidade de luta. A pele ao redor da boca repuxou quando sua mandíbula estremeceu, deixando à mostra um impressionante conjunto de dentes que poderia me fazer em pedaços.

Rapidamente me joguei no chão, lembrando-me de uma história sobre homens da montanha sobrevivendo na natureza selvagem. Ouvi que o melhor a fazer durante um ataque de urso é se deitar no chão, ficar em posição fetal e se fingir de morto.

Enrolei-me numa bola e cobri a cabeça com as mãos. O urso pôs as patas dianteiras no chão e pulou um pouco, as patas triturando a neve, enquanto tentava fazer com que eu me movesse para que pudesse atacar. Ele golpeou minhas costas e ouvi o tecido rasgar quando acertou a mochila, despedaçando o compartimento externo.

Por estar tão perto do urso, eu podia sentir o cheiro do seu pelo, que trazia o odor de grama molhada, terra e água do lago. Seu hálito quente cheirava levemente a peixe. Gemi e rolei um pouco. O urso mordeu a mochila e apertou a pata dianteira na parte de trás da minha coxa para me imobilizar. A pressão era intensa. Tive certeza de que meu fêmur ia quebrar.

E provavelmente teria quebrado se eu estivesse num solo mais compacto. Por sorte, o peso da perna do urso apenas me afundou mais na neve. Eu não sabia se ele estava defendendo seu território ou se queria me comer. De uma forma ou de outra, logo estaria morta.

Nesse exato momento, ouvi o rugido de Kishan. O urso olhou para cima e bramiu de volta, defendendo seu jantar. Virou-se para encarar o tigre e arranhou fundo com suas garras a parte de trás da minha coxa e a panturrilha da outra perna. Ofeguei de dor quando as garras de Freddy Krueger, com quase 300 quilos por trás delas, rasgaram minha coxa e panturilha. Mas a boa notícia era que o urso não tivera intenção de me machucar. Havia sido só um tapinha de amor, avisando que já estaria de volta.

Minhas pernas queimavam de dor e lágrimas rolavam pelo meu rosto, mas permaneci o mais quieta possível. Kishan rodeou o animal por um momento e então se lançou ao ataque. O tigre mordeu a pata dianteira do urso, enquanto este enfiava as garras em seu dorso. Os animais se afastaram o bastante para eu arriscar uma olhada nas minhas pernas. Não consegui virar a cabeça o suficiente para ver os ferimentos, mas grandes gotas de sangue manchavam de vermelho a neve.

O urso ficou de pé nas patas traseiras e rugiu. Depois se pôs de quatro, aproximou-se um pouco e ficou de pé novamente. Kishan traçou um semicírculo fora do alcance do urso, que tentou atingi-lo com as patas dianteiras duas ou três vezes, como se tentasse afugentá-lo.

Kishan se aproximou e o urso atacou. O tigre se chocou com o urso de pé. Quando colidiram, o urso passou as patas dianteiras ao redor do corpo de Kishan, atacando violentamente suas costas, dando-me uma nova perspectiva da expressão "abraço de urso". Eles se rasgavam um ao outro, numa fúria de dentes e garras. O urso mordeu a orelha de Kishan, quase arrancando-a. Kishan afastou a cabeça, fazendo com que ambos perdessem o equilíbrio. Os animais caíram e rolaram algumas vezes, numa confusão de pelos negros e castanhos.

Então me recuperei o suficiente para me dar conta de que tinha uma arma. Mas que idiota eu era. *Que espécie de guerreira eu me tornara?* Kishan agora estava rodeando o animal, tentando confundi-lo e cansá-lo. Tirei vantagem da distância entre eles, levantei a mão e atingi o urso no focinho com um pequeno raio. Não foi suficiente para feri-lo, mas o bastante para afastá-lo de seu jantar em potencial. Ele se distanciou num passo rápido, urrando de dor e frustação.

Rapidamente Kishan se transformou em homem e começou a avaliar os ferimentos da minha perna. Ele retirou a mochila dos meus ombros e em poucos segundos vestiu suas roupas de inverno. Em seguida debruçou-se sobre mim. O sangue já estava congelando na neve. Kishan rasgou uma camiseta ao meio e enrolou minha coxa e a panturrilha, apertando bem.

– Me desculpe se doer, mas preciso mover você. O cheiro do seu sangue pode atrair o urso de volta.

Ele se abaixou e me pegou com cuidado nos braços. Apesar de sua delicadeza, minhas pernas ardiam. Gritei e não pude deixar de me contorcer para tentar aliviar a dor. Pressionei meu rosto contra seu peito e cerrei os dentes. Então, perdi a consciência.

Eu não sabia se havia dormido ou desmaiado. Na verdade, não importava. Acordei deitada de bruços, junto a uma fogueira, com Kishan examinando meus ferimentos. Ele rasgara outra camiseta e limpava cuidadosamente minhas pernas com uma espécie de líquido quente e malcheiroso que ele produzira com o Fruto Dourado.

Arquejei.

– Isso pinica! O que é?

– É um remédio à base de ervas para aliviar a dor, deter a infecção e ajudar seu sangue a coagular.

– Não cheira muito bem. O que tem nele?

– Canela, equinácea, alho, hidraste, milefólio e algumas outras coisas cujo nome eu não conheço em sua língua.

– Está doendo!

– Imagino que sim. Você precisa de pontos.

Respirei fundo e comecei a lhe fazer perguntas para distrair minha mente da dor. Arquejei quando ele começou a limpar minha panturrilha.

– Onde você... aprendeu a fazer isso?

– Lutei em muitas batalhas. Sei um pouco como cuidar de ferimentos como estes. A dor deve diminuir logo, Kells.

– Tratou de ferimentos antes?

– Sim.

– Pode... me contar como foi? – perguntei, gemendo. – Vai me ajudar a me concentrar em outra coisa.

– Tudo bem.

Ele molhou o pano e continuou trabalhando em minha panturrilha.

– Kadam me levou com um grupo de sua infantaria de elite para conter alguns bandidos.

– Do tipo Robin Hood?

– Quem é Robin Hood?

– Um personagem que roubava dos ricos para dar aos pobres.

– Não. Eram assassinos. Roubavam caravanas, violentavam mulheres e depois matavam todos. Tornaram-se famosos numa certa região onde havia muito comércio. Suas riquezas atraíram muitas pessoas ao grupo e seu grande número causava muita preocupação. Eu estava estudando teoria militar e aprendendo com Kadam como estabelecer uma estratégia e entrar na guerra de guerrilha.

– Quantos anos você tinha?

– Tinha 16.

– Ai!

– Desculpe.

– Tudo bem – gemi. – Por favor, continue.

– Um grande grupo deles se achava escondido em algumas cavernas e estávamos tentando encontrar um modo de expulsá-los quando fomos atacados. Eles haviam construído uma saída secreta do esconderijo e nos rodearam, matando nossas sentinelas. Nossos homens lutaram bravamente e venceram os canalhas, mas vários de nossos melhores soldados foram mortos e muitos ficaram gravemente feridos. Eu tive o braço deslocado, mas Kadam o colocou no lugar e ajudamos tantos quantos pudemos.

– Nossa...

– Foi quando aprendi a fazer a triagem de batalha. Aqueles que podiam, acompanhavam o cirurgião e o ajudavam a cuidar dos ferimentos dos soldados. Ele me ensinou um pouco sobre plantas e suas propriedades curativas. Minha mãe também entendia um pouco de botânica e tinha uma estufa cheia de plantas, muitas das quais usadas em medicamentos. Depois disso, sempre que eu saía para os combates, levava comigo uma bolsa de medicamentos para ajudar quando fosse necessário.

– Parece um pouco melhor agora. Está latejando menos. E você? Seus ferimentos estão doendo?

– Já estou curado.

– Isso não é justo – comentei, com inveja.

– Trocaria de lugar com você se pudesse, Kells – disse ele em voz baixa.

E continuou a limpeza cuidadosamente, envolvendo minha coxa e a panturrilha em tiras finas de tecido e depois fixando-as com as ataduras elásticas que o Sr. Kadam incluíra em nossa caixa de primeiros socorros. Kishan me deu duas aspirinas e levantou minha cabeça para me ajudar a beber água.

– Consegui parar o sangramento. Só um dos ferimentos me preocupa, por ser mais profundo. Descansaremos esta noite e começaremos a voltar amanhã. Terei que carregá-la, Kells. Acho que você não vai poder andar. Seus ferimentos podem abrir e voltar a sangrar.

– Mas, Kishan...

– Não se preocupe com isso agora. Descanse e veremos como se sentirá pela manhã.

Estendi a mão e a coloquei sobre a dele.

– Kishan?

Ele voltou seus olhos dourados para o meu rosto e me observou atentamente, avaliando se eu sentia dor.

– Sim?

– Obrigada por cuidar de mim.

Ele apertou minha mão.

– Quem dera eu pudesse fazer mais. Agora durma.

Fiquei cochilando intermitentemente, acordando quando Kishan colocava mais lenha na fogueira. Não sabia como ele encontrara lenha seca o bastante para queimar, mas não me dei ao trabalho de perguntar. Ele pôs a panela com o líquido que usara para banhar meus ferimentos junto das chamas a fim de mantê-lo aquecido. Eu estava confortável no saco de dormir, deitada de bruços, e, em meio a um torpor, olhava as chamas lamberem o fundo da panela. O cheiro de ervas do líquido quente se espalhava pelo ar e eu cochilava e acordava.

A certa altura devo ter dormido mais profundamente, pois sonhei com Ren. Ele se encontrava amarrado a um poste com as mãos atadas acima da cabeça. Eu estava encostada numa parede atrás de outro poste, onde Lokesh, que falava numa língua estranha e batia na mão com um chicote, não podia me ver. Ren abriu os olhos e me viu. Ele não se mexeu nem moveu um músculo sequer, mas seus olhos se agitaram. Eles brilharam e rugas minúsculas surgiram dos lados. Sorri para ele e dei um passo em sua direção. Ele balançou a cabeça ligeiramente. Ouvi o estalo do chicote e congelei.

Ren arquejou de dor. Deixei correndo meu esconderijo, gritando, e ataquei Lokesh, surpreendendo-o. Agarrei o chicote, mas não conseguia arrancá-lo de sua mão. Ele era extremamente forte. O meu gesto era tão inútil quanto o de um pássaro atacando uma árvore. Enquanto eu me debatia e lutava, vi seu indisfarçável prazer ao me reconhecer.

A excitação febril alcançou seus olhos negros e brilhantes. Ele agarrou minhas mãos e as torceu sobre minha cabeça e então chicoteou a parte posterior de minhas pernas três vezes. Gritei de dor. Um rugido atrás de mim atraiu sua atenção. Agarrei sua camisa e enfiei as unhas em seu pescoço e no peito. Ele me sacudiu.

– Kelsey! Kelsey! Acorde!

Acordei sobressaltada.

– Kishan?

– Você estava sonhando de novo.

Ele estava dentro do saco de dormir comigo. Delicadamente, soltou meus dedos que agarravam com firmeza sua blusa.

Olhei para seu peito e seu pescoço e vi os arranhões feios e ensanguentados. Delicadamente toquei um deles.

– Ah, *Kishan*, me desculpe. Está doendo muito?

– Tudo bem. Já estão cicatrizando.

– Não tive a intenção. Estava sonhando com Lokesh de novo. Eu... eu não quero voltar, Kishan. Quero seguir em frente, continuar a procurar o portão do espírito. Ren está sofrendo. Eu sei.

Para minha grande consternação, comecei a soluçar. Em parte por causa da dor em minhas pernas e em parte por causa do estresse da viagem, mas o motivo principal era porque eu sabia que Ren estava sofrendo. Kishan mudou de posição e me abraçou.

– Shh, Kelsey. Vai ficar tudo bem.

– Isso você não sabe. Lokesh pode matá-lo antes de encontrarmos essa porcaria de portão do espírito.

Eu chorava enquanto Kishan massageava minhas costas.

– Lembre-se de que Durga disse que cuidaria dele. Não se esqueça disso.

Solucei.

– Eu sei, mas...

– Sua segurança é mais importante do que a busca e Ren concordaria com isso.

Ri, entre as lágrimas.

– Provavelmente sim, mas...

– Nada de "mas". Precisamos voltar, Kells. Quando estiver curada, podemos tentar novamente. Temos um trato?

– Acho que sim.

– Ótimo. Ren tem sorte... de ser dono do coração de uma mulher como você, Kelsey.

Virei-me de lado para olhá-lo. O fogo ainda estava aceso e observei as chamas dançarem em seus olhos dourados e preocupados.

Toquei seu pescoço já cicatrizado e disse:

– E eu tenho sorte de ter dois homens tão maravilhosos na minha vida.

Ele levou minha mão aos lábios e beijou meus dedos.

– Sabe que ele não ia querer que você sofresse por ele.

– Nem que eu encontrasse consolo em *você*.

Ele sorriu.

– Não mesmo.

– Mas você me consola. Obrigada por estar aqui.

– Não há outro lugar em que eu desejasse estar. Durma um pouco, *bilauta*.

Ele me puxou para perto e me aninhou junto a seu peito. Experimentei a sensação de culpa por me sentir confortada nos braços de Kishan, mas rapidamente peguei no sono, sem outros incidentes.

Os dois dias seguintes de viagem foram curtos por necessidade. Tentei caminhar sozinha, mas a dor era forte, então Kishan precisou me carregar. Descemos de volta a montanha, andando devagar, parando para descansar de vez em quando, reservando a última hora para Kishan montar o acampamento e cuidar de mim. A maioria dos meus ferimentos estava cicatrizando, mas o mais profundo começara a supurar.

A pele ao redor se tornara vermelha, inchada e inflamada. Era evidente que o ferimento estava piorando. Quando a febre chegou, Kishan começou a se desesperar. Ele amaldiçoou o fato de só poder me carregar durante seis horas do dia. Usou todos os remédios de ervas em que pôde pensar. Infelizmente o Fruto Dourado não produzia antibióticos.

Uma tempestade nos atingiu e percebi vagamente que Kishan me carregava através do granizo e da neve. O fato de não me movimentar sozinha deixava-me mais suscetível ao frio. Eu estava congelando e perdia e recobrava os sentidos, sem saber quantos dias haviam se passado. A certa altura ocorreu-me a ideia de que talvez Fanindra pudesse me curar, como em Kishkindha. Ela, porém, continuava rígida e congelada. Eu sabia que o clima não estava exatamente propício a cobras, mas talvez ela soubesse que eu ainda não estava à beira da morte, apesar das aparências.

Nós nos perdemos na tempestade, sem saber se estávamos voltando para o Sr. Kadam ou seguindo na direção do portão do espírito. Kishan estava constantemente preocupado em não me deixar dormir e por isso conversava comigo enquanto andávamos. Eu não me lembrava muito do que ele dizia. Deu-me uma aula sobre sobrevivência na natureza e disse que era importante que nos mantivéssemos aquecidos, alimentados e hidratados. Essas três coisas estavam relativamente garantidas. Quando parávamos para passar a noite, ele me envolvia no saco de dormir, deitava-se perto de mim para que seu corpo de tigre me mantivesse quente e deixava que o Fruto Dourado fornecesse a comida e a bebida de que necessitávamos.

Perdi o apetite quando adoeci. Kishan me forçava a comer e beber, mas eu tremia e a febre me fazia sentir como se estivesse ora congelando ora quente demais. Ele tinha que se transformar em homem com frequência para me manter coberta com o saco de dormir porque, com a febre, eu tentava constantemente me descobrir.

Eu me sentia fraca agora e passava o tempo olhando para o céu ou para o rosto de Kishan, enquanto ele falava de vários assuntos. O que ele chamou de "arroz do mato" foi um tópico do qual me lembrei mais tarde por ser nojento. Ele falou sobre como conseguira se manter quando foi o único sobrevivente de uma batalha dentro do território inimigo. Como não havia comida, ele comia arroz do mato, que na verdade não era arroz, mas larvas brancas de cupins.

Resmunguei, mas estava sonolenta demais para mover os lábios e emitir qualquer comentário. Não conseguia falar. Ele me olhou, preocupado, e puxou um pouco mais o capuz sobre meu rosto para que a neve não caísse diretamente sobre mim.

– Prometo que vou tirá-la daqui, Kelsey – sussurrou, inclinando-se em minha direção. – Não vou deixá-la morrer.

Morrer? Quem falou em morrer? Eu não pretendia morrer, mas não conseguia dizer isso a ele. Meus lábios pareciam congelados. *Não posso morrer. Tenho que encontrar os próximos três itens e salvar meus tigres. Tenho que resgatar Ren da prisão de Lokesh. Tenho que terminar a faculdade. Tenho que...* Adormeci.

Sonhei que passava o dedo no vidro de uma janela congelada. Tinha acabado de desenhar um coração com "Ren + Kelsey" no meio e desenhara um segundo coração com "*Kishan* +..." quando alguém me sacudiu, me acordando.

– Kells. *Kells*! Pensei que estivéssemos voltando, mas acho que encontramos o portão do espírito!

Espiei pela abertura do capuz e olhei para cima, para um céu cinza-ametista. Uma chuva de granizo gelada e dolorosa nos fustigava e eu precisei apertar os olhos a fim de ver para onde Kishan apontava. No meio de uma extensão nua e branca de neve encontravam-se duas estacas de madeira. Enroladas em cada uma delas, viam-se longas cordas de um material que tremulava na tempestade, como rabiolas de pipas. Uma fileira de bandeiras coloridas estava presa em diferentes seções das estacas. Algumas das cordas estavam atadas à estaca oposta. Outras se achavam presas a anéis fixados no solo ou apenas balançavam soltas no vento.

Umedeci os lábios com a língua e sussurrei:

– Tem certeza?

Felizmente sua audição de tigre era bastante aguçada. Ele se curvou, aproximando-se do meu ouvido, e gritou mais alto que o barulho do vento:

– Pode ser um monumento ou memorial criado por nômades, mas há algo de diferente naquilo. Quero verificar.

Assenti, fraca, e ele me acomodou no saco de dormir perto de uma das estacas. Passara a me carregar no saco de dormir para me manter mais aquecida. Caí num sono profundo. Quando ele me acordou, não sabia se haviam se passado horas ou segundos.

– É aqui mesmo, Kelsey. Encontrei uma marca de mão. A questão é: devemos atravessá-lo ou voltar? Acho que devemos voltar e retornar depois.

Estendi a mão enluvada e toquei-lhe o peito. Sussurrei, sentindo o vento engolir minhas palavras e dispersá-las assim que passavam pelos meus lábios. Por sorte, ele as ouviu.

– Não... Não conseguiremos... achá-lo... de novo... muito difícil – eu disse.

– O Mestre do Oceano disse que... provássemos nossa... fé. É... uma prova. Temos... que... ten... tentar.

– Mas, Kells...

– Leve-me... à... marca de mão.

Ele me olhou, com a indecisão travando uma batalha em seus olhos. Cuidadosamente, esticou a mão enluvada e afastou os flocos de neve do meu rosto.

Apertei a mão dele na minha.

– Tenha fé – sussurrei no vento.

Ele soltou um suspiro profundo e em seguida deslizou os braços sob meu corpo e me carregou até a estaca de madeira.

– Aqui está. À esquerda da estaca, sob o tecido azul.

Vi do que ele falava e tentei tirar minha luva. Kishan me colocou de pé, sustentando todo o meu peso num só braço. Puxou minha luva com a outra mão e a enfiou em seu bolso. Depois guiou minha mão para dentro da depressão fria esculpida na estaca. Agora que eu estava mais perto, conseguia enxergar os entalhes intrincados por toda a madeira, que tinha sido parcialmente coberta pela neve. Se estivesse me sentindo melhor, teria adorado examiná-los, porém mal conseguia me sustentar de pé sem Kishan.

Mantive a mão pressionada contra a madeira, mas nada aconteceu. Tentei evocar o fogo em minha barriga, a centelha que fazia minha mão brilhar, mas sentia-me entorpecida.

– Kishan.. n...não... consigo. Estou com... muito... fr... frio – balbuciei, sentindo vontade de chorar.

Ele tirou as luvas, abriu o casaco, rasgou a camiseta que vestia por baixo e pôs minha mão congelada sobre seu peito nu, cobrindo-a com a sua mão quente. Seu peito estava quente também. Ele pressionou seu rosto aquecido contra o meu rosto frio e, com a palma da mão, esfregou as costas da minha mão por alguns minutos. Ele falou, mas não entendi suas palavras. Então virou-se para me proteger do vento e quase adormeci protegida no casulo aconchegante que ele criara. Por fim, afastou-se um pouco e disse:

– Pronto. Assim é melhor. Agora, tente outra vez.

Ele me ajudou a posicionar a mão. Senti uma pequena centelha de calor formigando e a induzi a crescer. A força estava lenta e letárgica, mas foi crescendo até a marca de mão brilhar. A estaca sacudiu e começou a brilhar também. Algo aconteceu aos meus olhos. Um filtro verde cobriu minha visão, como se eu tivesse colocado óculos escuros de lentes verdes. Isso fazia com que o brilho de minha mão parecesse laranja-vivo e ele viajava de uma estaca à outra, atravessando a rabiola de tecido.

O chão tremeu e fomos envolvidos numa bolha de calor. Fraca demais para continuar, minha mão escorregou e tornei a desabar de encontro a Kishan, que me pegou no colo novamente. Uma pequena bolha de estática se formou entre as duas estacas e começou a crescer. As cores mudavam dentro da bolha, inicialmente muito borradas para que fosse possível distingui-las, mas foram crescendo e começaram e entrar em foco. Ouvi um estouro e a imagem tornou-se nítida.

Vi a grama verde e um sol amarelo e quente. Rebanhos de animais pastavam preguiçosamente em meio a árvores frondosas. De onde estávamos, eu inalava o perfume de flores e sentia o sol em meu rosto, embora o granizo gelado ainda caísse sobre mim. Kishan deu um passo à frente, depois outro. Ele me carregou para o paraíso. Com a cabeça recostada em seu braço, eu escutava o som da tempestade morrer. O ar frio se tornou mais distante e depois partiu com um leve estalo. Foi então que desmaiei.

18

Coisas boas

Despertei ao amanhecer junto a uma fogueira crepitante. Kishan estava aquecendo as mãos.

Virei-me e gemi.

– Oi.

– Oi. Como está se sentindo?

– Hum... Na verdade, melhor.

Ele resmungou.

– Seu ferimento começou a cicatrizar assim que chegamos a este lugar.

– Dormi por quanto tempo?

– Cerca de 12 horas. Você se curou aqui quase tão depressa quanto Ren e eu do lado de fora.

Estendi as pernas e fiquei aliviada. A dor era ruim, mas uma infecção era pior. Eu estivera de certa forma contando com o amuleto de Kishan para me curar, mas não estava funcionando como o Sr. Kadam dissera. Talvez o amuleto de Kishan fizesse algo diferente. Eu tivera sorte.

– Estou faminta. O que temos para o café da manhã? – perguntei.

– O que gostaria de comer?

– Que tal panquecas com gotas de chocolate e um copo bem grande de leite?

– Parece bom. Vou querer o mesmo.

Kishan pediu ao Fruto Dourado que providenciasse nossa refeição, agachando-se ao meu lado para comer. Ainda me sentia fraca e, quando ele me puxou para mais perto, para que me apoiasse nele, não protestei. Ao contrário, ataquei, contente, minhas panquecas.

– E então, Kishan, onde estamos?

– Não tenho certeza. Cerca de um quilômetro e meio além do portão do espírito.

– Você me carregou?

– Sim. – Ele pousou o prato e passou o braço ao meu redor. – Tive medo de que você morresse.

– Aparentemente, meu retorno dos mortos é um tema recorrente nestas cidades míticas.

– Espero que esta seja a última vez que você chega tão perto.

– Eu também. Obrigada. Por tudo.

– De nada. A propósito, parece que posso manter a forma humana aqui, como Ren fez em Kishkindha.

– É mesmo? E como está se sentindo?

– Estranho. Não estou acostumado. Fico esperando o tigre assumir o controle. Ainda posso me transformar se quiser, mas não sou obrigado a isso.

– O mesmo aconteceu com Ren. Bem, aproveite enquanto durar. Ren transformou-se de volta no instante em que deixamos Kishkindha.

Ele murmurou algo e começou a vasculhar a mochila.

– Pode me dar a profecia e as notas do Sr. Kadam? – pedi. – A primeira tarefa é achar a pedra ônfalo, a pedra do umbigo, a pedra da profecia. Quando olharmos dentro dela, ela nos mostrará onde encontrar a árvore. A pedra parece uma bola de futebol americano apoiada numa das extremidades com um buraco no topo.

– E como é uma bola de futebol americano?

– É meio ovalada.

Levantei-me com as pernas trêmulas.

– Não acha que devia descansar um pouco mais?

– Estou me sentindo bem descansada e, além disso, quanto mais rápido encontrarmos a pedra, mais cedo resgataremos Ren.

– Tudo bem, mas avançaremos devagar. Está bem quente aqui. Não gostaria de trocar as roupas de neve primeiro?

Olhei para minha calça rasgada.

– É melhor.

Kishan tirara meu casaco, mas eu estava suando com a calça térmica. Ele já se trocara e agora usava calça jeans, botas de montanhismo e uma camiseta preta.

– Não enjoa de preto?

Ele deu de ombros.

– Eu me sinto bem assim.

– Hum.

– Enquanto você se troca, vou verificar a área e tentar encontrar uma trilha para seguirmos. – Ele sorriu. – E não se preocupe. Não vou espiar.

– Acho bom.

Ele riu e se afastou andando pela grama, em direção ao início do bosque. Enquanto eu mudava de roupa, examinei assombrada minha calça rasgada. *Aquele urso me pegou de jeito.* Chequei a perna e a panturrilha. Não havia mais nenhum ferimento. Nem uma cicatriz sequer. A pele estava normal e rosada, como se nunca tivesse sido machucada.

Quando Kishan voltou, eu já havia me lavado usando a melhor solução que pude encontrar – uma panela de chá de rosas quente, cortesia do Fruto Dourado, e uma camiseta. Joguei o restante do chá de rosas no cabelo, escovei-o e o prendi numa trança que caía pelas minhas costas. Eu já vestira uma camiseta de mangas compridas, calça jeans e botas de montanhismo para combinar com Kishan quando ele gritou, avisando de sua chegada, e entrou no acampamento. Ele me olhou de cima a baixo com aprovação masculina e sorriu.

– Está rindo de quê?

– De você. Está com uma aparência muito melhor.

– Ah! O que eu não daria por um banho! Mas me sinto melhor.

– Encontrei um riacho que corre junto ao início do bosque com uma trilha. Acho que pode ser um bom lugar para começarmos. Vamos?

Concordei com a cabeça enquanto ele colocava a mochila em seus ombros e seguimos para as árvores. Quando chegamos ao riacho, espantei-me com sua beleza. Flores maravilhosas brotavam junto a pedras e troncos de árvores. Reconheci narcisos crescendo nas margens e contei a Kishan a história da mitologia grega sobre o belo homem que se apaixonou pelo próprio reflexo.

Ele escutou, absorto, e ficamos os dois tão envolvidos com a história que não notamos os animais. Estávamos sendo seguidos por criaturas da floresta. Paramos e um par de coelhos veio, saltando, nos olhar com curiosidade. Esquilos pulavam de árvore em árvore, aproximando-se, como se quisessem escutar a história. Eles saltaram para um galho que se curvou com seu peso e os trouxe para apenas alguns metros de nós. O bosque estava cheio de criaturas. Vi raposas, cervos e pássaros de todas as espécies. Ergui a mão e um belo cardeal vermelho pousou delicadamente no meu dedo.

Kishan levantou o braço e um falcão de olhos dourados voou do topo da árvore para se equilibrar em seu antebraço. Andei até uma raposa que, destemida, observou minha aproximação. Esticando a mão, acariciei sua cabeça peluda e macia.

– Estou me sentindo a Branca de Neve! É incrível! Que lugar é este?

Ele riu.

– O paraíso. Está lembrada?

Caminhamos o dia todo, escoltados às vezes por uma variedade de animais. À tarde deixamos a floresta e encontramos cavalos pastando num prado repleto de flores silvestres. Colhi algumas a fim de fazer um buquê. Os cavalos vieram trotando para investigar.

Kishan deu-lhes maçãs de uma árvore próxima e eu trancei flores na crina de uma linda égua branca. Eles andaram ao nosso lado por algum tempo.

No início da noite avistamos uma estrutura no sopé de uma grande colina. Kishan quis montar acampamento para que pudéssemos dormir e explorar a área no dia seguinte.

Naquela noite, deitei-me de lado no saco de dormir com uma das mãos sob o rosto e disse a ele:

– É como o Jardim do Éden! Jamais imaginei que um lugar assim existisse!

– Ah, mas, se bem me lembro, havia uma serpente no jardim.

– Bem, se não havia uma aqui antes, agora há.

Olhei para Fanindra. Suas dobras douradas ainda estavam duras e imóveis, enquanto ela descansava perto da minha cabeça. Voltei-me para Kishan, que atiçava o fogo com um galho.

– Não está cansado? Avançamos bastante hoje. Não quer dormir?

Ele me deu uma olhada rápida.

– Daqui a pouco.

– Ah, tudo bem. Guardarei um espaço para você.

– Kelsey, acho que seria prudente de minha parte dormir do outro lado da fogueira. Você ficará bastante aquecida aqui, sozinha.

Olhei para ele, curiosa.

– É verdade, mas há bastante espaço, e prometo não roncar.

Ele deu uma risada nervosa.

– Não é isso. Sou homem o tempo inteiro agora e seria difícil para mim dormir com você sem... abraçá-la. Dormir ao seu lado como tigre, tudo bem, mas como homem é diferente.

– Ah, uma vez eu disse o mesmo para Ren. Você está certo. Deveria ter pensado nisso e não deixá-lo numa posição desconfortável.

Ele bufou, irônico.

– Não estava preocupado em me sentir *desconfortável*, mas sim em me sentir um pouco confortável *demais*.

– Ah, tá. – Agora *eu* estava nervosa. – Então... é... quer ficar com o saco de dormir? Posso usar minha colcha.

– Não. Estou bem, *bilauta*.

Alguns minutos depois, Kishan acomodou-se do outro lado da fogueira. Ele enfiou as mãos sob a cabeça e disse:

– Conte-me outra lenda grega.

– Certo. – Pensei por um momento. – Era uma vez uma bela ninfa, chamada Clóris, que cuidava das flores e da primavera, ordenando aos brotos das árvores que florescessem. Seus longos cabelos louros cheiravam a rosas e estavam sempre enfeitados com uma grinalda de flores. Sua pele era macia como pétalas de rosas. Seus lábios rosados formavam o biquinho de uma peônia e suas faces se assemelhavam a orquídeas em flor. Embora fosse amada por todos que a conheciam, Clóris desejava um companheiro, um homem que pudesse apreciar sua paixão por flores e que desse à sua vida um sentido mais profundo.

– Continue – disse Kishan, quando fiz uma pausa.

– Uma tarde, ela cuidava dos copos-de-leite e sentiu uma brisa morna soprar seu cabelo. Um homem entrou no prado e deteve-se, admirando seu jardim. Ele era bonito, com cabelos escuros agitando-se ao vento e usava uma capa púrpura. A princípio, não a viu; ela o observou de um caramanchão coberto de folhas enquanto ele caminhava entre as flores. Os narcisos levantaram a cabeça à sua aproximação. Ele apanhou entre as mãos um botão de rosa para inalar sua fragrância e a flor abriu as pétalas e desabrochou em sua palma. Os lírios estremeceram ao seu toque e as tulipas curvaram seus longos caules em sua direção.

– Hum... E o que fez a mulher?

– Clóris ficou surpresa. Normalmente suas flores só reagiam a ela. As hastes de lavanda tentaram se enroscar nas pernas dele quando passou. Ela cruzou os braços e franziu a testa para elas. Os gladíolos todos se abriram ao mesmo tempo, em vez de se alternarem como seria esperado, e as ervilhas-de-cheiro dançavam para a frente e para trás, tentando atrair a atenção dele. Ela arquejou de leve ao ver o flox tentar desenterrar as próprias raízes. "Chega!", disse ela. "Comportem-se!" O homem se virou e a viu oculta entre as folhas. "Pode sair", chamou. "Não vou machucá-la." Ela suspirou, empurrou as gardênias para o lado e saiu ao sol, os pés descalços pisando na relva.

Uma brisa suave soprou pelo jardim quando o homem inspirou de leve. Clóris era mais linda que qualquer uma das flores que ele viera admirar. Ele se apaixonou imediatamente por ela e caiu de joelhos à sua frente. Ela implorou que ele se erguesse. O homem se pôs de pé e o vento morno levantou sua capa e envolveu os dois em suas ondas púrpura. Clóris riu e ofereceu-lhe uma rosa prateada. Sorrindo, ele arrancou as pétalas, atirando-as no ar.

Como Kishan nada dizia, continuei a contar a história.

– De início, ela ficou aborrecida, mas então ele girou o dedo e as pétalas formaram uma espiral ao redor deles, num túnel de vento. Ela bateu palmas, deliciada, ao ver as pétalas dançarem. "Quem é você?", perguntou. "Meu nome é Zéfiro", ele respondeu. "Sou o vento do oeste." Ofereceu-lhe a mão. Quando ela pousou sua mão na dele, ele a puxou para si e a beijou. Acariciando seu rosto macio com a ponta dos dedos, ele disse: "Há séculos viajo pelo mundo e você é a donzela mais linda que já vi. Diga-me, por favor, qual é o seu nome?" Corando, ela respondeu: "Clóris." Ele envolveu suas mãos pequenas com as dele e fez uma promessa. "Voltarei na próxima primavera. Quero que seja minha esposa. Se você me quiser." Clóris assentiu timidamente. Ele tornou a beijá-la e a capa púrpura esvoaçou ao seu redor. "Até nosso próximo encontro, no próximo ano, minha Flora." O vento o levou rapidamente para longe.

Achei que tivesse escutado alguém se aproximar, mas meus sentidos me enganaram. Retomei meu relato.

– Durante todo o ano ela se preparou para a chegada de Zéfiro. Seu jardim estava mais belo do que nunca e as flores, mais felizes. Sempre que pensava nele, sentia o beijo de sua brisa roçar-lhe o rosto. Na primavera seguinte, ele voltou e encontrou sua linda noiva à espera, e os dois se casaram cercados por milhares de florações. Tiveram um casamento feliz. Ela cuidava dos jardins, enquanto a cada primavera o vento oeste de seu marido espalhava suavemente o pólen. Seus jardins eram os mais lindos, os mais famosos e pessoas vinham de todas as partes do mundo admirá-los. Eles se adoravam e o amor deles era generoso. Tiveram um filho chamado Carpo, que significa "fruto".

Fiz uma pausa.

– Kishan?

Ouvi um ronco leve vindo do outro lado da fogueira. Perguntei-me quando ele pegara no sono e disse baixinho:

– Boa noite, Kishan.

Na manhã seguinte acordei com um som de mastigação acima da minha cabeça. Olhei para cima e vi um corpo alto e amarelo, com círculos negros, e sussurrei:

– Kishan, acorde!

– Já estou acordado e vigiando, Kells. Não tenha medo. Ela não vai machucá-la.

– É uma girafa!

– É. E há alguns gorilas se movimentando naquelas árvores.

Virei-me devagar e vi uma família de gorilas apanhando frutas de uma árvore.

– Vão nos atacar?

– Não estão reagindo como gorilas normais, mas só há um modo de saber. Fique aqui.

Ele desapareceu entre as árvores, surgiu um momento depois na forma de tigre e foi até a girafa. Ela piscou para ele seus olhos de cílios longos e voltou calmamente a arrancar as folhas do alto das árvores com a língua. O mesmo aconteceu quando ele seguiu na direção dos gorilas. Eles o observaram preguiçosamente e tagarelaram entre eles. Então voltaram ao seu café da manhã, mesmo quando ele se aproximou de um dos bebês.

Kishan se transformou de novo em homem, olhando atentamente os animais.

– Muito interessante. Eles não estão com medo de mim.

Comecei a desfazer o acampamento.

– Você perdeu suas roupas de montanhismo. Está de volta ao preto.

– Não perdi, não. Deixei-as entre as árvores. Já volto.

Depois do café da manhã, caminhamos até a grande estrutura que tínhamos visto no dia anterior. Era imensa, feita de madeira e, obviamente, muito antiga. Uma grande rampa apodrecida levava ao seu interior. Quando nos aproximamos, exclamei:

– É um barco!

– Acho que não, Kells. É grande demais para ser um barco.

– É, sim, Kishan. Acho que é a arca!

– O quê?

– A Arca de Noé. Lembra-se de quando o Sr. Kadam falou sobre todos os mitos do dilúvio? Bem, se esta de fato é a montanha onde Noé aportou, então aquilo deve ser o que restou de seu barco. Vamos!

Caminhamos até a imensa estrutura de madeira e espiamos lá dentro. Eu queria subir e dar uma olhada, mas Kishan me advertiu.

– Espere, Kells. A madeira está podre. Deixe-me ir primeiro e fazer um teste.

Ele desapareceu dentro da barriga escancarada da construção e surgiu alguns minutos depois.

– Acho que é seguro o bastante, se você ficar bem atrás de mim.

Entrei atrás dele. Estava escuro, mas, nos lugares onde a madeira havia caído do teto, aberturas irregulares deixavam a luz do sol entrar. Eu esperava ver baias de alguma espécie para conter os animais, porém não havia nenhuma. Havia, sim, alguns níveis com degraus de madeira, mas Kishan achou que os degraus seriam perigosos demais. Peguei a câmera e tirei algumas fotos para o Sr. Kadam.

Mais tarde, ao sairmos da relíquia de madeira, eu disse:

– Kishan... tenho uma teoria. Acho que a Arca de Noé *realmente* aportou aqui e os animais que vimos são descendentes daqueles animais originais. Talvez seja por isso que eles tenham um comportamento diferente. O único lugar em que viveram foi aqui.

– Só porque um animal vive no paraíso não significa que ele não tenha instintos. Eles são muito poderosos. O instinto de proteger o território, de caçar o alimento e de... – ele olhou para mim propositalmente – encontrar um companheiro pode ser irresistível.

Limpei a garganta.

– Certo. Mas a comida é abundante aqui e tenho certeza de que existem muitos – gesticulei com a mão no ar – *companheiros* para todos.

Ele ergueu uma sobrancelha.

– Talvez. Mas como você sabe que é sempre assim? Talvez o inverno venha numa época diferente aqui.

– Pode ser, mas acho que não. Vi flores crescendo que florescem na primavera, mas também vi flores que florescem no outono. É estranho. É como se reunisse o melhor de tudo. Os animais são todos perfeitos e bem alimentados.

– Sim, mas não vimos nenhum predador ainda.

– É verdade. Vamos manter os olhos abertos.

Peguei o caderno e comecei a categorizar o que tínhamos visto. O lugar lembrava mesmo um paraíso e, aparentemente, Kishan e eu éramos os únicos seres humanos ali. O aroma fresco de flores, maçãs, frutas cítricas e grama pairava no ar. A temperatura estava perfeita – nem quente demais, nem fria demais.

Parecia um jardim bem cuidado. Eu não via nada que se assemelhasse a uma erva daninha. *Seria impossível este tipo de terreno se manter naturalmente*, pensei. Encontramos um ninho de pássaro perfeito, com ovos azuis pintados. Os pais chilreavam alegremente, sem se aborrecerem quando nos aproximamos para inspecionar os ovos.

Também fiz uma lista de todas as criaturas com que travamos contato. No início da tarde, tínhamos visto centenas de animais diferentes que eu sabia que não deveriam estar vivendo naquele meio ambiente – elefantes, camelos e até cangurus.

Já perto do anoitecer avistamos nossos primeiros predadores – um bando de leões. Kishan os farejou a quase dois quilômetros de suas terras e decidimos olhar mais de perto. Ele me fez subir numa árvore enquanto investigava. Por fim, ele voltou, com um olhar de espanto.

– Há um grande rebanho de antílopes perto do bando, mas eles estão pastando ao lado dos leões! Vi uma leoa comendo algo vermelho, que pensei ser carne, mas na verdade era uma fruta. Os leões estavam comendo maçãs!

Comecei a descer. Kishan me pegou pela cintura e me levou até o chão.

– Então minha teoria estava correta. Aqui é realmente como o Jardim do Éden. Os animais não caçam.

– Parece que você acertou. Ainda assim, gostaria de guardar certa distância entre nós e os leões antes de acamparmos.

Mais tarde identificamos outros predadores – lobos, panteras, ursos e até outro tigre. Eles não fizeram qualquer movimento contra nós. Na verdade, os lobos eram tão amigáveis quanto cães e se aproximaram para que os acariciássemos.

Kishan resmungou.

– Isso é estranho... Me deixa nervoso!

– Sei o que quer dizer, mas... eu gosto. Queria que Ren pudesse ver este lugar.

Kishan não respondeu, apenas me apressou para deixarmos os lobos e seguirmos em frente.

Ao anoitecer nos deparamos com uma clareira cheia de narcisos no meio de uma floresta. Tínhamos acabado de montar acampamento quando ouvi a melodia doce e melancólica de uma flauta. Nós dois nos imobilizamos. Era a primeira evidência de que havia pessoas ali.

– O que fazemos? – perguntei.

– Deixe-me ir ver.

– Acho que nós dois devíamos ir.

Kishan deu de ombros e rapidamente fui atrás dele. Seguimos as notas persistentes do misterioso som e encontramos a fonte da música sentada numa pedra elevada junto a um córrego, tocando uma flauta de bambu. A criatura segurava o instrumento delicadamente entre as mãos e o soprava de leve. Quando nos aproximamos, hesitantes, ela parou de tocar e sorriu.

Seus olhos eram de um verde vivo, brilhando num lindo rosto. Seu cabelo prateado, na altura dos ombros, caía solto. Dois pequenos chifres castanhos e aveludados despontavam do alto de sua cabeleira brilhante, lembrando um jovem cervo começando a desenvolver a galhada. Era ligeiramente menor que um ser humano de altura mediana e sua pele era branca, com um tom ligeiramente lilás. Estava descalço, mas usava uma calça que parecia feita de um tecido que imitava couro. Sua camisa de manga comprida era cor de romã.

Ele pendurou a flauta no pescoço e olhou para nós.

– Olá.

Kishan respondeu, cauteloso:

– Olá.

– Estava esperando sua chegada. Todos nós estávamos.

– Nós, quem? – perguntei.

– Eu, os silvanos e as fadas.

Perplexo, Kishan acrescentou:

– Vocês estavam nos esperando?

– Ah, sim. Na verdade, há muito tempo. Devem estar cansados. Venham comigo e eu lhes darei algo para beber.

Kishan continuou grudado no chão. Dei a volta por ele.

– Oi, meu nome é Kelsey.

– Muito prazer. O meu é Fauno.

– Fauno? Já ouvi esse nome antes.

– Ouviu?

– Sim! Você é Pã!

– Pã? Não. Eu sou Fauno. Pelo menos é o que minha família me diz. Venham.

Ele se levantou, saltou sobre uma rocha e desapareceu na floresta, por um caminho de pedras. Virei-me e segurei a mão de Kishan.

– Vamos. Confio nele.

– Eu não.

Apertei a mão dele e sussurrei:

– Está tudo bem. Acho que você daria conta dele.

Kishan aumentou a pressão em minha mão e deixou que eu fosse na frente, seguindo nosso guia.

Seguimos Fauno através de árvores frondosas e logo ouvimos o riso agudo de muitas pessoas. Ao nos aproximarmos da aldeia, percebi que o som era algo que eu jamais ouvira *gente* produzir. Era sobrenatural.

– Fauno... o que são silvanos?

– São o povo das árvores, as ninfas das árvores.

– Ninfas das árvores?

– Sim. De onde vocês vêm não existe povo das árvores?

– Não. Também não temos fadas.

Ele pareceu confuso.

– Que tipo de gente sai de uma árvore quando ela se parte?

– Até onde sei, nenhum. Na verdade, acho que nunca vi uma árvore se partir, a não ser quando um raio a atinge ou alguém a derruba.

Ele se deteve.

– Seu povo derruba árvores?

– Na minha terra? Sim.

Ele balançou a cabeça com tristeza.

– Fico muito feliz de viver aqui. Pobres árvores! Eu me pergunto o que será das futuras gerações.

Olhei para Kishan, que sacudiu a cabeça imperceptivelmente, antes de recomeçarmos a andar.

Quando a noite caiu, passamos por baixo de um amplo arco repleto de centenas de rosas trepadeiras em miniatura, em todas as variedades de cor, e entramos na aldeia dos silvanos. Lanternas pendiam de trepadeiras semelhantes a cordas, que desciam das maiores árvores que eu já vira. As pequenas luzes dentro das lanternas pulavam para cima e para baixo em suas casas de vidro, cada uma de uma cor viva e diferente – rosa, prata, turquesa, laranja, amarelo e violeta. Olhando mais de perto, vi que as luzes eram criaturas vivas. Eram fadas!

– Kishan! Olhe! Elas brilham como vaga-lumes!

As fadas pareciam grandes borboletas, mas seu brilho não vinha do corpo. A luz suave emanava de suas asas coloridas, que se abriam e fechavam preguiçosamente, enquanto as pequenas criaturas permaneciam sentadas num suporte de madeira.

Apontei para uma delas.

– Elas são...

– Lâmpadas? São. Elas têm turnos de duas horas como lanterna, à noite. Gostam de ler em serviço. Isso as mantém acordadas. Se dormirem, suas luzes se apagam.

– Certo. Claro – murmurei.

Entramos com ele no povoado. Os pequenos chalés eram feitos de plantas fibrosas entrelaçadas e se encontravam dispostos em círculo ao redor de um trecho gramado. A área central havia sido preparada para um banquete. Uma árvore gigantesca se erguia atrás de cada cabana; os galhos se estendiam no alto, enlaçando seus ramos aos das árvores vizinhas e criando assim um belo caramanchão verde acima de nós.

Fauno segurou sua flauta e tocou uma melodia alegre. Pessoas graciosas e delicadas começaram a sair de seus chalés e saltar de esconderijos em meio à folhagem.

– Venham! Venham conhecer quem estávamos esperando! Estes são Kelsey e Kishan. Vamos dar-lhes as boas-vindas.

Rostos radiantes se aproximaram. Todos tinham cabelo prateado e olhos verdes como os de Fauno. Eram belos seres masculinos e femininos, vestidos com roupas de tecidos finos cintilantes, nas cores vivas das flores que brotavam por toda parte.

Fauno virou-se para mim:

– Gostariam de comer ou de tomar banho primeiro?

Surpresa, eu disse:

– Banho primeiro. Se não for problema.

Ele se curvou.

– Claro. Antrácia, Phiale e Deiopeia, por favor, levem Kelsey à lagoa de banho feminina.

Três silvanas adoráveis timidamente se aproximaram de mim. Duas delas pegaram minhas mãos, enquanto a terceira me guiou para fora da clareira, floresta adentro. Kishan franziu a testa, obviamente aborrecido com nossa separação, mas notei que ele foi logo levado embora também, numa direção diferente.

As mulheres eram ligeiramente menores que Fauno, cerca de 20 centímetros mais baixas que eu. Minhas acompanhantes seguiram um caminho iluminado por luzes coloridas de fadas até chegarmos a um lago redondo, alimentado por um pequeno riacho. A água caía de grandes pedras para pedras menores e depois para o lago, criando um diminuto e oculto borrifo de água. Funcionava como uma grande ducha constantemente aberta.

Elas tiraram minha mochila e desapareceram, enquanto eu despia o restante das roupas e entrava no lago. A água estava surpreendentemente quente. Uma rocha longa e submersa, conveniente demais para ser natural, estendia-se ao longo do arco dentro do lago, servindo de apoio para pisar e para sentar, quando se entrava na água.

Depois que molhei o cabelo, as três ninfas voltaram trazendo tigelas com líquidos aromáticos. Deixaram-me escolher a fragrância que mais me agradava e me entregaram uma bola de musgo que funcionava como bucha. Esfreguei minha pele com o sabonete perfumado, eliminando a sujeira, enquanto Phiale ensaboava meu cabelo com três produtos diferentes, fazendo-me enxaguá-lo a cada vez sob a pequena queda-d'água.

As luzes de fada brilhavam calorosamente. Quando saí do lago e as mulheres envolveram meu corpo e meu cabelo num tecido macio, minha pele e meu couro cabeludo estavam formigando, e eu me sentia relaxada e refrescada. Antrácia massageou minha pele com uma loção perfumada, enquanto Phiale trabalhava em meu cabelo. Deiopeia desapareceu brevemente e voltou com um belo vestido de tecido muito leve, verde-pálido, bordado com flores cintilantes.

Estendi a mão para tocar o vestido.

– É lindo! O bordado é tão benfeito que as flores parecem reais.

Ela riu.

– Elas são reais.

– Não pode ser! Como vocês as prenderam no tecido?

– Não as prendemos. Elas cresceram nele. Pedimos que fossem parte deste vestido e elas concordaram.

Antrácia perguntou:

– Não gostou?

– Eu amei! Ficarei muito feliz de usá-lo.

Todas sorriam e cantarolavam, contentes, enquanto me arrumavam. Após terminarem, trouxeram um espelho prateado encaixado numa moldura oval entalhada com flores entrelaçadas.

– O que acha, Kelsey? Satisfeita com sua aparência?

Fitei a pessoa no espelho.

– Esta sou eu?

Elas irromperam em risadinhas.

– Sim, claro. É você.

Fiquei paralisada. A mulher descalça que me olhava do espelho tinha grandes olhos castanhos de corça e pele clara e macia irradiando saúde. Uma sombra verde cintilante intensificava meu olhar e meus cílios estavam longos e escuros. Meus lábios brilhavam com *gloss* vermelho-maçã e minhas bochechas estavam rosadas. O vestido verde em estilo grego fazia com que eu parecesse mais curvilínea do que era. Era drapeado nos ombros, preso na cintura e caía até o chão em longas dobras. Meus cabelos estavam soltos e ondulados sobre as costas, terminando logo acima da cintura. Eu não havia me dado conta de que ele havia crescido tanto. Estava enfeitado com flores e asas de borboleta.

As asas moveram-se ligeiramente. *Haveria fadas segurando meu cabelo em feixes ondulados?*

– Uau! As fadas não precisam ficar no meu cabelo. Tenho certeza de que prefeririam fazer outra coisa.

Phiale balançou a cabeça.

– Absolutamente. Elas se consideram honradas em segurar os cabelos de alguém tão bonita quanto você. Elas dizem que seu cabelo é lindo e macio, e que ficar nele é como descansar numa nuvem. Sentem-se felizes quando podem servir. Por favor, deixe-as ficar.

Sorri.

– Tudo bem, mas só durante o jantar.

As três silvanas ficaram me enfeitando por mais alguns minutos e então me declararam apresentável. Começamos a caminhar de volta à aldeia. Pouco antes de chegarmos à área do banquete, Deiopeia me entregou um buquê de flores perfumado.

– Hum... Não estou me casando nem nada parecido, certo?

– Casando-se? Ora, não.

– Quer se casar? – perguntou Phiale.

Fiz um gesto com a mão.

– Não, só perguntei por causa do lindo vestido e do buquê de flores.

– Esses são os costumes de casamento em sua terra?

– São.

Deiopeia deu uma risadinha nervosa.

– Bem, se quisesse se casar, seu homem também está muito bonito.

As três moças recomeçaram com os risinhos e apontaram para a mesa do banquete, onde Kishan estava sentado, evidentemente frustrado. Elas saltitaram até a mesa antes de desaparecerem em meio ao grupo de cabelos prateados. Precisava admitir que Deiopeia tinha razão. Kishan estava mesmo muito bonito. Eles o haviam vestido com uma calça branca e uma camisa azul, feita do mesmo material que o meu vestido. Ele também tomara banho. Ri alto ao vê-lo olhar para as silvanas ao redor, pouco à vontade, sentindo-se deslocado.

Ele deve ter me ouvido, pois ergueu os olhos e observou a multidão. Seus olhos se iluminaram ao me ver, mas passaram direto, ainda procurando. Kishan não me reconheceu! Ri de novo. Dessa vez, seus olhos voltaram a mim e se detiveram. Erguendo-se devagar, caminhou em minha direção. Olhou-me de cima a baixo, com um largo sorriso no rosto, e soltou uma gargalhada.

Aborrecida, perguntei:

– Do que você está rindo?

Ele pegou minhas mãos nas dele e olhou nos meus olhos.

– De nada, Kelsey. Você é a criatura mais encantadora que já vi na vida.

– Ah. Obrigada. Mas por que você riu?

– Ri porque sou eu que tenho a sorte de vê-la assim, de estar com você neste paraíso, enquanto *Ren* foi perseguido por macacos e lutou contra árvores de agulhas. Obviamente, fiquei com a melhor busca.

– Sem dúvida. Pelo menos até agora. Mas proíbo você de provocá-lo com isso.

– Está brincando? Meu plano é tirar uma foto sua e contar tudo para ele nos *mínimos* detalhes. Aliás, fique bem aí.

Kishan desapareceu e retornou com uma câmera.

Franzi a testa.

– *Kishan.*

– Ren iria querer uma foto. Pode acreditar. Agora, sorria e segure suas flores.

Ele tirou várias fotos, guardou a pequena câmera no bolso e pegou minha mão.

– Você está linda, Kelsey.

Corei com o elogio, mas um sentimento de melancolia me invadiu. Pensei em Ren. Ele teria adorado este lugar. Era uma cena saída diretamente de *Sonho de uma noite de verão*. Ele teria sido o belo Oberon para minha Titânia.

Kishan tocou meu rosto.

– A tristeza está de volta. Isso parte meu coração, Kells. – Ele se inclinou e beijou meu rosto suavemente. – Você me daria a honra de me acompanhar no jantar, *apsaras rajkumari*?

Tentei me animar e sorri.

– Sim, se você me disser do que acabou de me chamar.

Seus olhos dourados cintilaram.

– Eu a chamei de "princesa", "princesa das fadas" para ser exato.

Eu ri.

– Ah, é? E você? Como se chamaria?

– Eu sou o belo príncipe consorte, naturalmente.

Ele passou meu braço pelo dele e me ajudou a me acomodar à mesa. Fauno sentou-se numa cadeira à nossa frente, ao lado de uma silvana adorável.

– Posso apresentar-lhes nossa soberana?

– Claro – eu disse.

– Kelsey e Kishan, esta é Dríope, rainha dos silvanos.

Ela assentiu delicadamente e sorriu. Em seguida anunciou:

– Está na hora do banquete! Aproveitem!

Eu não sabia por onde começar. Travessas com delicados biscoitos finos como renda e pães de mel estavam arrumadas ao lado de tortas de limão, pratos com compotas de frutas, pequenas quiches e crepes de canela. Servi-me de salada de folhas de dente-de-leão com frutas secas e molho de limão, e de uma porção de *galette* de cogumelo, cebola e maçã, com queijo *stilton* assado. Também foram trazidos pratos com torta de ameixa, pãezinhos de mirtilo e bolinhos de abóbora com recheio de queijo cremoso, pães salgados com manteiga e geleias de frutas.

Bebemos néctar de flores adoçado com mel e refresco de melancia. Kishan me serviu uma minúscula cestinha de massa recheada com framboesas e coberta com creme de leite fresco. Todos os alimentos eram pequenos, exceto o prato final: um gigantesco bolo de morango. Uma calda vermelha pingava pelos lados da massa branca, recheada com morangos doces e creme leve. Coberto com chantili e polvilhado com açúcar, foi servido acompanhado por leite.

Quando terminamos, inclinei-me para Kishan e disse:

– Não fazia ideia de que os vegetarianos comiam tão bem.

Ele riu e se serviu de mais uma fatia de bolo.

Limpei os lábios com o guardanapo.

– Fauno, posso lhe fazer uma pergunta?

Ele assentiu.

– Encontramos as ruínas da arca. Você sabe sobre Noé e os animais?

– Ah, está falando do barco? Sim, vimos o barco parar nas colinas e todos os tipos de criatura emergiram dele. Muitas delas deixaram nosso reino e entraram no seu mundo, inclusive as pessoas que estavam a bordo. Algumas das criaturas resolveram ficar. Outras tiveram gerações de descendentes e depois voltaram para nós. Concordamos em deixar que todos ficassem se agissem de acordo com a lei da nossa terra: a de que nenhum ser vivo pode machucar outro.

– Isso é... incrível!

– É mesmo maravilhoso que tantos animais tenham voltado para nós. Aqui eles encontram paz.

– Assim como nós. Fauno... estamos procurando a pedra ônfalo ou pedra do umbigo. Você já a viu?

Todos os silvanos sacudiram a cabeça e Fauno respondeu:

– Não, acho que não conheço essa pedra.

– E uma árvore gigante, com milhares de metros de altura?

Ele refletiu um pouco e depois sacudiu a cabeça.

– Não. Se essa árvore ou essa pedra existem, encontram-se fora do nosso reino.

– Quer dizer que estão no meu mundo?

– Não necessariamente. Há outras partes deste mundo que não controlamos. Enquanto andarem por nossas terras, sob nossas árvores, vocês estarão seguros, mas, uma vez fora do abrigo de suas copas, não poderemos mais protegê-los.

– Entendo.

Afundei na cadeira, desapontada.

O rosto dele se iluminou.

– No entanto, talvez encontrem sua resposta se dormirem no Bosque dos Sonhos. É um lugar especial para nós. Se temos uma pergunta difícil que precisa de resposta ou se necessitamos de orientação, dormimos lá, onde podemos descobrir a resposta ou sonhar com o futuro e perceber que a pergunta não era tão importante afinal.

– Poderíamos experimentar?

– Claro! Levaremos vocês.

Um grupo de silvanas agitadas começou a tagarelar na outra ponta da mesa.

– Que oportuno vocês terem vindo agora! Uma das árvores está se partindo! – explicou Fauno. – Venham ver, Kelsey e Kishan! Venham ver o nascimento de uma ninfa das árvores!

Kishan segurou minha mão enquanto Fauno nos guiava por trás de um dos chalés. A aldeia inteira aguardava, murmurando baixinho, ao pé da árvore.

Fauno sussurrou:

– Estas árvores estavam aqui antes da chegada de Noé e de seu barco de animais. Elas deram à luz muitas gerações de silvanos. Cada chalé que vocês estão vendo encontra-se na frente de uma árvore de família. Isso significa que todos que vivem no chalé nasceram da árvore-mãe atrás dele. Está chegando a hora. Olhem. Reparem como as outras árvores lhe oferecem apoio.

Ergui os olhos para o caramanchão frondoso e a impressão realmente era de que os galhos apertavam os dedos folhosos da árvore que fazia força. Ela emitia sons de madeira vergando e estalando, enquanto suas folhas tremiam acima de nós.

As ninfas das árvores pareciam concentradas numa grande saliência nodosa, próxima de um galho baixo. A árvore estremeceu quando o longo galho se agitou. Após momentos intensos escutando os profundos roncos da árvore e observando o tronco se expandir e contrair tão devagar que eu não teria notado se não estivesse prestando atenção, o galho de baixo se quebrou, separando-se do enorme tronco com um estalo terrível.

O silêncio caiu sobre os presentes. O galho ficara pendurado, tocando o solo perto de nós, preso apenas pela casca da árvore. Encaixada no espaço onde a base do galho se unia ao tronco estava uma pequena cabeça prateada.

Um grupo de silvanas se aproximou e começou a falar carinhosamente com o pequeno ser descansando na árvore. Com todo o cuidado, elas o levantaram e o envolveram numa manta. Um membro do grupo ergueu o pequeno bebê silvano no ar e anunciou:

– É um menino!

Elas desapareceram dentro do chalé enquanto todos comemoravam. Outro grupo de silvanos removeu cuidadosamente da árvore o galho trêmulo e espalhou uma pomada sobre a marca oval no tronco onde o galho estivera.

Os silvanos começaram a dançar em torno da árvore e fadinhas voaram até seu topo e iluminaram todos os galhos com suas asas. Quando a celebração terminou, já era tarde.

Enquanto Fauno nos acompanhava até o Bosque dos Sonhos, eu lhe perguntei:

– Agora sabemos de onde vêm os silvanos, mas, e as fadas? Nascem das árvores também?

Ele riu.

– Não. As fadas nascem das rosas. Quando a flor envelhece e cai, nós a deixamos no solo para produzir sementes. Um broto cresce e, quando chega a hora, uma fada nasce com asas da cor da rosa.

– Vocês são imortais?

– Não, mas vivemos muito. Quando um silvano morre, seu corpo é depositado nas raízes da árvore-mãe e suas lembranças se tornam parte das futuras gerações. As fadas só morrem se sua roseira morre, então podem viver por muito tempo, mas ficam acordadas apenas à noite. Durante o dia, encontram uma flor para descansar e seu corpo se transforma em orvalho da manhã. À noite, elas se transformam em fadas novamente. Ah, chegamos. Este é o Bosque dos Sonhos.

Ele nos levara a uma área isolada. Parecia uma suíte de lua de mel de fadas. Árvores altas sustentavam uma cama de folhas que pendia de trepadeiras. Cestas de flores perfumadas achavam-se suspensas em cada canto do bosque. Travesseiros e roupa de cama de tecido fino eram bordados com trepadeiras espiraladas e folhas. Um grupo de fadas que havia nos seguido assumiu seus postos nas lanternas.

– As quatro árvores grandes que sustentam o caramanchão marcam cada qual uma direção: norte, sul, leste e oeste. Os melhores sonhos acontecem quando a cabeça aponta para o oeste e você acorda com o sol no leste. Boa sorte para vocês e bons sonhos.

Fauno sorriu e foi embora, levando duas fadas com ele.

Eu ainda estava de pé, constrangida.

– É... isso é um pouco embaraçoso.

Kishan fitava a cama como se ela fosse um inimigo mortal. Virou-se para mim e curvou-se galantemente.

– Não se preocupe, Kelsey. Vou dormir no chão.

– Mas... e se o sonho couber a você?

– Você acha que faz diferença eu estar ou não na cama?

– Não faço ideia, porém, em todo caso, acho melhor deitarmos juntos.

Ele ficou tenso.

– Tudo bem. Mas vamos dormir um de costas para o outro.

– Combinado.

Subi primeiro e afundei na cama e nos travesseiros de penas macias. A cama balançava para a frente e para trás, como uma rede. Kishan resmungou ao pôr de lado a mochila. Entendi apenas fragmentos de frases. Algo sobre *princesas das fadas*, *como ela espera que eu durma*, *é melhor que Ren agradeça*, etc., etc. Abafei o riso e me virei de lado. Ele puxou a coberta de tecido fino sobre mim e então senti a cama oscilar quando ele se deitou ao meu lado.

Quando uma brisa agitou de leve meu cabelo, ouvi Kishan dizer:

– Mantenha o cabelo do seu lado, Kells. Faz cócegas.

Eu ri.

– Desculpe.

Puxei o cabelo por sobre o ombro. Ele resmungou um pouco mais, algo sobre *mais do que um homem pode aguentar*, e se mexeu em silêncio. Peguei no sono logo e tive sonhos nítidos com Ren.

Num deles, ele não me conhecia e se afastava de mim. Em outro, estava rindo e feliz. Estávamos juntos de novo e ele me abraçava e dizia baixinho que me amava. Sonhei com uma longa corda em chamas e um colar de pérolas negras. Em outro sonho, eu estava debaixo d'água, nadando ao lado de Ren, e estávamos cercados por cardumes de peixes coloridos.

Apesar de os sonhos serem muito claros, não havia pista da pedra ônfalo. Acordei decepcionada e descobri que estava dormindo cara a cara com Kishan. Seu braço estava em volta de mim e sua cabeça pesava sobre o meu cabelo, prendendo-me à cama.

Eu o sacudi.

– Kishan! Kishan! Acorde!

Ele me puxou para mais perto sem abrir os olhos.

– Shh, volte a dormir. Ainda não amanheceu.

– Já é de manhã, sim. – Empurrei-o na altura das costelas. – Hora de acordar. Vamos!

– Está bem, querida, mas que tal um beijo antes? Um homem precisa de motivação para sair da cama.

– Esse tipo de motivação *mantém* um homem na cama. Não vou beijar você. Agora, levante-se.

Ele acordou com um sobressalto. Confuso, resmungou e esfregou os olhos.

– Kelsey?

– Sim, Kelsey. Com quem andou sonhando? Durga?

Ele parou e piscou algumas vezes.

– Isso não é da sua conta. Mas, para sua informação, sonhei com a pedra ônfalo.

– Sonhou? E onde ela está?

– Não sei descrever. Vou ter que mostrar a você.

– Tudo bem.

Pulei da cama e ajeitei o vestido.

Kishan me observava e comentou:

– Você está mais bonita agora do que na noite passada.

Achei graça.

– Ah, com certeza. Eu me pergunto por que você sonhou com a pedra ônfalo e eu não.

– Talvez porque você tenha ido para a cama ontem com perguntas diferentes na cabeça.

Abri a boca mas não falei nada. Ele estava certo. Eu não pensara na pedra antes de dormir. Meus pensamentos estavam todos concentrados em Ren.

Ele me olhava, curioso.

– E com que você sonhou, Kells?

– Também não é da sua conta.

Ele estreitou os olhos e franziu a testa.

– Esqueça. Acho que posso imaginar sozinho.

Kishan seguiu à frente na caminhada de volta ao povoado dos silvanos. A uma curta distância, ele parou e correu de volta para o Bosque dos Sonhos.

– Já volto. Esqueci uma coisa – gritou por sobre o ombro.

Quando voltou, Kishan estava com um sorriso de orelha a orelha, mas, por mais que eu tentasse, não consegui que me contasse o que o deixara tão feliz.

19

Coisas ruins

Tomamos o café da manhã com os silvanos outra vez e recebemos roupas novas de presente. Ganhamos camisas leves, calças cáqui com um brilho sutil e botas forradas. Perguntei se eram de couro e as pacíficas criaturas não sabiam do que eu estava falando. Quando expliquei, pareceram chocadas e disseram que nenhum animal jamais havia sido ferido ali em sua terra. Disseram que as fadas teciam todas as suas roupas e que não havia na Terra nenhum material tão fino, macio e bonito.

Concordei. Elas também acrescentaram que, se você estiver viajando pela terra dos silvanos e pendurar roupas feitas por fadas no galho de uma árvore à noite, as fadas limparão e consertarão as roupas enquanto a pessoa dorme. Agradecemos os presentes e desfrutamos a refeição. Em seguida Fauno apareceu carregando um recém-nascido.

– Antes de irem, gostaríamos de lhe pedir um favor – disse ele. A família do novo bebê quer saber se você poderia escolher um nome para seu filho.

– Tem certeza? – perguntei, confusa. – E se eu der um nome de que eles não gostem?

– Eles ficarão honrados com qualquer nome que der à criança.

Antes que eu pudesse dizer mais uma palavra de protesto, ele colocou o minúsculo bebê em meus braços. Um pequeno par de olhos verdes me fitou do meio da manta macia. Ele era lindo. Eu o ninei e instintivamente comecei a falar de forma amorosa com ele. Estendi um dedo para tocar de leve seu nariz e a penugem macia e prateada em sua cabeça. O bebê, muito mais ativo do que um recém-nascido humano, estendeu a mão para agarrar um cacho do meu cabelo e o puxou.

Kishan delicadamente tirou meu cabelo do alcance da criança. Em seguida jogou o restante do cabelo sobre meu ombro. Então tocou a mão do bebê, que agarrou seu dedo.

– Ele tem força na mão – disse Kishan, rindo.

– Tem, sim. – Olhei para Kishan. – Gostaria de chamá-lo de Tarak, em homenagem a seu avô, se você não se importar.

Os olhos dourados de Kishan cintilaram.

– Acho que ele iria gostar de ter um xará.

Quando disse a Fauno que gostaria de chamar o bebê de Tarak, os silvanos deram vivas. Tarak bocejou, sonolento, indiferente a seu nome e começou a chupar o dedo.

Kishan passou o braço pelos meus ombros e sussurrou:

– Você vai ser uma boa mãe, Kelsey.

– Neste momento estou mais para tia. Aqui. Sua vez.

Kishan acomodou a criaturinha na curva de seu braço e falou baixinho com ela em sua língua nativa. Fui trocar de roupa e trançar o cabelo. Quando voltei, ele embalava o bebê adormecido nos braços e olhava, pensativo, para seu rosto diminuto.

– Pronto para ir?

Ele me olhou com uma expressão terna.

– Claro. Vou trocar de roupa também.

Ele passou o bebê para a família. Antes de sair, roçou um dedo no meu rosto e me dirigiu um sorriso. Seu toque era hesitante e doce. Quando voltou, nos despedimos e pegamos nossa mochila, que agora continha meu vestido de fada, vários pães de mel e um frasco de néctar de flores. Então nos pusemos a andar, seguindo para leste.

Kishan parecia saber o caminho, portanto ia na frente. Com frequência eu o pegava me olhando com um estranho sorriso no rosto. Depois de cerca de uma hora de caminhada, perguntei:

– O que deu em você? Está agindo diferente.

– Estou?

– Sim. Poderia dizer por quê?

Ele hesitou por um longo momento e então suspirou.

– Um dos meus sonhos foi com você. Você estava recostada numa cama, cansada, mas feliz e linda. Tinha um menino recém-nascido de cabelos escuros nos braços. Você o chamou de Anik. Era seu filho.

– Ah. – *Isso explica por que ele estava agindo diferente comigo.* – Havia... mais alguém lá comigo?

– Havia, mas eu não conseguia ver quem.

– Sei.

– Ele parecia conosco, Kelsey. Quero dizer... ou ele era de Ren ou... era meu.

O quê? Ele está dizendo o que acho que está dizendo? Imaginei um doce bebezinho com os olhos azuis de Ren; num lampejo, os olhos mudaram de cor e se tornaram tão dourados quanto o deserto do Arizona. Mordi o lábio, nervosa. *Isso não é bom. Será que Ren não vai sobreviver? Será que, de alguma forma, vou ficar com Kishan?* Eu sabia que Kishan gostava de mim, mas não conseguia imaginar um futuro no qual eu o escolhesse e não a Ren. Talvez não me fosse dada a opção. *Preciso saber!*

– E você... hã... viu os olhos do bebê?

Ele fez uma pausa e olhou atentamente o meu rosto antes de dizer:

– Não. Os olhos dele estavam fechados. Ele estava dormindo.

– Ah.

Recomecei a caminhar. Ele me deteve e tocou meu braço.

– Uma vez você me perguntou se eu queria ter um lar e uma família. Eu não pensava que fosse querer isso sem Yesubai, mas, vendo você daquele jeito no meu sonho, com aquele bebezinho... sim. Eu quero. Quero aquele bebê. Quero... *você*. Eu o vi e me senti... possessivo e orgulhoso. Quero a vida que vi em meu sonho mais do que tudo, Kells. Achei que você deveria saber disso.

Concordei, calada, e me senti pouco à vontade enquanto ele me observava.

– Quer me contar o que *você* sonhou? – perguntou.

Sacudi a cabeça e brinquei com a bainha da minha camisa de fada.

– Não. Não mesmo.

Ele resmungou e seguiu adiante.

Um bebê? Eu sempre quis ser mãe e ter uma família, mas nunca imaginei que teria dois homens – irmãos, ainda por cima – disputando minha atenção. *Se Ren, por algum motivo, não sobreviver... não. Vou parar com essa linha de raciocínio agora mesmo. Ele vai sobreviver! Farei tudo o que puder para encontrar Lokesh. Se isso representa perigo para mim, que seja.*

Caminhamos a tarde toda, fazendo pausas para descansar ao longo do percurso. Eu estava abalada com a confissão de Kishan. Não queria ter que lidar com isso, não queria magoá-lo. Havia tantas questões não resolvidas. As palavras se formavam em minha mente, no entanto eu não parecia encontrar coragem para tocar no assunto.

Meu coração gritava que queria Ren, porém minha mente me lembrava de que nem sempre conseguimos o que queremos. Eu queria meus pais de volta também, e isso era impossível. Meus pensamentos borbulhavam como água fervente, mas explodiam no vazio vaporoso quando chegavam à superfície.

Não falamos muito durante o trajeto, exceto para dizer "Cuidado com aquele tronco" ou "Não pise na poça". Estar com Kishan agora era diferente, constrangedor. Ele parecia esperar alguma coisa de mim, algo que era mais do que eu podia dar a ele.

Ele nos conduziu a uma série de morros e seguiu para uma pequena caverna na base de um deles. Quando chegamos, espiei sua profundidade sombria.

– Ótimo. Outra caverna. Não gosto de cavernas. Até agora minhas experiências com elas não foram nada boas.

– Vai ficar tudo bem – replicou ele. – Confie em mim, Kells.

– Como quiser. Por favor, você primeiro.

Ouvi um zumbido que foi aumentando à medida que penetrávamos mais na caverna. Estava escuro ali. Peguei minha lanterna e corri o facho de luz pelo lugar. Pilares estreitos de luminosidade rompiam o solo acima em vários lugares, iluminando as rochas e o chão. Alguma coisa roçou meu rosto. Abelhas! A caverna estava cheia de abelhas. Das paredes pendiam favos de mel. Era como se tivéssemos entrado numa colmeia gigante. No meio da caverna, num pedestal, encontrava-se um objeto de pedra com um buraco no topo que não era muito diferente de uma colmeia.

– A pedra ônfalo!

Uma abelha desceu pela gola da minha camisa e me picou.

– Ai!

Esmaguei o inseto com a mão.

– Shh, Kells. Fique quieta. Elas vão nos incomodar menos se nos movermos devagar e em silêncio e fizermos logo o que viemos fazer.

– Vou tentar.

As abelhas enxameavam, zangadas, à nossa volta. Precisei lançar mão de toda a minha determinação para não afastá-las violentamente de mim. Várias pousaram em minhas roupas, mas parecia que os ferrões não conseguiam penetrar o tecido das fadas. Senti uma picada no pulso e encolhi as mãos dentro das mangas compridas, mantendo as aberturas fechadas. Aproximei-me da pedra e olhei lá dentro.

– O que eu faço? – perguntei.

– Tente usar seu poder.

Kishan havia sido picado várias vezes no rosto; na verdade, seu supercílio já estava inchando. Libertei minhas mãos das mangas e estremeci quando uma abelha aproveitou a oportunidade para subir pelo meu braço. Coloquei as mãos nas laterais da pedra e instei o calor a subir de minha barriga. Uma ardência disparou pelos meus braços até chegar à pedra.

A pedra se tornou amarela, depois laranja e, em seguida, vermelho vivo. Ouvi um som sibilante vindo de seu interior e senti o cheiro de fumaça. Quando um gás opaco começou a encher a caverna, as abelhas foram se tornando lentas e, por fim, tombaram no chão da caverna como jujubas gordas e dormiram.

– Acho que talvez você tenha que aspirar os vapores, Kells, feito aqueles oráculos de que o Sr. Kadam falou.

– Certo. Vamos lá.

Inclinando-me sobre a pedra, inspirei fundo. Vi estrelas cadentes e cores. A imagem de Kishan tornou-se distorcida, com seu corpo retorcido e alongado. Então fui sugada por uma poderosa visão. Quando acordei, estávamos novamente na selva e Kishan aplicava em minhas picadas uma substância pegajosa e verde. Dizer que ela exalava um cheiro forte seria um eufemismo. O fedor permeava meu cabelo, minhas roupas e tudo à nossa volta.

– Argh! Que coisa nojenta! O que é isso?

Ele estendeu um frasco em minha direção.

– Os silvanos nos deram isso quando eu lhes disse que encontraríamos muitas abelhas. Eles nunca ouviram falar de abelhas que picam, mas usam este unguento nas árvores para reparar o dano quando um galho é quebrado pelo vento. Acreditaram que ajudaria.

– Quando você contou a eles que iríamos a uma caverna de abelhas?

– Quando você estava trocando de roupa. Eles explicaram que essa caverna ficava fora de seus domínios.

– O cheiro é horrível.

– Mas qual é a sensação?

– É... boa. Calmante e refrescante.

– Então imagino que você possa tolerar o cheiro.

– Acho que sim.

– Você conseguiu? Viu a árvore?

– Sim. Vi a árvore e as quatro casas e algo mais também.

– O que mais?

– Como você disse antes, tem uma serpente no jardim. Para ser específica, é uma serpente muito grande enrolada na base da árvore, impedindo que se tenha acesso a ela.

– É um demônio?

Refleti.

– Não. É só uma serpente excepcionalmente grande com um dever a cumprir. Eu sei como chegar lá. Siga-me e no caminho decidiremos o que fazer.

– Está bem. Antes, porém... você se importa?

Ele estendeu o unguento e comecei a espalhar a substância em seu pescoço. Ele tirou a camisa para que eu tivesse acesso às picadas vermelhas e inchadas na parte superior de seu tórax e nas costas. Eu rapidamente me coloquei atrás dele para esconder o rubor em meu rosto. Embora tentasse não me demorar na tarefa, não pude deixar de notar que sua pele cor de bronze era macia e quente.

Quando dei a volta, ele jogou o cabelo para trás, afastando-o do rosto para que eu pudesse espalhar a substância viscosa e verde em suas bochechas e na testa. Havia uma picada grande perto do lábio superior. Toquei-a de leve.

– Dói?

Meu olhar subiu de seus lábios para os olhos. Ele me olhava de um jeito que me fez corar.

– Sim – disse ele baixinho.

Era óbvio que não estava se referindo à picada, então eu não disse nada. Podia sentir o calor de seu olhar no meu rosto enquanto eu terminava rapidamente com seu lábio e queixo. Afastei-me dele o mais rápido possível e recoloquei a tampa no frasco, mantendo-me de costas enquanto ele vestia a camisa. Comecei a caminhar e ele me alcançou, acompanhando meu ritmo.

Andamos por mais uma ou duas horas e montamos acampamento quando o sol se punha. Naquela noite Kishan quis ouvir outra história, então lhe contei uma das aventuras de Gilgamesh.

– Gilgamesh era um homem muito inteligente. Tão inteligente que encontrou uma forma de entrar furtivamente no reino dos deuses. Vestiu um disfarce e fingiu que estava incumbido de uma tarefa de grande importância. Por meio de perguntas astutas, ele descobriu o esconderijo da planta da eternidade.

– O que é a planta da eternidade?

– Não tenho certeza. Talvez fossem folhas de chá ou alguma coisa que se colocava na salada ou na comida. Ou talvez uma erva ou até mesmo uma droga, como o ópio, mas a questão é que ele a roubou. Quatro dias e quatro noites ele correu sem parar nem para descansar a fim de escapar da ira dos deuses. Quando descobriram que a planta havia sido roubada, ficaram furiosos e anunciaram que haveria uma recompensa para quem conseguisse deter Gilgamesh. Na quinta noite, Gilgamesh estava tão cansado que teve que se deitar para descansar, mesmo que apenas por alguns instantes.

Tomei fôlego e continuei:

– Enquanto ele dormia, uma cobra em sua caçada noturna passou por ele e encontrou a planta fragrante, que Gilgamesh havia colocado numa pequena bolsa de pelo de coelho. Pensando ter conseguido facilmente um coelho como jantar, a cobra engoliu a bolsa inteira. Na manhã seguinte, tudo o que Gilgamesh encontrou foi a pele da cobra. Essa foi a primeira vez que uma cobra trocou de pele. A partir daí, as pessoas dizem que as cobras têm uma natureza eterna. Quando troca de pele, ela morre e nasce de novo.

Fiz uma pausa. Kishan estava calado.

– Ficou acordado desta vez? – perguntei.

– Fiquei. Gostei dessa história. Durma bem, *bilauta*.

– Você também.

Mas fiquei acordada por muito tempo. A imagem de um bebê de olhos dourados me tirou o sono.

Levamos dois dias para encontrar o que eu estava procurando. Eu sabia que a árvore ficava num vale amplo e que, se subíssemos entre dois picos, nós a veríamos. Chegamos à base dos picos no primeiro dia e passamos quase todo o segundo dia escalando. Num mirante, finalmente olhamos para baixo.

Estávamos num ponto tão elevado que as nuvens obscureciam a visão. O vento rompeu o manto das nuvens e o vale pareceu ser uma floresta escura. As árvores eram tão altas que chegavam à altura da montanha. Em minha visão da pedra ônfalo, eu tinha visto apenas uma árvore com um tronco enorme.

Apesar de as coisas parecerem diferentes em minha visão, descemos para o vale. À medida que prosseguíamos, fiquei chocada ao perceber que o que eu estava vendo não era uma floresta com muitas árvores – e sim os galhos de uma árvore gigantesca, uma árvore cujos galhos se estendiam a uma altura maior que a montanha. Quando comentei isso com Kishan, ele me lembrou da pesquisa do Sr. Kadam. Peguei os papéis na mochila e li enquanto andávamos.

– Ele diz aqui que é uma árvore do mundo gigante com raízes que descem ao submundo e folhas que tocam o céu. Supõe-se que tenha mais de 300 metros de largura e centenas de metros de altura. Acho que é esta mesmo.

– Parece que sim – respondeu Kishan, simplesmente.

Quando por fim pisamos no solo gramado do vale, seguimos um galho gigantesco até o tronco. Como o sol não conseguia penetrar a copa densa acima, ali embaixo era escuro, frio e sossegado.

O vento soprava através das folhas imensas, que batiam nos galhos como roupas no varal. Ruídos estranhos e apavorantes assaltavam nossos ouvidos. Rangendo e gemendo, o vento encontrava maneiras de soprar acima e através dos poderosos galhos, fazendo parecer que estávamos andando em meio a uma floresta assombrada.

Kishan se aproximou de mim para segurar minha mão. Aceitei seu gesto, grata, e tentei ignorar a sensação de estar sendo vigiada. Kishan sentia o mesmo e disse que era como se estranhas criaturas estivessem nos estudando de cima. Tentei achar graça.

– Imagine o tamanho das ninfas que nasceriam desta árvore.

Minha intenção fora fazer piada, mas a possibilidade de que isso pudesse ser verdade fez com que nós dois olhássemos para cima, desconfiados.

Horas mais tarde, finalmente alcançamos o tronco. Ele se estendia como um enorme muro de madeira para além do nosso campo de visão. O galho mais próximo estava a dezenas de metros de altura. Era alto demais para que o alcançássemos e não tínhamos nenhum equipamento de escalada.

– Sugiro que acampemos aqui na base e comecemos a contorná-la de manhã bem cedo – disse Kishan. – Talvez possamos encontrar um galho mais baixo ou uma forma de escalá-la.

– Parece bom para mim. Estou exausta.

Ouvi um barulho de asas e fiquei surpresa ao ver um corvo negro pousar no chão perto de nosso acampamento. Ele grasnou para nós e bateu as asas ruidosamente ao levantar voo. Não pude deixar de pensar que esse podia ser um mau agouro, mas preferi não expressar minhas preocupações a Kishan.

Quando ele pediu uma história naquela noite, contei uma que havia lido num livro que o Sr. Kadam me dera.

– Odin é um dos deuses do povo nórdico. Ele tem dois corvos chamados Hugin e Munin. Corvos são ladrões notórios e esses dois corvos de estimação eram enviados pelo mundo todo para roubar para Odin.

– O que eles pegavam?

– Ah, esse é o aspecto interessante. Hugin roubava pensamentos e Munin, lembranças. Odin os mandava sair cedo pela manhã e eles retornavam à noite. Empoleiravam-se nos ombros dele e sussurravam em seus ouvidos os pensamentos e as lembranças que haviam roubado. Dessa maneira, ele sabia tudo o que acontecia e as ideias e intenções de todos.

– Seria conveniente tê-los numa batalha. Você saberia que movimentos o inimigo planeja.

– Exatamente. E era o que Odin fazia. Mas um dia Munin foi apanhado por um traidor. Quando Hugin voltou para sussurrar pensamentos na mente de Odin, este imediatamente os esqueceu. Naquela noite, um inimigo entrou furtivamente no palácio e derrotou Odin. Depois disso, as pessoas deixaram de acreditar nos deuses. Hugin fugiu e ambos os pássaros desapareceram. A lenda dos corvos de Odin é uma das razões por que se acredita que ver um corvo é mau agouro.

– Kells, você tem medo de que o corvo roube suas lembranças? – perguntou Kishan.

– Minhas lembranças são o que possuo de mais precioso agora. Eu faria qualquer coisa para protegê-las, mas não, não tenho medo do corvo.

– Durante muito tempo eu teria dado qualquer coisa para ter minhas lembranças apagadas. Pensava que, se pudesse esquecer o que aconteceu, talvez eu fosse capaz de dar continuidade à minha vida.

– Mas você não ia querer esquecer Yesubai, assim como eu não quero esquecer Ren nem os meus pais. É triste lembrar, mas faz parte de quem somos.

– Humm. Boa noite, Kelsey.

– Boa noite, Kishan.

Na manhã seguinte, quando arrumávamos as coisas para começar o dia, percebi que a pulseira que Ren me dera havia desaparecido. Kishan e eu procuramos por toda parte, mas não conseguimos encontrá-la.

– Kells, a câmera também sumiu, assim como todos os pães de mel.

– Ah, não! O que mais?

Ele olhou diretamente para o meu pescoço.

– O quê? O que foi?

– O amuleto sumiu.

– O que aconteceu? Como podemos ter sido roubados no meio do nada? Como não senti alguém tirando coisas do meu corpo enquanto eu dormia? – gritei, descontrolada.

– Desconfio de que tenha sido o corvo.

– Mas isso não é real! É só um mito!

– Você mesma disse que os mitos com frequência se baseiam em fatos reais. Talvez o corvo os tenha levado. Eu teria acordado se tivesse sido uma pessoa. Um pássaro eu ignoro enquanto durmo.

– O que vamos fazer agora?

– A única coisa que podemos fazer. Prosseguir. Ainda temos nossas armas e o Fruto Dourado.

– Sim, mas o amuleto!

– Vai ficar tudo bem, Kells. Tenha um pouco de fé, lembra? Como disse o Mestre do Oceano.

– Para você é fácil falar. Não teve sua única fotografia de Yesubai tirada de você.

Ele me olhou em silêncio por um momento.

– A única fotografia que já tive de Yesubai é a que tenho na mente.

– Eu sei, mas...

Ele colocou o dedo sob meu queixo e ergueu meu rosto.

– Você tem uma chance de ter o homem de volta. Não se preocupe tanto com a fotografia.

– Tem toda a razão. Vamos em frente, então.

Escolhemos seguir pela esquerda do tronco e começamos a caminhar. O tronco era tão colossal que eu mal podia ver sua curva na distância.

– O que vai acontecer quando encontrarmos a serpente, Kells?

– Não é uma serpente perigosa. Ela simplesmente guarda a árvore. Pelo menos foi assim que pareceu pela pedra ônfalo. Se a serpente sentir que temos uma razão legítima para passar, ela vai nos liberar. Se não, vai tentar nos deter.

Uma ou duas horas depois, eu corria o dedo ao longo da casca do tronco quando ele se moveu.

– Kishan! Você viu isso?

Ele tocou o tronco.

– Não estou vendo nada.

– Ponha sua mão sobre ele. Sinta bem... aqui. Está vendo? A textura muda. Aí! Outra mudança! Ponha sua mão sobre a minha. Consegue sentir agora?

– Sim.

Uma seção do tronco de pouco menos de dois metros começou a se mover. Outro segmento acima dele se moveu na direção contrária. Os padrões pareciam familiares, mas eu não conseguia identificá-los. Era confuso, assim como ver a árvore gigante e tomá-la por uma floresta inteira. O vento rede-moinhava à nossa volta, como se impelido por um imenso fole. Uma forte sucção de ar, seguida por um vento forte, agitou a grama curta e fez o pelo dos meus braços arrepiar.

Kishan olhou para cima e se imobilizou.

– Não se mexa, Kelsey.

O ar começou a se mover de forma mais intensa, como se o fole estivesse sendo soprado mais depressa.

– O que foi, Kishan? – murmurei.

Um ruído farfalhante soou atrás de mim. Parecia que alguém arrastava uma sacola pesada sobre um monte de folhas. Ramos partiam, folhas estre-meciam e galhos gemiam. Ouvi uma voz profunda e sibilante.

– O que vocccêsss essstão fazendo na minha floresssta?

Virei-me lentamente e dei de cara com um gigantesco olho que não piscava.

– Você é a guardiã da árvore do mundo?

– Sssssim. Por que vocccêsss essstão aqui?

Fui subindo, subindo e subindo o olhar. Agora eu sabia o que tinha visto antes. A serpente gigante estava enroscada na árvore e os segmentos de quase dois metros no tronco eram seu corpo, que estava perfeitamente camuflado. Na verdade, enquanto eu observava, seu corpo mudou de cor para combinar com o ambiente, como um camaleão. Sua cabeça era tão grande quanto o Hummer de Ren e não havia como saber qual era a extensão de seu corpo. Kishan deu um passo à frente, parando ao meu lado e segurando minha mão. Percebi que ele segurava o *chakram* com a outra mão.

– Estamos aqui para reivindicar o prêmio aéreo que descansa no topo da árvore – declarei.

– Por que eu deveria deixá-lossss passssssar? Para que preccccisam do Lençççço Divino?

– O prêmio aéreo é um lenço?

– Sssssssim.

– Bem, precisamos dele porque irá ajudar a quebrar a maldição lançada sobre dois príncipes da Índia e a salvar o povo de seu país.

– Quem sssão esssssesssss prínccccipesssss?

– Este é Kishan. Seu irmão, Ren, foi sequestrado.

A serpente gigante lançou várias vezes a língua na direção de Kishan, que resistiu à inspeção bravamente. Eu teria saído correndo.

– Eu não conheççço essssses irmãosssss. Voccccêssss não podem passsssssar.

A imensa cabeça começou a se virar enquanto o pesado corpo deslizava pelo chão. Senti um movimento semelhante em meu braço e gritei:

– Espere!

A serpente voltou-se para mim e baixou a cabeça para me ver melhor. Fanindra esticou suas dobras e deslizou pela minha nuca. Então ergueu a cabeça na direção do olho gigantesco e projetou a língua várias vezes para fora.

– Quem é essssa?

– O nome dela é Fanindra. Pertence à deusa Durga.

– Durga. Ouvi falar dessssssa deusa. Essssssa sssserpente é dela?

– É. Fanindra está aqui para nos ajudar em nossa busca. A deusa Durga nos enviou e nos forneceu armas.

– Essssstou vendo.

A guardiã examinou Fanindra por um longo momento, como se ponderasse nosso destino. As duas serpentes pareciam estar se comunicando silenciosamente entre si.

– Voccccêsss podem passssssar. Presssssinto que não esssstão mal-intencccccionadossssss. Talvezzzzz vocêsssss tenham ssssssucccccccesssssso. Talvezzzzzz ssssseja o ssssseu desssstino. Quem sssssabe? Vocccccêssssss irão passsssar por quatro casassssss. A casa dossssss pássssarosssss. A casa dasssss cabaççççassssssss. A casa dasssss sssssereiassssss. E a casa dosssss morcccccegossssss. Tenham cuidado. Para prossssseguir, vocccccêssssss precccccisam fazer asssss melhoressss esssssscolhasssss.

Kishan e eu fizemos uma mesura.

– Obrigada, Guardiã.

– Boa sssssorte para voccccêsssss.

A imensa serpente balançou o corpo pesado e a árvore enorme roncou. A parte de seu corpo que estava enroscada no tronco se moveu, separando-se e revelando uma passagem secreta e uma escada oculta. Fanindra se enroscou na parte superior do meu braço e voltou a seu estado dormente.

Kishan me puxou para a passagem. Tive tempo suficiente para reconhecer que o chão estava coberto por serragem, quando a cobra deslizou. Seu corpo tornou a fechar a passagem, selando-nos na raiz negra da gigantesca árvore do mundo.

20

As provas das quatro casas

Os olhos esmeralda de Fanindra começaram a brilhar e forneceram luz suficiente para que Kishan pudesse pegar nossa lanterna. Um metro e meio à nossa frente havia outro tronco de árvore que parecia tão sólido quanto o externo – um tronco dentro do outro. Entre os dois, subia uma escada em espiral. Ele pegou minha mão outra vez antes de começarmos nossa subida. Os degraus tinham largura suficiente para que andássemos lado a lado e profundidade bastante para que pudéssemos parar e recuperar o fôlego ou mesmo dormir, se precisássemos.

Subimos em um ritmo lento, parando com frequência para descansar. Era difícil dizer quanto já havíamos subido. Depois de várias horas, encontramos uma espécie de porta. Era amarelo-alaranjada e tinha a superfície irregular. Um talo tosco de madeira estava no ponto exato em que deveria haver uma maçaneta. Encordoei meu arco e encaixei uma flecha enquanto Kishan deixava seu *chakram* na posição de lançamento. Ele se postou de um lado, pegou a maçaneta e empurrou a porta lentamente enquanto eu deslizava um pé para dentro e esquadrinhava o lugar à procura de atacantes. Não havia ninguém à vista.

Tratava-se de uma sala cheia de prateleiras que tinham sido entalhadas nas paredes da árvore. Cobrindo as prateleiras e o chão, havia centenas de cabaças, de todos os tipos e tamanhos. Algumas eram sólidas, outras, ocas. Muitas tinham belos e elaborados desenhos e eram iluminadas por velas que bruxuleavam em seu interior.

Algumas abóboras apresentavam entalhes muito superiores a qualquer coisa que eu já tivesse visto no Halloween. Passamos por prateleira após prateleira, admirando os desenhos. Algumas eram pintadas e envernizadas até cintilarem como pedras preciosas entalhadas. Kishan estendeu a mão para tocar uma delas.

– Espere! Não toque em nada ainda. Esta é uma das provas. Precisamos descobrir o que fazer. Espere um segundo enquanto consulto as anotações do Sr. Kadam.

O Sr. Kadam nos fornecera três páginas de informações sobre cabaças. Kishan e eu nos sentamos no chão de madeira polida e as lemos.

– Aqui tem muita coisa sobre onde certas cabaças se originaram e fatos sobre como marinheiros procuravam sementes de determinadas espécies para cultivá-las. Existe uma narrativa mitológica sobre barcos feitos de cabaças. Também não acredito que se trate disso.

Kishan riu.

– E o que me diz desta aqui? Sobre cabaças e fertilidade? Quer experimentar, Kells? Estou disposto a fazer o sacrifício, se você estiver.

Li o mito e encarei Kishan de olhos estreitados enquanto ele ria.

– Nos seus sonhos. Essa decididamente eu passo. – Virei a página. – Aqui diz que atirar uma cabaça na água evoca monstros e serpentes marinhos. Hum, não precisamos de nenhum desses.

– E quanto a este mito chinês aqui? Diz que um garoto se aproximando da idade adulta devia escolher a cabaça que guiaria sua vida. Cada uma delas continha algo diferente. Algumas eram perigosas; outras, não. Uma inclusive guardava o elixir da juventude eterna. Pode ser que tenhamos sorte. Talvez seja melhor escolher logo uma.

– Acho que escolher uma provavelmente é a coisa certa a fazer, mas como saber qual delas?

– Não sei. Precisamos tentar. Eu começo. Mantenha a mira no que quer que saia dela.

Kishan pegou uma cabaça simples em formato de sino. Nada aconteceu. Ele a sacudiu, jogou-a para o alto e a bateu contra a parede... nada.

– Vou tentar quebrá-la.

Ele a atirou contra o chão e uma pera saiu rolando dela. Pegou a fruta e deu uma mordida antes que eu pudesse avisá-lo de que talvez houvesse algo de errado com ela. Quando Kishan finalmente prestou atenção em mim, a fruta já estava quase no fim. Ele desdenhou de meu aviso e disse que o sabor era bom. A cabaça quebrada se dissolveu e desapareceu no chão.

– Ok, minha vez.

Peguei uma cabaça redonda pintada com flores, ergui-a acima da cabeça e a atirei ao chão. Uma serpente negra e sibilante surgiu dos pedaços quebrados e imediatamente se enroscou para dar o bote em minha perna. Antes que eu pudesse levantar a mão, ouvi um zumbido metálico. O *chakram* de Kishan cravou-se no piso de madeira aos meus pés, decepando a cabeça da serpente. Seu corpo e a cabaça partida se dissolveram no chão.

– Sua vez. Talvez seja uma boa ideia nos ater às cabaças não decoradas.

Ele escolheu uma em forma de garrafa, que apresentou algo que parecia leite. Adverti Kishan para que não o bebesse, pois podia não ser o que parecia. Ele concordou, mas descobrimos que, se não o bebêssemos, a cabaça seguinte não se partiria e a quebrada com o leite dentro não se dissolveria. Ele bebeu o leite e continuamos.

Escolhi uma cabaça branca imensa e obtive luar.

Uma pequena e verrugosa produziu areia.

Uma alta e estreita criou uma linda canção.

Uma cabaça cinza e gorda, que parecia um golfinho, jogou água do mar na perna de Kishan.

Minha escolha seguinte foi uma com formato de colher. Quando a quebrei, uma névoa negra subiu e veio em minha direção. Eu corri, mas ela me seguiu, dirigindo-se para minha boca e meu nariz. Não havia nada que Kishan pudesse fazer. Eu a inspirei e comecei a tossir. Minha visão nublou. Senti-me tonta e cambaleei. Kishan me segurou.

– Kelsey! Você está pálida! Como se sente?

– Nada bem. Acho que o conteúdo dessa era doença.

– Aqui. Deite-se e descanse. Talvez eu consiga encontrar uma cura.

Ele começou a quebrar as cabaças freneticamente enquanto eu observava. Estremeci e comecei a suar, um escorpião saiu de dentro da próxima e Kishan o esmagou com a bota. Em seguida, encontrou uma cabaça com vento, outra com peixe e uma que continha uma pequena estrela que brilhava tanto que tivemos que fechar os olhos até que a luz diminuísse e ela desaparecesse no chão.

Todas as vezes em que encontrava um líquido, Kishan corria para mim e me fazia provar. Bebi néctar de frutas, água comum e um tipo de chocolate quente escuro e amargo. Recusei-me a beber um que cheirava a álcool, mas o esfreguei em minha pele para que a cabaça desaparecesse.

As três seguintes continham nuvens, uma tarântula gigante, que ele chutou para o canto da sala, e um rubi, que ele guardou no bolso. Minha visão, a essa altura, estava escurecendo e Kishan ia ficando desesperado. A próxima cabaça que ele escolheu tinha uma espécie de pílula. Debatemos se eu devia tomá-la ou não. Eu estava tonta e fraca, febril e coberta de suor. Era difícil respirar e meu coração estava disparado. Entrei em pânico, certa de que, se não encontrássemos algo logo, eu morreria. Mastiguei a pílula e a engoli. Tinha gosto de vitamina para crianças e não me fez melhorar.

Duas outras cabaças continham queijo e um anel. Ele comeu o queijo e colocou o anel no dedo. A seguinte tinha um líquido branco. Kishan estava nervoso. Até onde sabíamos, podia ser um veneno que me mataria imediatamente ou podia ser minha cura ou o elixir da eterna juventude. Acenei para que ele se aproximasse.

– Vou beber. Me ajude.

Ele ergueu minha cabeça e inclinou a cabaça, o conteúdo derramando-se entre meus lábios secos e rachados. O líquido escorreu pela minha garganta enquanto eu me esforçava para engolir. Imediatamente comecei a sentir a força retornar aos meus membros.

– Mais.

Ele segurava a cabaça com firmeza enquanto eu bebia. O sabor era delicioso e me deu força suficiente para pegar a cabaça dele. Envolvendo a forma arredondada com ambas as mãos, engoli o restante do líquido em dois grandes goles. Sentia-me agora mais forte do que quando tínhamos chegado ali.

– Você parece bem melhor, Kells. Como está se sentindo?

Eu me levantei.

– Estou me sentindo ótima! Forte. Invencível até.

Ele soltou um suspiro trêmulo.

– Ótimo.

Olhei ao redor com a visão clara. Quase mais do que clara.

– Ei. O que é aquilo?

Empurrei algumas cabaças, tirando-as do caminho, e agarrei a alça de uma cabaça grande e redonda com uma longa haste no topo.

– Tem um tigre entalhado no lado externo. Tente esta, Kishan.

Ele a pegou de minhas mãos e a atirou contra o chão. Lá dentro havia um papel dobrado.

– É como um biscoito da sorte! O que ele diz?

– Diz: *O recipiente oculto mostra o caminho.*

– O recipiente *oculto*? Talvez se refira a uma cabaça oculta.

– É muito fácil ocultar uma cabaça numa sala cheia de cabaças, Kells.

– É mesmo. Vamos procurar cabaças que estejam fora do caminho, no fundo da sala ou enfiadas nos cantos.

Recolhemos um grupo de cabaças menores. Kishan tinha cerca de 10 e eu, 4. Ele abriu seu grupo primeiro e obtivemos arroz, uma borboleta, uma pimenta-malagueta, neve, uma pena, um lírio, um chumaço de algodão, um camundongo, outra serpente da qual ele se livrou – poderia ser inofensiva, mas melhor prevenir que remediar – e uma minhoca.

Desapontados, nos voltamos para o meu grupo. A primeira continha linha, a segunda, sons de tambor, a terceira, aroma de baunilha e a quarta, que tinha o formato de uma maçã pequena, não tinha nada. Esperamos algum tempo e começamos a ficar nervosos, pensando que um de nós ia ficar doente outra vez. A cabaça quebrada desapareceu como as outras, o que significava que alguma coisa tinha acontecido.

– Será só isso? Está vendo alguma coisa? – perguntei.

– Não. Espere. Estou ouvindo algo.

Depois de um minuto, eu disse:

– E então? O que é?

– Tem alguma coisa diferente nesta sala, mas não sei dizer o que é. Espere. O ar! Ele está se movendo. Consegue sentir?

– Não.

– Espere um instante.

Kishan percorreu lentamente a sala, examinando prateleiras, paredes e cabaças. Ele pousou a mão numa das paredes e se aproximou dela, esbarrando em cabaças que rolaram e mudaram de lugar.

– Tem ar entrando por aqui. Acho que é uma porta. Me ajude a remover estas cabaças.

Limpamos toda aquela parte da parede, deixando as prateleiras nuas.

– Não consigo mover esta aqui. Está presa.

Era uma cabaça minúscula, que parecia crescer da parede. Puxei e empurrei, mas ela não cedeu. Kishan recuou um passo para ter uma visão melhor e começou a rir. Eu ainda estava puxando a cabaça pequenina.

– O que foi? Por que você está rindo?

– Afaste-se um segundo, Kells.

Saí do caminho e ele pôs a mão sobre a cabaça.

– Não sei o que você está tentando provar. Ela não se mexe.

Kishan girou e empurrou.

– É uma maçaneta, Kelsey.

Ele riu e abriu a seção da parede que agora era obviamente uma porta. Do outro lado, encontramos mais degraus que levavam a um nível mais alto no interior da árvore.

Ele estendeu a mão.

– Vamos?

Após algumas horas de subida, Kishan pediu que fizéssemos uma pausa.

– Vamos parar e comer alguma coisa, Kells. Não consigo acompanhá-la. Eu me pergunto quanto tempo o efeito de sua bebida energética especial vai durar.

Parei uns 10 passos à frente dele e esperei que me alcançasse.

– Agora você sabe como me sinto tentando acompanhar o ritmo de vocês, tigres, o tempo todo.

Ele grunhiu e tirou a mochila dos ombros. Então nos acomodamos confortavelmente num degrau amplo. Ele abriu o zíper da mochila, tirou o Fruto Dourado e o girou entre as mãos. Depois de pensar por um momento, sorriu e falou em sua língua nativa. Uma grande travessa tremeluziu e se materializou. O vapor que subia dos vegetais tinha um aroma familiar.

Franzi o nariz.

– Curry? Argh. Minha vez.

Pedi batata gratinada, tênder com calda de cereja, vagem com amêndoas e pães com manteiga e mel. Quando meu jantar surgiu, Kishan olhou meu prato.

– Que tal dividirmos?

– Não, obrigada. Não sou fã de curry.

Ele terminou rapidamente sua refeição e ficou tentando me fazer olhar para monstros imaginários para que pudesse roubar bocados do meu prato. Terminei dando metade de minha comida para ele.

Mais uma hora subindo degraus e o efeito do meu energético se esgotou. Eu me senti exausta. Kishan me deixou descansar enquanto procurava a casa seguinte. Quando voltou, eu estava escrevendo no diário.

– Encontrei a próxima porta, Kells. Venha. Talvez seja melhor descansar lá.

Os empoeirados degraus circulares no interior do tronco da árvore do mundo nos levaram a um chalé coberto com hera espessa e flores. Lá de dentro, ouvia-se o tilintar de risadas.

– Tem gente lá dentro – sussurrei. – Vamos ter cuidado.

Ele assentiu e desamarrou o *chakram* preso ao cinto enquanto eu encaixava uma flecha no arco.

– Pronta?

– Pronta – sussurrei.

Ele abriu a porta cuidadosamente e fomos recebidos pelas mulheres mais lindas que eu já tinha visto. Elas ignoraram nossas armas e nos deram boas-vindas à sua casa.

Uma jovem belíssima, com cabelos castanhos compridos e ondulados, olhos verdes, pele cor de marfim e lábios cor de cereja, vestida num cintilante vestido rosa pálido, pegou o braço de Kishan.

– Pobrezinhos. Devem estar cansados depois dessa viagem. Entrem. Vocês podem tomar um banho e descansar.

– Um banho me parece ótimo – disse Kishan, extasiado.

Ela não prestou a menor atenção em mim. Seus olhos estavam presos aos de Kishan. Ela acariciou-lhe o braço, sussurrando algo sobre travesseiros macios, água quente e refrescos. Outra mulher se juntou à primeira. Era loura, tinha olhos azuis e usava um vestido prata com brilhos.

– Isso, venha – chamou ela. – Você encontrará conforto aqui. Por favor, siga-nos.

Elas já levavam Kishan dali quando protestei. Kishan se virou e um homem se aproximou. Louro e de olhos azuis, com quase dois metros de altura, exibindo o tórax nu, bronzeado e musculoso, dirigiu toda sua atenção a mim.

– Olá. Bem-vinda ao nosso humilde lar. Minhas irmãs e eu raramente temos visitas. Adoraríamos que vocês ficassem conosco algum tempo.

Ele sorriu para mim e eu corei intensamente.

– É... é muita generosidade sua – gaguejei.

Kishan fechou a cara para o rapaz, mas as garotas jogaram seu charme piscando os longos cílios e o distraíram novamente.

– Kishan, não acho que...

Outro homem surgiu de trás de uma cortina. Este era ainda mais bonito que o primeiro. Tinha cabelos e olhos castanhos e fiquei fascinada por sua boca. Ele fez cara de triste e disse:

– Tem certeza de que não podem ficar conosco? Nem um pouquinho? Adoraríamos ter companhia. – Ele suspirou dramaticamente. – A única coisa que temos para nos manter ocupados é nossa coleção de livros.

– Vocês têm uma coleção de livros?

– Sim. – Ele sorriu e me ofereceu o braço. – Posso mostrá-la a você?

Kishan havia saído com as mulheres e resolvi olhar a coleção de livros. Racionalizei que, se os rapazes tentassem alguma coisa, eu poderia atingi-los com raios.

Eles de fato tinham uma coleção de livros, que contava com muitos dos títulos que eu amava. Na verdade, observando mais de perto, descobri que eu conhecia todos. Eles me ofereceram petiscos.

– Aqui, prove uma dessas tortas. São incríveis. Nossas irmãs são excelentes cozinheiras.

– Não, obrigada. Kishan e eu acabamos de comer.

– Ah, então talvez você queira se refrescar...

– Vocês têm um banheiro?

– Temos. Fica atrás daquela cortina ali. Também tem um chuveiro. Puxe o ramo comprido e a água cairá das folhas da árvore. Vamos providenciar refrescos e um lugar confortável para você descansar.

– Obrigada.

Estávamos obviamente na Casa das Sereias. O banheiro era de verdade, felizmente, e aproveitei a oportunidade para tomar um banho e trocar de roupa. Quando saí do banho, encontrei um longo vestido dourado pendurado para mim. Era semelhante aos vestidos que as duas mulheres usavam. Minhas roupas estavam rasgadas e ensanguentadas, então vesti o traje dourado e pendurei minhas roupas de fada para ver se elas iriam limpá-las mesmo na árvore do mundo.

Em silêncio, li as notas do Sr. Kadam sobre sereias. Passei os olhos pelas sereias da *Odisseia* e pela história de Jasão e os Argonautas. Eu já conhecia essas narrativas, mas ele também havia incluído informações sobre ninfas do mar e tritões, os equivalentes masculinos das sereias.

Essas pessoas provavelmente estavam mais para ninfas das árvores do que para ninfas da água. Elas mantinham a beleza até morrerem. Podiam flutuar. Passar por pequenos buracos. Hum, essa é nova. *Vida extremamente longa... às vezes invisíveis... momentos especiais são meio-dia e meia-noite.* A meia-noite deve estar se aproximando. *Elas podiam ser perigosas, causar loucura, síncope, letargia e paixão obsessiva.*

Uma batida suave na porta me arrancou do meu estudo.

– Oi?

– Está pronta para sair, senhorita?

– Quase.

Olhei rapidamente o restante das anotações e guardei os papéis na mochila. Os dois homens postavam-se diante da porta e me fitavam como um par de cobras observando o ninho de um pássaro.

– Com licença.

Passei rapidamente entre eles, caminhei até o outro lado da sala e me sentei no que parecia um pufe gigante coberto por uma pele macia. Os homens me imitaram, sentando-se um de cada lado.

Um deles cutucou meu ombro.

– Você está muito tensa. Deite-se e relaxe. Esse assento se amolda ao seu corpo.

Eles não aceitariam não como resposta. O de cabelos escuros me empurrou para trás delicada mas insistentemente.

– Sim, é confortável. Obrigada. Onde está Kishan?

– Quem é Kishan?

– O homem com quem cheguei.

– Não percebi que havia um homem.

– Seria impossível perceber qualquer coisa depois que *você* entrou – disse o outro homem.

– Isso mesmo. Concordo. Você é linda demais – afirmou o irmão.

Um deles começou a acariciar meu braço enquanto o outro massageava meus ombros.

Eles indicaram uma mesa à nossa frente repleta de guloseimas.

– Quer experimentar uma fruta cristalizada? É deliciosa.

– Não. Obrigada. Ainda não estou com fome.

O homem que massageava meus ombros começou a beijar minha nuca.

– Você tem uma pele muito delicada.

Tentei me sentar, mas ele me pressionou de volta no pufe.

– Relaxe. Estamos aqui para satisfazer você.

O outro me entregou uma taça alta com um líquido vermelho e borbulhante.

– Que tal um suco de amora espumante?

Então ele pegou minha outra mão e começou a beijar meus dedos. Uma penumbra toldou minha visão. Fechei os olhos por um momento e meus sentidos se concentraram nos lábios beijando meu pescoço e nas mãos quentes que massageavam meus ombros. O prazer enredou-se pelo meu pescoço e eu, ávida, queria mais. Um dos homens beijou minha boca. Aquilo não parecia certo. Alguma coisa estava errada.

– Não – murmurei fracamente e tentei afastá-los.

Mas eles não me davam trégua. Alguma coisa arranhava o fundo da minha mente. Algo a que eu tentava me agarrar. Algo que me ajudaria a me concentrar. A massagem nos ombros estava tão boa... Ele passou para o pescoço, movendo o polegar em pequenos círculos. Foi quando aquilo de que eu estava tentando me lembrar emergiu em minha consciência.

Ren. Ele havia massageado meu pescoço daquela maneira. Visualizei seu rosto. A princípio, ele me apareceu fora de foco, mas comecei a listar mentalmente tudo aquilo que eu amava nele e a imagem se tornou mais nítida. Pensei em seu cabelo, nos olhos, em como ele segurava minha mão o tempo todo. Pensei nele com a cabeça deitada sobre meu colo enquanto eu lia para ele, em seu ciúme, sua paixão por panquecas de manteiga de amendoim e no fato de ele ter escolhido sorvete de pêssego com creme porque fazia com que se lembrasse de mim. Em minha mente, eu o ouvi dizer: *"Mein tumse mohabbat karta hoon, iadala."*

– *Mujhe tumse pyarhai,* Ren – sussurrei.

Alguma coisa estalou em minha cabeça e eu me sentei abruptamente. Os homens fizeram beicinho enquanto tentavam me puxar de volta. Então começaram a cantar em voz suave. Minha visão foi começando a perder o foco outra vez, então cantarolei a canção que Ren escreveu para mim e recitei um de seus poemas. Levantei-me. Os homens agora insistiam que eu comesse alguma coisa ou bebesse um suco. Recusei. Eles me levaram até uma cama macia. Eu me mantive firme enquanto eles me puxavam, imploravam e me bajulavam. Elogiaram meus cabelos, meus olhos e meu lindo vestido e choraram, dizendo que eu fora sua única visitante em milênios e que só queriam passar algum tempo em minha companhia.

Recusando outra vez, insisti que precisávamos retomar nossa jornada. Eles teimaram, pegaram minha mão e me puxaram na direção da cama. Afastei-me deles e agarrei meu arco. Rapidamente, ajustei a corda e encaixei uma flecha, então a apontei para o peito masculino mais próximo, ameaçando-os. Os dois homens recuaram e um deles ergueu a mão, num gesto de derrota. Eles se comunicaram silenciosamente e então sacudiram a cabeça, com tristeza.

– Poderíamos fazê-la feliz. Você esqueceria todos os seus problemas. Nós iríamos lhe dar amor.

Sacudi a cabeça.

– Eu amo outro.

– Você nos teria estimado com o tempo. Possuímos a habilidade de tirar todos os pensamentos e substituí-los apenas por sentimentos de paixão e prazer.

– Aposto que sim – repliquei, com sarcasmo.

– Somos solitários. Nossa última companheira morreu há vários séculos. Nós a amávamos.

– Sim, nós a amávamos muito – confirmou o outro. – Ela nunca soube o que era sofrimento nem por um só dia de sua vida conosco.

– Mas somos imortais e a vida dela passou rápido demais.

– Sim. Precisamos encontrar uma substituta.

– Sinto muito, garotos, mas eu não quero isso. Não tenho o menor interesse em ser sua – engoli em seco – escrava do amor. E, além disso, não desejo esquecer coisa alguma.

Eles me estudaram por um longo momento.

– Que seja então. Você está livre para ir.

– E quanto a Kishan?

– Ele deve fazer sua própria escolha.

Com isso, eles se transformaram numa fina coluna de fumaça, entraram num nó da parede da árvore e desapareceram. Voltei ao banheiro para pegar minhas roupas de fada e fiquei encantada ao ver que elas haviam sido limpas e consertadas.

Apanhando a mochila, voltei à sala. Em vez do quarto sedutor, encontrei agora uma sala simples e vazia, com uma porta. Eu a abri, saí da casa e acabei de volta na escada circular que espiralava no interior do tronco da árvore do mundo. A porta se fechou atrás de mim. Estava sozinha.

Tornei a vestir a calça e a camisa que as fadas haviam tecido para nós e me perguntei quando ou se Kishan sairia dali. *Seria muito melhor dormir naquela cama macia do que nos degraus duros de madeira. Mas, por outro lado, se eu tivesse ficado naquela cama, creio que não conseguiria dormir muito.*

Agradeci mentalmente a Ren por me salvar das ninfas das árvores e dos homens-sereias ou o que quer que fossem. Completamente exausta, me enrosquei no saco de dormir e adormeci. No meio da noite, Kishan cutucou meu ombro.

– Ei.

Apoiei-me no cotovelo e bocejei.

– Kishan? Você ficou muito tempo lá.

– É. Não foi exatamente fácil me livrar daquelas mulheres.

– Sei o que quer dizer. Precisei ameaçar atirar naqueles caras para eles me deixarem em paz. Na verdade estou surpresa que tenha conseguido sair. Como foi que eliminou a influência delas sobre sua mente?

– Mais tarde eu falo sobre isso. Estou cansado, Kells.

– Está bem. Aqui, pegue minha colcha. Não vou sugerir que a gente divida o saco de dormir. Chega de homens por hoje.

– Entendo perfeitamente. Obrigado. Boa noite, Kells.

Depois de acordar, comer e arrumar nossas coisas, continuamos subindo os degraus da árvore do mundo. Uma luz brilhante cintilava adiante. Surgiu um buraco no tronco e passamos para o lado de fora. Era bom ver a luz do sol, mas os degraus agora não eram mais cercados. Agarrei-me ao tronco, recusando-me a olhar para baixo.

Kishan, por outro lado, estava fascinado pela altura em que nos encontrávamos. Ele não conseguia ver o chão, apesar de sua excepcional visão de tigre. Galhos gigantescos se estendiam da árvore. Eram tão grandes que poderíamos ter caminhado por um deles lado a lado sem perigo de cair. Kishan corria ao longo de alguns deles, de tempos em tempos, para explorar. Eu me mantive o mais próximo possível do tronco.

Depois de várias horas em nosso ritmo lento, parei diante de um buraco escuro que levava de volta ao interior do tronco. Esperei Kishan voltar de sua última exploração para entrarmos juntos ali. Essa parte do tronco era mais escura e úmida. A água gotejava lá dentro, caindo de algum ponto no alto. As paredes mudaram de lisas para lascadas e descascadas. Nossas vozes produziam eco. Parecia haver uma grande fenda na árvore, como se ela tivesse sido escavada.

– É como se essa parte da árvore estivesse morta – eu disse –, como se tivesse sido danificada.

– Verdade. A madeira sob nossos pés está apodrecendo. Mantenha-se o mais perto possível da parede do tronco.

Mais alguns minutos se passaram e os degraus cessaram sob um buraco negro grande o suficiente para que passássemos por ele rastejando.

– Não tem mais nenhum lugar para ir. Devemos entrar?

– Vai ser bem apertado.

– Então me deixe ir primeiro, dar uma olhada – eu me ofereci. – Se estiver bloqueado à frente, não tem necessidade de você passar por aqui. Eu volto e tentamos encontrar outro caminho para o topo.

Ele concordou e trocou a lanterna pela mochila. Kishan me levantou e eu me enfiei no buraco, engatinhando até a passagem começar a se estreitar e se tornar mais alta. Naquele ponto, a única maneira de prosseguir era ficar de pé e andar de lado, espremida. Em seguida, a passagem tornou-se mais baixa e mais uma vez me pus de joelhos.

A passagem parecia de rocha. Uma grande pedra bloqueava a metade superior da passagem. Eu me deitei de bruços, me espremi por baixo dela e descobri que a passagem se abria numa grande caverna. Parecia que eu havia percorrido uns 30 metros, mas provavelmente não chegava nem a 10. Imaginei que Kishan passaria ali por muito pouco.

– Tente vir – gritei.

Enquanto esperava por ele, percebi que o piso parecia esponjoso. *Provavelmente madeira apodrecendo.* As paredes eram cobertas por algo que parecia uma crosta de mostarda escura. Ouvi uma ave batendo as asas lá em cima e um grito suave. *Ah, deve haver um ninho ali.* Os sons ricocheteavam dentro da árvore, tornando-se progressivamente mais altos e mais violentos.

– Kishan? Depressa!

Ergui a lanterna, apavorada. Não conseguia ver nada, mas o ar certamente estava se movendo. Parecia que bandos de aves estavam batendo uns contra os outros na escuridão. Alguma coisa roçou em meu braço e voou de repente. Se era uma ave, era das grandes.

– Kishan!

– Estou quase aí.

Eu podia ouvi-lo deslizando de barriga. Estava quase me alcançando.

Alguma coisa bateu as asas, vindo em minha direção. *Talvez sejam mariposas gigantes.* Desliguei a lanterna para deter as criaturas voadoras e ouvi Kishan se aproximar.

Primeiro a mochila e depois sua cabeça emergiram. Acima de mim, algo grande me assustou, batendo as asas freneticamente. Garras pontudas, semelhantes a ganchos, envolveram meus ombros e os seguraram. Eu gritei. Elas apertaram e, com um violento bater de asas e um grito alto e agudo, fui erguida no ar.

Kishan rastejou rapidamente para fora do buraco e agarrou minha perna, mas a criatura era forte e me arrancou de suas mãos. Eu o ouvi gritar:

– Kelsey!

Gritei de volta e minha voz ecoou nas paredes. Eu estava bem no alto, mas ainda podia distingui-lo vagamente lá embaixo. A criatura logo foi cercada por outras de sua espécie e eu me vi envolvida numa massa tremulante e ruidosa de corpos quentes. Às vezes, sentia pelo roçar minha pele, outras vezes uma membrana coriácea e, de quando em quando, garras afiadas.

A criatura desacelerou, pairou e então me soltou. Antes que eu pudesse gritar, aterrissei de costas com um ruído surdo. Apontei a lanterna, que de alguma forma eu conseguira manter na mão durante o súbito voo. Temendo ver onde estava, mas determinada a descobrir, apertei o botão e olhei.

A princípio, não consegui saber para onde estava olhando. Tudo que eu podia ver eram massas de corpos marrons e pretos. Em seguida, percebi que eram *morcegos. Morcegos gigantes.* Eu estava de pé numa saliência com uma queda de dezenas de metros. Rapidamente recuei e me colei à parede.

Kishan gritou meu nome e tentou ir na minha direção.

– Eu estou bem! – gritei. – Eles não me machucaram! Estou aqui em cima, numa saliência!

– Segure-se, Kells! Eu estou indo!

Os morcegos pendiam de cabeça para baixo, observando o progresso de Kishan com olhos negros piscantes. A massa de corpos estava em constante movimento. Alguns andavam por cima dos companheiros até encontrar uma posição melhor para se pendurar. Outros batiam as asas antes de fechá-las coladas ao corpo. Alguns se balançavam para a frente e para trás. Outros dormiam.

Eram ruidosos. Tagarelavam com *cliques* e *estalidos* enquanto se penduravam e nos olhavam.

Kishan avançou por algum tempo, mas se viu sem saída e teve que recuar. Ele tentou várias vezes escalar até onde eu estava, mas era sempre frustrado. Depois da sexta tentativa, ele parou perto do buraco e gritou para mim:

– É impossível, Kells. Não consigo subir aí!

Eu tinha acabado de abrir a boca para responder, quando um morcego gigante falou.

– Iiiiimpossíííível eleeee peeeensa – disse o animal, com estalidos, e bateu as asas. – Éééé possíííível, Tiiigreee.

– Você sabe que ele é um tigre? – perguntei ao morcego.

– Nóóós o veeeeemos. Ouviiiimos. O espííírito deleeee está partiiiido.

– O espírito dele está partido? O que quer dizer com isso?

– Queeeer diiiiizer que eleeee supooorta o sofrimeeeento. Eleeee cuuuura o próprííiiiio remoooorso... eleeee resgaaata vocêêê.

– Se ele curar o próprio remorso, ele vai me resgatar? Como ele pode fazer isso?

– Eleeeee éééé como nóóós. Metaaaade hooooomem e metaaaade tiiiiigre. Nóóós soooomos metaaaaade ave e metaaaade mamíííífero. As metaaaaaades deeeevem se uniiiir. Eleeeee preciiiiisa abraaaaaçar o tiiiiiigre.

– Como suas duas metades podem se unir?

– Eleeeee preciiiiisa aprendeeeeeeer.

Eu estava prestes a fazer outra pergunta quando vários morcegos saltaram no ar e voaram para diferentes lugares na caverna, que se assemelhava a um útero. Estalos rítmicos, que percebi serem seu sonar, atravessaram o ar e bateram nas paredes. Eu podia até sentir as vibrações em minha pele. Logo pequenas pedras embutidas nas paredes começaram a brilhar. Quanto mais tempo os morcegos mantinham o barulho, mais fortes se tornavam as luzes. Quando os morcegos pararam, a caverna estava bem iluminada.

– Aaaas luuuuzes vão seeee apaaaaagar quaaaando o teeeempo deeeele acaaaaabar. Eleeeee preciiiiisa ajuuuuudar vocêêêê antes diiiiisso. Deeeeeve uuuusar suuuuua metaaaade hooooomem e suuuuuua metaaaade tiiiiiigre. Diiiiga iiiiisso a eleeeee.

– Certo. – Então berrei para Kishan lá embaixo: – Os morcegos dizem que você tem que usar suas duas metades para me alcançar antes que as luzes se apaguem novamente. Deve abraçar sua metade tigre.

Agora que as luzes estavam acesas, os perigos do caminho tornaram-se óbvios. Uma série de formações semelhantes a estalagmites, mas com a extremidade plana, erguia-se na caverna. Eram muito distantes entre si para que um humano saltasse, mas um tigre talvez conseguisse.

Kishan olhou para cima e atirou o *chakram* no ar. Enquanto a arma subia, Kishan se transformou no tigre negro e saltou. Ele era rápido. Prendi a respiração à medida que ele saltava velozmente de uma formação para a outra, sem nem mesmo parar para se equilibrar. Arquejei de pavor, sabendo que cada salto poderia significar sua morte. Quando chegou à última, exagerou ligeiramente e agarrou a madeira esponjosa com as garras, girando a cauda em busca de equilíbrio.

Ele mudou para a forma humana, pegou o *chakram* e o lançou novamente para o alto. O local em que se encontrava era minúsculo, mal dava para seus pés. Não havia nenhuma saliência para onde saltar dali. Nada era próximo o bastante, nem mesmo para um tigre. Ele olhou ao redor por um momento, calculando o próximo passo. De ponta-cabeça, os morcegos piscavam e o olhavam com olhos arregalados de seus poleiros. A iluminação começou a diminuir. Quanto mais escuro ficasse, mais perigosa seria sua subida.

Eu sabia que Kishan podia ver no escuro melhor que eu, mas ainda assim o caminho era muito traiçoeiro. Ele tomou uma decisão: agachou-se, transformou-se no tigre negro e saltou no ar. Mas não havia nenhum lugar onde pudesse aterrissar.

– Kishan! Não! – gritei.

Em pleno ar ele mudou para a forma humana e caiu. Inclinei-me de bruços para olhar por sobre a borda de minha pequena plataforma e voltei a respirar quando o vi pendurado num longo ramo. Ele vinha subindo lentamente por ele, colocando uma mão acima da outra, mas ainda estava muito distante. Então pegou o *chakram*, segurou a perigosa arma nos dentes e oscilou para a frente e para trás até conseguir agarrar um pedaço protuberante de madeira na lateral da árvore. Subiu mais um pouco e descansou por um minuto num minúsculo afloramento. Depois de avaliar a situação, agarrou um novo ramo, saltou e se balançou para a frente novamente.

Kishan fez uma série de manobras acrobáticas. Vi o homem se metamorfosear em tigre e vice-versa pelo menos três vezes. A certa altura, ele atirou o *chakram*, que girou na caverna, partiu um ramo e voltou voando para uma pata de tigre que de repente se transformou em mão humana e o pegou. Com o *chakram* na boca novamente, ele se balançou abaixo de mim, cruzando a caverna, e tomou impulso para o outro lado a fim de me alcançar. Agarrou o galho que cortara para completar a distância. Quando vinha em minha direção, vi que o galho não era comprido o bastante e percebi que ele aterrissaria a pelo menos três metros de mim.

Eu queria fechar os olhos, mas sentia que tinha que olhar enquanto Kishan arriscava a vida para me alcançar. Kishan se balançou para trás e tomou impulso novamente. Dessa vez, quando seus pés tocaram a parede, ele atirou o *chakram* mais uma vez. Então agarrou o ramo com os dentes, metamorfoseou-se rapidamente no tigre negro e tomou impulso com suas poderosas patas traseiras. Em seguida, transformou-se em homem, foi até onde o ramo podia levá-lo e então o soltou. Girando no ar, mudou para a forma de tigre. Seu corpo negro se esticou em direção à minha plataforma. Enquanto suas garras afundavam na madeira perto dos meus pés e ele pendia suspenso no ar, o *chakram* cravou-se na madeira a alguns centímetros da minha mão. As garras de tigre se transformaram em mãos.

– Kishan!

Agarrei as costas de sua camisa e puxei o mais forte que pude. Ele rolou para a saliência de madeira e ficou ali deitado, arquejando, durante vários minutos. A luz havia diminuído ainda mais.

– Estáááá veeeendo? Eleeeee conseguiiiiiiiu.

Seus braços tremiam e eu sequei as lágrimas de meu rosto.

– Sim. Conseguiu – eu disse baixinho.

Quando Kishan se sentou, agarrei-o num forte abraço e beijei seu rosto. Ele me apertou por um momento antes de me soltar, relutante. Então tirou o cabelo que me cobria os olhos.

– Lamento não ter trazido a mochila – desculpou-se.

– Está tudo bem. Não havia como trazê-la com tudo o que tinha para fazer.

– Nóóóós vaaaaamos pegáááá-la.

– Que pena que eles não puderam trazer você também – murmurei, com sarcasmo.

– Tííínhamos que tessssstáááá-lo. Eleeee se saiiiiiu muuuuuuito beeeee-eem.

Um dos morcegos desceu para buscar a mochila. Depois a largou em minhas mãos estendidas.

– Obrigada. – Toquei o braço de Kishan. – Você está bem?

– Estou. – Ele abriu um sorriso malicioso, apesar da exaustão. – Na verdade, posso ser convencido a fazer tudo de novo em troca de um beijo de verdade.

Soquei-lhe o braço de leve.

– Acho que um beijo no rosto foi suficiente, não concorda?

Ele grunhiu, sem expressar sua opinião.

– E agora? Como saímos daqui?

– Nóóós vaaaamos leváááá-los – disse um dos morcegos.

Dois deles se soltaram do teto e despencaram vários metros antes de abrir bruscamente as asas. Então as bateram com força, ganhando altitude, e pairaram acima de nós. Em seguida, desceram devagar. Pés com garras prenderam meus ombros e apertaram.

– Manteeeeenhaaaaam-se imóóóóveis.

Ouvi a advertência e decidi que era um bom conselho a seguir.

Batendo as asas freneticamente, os morcegos levantaram voo, levando-nos cada vez mais alto na árvore. Não era um passeio divertido, mas eu também reconhecia que isso nos pouparia várias horas de subida. Pensei que fôssemos subir direto, verticalmente, mas, em vez disso, os morcegos circulavam, ascendendo de forma lenta e constante.

Por fim, percebi que o ambiente estava ficando cada vez mais claro. Distingui uma abertura, uma fenda que permitia que manchas alaranjadas de luz do sol se movessem pelas paredes. Uma brisa fresca roçou minha pele e senti o cheiro de árvore viva e nova, em vez do odor podre e bolorento de fungos, amônia e plantas cítricas queimadas. Nossos companheiros alados saíram pela abertura e, batendo as asas ruidosamente, colocaram-nos com cuidado num galho. Os galhos ali eram mais finos, mas ainda assim fortes o bastante para que nós dois caminhássemos neles.

Com um aviso final de "Fiiiiiquem aleeeertas", eles voaram de volta para a árvore e nos deixaram por nossa própria conta.

– Kells, jogue a mochila para mim. Quero tirar essas roupas pretas e calçar alguma coisa.

Atirei a mochila para ele e me virei para que ele pudesse trocar de roupa.

– É. Que pena que suas roupas de fada se foram. Desapareceram no éter do tigre. Era bom tê-las à mão. Felizmente o Sr. Kadam insistiu que trouxéssemos uns dois calçados para você, por precaução.

– Kells? As roupas de fada estão na bolsa.

– O quê? – Virei-me e deparei com Kishan despido da cintura para cima e desviei os olhos. – Como isso aconteceu?

– Não sei. Magia de fadas, eu acho. Agora vire para lá, a menos que queira me ver trocar de roupa.

Com o rosto vermelho, virei-me rapidamente. O sol estava se pondo e decidimos comer e descansar. Eu estava exausta, mas tinha medo de dormir num galho, ainda que ele tivesse o dobro da largura de um colchão *king size*. Eu estava sentada, imóvel, no meio do galho.

– Tenho medo de cair.

– Você está cansada. Precisa dormir.

– Não vou conseguir.

– Vou segurá-la. Você não vai cair.

– E se *você* cair?

– Gatos não caem de árvores, a menos que queiram. Venha cá.

Kishan me envolveu com um braço e apoiou minha cabeça com o outro. Não pensei que fosse conseguir, mas dormi.

Na manhã seguinte, bocejei, esfreguei os olhos sonolentos e dei de cara com Kishan me observando. Ele tinha um braço em torno da minha cintura e minha cabeça descansava em seu outro braço.

– Você não dormiu?

– Cochilei.

– Há quanto tempo você está acordado?

– Uma hora mais ou menos.

– Por que não me acordou?
– Você precisava descansar.
– Ah. Bem, obrigada por não me deixar cair.
– Kells, quero dizer uma coisa.
– O quê? – Apoiei o rosto em meu punho. – O que é?
– Você... você é muito importante para mim.
– Você também é muito importante para mim.
– Não. Não é isso que quero dizer. Quero dizer... eu *sinto*... e tenho motivos para acreditar... que podemos vir a significar algo um para o outro.
– Você já significa algo para mim.
– Certo, mas não estou falando de amizade.
– Kishan...
– Não existe a menor possibilidade, nem uma chance remota, de que você possa um dia se permitir me amar? Você não sente absolutamente nada por mim?
– É claro que sinto. Mas...
– Mas nada. Se Ren não estivesse na jogada, você consideraria ficar comigo? Eu seria alguém de quem você poderia vir a gostar?
Coloquei a mão em seu rosto.
– Kishan, eu já gosto de você. Eu já o amo.
Ele sorriu e se aproximou um pouco mais. Em minha cabeça, os alarmes começaram a disparar, dei uma guinada para trás e tive a sensação de que estava caindo. Agarrei seu braço como se a minha vida dependesse disso.
Ele me segurou com firmeza e observou o meu rosto. Certamente percebeu meu olhar de pânico e reconheceu que não se devia ao fato de ter perdido o equilíbrio. Kishan reprimiu suas emoções, recostou-se e disse baixinho:
– Eu nunca a deixaria cair, Kells.
Eu não estava lidando muito bem com aquilo e o melhor que pude lhe dizer foi:
– Sei que não.
Ele me soltou e se levantou para providenciar nosso café da manhã.

Os degraus agora eram mais estreitos e contornavam a parte externa da árvore. O tronco também era muito menor. Levávamos apenas 30 minutos para circundá-lo. Após algumas horas apavorantes nos degraus que se estreitavam cada vez mais, deparamos com uma corda trançada que pendia do que parecia ser uma casa na árvore.

Eu queria continuar subindo a escada, mas Kishan quis escalar a corda. Ele concordou em subir pelos degraus por mais meia hora e, se não encontrássemos nada, voltaríamos para a corda. Foi uma discussão inútil no fim das contas porque, não mais do que cinco minutos depois, os degraus tornaram-se apenas protuberâncias nodosas na lateral do tronco da árvore, desaparecendo por completo em seguida.

Quando começávamos a descer até a corda, eu disse:

– Não creio que tenha força suficiente nos braços para subir toda essa altura.

– Não se preocupe com isso. Eu tenho força suficiente para nós dois.

– O que exatamente você tem em mente?

– Vai ver.

Quando chegamos à corda, Kishan pegou a mochila de mim e a pendurou em suas costas. Então fez sinal para que eu me aproximasse.

– O quê?

Ele apontou para o chão diante dele.

– O que você vai me obrigar a fazer?

– Você vai envolver meu pescoço com os braços e depois passá-los pelas alças superiores da mochila.

– Está bem, mas não tente nada engraçado. Eu sinto muitas cócegas.

Kishan levantou meus braços, que envolveram seu pescoço, e me içou do chão, deixando seu rosto muito perto do meu. Ele ergueu uma sobrancelha.

– Se eu tentasse alguma coisa, juro a você que não seria para arrancar uma risada.

Ri de nervosa, no entanto seu rosto estava compenetrado, sério.

– Beleza. Vamos nessa – murmurei.

Senti seus músculos tensos quando Kishan se preparou para saltar, mas ele olhou para baixo, para mim, e seu olhar parou em meus lábios. Ele baixou a cabeça e depositou um beijo quente e suave na lateral da minha boca.

– *Kishan*.

– Desculpe. Não pude resistir. Você está presa e pelo menos dessa vez não pode fugir de mim. Além disso, sua boca é tentadora. Você devia ficar feliz por eu ter me segurado tanto assim.

– Sei.

Com isso, ele saltou no ar. Deixei escapar um gritinho com seu movimento súbito. Devagar, ele começou a subir pela corda. Foi nos içando aos poucos, pisando em galhos quando podia, às vezes mantendo uma das mãos na corda e a outra num galho, para se equilibrar. O tempo todo Kishan tomava cuidado para não me machucar. Sem contar os solavancos, o fato de oscilar a centenas de metros de altura e de darmos saltos capazes de revirar o estômago, eu me sentia bastante confortável. Na verdade, estava um pouquinho confortável demais ficar apertada junto ao corpo dele.

Parece que homens do tipo Tarzan são o meu fraco.

Quando alcançamos a porta da casa na árvore, Kishan subiu um pouco mais na corda e ficou parado, imóvel, enquanto eu cuidadosamente me soltava dele e pulava para o piso de madeira. Então ele tomou impulso, balançou-se e aterrissou com um floreio. Dava para ver que estava se divertindo.

– Pare de se exibir, pelo amor de Deus. Você percebe a altura em que estamos e que você poderia despencar para uma morte horrível a qualquer momento? Está agindo como se esta fosse uma aventura superdivertida.

– Não faço a menor ideia da altura em que estamos – replicou. – E não dou a mínima. Mas, sim, estou me divertindo. *Gosto* de ser homem o tempo todo. E *gosto* de estar com você.

Ele envolveu minha cintura com as mãos e me puxou para perto de si.

– Ei – resmunguei, desembaraçando-me dele o mais rápido possível.

Eu não podia censurá-lo pela parte de ser humano e não sabia o que dizer pela parte de estar comigo, então não falei nada. Sentamo-nos no chão de madeira da casa da árvore e vasculhamos todas as anotações do Sr. Kadam. Lemos todas elas duas vezes e esperamos, mas ainda assim nada aconteceu na casa. Essa era supostamente a casa dos pássaros, mas eu não via nenhum. Talvez estivéssemos no lugar errado. Comecei a me sentir ansiosa.

– Olá? Tem alguém aqui? – minha voz ecoou.

O som de asas batendo e uma grasnada foram a minha resposta. No alto, no canto da casa da árvore, vimos um ninho encoberto. Dois corvos espiavam pela borda, vigiando-nos. Eles se comunicavam com um som seco, um ruído que vinha do fundo de suas gargantas.

Os pássaros deixaram seu poleiro e circularam a casa, fazendo acrobacias no ar. Deram saltos mortais e até voaram de cabeça para baixo. Cada volta deixava-os mais perto de nós. Kishan soltou seu *chakram* e o ergueu como uma faca.

Pus minha mão sobre a dele e sacudi a cabeça levemente.

– Vamos esperar e ver o que eles fazem. – Voltei-me para eles. – O que vocês querem de nós?

Os pássaros pousaram a alguns metros de onde nos encontrávamos. Um girou a cabeça e me olhou com um olho negro. Uma língua também negra surgiu do bico e provou o ar quando o pássaro se aproximou.

Ouvi uma voz áspera dizer:

– Querendinós?

– Você entende o que falo?

Os dois pássaros moveram a cabeça para cima e para baixo, parando de vez em quando para alisar as penas.

– O que estamos fazendo aqui? Quem são vocês?

Os pássaros, saltitando, aproximaram-se um pouco mais. Um deles disse "Hughhn", e eu podia jurar que o outro disse "Muunann".

– Vocês são Hugin e Munin? – perguntei, incrédula e maravilhada.

As cabeças se moveram para cima e para baixo novamente. Eles saltaram, chegando ainda mais perto.

– Vocês roubaram minha pulseira?

– E o amuleto? – acrescentou Kishan.

As cabeças fizeram que sim.

– Bem, queremos tudo de volta. Vocês podem ficar com os pães de mel. Já devem tê-los comido mesmo.

Os pássaros grasnaram, estalaram os bicos sonoramente e bateram as asas em nossa direção. Penas arrepiadas se inflaram, fazendo os pássaros parecerem bem maiores do que eram.

Cruzei os braços na frente do peito.

– Não vão devolvê-los, hein? Isso é o que veremos.

Os pássaros, hesitantes, dançaram, aproximando-se ainda mais, e um pulou para o meu joelho. Kishan ficou imediatamente preocupado.

Pus a mão em seu braço.

– Se eles são Hugin e Munin, sussurram pensamentos e lembranças nos ouvidos de Odin. Podem querer se empoleirar em nossos ombros e nos falar.

Aparentemente eu estava certa, pois no minuto em que inclinei a cabeça para um lado, um dos pássaros bateu as asas e se acomodou em meu ombro. Aproximou o bico de meu ouvido e esperei ouvi-lo falar. Em vez disso, senti uma curiosa sensação, de algo sendo puxado em mim. O pássaro bicou delicadamente alguma coisa em meu ouvido, mas eu não senti nenhuma dor.

– O que você está fazendo? – perguntei.

– Pensamentosemperrados.

– O quê?

– Pensamentosemperrados.

Senti outro puxão, um estalido e então Hugin se afastou, saltitando, com um fio diáfano, semelhante a uma teia, pendendo do bico.

Cobri a orelha com uma das mãos.

– O que você fez? Roubou parte do meu cérebro? Fiquei com alguma lesão cerebral?

– Pensamentosemperrados!

– O que isso significa?

O fio que pendia de seu bico se dissipou lentamente quando o pássaro estalou o bico. Fiquei ali sentada, observando, boquiaberta de pavor, e me perguntei o que havia sido feito comigo. *Será que ele roubou uma lembrança?* Vasculhei o cérebro tentando lembrar de todas as coisas importantes. Procurei algum buraco, algum vazio. Se o pássaro tinha mesmo roubado uma lembrança, eu não fazia a menor ideia de qual poderia ser.

Kishan tocou minha mão.

– Você está bem? Como está se sentindo?

– Estou bem. É só...

Minhas palavras morreram quando notei uma mudança em minha cabeça. Alguma coisa estava acontecendo. Algo se arrastava pela superfície da mente, como um rodo sobre vidro ensaboado. Eu podia sentir uma camada de confusão, desordem mental e sujeira, na falta de uma palavra melhor, descascando como pele morta depois de uma queimadura de sol. Era como se preocupações e medos aleatórios e pensamentos melancólicos estivessem antes entupindo os poros da minha consciência.

Por um momento pude ver tudo o que precisava fazer com perfeita clareza. Eu soube que estávamos quase alcançando nossa meta. Soube que haveria protetores ferrenhos guardando o Lenço. Soube o que era o Lenço e o que ele era capaz de fazer. Naquele momento, soube como iríamos usá-lo para salvar Ren.

Munin saltitava de um lado para outro diante de Kishan, esperando a sua vez.

– Está tudo bem, Kishan! Vá em frente. Deixe-o pousar em seu ombro. Não vai machucá-lo. Acredite em mim.

Ele me olhou, duvidando, mas assim mesmo inclinou a cabeça para um lado. Observei, fascinada, Munin bater as asas e pousar no ombro de Kishan. O pássaro manteve as asas abertas, batendo-as preguiçosamente enquanto cumpria sua tarefa no ouvido de Kishan.

– Munin está fazendo a mesma coisa com Kishan? – perguntei a Hugin.

O pássaro sacudiu a cabeça e mudou de um pé para o outro. Então começou a alisar as penas.

– Então qual é a diferença? O que ele vai fazer?

– Espereparaver.

– Espereparaver?

O pássaro assentiu.

Munin saltou para o chão e segurou um fio negro e fino do tamanho aproximado de uma minhoca. Então abriu o bico e o engoliu.

– Hum... isso parece diferente. Kishan? O que aconteceu? Você está bem?

– Estou bem. Ele... ele me mostrou – respondeu Kishan baixinho.

– Mostrou o quê?

– Ele me mostrou minhas lembranças. Em todos os detalhes. Eu vi tudo o que aconteceu. Vi tudo o que se passou comigo e com Yesubai novamente. Vi meus pais, Kadam, Ren... tudo. Mas com uma grande diferença.

Tomei sua mão na minha.

– Que diferença?

– Aquele fio negro que você viu... é difícil explicar, mas é como se o pássaro tivesse tirado um par de óculos de sol muito escuros dos meus olhos. Vi tudo como se passou de fato, como aconteceu de verdade. Não mais apenas na minha percepção. Era como se eu fosse um observador externo.

– A lembrança agora é diferente?

– Não é diferente... é mais clara. Pude ver que Yesubai era uma garota doce que gostava de mim, mas que foi, sim, encorajada a me procurar. Ela não me amava da mesma maneira que eu a amava. Tinha medo do pai. Ela o obedecia em tudo, no entanto também estava desesperada para sair de casa. No fim, foi o pai quem a matou. Ele a empurrou violentamente... com força suficiente para quebrar-lhe o pescoço.

Eu ouvia atenta, chocada também.

– Como pude não perceber seu medo, sua ansiedade? – Ele esfregou o maxilar. – Ela os escondeu bem. Lokesh tirou vantagem de meus sentimentos por Yesubai. Eu devia ter visto quem ele era desde o início, mas estava cego, apaixonado. Como pude não enxergar isso antes?

– O amor às vezes leva a gente a fazer coisas malucas.

– E você? O que viu?

– Eu acho que tive o cérebro aspirado. Meus pensamentos estão mais claros, assim como as suas lembranças. Na verdade, agora sei como pegar o Lenço e o que vem em seguida. Mas vamos por partes.

Levantei-me de um salto e ergui o ninho enfiado no canto da casa da árvore. Os dois pássaros pularam, grasnando com irritação. Eles voaram até onde eu estava e bateram as asas no meu rosto.

– Sinto muito, mas a culpa é sua mesmo. Foram vocês que clarearam a minha mente. Além disso, estas coisas são nossas. Precisamos delas.

Peguei a câmera, a pulseira e o amuleto no ninho. Kishan me ajudou a colocar a pulseira e a corrente com o amuleto e enfiou a câmera na mochila. Os pássaros me olhavam, zangados.

– Talvez possamos lhes dar outras coisas para compensar sua perda – sugeri.

Kishan vasculhou a mochila e pegou um anzol, um bastão fosforescente e uma bússola e os colocou no ninho. Depois de eu devolver o ninho ao seu lugar, os pássaros voaram até lá para inspecionar seus novos tesouros.

– Obrigada aos dois! Vamos, Kishan. Venha comigo.

21

O Lenço da Divina Tecelã

Depois de recuperar nossos tesouros no ninho, segui até uma corda simples que pendia do teto de madeira. Quando a puxei, um ruído chocalhante veio de cima da casa da árvore e um painel se abriu. Uma escada então desceu até tocar o chão.

– A próxima etapa será a mais difícil – expliquei a Kishan. – Esta escada leva aos galhos externos, que precisamos subir até alcançar o topo, onde encontraremos o ninho de um pássaro gigante. É lá que está o Lenço, assim como os pássaros de ferro.

– Pássaros de ferro?

– Sim, e teremos que lutar contra eles para pegar o Lenço. Espere um segundo. – Corri rapidamente os olhos pela pesquisa do Sr. Kadam e encontrei o que estava procurando. – Aqui. É contra isto que vamos lutar.

A imagem da mitológica ave estinfaliana era assustadora o bastante sem a descrição que ele havia incluído.

– "Terríveis aves carnívoras, com bicos de ferro, garras de bronze e excrementos tóxicos" – leu Kishan. – "Em geral vivem em grandes colônias."

– Não são uns amores?

– Fique perto de mim, Kells. Não sabemos se você pode cicatrizar aqui.

– Aliás, não sabemos se você também cicatriza aqui. – Sorri para ele. – Mas vou tentar não deixá-lo sozinho por muito tempo.

– Engraçadinha. Você primeiro.

Subimos a escada e nos vimos num agrupamento de galhos tão compactos que me faziam lembrar um daqueles brinquedos trepa-trepa que se veem em parques infantis. Era fácil escalar – desde que eu não pensasse na queda. Kishan insistiu em que eu fosse primeiro para que ele pudesse me pegar se eu escorregasse, o que só aconteceu uma vez. Meu pé deslizou numa parte molhada da madeira e Kishan o apoiou, com tênis e tudo, na palma de sua mão, alçando-me para cima outra vez.

Após um bom tempo subindo, descansamos num galho com as costas apoiadas no tronco, Kishan mais abaixo, eu mais acima. Ele me jogou um cantil de limonada sem açúcar, que aceitei, agradecida. Enquanto o esvaziava em grandes goles, percebi que o galho em que me encontrava sentada estava um tanto danificado.

– Kishan, dê uma olhada nisso.

Uma pasta espessa e viscosa verde-amarelada espalhava-se na ponta do meu galho e aparentemente havia corroído metade dele.

– Acho que estamos olhando para os excrementos tóxicos – observei, com amargura.

Kishan franziu o nariz.

– E isso é velho, talvez de umas duas semanas atrás. O cheiro é horrível. É ácido e amargo. – Ele piscou e esfregou os olhos. – Está queimando minhas narinas.

– Acho que vamos precisar ficar atentos a bombas tóxicas, hein?

Agora que ele conhecia o cheiro das aves, podíamos farejá-las até o ninho. Levamos mais uma hora subindo, porém finalmente chegamos a um ninho gigantesco, descansando num entroncamento de três galhos.

– Uau, é imenso! Você acha que tem algum pássaro por perto?

– Não ouço nada, mas o cheiro está por toda parte.

– Ah, que sorte a minha ter um nariz de tigre por perto. Não estou sentindo nada.

– Agradeça por isso também. Acho que nunca conseguirei esquecer este cheiro.

– É justo que você tenha que lutar contra aves de cheiro desagradável. Lembre-se de que Ren enfrentou os *kappa* e os macacos imortais.

Kishan resmungou e prosseguiu na direção do ninho gigante. Excrementos antigos descoravam a superfície dos galhos da árvore, enfraquecendo-os. Se pisássemos muito perto da substância, a superfície do galho se esfarelava num pó branco e às vezes quebrava por completo.

Fomos nos aproximando lentamente, confiando na audição de Kishan para nos advertir da chegada das aves. O ninho tinha o tamanho de uma grande piscina e era feito de galhos de árvore mortos da espessura do meu braço entretecidos como uma cesta gigante. Escalamos até o topo e saltamos para dentro do ninho.

Cinco imensos ovos descansavam no centro. Cada um teria sido suficiente para encher uma banheira de hidromassagem. Cor de bronze e reluzentes, refletiam a luz do sol em nossos olhos. Kishan bateu levemente num deles e ouvimos um eco metálico e oco.

Circulei aquele ovo e arquejei. Eles descansavam sobre o material diáfano mais lindo que eu já vira: *O Lenço da Divina Tecelã!* O tecido parecia vivo. As cores se deslocavam e espiralavam em padrões geométricos na superfície do lenço. Um caleidoscópio de azul-claro se transformou em cor-de-rosa e amarelo, que então passaram a um verde suave e dourado, e em seguida a ondas preto-azuladas como um corvo. Era hipnótico.

Kishan esquadrinhou o céu e me assegurou de que a barra estava limpa. Então ele se agachou a meu lado para examinar o Lenço.

– Vamos ter que rolar os ovos um por um, Kells. Eles são pesados.

– Tudo bem. Vamos começar por este.

Seguramos um ovo reluzente e o rolamos cuidadosamente para a lateral do ninho. Então voltamos para o segundo. Encontramos uma pena perto dele. Penas de aves normais eram leves, ocas e flexíveis. Esta era mais longa que o meu braço, pesada e metálica. Kishan mal conseguia movê-la e a borda era afiada como uma serra circular.

– Ai, isso não é bom.

Kishan concordou.

– É melhor nos apressarmos.

Estávamos rolando o terceiro ovo quando ouvimos um grito estridente.

Ao longe, uma ave vinha voando em direção ao ninho. Ela não parecia nada feliz. Protegi os olhos com a mão para ter uma visão melhor. A princípio parecia pequena, mas minha opinião sobre seu tamanho mudou à medida que ela se aproximava velozmente. Asas poderosas sustentavam a criatura no ar enquanto ela atravessava as correntes termais.

O sol atingiu o corpo metálico da ave gigante, que refletiu a luz, me cegando. Agora estava muito mais perto e parecia ter dobrado de tamanho. Ela emitiu um lamento desagradável. Um grito mais baixo ecoou em resposta quando outra ave se juntou à primeira.

A árvore se sacudiu quando alguma coisa pousou num galho próximo. Um pássaro gritou para nós e começou a se dirigir ao ninho. Como sempre, Kishan postou-se à minha frente. Recuamos rapidamente, mantendo o tronco às nossas costas.

Uma ave voou acima de nós. Era mais um monstro que uma ave. Dei uma boa olhada nela quando mergulhou. Sua cabeça estava inclinada, de modo que pudesse manter o olhar cravado em nós. Estimei que sua envergadura de asa fosse de mais de 10 metros, ou cerca da metade do comprimento do avião do Sr. Kadam. Empunhei o arco, preparei uma flecha e estremeci quando seu grito agudo e estridente vibrou através de meus membros. Minha mão estava trêmula ao disparar a flecha. Errei o alvo.

O corpo da criatura parecia o de uma águia gigante. Fileiras de penas de metal densas e sobrepostas cobriam o torso da ave e se tornavam maiores ao longo das asas compridas e amplas. As penas tinham o tamanho aproximado de uma prancha de surfe. As pontas das asas eram afiladas e bem separadas. O pássaro de ferro batia as asas e abria as penas da cauda para ajudar a frear e se lançar novamente para o céu.

Ele se movia como uma ave de rapina. Patas musculosas e fortes, com garras afiadas, estiraram-se para nos agarrar em sua segunda passagem. Kishan me empurrou de cara no ninho e o pássaro não conseguiu nos pegar, mas apenas por poucos centímetros. Sua cabeça parecia um pouco com a de uma gaivota com um bico robusto, comprido e adunco, mas havia um gancho extra na mandíbula superior do bico, afiado de ambos os lados, como uma espada de dois gumes.

Um dos pássaros se aproximou e tentou nos bicar. Então ouvi um ruído metálico quando as duas extremidades afiadas de seu bico se uniram ruidosamente, como uma gigantesca tesoura.

Outro chegou perto demais e o atingi com um raio. A descarga atingiu o peito da ave e refletiu, chamuscando o ninho a poucos centímetros de onde Kishan estava.

– Cuidado, Kells!

Isso não estava indo nada bem.

– Meus raios apenas batem e voltam!

– Deixe-me tentar!

Ele lançou o *chakram*, arremessando-o pelo ar num amplo arco além da ave.

– Kishan! Como você pode errar algo tão grande?

– Fique olhando!

Quando o *chakram* completou o arco e começou a retornar para Kishan, atingiu o pássaro, atravessando uma asa metálica e produzindo um som horrível, como o de uma broca numa chapa de metal. O pássaro gritou e despencou centenas de metros até o chão, arrancando galhos e ramos no caminho. A árvore se sacudiu violentamente quando ele caiu.

Três outros pássaros rondavam o ninho agora e tentavam nos capturar com garras ou bicos que se assemelhavam a facas. Encaixei outra flecha no arco e mirei o pássaro mais próximo. A flecha o atingiu bem no peito, mas tudo o que conseguiu foi deixá-lo irado.

Kishan mergulhou entre os ovos quando um pássaro tentou pegá-lo com uma garra.

– Mire o pescoço ou os olhos, Kelsey!

Disparei outra flecha, atingindo o pescoço. A terceira acertou o olho. O pássaro se afastou e então despencou, rodopiando como um avião descontrolado antes de se despedaçar no chão. Agora eles estavam furiosos de verdade.

Mais pássaros chegaram. Pareciam inteligentes e astuciosos. Um atacou Kishan, acuando-o na extremidade do ninho. Enquanto ele estava ali, ocupado, um segundo pássaro se aproximou e o apanhou com as garras.

– Kishan!

Ergui a mão e mirei em seu olho. Dessa vez, o raio funcionou. A ave de ferro gritou e soltou Kishan, que caiu com um baque surdo no ninho. Fiz o mesmo com o outro pássaro, que se afastou, chamando, enlouquecido, o restante do bando.

Corri até Kishan.

– Você está bem?

Sua camisa estava rasgada e ensanguentada. As garras da ave haviam dilacerado ambos os lados de seu tórax e o sangue jorrava livremente.

Ele arquejou.

– Parece que tenho facas quentes sobre a pele, mas já está cicatrizando. Não deixe que se aproximem de você.

A pele em torno dos cortes estava empolada e muito vermelha.

– Parece que as garras são cobertas por ácido – eu disse, solidária.

Ele arfou quando toquei de leve em sua pele.

– Vou ficar bem. – Ele se imobilizou. – Ouça. Elas estão se comunicando. Estão voltando. Prepare-se para lutar.

Kishan se levantou para distraí-las enquanto eu me posicionava atrás dos dois ovos restantes.

– Pensando bem, eu preferiria os macacos – gritou Kishan.

Estremeci.

– Vou lhe dizer uma coisa: vamos alugar os filmes *King Kong* e *Os pássaros*. Depois você decide.

Ele gritou enquanto corria do ataque de um pássaro.

– Você está marcando um encontro comigo? Porque, se estiver, isso certamente vai ser um incentivo a mais para sair disso vivo.

– Se isso funcionar, está marcado.

– Estou dentro.

Ele atravessou correndo o ninho, saltou pela borda, virou em pleno ar e pousou num galho que se projetava. Dali lançou o *chakram*, que se elevou no céu. O sol refletiu no disco dourado quando girou em torno da árvore e passou no meio das 10 aves ou mais que circundavam o topo.

Elas se dispersaram em todas as direções e tornaram a se agrupar. Eu quase podia vê-las calculando a manobra seguinte. De repente, elas mergulharam em nossa direção. Gritando, o bando atacou. Uma vez eu vira um grupo de gaivotas exibir um comportamento violento de perseguição em bando. Todas bicavam e acossavam um homem com um sanduíche na praia até ele sair correndo, berrando. Elas eram determinadas e agressivas, mas essas aves eram bem piores!

Elas arrancaram galhos das árvores para nos atacar. Mais da metade delas mergulhou na direção de Kishan, que agilmente saltava de galho em galho até estar de volta a meu lado, atrás dos ovos. As asas batendo freneticamente em torno do ninho faziam o vento soprar em todas as direções. Eu tinha a sensação de estar presa num redemoinho.

Kishan atirou o *chakram* repetidamente, arrancando a perna de uma ave e cortando a barriga de outra antes de a arma retornar à sua mão. Livrei-me de duas atravessando-lhe os olhos com flechas e ceguei mais duas com meus raios.

– Você pode mantê-las longe de mim por um minuto, Kells? – gritou Kishan.

– Acho que sim! Por quê?

– Vou mover os dois últimos ovos!

– Depressa!

Experimentei preparar uma flecha, infundi-la com a energia de um raio e disparar. Ela atingiu uma ave no olho, fazendo explodir sua cabeça. O torso carbonizado, fumegando, aterrissou com um estrondo, metade no ninho e metade pendendo da borda. O ninho rachou e se inclinou precariamente antes de tornar a se assentar. O impacto me atirou no ar, como se eu estivesse num trampolim, e o impulso me lançou sobre a beirada. Desesperada, estendi as mãos e me agarrei à borda enquanto caía.

Galhos ásperos arranharam minha pele à medida que eu lutava para reduzir a velocidade da queda. Finalmente parei, atirei o braço acima da lateral, mas escorreguei. O sangue escorria pelo meu braço. Trincando os dentes de dor, enfiei os dedos e os pés entre os galhos em busca de apoio. Quebrei várias unhas e arranhei pernas e braços, mas valeu a pena. Não despenquei para uma morte horrível. Pelo menos, não daquela vez.

Kishan havia se firmado melhor. Ele se equilibrou rapidamente e correu para mim.

– Aguente firme, Kells!

Ele se deitou de bruços e estendeu a mão. Agarrou as minhas mãos e me puxou até eu cair em cima dele.

– Você está bem? – perguntou.

– Estou.

– Ótimo.

Ele sorriu e me envolveu nos braços, quando viu alguma coisa no alto. Então pôs uma das mãos atrás da minha cabeça e outra em minha cintura e rolou diversas vezes até batermos de encontro ao fundo do ninho, o seu corpo esparramado sobre o meu.

– Cuidado! – gritei.

Dois dos pássaros se curvavam sobre nós, tentando nos partir ao meio com seus bicos metálicos. Agarrei um galho quebrado ali perto e o enfiei no olho de um deles segundos antes de o animal estripar Kishan. Então atingi o outro com um raio.

– Obrigado.

Sorri, orgulhosa da minha façanha.

– Sempre às ordens.

O ninho se deslocou. O peso da ave morta pendurada na borda era grande demais. A ave estava caindo e levando o ninho com ela. Kishan agarrou galhos de ambos os lados da minha cabeça.

– Segure-se! – gritou ele.

Passei os braços em torno de seu pescoço e me agarrei a ele enquanto o ninho tombava vários metros no ar e rachava ao meio. Metade do ninho tombou com a ave morta e a outra metade – aquela em que estávamos – equilibrou-se precariamente em dois galhos quase partidos. Meu estômago se revirou quando o ninho e tudo à sua volta, inclusive os galhos que nos seguravam, de repente despencaram mais um metro e aterrissaram com um estrondo de tremer os ossos. Três dos ovos caíram do ninho e se espatifaram nos galhos abaixo. Caímos no que restava do ninho e rolamos até parar.

– Onde está o Lenço? – gritei.

– Ali!

O Lenço havia voado do ninho e pendia frouxo num galho quebrado vários metros abaixo. Ele esvoaçava na brisa e provavelmente voaria de novo a qualquer momento.

– Kells, depressa! Agarre minha mão. Vou descer você para que possa alcançar o Lenço.

– Tem certeza?

– Tenho! Ande logo!

Ele segurou meu braço e me baixou. Eu não podia acreditar que Kishan tinha toda essa força, mas ele enroscou o outro braço num galho e sustentou o peso de nossos dois corpos com um só braço. Ainda não era suficiente.

– Vou ter que descer mais! Pode segurar minha perna?

– Posso. Mas preciso subir.

Ele grunhiu e me puxou para cima, jogando-me para o alto como se eu fosse uma mochila, e me pegou pela cintura quando eu começava a cair. Arquejei e agarrei seu pescoço outra vez.

– O que eu faço?

– *Primeiro*... – Ele inclinou a cabeça e me beijou com força. – Agora passe a perna esquerda pela minha cintura.

Eu o olhei, furiosa.

– Apenas faça o que estou dizendo!

Balancei para a frente e para trás, então consegui enganchar a perna esquerda em sua cintura. Em seguida, ele soltou minha cintura e agarrou minha perna. Era apavorante, mas eu acreditava que ele era forte o bastante para sustentar nós dois com apenas um braço. Comparado a isso, ficar de pé nos ombros de Ren em Kishkindha tinha sido brincadeira de criança.

Fiz uma careta, perguntando-me que insanidades me aguardavam nas próximas duas tarefas. Mentalmente implorei aos galhos que seguravam o ninho para que nos aguentassem um pouco mais, apenas o suficiente para que eu agarrasse o Lenço. No fundo, eu esperava ouvi-los partir a qualquer segundo, lançando-nos num mergulho para a morte.

Soltei o pescoço de Kishan e lentamente fiquei de cabeça para baixo, segurando o cós de sua calça, depois sua perna e, por fim, seu pé. Enquanto ele me abaixava eu resmungava:

– Por que eles não escolheram uma garota do Cirque du Soleil para essas tarefas? Ficar pendurada de cabeça para baixo de um galho quebrado a centenas de metros do chão é pedir demais de uma garota iniciante em *wushu*!

– Kells?

– O quê?

– Cale a boca e pegue o Lenço.

– Estou tentando!

Estiquei-me mais e ouvi Kishan gemer.

– Só mais uns centímetros.

Sua mão deslizou deliberadamente da minha panturrilha para o tornozelo, fazendo-me oscilar no abismo verde.

Apavorada, gritei o nome de Kishan e fechei os olhos por um segundo, engoli em seco e balancei o corpo de volta na direção do Lenço. O vento o arrancou do galho. Ele rodopiou no ar e passou por mim. Agarrei-lhe a ponta no último segundo – pendurada de cabeça para baixo, o sangue latejando em minha cabeça, as pontas dos dedos agarrando desesperadamente o Lenço, com Kishan mal sustentando nós dois – e tive uma visão.

O dossel verde oscilando vertiginosamente diante dos meus olhos esmaeceu até se tornar branco e eu ouvi uma voz.

– Kelsey. Srta. Kelsey! Está me ouvindo?

– Sr. Kadam? Sim, eu estou ouvindo!

Vi o vago contorno de uma barraca atrás dele.

– Estou vendo sua barraca!

– E eu posso ver a senhorita e Kishan.

– O quê?

Olhei para trás e vi a imagem borrada de Kishan agarrando a perna de meu corpo pendurado de cabeça para baixo no ar. O Lenço pendia precariamente, enganchado num de meus dedos. Eu o ouvi gritando, como se estivesse a uma grande distância.

– Kelsey! Aguente firme!

A vaga silhueta de outra pessoa vinha surgindo.

– Não diga nada – instruiu o Sr. Kadam. – Não o deixe incitá-la a falar. Apenas preste atenção a cada detalhe... qualquer coisa pode nos ajudar a encontrar Ren.

– Está bem.

O medalhão do Sr. Kadam brilhava, vermelho. Olhei para o meu e vi que também reluzia no mesmo tom. Quando tornei a erguer os olhos, a imagem da outra pessoa se materializou.

Lokesh. Ele vestia um terno. O cabelo escuro estava alisado para trás e percebi que usava vários anéis. Seu medalhão também cintilava, vermelho, e era muito maior que os nossos.

Seus olhos ardilosos cintilaram quando ele sorriu.

– Ah! Eu vinha me perguntando quando tornaria a vê-la. – Ele falava educadamente, como se estivéssemos nos reencontrando num chá da tarde. – Você me custou muito em tempo e recursos, minha querida.

Eu o observava em silêncio e me encolhi enquanto ele me avaliava de forma perturbadora.

Lokesh então falou baixinho, ameaçador:

– Não temos tempo para as *sutilezas* do jogo, como eu gostaria, então serei direto. Quero o medalhão que você está usando. Você o trará para mim. Se fizer isso, vou deixar seu tigre viver. Se não... – Ele tirou uma faca do bolso e testou seu gume num polegar. – ...vou encontrá-la, cortar sua garganta... – Ele me olhou diretamente nos olhos e concluiu a ameaça: – ...e arrancá-lo de seu pescoço sangrento.

– Deixe a jovem fora disso – interveio o Sr. Kadam. – Eu irei ao seu encontro e lhe darei o que quer. Em troca, você liberta o tigre.

Lokesh voltou-se para o Sr. Kadam e abriu um sorriso desagradável.

– Eu não o reconheço, *meu amigo*. Estou interessado em saber como você adquiriu o amuleto. Se quiser negociar, pode entrar em contato com meu escritório em Mumbai.

– E que escritório seria esse, *meu amigo*?

– Encontre o prédio mais alto de Mumbai. Meu escritório fica na cobertura.

O Sr. Kadam assentiu e Lokesh continuou a dar instruções. Enquanto eles falavam, estudei o cenário enevoado que havia surgido por trás de Lokesh. Memorizei o máximo de detalhes que pude. Um homem falava com ele, mas Lokesh não lhe dava atenção.

O criado atrás de Lokesh tinha cabelos negros penteados para a frente, formando um coque no topo, logo acima da linha onde começa o cabelo. Ao longo de sua testa, via-se uma linha de tatuagens que se pareciam com as palavras em sânscrito da profecia. De peito nu, o homem usava colares de contas, feitos à mão, de várias voltas. Suas orelhas eram furadas em diversos lugares, com argolas douradas. Ele puxava outro homem e o indicava com gestos.

O segundo homem encontrava-se mais atrás com a cabeça pendendo para baixo. O cabelo preto emaranhado e imundo cobria seu rosto. Sangrando e machucado, ele lutava para se soltar das mãos do sujeito que o segurava. O criado gritou e puxou o homem para a frente, até que ele cambaleou e caiu de joelhos. Em seguida, ele o esbofeteou e puxou seus ombros para trás. Quando o homem ferido ergueu o rosto, o cabelo caiu para um lado e eu me vi fitando penetrantes olhos azul-cobalto.

Tomada pela emoção, dei um passo à frente e gritei:

– *Ren!*

Ele não me ouviu. Sua cabeça pendeu até o peito e eu comecei a chorar.

Alguém, no entanto, me ouviu – Lokesh. Ele estreitou os olhos e girou bruscamente para ver o que eu estava olhando. Tentou falar com seus criados, mas eles não o ouviam. Ele se voltou para mim e, pela primeira vez, estudou as imagens tênues por trás do meu ombro. Tudo já estava desaparecendo. Eu não sabia dizer se Lokesh havia reconhecido Kishan ou não. Fiquei imóvel, torcendo para que visse apenas a mim.

Lokesh de fato concentrou sua atenção em mim. Ele indicou Ren com um gesto e, com falsa simpatia, estalou a língua.

– Deve ser terrivelmente doloroso para você vê-lo assim. Sabe, cá entre nós, ele grita por você quando eu o torturo. Infelizmente para o tigre, ele vem sendo muito pouco cooperativo quanto ao seu paradeiro. – Ele deu uma risadinha. – Não me diz nem seu primeiro nome, embora eu já o saiba. É Kelsey, não é?

Lokesh observou minha expressão atentamente, esperando que eu deixasse escapar uma pista.

– Isso está se tornando uma espécie de ponto de impasse entre nós – continuou ele em sua ironia cortante. – Os lábios do príncipe são tão bem cerrados que ele não confirma nem sequer o seu nome. Devo dizer que já esperava por isso. Ele sempre foi muito teimoso. Mais lágrimas? Que triste. Ele não vai poder resistir para sempre, você sabe. A dor por si só já deveria tê-lo matado a essa altura.

Eu somente escutava, atenta a tudo.

– Por sorte, seu corpo parece bastante resistente. – Ele me observou pelo canto do olho enquanto limpava uma sujeira microscópica sob as unhas. – Tenho que admitir que gosto bastante de torturá-lo. É o melhor de ambos os mundos vê-lo sofrer tanto como homem quanto como animal. A extensão dos requintes a que posso chegar não tem precedentes. Ele sara tão rapidamente que até mesmo eu me vejo incapaz de testar seus limites. No entanto, eu lhe asseguro que estou me empenhando *ao máximo*.

Mordi minha mão trêmula para abafar um soluço e olhei para o Sr. Kadam. Ele sacudiu a cabeça discretamente, me indicando que ficasse quieta.

Lokesh sorriu com sarcasmo.

– Talvez, se você apenas confirmasse seu nome, eu pudesse dar a ele uma breve... trégua. Um simples gesto de confirmação seria suficiente. É Kelsey Hayes, não é?

A advertência do Sr. Kadam atravessou meus pensamentos. Foi necessária toda a minha determinação, porém mantive os olhos focados em Ren. As lágrimas escorriam pelo meu rosto, mas eu não me mexi, nem mesmo olhei para Lokesh.

Ele ficou irado.

– Certamente, se você gostasse dele, iria poupá-lo de um pouco de dor, aliviar sua agonia. Não iria? Talvez eu estivesse errado em relação a seus sentimentos. Estou certo de que não errei em relação aos *dele*. Ele não fala absolutamente nada de você, mas, nos sonhos, chama por sua amada. Será que não é por você que ele suplica?

Sua voz começou a desaparecer.

– Ah, muito bem. Os dois irmãos nem sempre foram felizes no amor, não é mesmo? Talvez seja hora de livrá-lo de seu sofrimento. Tenho a impressão de que eu estaria lhe fazendo um favor.

Não pude evitar. Gritei:

– Não!

Ele ergueu as sobrancelhas e tornou a falar, mas suas palavras soaram baixo demais para que eu as ouvisse. Quando nós três já não podíamos ouvir o que o outro falava, o Sr. Kadam voltou-se para mim. Lokesh gesticulava, mas eu o ignorei, concentrando minha atenção no Sr. Kadam, cuja imagem foi se tornando branca. Enxuguei as lágrimas quando ele sorriu, solidário, e então piscou para mim um segundo antes de desaparecer.

De repente o branco se tornou verde. O sangue latejava em minha cabeça. Kishan gritava para mim:

– Kelsey! *Kelsey!* Volte!

Felizmente, eu ainda segurava o Lenço.

– Peguei! – gritei. – Me puxe, Kishan!

– Kelsey! Cuidado!

Um pássaro gritou acima de nós. Virei-me, vi a abertura negra da garganta metálica e tive uma visão de perto e em primeira mão de seu bico-tesoura de dois gumes, verde e coberto de azinhavre. Disparei um raio para dentro da abertura e a ave se afastou grasnando, com fumaça saindo do bico.

Com um potente grunhido, Kishan me puxou para cima. Agarrei sua cintura e me segurei com toda força. Ele me soltou, acreditando que eu teria força muscular suficiente para me segurar nele. Envolvi seu corpo com os braços, agarrando meus pulsos para trancar meus braços em sua cintura, e apertei o Lenço nas mãos. Ele se lançou sobre a borda do ninho partido e me ajudou a subir. Seus braços tremiam de fadiga.

Kishan sentou-se e inspecionou meus membros.

– Kells, você está bem? O que aconteceu com você?

– Outra visão. – Ofeguei. – Falo sobre isso mais tarde.

Nós nos abaixamos quando um pássaro gritou ali perto. Peguei nossa mochila e guardei o arco e a aljava, que por magia havia se reabastecido com flechas douradas, e também o Lenço e o *chakram*.

– Muito bem. E agora? – perguntou ele.

– Agora nós damos o fora daqui. Venha.

Descemos até alcançar distância suficiente para que as aves não mais nos vissem. Ainda podíamos ouvi-las rondando a árvore e gritando umas para as outras, mas quanto mais descíamos, menos audíveis se tornavam os ruídos. Logo não mais as escutaríamos.

– Kells, pare. Precisamos descansar um pouco.

– Tudo bem.

O Fruto Dourado criou algo rápido para comermos e bebermos e Kishan insistiu em me examinar em busca de ferimentos. Ele parecia bem. Seus machucados já haviam cicatrizado, mas eu tinha alguns cortes feios nos braços e nas pernas. Eu também estava sarando, porém várias unhas minhas estavam quebradas e ensanguentadas e debaixo de uma delas havia uma farpa comprida que Kishan tirou com cuidado.

– Isso vai doer. Farpas e espinhos são os maiores inimigos dos tigres.

– Sério?

– Nós nos esfregamos nos troncos das árvores e os arranhamos para marcar território e às vezes comemos porcos-espinhos. Um tigre inteligente os ataca de frente, mas às vezes eles conseguem se virar. Já tive espinhos de porco-espinho em minhas patas e eles doem e inflamam. E se quebram quando ando. Um tigre não consegue arrancá-los, então eu tinha que esperar até poder me transformar em homem para puxá-los.

– Ah! Eu me perguntava por que Ren estava sempre se esfregando nas árvores na selva. Mas os espinhos não acabam saindo sozinhos?

– Não. Na verdade, eles se curvam, formando um círculo, e ficam na pele.

Tampouco se dissolvem. Isso pode acontecer com as farpas, mas não com os espinhos. Eles podem permanecer no corpo do tigre a vida toda. É o que faz alguns deles se tornarem predadores do homem. Incapacitados, eles não podem mais caçar presas rápidas. Eu já até encontrei alguns tigres que haviam morrido de fome por terem sido feridos por porcos-espinhos.

– Bem, então o sensato seria não mais comer porcos-espinhos.

Kishan sorriu.

– Mas são deliciosos.

– Argh. – Arquejei. – Ai!

– Está quase saindo. Pronto. Saiu.

– Obrigada.

Ele limpou meus piores arranhões com lenços umedecidos com álcool e então cobriu o que podia com ataduras.

– Acho que aqui você vai cicatrizar mais rápido que o normal, mas não tão rápido quanto eu. É melhor descansarmos.

– Descansaremos quando chegarmos lá embaixo.

Ele suspirou e esfregou a testa.

– Kells, levamos dias para chegar aqui em cima. Vai levar dias para descermos tudo.

– Não, não vai. Tenho um atalho. Quando os corvos clarearam minha mente, vi o que o Lenço pode fazer. Só precisamos ir até um galho.

Eu podia ver que Kishan estava temeroso, mas ainda assim me seguiu. Caminhamos até a extremidade de um galho comprido.

– E agora? – perguntou.

– Observe.

Segurei o Lenço na palma das mãos e disse:

– Um paraquedas para dois, por favor.

O Lenço se retorceu, retesou-se e foi se esticando, depois se dobrou várias vezes. Dos quatro cantos, soltaram-se fios que se prolongaram e foram se trançando, formando cintos e cordames. Por fim, o Lenço parou de se mover. Havia se transformado numa grande mochila com dois arneses.

Kishan olhava para ela, incrédulo.

– O que você fez, Kelsey?

– Você vai ver. Ponha-a nas costas.

– Você disse paraquedas. Acha que vamos sair daqui saltando de paraquedas?

– Acho.

– Não sei, não.

– Ah, vamos lá. Tigres não têm medo de altura, têm?

– A questão aqui não é a altura. A questão é estar numa árvore extremamente alta e lançar nossos corpos no nada sustentados por um tecido estranho que agora você afirma que é um paraquedas.

– É. E vai funcionar.

– *Kelsey*.

– Tenha fé, como disse o Mestre do Oceano. O Lenço faz outras coisas legais também. Eu conto a você na descida. Kishan, *confie* em mim.

– Eu confio em *você*. Só não confio nesse tecido.

– Bem, eu vou saltar. Você vem comigo ou não?

– Alguém já lhe disse que você é teimosa? Era teimosa assim com Ren?

– Ren teve que lidar com teimosia *e* sarcasmo, portanto considere-se um cara de sorte.

– Sim, mas pelo menos ele ganhava uns beijos por seus esforços.

– Você também ganhou alguns beijos.

– Não voluntários.

– É verdade. Você os roubou.

– Beijos roubados são melhores que nada.

Arqueei a sobrancelha.

– Você está começando uma discussão comigo só para amarelar?

– Não. Não estou amarelando. Muito bem. Se você insiste nisso, por favor, me explique como funciona.

– É fácil. Nós nos prendemos com as correias, saltamos o mais longe possível da árvore e puxamos a corda. Pelo menos eu espero que seja assim que funcione – murmurei baixinho.

– *Kelsey*.

– Não se preocupe. É a maneira como devemos descer. Eu sei que vamos conseguir.

– Certo.

Ele se prendeu ao arnês enquanto eu punha nossa mochila na frente do peito. Então me aproximei de Kishan.

– Hum... você é alto demais para mim. Talvez eu possa ficar num galho mais acima.

Olhei ao redor procurando alguma coisa em que subir, mas Kishan envolveu minha cintura com as mãos e me levantou. Ele me aconchegou perto de seu peito enquanto eu me prendia na outra parte do arnês do Lenço.

– Obrigada. Muito bem. Então o que você precisa fazer é me carregar, correr e saltar do galho. Consegue fazer isso?

– Com certeza – respondeu secamente. – Pronta?

– Sim.

Ele me apertou junto ao corpo.

– Um... dois... três!

Kishan correu cinco passos e se lançou no vazio.

22

Saída

O vento gritava à nossa volta enquanto mergulhávamos em queda livre pelo céu, girando como a casa de Dorothy no centro do tornado. Kishan conseguiu nos estabilizar numa posição de bruços. Ele segurou meus pulsos e abriu nossos braços em um arco. Menos de um segundo após nos estabilizarmos, ouvimos um grito acima de nós. Um pássaro de ferro estava em nosso encalço.

Kishan ergueu meu braço esquerdo no ar e demos uma violenta guinada para a direita, ganhando velocidade. O pássaro nos seguiu. Kishan ergueu nossos braços direitos e oscilamos para a esquerda. O pássaro agora estava em cima de nós.

– Segure-se, Kells! – gritou Kishan.

Ele puxou nossos braços de volta e inclinou nossa cabeça para baixo. Disparamos adiante como uma bala. O pássaro dobrou as asas e mergulhou conosco.

– Vou nos virar! Tente atingi-lo com um raio! Pronta?

Assenti e Kishan nos fez girar no ar. Agora estávamos de costas para o chão e eu tinha uma excelente visão da barriga do pássaro. Rapidamente, disparei uma sucessão de raios e consegui irritá-lo o suficiente para nos livrar dele. Errei o olho, mas acertei o bico. O pássaro não gostou nada disso, bateu asas e se afastou, gritando, furioso.

– Segure-se!

Kishan tornou a nos virar e nos estabilizou mais uma vez. Ele puxou o cordão de abertura e ouvi o tecido deslizando ao ser liberado no vento. Com um estalido, quando ele se abriu o paraquedas do Lenço se abriu e se inflou. Kishan apertou os braços em minha cintura e desacelerou nossa descida. Então me soltou para agarrar os batoques e controlar as linhas direcionais.

– Tente mirar no estreito entre as duas montanhas! – berrei.

O grito horrível que ouvimos indicava que os pássaros haviam nos encontrado. Três deles começaram a nos rondar, procurando nos prender com as garras e os bicos. Tentei usar meu poder do raio, mas era muito difícil atingi-los nos olhos dessa distância. Em vez disso, abri a mochila e peguei o arco.

Kishan adernou para a esquerda e eu disparei uma flecha. Ela passou zumbindo acima da cabeça de um dos pássaros. A segunda flecha acertou-lhe o pescoço e, imbuída com o poder do raio, eletrocutou o pássaro, que despencou, ferido. Um outro nos atingiu com sua asa afiada, fazendo-nos rodopiar, mas consegui irritá-lo o suficiente para que se afastasse, voando em outra direção.

O terceiro pássaro foi esperto. Ele circundou minha linha de visão a fim de permanecer atrás de nós o máximo possível. Quando atacou, abriu um grande buraco no tecido com as garras. O paraquedas danificado nos lançou em outra queda livre. Kishan tentou nos guiar, mas o vento sacudia violentamente o velame rasgado.

De repente o paraquedas começou a se consertar sozinho. Os fios se entrelaçavam de um lado a outro no tecido até parecer que o Lenço jamais havia sido danificado. Quando ele se inflou novamente, Kishan puxou o batoque para nos conduzir na direção correta.

O pássaro furioso reapareceu e conseguiu se esquivar de minhas flechas. Seus gritos estridentes foram respondidos por outros.

– Temos que pousar!

– Estamos quase lá, Kells!

Pelo menos uma dezena de aves vinha a toda velocidade em nossa direção. Teríamos sorte se sobrevivêssemos tempo o bastante para alcançar o solo. O bando circulava, gritando, batendo as asas e estalando os bicos.

Estávamos quase lá. Se pudéssemos aguentar mais alguns segundos... Um pássaro veio direto para cima de nós. Ele era rápido e não o vimos até o último momento. A criatura abriu o bico para nos partir em dois. Eu podia quase ouvir o ruído dos meus ossos sendo triturados, imaginando a ave de metal me cortando ao meio.

Disparei várias outras flechas, mas errei todas. O vento de repente nos virou e eu nada podia fazer na nova posição. Kishan manobrou o paraquedas, conduzindo o velame numa perigosa descida e numa curva fechada. Fechei os olhos e senti um solavanco quando nossos pés tocaram a terra sólida.

Kishan deu alguns passos, correndo, e então me empurrou de cara na grama. Ele se deitou em cima de mim enquanto freneticamente nos livrava do cordame.

– Mantenha a cabeça abaixada, Kells!

O pássaro estava bem em cima de nós. Ele deu uma bicada no paraquedas e puxou, partindo-o ao meio. Encolhi-me ao ouvir o ruído medonho do tecido especial sendo rasgado. Frustrado, o pássaro largou o paraquedas e nos circundou, preparando-se para outro ataque. Kishan se libertou, pegou o *chakram* na mochila e o lançou, enquanto eu me agachava e recolhia as dobras do paraquedas.

– Por favor, se reconstitua.

Nada aconteceu. Kishan tornou a atirar o *chakram*.

– Uma ajudinha aqui, Kells!

Lancei algumas flechas e, com o canto do olho, vi o tecido se mover. Ele começou a se reconstituir, lentamente a princípio e, em seguida, cada vez mais rápido. Então encolheu, voltando ao tamanho original.

– Distraia-os mais um pouco, Kishan. Eu sei o que fazer!

Peguei o tecido e disse:

– Recolha os ventos.

Os desenhos foram substituídos, as cores mudaram e o Lenço cresceu. Retorcendo-se sobre si mesmo, ele se inflou e se esticou, criando uma grande sacola que se abriu na brisa. Uma forte rajada de vento atingiu meu rosto e fluiu para o interior da sacola. Quando ele perdeu intensidade, outro vento me fustigou o corpo por trás e começou também a encher a sacola. Logo, ventos vindos de todas as direções estavam me castigando. Eu me sentia golpeada por todos os lados e mal conseguia segurar a sacola cheia de ventos poderosos.

Por fim, as rajadas cessaram, de modo que eu não sentia nem mesmo a mais leve brisa, mas a sacola se agitava com violência. Kishan estava cercado por 10 pássaros e mal conseguia mantê-los à distância com o *chakram*.

– Kishan! Fique atrás de mim!

Ele levou o braço para trás e, com um poderoso impulso, soltou o *chakram*. Enquanto a arma girava no ar, ele correu para mim, agarrou a sacola do outro lado e pegou o *chakram* segundos antes de ele me decapitar.

Ergui uma sobrancelha enquanto ele sorria.

– Muito bem. Pronto? – gritei. – Um, dois, três!

Abrimos a sacola e liberamos todos os ventos de Shangri-lá na direção dos pássaros. Três deles foram lançados contra a montanha enquanto os outros dispararam na direção da árvore do mundo, tentando desesperadamente escapar do tumulto.

Quando os ventos cessaram, a sacola vazia pendeu flácida entre nós. Kishan me olhava, sem acreditar.

– *Kelsey*. Como você... – disse ele, antes de sua voz falhar.

– Lenço, por favor.

A sacola se moveu e se contorceu, tornou-se azul-clara e dourada, e então encolheu, transformando-se novamente em Lenço. Eu o enrolei no pescoço e joguei a ponta sobre o ombro.

– A resposta é: não sei. Quando Hugin e Munin clarearam nossa mente, eu me recordei de histórias e mitos que já ouvira antes. Lembrei-me de coisas que a Divina Tecelã nos contou e também de especulações do Sr. Kadam. Ele tinha me contado a história de um deus japonês chamado Fujin, que controlava os ventos e os carregava numa sacola. Eu também sabia que esse tecido era especial, como o Fruto Proibido.

– Hum.

– Talvez tudo estivesse em minha mente todo o tempo ou talvez Hugin tenha soprado essas coisas em meus pensamentos. Não tenho certeza. Sei que o Lenço pode fazer mais alguma coisa, algo que vai nos ajudar a salvar Ren, mas temos que sair daqui antes que os pássaros retornem. Aí então eu mostro a você.

– Tudo bem, mas primeiro tem uma coisa que *eu* preciso fazer.

– O que é?

– Isto.

Ele me puxou de encontro ao seu corpo e me beijou. De verdade. Sua boca se movia sobre a minha com paixão. O beijo foi rápido, turbulento e voraz. Ele me apertava, uma das mãos apoiando minha cabeça enquanto a outra me segurava com firmeza pela cintura. Ele me beijou ferozmente, com uma impulsividade a que eu não podia pôr fim, do mesmo jeito que não é possível deter uma avalanche.

Se você é apanhado numa avalanche, tem duas escolhas: ficar parado e tentar bloqueá-la ou se entregar, rolar com ela e torcer para chegar vivo lá embaixo. Assim, rolei com o beijo de Kishan. Por fim, ele levantou a cabeça, me rodopiou e deu um jubiloso grito de vitória que ecoou nos morros ao redor.

Quando finalmente me colocou no chão, precisei recuperar o fôlego. Arquejando, perguntei:

– Qual foi o motivo disso?

– Só estou feliz por estar vivo!

– Certo. Mas da próxima vez guarde seus lábios para si mesmo.

Ele suspirou.

– Não fique aborrecida, Kells.

– Eu não estou *aborrecida*. Eu... eu não sei o que pensar sobre isso. Aconteceu tudo rápido demais para que eu sequer reagisse.

Um sorriso maroto iluminou seu rosto.

– Prometo ir mais devagar da próxima vez.

– Que próxima vez?

Ele franziu ligeiramente a testa.

– Não precisa fazer uma tempestade por causa disso. É só uma reação natural ao fato de ter escapado por pouco da morte. É como quando os soldados voltam da guerra e agarram uma garota para beijar assim que desembarcam.

– É, talvez, mas a diferença é que *esta* garota estava no barco *com* você – repliquei, com ironia. – Fique à vontade para agarrar qualquer garota que quiser quando voltarmos à terra, marinheiro, mas *esta* aqui não quer saber de agarramento.

Ele cruzou os braços diante do peito.

– *É mesmo?* Suas mãos estavam bem ativas, se quer saber.

– Se minhas mãos estavam em você – devolvi, indignada –, era para empurrá-lo!

– Se é isso que você precisa dizer a si mesma para ter a consciência limpa no fim do dia, tudo bem. Você só não quer admitir que *gostou*.

– Humm, deixe-me ver. Tem razão, Casanova. Eu *gostei*, sim. Quando *acabou*!

Ele sacudiu a cabeça.

– Você *é* teimosa. Não é de admirar que Ren tenha tido tantos problemas.

– Como você ainda se atreve a mencionar seu irmão?

– Quando vai encarar os fatos, Kells? Você gosta de mim.

– Não estou gostando tanto assim de você agora! Será que podemos voltar para o portão do espírito e esquecer essa conversa?

– Sim. Mas vamos retomar o assunto mais tarde.

– Quem sabe no dia que Shangri-lá congelar.

Ele apanhou a mochila e sorriu.

– Posso esperar até lá. Você primeiro, *bilauta*.

– *Ladrão de beijos* – murmurei.

Ele sorriu com malícia e ergueu uma sobrancelha. Andamos durante várias horas. Kishan tentava conversar comigo, mas eu, teimosamente, me recusava a notar sua existência.

O problema com o que aconteceu entre nós era... que ele não estava errado. A essa altura, eu havia passado mais tempo com ele do que com Ren e vínhamos vivendo sob o mesmo teto havia meses. Tínhamos atravessado Shangri-lá, passando dias e noites juntos nas últimas semanas.

Um contato diário assim cria um nível de proximidade, uma... intimidade entre duas pessoas. Kishan estava apenas mais disposto do que eu a reconhecer esse fato. Não era de surpreender que ele, que já admitira sentir algo por mim, estivesse começando a se sentir confortável em expressar esses sentimentos. A questão era que isso não me aborrecia tanto quanto deveria. Beijar Kishan não era como beijar Artie ou Jason, nem mesmo Li.

Quando beijei Li, eu me senti no controle. Tampouco era como beijar Ren. Ren era como uma incrível cachoeira na selva – espumando e reluzindo à luz do sol. Ele era um paraíso exótico à espera de ser descoberto. Kishan era diferente. Kishan era um rio tempestuoso e turbulento – rápido, imprevisível e não navegável mesmo para o mais hábil dos aventureiros. Os irmãos eram ambos maravilhosos, fascinantes e poderosos, mas beijar Kishan era perigoso.

Perigoso não como com os homens-sereia; com esses simplesmente parecia haver alguma coisa errada. Se eu fosse honesta comigo mesma, não acharia ruim beijar Kishan. Na verdade, era bom, como uma versão mais selvagem e ardente de Ren. Com Kishan, era como se eu houvesse literalmente pegado um tigre pelo rabo e ele estivesse pronto a me atacar e me arrastar. Não era uma ideia de todo desagradável e essa era a parte que me perturbava.

É claro, estou separada há muito tempo do meu namorado, eu tentava racionalizar meus sentimentos. *Kishan é a segunda melhor opção e eu só estou com saudade do meu tigre. Tenho certeza de que é só isso.* Deixei que esses pensamentos me confortassem enquanto caminhávamos.

Como Ren, Kishan tinha um talento para usar seu charme para se livrar dos problemas mais difíceis. Em pouco tempo ele me fez esquecer completamente que estava chateada com ele.

Quando o fim da tarde se transformou em crepúsculo, decidimos montar acampamento para passar a noite. Eu estava exausta.

– Você fica com o saco de dormir, Kells.

– Não precisa. Veja isto.

Tirei o Lenço do pescoço e disse:

– Uma tenda grande, um saco de dormir, dois travesseiros macios e uma muda de roupa para cada um de nós, por favor.

O Lenço se deslocou e se moveu; os fios começaram a tecer. Eles se trançaram, criando cordas grossas, que disparavam em várias direções e se enroscavam em galhos fortes de árvores próximas. Depois que as cordas estavam amarradas com firmeza, o Lenço criou um teto, paredes e um piso para a tenda. Ela era suspensa por duas linhas entrelaçadas na árvore acima. Em vez de fechadas por um zíper, as abas da abertura eram amarradas com um cordão.

Enfiei a cabeça lá dentro.

– Venha, Kishan.

Ele me seguiu e entrou na espaçosa tenda. Ficamos observando enquanto os fios coloridos continuavam a tecer um espesso saco de dormir e dois travesseiros macios. Quando terminou, eu tinha um saco de dormir verde e dois travesseiros brancos. Uma muda de roupa para cada um descansava sobre eles. Kishan estendeu o antigo saco de dormir ao meu lado enquanto eu afofava um dos travesseiros.

– Como ele escolhe a cor? – perguntou.

– Acho que depende do humor do Lenço ou talvez do que você pede. A tenda, o saco de dormir e os travesseiros, todos parecem ter o aspecto que deveriam ter. O Lenço muda de cor por conta própria. Percebi isso enquanto caminhava.

Kishan saiu para trocar de roupa na selva enquanto eu vestia peças limpas e pendurava minhas roupas de fada num galho do lado de fora. Quando ele voltou, eu estava bem aconchegada em meu saco de dormir e tinha virado de lado para evitar conversas.

Ele entrou em seu saco de dormir e pude sentir seus olhos dourados fixos em minhas costas por vários e tensos minutos.

Por fim, ele grunhiu e disse:

– Bem... boa noite, Kells.

– Boa noite, Kishan.

Eu estava exausta e caí no sono imediatamente, deslizando direto para um novo sonho.

Sonhei com Ren e Lokesh, a mesmíssima cena de minha última visão. Ren estava sentado no canto ao fundo de uma jaula num quarto escuro. Seu cabelo estava imundo e emaranhado e eu quase não percebi que era ele até que abrisse os olhos e me fitasse. Eu reconheceria aqueles olhos azuis em qualquer lugar.

Seus olhos tinham um brilho constante no escuro, como safiras reluzentes. Aproximei-me dele furtivamente, guiada por eles, fitando-os como um marinheiro desesperado olha o farol numa noite escura de tempestade.

Quando alcancei a gaiola, Ren piscou, como se me visse pela primeira vez. Sua voz soava áspera, como a de um homem com sede.

– Kells?

Fechei os dedos em torno das grades, desejando ser forte o bastante para quebrá-las.

– Sim, sou eu.

– Não consigo vê-la.

Por um momento de pavor, temi que Lokesh o houvesse cegado. Ajoelhei-me diante da jaula.

– Assim está melhor?

– Está.

Ren se arrastou pelo chão, aproximando-se mais, e envolveu minhas mãos com as dele. As nuvens se abriram e o luar tremeluziu através de uma minúscula janela, lançando seu brilho suave no rosto dele.

Arquejei, chocada, e as lágrimas encheram meus olhos.

– Ah, Ren! O que foi que ele fez com você?

O rosto de Ren estava inchado e roxo. Sangue escorria pelos cantos da boca e um corte profundo ia de sua testa até a bochecha. Estendi um dedo e toquei sua têmpora delicadamente.

– Ele não conseguiu tirar a informação que queria de você e resolveu descontar a raiva em mim.

– Eu... eu... sinto... tanto.

Minhas lágrimas molharam sua mão.

– *Priyatama*, não chore.

Ele pressionou a mão no meu rosto. Virei e beijei-lhe a palma.

– Não posso suportar vê-lo assim. Estamos vindo buscar você. Por favor, *por favor*, aguente um pouco mais.

Ele baixou os olhos, como se sentisse vergonha.

– Não sei se consigo.

– Não diga isso! *Nunca* diga isso! Eu estou indo. Sei o que fazer. Sei como resgatá-lo. Você precisa permanecer vivo. Não importa como! Ren, me prometa!

Ele suspirou dolorosamente.

– Ele está perto demais, Kells. Cada segundo que Lokesh me tem aqui significa que você está em perigo. Você se tornou uma obsessão para ele. A todo momento ele tenta extrair informações suas de minha mente. Ele não vai parar. Não vai desistir. Ele... ele vai me subjugar. Logo. Se fosse apenas a tortura física, acho que eu poderia aguentar, mas ele está usando magia negra. Está me enganando. Causando alucinações. E eu estou tão... *cansado*.

– Então *conte* a ele. – Minha voz tremeu. – Conte a ele o que ele quer saber e talvez ele o deixe em paz.

– *Nunca* contarei a ele, *prema*.

Eu solucei.

– *Ren*. Eu não posso perder você.

– Eu estou sempre com você. Meus pensamentos estão em você. – Ele pegou um cacho do meu cabelo e o levou aos lábios. Então inspirou profundamente. – *O tempo todo*.

– Não desista! Não quando estamos tão perto!

Seus olhos se desviaram.

– Tem uma opção que eu poderia considerar.

– Qual é? Que opção?

– Durga – ele fez uma pausa – ofereceu proteção, mas seu preço é alto demais. Não vale a pena.

– Sua vida vale qualquer coisa! Aceite! Não pense duas vezes. Você pode confiar em Durga. Faça o que ela pede! Qualquer que seja o preço, não importa, desde que você sobreviva.

– Mas, Kelsey...

– Shh. – Pressionei a ponta do dedo delicadamente sobre seus lábios inchados. – Faça o que for preciso para sobreviver, está bem?

Ele deixou escapar um suspiro entrecortado e me olhou com olhos brilhantes e desesperados.

– Você precisa ir. Ele pode voltar a qualquer momento.

– Não quero deixar você.

– E não quero que você vá. Mas é preciso.

Resignada, virei-me para partir.

– Espere, Kelsey. Antes de ir... você me dá um beijo?

Enfiei as mãos entre as grades e toquei levemente seu rosto.

– Não quero lhe causar mais dor.

– Não tem importância. *Por favor*. Me beije antes de ir.

Ele se ajoelhou à minha frente, arquejando ao pôr o peso no joelho, e então passou as mãos trêmulas pelas grades e me puxou para mais perto. Suas mãos deslizaram e tomaram o meu rosto entre elas e nossos lábios se encontraram entre as grades de sua jaula. Seu beijo foi quente, suave e breve demais. Senti o gosto das minhas lágrimas. Quando se afastou, ele me dirigiu um sorriso doce e torto entre os lábios partidos. Encolheu-se de dor ao recolher as mãos. Foi então que percebi que vários dedos seus estavam quebrados.

Recomecei a chorar. Ren enxugou uma lágrima do meu rosto com o polegar e recitou um poema de Richard Lovelace.

Quando o Amor com asas livres
Paira dentro de meus portões,
E minha divina Altea vem
Para sussurrar junto às grades;
Quando me vejo enroscado em seu cabelo
E agrilhoado ao seu olho,
As aves que brincam no ar
Não conhecem tamanha liberdade.
Muros de pedra não constituem prisão,
Tampouco barras de ferro uma jaula;
Mentes puras e quietas tomam isso
Como a habitação do eremita;
Se tenho liberdade em meu amor
E em minha alma sou livre,
Só os anjos, que planam acima,
Desfrutam da mesma liberdade.

Ele encostou a testa na grade.

– A única coisa que eu não poderia suportar é se ele machucasse *você*. Isso eu não vou permitir. *Não* vou deixar que ele a encontre, Kelsey. Aconteça o que acontecer.

– O que você quer dizer?

Ele sorriu.

– Nada, minha querida. Não se preocupe. – Ele recuou para apoiar o corpo alquebrado na parede da jaula. – É hora de ir, *iadala*.

Levantei-me para ir, mas parei à porta quando ele chamou:

– Kelsey?

Virei-me.

– Não importa o que aconteça, *por favor* lembre-se de que a amo, *hridaya patni*. Prometa que irá se lembrar.

– Eu vou me lembrar. Prometo. *Mujhe tumse pyarhai*, Ren.

– Agora vá.

Ele sorriu debilmente e então seus olhos mudaram. O azul se esvaiu e eles se tornaram cinzentos, baços e sem vida. Talvez fosse um truque da luz, mas chegava a quase parecer que Ren havia morrido. Dei um passo hesitante para trás.

– Ren?

Sua voz suave replicou:

– Por favor, vá, Kelsey. Vai ficar tudo bem.

– Ren?

– *Adeus, meu amor.*

– Ren!

Alguma coisa estava acontecendo e não era nada bom. Senti algo se partir. Arquejei em busca de ar. Alguma coisa estava muito errada. A conexão que eu sentia entre nós era quase tangível, como uma corrente de metal. Quanto mais próximos ficávamos, mais forte era a conexão. Ela me estabilizava, me conectava a ele como um fio de telefone, mas algo havia danificado o cabo.

Senti a ruptura e pontas afiadas e serrilhadas perfuravam e rasgavam violentamente meu coração, como facas quentes atravessando a manteiga. Gritei e me debati. Pela primeira vez desde que pusera os olhos no meu tigre branco, eu estava sozinha.

Kishan me sacudiu, me arrancando da névoa do sonho.

– Kelsey! *Kelsey!* Acorde!

Abri os olhos e comecei a chorar lágrimas novas, que se derramavam no meu rosto e seguiam as trilhas deixadas pelo sonho. Abracei Kishan e solucei. Ele me colocou no colo, me apertando, e me acariciou as costas enquanto eu chorava inconsolavelmente por seu irmão.

Devo ter dormido em algum momento, pois acordei enrolada em meu saco de dormir com os braços de Kishan ao meu redor. Minha mão fechada pressionava meu rosto e meus olhos estavam fechados de tão inchados.

– Kelsey? – sussurrou Kishan.

– Estou acordada – murmurei.

– Você está bem?

Minha mão seguiu involuntariamente para o buraco oco e dolorido que eu sentia no peito. Uma lágrima escorreu do canto do meu olho. Enterrei a cabeça no travesseiro e comecei a respirar fundo para me acalmar.

– *Não* – eu disse sem forças. – Ele... *se foi*. Alguma coisa aconteceu. Acho... acho que Ren pode estar *morto*.

– O que aconteceu? Por que acha isso?

Expliquei o sonho a ele e tentei descrever minha conexão rompida com Ren.

– Kelsey, é possível que tudo isso seja apenas um sonho, um sonho muito perturbador, mas nada mais que um sonho. Não é raro ter sonhos violentos quando se passa por uma experiência traumática, como a luta que tivemos com os pássaros.

– *Talvez*. Mas eu não sonhei com os pássaros.

– Mesmo assim, não podemos ter certeza. Lembre-se de que Durga disse que o protegeria.

– Eu me lembro. Mas foi tão *real*.

– Não tem como ter certeza.

– Talvez tenha.

– O que você está pensando?

– Acho que devíamos fazer outra visita aos silvanos. Talvez possamos dormir no Bosque dos Sonhos e eu consiga enxergar o futuro. De repente eu vejo se podemos salvá-lo ou não.

– Acha que isso vai funcionar?

– Os silvanos disseram que, se eles têm um problema grave para resolver, vão até lá em busca de respostas. Por favor, Kishan. Vamos tentar.

Kishan enxugou uma lágrima do meu rosto com o polegar.

– Está bem, Kells. Vamos procurar Fauno.

– Kishan, mais uma coisa. O que significa *hridaya patni*?

– Onde você ouviu isso? – perguntou com delicadeza.

– No sonho. Ren me disse isso antes de nos separarmos.

Kishan se levantou e saiu da tenda. Eu o segui e o encontrei fitando a distância. Seu braço estava apoiado num galho de árvore. Sem se virar, ele disse:

– É a forma carinhosa como nosso pai chamava nossa mãe. Significa... "esposa do meu coração".

Foi um longo dia de caminhada para chegar à aldeia dos silvanos. Eles não cabiam em si de alegria por nos ver e quiseram dar uma festa. Eu não tinha vontade de celebrar. Quando perguntei se podíamos dormir no Bosque dos Sonhos novamente, Fauno me assegurou de que tudo o que possuíam estava à minha disposição. As ninfas das árvores me serviram um jantar leve e me deixaram sozinha num de seus chalés até o cair da noite. Kishan percebeu que eu queria ficar sozinha e comeu com os silvanos.

Quando a noite caiu, ele voltou com um visitante.

– Quero que você veja quem está aqui, Kells.

Ele segurava a mão de um garotinho de cabelos prateados dando os primeiros passos.

– Quem é este?

– Você pode dizer seu nome à moça bonita?

– *Talque* – disse o menino.

– Seu nome é *Talque*? – perguntei.

O rosto meigo do menininho sorria para mim.

– Na verdade, o nome dele é Tarak.

– Tarak? – arquejei. – É impossível! Ele parece já ter quase 2 anos!

Kishan deu de ombros.

– Ao que parece, os silvanos amadurecem rapidamente.

– Incrível! Tarak, venha aqui e me deixe ver você.

Estendi os braços e Kishan o encorajou a ir em frente. Tarak deu alguns passinhos desajeitados em minha direção antes de cair no meu colo.

– Você agora é um menino tão grande! E tão bonito também! Quer brincar? Veja isto.

Peguei o Lenço em meu pescoço e ficamos olhando o caleidoscópio de cores cambiantes. Quando o menininho o tocou, a impressão de uma minúscula mão rosa apareceu no tecido antes de desaparecer num turbilhão de amarelo.

– Bichinhos de pelúcia, por favor.

O tecido deslocou-se, dividiu-se e se transformou em bichinhos de pelúcia de todo tipo. Kishan se sentou ao meu lado e brincamos com Tarak e a coleção de bichos de pelúcia. A dor aguda em meu coração diminuiu enquanto eu ria com a pequena criança silvana.

Quando Kishan apanhou o tigre de pelúcia e ensinou a Tarak a forma correta de grunhir, ele ergueu os olhos para mim. Nossos olhares se encontraram e ele piscou. Agarrei sua mão, apertei-a e lhe disse movendo os lábios sem emitir som: "Obrigada."

Kishan beijou meus dedos, sorriu e disse:

– Tia Kelsey precisa dormir um pouco. É hora de levar você de volta para sua família, rapazinho.

Ele pegou Tarak no colo, colocou-o nos ombros e disse baixinho:

– Volto já.

Reuni todos os bichinhos e disse ao lenço que não precisávamos mais deles. Fios começaram a girar no ar e se entreteceram, voltando à forma anterior. No momento em que acabavam, Kishan retornou.

Ele se agachou, segurou-me pelo queixo e ergueu meu rosto para examiná-lo.

– Kelsey, você está exausta. Os silvanos prepararam um banho para você. Tome um banho de imersão antes de dormir. Encontro você no Bosque, está bem?

Assenti e deixei as três mulheres silvanas me levarem até a área de banho. Dessa vez elas estavam quietas, deixando-me com meus pensamentos enquanto delicadamente ensaboavam meu cabelo e esfregavam uma loção perfumada em minha pele. Elas me vestiram com um roupão de seda antes que uma fada de asas cor de laranja me guiasse até o Bosque dos Sonhos. Kishan já estava lá e havia tomado a liberdade de criar uma rede com o Lenço Divino.

– Não está interessado em dividir a suíte de lua de mel novamente, pelo que estou vendo – brinquei.

Ele estava de costas para mim enquanto testava um nó da rede.

– Só pensei que seria melhor... – Ele deu meia-volta e me lançou um olhar poderoso, ardente. Seus olhos dourados se dilataram e ele se apressou em se ocupar com os nós de novo. Limpando a garganta, disse: – Decididamente, é melhor você dormir sozinha desta vez, Kells. Ficarei confortável aqui.

Estremeci e tentei fingir que o olhar de Kishan não havia me afetado.

– Como quiser.

Kishan se acomodou na rede, deitado de costas, com as mãos atrás da cabeça. Ele me observava ajeitando os lençóis.

– Você está muito... linda – eu o ouvi dizer baixinho.

Voltei-me para ele, ergui um braço e deslizei a mão pelo roupão de seda azul com mangas compridas. Eu sabia que meu cabelo pendia em ondas flexíveis e que minha pele pálida brilhava depois da vigorosa esfregação e das loções borbulhantes das silvanas. Talvez eu estivesse bonita, sim, mas me sentia oca por dentro. Eu estava esgotada até o âmago.

– Obrigada – disse mecanicamente enquanto subia na cama.

Fiquei acordada olhando as estrelas durante muito tempo. Pude sentir os olhos de Kishan em mim quando enfiava a mão sob o rosto e finalmente mergulhava no sono.

Não sonhei com nada. Não com Ren, nem comigo mesma, tampouco com Kishan ou com o Sr. Kadam... Sonhei com o vazio. Uma grande escuridão preenchia a minha mente, um vácuo. Um espaço sem formas, sem profundidade, sem abundância e sem nenhuma *felicidade*. Acordei antes de Kishan. Sem Ren, minha vida não tinha nenhum significado. Era oca e inútil. Era isso que o Bosque dos Sonhos estava tentando me dizer. Eu havia perdido coisas de mais.

Quando meus pais morreram, foi como se duas árvores imponentes houvessem sido derrubadas. Ren tinha entrado em minha vida e preenchido a paisagem vazia do meu coração, fazendo-o cicatrizar. A terra seca fora substituída por grama macia, árvores de sândalo maravilhosas, trepadeiras de jasmim e rosas. Bem no centro de tudo havia uma fonte de água cercada por lírios-tigres, um lindo lugar onde eu podia me sentar e sentir afeto, amor e paz. Agora a fonte estava estilhaçada, os lírios arrancados, as árvores derrubadas e simplesmente não restava solo para cultivar mais nada. Eu estava estéril, desolada – um deserto incapaz de sustentar a vida.

Uma brisa suave balançava meu cabelo e soprava alguns fios no meu rosto. Eu não me dei ao trabalho de puxá-los para o lado. Não ouvi Kishan se levantar. Só senti a ponta de seus dedos roçar em meu rosto quando ele ergueu os fios e os prendeu atrás da orelha.

– Kelsey?

Não respondi. Meus olhos fitavam o céu do amanhecer que ia se iluminando.

– Kells?

Ele deslizou as mãos sob o meu corpo e me levantou. Então se sentou na cama e me aninhou junto ao seu peito.

– Kelsey, por favor, diga alguma coisa. Fale comigo. Não suporto vê-la desse jeito.

Ele me embalou por um tempo. Eu podia ouvi-lo e lhe responder em minha mente, mas me sentia desconectada do ambiente, do meu corpo.

Senti uma gota de chuva no meu rosto e o susto me acordou, me trouxe à superfície. Ergui a mão e enxuguei a gota.

– Está chovendo? Não pensei que chovesse aqui.

Ele não respondeu. Outra gota caiu em minha testa.

– Kishan?

Olhei para ele e percebi que não eram gotas de chuva, mas lágrimas. Seus olhos dourados estavam cheios de lágrimas.

Perplexa, levei a mão ao seu rosto.

– Kishan? Por que você está chorando?

Ele sorriu debilmente.

– Pensei que a tivesse perdido, Kells.

– Ah.

– O que você viu que a levou para tão longe de mim? Você viu Ren?

– Não. Não vi nada. Meus sonhos estavam cheios de uma escuridão fria. Acho que isso significa que ele está morto.

– Não. Eu não acredito nisso, Kells. Eu vi Ren em meus sonhos.

A vitalidade retornou aos meus membros.

– *Você o viu? Tem certeza?*

– Sim. Estávamos num barco, discutindo.

– Poderia ser um sonho do passado?

– Não. Estávamos num iate moderno. No nosso iate.

Sentei-me mais ereta.

– Você tem certeza de que o sonho se passava no futuro?

– Tenho.

Eu o abracei e beijei-lhe as bochechas e a testa, alternando os beijos com "Obrigada! Obrigada! Obrigada!".

– Espere, Kells. A questão é que, no sonho, estávamos discutindo sobre...

Eu ri, agarrei sua camisa e o sacudi levemente, enlouquecida e tonta de alívio. *Ele estava vivo!*

– Não quero nem saber sobre o que estavam discutindo. Vocês dois sempre discutem.

– Mas acho que devia contar a você...

Saltei de seu colo e comecei a me mexer rapidamente, recolhendo nossas coisas.

– Conte mais tarde. Agora não temos tempo. Vamos embora. O que estamos esperando? Um tigre precisa ser resgatado. Venha!

Eu corria de um lado para outro com uma energia insana. Uma determinação desesperada e febril tomava conta da minha mente. Cada minuto que nos demorássemos significava mais dor para aquele que eu amava. O sonho com Ren havia sido real. Eu não teria elaborado palavras novas em híndi por minha própria conta, principalmente um termo carinhoso que seu pai usava com sua mãe. Eu estivera com ele de alguma forma. Eu o havia tocado, beijado. Alguma coisa havia partido nossa conexão, mas ele ainda estava vivo! Poderia ser salvo. Na verdade, ele *seria* salvo! Kishan tinha visto o futuro!

Os silvanos prepararam um café da manhã suntuoso, mas nós pegamos alguns itens para a viagem, dissemos adeus, apressados, e seguimos de volta para o portão do espírito. Levamos dois dias de caminhada rápida para chegar ao portão, seguindo as instruções dadas pelos silvanos. Kishan falou muito pouco durante a viagem e eu estava profundamente mergulhada em pensamentos sobre como encontrar Ren para tentar descobrir por quê.

Depois de chegar ao portão, pedi ao Lenço Divino que criasse novos trajes de inverno para nós e, após trocarmos de roupa, evoquei meu poder de raio e coloquei a mão na depressão entalhada na lateral do portão. Minha pele brilhou, tornando-se translúcida e rosada enquanto o portão tremeluzia e se abria. Olhamos um para o outro e de repente eu me senti triste – como se estivéssemos nos despedindo. Kishan tirou a luva e pousou a palma quente em meu rosto, estudando-o, sério. Eu sorri e o abracei.

Eu tivera a intenção de ser breve, mas ele me envolveu com os braços e me deu um abraço apertado. Desvencilhei-me, desajeitada, tornei a colocar a luva e transpus o portão, passando para um dia ensolarado no monte Everest. Minhas botas de inverno esmagaram ruidosamente a neve branca e cintilante no momento em que Kishan passava pelo portão e se transformava no tigre negro.

23

A caminho de casa

Depois de atravessarmos o portão, voltei-me para observar a terra de Shangri-lá desaparecer num redemoinho de cores. A luz vermelha que pulsava no entalhe da mão desapareceu e o portão do espírito retomou sua aparência anterior – dois postes altos de madeira, com longos cordões de bandeiras de oração soprando na brisa.

Pisquei várias vezes e esfreguei os olhos levemente. Alguma coisa estava grudada nos meus cílios. Com cuidado, soltei uma película verde transparente, que se desprendeu de cada olho como um par de lentes de contato.

Kishan parecia estar preso na forma de tigre e provavelmente ficaria assim por algum tempo, como acontecera com Ren depois de Kishkindha. Ele piscou os olhos repetidamente para mim e pude ver a película verde se soltando de um olho.

– Fique parado. Tenho que tirar isso ou vai incomodá-lo por todo o caminho.

Tirei a película de um olho e em seguida do outro. Levei muito tempo, mas fiquei orgulhosa por ter conseguido. O Mestre do Oceano dissera que, ao deixarmos Shangri-lá, as escamas se soltariam de nossos olhos e poderíamos ver o mundo real outra vez. Eu não esperava que suas palavras fossem tão literais assim.

Ajustei a mochila nos ombros e comecei a íngreme descida até o acampamento do Sr. Kadam. O sol brilhava, porém ainda estava frio. Eu sentia uma energia abrasadora me impelindo adiante. Não queria parar para descansar, embora Kishan claramente quisesse que eu parasse. Encorajei-o a prosseguir e só paramos quando já estava escuro demais para enxergarmos ao nosso redor.

Desde que Hugin me ajudara a *desemperrar* meus pensamentos, minha mente havia se tornado límpida, clara. Eu elaborei um plano. Sabia como salvar Ren. A única coisa que eu não sabia era *onde* encontrá-lo. Esperava que o Sr. Kadam descobrisse algo sobre a cultura ou a localização do povo que tínhamos observado na visão.

Os traços físicos que eu percebera talvez não fossem suficientes, mas era tudo que tínhamos. Se alguém podia saber por onde começar a procurar, essa pessoa era o Sr. Kadam. Eu também esperava que o tempo houvesse parado, ou pelo menos desacelerado, enquanto estávamos em Shangri-lá. Tinha certeza de que Ren seria torturado durante cada momento que estivesse nas mãos de Lokesh. Era insuportável pensar que ele devia estar sentindo dor, ainda mais durante os muitos dias que tínhamos passado no mundo além do portão do espírito.

Naquela noite fiquei deitada acordada em nossa tenda por muito tempo, pensando em minha estratégia e analisando-a do maior número de ângulos que me era possível. Eu não permitiria que Lokesh levasse nenhuma outra pessoa. Não haveria nenhuma troca por Ren. Iríamos salvá-lo e todos nós voltaríamos para casa.

Na manhã seguinte Kishan acordou e assumiu a forma humana. Eu rapidamente providenciei-lhe trajes próprios para a neve e ele se vestiu na tenda enquanto eu arrumava o café da manhã. Ele logo se juntou a mim vestindo suas roupas novas: uma camiseta de malha cor de ferrugem que se ajustava ao seu corpo sob o agasalho impermeável preto, calça preta com elástico nos tornozelos, luvas, meias grossas de lã e botas para neve. Avaliei sua aparência e me dei os parabéns pelo bom trabalho.

Descobrimos que obter o Lenço dera a Kishan outras seis horas livre de seu eu tigre. Tínhamos agora cumprido metade de nossa missão. Os tigres podiam assumir a forma humana durante 12 horas por dia.

Embora eu estivesse com pressa, Kishan me lembrou de que levaríamos pelo menos dois dias inteiros para descer a montanha. Quando montamos acampamento na segunda noite, decidi que era hora de conversar com ele sobre meu plano de resgate e mostrar-lhe o que mais o Lenço podia fazer.

Depois de nos acomodarmos na tenda convenientemente feita pelo Lenço, abri o zíper do saco de dormir e o estendi no chão. Encorajei-o a se sentar diante de mim, antes de pegar o Lenço.

– É o seguinte: o Lenço pode fazer várias coisas. Ele pode se tornar ou criar qualquer coisa feita de tecido ou de fibras naturais. Ele não precisa reabsorver o que cria. Até pode fazer isso, mas também pode deixar o objeto para trás e, nesse caso, a criação perde a magia do tecido. O Lenço também pode ser modelado para recolher os ventos como na história da sacola do deus japonês Fujin. A terceira coisa para que ele pode ser usado é... para mudar a aparência.

– Mudar a aparência? Como?

– Você já viu um mágico tirar um coelho da cartola ou transformar um pássaro em uma pena?

– Alguns mágicos visitavam a corte de vez em quando. Um deles transformou um camundongo em um cachorro.

– Isso! É parecido. Trata-se de uma ilusão. Um truque feito com luz e espelhos.

– Como isso funciona?

– Lembra que a Divina Tecelã disse que havia poder na tecelagem? Ela não só cria as roupas da pessoa, como também pode fazê-lo se parecer com ela. O segredo é: é preciso ser específico e capturar em sua mente exatamente com quem você quer se parecer. Vou experimentar. Observe e me diga se funciona.

– Disfarce, por favor... Nilima – eu disse.

O Lenço cresceu, tornando-se um longo pedaço de tecido negro cintilante com cores espiralando rapidamente por toda a peça. Ele resplandecia, como se enfeitado com lantejoulas que vinham brevemente à superfície e depois desapareciam. A luz se refletia e se movia pela tenda como milhares de prismas disparando arco-íris em todas as direções.

Enrolei o tecido em torno do meu corpo, cobrindo-me toda, inclusive cabelo e rosto. Minha pele ficou quente e começou a formigar. As cores em turbilhão eram iridescentes e iluminavam o pequeno espaço no qual eu me sentava envolta no manto quente em que o Lenço havia se transformado. Era como assistir ao meu show de laser particular. Quando o brilho diminuiu, me desenrolei e olhei para Kishan.

– E então?

Ele estava boquiaberto, em choque.

– *Kells?*

– Sim.

– Você... você está até *falando* como Nilima. Está vestida como ela.

Olhei para baixo e descobri que estava usando um vestido de seda azul-claro que ia até os joelhos. Minhas pernas estavam nuas.

– Acabei de perceber. E estou congelando!

Kishan pôs seu casaco em mim. Então pegou minha mão e a examinou.

– Sua pele se parece coma dela. Suas unhas estão compridas e pintadas. Inacreditável!

Estremeci.

– Ok. Demonstração feita. Estou congelando de verdade. – Tornei a me enrolar no tecido e disse: – De volta a mim mesma, por favor. – As cores começaram a espiralar novamente e, após um longo minuto, me desenrolei do tecido e voltei à minha aparência. – Agora experimente você, Kishan. Não temos espelho. Quero ver quanto isso é fiel.

– Certo. – Ele pegou o lenço das minhas mãos e disse: – Disfarce... Sr. Kadam.

Ele se enrolou todo no tecido. Quando o retirou um minuto depois, eu me vi sentada diante do Sr. Kadam. Ele estava exatamente como eu o vira da última vez. Estiquei o dedo e toquei em sua barba aparada.

– Uau! Você está igualzinho a ele! – Apalpei a bainha da calça. – Parece de verdade. É uma réplica perfeita!

Ele tocou o próprio rosto e passou a mão no cabelo bem rente.

– Espere um instante! Você está com o amuleto dele! Parece real?

Ele tocou o amuleto e apalpou a corrente.

– Parece real, mas não é.

– Como assim?

– Usei um amuleto a maior parte da minha vida e, quando o dei a você, podia sentir sua ausência. Este aqui não me parece real. Não parece ter poder. Também é mais leve e a superfície é ligeiramente diferente.

– Humm, interessante. Não sei se posso sentir o poder do meu.

Estendi a mão e toquei o amuleto no pescoço dele e então comparei com o meu.

– Acho que o que você está usando é feito de algum tipo de tecido.

– É mesmo? – Ele o esfregou entre os dedos. – Tem razão. A superfície é ligeiramente diferente. Você não consegue mesmo sentir o poder do amuleto?

– Não.

– Bem, se o usasse por tantos anos quanto eu, sentiria.

– Talvez seja algo que somente vocês, tigres, possam sentir, por estarem tão intimamente associados a ele.

– Talvez. Teremos que perguntar sobre isso ao Sr. Kadam.

Kishan voltou à sua aparência.

– Então, qual é exatamente o seu plano, Kells?

– Ainda não elaborei todos os detalhes, mas pensei que talvez pudéssemos personificar os guardas de Lokesh e entrar onde quer que estejam mantendo Ren.

– Você não pretende fazer uma troca, então? Um amuleto em troca de Ren?

– Não se pudermos evitar. Gostaria que este fosse o último recurso. O grande problema do plano é que não sei *onde* Ren está sendo mantido prisioneiro. Eu lhe contei que vi Ren em minha visão, mas também vi uma pessoa que tenho esperanças de que o Sr. Kadam possa identificar.

– Identificar como?

– O cabelo e as tatuagens dele eram singulares. Nunca vi nada parecido.

– É um tiro no escuro, Kells. Identificar de onde é o criado não significa necessariamente saber se é lá que Lokesh está mantendo Ren.

– Eu sei, mas é tudo que temos para prosseguir.

– Muito bem, então temos um *como*. Só precisamos de um onde.

– Exato.

No dia seguinte finalmente ultrapassamos o limite das neves e continuamos a descer em ritmo acelerado. Kishan havia dormido como tigre, então caminhou comigo como homem durante quase todo o dia, o que nos deu a oportunidade de conversar. Ele contou que se sentia sufocado sendo forçado a voltar à forma de tigre. Como Ren, agora que sentira o gosto de ser humano, ansiava por isso desesperadamente.

Tentei fazê-lo ver que 12 horas eram muito melhores que 6. Agora ele podia dormir como tigre e passar a maior parte de suas horas acordado como homem, mas ainda assim ele se queixava. Durante um intervalo na conversa, eu disse:

– Kishan?

Ele resmungou ao escorregar um pouco morro abaixo no cascalho solto.

– Diga.

– Quero que você me conte tudo o que sabe sobre Lokesh. Onde você o conheceu? Como ele é? Me fale sobre a família, a mulher, a história dele. Tudo.

– Está bem. Para começar, ele não veio de uma linhagem real.

– Como assim? Pensei que fosse rei.

– Ele era, mas não começou assim. Quando o conheci, era um conselheiro real. Ele havia ascendido rapidamente a um posto de autoridade. Quando o rei morreu de maneira inesperada, sem deixar descendentes, Lokesh assumiu a posição de rei.

– Provavelmente tem uma história muito interessante aí. Eu adoraria saber como aconteceu sua ascensão ao poder. Todos simplesmente o aceitaram como o novo rei? Houve algum protesto?

– Se houve, ele logo reprimiu quaisquer movimentos de insatisfação e se pôs a formar um poderoso exército. Seu reino havia sido sempre muito pacífico e nunca tínhamos enfrentado problemas com eles até Lokesh assumir o poder. Mesmo então ele era sempre muito cauteloso com minha família. Pequenos conflitos irrompiam entre nossos exércitos, dos quais ele sempre afirmava não ter conhecimento. Agora achamos que ele estava reunindo informações, pois os conflitos sempre aconteciam em áreas militares estratégicas. Ele os descartava como mal-entendidos sem importância e nos assegurava de que iria repreender os sobreviventes.

– Sobreviventes? Como assim?

– Os conflitos sempre resultavam na morte de soldados seus. Ele os usava como ferramentas descartáveis. Exigia-lhes lealdade e eles a davam... até mesmo sacrificando suas vidas.

– E ninguém da sua família jamais suspeitou de nada?

– Se alguém desconfiava dele, era o Sr. Kadam. Ele era o chefe dos militares na época e achava que havia mais coisas ali do que soldados *confundindo* suas ordens. Ninguém mais, porém, suspeitava de Lokesh. Ele era muito encantador quando nos visitava. Sempre assumia um comportamento humilde quando estava perto de meu pai, mas o tempo todo estava friamente planejando nossa derrocada.

– Quais são as fraquezas de Lokesh?

– Acho que ele conhece mais as minhas fraquezas do que eu as dele. Imagino que maltratasse Yesubai. Segundo o que nos contou, sua mulher havia morrido muito antes de o conhecermos. Yesubai nunca falava da mãe e nunca me ocorreu perguntar. Até onde sei, não lhe resta nenhum parente, nenhuma descendência, a menos que tenha se casado de novo depois. Ele almeja o poder. Isso pode ser uma fraqueza.

– Ele almeja dinheiro? Poderíamos comprar a liberdade de Ren?

– Não. Ele usa dinheiro apenas como meio de obter mais poder. Não dá a mínima para joias ou ouro. Ele pode até dizer o contrário, mas eu não acreditaria. Ele é um homem ambicioso, Kelsey.

– Sabemos alguma coisa sobre as outras partes do amuleto? Como, por exemplo, onde ele as conseguiu?

– A única coisa que sei sobre o amuleto é o que meus pais nos contaram. Eles disseram que as partes do amuleto eram usadas por cinco chefes militares e que foram transmitidas como herança ao longo dos séculos. A família de minha mãe tinha uma parte e a de meu pai tinha outra. Foi assim que Ren e eu ficamos cada um com uma parte. A que você usa era da mamãe e Kadam usa a do papai. Não tenho a menor ideia de como Lokesh adquiriu as outras três partes. Eu nunca ouvira falar de outras partes do amuleto até Lokesh mencioná-las. Ren e eu usávamos nossas partes sob a roupa como peças de herança de família cuidadosamente protegidas.

– Talvez Lokesh tenha encontrado uma lista das famílias a que elas foram confiadas... – ponderei.

– Talvez. Mas nunca ouvi falar de tal lista.

– Seus pais sabiam que os amuletos eram poderosos?

– Não. Não até sermos transformados em tigres.

– Vocês não tiveram um antepassado que viveu muito tempo, como o Sr. Kadam?

– Não. Nossa família era prolífica de ambos os lados. Havia sempre um rei jovem a quem passar o amuleto e era uma tradição nossa fazer isso quando o garoto completava 18 anos. Nossos antepassados tiveram vidas mais longas que o normal, mas a expectativa de vida então era bem mais curta que hoje.

– Infelizmente nenhuma dessas informações nos dá uma pista de alguma das fraquezas de Lokesh.

– Talvez dê, sim.

– Como? – perguntei.

– Ele ambiciona o poder acima de todas as coisas. Como está perseguindo as partes do amuleto a qualquer custo, então essa é sua fraqueza.

– O que você está querendo dizer?

– Acabamos de ver o Lenço criar uma réplica do amuleto quando assumi a forma do Sr. Kadam. Se ele pegar a réplica, achará que venceu.

– Mas não sabemos se a réplica pode ser tirada da pessoa ou não. Mesmo que possa, não sabemos quanto tempo dura.

Kishan deu de ombros e disse:

– Testaremos quando voltarmos.

– É uma boa ideia.

Tropecei numa pedra e Kishan me segurou. Ele me sustentou apenas por um instante a mais que o necessário, sorriu e tirou o cabelo do meu rosto.

– Estamos quase lá. Podemos continuar ou você precisa descansar? – perguntou com desvelo.

– Posso continuar.

Ele me soltou e tirou a mochila dos meus ombros.

– Kishan, eu queria agradecer por tudo o que você fez em Shangri-lá. Eu não teria conseguido sem você.

Ele jogou a mochila num ombro e parou, me observando por um minuto.

– Você não achou que eu a deixaria ir sozinha, achou?

– Não, mas me sinto grata por ter tido você comigo.

– Gratidão é tudo o que vou ganhar, não é?

– O que mais você esperava?

– Adoração, devoção, afeto, paixão ou simplesmente a confissão de que me acha irresistível.

– Desculpe, Don Juan. Vai ter que viver com minha eterna gratidão.

Ele suspirou teatralmente.

– Acho que esse é um começo tão bom quanto qualquer outro. Que tal então nos considerarmos quites? Nunca lhe agradeci por ter me convencido a voltar para casa. Eu... descobri muitas coisas de que gosto no fato de estar em casa.

Sorri para ele.

– Feito.

Ele passou o braço pelos meus ombros e continuamos a caminhar.

– Eu me pergunto se vamos encontrar aquele urso outra vez – refletiu Kishan.

– Se o encontrarmos, dessa vez devo conseguir mantê-lo à distância. Não pensei em usar meu poder naquele momento. Sou uma guerreira de meia-tigela.

– Você lutou muito bem contra os pássaros. – Ele sorriu. – Eu iria para a guerra com você a qualquer hora. Vou lhe contar sobre a ocasião em que deixei minha espada em casa.

Ele beijou minha testa e recordou tempos mais felizes.

Ao anoitecer pudemos ver ao longe uma pequena fogueira na base da montanha. Kishan me assegurou de que aquele era o acampamento do Sr. Kadam. Contou que podia sentir o cheiro dele na brisa. Ele segurou minha mão no último quilômetro, dizendo que podia ver melhor no escuro do que eu – mas eu suspeitava de que esse não fosse o único motivo. Quando chegamos mais perto, fui capaz de distinguir a sombra do Sr. Kadam no interior da barraca.

Aproximei-me e disse:

– Ô de casa! Tem vaga para um casal de estranhos errantes?

A sombra se moveu e o zíper da barraca deslizou.

– Srta. Kelsey? Kishan?

O Sr. Kadam saiu da barraca e me prendeu num forte abraço. Então ele se virou para dar um tapinha nas costas de Kishan.

– Vocês devem estar congelando! Entrem. Vou fazer um chá quente. Deixem-me pegar uma chaleira para pôr no fogo.

– Sr. Kadam, não precisa fazer isso. Temos o Fruto Dourado, lembra?

– Ah, sim. É verdade.

– E temos mais uma coisa também.

Tirei o Lenço cor de ametista do pescoço e isso o fez mudar para turquesa.

– Almofadas macias, por favor, e poderia tornar a barraca um pouco maior? – perguntei.

Os fios cor de turquesa imediatamente se deslocaram e se esticaram. Vários deles teceram grandes almofadas de várias cores e outro pedaço se separou e começou a dar laçadas na extremidade da barraca. Alguns momentos depois pudemos nos sentar confortavelmente em grandes almofadas numa tenda que havia dobrado de tamanho. O Sr. Kadam observava em silêncio, fascinado, os fios atarefados.

Tive certa dificuldade para tirar o casaco. Kishan me ajudou e fez um carinho no meu braço. Empurrei sua mão para longe, mas ele se limitou a sorrir e se reclinar nas almofadas.

– Ele funciona como o Fruto Dourado só que criando coisas tecidas? – perguntou o Sr. Kadam.

Lancei um olhar de advertência a Kishan e respondi:

– É por aí.

– "O povo da Índia será vestido" – murmurou o Sr. Kadam.

– É... acho que *poderíamos* mesmo vestir o povo da Índia com isso.

Engraçado que isso não tenha me ocorrido antes.

– Espere um pouco. A profecia não falava algo sobre "grandes disfarces" também?

O Sr. Kadam remexeu alguns papéis e encontrou uma cópia da profecia.

– Sim. Aqui diz: "Discos lançados e grandes disfarces podem deter aqueles que perseguem." É a isso que você está se referindo?

Eu ri.

– Sim, isso faz sentido então. Sabe, o Lenço Divino pode fazer umas outras coisinhas também, além de criar roupas e tecer coisas. Pode reunir os ventos, como a sacola do deus Fujin.

– Semelhante à sacola de ventos que Odisseu recebeu de Éolo? – replicou o Sr. Kadam. – A sacola de couro de Ulisses amarrada com um fio de prata?

– Sim, mas não é couro. No entanto, o fio de prata funcionaria.

– Talvez enviado por um dos deuses do vento? Vayu? Striborg? Njord? Pazuzu?

– Não se esqueça de Bóreas e Zéfiro.

– Vocês podem falar uma língua que eu entenda, por favor? – interrompeu Kishan.

O Sr. Kadam riu.

– Desculpe. Fiquei empolgado por um instante.

– Quer mostrar a ele agora, Kishan? – perguntei.

– Claro.

O Sr. Kadam se inclinou para a frente.

– Mostrar o quê, Srta. Kelsey?

– O senhor vai ver.

Kishan pegou o Lenço Divino, murmurou "Disfarce" e o girou em torno de seu corpo. O tecido se alongou e se tornou preto com cores em torvelinho.

– Quero ver se funciona sem que eu diga um nome em voz alta, como o Fruto Dourado – disse ele sob as dobras do tecido.

– Boa ideia – respondi.

Quando Kishan afastou o Lenço do rosto, eu não estava preparada para o que vi. Era Ren. Ele assumira a forma de Ren. E deve ter visto a aflição em meu rosto.

– Eu sinto muito. Não queria chocar o Sr. Kadam mostrando a ele o próprio rosto.

– Está tudo bem. Só desfaça isso depressa, por favor.

Foi o que ele fez e o Sr. Kadam ficou lá sentado, estupefato. Eu não conseguia falar. Ver Ren sentado ali – mesmo sabendo que, na verdade, era Kishan – foi extremamente difícil. Tive que reprimir todas as emoções que emergiram.

Kishan rapidamente tomou a palavra e explicou:

– Com o Lenço, podemos assumir a forma de outras pessoas. Kelsey se transformou em Nilima e eu em você. Precisamos testar seu alcance e tentar diferentes formas para podermos entender as habilidades e as limitações de disfarce do Lenço.

– Simplesmente... incrível! – exclamou o Sr. Kadam. – Kishan, posso?

– Claro.

Ele jogou o Lenço para o Sr. Kadam. A cor do tecido mudou assim que seus dedos o tocaram, primeiro assumindo um tom mostarda-amarronzado e depois mudando para verde-oliva.

– Acho que ele gosta do senhor – brinquei.

– Ah... imaginem as possibilidades. Quantas pessoas o Fruto Dourado e este tecido glorioso poderiam ajudar? Tanta gente sofrendo com a escassez de alimentos e roupas para proteger do frio... e não apenas na Índia. Esses são presentes verdadeiramente divinos.

Deixei-o examinar o Lenço enquanto eu pedia ao Fruto Dourado que nos preparasse chá de camomila com creme e açúcar. Kishan não gostava muito de chá, então ganhou um chocolate quente com canela e creme batido.

– Quanto tempo ficamos fora? – perguntei.

– Pouco mais de uma semana.

Rapidamente calculei em minha mente quantos dias ficamos na montanha.

– Ótimo. Nosso tempo em Shangri-lá não contou.

– Quanto tempo vocês dois ficaram em Shangri-lá, Srta. Kelsey?

– Não tenho certeza, mas acho que foram quase duas semanas. – Olhei para Kishan. – Confirma?

Ele assentiu em silêncio e bebericou seu chocolate.

– Sr. Kadam, quando podemos partir?

– Podemos ir ao amanhecer.

– Quero chegar em casa o mais rápido possível. Precisamos nos preparar para salvar Ren.

– Podemos atravessar a fronteira e entrar na Índia pela província de Sikkim. Vai ser muito mais rápido do que passar pelo Himalaia de novo.

– Quanto tempo isso levará?

– Depende da rapidez com que passarmos pela fronteira. Se não houver problemas, talvez uns poucos dias.

– Ótimo. Temos muito para lhe contar.

O Sr. Kadam bebia seu chá e me olhava, pensativo.

– Você não tem dormido direito, Srta. Kelsey. Seus olhos estão cansados.

Ele fez contato visual com Kishan e então deixou a xícara de lado.

– Acho que devíamos deixá-la dormir. Temos um longo trajeto à frente e podemos conversar na estrada.

– Concordo – interpôs Kishan. – Esses últimos dias foram difíceis para você. Descanse um pouco, *bilauta*.

Terminei meu chá.

– Acho que sou minoria. Muito bem. Então vamos todos dormir e assim poderemos partir mais cedo amanhã.

Usei o Lenço para fazer outro saco de dormir e travesseiros para todos nós. Adormeci ao som tranquilo de Kishan e o Sr. Kadam conversando baixinho em sua língua nativa.

No dia seguinte demos início à nossa viagem de volta. Passamos pela alfândega e então percorremos aproximadamente metade do caminho para casa antes de parar num hotel em Gaya. Nós três nos alternamos dirigindo e tirando um cochilo no banco de trás. Na vez de Kishan, o Sr. Kadam ficou de olho nele, ainda receoso por causa do acidente com o Jeep na Índia.

No caminho contamos ao Sr. Kadam tudo sobre nossa jornada. Comecei com o monte Everest e o urso. Kishan falou sobre ter me carregado ao transpor o portão do espírito e da caminhada pelo paraíso.

O Sr. Kadam ficou fascinado pelos silvanos e fez dezenas de perguntas. Enquanto eu dirigia, ele tomava notas. Queria realizar um registro detalhado de nossa jornada. Ouvia atentamente e escrevia página após página em sua refinada caligrafia. Fez muitas perguntas específicas sobre as provas das quatro casas e sobre os pássaros de ferro guardiões, assentindo com a cabeça, como se esperasse que isso ou aquilo ocorresse.

No hotel nos sentamos a uma mesa e lhe mostramos as fotos que Kishan havia tirado da Arca de Noé, da árvore do mundo, dos silvanos e das quatro casas. O registro visual nos ajudou a lembrar de mais detalhes e o Sr. Kadam pegou novamente o caderno e recomeçou a escrever.

Kishan me mostrou a câmera e perguntou:

– O que é *isto*?

Virei-a em diferentes ângulos e ri.

– É um dos olhos de Hugin. Está vendo? Ali está o ninho.

Kishan passou mais algumas imagens.

– Por que você não levou uma câmera para Kishkindha?

Dei de ombros, mas o Sr. Kadam explicou:

– Eu não queria sobrecarregá-la com um número excessivo de objetos pesados. Ela precisava de água e comida.

Kishan grunhiu e disse:

– Com certeza vou querer uma cópia desta aqui, *apsaras rajkumari*.

Ele me entregou a câmera. Era uma foto minha no vestido de tecido fino com "fivelas de fadas". Eu parecia uma princesa de pele reluzente e olhos brilhantes. Meu cabelo caía em ondas suaves pelas costas e dava para ver uma fada cor-de-rosa espiando por trás de um cacho do cabelo. O Sr. Kadam olhou sobre meu ombro.

– Está muito bonita, Srta. Kelsey.

Kishan riu.

– Você devia tê-la visto pessoalmente. *Muito bonita* não faz jus a ela.

O Sr. Kadam riu e foi pegar sua bolsa no carro.

Kishan apoiou o quadril na mesa. Juntou as mãos, ergueu um dos joelhos e me olhou com a expressão séria.

– Na verdade, eu diria que nunca vi nada mais bonito.

Arrastei os pés, nervosa.

– Bem, é sempre impressionante quando a pessoa se arruma. Um tratamento de beleza de fadas iria causar comoção nos salões.

Ele segurou delicadamente meu cotovelo e me virou para ele.

– Não foi um tratamento de beleza que a fez ficar linda. Você é sempre linda. A maquiagem somente realçou o que já estava lá. – Ele ergueu meu queixo com um dedo e me olhou nos olhos. – Você é uma mulher maravilhosa, Kelsey.

Kishan pôs as mãos quentes em meus braços nus e os esfregou com carinho. Ele me puxou para mais perto. Seus olhos desceram para minha boca. Quando ele baixou os lábios até poucos centímetros dos meus, eu deliberadamente pressionei as mãos contra seu peito e adverti:

– *Kishan.*

– Gosto da maneira como você diz meu nome.

– Por favor, me solte.

Ele ergueu a cabeça, suspirou e disse baixinho:

– Ren... é um homem de sorte, *muita sorte.*

Com relutância, ele retirou as mãos dos meus braços e foi até a janela.

Eu me ocupei recolhendo artigos de toalete e um pijama. Kishan me observou em silêncio por um minuto e então anunciou:

– Acho que também preciso de um tratamento de beleza. Um banho quente está me chamando.

Ainda nervosa, eu disse:

– É, eu também. Um banho quente vai ser magnífico.

Ele ergueu uma sobrancelha.

– Quer ir primeiro?

– Não, pode ir.

Seus olhos faiscavam ao me fitar.

– Seria sensacional se você me dissesse que queria economizar água.

– *Kishan!* – exclamei, indignada.

Ele piscou para mim.

– Não achei mesmo que quisesse. Mas não se pode culpar um homem por tentar.

A volta do Sr. Kadam me poupou de dar uma resposta a ele.

No segundo dia o Sr. Kadam e eu comparamos anotações sobre a visão de Lokesh. Ele também notara o criado tatuado ajudando Lokesh e achava que sua aparência era singular o bastante para que rastreássemos a origem do homem. O Sr. Kadam também havia planejado investigar discretamente o escritório de Lokesh em Mumbai.

O ar estava tão úmido e abafado do lado de fora que provavelmente poderíamos ter enchido nossas garrafas de água apenas pendurando-as na janela. Passamos por templos com cúpulas douradas e pessoas trabalhando nos campos, atravessamos rios caudalosos e estradas inundadas, mas eu só conseguia pensar em chegar até Ren. Na verdade, a única coisa que interrompia meus pensamentos em Ren era Kishan.

Alguma coisa havia mudado entre nós em Shangri-lá e eu não sabia exatamente o que fazer a esse respeito. Ter passado todas aquelas semanas com Kishan não ajudava. Ele estava indo além do flerte e começando a fazer investidas sérias. Eu havia esperado que ele perdesse o interesse.

De início acreditara que quanto mais ele me conhecesse, menos gostaria de mim. Mas aparentemente eu exercera o efeito oposto nele. Eu o amava, mas não da mesma maneira que ele se sentia em relação a mim. Eu aprendera a confiar nele. Ele havia se tornado um bom amigo, só que eu estava apaixonada por seu irmão. Se eu tivesse conhecido Kishan antes de Ren, as coisas talvez fossem diferentes. Mas não fora assim.

Os pensamentos ficavam me importunando enquanto seguíamos no carro. *Fora apenas sorte eu ter conhecido Ren primeiro? Termos tido a oportunidade de nos apaixonar? E se Kishan houvesse ido atrás de mim nos Estados Unidos e não Ren? Será que eu teria feito uma escolha diferente?*

A verdade era que eu não sabia. Kishan era um homem muito atraente, tanto por fora quanto por dentro. Havia algo nele, algo que faria qualquer garota querer abraçá-lo e mantê-lo assim para sempre. Ele era solitário. Estava procurando um lar, alguém que o amasse, assim como Ren. Precisava de alguém que o aceitasse e deixasse o tigre errante e perdido descansar. Eu podia facilmente me ver como essa pessoa. Podia me ver me apaixonando por ele e sendo feliz ao seu lado.

Mas aí pensava em Ren, que tinha as mesmas qualidades que eu amava em Kishan. Ren também precisava de alguém para amá-lo, para sossegar o tigre inquieto. Mas Ren e eu combinávamos de forma tão mais natural... como se ele fosse feito especialmente para mim. Ele era tudo que eu poderia desejar embrulhado num pacote estonteante.

Ren e eu tínhamos muito em comum. Eu adorava a maneira como ele me dava apelidos carinhosos. E como cantava para mim e tocava violão. Adorava como ele ficava entusiasmado em ler Shakespeare e como gostava de assistir a filmes e torcer pelos mocinhos. E adorava o fato de ele não trapacear, mesmo que fosse para ganhar a garota que ele ama.

Se eu nunca tivesse conhecido Ren, se tivesse sido Kishan na jaula do circo, eu sentia que poderia ser feliz com ele também. Mas como Ren me amava e queria estar comigo, eu nunca poderia ser convencida a olhar Kishan com outros olhos. Ren preenchia meu mundo mesmo quando não estava presente.

Para Ren não havia nuances de cinza. Ele era o gato branco e Kishan, o negro, literalmente. O problema era que eu não via Kishan da mesma maneira que Ren o via. Kishan também era um herói. Ambos haviam sido feridos. Ambos haviam sofrido. E Kishan merecia um final feliz tanto quanto Ren.

Ao volante, Kishan olhava no retrovisor interno de tempos em tempos, me observando.

Eu mordia o lábio, pensativa, quando ele disse:

– Um tostão por seus pensamentos.

Corei e respondi:

– Só estava pensando em salvar Ren.

Então deliberadamente me virei no banco de trás e cochilei.

Quando o carro finalmente parou na entrada da garagem, Kishan me acordou com gentileza:

– Chegamos em casa, *bilauta*.

24

Confissões

Eu me sentia tão feliz por estar de volta em casa que poderia ter chorado. Kishan levou nossa bagagem para dentro e rapidamente desapareceu. O Sr. Kadam também pediu licença para consultar alguns de seus contatos. Sozinha, resolvi tomar um banho quente e demorado e pôr as roupas para lavar.

De pijama e chinelo, fui até a lavanderia e coloquei um monte de peças na máquina. Não sabia o que fazer com as roupas de fada. Decidi pendurá-las na varanda durante a noite, só para ver se havia alguma fada no mundo real. Então percorri a casa tentando descobrir o que os outros estavam fazendo.

Encontrei o Sr. Kadam na biblioteca, ao telefone. Eu ouvia apenas metade da conversa. Ele olhou para mim e puxou uma cadeira para que eu me sentasse ao lado dele.

– Sim. Claro. Entre em contato comigo o mais rápido possível. Correto. Mande tantos quantos forem necessários. Manteremos contato.

Ele desligou o telefone e se virou para mim.

Brincando com meu cabelo molhado, perguntei:

– Quem era?

– Um homem que trabalha para mim e que tem muitos talentos extraordinários. Um dos quais é se infiltrar em grandes organizações.

– O que ele vai fazer para a gente?

– Vai começar a investigar quem trabalha no escritório na cobertura do edifício mais alto de Mumbai.

– O senhor não está pretendendo ir até lá pessoalmente, está? Lokesh iria capturá-lo também!

– Não. Lokesh mostrou mais sobre si mesmo do que descobriu sobre nós. Você notou o terno dele?

– Para mim parecia um terno qualquer.

– Não é. Seus ternos são feitos sob medida na Índia. Apenas dois estabelecimentos em todo o país se especializaram em ternos caros como aquele. Mandei meus homens descobrirem um endereço.

Sacudi a cabeça e sorri.

– Sr. Kadam, alguém já lhe disse que o senhor é extremamente observador?

Ele sorriu.

– Talvez uma ou duas vezes.

– Bem, fico muito feliz por ter o senhor do nosso lado. Estou impressionada! Eu nem sequer *pensei* em olhar as roupas dele. E quanto ao criado?

– Tenho algumas suspeitas sobre seu lugar de origem. Com base nas contas, no cabelo e na tatuagem, devo poder delimitá-lo amanhã. Por que a senhorita não faz um lanche e vai para a cama?

– Tirei um bom cochilo no carro, mas um lanche vai cair bem. O senhor me acompanha?

– Creio que sim.

Levantei-me rapidamente.

– Ah, quase esqueci! Trouxe uma coisa para o senhor!

Encontrei minha mochila no pé da escada e peguei dois copos e dois pratinhos na cozinha. Coloquei um prato e um copo diante do Sr. Kadam e abri a mochila.

– Não sei se a massa ainda está comestível, mas o néctar deve estar.

Ele se inclinou para a frente, curioso.

Abri os deliciosos pacotes dos silvanos e coloquei várias iguarias delicadas em seu prato. Infelizmente o pequeno pacote de biscoitos finos polvilhados de açúcar havia se transformado em migalhas. Mas os outros itens ainda pareciam frescos e deliciosos, como em Shangri-lá.

O Sr. Kadam avaliou os minúsculos petiscos de vários ângulos, admirando o trabalho artístico. Então provou cuidadosamente uma *galette* de cogumelo e uma diminuta tortinha de framboesa enquanto eu explicava que os silvanos eram vegetarianos e que adoravam coisas açucaradas. Tirei a rolha de uma cabaça alta e despejei o néctar doce e dourado em sua xícara. Kishan entrou e puxou uma cadeira perto de mim.

– *Ei!* Por que não fui convidado para o chá dos silvanos? – brincou ele.

Deslizei meu prato para Kishan e fui buscar outro copo. Rimos e desfrutamos de um momento de tranquilidade enquanto saboreávamos rolinhos de abóbora com manteiga de nozes e minitortas de maçã, de queijo e de cebola.

Bebemos até a última gota de néctar e ficamos encantados ao ver que o Fruto Dourado era capaz de produzir mais.

A única coisa que poderia ter tornado esse momento melhor teria sido partilhá-lo com Ren. Prometi a mim mesma que descreveria por escrito cada iguaria deliciosa que tínhamos comido em Shangri-lá para que pudesse saboreá-las novamente com Ren usando o Fruto Dourado, depois que ele fosse resgatado.

Ficamos acordados até tarde naquela noite. Kishan se transformou em tigre e dormiu aos meus pés enquanto o Sr. Kadam e eu líamos livros sobre as tribos rurais da Índia. Por volta das três da manhã, virei uma página no quinto livro que pegara e encontrei a foto de uma mulher com uma tatuagem na testa.

– Sr. Kadam, dê uma olhada nisto.

Ele se sentou na poltrona de couro ao meu lado. Passei-lhe o livro para que ele pudesse estudar a mulher.

– Sim. Este é um dos grupos em que pensei. São os baigas.

– O que o senhor sabe sobre eles? Onde vivem?

– São uma tribo indígena quase sempre nômade, que evita associações fora de suas comunidades. Eles caçam e coletam alimentos, preferindo não cultivar o solo. Acreditam que trabalhar a terra prejudica a Mãe Natureza. Que eu saiba existem dois grupos deles: um em Madhya Pradesh, na região central da Índia, e outro em Jharkhand, que fica no leste do país. Creio que tenho um livro que oferece mais detalhes sobre sua cultura.

Ele examinou várias prateleiras até encontrar o volume certo. Então se sentou ao meu lado e abriu o livro.

– É sobre os adivasis. Deve haver mais informações sobre os baigas aqui.

Inclinei-me para coçar a orelha de Kishan.

– O que são os adivasis?

– Trata-se de um termo que classifica todas as tribos nativas em conjunto, mas não as diferencia entre si. Várias culturas se enquadram no termo adivasis. Aqui temos os irulas, oraons, santals e – ele passou mais uma página – os baigas.

Ele encontrou o capítulo que estava procurando e correu o dedo pela página enquanto lia partes importantes numa taquigrafia verbal.

– *Praticam agricultura de corte e queima. Famosos pelas tatuagens. Dependem da selva para o sustento. Empregam remédios antigos e mágicos. Artesanato de bambu.* Ah! Aqui está exatamente o que procuramos, Srta. Kelsey. *Os homens baigas usam o cabelo comprido e o prendem num coque.* O homem segurando Ren se encaixa nessa descrição. Mas o que complica tudo é o fato de que é quase impossível um baiga deixar sua tribo para servir alguém como Lokesh.

– Mesmo que ele pagasse bem?

– Isso não teria importância. O estilo de vida deles é centrado na tribo. Não haveria nenhuma razão para que ele deixasse seu povo. Não está dentro de suas normas culturais. São um povo simples e franco. É improvável que um dos baigas tenha se juntado aos exércitos de Lokesh. Ainda assim, merece uma investigação. Vou começar meu estudo das tribos baigas amanhã. Agora é hora de dormir, Srta. Kelsey. Eu insisto. Está muito tarde e nós dois precisamos ter a mente descansada.

Assenti e devolvi os livros que tirara das estantes de sua biblioteca. Ele apertou meu ombro.

– Não se aflija. Tudo vai dar certo no final. Eu sinto isso. Já fizemos um grande progresso. Kahlil Gibran disse: "Quanto mais fundo o sofrimento cava em seu ser, mais alegria você pode conter." Sei que passou por muitas grandes dores, mas também tenho a impressão de que sua vida guardará muitas alegrias, Srta. Kelsey.

Sorri.

– Obrigada. – Eu o abracei e sussurrei de encontro à sua camisa: – Não sei o que faria sem o senhor. Durma um pouco também.

Dissemos boa-noite e o Sr. Kadam desapareceu em seu quarto enquanto eu subia a escada. Kishan me seguiu até meu quarto e parou diante da porta de vidro que dava para a varanda, esperando que eu o deixasse sair. Quando deslizei a porta, abrindo-a, ajoelhei-me ao lado dele e acariciei-lhe as costas.

– Obrigada por me fazer companhia.

Ele pulou no banco de balanço e imediatamente adormeceu. Subi na cama e abracei com força meu tigre branco de pelúcia, esperando preencher o vazio dentro do meu peito com pensamentos sobre Ren.

Acordei por volta das 11 horas. O Sr. Kadam estava ao telefone e desligou assim que me sentei diante dele.

– Acho que a sorte nos sorriu, Srta. Kelsey. Em minha investigação dos baigas, não encontrei nada de extraordinário a respeito da tribo localizada em Madhya Pradesh. A tribo do leste da Índia, porém, parece estar desaparecida.

– Como assim, desaparecida?

– Em geral há pequenos vilarejos perto das tribos baigas que têm contato com elas de tempos em tempos. Esses encontros com frequência se devem a controvérsias a respeito de desmatamento ou várias outras disputas. A tal tribo parece ter se transferido recentemente e não foi encontrada. Eles são nômades e se deslocam, mas esse é o período mais extenso que ficaram sem contactar os habitantes locais.

– Que estranho...

– Os baigas agora têm seus limites demarcados por lei e não podem se deslocar tão livremente quanto no passado. Vou fazer mais pesquisas hoje. Também tenho alguns contatos que podem fotografar a área por satélite e encontrar a tribo em sua localização atual. Se o caso merecer mais atenção, informarei você e Kishan. Vocês dois passaram por uma provação e tanto nas últimas semanas, portanto quero que descansem hoje. Não há nada que possam fazer até eu conseguir mais informações. Vão nadar, assistir a um filme ou saiam para comer. Vocês dois merecem um descanso.

– O senhor tem certeza de que não há nada que eu possa fazer? Não consigo relaxar de verdade sabendo que Ren está sofrendo.

– Ficar se preocupando com ele não vai fazê-lo sofrer menos. Ele também iria querer que descansasse. Vamos encontrá-lo logo. Não se esqueça de que conduzi soldados à batalha muitas vezes e, se aprendi uma coisa, foi que todas as tropas endurecidas pela guerra precisam de descanso e lazer, inclusive a senhorita. Reservar um tempo para relaxar é muito importante ao bem-estar mental de todos os soldados. Portanto, fora daqui. Não quero ver nenhum de vocês dois antes do anoitecer.

Sorri para ele e bati continência.

– Sim, senhor general. Transmitirei suas instruções a Kishan.

Ele também bateu continência.

– Cuide disso.

Eu ri e saí à procura de Kishan.

Encontrei-o no *dojo* praticando artes marciais e me sentei no último degrau da escada para assistir por alguns minutos. Ele executou uma série complexa de saltos e rodopios aéreos que teria sido impossível se ele não tivesse a força de um tigre. Ele a concluiu aterrissando a meio metro de mim e me encarando com um sorriso brincalhão.

Eu ri.

– Sabe, se você e Ren fossem para as Olimpíadas poderiam ganhar várias medalhas de ouro. Em ginástica olímpica, atletismo, lutas, no que quisessem. Ambos receberiam milhões de dólares em patrocínio.

– Não preciso de milhões de dólares.

– Haveria um monte de garotas bonitas bajulando você.

Ele me dirigiu um sorriso maroto.

– Só preciso de uma garota bonita me bajulando e ela não está interessada. Então, o que está fazendo aqui embaixo? Quer se exercitar?

– Não. Queria saber se você quer ir nadar um pouco. O Sr. Kadam nos mandou relaxar hoje.

Ele pegou uma toalha e secou o rosto e a cabeça.

– Nadar, é? Talvez sirva para me esfriar um pouco. – Ele olhou por trás da toalha. – A não ser que você esteja planejando usar biquíni.

Ri com desdém.

– Nem pensar. Não sou de usar biquíni.

Ele fingiu um suspiro profundo e teatral.

– Que pena. Muito bem, encontro você na piscina.

Subi ao quarto e coloquei meu maiô vermelho, vesti o roupão e saí para a varanda.

Kishan havia vestido uma bermuda de surfista e estava prendendo a rede de vôlei na piscina. Eu tinha acabado de jogar o roupão numa espreguiçadeira e experimentava a água com o pé quando senti uma coisa fria nas costas.

– Ai! O que você está fazendo?

– Fique parada. Você precisa de filtro solar. Sua pele é tão branca que vai ficar com queimaduras.

Ele cobriu eficientemente minhas costas e meu pescoço com o protetor e começava a espalhá-lo nos meus braços quando o detive.

– Posso terminar o serviço, obrigada – eu disse, estendendo a mão para o frasco.

Joguei um pouco da loção na mão e espalhei nos braços e nas pernas. Tinha cheiro de coco.

Kishan sorriu, olhou para minhas pernas e piscou:

– Leve o tempo que quiser.

Quando ele voltou, depois de ir pegar a bola e algumas toalhas no armário da piscina, eu tinha acabado.

– Que tal uma partida de vôlei? – perguntou.

– Você vai acabar comigo.

– Eu fico na parte funda. Isso vai me deixar mais lento.

– Acho que podemos tentar.

Ele deu um passo em minha direção.

– Espere um segundo.

– O que foi?

Ele sorriu, travesso.

– Você esqueceu um lugar.

– Onde?

– Bem aqui.

Ele aplicou uma gota gigante de filtro solar no meu nariz e gargalhou.

– Seu bobo!

Levei a mão ao nariz para tentar espalhar o protetor.

– Eu faço isso por você – disse ele.

Deixei as mãos caírem ao lado do corpo enquanto seus dedos espalhavam com delicadeza a loção no meu nariz e nas bochechas. O toque a princípio era inocente, mas então sua disposição mudou. Ele diminuiu a distância entre nós. Seus olhos dourados estudavam meu rosto. Respirei fundo e corri.

Dei alguns passos e mergulhei como uma bala de canhão na parte funda da piscina, molhando Kishan e tudo que estava por perto.

Ele riu e mergulhou atrás de mim. Gritei e nadei debaixo d'água, passando para o outro lado da rede. Quando tirei a cabeça da água, não o vi. Uma mão agarrou meu tornozelo e me puxou para baixo. Depois de eu voltar à superfície novamente, tossindo e tirando o cabelo dos olhos, Kishan saltou ao meu lado, jogou o cabelo para trás com um movimento da cabeça e riu enquanto eu tentava empurrá-lo.

Ele não se moveu, naturalmente, então atirei água nele, dando início a uma guerra. Logo tornou-se dolorosamente óbvio que eu estava perdendo. Seus braços não pareciam se cansar e, vendo que onda atrás de onda afogava minhas patéticas tentativas, pedi um tempo.

Ele parou o bombardeio, feliz, e, usando os braços, tomou impulso e saiu da piscina para ir pegar a bola. Começamos a jogar e fiquei encantada ao ver que finalmente havia encontrado um jogo em que eu parecia ter uma vantagem.

Depois de eu dar uma cortada na bola pela terceira vez, ganhando mais um ponto, Kishan perguntou:

– Onde aprendeu a jogar? Você é muito boa!

– Eu nunca tinha jogado na água, mas jogava razoavelmente bem na quadra do colégio. Quase entrei para a equipe da escola, só que isso foi no ano em que meus pais morreram. No ano seguinte eu não estava tão interessada assim em jogar, mas ainda é meu esporte favorito. Eu também era boa no basquete, porém não tinha altura suficiente para ser competitiva. Vocês praticavam esporte?

– Na verdade não tínhamos tempo para os esportes. Tínhamos competições de arco e flecha, lutas e alguns jogos como ludo, mas nenhum esporte em equipe.

– Ainda assim você pode ver que estou ganhando por muito pouco, embora você esteja na parte funda e nunca tenha jogado.

Kishan agarrou a bola no ar e caiu na água. Quando emergiu, estava bem à minha frente, do outro lado da rede. Ele a ergueu e passou nadando debaixo dela. Meus pés mal tocavam o fundo da piscina, deixando apenas meu rosto fora da água. Nossas cabeças estavam praticamente niveladas. Ele ainda estava a um metro de distância e estreitei os olhos, perguntando-me o que ele pretendia fazer. Ele me observou por um momento e me dirigiu um sorriso travesso. Preparei-me para outra guerra de água erguendo meus braços.

Num instante Kishan estava ao meu lado. Ele deslizou os braços em torno de minha cintura, puxou-me para ele, sorriu com malícia e disse:

– O que posso fazer? Sou muito competitivo.

E então me beijou.

Fiquei paralisada. Nossos lábios estavam molhados. O gosto de cloro era forte e a princípio ele não se mexeu, então daria na mesma se eu estivesse beijando o azulejo frio na lateral da piscina. Em seguida, porém, ele apertou minha cintura, deslizou as mãos, acariciando-me as costas nuas, e inclinou a cabeça.

De repente, o que não passava de um toque molhado e clorado se transformou num beijo muito real de um homem que absolutamente *não* era Ren. Os lábios de Kishan se aqueceram e se moveram sobre os meus de uma forma prazerosa. Prazerosa o bastante para que eu me esquecesse de que *não queria* beijá-lo e me visse correspondendo. Minhas mãos pararam de empurrá-lo e eu agarrei seus braços fortes. Sua pele era lisa e quente.

Ele respondeu com entusiasmo, passando um braço pela minha cintura para me esmagar de encontro ao seu peito, enquanto a outra mão subia pelas minhas costas nuas para segurar a parte posterior da minha cabeça. Pelo mais breve dos momentos, deixei-me aproveitar seu abraço. Mas então me lembrei de tudo e, em vez de me deixar feliz, como devem fazer os beijos, esse me deixou triste.

Interrompi o beijo e me afastei um pouco. Kishan manteve o braço em minha cintura e pôs um dedo sob meu queixo, erguendo meu rosto a fim de que eu o olhasse. Então estudou minha expressão em silêncio. Meus olhos se encheram de lágrimas. Uma rolou pelo rosto e caiu em sua mão.

Ele esboçou um sorriso.

– Não foi exatamente a reação que eu esperava.

Relutante, ele me soltou e eu saí nadando, indo me sentar num degrau da piscina.

– Nunca afirmei ser uma especialista em beijos, se é a isso que se refere.

– Não estou falando do beijo.

– Está falando do que, então?

Ele não disse nada.

Abri os dedos da mão e a coloquei sobre a superfície da água, deixando que ela fizesse cócegas em minha palma. Sem olhar para ele, perguntei baixinho:

– Alguma vez eu lhe dei razão para esperar mais?

Ele suspirou e jogou o cabelo para trás, infeliz.

– Não, mas...

– Mas o quê?

Levantei a cabeça. Grande erro.

Kishan parecia vulnerável. Meio desesperado e esperançoso ao mesmo tempo. Querendo acreditar, porém sem ousar fazê-lo. Dava a impressão de estar zangado, frustrado e insatisfeito. Seus olhos dourados estavam cheios de desespero e anseios, no entanto também brilhavam com determinação.

– Mas... não consigo deixar de pensar que talvez Ren tenha sido levado por uma razão. Que talvez seu destino sempre tenha sido ficar *comigo*.

– A única *razão* de Ren ter sido levado foi haver se sacrificado para salvar nossas vidas – repliquei mordaz. – É assim que você o retribui?

Vi o ferrão de minhas palavras feri-lo. Era fácil culpar Kishan, mas eu estava mais perturbada com *minha* reação a ele. Eu me sentia incrivelmente culpada por ter deixado aquele beijo acontecer. Minha acusação era tanto contra ele quanto contra mim. O fato de eu ter gostado do beijo fazia com que eu me sentisse ainda pior.

Ele nadou até a lateral da piscina e apoiou as costas na parede.

– Você acha que eu não me importo? Acha que eu não sinto nada por meu irmão? Pois eu sinto. Apesar de tudo o que aconteceu, preferia que eu tivesse sido levado. Você teria Ren. Ren teria você. E eu receberia o que mereço.

– *Kishan!*

– Estou falando sério. Você acha que se passa um dia sequer sem que eu me *odeie* pelo que fiz? Pelo que *sinto*?

Estremeci.

– Você acha que eu queria me apaixonar por você? Eu me mantive longe de você! Dei a ele a chance de ficar com você! Mas tem outra parte de mim que pergunta: *e se*? *E se* não fosse para você ficar com Ren? *E se* você fosse a resposta às *minhas* preces, e não às dele!

Ele me observava do outro lado da piscina. Mesmo dessa distância, eu podia ver que ele estava sofrendo.

– Kishan, eu...

– E antes que diga qualquer coisa, quero avisar que não desejo sua compaixão. É melhor você não dizer nada do que tentar me dizer que não gostou ou que só sente amizade por mim.

– Não era isso que eu ia dizer.

– Ótimo. Então você admite que gostou? Que existe química entre nós? Que você se sente atraída por mim?

– Você *precisa* que eu admita isso?

Ele cruzou os braços na frente do peito.

– Sim. Acho que preciso.

Ergui os braços no ar.

– Está bem! Admito. Eu gostei. Temos química. Sim, eu me sinto atraída por você. Foi bom. Na verdade, foi tão bom que me fez esquecer completamente de Ren por cerca de cinco segundos. Está feliz agora?

– Estou.

– Mas *eu* não.

– Estou vendo. – Ele me avaliou do outro lado da piscina. – Então tudo o que tive foram cinco segundos?

– Para ser honesta, provavelmente está mais para 30.

Ele bufou. Os braços ainda estavam cruzados diante do peito, mas agora ele exibia um sorrisinho de homem muito satisfeito consigo mesmo.

Suspirei, infeliz.

– Kishan, eu...

Ele me interrompeu:

– Você se lembra de quando escapamos da casa das sereias em Shangri-lá?

– Lembro.

– E de que você disse que conseguiu escapar porque pensou em Ren?

Assenti.

– Bem, eu consegui escapar porque pensei em você. Você ocupou meus pensamentos e o feitiço das sereias desapareceu. Não acha que isso significa alguma coisa? Não poderia significar que talvez *nós* estejamos destinados a ficar juntos? A verdade, Kells, é que venho pensando em você há muito tempo. Desde que nos conhecemos não consigo tirá-la da cabeça.

Uma lágrima rolou pelo meu rosto e eu disse baixinho:

– Sinto muito por tudo que aconteceu. Sinto muito por tudo que você passou. E sinto ainda mais por qualquer sofrimento que eu esteja lhe causando. Não sei o que dizer, Kishan. Você é um cara maravilhoso. Maravilhoso *demais*. Se a situação fosse outra, eu provavelmente ainda estaria ali beijando você.

Quando pus a cabeça entre as mãos, ele mergulhou e nadou até onde eu estava. Eu o ouvi ficar de pé e olhei para o seu rosto. A água escorria por seu tórax de bronze. Ele era mesmo um homem lindo. Qualquer garota teria sorte de ter um cara como ele.

Ele estendeu a mão.

– Então venha aqui e me beije.

Sacudi a cabeça.

– Eu *não*... Eu *não posso*. – Suspirei, com tristeza. – Olhe, tudo o que sei é que eu *amo* Ren. E ficar com você, por mais tentador que seja, não é algo que eu possa fazer. Não posso dar as costas para ele. Por favor, não me peça isso.

Saí da piscina e enrolei uma toalha em volta do corpo. Ouvi um ruído na água e senti sua proximidade enquanto ele também se enxugava.

Kishan me virou para ele, me forçando a olhá-lo nos olhos.

– Você precisa saber que isso não é uma competição com ele. Não há segundas intenções. Não é uma simples atração. – Ele deslizou os polegares no meu rosto e o segurou com ambas as mãos. – Eu amo você, Kelsey.

Ele deu mais um passo à frente.

Coloquei a mão em seu peito quente e disse:

– Se você me ama mesmo, não me beije de novo.

Eu me mantive firme e esperei sua resposta. Não foi fácil. Eu tinha vontade de sair correndo, de me refugiar no quarto, mas precisávamos resolver isso entre nós.

Ele ficou ali, parado, respirando profundamente. Baixou os olhos e eu pude ver lampejos de emoção cruzando seu rosto. Então ele voltou a olhar para mim, aquiesceu e disse:

– Não vou prometer que nunca mais a beijarei, mas prometo não beijá-la a menos que tenha certeza de que não há mais nada entre você e Ren.

Eu estava prestes a protestar, mas ele prosseguiu, tocando meu rosto de leve:

– Não sou o tipo de homem que reprime os sentimentos, Kells. Não fico sentado no quarto me consumindo de tristeza, escrevendo poemas de amor.

Não sou um sonhador. Sou um lutador. Sou um homem de ação e vou precisar de todo o meu autocontrole para não lutar por isso. Quando é preciso fazer alguma coisa, eu faço. Quando sinto alguma coisa, eu tomo uma atitude. Não vejo nenhum motivo para que Ren mereça ter a garota dos seus sonhos e eu não. Não me parece justo isso acontecer comigo duas vezes.

Pus a mão em seu braço.

– Você tem razão. Não é justo. Não é justo que você tenha tido que ficar comigo noite e dia nas últimas semanas. Não é justo pedir que deixe de lado seus sentimentos. Não é justo pedir que seja meu amigo. Mas o fato é que preciso de você. Preciso de sua ajuda. Preciso de seu apoio. E, principalmente, preciso de sua amizade. Eu não teria sobrevivido um só dia em Shangri-lá sem você. Tampouco creio que eu possa resgatar Ren sem você. Não é justo lhe pedir isto, mas estou pedindo. *Por favor*, preciso que você me esqueça.

Ele olhou para a casa, refletindo por um momento, e em seguida se voltou para mim. Tocou meu cabelo molhado e, insatisfeito, disse:

– Está certo. Eu vou recuar, mas não estou fazendo isso por ele e certamente não por mim. Estou fazendo por você. Lembre-se disso.

Assenti silenciosamente e o vi caminhar, altivo, em direção à varanda. Meus joelhos fraquejaram e eu me deixei cair na espreguiçadeira.

Passei o resto do dia no meu quarto, estudando textos sobre os baigas. A toda hora tinha que reler parágrafos. Eu me sentia dividida, despedaçada. Estava confusa. Era como se alguém houvesse me pedido para escolher quem viveria: o pai ou a mãe. Qualquer escolha que eu fizesse me tornaria responsável pela morte do outro. Não era uma questão de escolher a felicidade; era uma questão de escolher o sofrimento. Quem eu faria sofrer?

Eu não queria que nenhum deles sofresse. Minha felicidade era irrelevante. Isso não era como romper com Li ou Jason. Ren precisava de mim, ele me amava. Mas Kishan também. Não era uma escolha fácil, não havia qualquer solução que satisfizesse os dois. Empurrei os livros para o lado, peguei um dos poemas de Ren e um dicionário de híndi-inglês. Era um dos poemas que ele escrevera após a minha partida da Índia. Levei muito tempo para traduzir, mas valeu a pena.

Estou vivo?

Posso respirar
Posso sentir

Posso saborear
Mas o ar não enche meus pulmões
Todas as texturas são ásperas
E os sabores, sem graça

Estou vivo?

Posso ver
Posso ouvir
Posso perceber
Mas o mundo é preto e branco
As vozes soam metálicas e fracas
O que percebo é confuso e fora de lugar

Quando você está comigo
O ar se precipita em meu ser
Me enche de luz
E felicidade
Sinto-me vivo!

O mundo é cheio de cores e sons
Os sabores seduzem meu paladar
Tudo é macio e fragrante
Percebo o calor de sua presença
Sei quem eu sou e o que quero

Eu quero você.

Ren

Uma lágrima gigante caiu com um ruído no papel. Eu rapidamente o tirei do alcance das lágrimas. Apesar das palavras sinceras de Kishan e da confusão que era meu relacionamento com ele, havia uma coisa que eu não podia negar: eu *amava* Ren. De todo o coração. A verdade era que, se Ren estivesse aqui, se ele estivesse comigo, isso não seria um problema.

Quando ele estava comigo, eu também sabia quem eu era e o que eu queria. Mesmo sem a conexão forte, eu podia sentir meu coração se expandindo com suas palavras. Podia imaginá-lo recitando-as, sentado à sua mesa, e escrevendo-as.

Se eu precisava de uma resposta, ela estava em meu coração. Quando eu pensava em Kishan, sentia confusão e afeto misturados a um bocado de culpa. Com Ren, eu me sentia aberta e iluminada, livre e desesperadamente feliz. Eu *amava* Kishan, mas estava *apaixonada* por Ren. A forma como isso acontecera era irrelevante. O fato era que tinha acontecido.

Como Kishan dissera, a essa altura eu havia ficado mais tempo com ele do que com Ren. Não era de surpreender que tivéssemos nos aproximado. Mas Ren tinha meu coração nas mãos, que batia apenas porque o próprio Ren cuidava dele.

Eu estava determinada a ser gentil com Kishan. Estava familiarizada com o sofrimento. O Sr. Kadam tinha razão ao dizer que Kishan também precisava de mim. Eu tinha que ser firme com ele e fazê-lo entender que ele era meu amigo. Que eu podia ser qualquer coisa que ele precisasse que eu fosse, exceto sua namorada.

Eu me sentia melhor. Ler o poema de Ren me reequilibrou. Eu também experimentava os sentimentos dos quais ele falava. Enfiei o poema em meu diário e desci para jantar com Kishan e o Sr. Kadam.

Kishan ergueu uma sobrancelha quando sorri para ele. Ele voltou para seu jantar e, ignorando-o, também peguei meu garfo.

– O peixe parece delicioso, Sr. Kadam. Obrigada.

Ele fez um gesto com a mão, dispensando o agradecimento, inclinou-se para frente e disse:

– Que bom que chegou, Srta. Kelsey. Tenho novidades.

25

O resgate de Ren

Minha boca ficou seca enquanto eu engolia o peixe. Tossi e Kishan deslizou um copo com água na minha direção. Bebi o líquido frio, limpei a garganta e perguntei com nervosismo:

– Que novidades?

– Encontramos a tribo dos baigas e tem alguma coisa errada ali. A tribo está localizada numa área da selva distante de outras aldeias. Mais distante do que eles jamais estiveram nos últimos 100 anos. Mais distante, na verdade, do que a lei permite que eles cheguem. Mas o mais estranho é que as imagens de satélite mostram que existe tecnologia perto deles.

– Que tipo de tecnologia? – indagou Kishan.

– Há alguns veículos grandes estacionados perto da aldeia e os baigas não usam carros. Uma estrutura de tamanho considerável foi construída próximo ao vilarejo também. É muito maior do que qualquer coisa que os baigas tenham tradicionalmente construído. Acredito que se trate de um complexo militar.

Ele empurrou o prato para o lado.

– Relatórios mostram que também há guardas armados vigiando a floresta. É como se estivessem defendendo a tribo de um ataque.

– Mas quem atacaria os baigas vindo da floresta? – perguntei.

– Pois é. Quem? – replicou o Sr. Kadam. – Não há conflitos acontecendo entre os baigas e qualquer outro grupo. Eles não têm guerreiros e não possuem nada de valor aos olhos do mundo exterior. Não existe qualquer razão para que temam um ataque. A menos que esperem que ele venha na forma de... – ele olhou para Kishan – ...um tigre.

Kishan grunhiu.

– Parece que você de fato encontrou alguma coisa.

– Mas por que os baigas? – perguntei. – Por que não manter Ren na cidade ou num complexo militar convencional?

O Sr. Kadam pegou alguns papéis.

– Acho que sei por quê. Telefonei para um amigo que é professor de história antiga na Universidade de Bangalore. Já tivemos grandes debates sobre os reinos da antiga Índia. Ele sempre fica fascinado pelos meus... *insights*. Estudou os baigas a fundo e partilhou alguns fatos interessantes comigo. Primeiro, eles têm muito medo de espíritos do mal e de feiticeiros. Creem que todos os eventos negativos, como doenças, uma colheita perdida, uma morte, sejam causados por espíritos malignos.

Ainda não entendia aonde o Sr. Kadam queria chegar, mas não o interrompi.

– Eles acreditam em magia e reverenciam seu *gunia*, ou curandeiro, acima de todas as coisas. Se Lokesh tiver demonstrado algum tipo de magia, é provável que façam qualquer coisa que ele pedir. Eles se consideram guardiões ou zeladores das florestas. É muito possível que Lokesh os tenha persuadido a se mudar, convencendo-os de que a floresta estava em perigo, e que tenha colocado os guardas ali para protegê-la. Outra coisa que ele mencionou e que achei muito interessante é que há rumores de que o *gunia* dos baigas seja capaz de controlar tigres.

– O quê? – arquejei. – Como pode ser?

– Não tenho muita certeza, mas de alguma forma eles são capazes de proteger suas aldeias contra ataques de tigres. Talvez Lokesh tenha encontrado a verdade no mito.

– O senhor acha que eles estão usando algum tipo de magia para manter Ren lá?

– Não sei, mas certamente parece que vale a pena investigar, ou melhor, nos infiltrar.

– Então o que estamos esperando? Vamos lá!

– Preciso de algum tempo para elaborar um plano, Srta. Kelsey. Nosso objetivo é tirar todos de lá vivos. Falando nisso, creio que devo informar a vocês que meus informantes desapareceram. Os homens que mandei investigar o escritório na cobertura do edifício mais alto de Mumbai sumiram. Eles não entraram em contato comigo e temo o pior.

– O senhor acha que estão mortos?

– Eles não são do tipo que se deixa apanhar vivo – replicou ele, sombriamente. – Não vou permitir que outros homens morram por esta causa. A partir de agora estamos por nossa própria conta. – Ele olhou para Kishan. – Estamos novamente em guerra com Lokesh.

Kishan cerrou o punho.

– Desta vez não vamos fugir com o rabo entre as pernas.

– Certamente.

Pigarreando, eu disse:

– Isso é ótimo para vocês dois, mas eu não sou uma guerreira. Como podemos vencer, sendo só nos três contra todos os homens dele?

Kishan pôs a mão sobre a minha.

– Você é uma guerreira tão boa quanto qualquer um com quem eu tenha lutado, Kells. Mais corajosa até do que muitos que conheci. Em outras situações em que estávamos em número muito menor o Sr. Kadam já elaborou estratégias que decidiram a batalha com facilidade.

– Se há uma coisa que aprendi em meus muitos anos de vida, Srta. Kelsey, é que o planejamento cuidadoso pode quase sempre criar um resultado positivo.

– E não se esqueça – interveio Kishan – de que temos muitas armas à nossa disposição.

– Assim como Lokesh.

O Sr. Kadam, dando tapinhas em minha mão, disse:

– Nós temos *mais*.

Ele pegou uma foto de satélite e uma caneta vermelha e começou a circular itens de interesse. Então me entregou um pedaço de papel e uma caneta.

– Vamos começar?

Primeiro, registramos numa coluna nossos recursos, sugerindo todas as maneiras como cada um deles podia ser empregado. Algumas das ideias eram tolas e outras tinham valor. Anotei tudo o que nos ocorreu, sem saber o que poderia vir a ser conveniente.

O Sr. Kadam fez uma estrela no mapa, onde pensava que Ren poderia ser encontrado. Ele achava que os planos mais simples eram os mais fáceis de seguir e nosso plano era bem direto: iríamos nos infiltrar, encontrar Ren e sair. Mesmo assim, o Sr. Kadam fez questão de analisar o plano a partir de várias perspectivas.

Ele se preparou para todas as eventualidades. Fez dezenas de perguntas começando com "E se": *E se Kishan não puder entrar no complexo por ser um tigre? E se houver armadilhas para tigres na selva? E se houver mais*

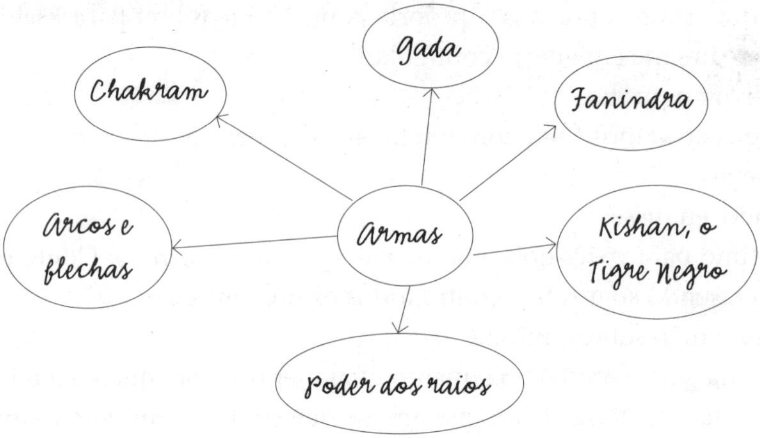
Gada
Chakram
Fanindra
Arcos e flechas
Armas
Kishan, o Tigre Negro
Poder dos raios

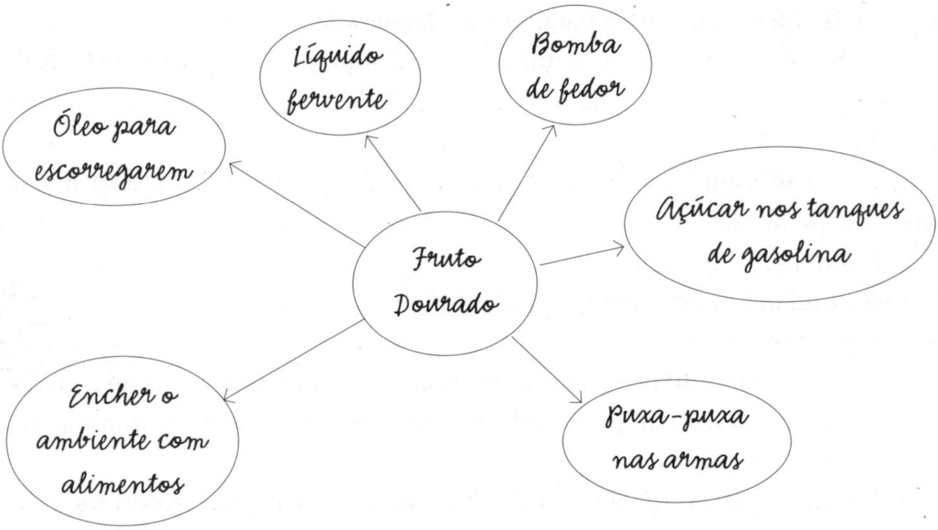
Líquido fervente
Bomba de fedor
Óleo para escorregarem
Açúcar nos tanques de gasolina
Fruto Dourado
Encher o ambiente com alimentos
Puxa-puxa nas armas

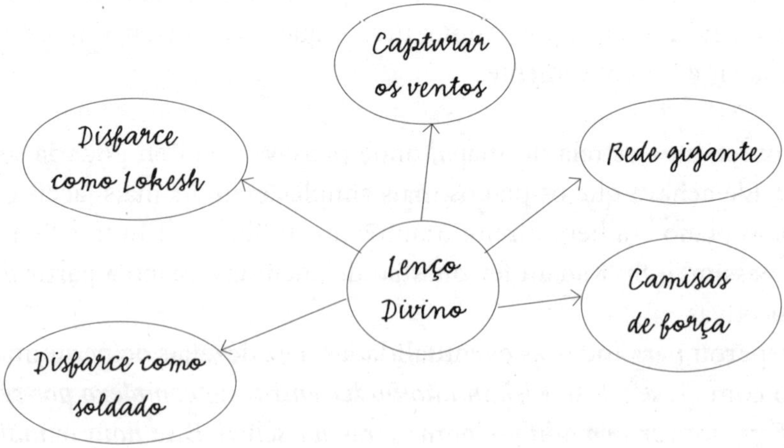
Capturar os ventos
Disfarce como Lokesh
Rede gigante
Lenço Divino
Camisas de força
Disfarce como soldado

soldados do que pensamos? E se não pudermos entrar pela selva? E se Ren não estiver lá?

Ele elaborou um plano separado para superar cada um desses obstáculos e ainda assim chegar a um resultado bem-sucedido. Em seguida combinou os problemas e ajudou Kishan e eu a ensaiar em nossos papéis. Tínhamos que lembrar como nossos papéis mudariam dependendo dos contratempos que surgissem.

O Sr. Kadam também organizou treinamentos práticos. Tivemos que testar os limites do Fruto Dourado e do Lenço Divino, assim como vários movimentos complicados usando nossas armas. Ele nos fez treinar a maior parte do dia no combate corpo a corpo e praticar várias técnicas simultaneamente. Quando nos liberou no primeiro dia, eu estava exausta. Cada músculo doía, meu cérebro estava cansado e eu me encontrava coberta de xarope de bordo e felpa de algodão – um teste combinado do Fruto com o Lenço que deu errado.

Depois de dizer boa-noite, subi esgotada a escada, tirei Fanindra do braço e a coloquei em cima do travesseiro. O Sr. Kadam tinha um plano para ela, mas ela não se movera quando ele o explicou.

Não sabíamos se ela faria alguma coisa, mas eu iria levá-la de qualquer forma. Fanindra salvara minha vida vezes suficientes para merecer, pelo menos, estar presente na ação. Observei suas espirais douradas se moverem e se retorcerem até ela se acomodar numa posição circular, com a cabeça apoiada no topo da espiral. Seus olhos cor de esmeralda brilharam por um momento e então ficaram escuros.

Alguma coisa tremulou do lado de fora da janela. Minhas roupas de fada! Parecia que não havia mesmo fadas por ali. As roupas ainda pareciam íntegras, mas agora precisavam ser lavadas na máquina. Joguei-as no cesto de roupa suja antes de entrar no chuveiro para um banho quente. À medida que meus músculos doloridos foram relaxando, deixei meus pensamentos se demorarem em coisas triviais, como ponderar se deveria lavar as roupas de fada em água fria ou quente. O chuveiro me relaxou até eu quase adormecer ali, de pé.

O Sr. Kadam nos treinou por quase uma semana antes de achar que estávamos prontos para procurar a aldeia baiga.

Nós três nos encontrávamos ao pé de uma grande árvore na selva escura. Passamos o Lenço Divino de mão em mão e assumimos a aparência que tinha sido atribuída a cada um.

Pouco antes de o Sr. Kadam se transformar, ele sussurrou:

– Vocês sabem o que fazer. Boa sorte.

Enrolei o Lenço Divino em seu pescoço, dei um nó e sussurrei:

– Não se deixe apanhar numa armadilha.

Silenciosamente, ele adentrou a selva.

Kishan me abraçou e também partiu. Seus passos eram silenciosos. Logo me vi na selva escura completamente sozinha. Preparei o arco e deslizei Fanindra pelo braço enquanto esperava o sinal.

Um rugido alto ecoou pela selva seguido pelos gritos de vários homens. Era o sinal que eu estava esperando. Segui entre as árvores na direção do acampamento a pouco menos de meio quilômetro dali. Quando me aproximei, peguei o Fruto Dourado e murmurei instruções. Minha tarefa era tomar as duas torres de vigilância nos limites do acampamento e os holofotes.

As luzes primeiro. Esquadrinhei a área e reconheci os vários prédios. Tínhamos estudado as imagens de satélite até todos nós termos o layout memorizado. As cabanas dos baigas eram organizadas num semicírculo mais perto dos limites da selva. Ficavam atrás dos bunkers militares e de um agrupamento de jipes resistentes a minas. Ou seja: seriam extremamente difíceis de tomar.

As cabanas eram de palha e grandes o bastante para uma ou possivelmente duas famílias morarem nela. Eu não queria atingi-las. Elas se transformariam facilmente numa bola de fogo.

O centro de comando tinha quatro compartimentos, cada um deles do comprimento aproximado de um semirreboque, porém duas vezes mais alto. Eles eram agrupados em pares e feitos de algum tipo de liga metálica. Pareciam resistentes. Duas torres de vigilância erguiam-se, uma de cada lado do acampamento. Três guardas vigiavam a área do topo de cada torre, enquanto dois homens montavam guarda abaixo. Próximo à torre sul, vi um poste alto com uma grande antena parabólica na extremidade. Contei quatro holofotes, sem incluir os dois refletores presos às torres de vigia.

Eu deveria encontrar o gerador, mas não o vi. *Talvez esteja escondido numa das cabanas baigas.* Decidi que teria que eliminar as luzes uma por uma. Ergui a mão e apontei. O calor inundou meu braço até minha mão brilhar, vermelha, no escuro. A energia disparou numa longa explosão branca. Primeiro um e em seguida os outros três holofotes espocaram e explodiram quando meu raio os atingiu.

Alguém entrou num dos veículos e acendeu as luzes. O jipe roncou e engasgou. A gasolina provavelmente havia sido absorvida pelo pão de ló que, com a ajuda do Fruto, eu usara para encher os tanques. O sistema elétrico, porém, ainda funcionava e faróis potentes varriam as árvores à minha procura. Voltei meu raio em sua potência máxima para o veículo, porque sabia que seria difícil destruí-lo, enviando um impulso de energia ultradenso através da palma da minha mão.

Meu raio atingiu o carro com uma explosão ensurdecedora que lançou o veículo 10 metros no ar. Ele explodiu, tornando-se uma bola de fogo, e despencou em cima de outro, aterrissando com um ruído agudo de metal retorcido. Disparei contra outro; dessa vez o veículo rolou, virando três vezes e indo parar de lado de encontro a uma árvore imensa. Depois disso, levei apenas alguns segundos para extinguir os outros refletores.

Em seguida eu precisava desabilitar as duas torres. Eram construções simples, se comparadas aos outros edifícios. Quatro suportes de madeira, um nível mais alto que o posto de comando, eram encimados por uma estrutura semelhante a uma caixa e equipados com três homens e um refletor. A única maneira de subir era através de uma escada de madeira simples, provavelmente criada pelos baigas.

A essa altura soldados haviam localizado minha posição. Lanternas se agitavam em minha direção, tentando me identificar. Disparei algumas flechas douradas e ouvi um grunhido e um baque quando um corpo bateu no chão. Eu precisava sair dali. Ouvi um silvo quando dardos atravessaram os arbustos nos quais eu estava escondida. *Eles devem ter instruções para nos pegar vivos.*

Corri na escuridão. Os olhos de Fanindra brilhavam suavemente, proporcionando luz apenas suficiente para que eu alcançasse minha próxima posição. Agachada atrás de um arbusto, evoquei meu poder de raio outra vez e destruí a torre mais próxima. Ela explodiu como uma bomba gigante de fogo que iluminou a área. Assustadas, as pessoas corriam em todas as direções.

Segui para a outra torre, correndo abertamente em meio à multidão. Escondi-me entre dois edifícios quando um grupo de soldados passou correndo e eliminei alguns por trás. O Sr. Kadam gritava para as pessoas, convocando-as e pedindo sua ajuda na batalha. Sua atitude teatral me fez sorrir. Plantei a *gada* no ponto em que ele a encontraria e prossegui.

De volta ao trabalho. Esquivei-me pela sombra de um edifício e avaliei a outra torre. Eu precisava destruir a antena parabólica também. Encaixei uma flecha, então a infundi com o poder do raio e a disparei. Ela bateu com um ruído na parabólica e chiou, estalando com eletricidade antes de explodir. A essa altura os soldados na segunda torre haviam deduzido que eu era seu alvo. Saltei para trás de algumas caixas quando eles voltaram suas armas para mim. Ouvi o ruído de vários dardos atingindo a área onde eu estivera segundos antes.

Meu coração batia forte de medo. Se eles me acertassem com um dardo seria o meu fim. Eu não poderia ajudar Kishan nem encontrar Ren. Ouvindo gritos de homens à minha procura, reuni coragem e encaixei outra flecha. A flecha dourada cintilou ao luar e tremeluziu quando a infundi com o poder do raio. Dessa vez eu estava perto demais do meu alvo e, quando a explosão da torre sacudiu o complexo, o deslocamento de ar me lançou para cima. Ao cair, minha cabeça bateu contra o edifício. Pedaços pesados de madeira da torre destruída choveram e vários dos fragmentos em chamas me atingiram quando fiquei de pé. Com cuidado, toquei a parte posterior do meu crânio. Estava sangrando.

Um soldado saltou sobre mim. Rolamos pelo chão. Eu o soquei na altura do estômago e me pus de pé num salto. Quando ele começou a se levantar também, saltei em suas costas, como Ren me ensinara, e tentei cortar sua passagem de ar. Ele lutou para se livrar de mim apenas brevemente antes de se virar e me esmagar contra uma pedra. Bati a cabeça com força e senti um fio molhado de sangue escorrer da têmpora para o rosto.

Fiquei imóvel contra a pedra, arfando, exausta, tonta e sangrando. O soldado se levantou, sorriu e estendeu as mãos para me estrangular. Ergui a mão, estreitei os olhos para o seu rosto enegrecido de fuligem e disparei um raio que o atingiu no peito. Ele voou alguns metros para trás, bateu no centro de comando e deslizou para o chão numa posição sentada, com a cabeça pendendo pesadamente sobre o peito.

Agora eu precisava encontrar Ren. Corri vacilante entre algumas cabanas e, quando outro soldado veio atrás de mim, mergulhei para o lado, caí e rolei. No instante em que ele disparou um tranquilizante, ergui-me apoiada num joelho e o tirei da jogada com um choque rápido. A porta do edifício principal estava guardada por dois soldados em alerta de batalha. Quando me aproximei, eles falaram várias palavras numa língua diferente. Assenti e um deles usou sua chave para me deixar entrar. Livrei-me facilmente dessa vez. Eu era um rosto familiar e eles não tinham me visto em ação.

Passei por eles e entrei em silêncio. A porta se fechou atrás de mim e se trancou automaticamente. Ignorei o problema, calculando que abriria caminho com um raio mais tarde. Minha cabeça latejava na têmpora, mas, fora isso, eu dera sorte. Tinha vários arranhões e cortes feios nos braços e nas pernas, uma pancada séria na cabeça e devia estar com machucados no corpo todo, porém nada que ameaçasse minha vida. Esperava que o Sr. Kadam e Kishan estivessem se saindo tão bem quanto eu.

O interior do centro de comando estava escuro. Eu me encontrava numa área de armazenamento cheia de caixas e suprimentos. Passei furtivamente pela outra seção e encontrei as barracas para os soldados. Estranho foi quando dobrei uma esquina e encontrei a pessoa que eu estava personificando. A expressão perplexa logo mudou quando ataquei. Uma breve explosão de luz iluminou a sala e a criatura caiu no chão.

Apesar de o edifício ser pouco mobiliado, eu tropeçava em caixas no escuro enquanto verificava sala após sala. Finalmente os olhos verdes de Fanindra brilharam de modo que eu pudesse ver o ambiente com mais clareza. A área foi iluminada com a luz de sua visão noturna especial e eu pude distinguir praticamente tudo. Ouvi Lokesh e Kishan em outra sala. A situação ali estava se tornando mais tensa. O tempo se esgotava. Segundo nossos treinamentos, a essa altura eu já deveria ter encontrado Ren.

Se eu houvesse desativado o gerador, poderia ter poupado tempo; mas, em vez disso, tive que destruir as luzes uma por uma e lutar contra mais soldados do que esperara. O plano teria que ser modificado. Eu precisava chegar a Kishan primeiro. Felizmente o Sr. Kadam havia nos preparado para essa eventualidade. Com relutância, abandonei minha procura por Ren e fui em busca de Kishan.

Segui para os fundos do centro de comando e escalei várias caixas até me encontrar empoleirada no alto. Era uma sala grande, parecendo um armazém. Prateleiras de metal guardavam armas e suprimentos de todos os tipos. Uma pilha de corpos de soldados indicava que Kishan tivera sucesso em tirar de atividade os guardas de Lokesh. Agora, porém, Lokesh o havia encurralado em seu escritório particular.

Era luxuoso para os padrões militares. Um tapete espesso cobria o chão. Uma mesa imponente encontrava-se a um canto e numa das paredes vários monitores de TV exibiam flashes de cenas do caos que acontecia do lado de fora do complexo. Em outra parede viam-se muitos equipamentos e dispositivos eletrônicos. Parecia o interior de um submarino. A parede era coberta com interruptores e monitores. Várias luzes vermelhas piscavam em silêncio e imaginei que fossem alarmes de algum tipo.

Três lâmpadas penduradas zumbiam acima, tremeluzindo de vez em quando, como se o complexo estivesse perdendo sua força. Uma caixa de vidro perto da mesa continha várias armas reluzentes, representando cada era de batalha. Kishan estava desempenhando bem seu papel. Encaixei uma flecha e esperei que ele recuasse um pouco para que eu tivesse uma boa chance de tiro. Arrogante e excessivamente confiante, Lokesh prosseguia, tentando intimidar Kishan a fazer o que ele queria.

Lokesh não estava usando farda como seus soldados. Vestia um terno preto e uma camisa de seda azul. Parecia mais jovem que o Sr. Kadam, mas seus cabelos estavam ficando grisalhos nas têmporas e estavam penteados para trás, lustrosos, num estilo de chefão da máfia moderno. Notei outra vez que ele usava anéis em cada dedo e que os girava casualmente enquanto falava. Um comentário odioso chamou minha atenção.

– Posso dilacerar você com uma simples palavra, mas gosto de ver as pessoas sofrerem. E ter você aqui é um presente especial que venho esperando por muito, muito tempo. Não posso imaginar o que estava tentando fazer. Você não tem a menor chance de vencer. Mas devo dizer que estou impressionado com a maneira como enfrentou meus guardas especiais. Eles eram altamente treinados.

Kishan sorriu maliciosamente enquanto rodavam em círculos.

– Não o bastante.

– É. – Lokesh riu. – Talvez eu pudesse convencer você a trabalhar para mim. Você tem muitos talentos e eu sou um homem que recompensa bem aqueles que me servem. Naturalmente, também devo avisar que aplico punições mortais àqueles que me desafiam.

– Não estou procurando emprego neste momento e alguma coisa me diz que o nível de satisfação entre seus empregados é muito baixo.

Kishan correu para cima de Lokesh, girou no ar e lhe acertou um chute bem no meio da cara.

Lokesh cuspiu sangue. Ele sorriu quando uma linha carmesim escorreu de sua boca. Limpando-a com um dedo, ele o esfregou no lábio inferior, lambeu e deu uma gargalhada. Parecia gostar da dor. Estremeci de repulsa.

– Isso tudo está muito divertido – continuou ele –, mas já chega dessa brincadeira. Você tem um amuleto e eu tenho o poder dos outros três. Me dê o seu e depois pode pegar o tigre e ir embora. Não que eu vá deixar vocês irem longe, porém vou lhes dar uma chance assim mesmo. Isso vai tornar a caçada muito mais divertida.

– Acho que vou embora com o tigre *e* o amuleto. E, aproveitando, acho que vou matá-lo e pegar o seu também.

Lokesh deu uma risada ensandecida.

– Você vai me dar o que eu quero. Na verdade, logo vai se arrepender de ter desdenhado de minha oferta generosa. Em questão de instantes você vai me oferecer tudo o que eu quiser só para cessar a dor.

– Se você quer tanto assim o amuleto, então por que não vem aqui pegá-lo? Vamos ver se luta tão bem quanto faz ameaças. Ou será que agora deixa a luta para outras pessoas... *seu velho*?

O sorriso desapareceu da boca de Lokesh e ele ergueu as mãos. A eletricidade faiscava entre seus dedos.

Kishan saltou de novo na direção de Lokesh, no entanto foi detido por uma barreira invisível. Lokesh começou a murmurar encantamentos, abriu as mãos e levantou os braços. Objetos soltos na sala se ergueram no ar e começaram a rodopiar num redemoinho, movendo-se cada vez mais rápido. Lokesh lentamente juntou as mãos e o redemoinho se aproximou de Kishan. Os objetos giravam em torno dele e começaram a atingi-lo. Uma tesoura abriu um talho em sua testa, mas ele começou a cicatrizar imediatamente.

Lokesh viu a ferida se fechar e fitou o amuleto com cobiça.

– Me dê o amuleto! É meu destino unir todas as partes!

Kishan começou a agarrar os itens maiores e esmagá-los entre a palma das mãos.

– Por que você não tenta tirá-lo do meu cadáver? – gritou ele.

Lokesh riu, um som terrível de puro deleite.

– Como quiser.

Ele bateu as mãos e as esfregou uma na outra. O chão começou a tremer. As caixas onde eu me encontrava oscilaram precariamente. Kishan havia caído no chão e estava sendo bombardeado por uma tempestade de objetos, como grampeadores, tesouras e canetas, assim como itens maiores, como gavetas de arquivo soltas, livros e monitores de computador.

Eu tremia de pavor. Aquele homem me aterrorizava mais do que qualquer coisa que eu já houvesse enfrentado. Eu preferia correr de uma horda de *kappa* a olhar nos olhos dele. O mal escoava dele em ondas, enegrecia tudo ao seu redor. Sua escuridão me sufocava. Embora ele ainda não tivesse consciência da minha presença, eu tinha a sensação de que dedos negros e nevoentos abriam caminho em minha direção, me procurando para me estrangular e arrancar a vida do meu corpo.

Ergui minha mão trêmula e disparei um raio. Eu o errei por uns 30 centímetros e ele estava tão concentrado em Kishan que nem viu o traço de luz passar atrás dele. Mas percebeu o impacto em seu mostruário de armas e provavelmente deduziu que era uma consequência do terremoto que ele havia causado. O vidro explodiu. Os cacos passaram a fazer parte do redemoinho e começaram a cortar Kishan. Logo juntou-se a eles um bombardeio letal de armas. Lokesh ria de prazer enquanto via Kishan ser rasgado por cacos de vidro e em seguida se curar. Um pedaço grande entrou em seu braço e ele o arrancou. O sangue jorrou e se juntou ao redemoinho.

Eu estava morta de medo. Minhas mãos tremiam. *Eu posso fazer isso! Tenho que firmar a mão! Kishan precisa de mim!* Ergui a flecha e mirei no coração de Lokesh.

Enquanto isso, ouvia as pessoas gritando lá fora. Deduzi que eram os aldeões e que as coisas estavam correndo de acordo com o planejado. Se não, Kishan e eu logo estaríamos numa situação ainda mais crítica. Ouvi uma pancada fortíssima e sorri aliviada. Eu sabia que era o Sr. Kadam. Nada, além da *gada*, poderia provocar um ruído como aquele. O edifício se sacudiu em suas fundações. O tempo era um fator decisivo. Se eles estavam atacando o edifício, isso significava que todos os soldados haviam sido cercados e dominados. O Sr. Kadam era de fato eficiente. Ou isso ou Lokesh havia abusado desse pobre povo o suficiente e eles já se encontravam à beira da rebelião.

Disparei minha flecha direto no coração de Lokesh, mas ele se virou no último segundo, quando finalmente ouviu a pancada da *gada*, e a flecha cravou-se fundo em seu ombro. O redemoinho que cercava Kishan de repente parou e todos os itens despencaram no chão numa chuva traiçoeira. Um pesado cofre de metal caiu no pé de Kishan; ele grunhiu e empurrou o volumoso objeto. Eu tinha certeza de que seu pé estava quebrado.

Lokesh se virou com fúria e me encontrou. A eletricidade disparava de seus dedos e sua respiração congelou o ar, enviando uma rajada gelada em minha direção. Fiquei paralisada e senti o sangue se tornar denso, congelando em meu corpo. Arfei, mais aterrorizada do que jamais estivera em toda a minha vida.

– Você!

Seu grito me deu arrepios. Cuspindo ameaças no que ele presumia que fosse a minha língua, arrancou a flecha ensanguentada e começou a cantar de forma monótona. A flecha de repente veio voando em minha direção. Num movimento inconsciente de autopreservação, meu fogo interno me aqueceu o suficiente para que eu pudesse me mexer. Minhas mãos se ergueram para cobrir o rosto, mas a flecha parou em pleno ar, a centímetros do meu nariz. Estendi a mão e ela caiu devagar em minha palma. Frustrado, Lokesh bateu as mãos e esfregou-as malevolamente para fazer oscilar a caixa sobre a qual eu me encontrava. Desabei no chão, batendo em várias quinas afiadas no caminho. Gemi e tirei as caixas de cima de mim. Meu tornozelo estava torcido e preso debaixo de uma caixa e meu ombro estava seriamente machucado.

Kishan pegou o *chakram*, que estivera escondido sob a camisa, e o atirou na direção das luzes no teto. A sala mergulhou na escuridão quando ouvi o zumbido metálico da arma atravessando o ar. Ele lançou o *chakram* mais algumas vezes, mas não conseguia atingir Lokesh com ela pois ventos súbitos açoitavam o ar, fazendo o disco mudar de direção. Arrastei-me com dificuldade até um novo esconderijo. Kishan pegou o *chakram* e saltou sobre Lokesh. Os dois caíram no chão numa luta vigorosa.

Lokesh gritou, chamando seus soldados; sua voz era alta e parecia ser carregada pelo vento para o acampamento lá fora. Eu podia ouvi-la amplificada, como se ele estivesse falando num microfone, mas os seus soldados estavam todos presos agora. Ninguém veio em seu socorro. Os dois rolaram em minha direção. Lokesh murmurou algumas palavras até que um colchão de ar surgiu como uma bolha entre os dois, lançando Kishan para trás e permitindo que Lokesh pudesse se pôr de pé novamente.

Levantei-me e ergui a mão. Meu braço inteiro tremia enquanto eu tentava reunir coragem. O fogo não vinha. Eu me sentia fria por dentro, como se o fogo dentro de mim houvesse sido abafado. Lokesh virou a cabeça instantaneamente quando viu meu gesto. Ele riu diante de meu esforço patético e recomeçou a murmurar. Fiquei rígida. Não conseguia me mover. Uma lágrima rolou pelo meu rosto e se congelou.

Kishan aproveitou a distração de Lokesh e agarrou-lhe o braço, girando-o para trás das costas. Num instante tinha o *chakram* pressionado na garganta de Lokesh. A lâmina reluzente entrou na carne macia, liberando fios de sangue que fluíram pela arma e pingaram na camisa de seda azul de Lokesh.

Lokesh grunhiu e murmurou baixinho:

– Você quer que ele *morra*? Posso matá-lo num instante. Posso congelar o sangue dele para que o coração pare de bater.

Kishan olhou para mim e se deteve. Ele poderia ter decapitado Lokesh com um leve movimento do pulso, mas parou e eu vi as emoções cruzarem seu rosto. Ele se conteve por minha causa. Lokesh deu uma risada áspera, respirando pesadamente em seu esforço. Um baque profundo sacudiu as paredes enquanto o Sr. Kadam e os aldeões continuavam a bater no edifício, tentando derrubá-lo.

Lokesh tornou a ameaçar:

– Se não me soltar, eu *vou* matá-lo. Decida agora!

O brilho da ira ardia em seus olhos, um fogo latente que não podia ser extinto.

Kishan o soltou. Gemi por dentro, pois não podia me mover. Tínhamos quase vencido. Agora estávamos à mercê de um monstro.

Lokesh logo tornou a murmurar e Kishan se viu preso no mesmo controle imobilizante que eu. Lokesh se ajeitou e cerimoniosamente espanou o pó das lapelas do paletó. Pressionou um lenço branco limpo na garganta, que sangrava. Então riu, aproximou-se de Kishan e deu-lhe tapinhas carinhosos no rosto.

– Aí está. É sempre melhor cooperar, não é? Está vendo quanto é inútil você me enfrentar? Talvez eu tenha subestimado você um pouco. Certamente você acaba de me proporcionar a melhor luta que tive em séculos. Vou aguardar ansioso o desafio de dobrar seu espírito.

Ele tirou uma faca muito antiga e de aspecto maligno do bolso interno do paletó e a agitou quase amorosamente diante do rosto de Kishan. Aproximou-se e correu-lhe o lado cego pela bochecha.

– Esta lâmina é a mesma que usei há muitos anos em seu príncipe. Está vendo como a mantive em excelentes condições durante todos esses anos? Você poderia me chamar de velho tolo e sentimental. Eu esperava secretamente vir a usá-la outra vez e terminar o que comecei muitos anos atrás. Não é bem apropriado que eu a use em você também? Talvez tenha sido poupada exatamente para esse propósito.

Ele fez uma pausa breve antes de continuar:

– Bem, por onde devo começar? Uma bela cicatriz deixaria seu rosto um pouco menos atraente, não é? Naturalmente, terei que tirar o amuleto primeiro. Eu vi como ele consegue curar. Esperei tanto tempo por essa parte. Você não faz ideia de quanto ansiei por sentir o poder que ela possui. É triste saber que você não estará por aqui para apreciar o que fará por mim.

Ele ficou brevemente amuado.

– É uma pena que eu não tenha tempo para uma cirurgiazinha experimental. Eu adoraria lhe dar umas lições de disciplina. A única coisa que iria me proporcionar mais prazer que correr minha faca na sua pele seria desfigurar você diante do seu príncipe. Ainda assim, ele irá apreciar a minha obra.

Eu estava com medo. Se já não estivesse congelada, teria ficado paralisada de pavor. Não importava quanto eu estivesse preparada. Lutar contra alguém verdadeiramente maligno não era uma coisa fácil. As aves, os macacos e os *kappa* estavam todos apenas cumprindo sua missão. Eles protegiam os presentes mágicos e eu aceitava isso. Mas encarar Lokesh e vê-lo brandir aquela faca contra a garganta de Kishan era terrível demais.

Eu me desliguei quando ele começou a falar em desmembrar Kishan pedaço a pedaço. Era nauseante. Se eu pudesse, teria vomitado. Eu simplesmente não podia conceber alguém tão cruel. Queria ter podido cobrir meus ouvidos. Meu pobre Ren fora torturado por esse demônio psicopata durante meses. Meu coração se encolheu com esse pensamento.

Lokesh tinha a persona traiçoeira do Imperador Palpatine misturada à crueldade sádica de Hannibal Lecter. Ele desejava o poder a qualquer preço, como Lorde Voldemort, e exibia a brutalidade de Ming, o Impiedoso, que, como ele, havia matado a própria filha. Meu corpo tremia. Eu não podia vê-lo machucar Kishan. Não suportaria isso.

Ele agarrou o queixo de Kishan e estava prestes a cortar-lhe o rosto quando percebi que, mesmo que eu não pudesse me mover, o Fruto Dourado ainda faria seu trabalho. Pedi a primeira coisa que me passou pela cabeça: balas duras. E balas duras eu recebi. Uma tempestade delas. Quebraram monitores e uma das janelas. O estrondo que provocavam golpeava meus tímpanos enquanto caíam dentro do centro de comando. Pareciam milhares de bolas de gude despencavam num lago de vidro e tudo se estilhaçava e quebrava à nossa volta. Kishan e eu oscilamos e caímos, bombardeados por uma rajada do doce duro. Foi a mochila que me salvou de quebrar o pescoço. Tinha certeza de que Kishan havia se machucado outra vez. Felizmente ele sarava com rapidez. Eu me sentiria grata se ao menos um de nós saísse dessa vivo.

Em pouco tempo cada centímetro do chão estava coberto por uma camada de uns 30 centímetros das balas. Lokesh foi atingido com força suficiente para perder o equilíbrio e cair. Ele disparou vários palavrões em sua língua enquanto tentava se recuperar e descobrir de onde vinha aquela tempestade. Então deu-se conta de que a faca havia desaparecido e começou a vasculhar em meio às balas para encontrá-la. Kishan e eu, a essa altura, estávamos quase enterrados.

O edifício se sacudiu mais uma vez e uma parte da parede desmoronou perto de nós. Lokesh conseguiu se levantar com dificuldade depois de encontrar a faca. Ele agarrou o amuleto em torno do pescoço de Kishan e o puxou até a corrente se partir, deixando um vergão vermelho na pele.

Lokesh se debruçou sobre Kishan brevemente e tocou o rosto dele com a faca.

– Vamos nos encontrar de novo – ele sorria horrivelmente – em breve.

Lokesh deslizou a faca da bochecha de Kishan até a garganta, traçando uma trilha de sangue que deixaria uma horrível cicatriz, mas não mataria. Então, com um ruído doloroso, Lokesh se afastou, caminhando com dificuldade em meio às balas até um botão escondido na parede. Um painel se abriu e ele desapareceu.

Alguns aldeões acompanharam o Sr. Kadam até o escritório e correram para nos ajudar a levantar. O corte de Kishan já ia se fechando, mas sua camisa estava suja de sangue. O talho havia sido profundo. Ouvi o ronco de um motor e um ruído rascante quando um veículo arrancou de sob o edifício e saiu em disparada pela estrada de terra que partia da aldeia. Eu poderia ter usado o Fruto Dourado para parar o motor, mas optei por não fazê-lo.

Eu me sentia envergonhada, mas não queria enfrentá-lo outra vez. Eu *queria* que ele fugisse. Esperava não vê-lo nunca mais. Fiquei ali, imóvel, me repreendendo por ser tão covarde. Eu era fraca. Se pudesse me mover, teria ido choramingar no canto da sala, me escondendo. Lokesh era poderoso demais. Não conseguiríamos vencer.

O melhor que poderíamos desejar seria evitá-lo. Eu sabia que Kishan e o Sr. Kadam ficariam decepcionados comigo. Grande guerreira! Pássaros de ferro gigantes? Sem problema. *Kappa*? Eu tinha Fanindra e Ren. Macacos? Algumas mordidas e machucados não me matariam. Mas Lokesh? Eu me acovardei e fugi diante do inimigo. Queria poder entender por que estava reagindo dessa forma. Ele era um monstro. Só mais um para enfrentar. Mas esse monstro tinha um rosto humano. De alguma forma, isso parecia pior.

Após algum tempo, o feitiço que Lokesh havia usado em Kishan e em mim desapareceu. Tentamos acordar nossos membros dormentes, esfregando-os. Quando Kishan havia se recuperado suficientemente, abriu caminho através das balas duras para me ajudar. O Sr. Kadam dava instruções aos aldeões enquanto Kishan me apoiava, por causa de meu tornozelo torcido, e me ajudava a procurar Ren. Fanindra decidiu despertar e ajudar na busca. Ela se moveu e cresceu.

Baixei o braço para que ela escorregasse para o chão e a cobra abriu caminho entre caixas de armas e sacolas de suprimentos. De repente se deteve e experimentou o ar com a língua, perto de uma área que parecia um beco sem saída. Suavemente, ela deslizou sob algumas caixas e Kishan as inspecionou mais de perto. Descobriu que eram uma arrumação falsa e tirou-as do caminho. Atrás, havia uma porta trancada. Tivemos tempo apenas de ver a cauda dourada de Fanindra desaparecendo por baixo. Kishan tentou forçá-la.

Acabei empregando meu poder do raio para explodir a fechadura, depois de vários segundos desenvolvendo a capacidade de usá-lo novamente. Pensar em Ren ainda sofrendo foi o que finalmente me fez vencer meu congelamento interno.

A porta se abriu e as narinas de Kishan se dilataram. Lá dentro o cheiro doce e abafado de sangue e suor humano permeava tudo. Eu sabia onde estava. Já estivera ali. Era a câmara onde Lokesh havia torturado Ren. Instrumentos terríveis pendiam das paredes e encontravam-se dispostos sobre mesas cirúrgicas reluzentes. Fiquei paralisada de horror ao olhar todas aquelas coisas e imaginar a dor que Lokesh havia imposto ao homem que eu amava.

Instrumentos cirúrgicos modernos espalhavam-se sobre bandejas, ao passo que itens mais antigos empilhavam-se nos cantos e pendiam de ganchos. Não pude me conter. Estendi a mão e toquei as extremidades gastas de um chicote. Em seguida esfreguei o cabo de um grande malho e comecei a tremer ao imaginá-lo quebrando os ossos de Ren. Várias facas, de diferentes comprimentos e larguras, pendiam enfileiradas.

Vi madeira, parafusos, pregos, alicates, picadores de gelo, tiras de couro, uma focinheira de ferro, uma furadeira moderna, colares com pregos, um torno que poderia ser usado para esmagar qualquer membro que fosse ali colocado e até mesmo um maçarico. Eu tocava os itens brevemente ao passar e chorava com amargura. De alguma forma, tocá-los era a única coisa que eu podia fazer para tentar compreender como essa experiência devia ter sido para ele.

Kishan pegou meu braço com delicadeza.

– Não olhe para isso, Kelsey. Olhe apenas para mim ou mantenha os olhos voltados para o chão. Você não precisa fazer isso. Seria melhor esperar lá fora.

– Não. Tenho que estar aqui, por ele. Preciso fazer isso.

– Então fique ao meu lado.

A jaula de Ren ficava no canto mais distante e eu mal pude distinguir uma forma subjugada lá dentro e uma cobra reluzente enroscada perto dela. Depois de recolher Fanindra e lhe agradecer, recuei e explodi o cadeado. Então me aproximei e abri a porta.

– Ren? – chamei suavemente.

Ele não respondeu.

– Ren? Você está... *acordado*?

A forma se moveu ligeiramente e um rosto pálido e abatido se voltou para mim. Seus olhos azuis se estreitaram. Ele olhou para Kishan. Seus olhos se arregalaram e ele se aproximou da abertura. Kishan o chamou com um gesto e ofereceu a mão para ajudar.

Cauteloso, ele estendeu a mão trêmula para agarrar a grade na extremidade da jaula. Seus dedos haviam sido quebrados recentemente e estavam ensanguentados. Meus olhos se encheram de lágrimas e minha visão se turvou enquanto eu recuava para lhe dar passagem. Kishan deu um passo à frente para ajudá-lo. Quando Ren enfim se levantou, eu arquejei. Ele fora espancado não tinha muito tempo. Eu já esperava por isso. Seus ferimentos estavam cicatrizando.

O que me chocou foi o fato de ele estar tão *esquelético*. Lokesh estava matando Ren de fome. Provavelmente também estava desidratado. Seu corpo forte estava magro, muito mais do que eu imaginaria que ele poderia ficar. Os olhos azuis brilhantes estavam circundados por depressões escuras. As maçãs do rosto estavam salientes e o cabelo escuro e sedoso pendia pegajoso e sem vida. Ele deu um passo em minha direção.

– Ren? – eu disse e lhe estendi a mão.

Ele estreitou os olhos, cerrou o punho e o brandiu com uma explosão de energia que eu não esperava que ele ainda tivesse. Senti uma dor aguda no maxilar e depois mais nada, enquanto meu corpo tombava no chão.

26

Baigas

Percebi movimento e acordei, abrindo os olhos para um dossel verde-escuro. Kishan me carregava pela selva. Ele tinha novamente sua verdadeira aparência, o que, devo admitir, era um alívio. Eu não me sentira confortável vendo-o em seu disfarce.

– Kishan? Aonde estamos indo?

– Shh. Relaxe. Estamos seguindo os baigas selva adentro. Temos que ir para o mais longe possível do acampamento.

– Quanto tempo fiquei desacordada?

– Umas três horas. Como está se sentindo?

Toquei levemente o maxilar.

– Como se um urso tivesse me dado um soco. Ele está... *bem*?

– Está desorientado. Os baigas o carregam numa maca improvisada.

– Mas ele está bem?

– Relativamente bem.

Ele falou baixinho em outra língua com o Sr. Kadam, que se aproximou para examinar meu rosto e levar um cantil aos meus lábios. Bebi devagar, engolindo dolorosamente, enquanto movia o maxilar o mínimo possível.

– Você pode me pôr no chão, Kishan? Acho que posso andar.

– Está bem. Apoie-se em mim se precisar.

Ele baixou com cuidado minhas pernas até o chão e me firmou quando oscilei, tentando recuperar o equilíbrio. Manquei um pouco com meu tornozelo torcido, mas Kishan resmungou e logo me pegou no colo outra vez. Recostei-me em seu peito e senti meu corpo inteiro doer. Escoriações me cobriam quase por completo e eu mal conseguia mover o maxilar.

Éramos parte de uma longa procissão. Os baigas avançavam silenciosa e sinuosamente entre as árvores. Eu nem conseguia ouvir seus passos. Dezenas de pessoas passavam e assentiam numa demonstração de respeito ao nos contornarem. Nem as mulheres nem as crianças faziam barulho. Eles não emitiam um só sussurro, enquanto se moviam como fantasmas através da selva escura.

Quatro homens grandes carregavam uma maca com uma forma prostrada. Quando passaram por nós, estiquei o pescoço para poder vê-lo. Kishan ajustou o passo atrás deles para que eu pudesse ver a forma inerte de Ren. Ele me endireitou facilmente e me abraçou um pouco mais forte, me apertando contra seu peito com uma expressão indecifrável.

Andamos por mais uma hora. Ren dormiu o tempo todo. Quando chegamos a uma clareira, um baiga idoso se aproximou do Sr. Kadam e humildemente prostrou-se diante dele. O Sr. Kadam voltou-se para nós e disse que os baigas acampariam para passar a noite. Fomos convidados para seus festejos comemorativos.

Imaginei se não seria melhor nós continuarmos em direção ao nosso ponto de encontro, mas decidi seguir a liderança do Sr. Kadam. Ele era o estrategista militar e, se pensava que era seguro, provavelmente era. Na verdade, era reconfortante deixar alguém assumir o comando. Também não faria mal deixar Ren dormir um pouco mais antes de prosseguirmos.

Ficamos observando os baigas montarem acampamento. Eles eram extremamente eficientes, mas estavam sem a maior parte de seus suprimentos. O Sr. Kadam teve pena deles e usou o Lenço Divino para criar acomodações para cada família. Minha atenção se desviou para Ren. Os homens o carregaram para uma tenda no momento em que o Sr. Kadam me chamou.

Kishan, vendo-me aflita, disse que iria ver como Ren estava. Colocou-me com cuidado perto do Sr. Kadam e então seguiu na direção da tenda. Ele insistiu que seria melhor que eu ficasse com o Sr. Kadam, mas não explicou por quê.

Quando ele se afastou, o Sr. Kadam perguntou se eu usaria o Fruto Dourado para criar um banquete para os baigas. Eles precisavam ser alimentados. Vários estavam passando fome também. Lokesh os obrigara a permanecer no acampamento e usar sua magia para manter Ren contido. Eles não caçavam havia muito tempo. O Sr. Kadam me deu instruções e então usou o Lenço Divino para criar um tapete espesso em que toda a tribo pudesse se sentar.

Tirei o Fruto Dourado da mochila e comecei a criar os pratos que ele pedira. Arroz com cogumelos, manga picada misturada a outras frutas locais, cujos nomes eu esperava ter pronunciado corretamente, peixe assado, salada verde, legumes grelhados e, como extra, acrescentei uma torta gigante de morango com recheio de creme *bavaroise* e chantili, como a que havíamos comido em Shangri-lá. O Sr. Kadam ergueu uma sobrancelha, mas não disse nada.

Ele convidou os baigas a se sentarem e a compartilhar do banquete. Kishan logo voltou e sentou-se ao meu lado. Ele sussurrou que os baigas estavam cuidando bem de Ren. Enquanto todos se acomodavam, tentei pedir licença para ficar com Ren. Quando me levantei, Kishan segurou meu braço com firmeza, sussurrou que eu deveria ficar perto do Sr. Kadam e enfatizou novamente que Ren ficaria bem. Ele parecia estar dizendo a verdade, portanto fiquei. O Sr. Kadam começou a falar na língua deles. Esperei pacientemente que terminasse seu discurso e continuei olhando na direção das tendas, esperando ter um vislumbre de Ren.

Quando o Sr. Kadam terminou, duas jovens baigas percorreram o perímetro do círculo, lavando as mãos de cada pessoa com água de flor de laranjeira. Quando já haviam lavado as mãos de todos, imensas tigelas de comida passaram de mão em mão. Não havia pratos ou utensílios. O Fruto Dourado poderia tê-los criado, mas o Sr. Kadam queria o banquete à moda dos baigas. Pegamos alguns punhados, comemos e então passamos á vasilha para a próxima pessoa. Eu não estava com muita fome, mas Kishan não iria pegar a tigela até que eu tivesse comido pelo menos um punhado de cada tipo de comida.

Quando a comida completou o círculo e todos já haviam se servido de uma porção, as tigelas correram o círculo novamente. Esse processo continuou até toda a comida acabar. Usei meu cantil para limpar as mãos e tentei ter paciência quando os baigas passaram ao ritual seguinte. Quando sussurrei para Kishan que o fator tempo era crucial, ele disse que tínhamos o bastante e que Ren precisaria de algumas horas para se recuperar.

Os baigas começaram a celebrar de fato. Surgiram instrumentos musicais. Eles cantaram e dançaram. Duas mulheres se aproximaram de mim com tigelas de um líquido preto e falaram. O Sr. Kadam traduziu:

– Elas estão perguntando se você gostaria de fazer uma tatuagem em comemoração à vitória de seu marido sobre o maligno.

– Com quem eles acham que sou casada?

O Sr. Kadam corou.

– Eles acreditam que você seja *minha* mulher.

– Eles não acham que sou um pouco jovem para o senhor?

– É uma prática normal na tribo mulheres muito jovens se casarem com homens mais velhos e mais sábios. Eles a viram usar o Fruto Dourado e acreditam que você seja uma deusa, minha companheira.

– Entendi. Bem, agradeça-lhes por mim, mas vou me lembrar muito bem dessa vitória sem ajuda. Só por curiosidade, o que, ou quem, eles acham que Kishan é?

– Acreditam que ele seja nosso filho e que viemos aqui para resgatar nosso outro filho.

– Então eles acham que tenho dois filhos adultos?

– As deusas podem permanecer jovens e bonitas para sempre.

– Quem dera.

– Mostre-lhes sua mão, Srta. Kelsey.

– Minha mão?

– A que tem o desenho de hena. Faça-a brilhar para que eles possam ver as marcas.

Ergui a mão e evoquei meu poder de raio. Minha mão brilhou, iluminada por dentro. A pele se tornou translúcida e o desenho de hena apareceu – vermelho num fundo branco.

O Sr. Kadam falou algo breve com as duas mulheres e felizmente elas fizeram uma reverência e me deixaram em paz.

– O que o senhor disse a elas?

– Eu lhes disse que já havia lhe dado uma tatuagem de fogo para que se lembrasse do episódio. Elas acreditam que a tatuagem deixa a mulher mais bonita. Não teriam compreendido se eu tivesse dito que não queria que sua pele fosse tatuada. Todos os homens baigas desejam uma esposa com tatuagens intrincadas.

Os baigas dançavam e celebravam. Um dos homens era um engolidor de fogo. Assisti ao espetáculo, impressionada com sua habilidade, mas estava com dor e exausta. Encostei-me em Kishan, que me abraçou, me dando apoio. Devo ter dormido um pouco, pois quando acordei o engolidor de fogo havia encerrado sua exibição. Todos observavam um movimento nas tendas. Fiquei imediatamente alerta. Ren surgiu, acompanhado por um baiga de cada lado. Eles haviam banhado seus ferimentos e ele vestia uma saia de linho enrolada no corpo, deixando o peito nu.

Ren mancava, mas parecia muito melhor. Embora ainda graves, seus ferimentos estavam se recuperando. Alguém havia lavado seus cabelos e os penteado para trás. Seus olhos abarcaram o cenário à sua volta e pousaram em nós três. Rapidamente seu olhar passou pelo Sr. Kadam e por mim, indo se fixar em Kishan. Um sorriso torto iluminou o rosto de Ren quando ele se aproximou de Kishan, que se levantou para cumprimentá-lo e oferecer apoio.

Meu coração começou a bater loucamente. Ren abraçou o irmão, batendo de leve em suas costas.

– Obrigado por me salvar e me mandar a comida. Ainda não pude comer muito, mas me sinto... bem. Ou, pelo menos, melhor.

Ren sentou-se perto de Kishan e começou a falar em sua língua nativa. Tentei fazer contato visual, mas ele não parecia interessado em falar comigo.

Por fim, limpei a garganta e perguntei:

– Quer comer mais alguma coisa?

Seus olhos se dirigiram brevemente a mim.

– Agora não, obrigado – ele disse com educação e se voltou para Kishan.

O Sr. Kadam deu tapinhas em minha mão enquanto o *gunia* dos baigas se aproximava. Ele se ajoelhou diante do Sr. Kadam e falou rapidamente. Então se pôs de pé e bateu palmas. Um baiga se ajoelhou diante de Ren e curvou-se até o chão. Era o mesmo homem que eu vira em minha visão do Lenço, o homem que havia machucado Ren. Ren estreitou os olhos para o homem, que logo baixou o olhar, disse várias palavras e puxou uma faca da camisa.

O Sr. Kadam traduziu:

– *Por favor, me perdoe, nobre cavalheiro. Lutei contra o demônio o máximo que pude, mas ele machucou minha família. Minha mulher e meus filhos estão mortos. Nada me restou. A menos que o senhor restaure minha honra, vou deixar a tribo e morrer sozinho na selva.*

Estendendo uma das mãos, o homem cuidadosamente desfez seu coque. O cabelo negro e comprido caiu do alto de sua cabeça, amontoando-se em seu colo. Com mais duas palavras, ele moveu a faca para cima, através dos cordões que prendiam o cabelo, tosquiando seu longo e bonito rabo de cavalo. Então apanhou com reverência o cabelo cortado, curvou a cabeça até o chão e, com as mãos abertas, ofereceu-o a Ren.

Ren olhou para o homem por muito tempo, assentiu e estendeu as mãos, as palmas para cima, a fim de aceitar o cabelo cortado. Em seguida disse algumas palavras, as quais o Sr. Kadam traduziu para mim mais uma vez:

– *Eu aceito sua oferta. Nós todos sofremos nas mãos do demônio. Nós iremos puni-lo pelos crimes cometidos, inclusive pelo ato imperdoável de destituí-lo de sua família. Suas ações contra mim estão perdoadas. Eu devolvo sua honra. Siga com sua tribo e encontre a paz.*

O homem depositou o cabelo nas mãos de Ren e se afastou. Em seguida o *gunia* mandou trazer duas bonitas moças baigas diante de nós. Elas se ajoelharam diante de Ren e Kishan. Suas mãos delicadas permaneceram em seu colo enquanto elas olhavam com recato para o chão.

As mulheres tinham lindos cabelos pretos compridos e lustrosos, e traços delicados. A cintura fina era acentuada por cintos estreitos feitos de pedra polida. Eram curvilíneas de uma forma que eu jamais seria. Ambas tinham delicadas tatuagens ao longo dos braços e das pernas, que desapareciam sob a bainha das saias finas que usavam, fazendo com que eu me perguntasse quanto de seus corpos era tatuado. Eu podia ver por que as tatuagens eram consideradas atraentes. Não eram do tipo que se veem nos Estados Unidos. Não havia águias gigantes nem "Amo a Minha Mãe" num coração.

Essas tatuagens eram minúsculas. Redemoinhos, argolinhas, arabescos, espirais, flores, folhas e borboletas enfeitavam seus membros como a borda elegante da moldura de um quadro ou os adornos de um livro medieval. As tatuagens acentuavam os traços das lindas jovens e realçavam sua beleza, transformando-as em criaturas extraordinárias, mágicas. O *gunia* falou, apontando primeiro para uma garota, depois para a outra.

Ren se levantou, desajeitado, e abriu um largo sorriso. Eu o olhei, ávida. Sabia que o meu disfarce o impedira de me reconhecer e o levara a me agredir. Agora tudo que eu queria fazer era abraçá-lo e tirá-lo dali. Infelizmente, todos tínhamos papéis a desempenhar. Ele caminhou, mancando, mas com dignidade, ao redor das duas garotas. Então pegou a mão de uma delas, beijou-a e sorriu para ela. Franzi as sobrancelhas, confusa. Ela sorriu timidamente para Ren. Kishan parecia chocado, ao passo que o Sr. Kadam exibia uma expressão sombria.

– O que foi? – sussurrei. – O que está acontecendo?

– Espere só um momento, Srta. Kelsey.

Kishan se levantou e falou baixinho com Ren, que cruzou os braços e indicou as duas mulheres outra vez. Kishan começou a discutir em voz baixa com o irmão. Ele olhou para mim e então para o Sr. Kadam, como que pedindo ajuda. Ren parecia mais confuso do que zangado. Ele disse alguma coisa que soou como uma pergunta. Em resposta, Kishan fez um gesto, inflexível, e apontou para o *gunia*. Ren riu, tocou o cabelo da garota, esfregou-o entre os dedos e disse alguma coisa que a fez rir.

– Essas duas garotas também estão pretendendo cortar o cabelo? – perguntei.

O Sr. Kadam franziu a testa.

– Não. Não creio.

Kishan fez uma reverência para o *gunia* e as duas mulheres, disse algumas palavras e então voltou as costas para Ren, sentando-se ao meu lado outra vez. Ren sorriu para a garota, deu de ombros e tornou a sentar-se perto de Kishan.

– Sr. Kadam! O que acabou de acontecer?

Ele pigarreou.

– Ah, sim... parece que os baigas querem oferecer aos nossos dois filhos a condição de membros permanentes da tribo.

– Ótimo. Que mal pode haver nisso?

– Para se tornarem membros, devem se casar com mulheres baigas. Essas duas irmãs se ofereceram a nossos nobres filhos.

– *Ah.* – Franzi a testa, confusa. – Então por que Kishan e Ren estavam discutindo?

– Estavam discutindo sobre... se deviam ou não aceitar.

– E por que Ren estava tocando o cabelo daquela mulher?

– Eu... realmente não sei dizer.

O Sr. Kadam se virou de lado, obviamente relutante em continuar a conversa.

Pensei no que eu tinha visto e então cutuquei Kishan.

– Kishan, se você quer uma esposa baiga, tudo bem. Se isso vai deixá-lo feliz, então vá em frente – sussurrei. – As duas são muito bonitas.

Ele resmungou baixinho.

– Eu não quero uma esposa baiga, Kells. Explico depois.

Agora eu estava mais confusa ainda e ligeiramente enciumada, mas descartei essa sensação lembrando a mim mesma que diferentes culturas interpretam gestos de maneiras diferentes. Decidi deixar o assunto de lado e assistir às festividades. Quando a celebração chegou ao fim, eu cochilava com a cabeça no ombro do Sr. Kadam.

Kishan me acordou.

– Kells? Venha. Hora de irmos.

Ele me puxou, me ajudando a ficar de pé, e colocou minha mochila nos próprios ombros antes de dar instruções a Ren, que parecia feliz em fazer o que quer que Kishan lhe dissesse para fazer. O Sr. Kadam se despediu dos baigas, que se acomodaram para passar a noite enquanto nós prosseguíamos na direção de nosso ponto de encontro.

O Sr. Kadam ligou um sofisticado dispositivo militar. Era um relógio de pulso com uma tela de vídeo do tamanho de um baralho de cartas que carregava imagens de satélite enquanto andávamos. O aparelho não só mostrava nossa longitude e latitude atuais, como mantinha um registro de quantos quilômetros ou milhas tínhamos que percorrer para chegar ao nosso destino.

Ren se transformou em tigre. Kishan disse que isso o ajudaria a se recuperar mais depressa. Ele seguiu trotando atrás de nós três. Tentei voltar a andar, porém meu tornozelo estava inchado, do tamanho de uma toranja. O Sr. Kadam o envolveu com uma atadura elástica antes de comermos, deu-me ibuprofeno para reduzir o inchaço e me fez elevar o pés, mas eu precisava de gelo. O local ainda latejava. Kishan me deixou andar um pouco porque eu estava teimando, no entanto insistiu que eu usasse seu braço como apoio. Ren passou perto de mim, no entanto, quando estendi a mão para tocar sua cabeça, ele rosnou baixinho. Kishan rapidamente se colocou entre nós dois.

– Kishan? O que há de errado com ele?

– Ele não está... em seu estado normal, Kells.

– É como se ele não me conhecesse.

Kishan tentou me consolar:

– Ele provavelmente está reagindo a você como um animal ferido. Tem a ver com autoproteção. Perfeitamente natural.

– Mas quando vocês dois foram feridos na selva antes, eu cuidei de vocês. Nenhum dos dois tentou me machucar ou me atacar. Vocês sempre souberam quem eu era.

– Ainda não sabemos o que Lokesh fez com ele. Tenho certeza de que ele vai sair dessa à medida que seus ferimentos forem se curando. Até lá, quero que você fique sempre perto de mim ou do Sr. Kadam. Um tigre ferido é uma criatura muito perigosa.

– Está bem – concordei, relutante. – Não quero causar a ele nenhuma dor além daquela que ele já está sentindo.

Depois de me permitir mais alguns minutos dolorosamente lentos de caminhada, Kishan me pegou no colo. Quando protestei, dizendo que o deixaria exausto, ele zombou, afirmando que poderia me carregar durante dias sem se sentir cansado. Dormi em seus braços enquanto andávamos pela selva. Quando paramos, ele me colocou com delicadeza no chão. Oscilei e os braços de Kishan em meus ombros foram a única coisa que me mantiveram em pé.

– Sr. Kadam, que lugar é este?

– É uma represa artificial chamada Maithan. Nosso transporte deve chegar em breve.

Logo depois ouvimos o barulho de hélices quando um pequeno avião sobrevoou o ponto onde estávamos, seguindo para o lago. Corremos para a margem coberta de seixos e observamos o avião aterrissar na água lisa e iluminada pela lua. O Sr. Kadam acenou com uma luz de neon e entrou no lago escuro. Kishan me conduziu para lá, mas hesistei, olhando o tigre branco.

– Não se preocupe, Kells. Ele sabe nadar.

Kishan esperou que eu fosse na frente. A água estava fria e serviu para aliviar a dor em meu tornozelo. Enquanto o avião deslizava, aproximando-se da margem, mergulhei até o pescoço e comecei a nadar. O Sr. Kadam já estava de pé nos flutuadores do avião, segurando-se na porta. Ele se inclinou e agarrou minha mão, me ajudando a subir. Nilima sorriu para mim do assento do piloto e indicou com a mão o lugar ao seu lado.

Desculpando-me por molhá-la, acomodei-me enquanto Kishan embarcava e então observei o tigre branco nadando. Ao se aproximar do avião, Ren voltou à forma humana e subiu, ocupando o assento perto de Kishan, no fundo. O Sr. Kadam fechou a porta e afivelou o cinto de segurança na poltrona ao lado da minha.

– Segurem-se todos – advertiu Nilima.

Um súbito deslocamento nos impulsionou adiante quando as hélices aceleraram ruidosamente. Ganhamos velocidade, quicamos na água algumas vezes e então alcançamos o céu noturno. Ren havia mudado mais uma vez para a forma de tigre. Ele fechara os olhos e descansava a cabeça no colo de Kishan. Sorri brevemente para Kishan. Ele retornou meu olhar em silêncio e olhou pela janela.

O Sr. Kadam nos cobriu com um cobertor. Descansei a cabeça em seu ombro molhado e adormeci ao ronco monótono de nosso hidroavião.

27

Histórias de guerra

Acordei quando o avião aterrissou na água de um pequeno lago, que aparentemente era adjacente à propriedade de Ren e Kishan. Nilima desligou os motores e Kishan saltou para o píer e prendeu as cordas a fim de segurar a aeronave. O Jeep estava estacionado ali perto.

Àquela altura, minhas roupas estavam quase secas, sujas e muito desconfortáveis. O Sr. Kadam me ofereceu a oportunidade de trocá-las, dizendo que poderia criar roupas novas com o Lenço Divino, mas recusei quando ele mencionou que estávamos a apenas 10 minutos de casa.

O Sr. Kadam dirigiu, enquanto os garotos se acomodaram na traseira e Nilima se apertou comigo no banco da frente. Ren permanecia como tigre e parecia contente apenas quando Kishan estava por perto. Em casa, o Sr. Kadam sugeriu que eu tomasse uma ducha quente e dormisse, mas o dia já estava amanhecendo e, embora eu estivesse exausta, queria conversar com Ren.

A única coisa que me convenceu a deixá-lo foi a pressão que tanto o Sr. Kadam quanto Kishan fizeram sobre mim. Ren ainda precisava de tempo para se curar e seria melhor que ele se mantivesse como tigre por enquanto, argumentavam eles. Concordei em tomar banho logo, mas disse-lhes que desceria logo em seguida para ver como ele estava. Kishan me carregou até o quarto, me ajudou a tirar os sapatos e removeu a atadura elástica. Então me deixou no banheiro, fechando a porta silenciosamente ao sair.

Minhas mãos estavam trêmulas. Manquei até o chuveiro e liguei a água quente. *Ele está aqui! Em segurança! Conseguimos. Vencemos Lokesh e não perdemos ninguém.* Eu me sentia nervosa. Quando entrei embaixo da água, perguntei-me o que deveria dizer primeiro para Ren. Tinha tantas coisas para lhe contar. Meu corpo doía. Eu sentia uma fisgada no ombro que fora atingido por uma caixa pesada e agora estava ficando roxo.

Tentei tomar um banho rápido, mas cada movimento era uma agonia. Eu não havia sido talhada para isso. Rolar no chão e na sujeira não era para mim. Ocorreu-me o pensamento de que eu deveria ter sentido dor em Kishkindha e Shangri-lá. Eu deveria estar muito machucada depois da batalha com os pássaros. Eu me curara lá. Rapidamente. A não ser pela mordida do *kappa*, eu me curara nesses lugares mágicos.

Ren parecia estar se recuperando, mas eu imaginava que suas feridas não fossem apenas físicas. Ele passara por tanta coisa... Eu não sabia como ele tinha conseguido sobreviver, porém me sentia extremamente grata por isso. Teria que agradecer a Durga por ajudá-lo. *Ela certamente cumpriu sua promessa. Manteve meu tigre em segurança.*

Fechei a torneira, saí do chuveiro e lentamente vesti meu velho pijama de flanela. Eu queria me apressar, mas até escovar o cabelo doía. Trancei-o, impaciente, e manquei a uma velocidade de lesma até a porta do quarto. Encontrei Kishan do outro lado, me esperando, com as costas apoiadas na parede e os olhos fechados.

Ele também tomara um banho e trocara de roupa. Sem nenhuma palavra, me pegou nos braços e me carregou para o andar térreo, para a sala do pavão. Acomodou-me na poltrona de couro perto do Sr. Kadam antes de se sentar de frente para mim, ao lado de Nilima. Ren ainda estava na forma de tigre, deitado aos pés de Nilima, enquanto eles conversavam baixinho.

O Sr. Kadam, dando tapinhas no meu braço, disse:

– Ele ainda não mudou, Srta. Kelsey. Talvez tenha ficado como homem tempo demais.

– Tudo bem. O importante é ele estar aqui agora.

Fiquei olhando meu tigre branco. Ele havia erguido a cabeça brevemente quando entrei na sala e então deitou-a de novo sobre as patas e fechou os olhos. Eu não podia deixar de me sentir decepcionada por ele não estar deitado perto de mim. O simples fato de tocar-lhe o pelo já teria sido reconfortante, mas então eu me repreendi: *Eu deveria estar mais preocupada com ele do que comigo. Eu não fui torturada meses a fio. O mínimo que posso fazer é não pressioná-lo.*

Nilima queria saber de tudo que acontecera e o Sr. Kadam achou que seria uma boa ideia se todos partilhássemos nossas histórias de modo que pudéssemos ouvir as diferentes partes de nossa aventura. Nilima concordou em preparar a comida e pediu minha ajuda. Kishan queria ficar com Ren, que parecia estar dormindo. Disse que era melhor deixar os tigres adormecidos quietos, por enquanto.

Ele me carregou até a cozinha e me colocou numa banqueta antes de voltar para a biblioteca. Nilima separou ingredientes para fazer omeletes e rabanadas e me atribuiu a tarefa de ralar o queijo e picar cebolas e pimentões. Trabalhamos em silêncio por um tempo, mas percebi que ela me olhava.

– Estou bem, Nilima, de verdade. Não precisa se preocupar comigo. Não sou tão frágil quanto Kishan me faz parecer.

– Ah, não é isso. Não acho que você seja nada frágil. Na verdade, acho que você é uma pessoa muito corajosa.

– Então por que está me olhando tanto?

– Você é... especial, Srta. Kelsey.

Ri o máximo que meu maxilar dolorido me permitiu.

– Como assim?

– Você é mesmo o centro. É o que mantém esta família unida. Meu avô estava tão... desesperado antes de você aparecer. Você o salvou.

– Acho que o Sr. Kadam está muito mais habituado a *me* salvar.

– Não. Nós nos tornamos uma família quando você se tornou parte de nossas vidas. Embora exista perigo, ele nunca se sentiu tão realizado e feliz como quando você está aqui. Ele a ama. Todos eles a amam.

Constrangida, eu disse:

– E você, Nilima? Quer mesmo essa vida maluca? Em algum momento você desejou uma vida livre de espionagem e perigos?

Ela sorriu enquanto colocava óleo na frigideira e punha quatro fatias de rabanada para fritar.

– Meu avô precisa de mim. Como posso abandoná-lo? Eu não poderia deixá-lo sozinho e sem amparo. Também tenho minha família, é claro. Meus pais me perguntam por que ainda não me casei e por que sou tão dedicada à minha carreira. Eu lhes digo que fico feliz em servir. Na verdade, eles não compreendem, mas aceitam. Vivem confortavelmente graças à ajuda do meu avô.

– Eles sabem do parentesco que têm com ele?

– Não. Isso eu não contei a eles. Levou muito tempo para que meu avô me confiasse seu segredo. Eu não o partilharia sem o seu conhecimento.

Ela bateu os ovos, acrescentou um pouco de creme de leite e começou a fazer a primeira omelete. Havia alguma coisa confortadora e acolhedora em estar na cozinha, preparando a comida com outra mulher.

– Agora que você está aqui – disse Nilima –, vejo que ele talvez finalmente encontre descanso. Talvez ele possa enfim deixar de lado suas preocupações, sua grande responsabilidade com os príncipes. Tenho muito orgulho de contar com um antepassado assim tão abnegado e me sinto honrada por conhecê-lo.

– Ele é uma pessoa muito nobre. Eu não conheci nenhum dos meus avôs. Teria tido muito orgulho de tê-lo como avô também.

Ficamos em silêncio enquanto terminávamos de preparar a refeição. Pedi néctar de flor adoçado com mel como bebida e fatiei o melão. Nilima terminou de preparar os pratos, colocou-os numa grande bandeja e a carregou para a sala do pavão. Kishan voltou para me pegar e o Sr. Kadam juntou-se a nós um instante depois. O tigre branco ergueu a cabeça e farejou.

Coloquei um prato gigante de ovos no chão diante dele. Ele começou a lamber o prato imediatamente, empurrando os ovos de um lado para outro até conseguir de alguma forma abocanhá-los. Aproveitei a oportunidade e lhe fiz um carinho na cabeça, coçando atrás de suas orelhas. Ele não rosnou dessa vez e inclinou a cabeça para a minha mão. Então devo ter tocado em algum ponto sensível, pois seu peito roncou baixinho.

Tentei tranquilizá-lo.

– Está tudo bem, Ren. Eu só queria dizer oi e dar seu café da manhã. Sinto muito se o machuquei.

Kishan se inclinou para a frente e disse:

– Kells, *por favor*. Afaste-se.

– Eu vou ficar bem. Ele não vai me machucar.

Meu tigre branco se levantou e se aproximou de Kishan. Isso me doeu. Não pude deixar de me sentir traída, como se o bichinho de estimação da família tivesse se voltado contra mim e tentado morder minha mão. Eu sabia que estava sendo irracional, mas suas atitudes me feriam. Ele pôs uma pata de cada lado do prato e me fitou até eu baixar os olhos. Então ele retomou seu café da manhã.

O Sr. Kadam acariciou minha mão e disse:

– Vamos saborear nossa refeição e partilhar com Nilima o que aconteceu. Tenho certeza de que Ren também gostará de ouvir.

Assenti e empurrei a comida de um lado para outro no prato. De repente, estava sem fome.

– Descemos de paraquedas numa clareira a alguns quilômetros do acampamento dos baigas e andamos até lá – começou Kishan. – Um ex-piloto que costumava trabalhar para o Sr. Kadam nas Linhas Aéreas Tigre Voador concordou em nos deixar lá. Ele nos levou num daqueles antigos aviões militares da Segunda Guerra Mundial, que mantém em boas condições.

Nilima assentiu, bebericando o néctar.

Kishan esfregou o maxilar.

– O sujeito devia ter pelo menos 90 anos. A princípio duvidei que o homem idoso ainda fosse capaz de pilotar, mas ele certamente provou sua habilidade. A queda foi suave e sem esforço, apesar do fato de Kelsey quase não ter saltado.

– Não foi igual ao treinamento – objetei, em minha defesa.

– Você saltou três vezes durante o treinamento e também comigo em Shangri-lá e em todas as vezes se saiu bem.

– Aquilo era diferente. Era de dia e eu não tinha que... que *guiar*.

Ele explicou:

– Durante o treinamento, saltamos em dupla. – Frustrado, ele levantou a voz. – Você sabia que era só pedir. Eu teria saltado *com* você, mas você teimou que tinha que fazer aquilo sozinha.

– Bem, se você não tivesse sido tão... *abusado* no salto em dupla...

– E se você não fosse tão paranoica com medo de que fosse tocá-la...

– Não teria nenhum problema! – dissemos os dois ao mesmo tempo.

Minha voz soou aguda, em pânico, enquanto eu fuzilava Kishan com o olhar.

– Podemos prosseguir, por favor?

Kishan estreitou os olhos, lançando-me um olhar que dizia que continuaríamos essa discussão mais tarde.

– Como eu disse, Kelsey quase não saltou a tempo. Kadam foi o primeiro e então tive que forçar Kelsey antes que perdêssemos o timing do salto.

– Forçar é mesmo a palavra correta – murmurei. – O que fez foi me arrastar com você.

Ele me fitou significativamente.

– Você não me deu outra opção.

Ele me oferecera, sim, uma opção. A opção de deixar tudo para lá, esquecer Ren e fugir com ele. Era isso ou saltar do avião sozinha.

Eu não tinha muita certeza se ele estava falando sério ou apenas tentando me fazer saltar. Eu acabara de abrir a boca para lhe dar um sermão sobre a distância apropriada, quando ele grunhiu, zangado, agarrou minha mão e saltou.

– Depois que chegamos à clareira – ele continuou –, assumimos nossos disfarces e seguimos caminhos separados. Eu assumi a aparência de Kelsey, usando uma réplica de seu amuleto.

– Eu assumi a aparência do criado baiga – acrescentei. – Por falar nisso, foi muito desconfortável vê-lo sendo eu, Kishan.

– Foi igualmente desconfortável *ser* você. Minha missão era procurar Lokesh e mantê-lo ocupado, então me escondi atrás de um edifício até ouvir o sinal: um rugido de tigre.

O Sr. Kadam o interrompeu.

– Esse era eu, disfarçado de tigre. Corri pela floresta para disparar algumas armadilhas e atrair os soldados.

– Certo – disse Kishan. – Kelsey começou a explodir coisas, o que afugentou qualquer soldado retardatário, e assim não encontrei quase nenhuma resistência para entrar no acampamento. Encontrar Lokesh foi outra história. Tive que tirar de combate seu cerco de guardas altamente treinados. Eliminei vários com o *chakram* e desativei as luzes antes que eles sequer me vissem. Depois disso usei minha aparência em meu beneficio.

Desconfiada, perguntei:

– Como exatamente você usou a *minha* aparência em seu benefício?

Kishan abriu um largo sorriso.

– Agi como uma mulher. Eu entrei na sala tropeçando, fingi surpresa e medo e pedi a todos aqueles homens grandes e fortes que me protegessem, dizendo que havia um louco tentando me matar com um disco dourado. Você sabe, pisquei os olhos e flertei com eles. Coisas de mulher.

Cruzei os braços e fuzilei Kishan com o olhar.

– Sei. Por favor, continue.

Kishan suspirou e correu a mão pelos cabelos.

– Antes que você fique toda ofendida, que é sua reação padrão a mim, pode parar, porque sei o que está pensando.

Cruzei os braços sobre o peito.

– É mesmo? E o que é que eu estou pensando?

– Que eu estou tentando estereotipar as mulheres, você em particular. – Ele ergueu as mãos, exasperado. – *Você* não é assim, Kells. Eu só estava jogando com as cartas que me foram dadas e tentando usar todos os meus recursos!

– Tudo bem quando você usa os seus próprios recursos, mas não quando está usando os meus!

– Ótimo! Da próxima vez irei como Nilima!

– Ei! – disse Nilima. – Não quero ninguém usando os meus recursos.

– Talvez seja melhor continuarmos a história – interveio o Sr. Kadam.

Kishan fez cara feia e começou a resmungar sobre mulheres em operações militares e que da próxima vez iria sozinho.

– Eu ouvi isso. Você teria sido mutilado por Lokesh sem mim.

Eu sorri, irônica.

– De fato. Cada pessoa foi vital para o nosso sucesso – disse o Sr. Kadam. – Vou passar para a minha parte e você conclui mais tarde, Kishan.

Ele se recostou na cadeira e cruzou os braços sobre o peito.

– Por mim, tudo bem.

O Sr. Kadam começou contando a Nilima como era libertador ser tigre.

– O poder do tigre está além de qualquer coisa que eu imaginara. Como não sabíamos se o Lenço Divino funcionava apenas com disfarces humanos, tínhamos testado antes a transformação em um animal. Parece que podemos mudar para a forma de Kishan ou de Ren, mas nenhum outro animal. Quando chegamos, assumi a forma do tigre negro de Kishan. E então a Srta. Kelsey enrolou o Lenço em meu pescoço antes de nos separarmos.

Ele recuperou o fôlego antes de continuar.

– Corri pela selva e encontrei várias armadilhas com isca. Ativei duas delas, o que acionou alarmes, e logo ouvi o passo dos soldados em minha perseguição. Eles disparam armas, mas fui mais rápido. A certa altura, um grupo achou que havia me encurralado. Estavam prestes a disparar quando me transformei em homem, o que os deixou chocados e me deu um momento para acionar a armadilha. Puxei uma corda presa a um naco de carne e os soldados foram erguidos no ar numa grande rede. Deixei-os pendurados na árvore e corri de volta ao acampamento para a segunda fase do plano. Quando cheguei ao acampamento, a Srta.Kelsey já havia destruído uma das duas torres de vigilância. Os aldeões corriam para todos os lados, temendo por suas famílias. Fiquei atrás de uma árvore e mudei de aparência mais uma vez.

Nilima se inclinou para a frente.

– Em que se transformou dessa vez?

– Assumi a forma de um deus baiga chamado Dulha Dao, que, segundo eles, ajuda a evitar doenças e acidentes. Reuni as pessoas à minha volta e lhes disse que estava ali para ajudá-las a vencer aquele estranho. Elas ficaram mais do que felizes em cooperar para derrubar *a casa do maligno*. A Sra. Kelsey deixara a *gada* num local discreto para que eu a pegasse. Normalmente, ela é pesada para mim, mas, quando a manejei como Dulha Dao, a arma se tornou leve. Com a ajuda dos aldeões, derrubamos a parede e incapacitamos os homens de Lokesh.

– Como era sua aparência? – perguntou Nilima.

Ele corou, então eu intervim.

– Ah, o Sr. Kadam estava muitíssimo bem como Dulha Dao. Ele parecia um dos homens da tribo, só que mais alto, mais corpulento e muito bonito. O cabelo era comprido e cheio e parte dele estava envolta num coque no alto da cabeça, com a outra parte descendo pelas costas.

Nilima sorriu com a minha descrição.

– Era musculoso e seu belo tórax, assim como o rosto, era coberto por tatuagens. Estava de peito nu, usando pesados colares de contas e descalço, vestindo uma saia envelope. Parecia amedrontador, mas de um jeito bom. Principalmente, imagino, quando estava brandindo a *gada*.

Quando terminei minha descrição, todos me olhavam e Nilima ria abertamente.

– *O que foi?* – perguntei, constrangida. – Está bem. Parece que eu acho atraentes os homens indianos corpulentos. O que há de errado nisso?

Kishan tinha a testa franzida. O Sr. Kadam parecia... satisfeito e Nilima dava risadinhas.

– Absolutamente nada, Srta. Kelsey. Sei que eu teria pensado a mesma coisa – disse ela.

O Sr. Kadam pigarreou.

– Sim... bem... agradeço a descrição lisonjeira, de qualquer forma. Faz muito tempo que uma mulher não me acha... corpulento.

Então eu comecei a rir e Nilima me acompanhou.

– Todos prontos para continuar? – perguntou o Sr. Kadam.

– Sim – respondemos em uníssono.

– Como eu ia dizendo, as pessoas se juntaram a mim e amarramos todos os guardas. Então seguimos para o centro de comando. As portas eram fortificadas e estavam trancadas. Revistamos os homens à procura da chave, mas não encontramos nenhuma. Foi mais fácil eu abrir um buraco na parede do que derrubar aquelas portas. Finalmente entrei no complexo e encontrei Kelsey e Kishan prostrados no chão e Lokesh em nenhum lugar à vista. A sala estava cheia de uma espécie de doce.

– Balas duras – acrescentei.

– Como isso aconteceu? – perguntou Nilima.

– Eu tinha que fazer alguma coisa e o Fruto Dourado era a única arma a que eu podia ter acesso, então pedi uma tempestade de balas duras.

– Muito inteligente. Essa nunca praticamos. Parece que funcionou bem – comentou o Sr. Kadam.

– Não teria funcionado por muito tempo. Lokesh se recupera rapidamente. A única coisa que o levou a fugir foi o senhor. O senhor e os baigas salvaram o dia.

– Então Lokesh tinha o poder de congelar vocês?

– Tinha.

– Você percebeu algum outro poder dele?

– Sim.

– Ótimo. Vamos falar sobre isso mais tarde.

– Está bem. Vou escrever sobre tudo o que aconteceu enquanto está fresco em minha memória.

– Muito bom. Continuando, depois que Kishan e Kelsey encontraram Ren, os baigas quiseram deixar o acampamento quanto antes. Pegaram tudo o que podiam carregar e seguiram em fila selva adentro. Nós os acompanhamos em parte porque eu me sentia responsável por levá-los para o mais longe possível de Lokesh e em parte porque eles seguiram na direção que precisávamos ir. Pouco antes de partirmos, Ren apanhou uma faca e perfurou a pele de seu braço.

Inclinei-me para a frente.

– Para quê?

– Para remover um dispositivo de rastreamento que Lokesh havia colocado ali.

Olhei para o meu tigre branco com simpatia. Seus olhos estavam fechados, mas as orelhas se moviam para a frente e para trás. Ele estava ouvindo.

– Seguimos com os baigas, fizemos um banquete com eles e partimos logo depois que lhe enviei o sinal, Nilima.

– O senhor representa uma divindade muito bem – brinquei.

– Bem, parece que eles acreditaram que nós quatro éramos divindades. Se eu tivesse visto as coisas que eles viram, também teria acreditado nisso.

– Eles realmente usaram magia para manter Ren preso?

– Quando falei com eles sobre isso, o *gunia* afirmou que tem, sim, poder sobre os tigres e que usou sua magia para manter Ren lá. Ele pode criar uma espécie de barreira em torno do acampamento a fim de proteger a aldeia contra ataques de tigres. No entanto, ele disse que há alguns dias o feitiço foi alterado para *atrair* tigres para a aldeia. Parece que os soldados haviam sido importunados por ataques de tigres durante toda a semana.

– Ah, então foi por isso que Kishan conseguiu entrar?

– Parece que sim.

– Isso significa que Ren poderia ter saído?

– Possivelmente, mas Lokesh também parece ter poderes próprios. Presumo que usar os baigas para conter Ren fosse apenas um plano B para o caso de ele estar distraído demais para incapacitar Ren.

– Ele é horrível – eu disse baixinho. – Ren era seu prêmio máximo, seu troféu. Que ele esperou e caçou durante séculos. Não o teria deixado escapar.

– Acho que ele perdeu o interesse em Ren – interveio Kishan. – Ele está atrás de outra pessoa agora.

O Sr. Kadam sacudiu a cabeça discretamente.

– De quem? – perguntei.

Ele não respondeu.

– De mim, não é? – perguntei, sem emoção.

Por fim, Kishan falou, dirigindo-se ao Sr. Kadam.

– É melhor que ela saiba para que esteja preparada. – Virando-se para mim, disse: – Sim. Ele está determinado a ir atrás de você, Kells.

– Por quê? Isto é, por que ele está atrás de *mim*?

– Porque ele sabe como você é importante para nós. E porque... você o derrotou.

– Aquela não era eu. Era você.

– Mas ele não sabe disso.

Kishan me lançou um olhar significativo.

Gemi baixinho e ouvi apenas parcialmente quando Kishan começou a descrever nossa briga com Lokesh. Eu só comentava quando Kishan esquecia alguma coisa.

Ren agora nos observava e ouvia atentamente o que dizíamos. Coloquei meu prato com a comida intacta no chão, esperando que ele estivesse interessado. Ele me observou com curiosidade e então se levantou e se aproximou alguns passos.

Por fim, comeu os ovos, mas empurrou as rabanadas de um lado para outro, sem conseguir colocá-las na boca. Com cautela, usei meu garfo para apanhar uma fatia grossa. Ele a puxou delicadamente do garfo e a engoliu de uma só vez. Fiz o mesmo com a outra. Depois de lamber o prato, deixando-o limpo, Ren se deitou perto de Kishan e começou a lamber o açúcar das patas.

Kishan ficara quieto e, quando ergui os olhos, vi que me observava. Seus olhos se enrugaram nos cantos com um leve toque de tristeza. Desviei o olhar. Ele franziu a testa e recomeçou a falar. Quando chegou à parte em que

Lokesh ameaçou me matar, fazendo parar meu coração, eu o interrompi e esclareci:

– Lokesh não estava falando de mim.

– Estava sim, Kells. Ele devia saber quem você era. Ele disse: "Vou matá-lo, parar o coração dele."

– Sim, mas por que *você*, disfarçado como *Kelsey*, estaria preocupado *comigo*, em meu disfarce de criado baiga? Ele disse matá-*lo*, não matá-*la*. Ele pensou apenas que eu fosse um traidor.

– Mas a ameaça de Lokesh matar você foi a razão de eu ter parado.

– Pode ter sido essa a razão de você soltá-lo, mas ele não estava me ameaçando.

– Então quem ele estava ameaçando?

Olhei para baixo, para o tigre branco, e senti meu rosto se inflamar.

– Ah – disse ele, vagamente. – Ele estava ameaçando *Ren*. Gostaria de ter entendido isso.

– Sim, ele estava ameaçando Ren. Ele sabia que eu não faria nada para prejudicá-lo.

– Claro que você não faria.

– O que está insinuando? E o que você quis dizer ao afirmar que gostaria de ter entendido isso? Que não teria *parado*?

– Não. Sim. Talvez. Eu não sei o que teria feito. Não posso prever como teria reagido.

O tema de nossa discussão aguçou os ouvidos do tigre. Ele olhou para mim.

– Bem, então fico feliz que você tenha entendido mal. Caso contrário, Ren talvez não estivesse aqui neste momento.

Kishan suspirou.

– *Kelsey*.

– *Não!* É bom saber que você estaria disposto a sacrificá-lo!

O Sr. Kadam se remexeu na cadeira.

– Não teria sido uma decisão fácil para ele, Srta. Kelsey. Ensinei aos dois garotos que, embora cada indivíduo seja de grande importância, às vezes é necessário fazer sacrifícios pelo bem de todos. Se ele tivesse a oportunidade de livrar o mundo de Lokesh, sua primeira reação teria sido pôr fim à vida do tirano. O fato de ele ter se contido fala da profundidade da emoção que sentia no momento. Não faça mau juízo dele.

Kishan se inclinou para a frente, juntando os dedos, e fitou o chão.

– Eu sei quanto ele significa para você. Estou certo de que teria tomado a mesma decisão se soubesse que Lokesh estava falando de Ren e não de você.

– Tem certeza disso?

Ele ergueu os olhos para os meus e trocamos pensamentos silenciosos. Ele sabia o que eu estava perguntando. Havia mais em minha pergunta do que o Sr. Kadam e Nilima percebiam. Eu estava perguntando a Kishan se ele conscientemente deixaria o irmão morrer para se assegurar de que teria a vida que queria ter. Seria fácil para ele ocupar o lugar de Ren, caso o irmão não estivesse mais aqui. Eu estava lhe perguntando se ele era esse tipo de homem.

Kishan me estudou, pensativo, por alguns segundos e então, com absoluta sinceridade, disse:

– Eu prometo a você, Kelsey, que irei protegê-lo com a minha vida até o fim dos meus dias.

Seus olhos dourados brilharam e perfuraram os meus. Ele falava sério e eu de repente percebi que ele havia mudado. Não era o mesmo homem que eu encontrara na selva um ano antes. Perdera a atitude cínica, rabugenta e triste. Era um homem lutando por sua família, por um propósito. Ele nunca mais cometeria o mesmo erro que cometera com Yesubai. Olhando em seus olhos, eu soube que, independentemente do que acontecesse em nosso futuro, eu poderia contar com ele para qualquer coisa.

Pela primeira vez desde que o conhecera, vi o manto de um príncipe cair sobre seus ombros. Ali estava um homem que se sacrificaria pelos outros. Ali estava um homem que cumpriria seu dever. Ali estava um homem que reconhecia suas fraquezas e se esforçava para superá-las. Ali estava um homem me dizendo que eu poderia escolher outro e que ele cuidaria de nós e nos protegeria, mesmo que isso lhe partisse o coração.

– Eu... peço desculpas por duvidar de você – gaguejei. – Por favor, me perdoe.

Ele me dirigiu um sorriso triste.

– Não há nada para perdoar, *bilauta*.

– Posso continuar a história a partir daqui? – perguntei baixinho.

– Por que não? – respondeu ele.

A primeira coisa que contei a Nilima foi como usei o Fruto Dourado para deter os veículos, enchendo os tanques de gasolina com pão de ló, e as armas, obstruindo-as com cera de abelha. O problema era que isso só funcionara nas armas e nos carros que eu podia ver. Fora por isso que Lokesh conseguira escapar em seu carro e os homens que eu não podia ver ainda tinham armas que funcionavam.

Descrevi a chuva de balas duras, como Lokesh escapara e como Fanindra nos levara até Ren. Então falei sobre o encontro *comigo*. Contei a ela que havia me disfarçado como o criado baiga que estava ajudando Lokesh, provável motivo por que Ren me deu um soco na cara. Expliquei que o criado havia sido forçado a trabalhar com Lokesh e que tinha tosquiado o cabelo como sinal de arrependimento, oferecendo-o a Ren ao implorar por seu perdão.

Descrevi em grande detalhe o banquete baiga e contei a Nilima sobre as duas mulheres que foram oferecidas como esposas para os meus *filhos*. Ela revirou os olhos e se solidarizou comigo enquanto bebia seu néctar. Acrescentei que parecia que Kishan queria uma das irmãs como esposa, mas Ren havia discutido com ele.

Kishan fez cara feia.

– Eu lhe disse que não foi isso que aconteceu.

– Então o que foi que aconteceu?

Pelo canto do olho, peguei o Sr. Kadam mais uma vez sacudindo a cabeça discretamente e voltei-me rápida para ele.

– O que foi agora? O que vocês dois não querem me dizer?

O Sr. Kadam mais que depressa tentou me tranquilizar.

– Nada, Srta. Kelsey. É só que – ele fez uma pausa, pouco à vontade – foi considerado muito rude de nossa parte rejeitar as mulheres e os garotos estavam tentando demonstrar sua relutância a fim de apaziguar os líderes da tribo.

– Ah.

O Sr. Kadam e Kishan se fitaram. Kishan desviou o olhar com uma expressão de desagrado, irritação e impaciência. Olhei para Nilima, que parecia confusa. Ela observava o Sr. Kadam com atenção.

– Está acontecendo alguma coisa estranha aqui – eu disse – e me sinto muito cansada para tentar descobrir o que é, mas tudo bem. Na verdade, não ligo mesmo para as duas mulheres. O assunto já foi encerrado. Temos Ren de volta e isso é tudo que importa.

Nilima pigarreou e se levantou. Reuniu a louça e estava levando a bandeja para a cozinha, para lavá-la, quando Ren decidiu assumir a forma humana. Todos na sala se imobilizaram. Ele nos olhou, um de cada vez, e então sorriu para Nilima.

– Posso ajudá-la com isso? – perguntou educadamente.

Ela fez uma pausa e sorriu, assentindo com a cabeça. Todos nós o fitamos, em expectativa, esperando que falasse conosco, mas, em vez disso, ele ajudou Nilima a levar tudo para a cozinha em silêncio. Nós o ouvimos perguntar a ela se gostaria de ajuda com a louça. Ela disse que cuidaria disso sozinha e indicou que os outros, referindo-se a nós, provavelmente gostariam de conversar com ele um pouco. Ele entrou na sala, hesitante, e avaliou a expressão de nós três.

Então se sentou perto de Kishan e disse em voz baixa:

– Por que tenho a sensação de estar diante da Inquisição Espanhola?

– Só queremos nos assegurar de que você está realmente bem – disse o Sr. Kadam.

– Estou relativamente bem.

Suas palavras pairaram no ar e imaginei que o restante de sua frase fosse *para um homem que foi torturado durante meses.*

Eu me arrisquei:

– Ren, eu sinto... *tanto*. Não devíamos tê-lo deixado lá. Se eu soubesse naquele momento que tinha o poder do raio, poderia tê-lo salvado. Foi minha culpa.

Ren estreitou os olhos e me estudou.

– Você não teve culpa de nada, Kells – Kishan me contradisse. – Ele a empurrou para mim. Foi tudo decisão dele. Queria que você ficasse em segurança. – Ele fez um gesto de cabeça para Ren. – Diga a ela.

Ren olhou para o irmão como se este estivesse falando alguma coisa sem sentido.

– Eu não me lembro do episódio da mesma forma que você – observou ele –, mas se é o que diz...

Ren deixou que suas palavras morressem e me olhou com curiosidade, mas não de uma forma positiva. Era como se eu fosse uma criatura estranha e nova que ele encontrara na selva e ainda não se decidira se devia me devorar ou brincar me jogando de uma pata para outra. Ao me estudar abertamente, ele franziu o nariz, como se farejasse alguma coisa desagradável, e então falou com o Sr. Kadam:

– Obrigado por me salvar. Eu deveria saber que traçaria um plano para me libertar.

– Na verdade, foi a Srta. Kelsey quem teve a ideia de que eu personificasse uma divindade. Sem o Lenço Divino que ela e Kishan foram buscar, não teríamos conseguido resgatar você. Eu não tinha a menor ideia de onde encontrá-lo. Somente por meio da visão, na qual estava o criado baiga, conseguimos descobrir onde Lokesh estava mantendo você. E apenas com as armas que nos foram dadas por Durga fomos capazes de dominar os guardas.

Ren assentiu e sorriu para mim.

– Parece que tenho com você uma dívida de gratidão. Obrigado por seus esforços.

Alguma coisa estava errada. Ele não parecia o Ren que eu conhecia. Sua atitude em relação a mim era fria, distante. Kishan nem olhava para Ren.

Ficamos todos ali, sentados em silêncio. A tensão, densa, propagava-se entre nós. De repente me vi invejando Nilima, que estava na cozinha. Havia certamente um problema no ar e em nada ajudava ver os três homens ali me olhando com perguntas e preocupação nos olhos. Primeiro eu precisava falar com Ren. Depois que tivéssemos nos entendido, eu passaria para Kishan.

Ergui as sobrancelhas significativamente para o Sr. Kadam e ele enfim compreendeu minha mensagem não dita. Ele pigarreou e anunciou:

– Kishan, você se importa de me ajudar a mudar um móvel de posição no meu quarto? É pesado demais para que eu o levante sozinho.

Ren se levantou e disse:

– Eu não me importo de ajudar. Kishan pode ficar.

O Sr. Kadam sorriu.

– Por favor, sente-se e descanse um pouco mais. Kishan e eu damos conta e acredito que a Srta. Kelsey gostaria de falar com você sozinho.

– Eu acho que ainda não é seguro... – começou Kishan.

Meus olhos estavam fixos em Ren.

– Está tudo bem, Kishan. Ele não vai me machucar.

Kishan se levantou e encarou Ren, que assentiu e disse:

– Não vou machucá-la.

Kishan suspirou, me pegou com cuidado e me acomodou no sofá, perto de Ren. Antes de sair, ele avisou:

– Estarei por perto. Se precisar de mim, é só gritar. – Então voltou-se para Ren e ameaçou: – *Não* a machuque. Estarei de ouvidos atentos.

– Você *não* vai ficar ouvindo nossa conversa – eu disse.

– Vou, sim.

Fechei a cara. Kishan me olhou enquanto saíam, mas eu o ignorei. Finalmente eu estava sozinha com Ren. Tinha tantas coisas para dizer a ele... só que não sabia como agir. Seus olhos azul-cobalto me avaliavam como se eu fosse um pássaro estranho que de repente pousasse em seu braço. Esquadrinhei seu rosto bonito e então falei:

– Se não estiver muito cansado, gostaria de conversar com você um minuto.

Ele deu de ombros.

– Como quiser.

Acomodei minha perna com cuidado na almofada de modo a ficar de frente para ele.

– Eu... eu senti tanto a sua falta. – Ele ergueu uma sobrancelha. – Tenho tanta coisa para lhe dizer que não imagino nem por onde começar. Sei que está cansado e provavelmente ainda sente dor, portanto serei breve. Queria dizer que sei que você precisa de tempo para se recuperar e que entendo se preferir ficar sozinho agora. Mas estou aqui se precisar de mim.

Respirei fundo e continuei:

– Posso ser uma boa enfermeira, mesmo que você seja rabugento. Vou lhe trazer canja e biscoitos de chocolate com manteiga de amendoim. Vou ler Shakespeare ou poemas ou o que você quiser. Podemos começar com *O conde de Monte Cristo*. – Tomei sua mão entre as minhas. – Por favor, é só você me dizer do que precisa e terei prazer em providenciar.

Ele retirou a mão delicadamente e disse:

– É muita gentileza sua.

– Isso não tem nada a ver com gentileza. – Aproximei-me dele e segurei seu rosto entre as mãos. Ele respirou fundo quando eu disse: – Você é meu porto seguro. Eu te amo.

Eu não queria pressioná-lo, mas precisava dele. Tínhamos ficado separados por muito tempo e finalmente ele estava aqui e eu podia tocá-lo. Inclinei-me para a frente e o beijei. Ele ficou rígido, surpreso. Meus lábios se uniram aos seus e senti a umidade das lágrimas em meu rosto. Envolvi seu pescoço com os braços e deslizei para mais perto até estar quase sentada em seu colo.

Um de seus braços estava esticado, apoiado no sofá, atrás de nós, e sua outra mão descansava em sua coxa. Ele parecia distante. Não me abraçou nem correspondeu ao meu beijo. Beijei-lhe o rosto e enterrei o rosto em seu pescoço, inalando seu cheiro morno de sândalo.

Depois de um momento, eu me afastei e deixei os braços caírem, desajeitados, no meu colo. Sua expressão de surpresa permaneceu. Ele tocou os próprios lábios e sorriu.

– Esse, sim, é o tipo de boas-vindas que um homem gosta de receber.

Eu ri, delirante de felicidade por ele estar de volta. Livrei-me das dúvidas e preocupações, percebendo que ele provavelmente só precisava de algum tempo para voltar a se sentir uma pessoa normal antes de poder fazer parte de um relacionamento outra vez. Ele gemeu de dor e eu me afastei para lhe dar mais espaço. Ele pareceu bem mais à vontade depois disso.

– Posso lhe fazer uma pergunta? – disse ele.

Tomei sua mão nas minhas e beijei sua palma. Ele observou minha atitude, intrigado, e retirou a mão.

– Claro que pode – respondi.

Ele estendeu a mão, puxando de leve minha trança, e girou a fita entre os dedos.

– Quem é você?

28

O pior aniversário de todos os tempos

Com um patético risinho nervoso, eu o repreendi:

– Isso não tem graça, Ren. Como assim *quem sou eu*?

– Por mais que eu aprecie suas proclamações de devoção eterna, acho que você deve ter batido a cabeça ao lutar com Lokesh. Ou me confundido com outra pessoa.

– Confundido você com outra pessoa? Não mesmo. Você é Ren, não é?

– Sim. Meu nome é Ren.

– Certo. *Ren*. O cara por quem estou loucamente apaixonada.

– Como pode declarar seu amor por mim se eu nunca havia posto os olhos em você?

– Você está com febre? – perguntei, tocando sua testa. – Tem alguma coisa errada? Será que *você* bateu a cabeça?

Examinei seu crânio com os dedos, à procura de alguma protuberância. Ele retirou delicadamente minhas mãos de sua cabeça.

– Eu estou bem, hã... Kelsey, não é? Não tem nada errado com a minha cabeça e eu não estou com febre.

– Então por que não se lembra de mim?

– Provavelmente porque nunca a vi antes.

Não. Não. Não. Não. Não. Não! Isso não pode estar acontecendo!

– Nós nos conhecemos há quase um ano. Você é meu... meu namorado. Lokesh deve ter feito alguma coisa! Sr. Kadam! Kishan! – gritei.

Kishan entrou correndo na sala, como se sua cauda estivesse pegando fogo. Ele empurrou Ren, enfiando-se entre nós. Rapidamente me pegou no colo e me colocou na cadeira mais distante de Ren.

– O que foi, Kells? Ele machucou você?

– Não, não. Não foi nada disso. Ele não me conhece! Ele não se lembra de mim!

Kishan desviou os olhos, com sentimento de culpa.

– Você *sabia*! Você sabia disso e escondeu de mim?

O Sr. Kadam entrou na sala.

– Nós dois sabíamos.

– O quê? E por que não me contaram?

– Não queríamos assustá-la. Pensamos que pudesse ser apenas um problema temporário que se resolveria sozinho quando ele ficasse bom– explicou o Sr. Kadam.

Apertei o braço de Kishan.

– Então, com as mulheres baigas...

– Ele queria aceitá-las como esposas – explicou Kishan.

– É claro. Agora tudo faz sentido.

O Sr. Kadam sentou-se perto de Ren.

– Você ainda não consegue se lembrar dela?

Ren deu de ombros.

– Eu nunca tinha visto esta jovem até ela, ou Kishan, eu acho, surgir diante da minha jaula e me resgatar.

– Isso! Uma jaula. Foi numa jaula que nos vimos pela primeira vez. Lembra? Você estava no circo. Era um tigre de circo e eu desenhei você e li para você. Eu ajudei a libertá-lo.

– Lembro do circo, mas você nunca esteve lá. Lembro que eu mesmo me soltei.

– Não. Você *não podia*. Se tivesse a capacidade de se libertar, por que não teria feito isso séculos antes?

Ele franziu a testa.

– Não sei. Tudo de que me lembro é de sair da jaula, ligar para Kadam e ele ir até lá para me trazer para a Índia.

O Sr. Kadam o interrompeu.

– Você se lembra de ir ver Phet na selva? De discutir comigo sobre levar a Srta. Kelsey com você?

– Eu me lembro de discutir com você, mas não sobre ela. Eu discutia sobre ir ver Phet. Você não queria que eu perdesse meu tempo, mas eu achava que não havia outro jeito.

Perturbada e emotiva, eu disse:

– E quanto a Kishkindha? Eu estava lá com você também.

– Eu me lembro de estar sozinho.

Confusa, perguntei:

– Como pode ser? Você se lembra do Sr. Kadam? E também de Kishan? E de Nilima?

– Sim.

– Então só não reconhece a mim?

– Parece que sim.

– E quanto ao baile do dia dos namorados, a luta com Li, os biscoitos de chocolate com manteiga de amendoim, os filmes a que assistimos, a pipoca, o Oregon, as aulas na faculdade, a ida à Tillamook? Tudo isso simplesmente... desapareceu?

– Não exatamente. Eu me lembro de lutar com Li, de comer biscoitos, da Tillamook, de filmes e do Oregon, mas não me lembro de você.

– Quer dizer que você foi para o Oregon sem nenhum motivo?

– Não. Fui para cursar a faculdade.

– E o que você fazia no tempo livre? Quem estava com você?

Ele franziu a testa, como se estivesse se concentrando.

– Ninguém a princípio e depois Kishan.

– Você se lembra de lutar com Kishan?

– Sim.

– Por que estavam lutando?

– Não consigo me lembrar. Ah, espere! Biscoitos. Brigamos por causa de biscoitos.

As lágrimas afloraram aos meus olhos.

– Isso é uma piada cruel. Como uma coisa dessas pode ter acontecido?

O Sr. Kadam se levantou e deu tapinhas em minhas costas.

– Não sei. Talvez seja apenas uma perda de memória temporária.

– Acho que não – funguei, irritada. – É muito específico. É só de mim que ele não se lembra. Foi Lokesh quem fez isso.

– Suspeito que a senhorita esteja certa, mas não vamos perder as esperanças. Vamos lhe dar tempo suficiente para se recuperar de seus ferimentos antes de nos preocuparmos demais. Ele precisa descansar e podemos tentar apresentá-lo a coisas que irão lhe reativar a memória. Enquanto isso vou entrar em contato com Phet para ver se ele tem algum medicamento herbáceo que nos ajude neste caso.

Ren ergueu uma das mãos.

– Antes que vocês todos me submetam a testes, ervas e viagens pelos caminhos da memória, eu queria ter algum tempo para mim.

Com isso, ele deixou a sala. Mais lágrimas encheram meus olhos.

– Acho que eu também quero ficar um pouco sozinha – gaguejei e saí mancando.

Quando cheguei à escada, após um avanço dolorosamente lento, fiz uma pausa. Agarrei o corrimão com força, minha visão embaçada pelas lágrimas. Senti uma mão em meu ombro e me virei para enterrar o rosto molhado no peito de Kishan, soluçando. Eu sabia que não era justo procurar consolo em Kishan e chorar por seu irmão, mas não pude evitar.

Ele passou os braços sob meus joelhos e me pegou no colo. Segurando-me junto ao peito, ele me carregou escada acima. Depois de me deitar na cama, foi até o banheiro, voltou com uma caixa de lenços de papel e a colocou na mesinha de cabeceira. Kishan murmurou algumas palavras em híndi, tirou o cabelo do meu rosto, depositou um beijo em minha testa e me deixou sozinha.

No fim da tarde, Nilima veio me ver.

Eu estava sentada numa poltrona no meu quarto, agarrada ao meu tigre de pelúcia. Passara o dia chorando e dormindo. Ela me abraçou e se sentou no sofá.

– Ele não me reconhece – murmurei.

– Dê um tempo a ele. Aqui, eu trouxe um lanche para você.

– Não estou com fome.

– Você também não comeu nada no café da manhã.

Fitei-a com os olhos lacrimejantes.

– Não consigo comer.

– Tudo bem.

Ela foi até o banheiro e voltou com minha escova de cabelo.

– Vai ficar tudo bem, Srta. Kelsey. Ele está de volta e *vai* se lembrar de você.

Ela desfez a minha trança e começou a escovar meu cabelo em movimentos longos e suaves. Aquilo me confortou e me fez lembrar da minha mãe.

– Acha mesmo que ele vai?

– Acho. E mesmo que não recupere a memória, com certeza vai se apaixonar por você outra vez. Minha mãe tem um ditado que diz assim: "Um poço fundo nunca seca." Os sentimentos dele por você são profundos demais para desaparecerem completamente, mesmo numa época de estiagem como esta.

Ri em meio às lágrimas.

– Eu gostaria de conhecer sua mãe.

– Quem sabe um dia?

Ela me deixou sozinha então e, sentindo-me melhor, desci lentamente ao primeiro andar.

Kishan andava de um lado para outro na cozinha. Ele parou quando entrei e me ajudou a caminhar. Cobri com filme plástico os pratos com a comida intocada que Nilima levara para mim, colocando-os na geladeira.

– Seu tornozelo parece melhor – disse ele após uma breve inspeção.

– O Sr. Kadam me fez colocar gelo e ficar com o pé para cima o dia todo.

– Você está bem? – perguntou.

– É. Vou ficar bem. Não foi o reencontro que eu esperava, mas é melhor do que achá-lo morto.

– Vou ajudar você. Podemos trabalhar com ele juntos.

Dizer isso deve tê-lo magoado. Mas eu sabia que ele faria isso. Ele queria que eu fosse feliz e, se me ajudar a me reconcilar com Ren me fizesse feliz, ele não pouparia esforços.

– Obrigada. Agradeço muito.

Dei um passo em sua direção e quase caí. Ele me segurou e me puxou, hesitante, para os seus braços. Ele esperava que eu o empurrasse como se tornara hábito para mim ultimamente, porém, em vez disso, eu o abracei.

Ele acariciou minhas costas, suspirou e beijou-me a testa. Nesse momento Ren entrou na cozinha. Fiquei rígida enquanto ele nos olhava, esperando que reagisse ao fato de Kishan me tocar, mas ele nos ignorou completamente, pegou uma garrafa de água e saiu sem dizer palavra.

Kishan ergueu meu queixo com o dedo.

– Ele vai recuperar a memória, Kells.

– Certo.

– Quer assistir a um filme?

– Parece uma boa ideia.

– Ótimo. Mas um filme de ação. Nada daqueles seus musicais.

Eu ri.

– Ação, é? Algo me diz que você iria gostar de *Indiana Jones*.

Ele passou o braço pela minha cintura e me ajudou a andar até a sala de cinema da casa.

Só voltei a ver Ren tarde da noite. Ele estava sentado na varanda olhando a lua. Eu me detive, perguntando-me se ele não queria ficar sozinho. Então concluí que, se quisesse, era só me pedir que o deixasse.

Quando abri a porta de correr e saí do quarto, ele inclinou a cabeça, mas não se moveu.

– Incomodo? – perguntei.

– Não. Gostaria de se sentar?

– Sim.

Ele se levantou e educadamente me ajudou a me sentar diante dele. Examinei o rosto de Ren. Suas contusões haviam quase desaparecido e o cabelo fora lavado e cortado. Vestia roupas de grife casuais, mas os pés estavam descalços. Arquejei quando os vi. Ainda estavam roxos e inchados, o que significava que haviam sido terrivelmente machucados.

– O que ele fez com seus pés?

Seus olhos seguiram o meu olhar e ele deu de ombros.

– Ele os quebrou repetidamente até parecerem sacos de feijão inchados.

– Ah – eu disse, perturbada. – Posso ver suas mãos?

Ele as estendeu e eu as peguei delicadamente nas minhas, examinando-as com cuidado. A pele dourada estava intacta e os dedos, longos e retos. As unhas, que mais cedo estavam arrancadas e cheias de sangue, agora se mostravam inteiras e saudáveis. Virei-lhe as mãos e olhei a palma. Exceto por um talho na parte interna do braço que terminava no pulso, pareciam sem danos. Uma pessoa normal que tivesse tido as mãos quebradas em tantos lugares provavelmente ficaria aleijada. No mínimo, os nós dos dedos reparados estariam inchados e enrijecidos.

Traçando o talho levemente com o dedo, perguntei:

– E isto aqui?

– Isto foi de um experimento em que ele tentou drenar todo o sangue do meu corpo para ver se eu sobreviveria. A boa notícia é que sobrevivi. Mas ele ficou bastante aborrecido por ter sujado a roupa toda de sangue.

Ele tirou as mãos das minhas bruscamente e estendeu os dois braços ao longo do encosto do banco.

– Ren, eu...

Ele ergueu uma das mãos.

– Não precisa se desculpar, Kelsey. Não foi culpa sua. Kadam me explicou tudo.

– O que ele disse?

– Disse que Lokesh estava na verdade atrás de você, que queria o amuleto de Kishan que você usa agora e que, se eu não tivesse ficado para trás para lutar, ele teria apanhado nós três.

– Ah.

Ele se inclinou para a frente.

– Fico feliz que ele tenha me levado e não a você. Você teria morrido de uma forma horrível. Ninguém merece morrer assim.

– Você foi muito nobre.

Ele deu de ombros e olhou para as luminárias da piscina.

– Ren, o que ele... fez com você?

Ele se voltou para mim e baixou o olhar até meu tornozelo inchado.

– Posso?

Assenti.

Ele ergueu minha perna delicadamente e a colocou em seu colo. Tocou a contusão arroxeada de leve e enfiou uma almofada debaixo do pé.

– Sinto muito que você tenha se machucado. É uma pena que não se cure tão rápido quanto nós.

– Você está se esquivando da minha pergunta.

– Algumas coisas neste mundo não devem ser ditas. Já é ruim o bastante que uma pessoa tenha conhecimento delas.

– Mas falar ajuda.

– Quando eu me sentir pronto para falar, contarei a Kishan ou a Kadam. Eles estão calejados por batalhas. Já viram muitas coisas terríveis.

– Eu também estou calejada por batalhas.

Ele riu.

– Você? Não, você é frágil demais para ouvir as coisas por que passei.

Cruzei os braços.

– Não sou assim tão frágil.

– Me desculpe. Eu a ofendi. Frágil não é a palavra certa. Você é... pura demais, inocente demais, para ouvir essas coisas. Não vou contaminar sua mente com pensamentos sobre o que Lokesh fez.

– Mas isso pode ajudá-lo.

– Você já sacrificou o bastante por mim.

– Tudo o que você passou foi para me proteger.

– Eu não me lembro disso, mas, se pudesse lembrar, tenho certeza de que ainda me recusaria a lhe contar tudo.

– Provavelmente. Você pode ser muito teimoso.

– É. Certas coisas nunca mudam.

– Você está se sentindo bem para rever algumas lembranças?

– Podemos tentar. Por onde você quer começar?

– Por que não começamos do início?

Ele assentiu e eu lhe falei sobre a primeira vez que o vi no circo e sobre o trabalho que eu fazia com ele. Disse como ele escapou da jaula e dormiu no feno e eu me culpei por não ter trancado a porta. Contei-lhe sobre o poema do gato e sobre o desenho dele que fiz em meu diário. O estranho era que ele se lembrava do poema. Até o declamou para mim.

Quando terminei, uma hora havia se passado. Ele ouvira com atenção e, no fim, assentiu com a cabeça. Parecia muito interessado em meu diário.

– Posso lê-lo? – perguntou.

Mudei de posição, desconfortável.

– Acho que talvez ajude. Tem uns poemas seus nele e é um bom registro de quase tudo que fizemos. Talvez reavive alguma coisa na sua memória. Mas é melhor se preparar para muito sentimentalismo feminino.

Ele ergueu uma sobrancelha e eu me apressei a explicar:

– Nós não tivemos um início romântico e tranquilo. No começo eu o rejeitei, então mudei de ideia, depois o rejeitei novamente. Não foi a melhor das decisões, mas pensei que soubesse o que estava fazendo na ocasião.

Elc sorriu.

– "Em tempo algum teve um tranquilo curso o verdadeiro amor."

– Quando você leu *Sonho de uma noite de verão*?

– Não li. Estudei um livro de frases famosas de Shakespeare na escola.

– Nunca me contou isso.

– Ah, finalmente alguma coisa que eu sei e você não. – Ele suspirou. – Essa situação é muito confusa para mim. Peço desculpas se a magoo. Não é a minha intenção. O Sr. Kadam me contou que você perdeu seus pais. É verdade?

Assenti com a cabeça.

– Imagine se não conseguisse se lembrar de seus pais. Se tivesse ouvido histórias de um homem e uma mulher que se dissessem seus pais, mas que fossem estranhos para você. Eles teriam lembranças de você fazendo coisas de que você não se lembrava e teriam expectativas em relação a você. Acalentariam sonhos para o seu futuro, sonhos diferentes do que você talvez imagine para si mesma.

– Seria muito difícil. Eu provavelmente duvidaria do que estavam me dizendo.

– Exato. Principalmente se tivesse sido torturada física e mentalmente por meses a fio.

– Entendi.

Eu me levantei, meu coração se partia mais uma vez. Ren tocou minha mão quando passei.

– Não é minha intenção ferir seus sentimentos. Posso imaginar muitas coisas piores do que me dizerem que tenho uma namorada doce e gentil da qual não consigo me lembrar. Só preciso de tempo para me acostumar à ideia.

– Ren? Você acha... quer dizer, existe alguma possibilidade... será que você pode aprender... a me *amar* novamente?

Ele me olhou pensativo por um instante e disse:

– Eu vou tentar.

Assenti, em silêncio. Ele soltou minha mão e eu me fechei em meu quarto.

Ele vai tentar.

Uma semana se passou com pouca ou nenhuma melhora. Ele não conseguia se lembrar de nada a meu respeito, apesar dos esforços de Kishan, do Sr. Kadam e de Nilima. Começou a perder a paciência com todos, exceto com Nilima, com quem ele gostava de ficar. Imaginei que ela o importunasse menos com aquela história. Ela não me conhecia tão bem quanto os outros e falava de coisas de que ambos se lembravam.

Fiz todos os pratos de que ele gostava no Oregon, inclusive meus biscoitos de chocolate com manteiga de amendoim. Na primeira vez que os comeu ele pareceu gostar, mas depois expliquei o significado daqueles biscoitos e, na segunda vez, ele demonstrou menos entusiasmo. Não queria que eu ficasse decepcionada pelo fato de ele comer e isso não estimular sua memória. Kishan aproveitou sua relutância e acabava sozinho com cada fornada que eu assava. Parei de cozinhar logo depois disso.

Uma noite desci para jantar e deparei com todos me olhando, ansiosos, na sala de jantar, que estava enfeitada com bandeirolas cor de pêssego e marfim. Um grande bolo de várias camadas descansava no centro de uma mesa lindamente decorada.

– Feliz aniversário, Srta. Kelsey! – exclamou o Sr. Kadam.

– É meu aniversário? Esqueci completamente!

– Quantos anos está fazendo, Kells? – perguntou Kishan.

– Hã... 19.

– Ah, ela ainda é um bebê, hein, Ren?

Ren assentiu e sorriu educadamente.

Kishan me deu um abraço.

– Fique sentada aqui enquanto vou pegar os presentes.

Kishan me ajudou a me sentar e então saiu para buscar os presentes. O Sr. Kadam havia usado o Fruto Dourado para me oferecer meu prato favorito: cheeseburger, batatas fritas e um milkshake de chocolate. Cada um pôde escolher seus pratos favoritos também e todos rimos e comentamos a escolha dos outros. Era a primeira vez que eu ria em muito tempo.

Depois que terminamos o jantar, Kishan anunciou que era hora da entrega dos presentes. Abri o pacote de Nilima primeiro. Era um frasco de perfume francês muito caro, que fiz passar de mão em mão.

Kishan cheirou e resmungou:

– O perfume natural dela é muito melhor.

Quando o frasco chegou a Ren, ele sorriu para Nilima e disse:

– Eu gosto.

O sorriso fácil desapareceu do meu rosto.

Em seguida, foi a vez do presente do Sr. Kadam. Ele deslizou um envelope sobre a mesa e piscou para mim quando enfiei o dedo sob a aba para abri-lo. Dentro havia a foto de um carro.

Eu a ergui.

– O que é isto?

– É um carro novo.

– Não preciso de um carro novo. Tenho o Porsche em casa.

Ele sacudiu a cabeça com tristeza.

– Não tem mais. Eu o vendi, assim como a casa, através de outra organização. Lokesh sabia dela e poderia rastreá-la até nós, então achei melhor não deixar vestígios.

Agitei a foto no ar e sorri.

– E que tipo de carro o senhor decidiu que eu preciso desta vez?

– Nada de mais, de verdade. Só um veículo para levá-la daqui para ali.

– Qual é o carro?

– Um McLaren SLR 722 Roadster.

– É muito grande?

– É um conversível.

– Cabe um tigre nele?

– Não. Só tem lugar para dois, mas os garotos agora são humanos pela metade do dia.

– Custa mais de 30 mil dólares?

Ele se remexeu e tentou se esquivar:

– Sim, mas...

– Quanto mais?

– Muito mais.

– Muito *quanto*?

– Uns 400 mil a mais.

Meu queixo caiu.

– Sr. Kadam!

– Srta. Kelsey, eu sei que é uma extravagância, mas quando o dirigir verá que vale cada centavo.

Cruzei as mãos diante do peito.

– Não vou dirigi-lo.

Ele pareceu ofendido.

– Aquele carro foi *feito* para ser dirigido.

– Então que o senhor o dirija. Eu fico com o Jeep.

Ele pareceu tentado.

– Se isso a deixa feliz, podemos partilhá-lo.

Kishan bateu palmas.

– Mal posso esperar.

O Sr. Kadam sacudiu o dedo em sua direção.

– Ah, não! Você não. Vamos comprar para você um belo sedã. *Usado*.

– Eu sou um bom motorista! – protestou Kishan.

– Precisa praticar mais.

Eu os interrompi, rindo.

– Está bem. Quando o carro chegar, falaremos mais sobre ele.

– O carro já está aqui, Srta. Kelsey. Está lá na garagem. Talvez possamos dar uma volta mais tarde.

Seus olhos brilhavam de entusiasmo.

– Está bem, somente o senhor e eu. Obrigada pelo meu presente extraordinário e maravilhosamente extravagante.

Ele assentiu, feliz.

– Muito bem. – Eu sorria. – Estou pronta para o próximo presente.

– Abra o meu – disse Kishan.

Ele me entregou uma grande caixa branca amarrada com uma fita azul de veludo. Eu a abri, tirei o delicado papel e toquei um tecido azul sedoso. Eu me levantei e tirei o macio presente da caixa.

– Ah, Kishan! É lindo!

– Mandei fazer igual ao vestido que você usou no Bosque dos Sonhos. Obviamente o Lenço não pôde copiar as flores de verdade entremeadas no tecido e em vez disso incluiu flores bordadas.

Delicadas flores azuis com caules e folhas de um verde suave corriam ao longo da bainha e pela lateral até a cintura, e então continuavam do outro lado até o ombro. Fadas aladas púrpura e laranja empoleiravam-se nas folhas.

– Obrigada! Eu adorei!

Eu o abracei e lhe dei um beijo no rosto. Seus olhos dourados cintilaram de prazer.

– Obrigada a todos!

– Hã... ainda tem o meu presente. Mas certamente não é tão interessante quanto esses outros.

Ren empurrou um presente embrulhado às pressas em minha direção e não viu meu sorriso tímido, pois olhou para as próprias mãos.

O pacote continha algo mole e macio.

– O que será? Deixe-me adivinhar. Um gorro e luvas? Não, eu não precisaria disso aqui na Índia. Ah, já sei, um lenço de seda!

– Abra para que possamos ver – disse Nilima.

Rasguei o papel de presente e pisquei algumas vezes.

O Sr. Kadam se inclinou para a frente.

– O que foi, Srta. Kelsey?

Uma lágrima rolou pelo meu rosto e rapidamente a enxuguei com o dorso da mão e sorri.

– É um par de meias muito lindo.

Voltei-me pare Ren.

– Obrigada. Você devia saber que eu estava precisando.

Ren assentiu e empurrou o resto de comida de um lado para outro no prato. Nilima pressentiu que havia alguma coisa errada, apertou meu braço e disse:

– Quem quer bolo?

Abri um sorriso luminoso, tentando aliviar a atmosfera.

Nilima cortou o bolo enquanto o Sr. Kadam adicionava bolas gigantes de sorvete a cada prato. Agradeci aos dois e comi um pedaço de bolo.

– É de pêssego! Nunca tinha comido bolo de pêssego. Quem o fez? O Fruto Dourado?

O Sr. Kadam estava ocupado servindo mais uma bola perfeita de sorvete.

– Na verdade, Nilima e eu que fizemos – disse ele.

– O sorvete – eu sorri – é de pêssego e creme também?

O Sr. Kadam riu.

– É. Na verdade, é da fábrica que você adora. Tillamook, se não estou enganado.

Comi outro pedaço do bolo.

– Bem que reconheci o sabor. É minha marca de sorvete favorita. Obrigada por pensar em mim.

O Sr. Kadam sentou-se para saborear seu pedaço e disse:

– Ah, bem, não foi ideia minha. Isso está planejado há muito... – Suas palavras morreram quando ele percebeu seu erro. Então tossiu, constrangido, e gaguejou: – Bem, basta dizer que não foi ideia minha.

– *Ah*.

Ele prosseguiu, pouco à vontade, tentando me distrair de chegar à conclusão de que meu antigo Ren havia planejado uma festa de aniversário de pêssegos e creme para mim com meses de antecedência. O Sr. Kadam começou a me falar sobre o pêssego como símbolo de vida longa na China e representação de boa sorte.

Eu me desliguei do que ele dizia. O bolo de repente ficou preso na minha garganta. Bebi um pouco de água para fazê-lo descer.

Ren empurrava o sorvete de pêssego pelo prato.

– Ainda temos aquele sorvete de chocolate com manteiga de amendoim? Não sou muito fã de pêssego com creme.

Levantei a cabeça e o olhei com choque e decepção. Ouvi o Sr. Kadam lhe dizer que estava no freezer. Ren empurrou a sobremesa de pêssego para o lado e saiu da sala. Eu fiquei ali sentada, imóvel, o garfo a meio caminho da boca.

Esperei. Logo senti a onda avassaladora de dor me arrastar. No meio do que deveria ser o céu, cercada pelas pessoas que eu amava, celebrando o dia do meu nascimento, eu vivia meu próprio inferno. Meus olhos se encheram de lágrimas. Pedi licença, me levantei e saí rapidamente. Kishan também ficou de pé, confuso.

Tentando inutilmente infundir entusiasmo na voz, perguntei ao Sr. Kadam se podíamos dar a volta de carro no dia seguinte.

– É claro – disse ele baixinho.

Subindo a escada, ouvi Kishan ameaçar Ren. Desconfiado, ele perguntou:

– O que foi que você fez?

– Eu não sei – foi a resposta sussurrada de Ren.

EPÍLOGO

Desprezada

No dia seguinte acordei determinada a tentar fazer o melhor com o que tinha. Não era culpa de Ren. Ele não sabia o que fazia nem por que doía tanto em mim. Ele não se lembrava do que dissera sobre meias nem de qual era o meu cheiro nem de escolher pêssegos e creme em lugar de chocolate com manteiga de amendoim. *É só uma porcaria de sorvete! Quem se importa?*

Ninguém se lembrava dessas coisas. A não ser eu. Saí para dar uma volta no luxuoso conversível com o Sr. Kadam e tentei me sentir feliz enquanto ele discorria sobre as características do automóvel. Eu fingia participar, mas por dentro me sentia entorpecida. Estava desesperada. Tinha a sensação de estar interagindo com um dublê de Ren. Ele parecia o meu Ren e até podia falar como ele, mas faltava a centelha. Alguma coisa estava fora do lugar.

Eu havia planejado me exercitar com Kishan quando chegasse em casa, portanto troquei de roupa e atravessei a lavanderia, descendo a escada até o *dojo*. Parei quando ouvi vozes discutindo. Não era minha intenção ficar escutando, mas ouvi meu nome e não consegui sair dali.

– Você a está magoando – disse Kishan.

– Acha que não sei disso? Eu não quero magoá-la, mas não vou ser coagido a sentir algo que não sinto.

– Você não pode pelo menos tentar?

– É o que venho fazendo.

– Já vi você dar mais atenção a uma bola de sorvete do que a ela.

Ren soltou um suspiro exasperado.

– Olhe, tem alguma coisa... perturbadora nela.

– Como assim?

– Na verdade, não sei descrever. É só que, quando estou perto dela... mal posso esperar para me afastar. É um alívio quando ela não está presente.

– Como pode dizer isso? Você a *amava*! Era mais apaixonado por ela do que já foi por qualquer coisa em toda a sua vida!

Ren falou com calma.

– Não consigo me imaginar sentindo isso por ela. Ela é legal e bonitinha, mas é um pouquinho nova demais. Pena que não era por Nilima que eu estava apaixonado.

Kishan respondeu indignado.

– *Nilima!* Ela é como uma irmã para nós! Você nunca demonstrou nenhum sentimento especial por ela!

– É mais fácil ficar na companhia dela – Ren replicou baixinho. – Ela não me olha com aqueles olhos castanhos enormes cheios de mágoa.

Os dois irmãos ficaram em silêncio por um minuto. Eu havia mordido o lábio com força e senti o gosto de sangue, mas a dor não me afetava.

– *Kelsey* é tudo que um homem pode desejar – Kishan falou com intensidade. – Ela é perfeita para você. Ela ama poesia e fica feliz ouvindo-o cantar e tocar seu violão por horas a fio. Esperou meses para que você fosse atrás dela e arriscou a vida repetidamente para salvar esse seu pelo branco sarnento. Ela é doce, amorosa, afetuosa e linda, e o faria imensamente feliz.

Fez-se uma pausa. Então ouvi Ren dizer, incrédulo:

– Você está apaixonado por ela.

Kishan não respondeu de imediato, mas, quando falou, sua voz era praticamente um sussurro e quase não pude ouvi-lo.

– Nenhum homem em seu juízo perfeito não estaria, o que prova que você não está em seu juízo perfeito.

– Talvez eu me sentisse grato a ela e tenha permitido que ela acreditasse que a amava – disse Ren, pensativo –, mas não sinto isso por ela agora.

– Acredite em mim. Não era gratidão o que você sentia por ela. Você se consumiu por ela durante meses. Andou de um lado para outro em seu quarto até fazer um buraco no tapete. Escreveu milhares de poemas de amor descrevendo a beleza dela e quanto você se sentia infeliz depois que ela se foi. Se não acredita em mim, vá até seu quarto e leia você mesmo.

– Já li.

– Então qual é o seu problema? Eu nunca o vi mais feliz em sua porcaria de vida do que quando estava com ela. Você a amava e era verdadeiro.

– Eu não sei! Talvez o fato de ser torturado repetidamente tenha causado isso. Talvez Lokesh tenha plantado alguma coisa no meu cérebro que a destruiu para sempre em minha memória. Quando ouço seu nome ou sua voz, eu me encolho. Fico na expectativa de sentir dor. Eu não quero isso. Não é justo com nenhum de nós. Ela não merece que mintam para ela. Mesmo que eu pudesse aprender a amá-la, a tortura ainda estaria lá, no fundo da minha mente. Todas as vezes que olho para ela, vejo Lokesh me interrogando, sempre me interrogando. Me machucando por causa de uma garota que eu não conhecia. Não posso fazer isso, Kishan.

– Então... você não a merece.

Houve uma longa pausa.

– Não, acho que não.

Mordi minha mão para reprimir um soluço e arquejei. Eles me ouviram.

– Kells? – chamou Kishan.

Subi os degraus correndo.

– Kells! Espere!

Ouvi Kishan me seguindo e subi a escada o mais rápido que pude. Eu sabia que, se não corresse, um deles me alcançaria. Batendo a porta da lavanderia ao passar, disparei pelo outro lance de escada, entrei no meu banheiro e fechei a porta. Rastejei para dentro da banheira vazia e puxei os joelhos até o queixo. Uma variedade de batidas soou na porta – algumas gentis, algumas insistentes e ásperas, outras que mal se ouviam. Todos pareceram se revezar. Até mesmo Ren. Por fim, eles me deixaram em paz.

Levei a mão ao peito. O elo entre nós havia se quebrado. O lindo buquê de lírios-tigres que eu havia cultivado com todo o cuidado desde a ausência de Ren secou. Meu coração estava devastado por uma seca impiedosa. Uma a uma, as pétalas macias e perfumadas murcharam e caíram.

Por mais que eu as adulasse, podasse, regasse ou cortasse, nada conseguiria salvá-las. Era inverno. Os caules enfraqueceram. As flores se consumiram. Pétalas velhas, ressecadas, foram esmagadas até se tornarem pó e então foram levadas por um vento forte. Tudo que restou foram alguns tocos marrons – uma triste lembrança de um arranjo que já fora precioso e inestimável.

Mais tarde naquela noite, saí do meu quarto, calcei meus tênis e peguei as chaves do meu carro novo. Sem que me vissem, deixei a casa em silêncio e escorreguei para o assento de couro macio. Disparando pela estrada com a capota baixada, segui até chegar a um mirante no topo de uma colina que dava para o vale amplo e arborizado lá embaixo. Reclinando o assento, me recostei, olhei as estrelas e pensei nas constelações.

Meu pai uma vez me falara sobre a Estrela do Norte. Ele tinha dito que os marinheiros podiam sempre contar com ela, que ela nunca falhava. Estava sempre lá, sempre digna de confiança. *Qual era mesmo o outro nome por que era conhecida? Ah, Polaris.* Procurei a Ursa Maior, mas não consegui encontrá-la. Lembrei-me de papai explicando que ela só era visível no hemisfério norte. Ele dizia que não havia nenhuma constelação como ela no hemisfério sul. Tratava-se de um fenômeno celestial único.

Ren certa vez dissera que era tão constante quanto a Estrela do Norte. Ele havia sido minha Polaris. Agora eu não tinha um centro. Nenhum guia. Senti o desespero, sorrateiro, ir tomando conta de mim novamente. Então uma voz minúscula dentro de mim, com um humor sarcástico semelhante ao da minha mãe, me lembrou: *Só porque você não pode ver a estrela, não significa que ela não esteja lá. Talvez esteja oculta da visão por um tempo, mas pode ter certeza de que ela ainda brilha em algum lugar.*

Talvez algum dia eu encontrasse aquela centelha novamente. Talvez eu desperdiçasse minha vida à sua procura. Eu estava à deriva num oceano de solidão. Um marinheiro sem uma estrela para seguir. Será que eu poderia ser feliz sem ele? Eu não queria nem considerar essa possibilidade.

Eu já tinha vivido a perda. Meus pais haviam partido. Ren... se fora. Mas *eu* ainda estava ali. Ainda tinha coisas a realizar. Tinha um trabalho a fazer. Eu já havia conseguido uma vez e podia conseguir de novo. Atravessaria a dor e seguiria com a vida. Se eu pudesse encontrar o amor ao lado de alguém no caminho, que fosse. Se não pudesse, então faria o melhor possível para ser feliz sozinha. Eu tinha sofrido sem Ren antes e sofreria outra vez agora, mas sobreviveria.

Não tenho como negar que o amei e ainda o amo, refleti, *mas existem muitas razões para ser feliz. O Mestre do Oceano afirmou que o propósito da vida é ser feliz. A Divina Tecelã me disse que não me deixasse abater quando o padrão não parecesse adequado. Ela disse que eu deveria esperar, observar e ser paciente e dedicada.*

Os fios da trama da minha vida estão todos misturados e embolados. Não sei se um dia vou conseguir desembaraçá-los. Neste momento o tecido da minha existência está muito mal-ajambrado. A única coisa que posso fazer é me agarrar à fé, acreditando que um dia verei a luz daquela estrela brilhante novamente.

Uma vez eu disse a Ren que nossa história não tinha acabado.

E não acabou.

Ainda não.

AGRADECIMENTOS

Como sempre, gostaria de agradecer a meu grupo inicial de leitores. Minha família – Kathy, Bill, Wendy, Jerry, Heidi, Linda, Shara, Tonnie, Megan, Jared e Suki. E os amigos – Rachelle, Cindy, Josh, Nancy, Heidi Jo, Alyssa e Linda.

Meus calorosos agradecimentos à minha editora/consultora/conselheira na Índia, Sudha Seshadri, que também se tornou minha amiga e ama meus tigres tanto quanto eu.

Sou eternamente grata a meu marido, que lê fielmente cada capítulo em voz alta à medida que eu os escrevo. Sem suas intervenções na pontuação, ninguém mais compreenderia o texto. Ele é meu maior fã e meu maior crítico.

Um obrigada especial a meu irmão Jared e sua mulher, Suki, que pacientemente descreveram, e até demonstraram, todos os movimentos de artes marciais, de modo que eu pudesse descrever melhor as cenas de luta.

Também quero expressar meu apreço por Tsultrim Dorjee, assistente no Escritório de Sua Santidade Dalai-Lama, por me permitir usar citações dos Dalai-Lamas.

Obrigada à minha primeira equipe de editores na Booksurge, Rhadamanthus e Gail Cato, pelo trabalho árduo, e meu sincero reconhecimento a todos na Booksurge, pois, sem o seu trabalho, meus tigres jamais teriam chegado ao livro impresso.

Agradecimentos muito cordiais a meu agente, Alex, por seus esforços em meu favor. Seus conhecimentos foram extremamente necessários e muito apreciados.

Um imenso obrigada e os mais calorosos votos à Equipe do Tigre na Sterling, especialmente Judi Powers, e uma salva de palmas para minhas maravilhosas editoras e amigas Cindy Loh e Mary Hern, que tornaram este livro o melhor possível.

Finalmente, obrigada a todos os meus fãs que leem e releem incansavelmente, obcecados ao ponto de suas mães terem que esconder o livro de vocês. Vocês sabem quem são. São todos loucos e maravilhosos! Obrigada por todos os e-mails carinhosos e pelas cartas de apoio e estímulo.

LEIA UM TRECHO DE *A VIAGEM DO TIGRE*, PRÓXIMO VOLUME DA SÉRIE

1

A vida sem amor

Será que ele vai mesmo fazer isto?

Fiquei olhando fixamente para Ren, para ver se encontrava algum indício de emoção.

Um minuto inteiro se passou. No segundo em que ele tomou a decisão, eu já sabia qual era.

Ren estendeu a mão para fazer sua jogada.

– Ganhei. – Ele sorriu ao tirar o peão de Kishan do tabuleiro e colocar o dele na casa de chegada. Então recostou-se na cadeira, cruzou os braços sobre o peito e se vangloriou: – Eu disse a você. Nunca perco uma partida de ludo.

Fazia mais de um mês que tínhamos resgatado Ren das torturas e da prisão no acampamento baiga de Lokesh e três semanas desde a minha trágica festa de aniversário... e a vida era um purgatório. Apesar de eu ter dado a ele o meu diário e de ter usado toda a farinha de trigo disponível para fazer os famosos biscoitos da minha mãe – de chocolate com manteiga de amendoim –, Ren infelizmente não se lembrava de mim. Algo acontecera a ele enquanto estava nas mãos de Lokesh. Agora tínhamos nos reencontrado, mas não estávamos mais juntos.

Mesmo assim eu me recusava a perder a esperança de que um milagre pudesse fazer com que ele recuperasse o nosso passado e continuava determinada a libertá-lo. Ainda que Ren jamais voltasse a ser meu, eu tinha assumido o compromisso de procurar os outros dois presentes a fim de completar a profecia da deusa Durga e quebrar a maldição do tigre, para que os dois príncipes fossem pessoas normais outra vez. O mínimo que eu podia fazer pelo homem que eu amava era não decepcioná-lo.

Cada dia que eu passava perto de Ren sem estar *com* ele era mais difícil do que o anterior. O Sr. Kadam fazia o que podia para me distrair e o irmão de Ren, Kishan, respeitava meus sentimentos e não saía do meu lado, como um amigo, sempre me apoiando, apesar de cada olhar e cada toque deixarem bem claro que ele ainda estava interessado em algo mais.

Nem Ren nem eu sabíamos como agir quando estávamos perto um do outro. Nós quatro parecíamos estar pisando em ovos, à espera de que alguma coisa, qualquer coisa, acontecesse. Apenas Nilima, a tatatatatatataraneta do Sr. Kadam, fazia com que continuássemos respirando, comendo e mantendo a mente sã.

Numa noite especialmente chorosa, encontrei o Sr. Kadam na sala do pavão. Ele estava lendo um livro à luz suave de um abajur. Sentei-me ao lado dele, apoiei a cabeça sobre seus joelhos e chorei baixinho. Ele afagou minhas costas e cantarolou uma canção de ninar indiana. Acabei me acalmando e compartilhei meus temores. Disse a ele que estava preocupada achando que meu relacionamento com Ren fosse irrecuperável e perguntei se um coração partido realmente poderia ser curado.

– Acho que já sabe a resposta, Srta. Kelsey. O seu coração estava pleno e feliz antes, quando estava com Ren?

– Sim.

– Seu coração não estava machucado demais para amar Ren por causa da morte de seus pais?

– Não. Mas esses são dois tipos diferentes de amor.

– São diferentes em alguns aspectos, mas iguais em outros. A sua capacidade de amar não diminui. Você ainda ama seus pais, não ama?

– Claro que sim.

– Então imagino que o que a senhorita esteja sentindo não se deve a uma ferida nem à diminuição do tamanho do seu coração, mas sim à ausência da pessoa amada.

Olhei para o sábio empresário indiano e suspirei.

– É bem triste sentir a ausência de quem amo quando ele está no mesmo lugar que eu.

– É mesmo – admitiu o Sr. Kadam. – Talvez o melhor seja não fazer nada.

– Quer dizer que devo desistir dele?

Ele deu tapinhas no meu braço, refletiu por um momento e contou uma história:

– Uma vez um dos meus filhos pegou um passarinho com a asa machucada. Passou a cuidar dele e tornou-o seu bichinho de estimação. Um dia trouxe o passarinho até mim. Estava morto. Ele explicou que o bichinho tinha se curado e batido as asas. Mas meu filho entrou em pânico e o agarrou antes que ele voasse para longe. Segurou com tanta força que o sufocou. O passarinho poderia ter escolhido ficar com meu filho ou ir embora voando. Qualquer uma dessas duas opções teria levado a uma conclusão mais feliz. Se o passarinho houvesse partido, meu filho ficaria triste, mas iria se lembrar dele com um sorriso. Em vez disso, sentiu-se arrasado com a morte do bicho de estimação e teve muita dificuldade para se recuperar da experiência.

– Então o senhor está *mesmo* dizendo que devo abrir mão de Ren?

– Estou dizendo que a senhorita vai ficar mais feliz se *ele* estiver feliz.

– Com toda a certeza não quero sufocar Ren. – Suspirei e me sentei sobre as pernas. – Também não quero evitá-lo. Gosto de estar perto dele e evitá-lo complicaria nossa busca pelos presentes de Durga.

– Posso sugerir que tente ser amiga dele?

– Ele sempre foi meu amigo. Talvez, se eu conseguisse recuperar essa parte dele, não iria me sentir como se tivesse perdido tudo.

– Acho que está certa.

Ser amiga de Ren? Fiquei pensando naquilo enquanto soltava a fita que prendia minha trança e subia a escada para ir dormir. *Bom, alguma coisa é melhor que nada e neste momento tudo que eu tenho é um monte de nada.*

No dia seguinte o Sr. Kadam e Nilima prepararam um brunch. Quando desci eles já não estavam por lá, mas encontrei Ren na cozinha, enchendo um prato de frutas e pães doces. A cada dia que passava ele se parecia mais com o velho Ren. Estava ganhando corpo e o cabelo escuro readquiria o brilho. Os lindos olhos azuis me observaram com expressão preocupada quando peguei um prato.

Ao me aproximar da travessa de morangos, esbarrei nele com o quadril e ele ficou paralisado.

– Você pode chegar mais para lá, por favor? Quero pegar um desses pães recheados antes que Kishan apareça.

Ren despertou de seu transe.

– Claro. Desculpe.

Ele pôs o prato na mesa e eu me sentei na sua frente. Ficou me observando enquanto tirava bem devagar o papel de um muffin. Corei um pouco, ciente de sua atenção.

– Está tudo bem? – perguntou, hesitante. – Ouvi você chorar ontem à noite.

– Estou bem.

Ele bufou e começou a comer, mas não tirou os olhos de mim. Quando estava quase terminando, desviou o olhar.

– Tem *certeza*? Sinto muito se a deixei chateada... de novo. É só que eu não me lembro...

Ergui a mão e fiz com que ele parasse imediatamente.

– Você sente o que sente, Ren.

– Mesmo assim, peço desculpas por magoar você – disse ele baixinho.

Espetei um pedaço de melão com o garfo. Apesar de tentar parecer despreocupada, estava com dificuldade de seguir o conselho do Sr. Kadam. Meus olhos ardiam.

– Por qual das vezes? Quando disse no meu aniversário que eu não sou bonita? Que não suporta ficar no mesmo lugar que eu? Que acha Nilima linda? Ou...

– Certo. Já entendi.

– Que bom, porque eu gostaria de parar de falar sobre isso.

Depois de um instante, ele continuou:

– Na verdade, eu não disse que você não é bonita. Eu só disse que você é nova.

–Nilima também é, pelos *seus* padrões. Você tem mais de 300 anos!

– É verdade.

Ele deu um sorriso torto, na tentativa de me alegrar.

– Tecnicamente, você deveria namorar uma senhora de idade muito avançada.

Um sorrisinho minúsculo passou pelos meus lábios.

Ele fez uma careta.

– Também quero que saiba que é muito fácil ficar perto de você e gostar de você. Eu nunca tinha tido esta reação com ninguém. Eu me dou bem com a maior parte das pessoas. Não há razão para que eu sinta necessidade de fugir quando você se aproxima.

– A não ser a pressão para que recupere a memória...

– Não, não é a pressão. É... outra coisa. Mas resolvi ignorar.

– Você consegue fazer isso?

– Claro. Quanto mais tempo passo perto de você, mais intensa é a reação. O difícil não é falar com você, é a proximidade. Nós devíamos tentar conversar pelo telefone para ver se faz diferença. Vou me esforçar para criar imunidade.

– Entendi. Então seu objetivo é adquirir tolerância a mim. – Suspirei. – Tudo bem.

– Vou continuar tentando, Kelsey.

– Não se esforce demais, porque não faz mais diferença. Resolvi ser só sua amiga.

Ele se inclinou para a frente e disse em tom conspiratório:

– Mas você não continua... apaixonada por mim?

Eu também me inclinei para a frente.

– Não quero mais falar sobre esse assunto.

Ren cruzou os braços por cima do peito.

– Por que não?

– Porque Lois Lane nunca sufocou o Super-Homem.

– Do que você está falando?

– Vamos ter que assistir ao filme. O importante é que não quero prender você. Então, se quiser ficar com Nilima, vá em frente.

– Espere um minuto! Você vai me dispensar assim?

– Algum problema?

– Problema nenhum. É só que andei lendo o seu diário e, para uma garota que supostamente é louca por mim, você está desistindo bem rápido.

– Eu não estou *desistindo* de nada. Não tem nada entre nós para que eu desista.

Ele ficou me encarando enquanto eu espetava outro pedaço de fruta. Esfregando o queixo, perguntou:

– Então, você quer ser minha amiga.

– Quero. Sem pressão, sem lágrimas, sem lembretes constantes de coisas de que você se esqueceu, sem nada. Vamos apenas recomeçar. Do zero. Vamos aprender a ser amigos e a nos dar bem apesar de sua vontade de sair correndo. O que me diz? – Eu limpei a mão num guardanapo e a estendi. – Temos um acordo?

Ren refletiu, sorriu e apertou a minha mão. Sacudi a dele para cima e para baixo.

– O que estão combinando? – perguntou Kishan ao interromper a conversa mais longa que Ren e eu tivéramos desde antes de ele ter sido capturado.

– Kelsey acabou de concordar em demonstrar para mim seu poder de emitir raios – Ren mentiu com desenvoltura. – Quero muito ver como é soltar fogo pelas mãos.

Olhei-o com a sobrancelha erguida. Ele sorriu e deu uma piscadela, então se levantou e levou nossos pratos para a pia. Os olhos dourados de Kishan me fitaram desconfiados, mas ele se sentou e pegou a metade que tinha sobrado do meu pão recheado. Dei um tapa de brincadeira na mão dele e peguei um pano de prato para ajudar Ren. Quando terminamos, ele roubou o pano de mim e bateu de leve com ele na minha coxa. Eu dei risada, contente com a nossa nova interação, e, quando me virei, deparei com Kishan olhando para nós com a testa franzida.

Ren colocou o braço de leve por cima dos meus ombros e aproximou a cabeça do meu ouvido:

– "Aquele Cássio tem um aspecto magro e faminto. Ele pensa demais; homens assim são perigosos." É melhor ficar de olho nele, Kelsey.

Eu ri, feliz por ele se lembrar de Shakespeare, apesar de não se lembrar de mim.

– Não se preocupe com Kishan, César. Ele late mais do que morde.

– Ele anda mordendo você?

– Não ultimamente.

– Hum. Vou ficar de olho – disse Ren e saiu da cozinha.

– Que história foi essa? – quis saber Kishan, grunhindo, e eu tive um vislumbre do tigre negro e feroz que se escondia por trás de seu olhar.

– Ele está comemorando a emancipação.

– Como assim?

– Eu disse a ele que gostaria que nós fôssemos amigos.

Kishan fez uma pausa.

– É isso que *você* quer?

– O que *eu* quero é irrelevante. Ser meu amigo é algo que ele é capaz de fazer. Ser meu namorado não está em cogitação neste momento.

Felizmente Kishan se manteve em silêncio. Dava para ver que ele queria se oferecer como substituto, tanto a sério quanto por brincadeira, mas mordeu a língua. Por ter agido assim, dei-lhe um beijo no rosto ao sair.

Com o gelo finalmente quebrado entre mim e Ren, todos pudemos seguir em frente e logo caímos numa rotina. Eu falava com os meus pais adotivos, Mike e Sarah, toda semana. Não dizia quase nada a eles além de que eu estava bem e ocupadíssima como assistente do Sr. Kadam. Garanti que iria terminar meu primeiro ano na Western Oregon à distância e informei que passaria as férias de verão fazendo um estágio na Índia.

Eu treinava artes marciais com Kishan bem cedo, depois tomava café da manhã com Ren e ajudava o Sr. Kadam a pesquisar a terceira parte da profecia de Durga à tarde. À noite, o Sr. Kadam e eu preparávamos o jantar juntos, menos quando ele queria fazer curry. Nessas noites eu providenciava um jantar só para mim, usando o Fruto Dourado.

Depois do jantar, a gente jogava, assistia a filmes e às vezes lia na sala do pavão. Kishan só ficava na biblioteca quando eu contava uma história, enrolando-se aos meus pés na forma de tigre negro. Começamos a ler todos juntos *Sonhos de uma noite de verão*. O Sr. Kadam comprou vários exemplares para que cada um pudesse ler um papel. Eu gostava de poder compartilhar aqueles momentos com Ren.

O Sr. Kadam estava certo, como sempre. Ren parecia mesmo feliz. Todo mundo reagia bem ao humor melhorado dele, inclusive Kishan que, de algum modo, passara de irmão mais novo melancólico e ressentido a um homem cheio de autoconfiança. Kishan mantinha distância, mas seus olhos dourados sedutores faziam meu rosto corar.

Às vezes, à noite, eu encontrava Ren na sala de música tocando violão. Ele dedilhava canções e dava risada quando eu pedia "My Favorite Things" de *A noviça rebelde*. Numa dessas noites, Ren tocou a música que tinha composto para mim. Fiquei olhando para ele, atenta, na esperança de que alguma lembrança pudesse ser despertada. Ele ia tocando as notas com suavidade, profundamente concentrado. Mas sempre empacava e precisou recomeçar várias vezes.

Quando percebeu que eu estava olhando, deixou as mãos caírem e deu um sorriso tímido.

– Desculpe. Parece que não consigo me lembrar desta. Você tem algum pedido para esta noite?

– Não – respondi secamente e me levantei.

Ren pegou minha mão mas logo a largou.

– O que foi? Você está triste. Mais do que o normal.

– Essa música... ela é...

– Ah, a música? Você já tinha escutado?

– Não – menti e dei um sorriso triste. – Ela é... linda.

Apertei a mão dele e me afastei aos tropeços antes que ele pudesse fazer mais perguntas. Enxuguei uma lágrima enquanto subia a escada. Ainda pude escutar quando ele tentou tocar a música de novo, procurando descobrir o lugar de cada nota.

Numa outra noite eu estava relaxando na varanda, sentindo o cheiro do jasmim e olhando as estrelas, quando ouvi Kishan e Ren conversando.

– Você mudou – Ren disse ao irmão. – Não é mais o mesmo de seis meses atrás.

– Ainda sou capaz de esfolar essa sua pelagem branca, se é disso que você está falando.

– Não, não é disso. Você ainda é um lutador forte, mas agora está mais relaxado, mais seguro, mais... sereno. – Ele deu risada. – E está muito mais difícil irritar você.

Kishan respondeu baixinho:

– Ela me fez mudar. Estou me esforçando muito para me transformar no tipo de homem de que ela precisa, no tipo de homem que ela já acredita que eu seja.

Ren não respondeu e os dois entraram em casa. Fiquei ali sentada em silêncio, pensando profundamente sobre as palavras de Kishan. *Quem diria que a vida e o amor pudessem ser tão complicados?*

CONHEÇA OUTROS TÍTULOS
DA EDITORA ARQUEIRO

Queda de gigantes, de Ken Follett

Não conte a ninguém, *Desaparecido para sempre*, *Confie em mim* e *Cilada*, de Harlan Coben

A cabana, de William P. Young

A farsa, *A vingança* e *A traição*, de Christopher Reich

Água para elefantes, de Sara Gruen

O Símbolo perdido, *O Código Da Vinci*, *Anjos e demônios*, *Ponto de impacto* e *Fortaleza digital*, de Dan Brown

Julieta, de Anne Fortier

O guardião de memórias, de Kim Edwards

O guia do mochileiro das galáxias; *O restaurante no fim do universo*; *A vida, o universo e tudo mais*; *Até mais, e obrigado pelos peixes!* e *Praticamente inofensiva*, de Douglas Adams

O nome do vento, de Patrick Rothfuss

A passagem, de Justin Cronin

A revolta de Atlas, de Ayn Rand

A conspiração franciscana, de John Sack

INFORMAÇÕES SOBRE OS PRÓXIMOS LANÇAMENTOS

Para saber mais sobre os títulos e autores
da EDITORA ARQUEIRO,
visite o site www.editoraarqueiro.com.br
ou siga @editoraarqueiro no Twitter.
Além de informações sobre os próximos lançamentos,
você terá acesso a conteúdos exclusivos e poderá
participar de promoções e sorteios.

Se quiser receber informações por e-mail,
basta cadastrar-se diretamente no nosso site.

Para enviar seus comentários sobre este livro,
escreva para atendimento@editoraarqueiro.com.br
ou mande uma mensagem para @editoraarqueiro no Twitter.

EDITORA ARQUEIRO
Rua Funchal, 538 – conjuntos 52 e 54 – Vila Olímpia
04551-060 – São Paulo – SP
Tel.: (11) 3868-4492 – Fax: (11) 3862-5818
E-mail: atendimento@editoraarqueiro.com.br